Elmar Bereuter
Felders Traum

PIPER

Zu diesem Buch

Mitte des 19. Jahrhunderts im Bregenzerwald: Franzmichel verliert als Kind auf tragische Weise fast vollständig sein Augenlicht. Doch der Sohn einer Bauernfamilie bewahrt sich seine Lebensfreude, ist wild und aufgeweckt und entdeckt schließlich die Welt der Buchstaben. In den Nächten verschlingt er zeitgenössische Literatur und kritische gesellschaftliche Schriften, denn Franzmichel hat einen Traum: Die Zukunft seiner Mitmenschen soll besser werden, sie sollen ein selbstbestimmtes Leben führen können. Doch er erregt den Widerstand des Klerus und bringt die halbe Talschaft gegen sich auf … Elmar Bereuter, Autor des großen Erfolgs »Die Schwabenkinder«, erzählt das ungewöhnliche Leben des Bauern, Dichters und Sozialreformers Franz Michael Felder (1839 – 1869) hautnah und berührend. »Er erzählt so, dass man glaubt, in den Kuhfladen zu stehen, das Heu zu riechen, die Beschwernisse des Alltags in den Knochen zu spüren.« (DAV-Panorama)

Elmar Bereuter, geboren 1948 in Lingenau als ältestes von vier Kindern einer Bauernfamilie im Bregenzerwald, verbrachte seine Kindheit zwischen Dorfleben, Alpwirtschaft und Internat. Nach einer Karriere als PR-Manager führt er seit 1991 eine Werbeagentur und lebt mit seiner Familie in der Nähe des Bodensees. Seinem Bestseller »Die Schwabenkinder«, der von Jo Baier verfilmt wurde, folgten die Romane »Hexenhammer«, »Die Lichtfänger« und »Felders Traum«.

Elmar Bereuter

Felders Traum

Die kaum glaubliche Geschichte eines Bergbauernbuben

Roman

Piper München Zürich

Mehr über unsere Autoren und Bücher:
www.piper.de

Auf Seite 510 befindet sich ein Glossar.

Von Elmar Bereuter liegen bei Piper vor:
Die Schwabenkinder
Hexenhammer
Die Lichtfänger
Felders Traum

Ungekürzte Taschenbuchausgabe
Piper Verlag GmbH, München
1. Auflage Dezember 2008
2. Auflage Oktober 2009

Umschlag: semper smile, München
Umschlagabbildung: Albert Anker (»Die Dorfschule«; akg-images)
Satz: VerlagsService Dr. Helmut Neuberger & Karl Schaumann GmbH, Heimstetten
Papier: Munken Print von Arctic Paper Munkedals AB, Schweden
Druck und Bindung: CPI – Clausen & Bosse, Leck
Printed in Germany ISBN 978-3-492-25231-7

Vorbemerkung

Im Alter von elf, zwölf Jahren jagte ich mir eine Ladung aus Schwefel, Salpeter und Holzkohle ins Gesicht. Das geschah selbstverständlich nicht aus Absicht, sondern passierte, weil die heimlich entwendete Zündschnur aus den Sprengstoffvorräten meines Vaters im Morgentau des Grases nicht richtig zu brennen schien. Eigentlich hätte die gefüllte Limonadenflasche mit dem Schwarzpulver, das, wie ich irgendwo gelesen hatte, von einem Mönch namens Berthold Schwarz erfunden sein sollte und dessen Erfindung mich inspirierte, schon längst in die Luft fliegen müssen.

Aber sie tat es nicht. Sie tat es erst genau in dem Augenblick, als ich mich über sie beugte, um nachzusehen, warum die Explosion ausblieb. Der Knall war nicht einmal besonders laut. Eigentlich war er enttäuschend. Aber die Sprengkraft des ebenfalls aus der Kiste meines Vaters stammenden Pulvers – mit dessen Auffindung im hintersten Winkel des Dachbodens unter allerlei Gerümpel selbst allerüberausvorsichtigstbesorgtversteckende Väter nicht rechnen können, wenn sie einen Sohn haben wie mich – war jedenfalls ausreichend.

Als ich mit den Händen übers Gesicht fuhr, spürte ich nur scharfkantige Glasscherben und etwas Nasses. Blut. Ich schrie nicht, versuchte nur, meine Augen aufzubekommen. Aber rings um mich war es dunkel. Ziemlich sogar, und das, obwohl noch vor wenigen Augenblicken die Sonne geschienen hatte. Wer dann aufschrie, war meine Mutter, was ihr aber niemand verdenken konnte. Mein ganzer Kopf sei nur noch eine schwarze Kugel gewesen, sagte man mir später, und wie es sich herausstellte, hatte es auch beide Augen erwischt. Die halben Ferien über lag ich, anstatt bei der Heuernte zu helfen, mit einem Verband im Bett, konnte dann später gerade so hell und dunkel unterscheiden und mir war stinklangweilig. Unser Hausarzt war Dr. Walter Willam. »Deine Augen werden wieder!«, tröstete er mich und erzählte mir aus dem Leben seines Großvaters. So hörte ich zum ersten Mal von Franz Michael Felder.

Elmar Bereuter

1

13. Mai 1839. Trotz des hellen, klaren Maimorgens drang nur falbgraues Licht durch die doppelscheibigen Gadenfenster des kleinen Bauernhauses in Schoppernau, dem letzten Dorf im Talkessel des hinteren Bregenzerwaldes. Auf Marie Felders Stirn stand der kalte Schweiß, ihr braunes Haar, das sie sonst in dicken Zöpfen zu einem Kranz um den Kopf geflochten trug, lag um sie gelöst im Bett und ein paar Strähnen klebten feucht auf ihren Wangen. Ein lautes Aufstöhnen erfüllte die niedrige Schlafkammer, während sich zugleich ihre derben Hände in der Bettdecke verklammerten.

»Pressen! Fest!«, kam vom Fußende her die resolute Stimme der Auer Hebamme, die die halbe Strecke des Weges mit ihrem braunen Lederkoffer durch die heraufbrechende Morgendämmerung mehr gestolpert als gelaufen war.

»Du musst pressen!«, sagte nun auch das Bäsle Dorothe, die jüngere Schwester ihres Mannes.

Marie tat ergeben wie ihr geheißen, holte wieder tief Luft und drückte mit ihrer ganzen Kraft.

»Ein Bub! Es ist ein Bub!«

Dem Bäsle klangen die Worte beinahe wie eine Erlösung in den Ohren, sie lauschte genau auf den Tonfall. Aber da war nichts, was irgendwie nach Beunruhigung klang. Langsam löste sie sich aus ihrer Erstarrung, setzte die große Kanne auf dem Tisch ab und trat näher.

»Ist er gesund?«, fragte die Mutter ängstlich.

»Scheint's. Arg klein ist er halt!«, antwortete die Hebamme, hob das neue Menschlein hoch und gab ihm einen Klaps auf den Hintern. Was dann folgte, ließ das Bäsle Dorothe unwillkürlich an die Trompeten von Jericho denken. Gerade so, als ob er ganz Schoppernau – ach was, der gesamten Talschaft des Bregenzerwaldes – seine Ankunft hier auf der Erde mitteilen wollte, fing der Kleine zu brüllen an. Je mehr ihn die Hebamme zu beruhigen versuchte, desto lauter wurde er, und auch noch im warmen Bett an der Brust seiner Mutter schrie er weiter mit Leibeskräften, die so gar nicht zu dem winzigen Körperchen passen wollten. Auch draußen im Stall war der eben angekommene Erdenbürger nicht zu überhören und Jakob Felder schlug das Herz bis zum Hals, als er den Besen achtlos in die Ecke warf und in die Schlafkammer eilte.

Noch im Schopf schlenzte er mit lautem Poltern seine Holzschuhe von den Füßen, rannte in den Socken durch die Stube und von dort weiter ins Gaden. »Was ist es denn?«, fragte er noch während des Eintretens.

»Ein Bub!«, antworteten die Hebamme und seine Schwester beinahe gleichzeitig.

Jakob Felder trat ans Bett, warf einen kurzen Blick auf seinen noch immer lautstark brüllenden Sohn und strich dann seiner Frau mit dem Handrücken ein wenig unbeholfen über die Wange. »Ist alles gut?«

Marie nickte wortlos und wischte sich ein paar Strähnen aus dem Gesicht.

»Eine gute Stimme hat er ja«, lächelte Jakob. Vorsichtig, als ob er etwas ganz Zerbrechliches berührte, zeichnete er seinem Kind mit dem Daumen ein Kreuzzeichen auf die Stirne, was den Kleinen anzuspornen schien, die Tonlage nochmals zu erhöhen.

»Langsam müsste er müde sein«, sagte nach einiger Zeit die Hebamme und machte dabei ein besorgtes Gesicht. »So etwas habe ich noch selten erlebt. So ein Beatzger und so schreien können. Nicht nur so laut, sondern auch noch so lange!«

Beim Wort Beatzger zuckte Jakob zusammen. »Beatzger?«

Die Hebamme war ein wenig verlegen: »Er ist halt ein wenig kleiner und leichter als Kinder normalerweise zur Welt kommen.«

Die Blicke der Eltern trafen sich.

»Wer so schreien kann, der hält schon was aus!«, sagte Dorothe und es sollte zuversichtlich klingen. Auch sie wusste, was die beiden gerade bewegte: der kleine Jakob vor zwei Jahren. Der war damals bei Jaukos, wie man Felders mit dem Hausnamen nannte, nur zur Welt gekommen, um diese auch gleich wieder zu verlassen. Eigentlich hätte er sich den Umweg sparen und gleich im

Himmel bleiben können. Das hatte sie anfangs insgeheim gedacht, als sie die Eltern so leiden sah, und auch ihr hatte es tief ins Herz geschnitten, hilflos so ein kleines Leben verlöschen zu sehen.

»Der Schutzengel wird schon aufpassen!«, sagte sie jetzt bestimmt über das Geschrei hinweg. Und tatsächlich. Gerade so, als hätte der Schutzengel nun eingegriffen, verstummte das Kind, schluchzte noch ein paarmal leise auf und schlummerte dann ein.

»Wie soll er denn heißen, der Bub?«, fragte die Hebamme in die entstandene Stille.

»Franzmichel«, antwortete der Vater.

Draußen näherten sich Männerstimmen, schwollen an zu einem kehligen Lachen über irgendeinen Scherz.

»Die Taglöhner«, sagte Jakob. »Ich habe sie für heute gedungen, um im Wald die Wurzelstöcke auszutun.«

Er warf noch einen besorgten Blick auf seine Frau und das nun schlafende Kind, ehe er mit seiner Schwester die Kammer verließ. Beklommen nahm er dann die Glückwünsche zu seinem Stammhalter entgegen, stumm saß er dann mit den Männern in der Küche am Tisch und sie alle spürten, dass dem Felder irgendetwas auf der Seele lag. Immer wieder stand er auf, verschwand kurz in der Kammer, setzte sich dann einsilbig wieder zu ihnen, ohne selbst auch nur einen einzigen Löffel Stopfer in der alten, schon schwarz gebrannten Pfanne anzulangen.

»Was ist denn los, Jakob? Hast einen Buben und machst ein Gesicht wie sieben Tage Regenwetter. Stimmt irgendetwas nicht?«, fragte einer, nachdem er das gesalzene und in Butter angeröstete Grießmus mit einem Schluck Malzkaffee heruntergespült hatte.

»Wenn ich das wüsste. Vielleicht holen wir doch besser den Doktor.«

Die Männer sahen sich unsicher an. Einen Doktor holte man schließlich nicht wegen jedem Hennenfurz.

In Felders kantigem Gesicht zuckte es unentschlossen und unwillkürlich fuhr er zusammen, als das Geschrei plötzlich wieder einsetzte.

Er erhob sich, warf seiner Schwester einen kurzen Blick zu, die aber auch keinen Rat wusste und stattdessen seufzte. »Ahne,

ahne«, jammerte sie, während sie die Tassen abräumte und sich wieder am Herd zu schaffen machte.

»Warmes Wasser und ein paar Windeln!«, sagte Jakob zu Dorothe, als er wieder zurückkam. »Die Hebamme will es mit einem Rumpfumschlag probieren.«

In der Hand hielt er seinen ledernen Geldbeutel, trat dann an den Tisch und zählt jedem der verdutzten Männer den vereinbarten Tageslohn vor.

»Wir haben ja noch gar keinen Handschlag getan!«

Jakob schüttelte den Kopf. »Das ist schon recht so. Kind und Weib gehen vor und ich hätte im Holz keine ruhige Minute!«

Wieder regte sich Protest, aber der Felder ließ keine Einwände gelten. »Nichts da! Ich habe euch gedungen und für den heutigen Tag kriegt ihr nirgendwo mehr eine Arbeit. Also gehört sich das auch so und ich will mir da nichts nachsagen lassen!«

»Die Hälfte tut's auch. Ich meine, fürs Nichtstun wär's mehr als genug!«

Aber Jakob bestand auf der Bezahlung des vollen Tageslohns und meinte, lieber sollen sie ihm nachreden, Jaukos Jakob habe wohl zu viel Geld, als dass er jemanden um seinen Lohn bringen würde.

»Gott geb', dass das kein schlechtes Zeichen ist, wenn dich der Bub, kaum auf der Welt, schon von der Arbeit abhält«, sagte einer, während er seine Entlohnung in die Tasche schob.

Kaum hatten die Männer das Haus verlassen, verstummte auch das Geschrei des Kindes. Als Jakob wieder das Gaden betrat, lag es erschöpft schlummernd, den winzigen Daumen im Mund, im Arm seiner Frau.

»Hoffentlich bleibt er uns«, sagte Marie leise und warf ihrem Mann einen bangen Blick zu.

2

Irgendetwas stimmte mit dem Buben nicht. Obwohl Marie und Jakob ihren Franzmichel so besorgt umhegten und pflegten, dass es manche der Nachbarn schon als fast übertrieben ansahen, so blieb er doch ein Kümmerling, ein Beatzger eben. Auch die Bemühungen des Bäsles, das selbstredend und stolz die Patenschaft übernommen und somit nicht nur Tante, sondern auch Gottle war, blieben erfolglos. Durch ihre kränkliche Konstitution verboten sich anstrengendere Tätigkeiten von alleine, und während die Eltern draußen auf dem Feld waren, sich im Stall ums Vieh kümmerten und dem anfallenden Tagwerk nachgingen, war sie es, der die Beaufsichtigung des Kleinen oblag. Aber was auch immer sie in ihn hineinstopfte, es schlug einfach nicht an. Selbst die in Fett herausgebackenen Hefeküchlein halfen nichts. Der Franzmichel blieb einfach dünn und schwächlich. Aber das war es nicht alleine, was ihnen allen Sorgen machte. Wenn er angesprochen wurde, drehte der Bub den Erwachsenen den Kopf nicht ganz zu, sondern hielt in einer merkwürdigen, halbschrägen Stellung inne. Auch seine Schritte wurden nicht sicherer, oft stolperte er mitten im Lauf scheinbar grundlos. Das bresthafte, vom Gliederreißen geplagte Gottle hielt ihn ängstlich wie eine Glucke stets in ihrer Nähe. Stundenlang erzählte sie, den Stickrahmen in den Händen, Legenden und Geschichten von Heiligen, die Franzmichel zwar nicht verstand, aber dennoch wurde er von ihrer leicht singenden Stimme im Bann gehalten. Gerade war sie dabei, ihm längs und breits das Leben der seligen Ilga auszumalen, die am Losenpass oberhalb von Schwarzenberg sommers wie winters in einem engen, steilen, kaum zugänglichen Tobel in einer solch erbärmlichen Hütte gehaust habe, gegen die ein Heustadel noch fast ein Palast gewesen sei, als Franzmichel auf der Bank neben ihr mit dem unentwegten Gehampel seiner Beine aufhörte.

»Ein normaler Mensch«, sagte das Gottle, »hätte das gar nicht überlebt. Ahne, ahne, was die selige Ilga alles hat durchmachen müssen, und das zwischen all den wilden Tieren, die es damals noch gab im Bregenzerwald.«

Als sie vom Stickrahmen aufsah, war der Franzmichel aber schon auf und davon, lief auf die sich dem Haus nähernde Gestalt zu. Aufgeregt rutschte nun auch sie von der Hausbank, gab dann aber die Verfolgung nach ein paar ungelenken Schritten wieder auf.

»Däta, Däta!«

Jakob Felder spürte, wie sich sein Herz weitete. Mit der flach gehaltenen Mistgabel und ein paar kräftigen Schlägen verteilte er noch einen angetrockneten Kuhpflatter auf der Wiese und blieb dann lächelnd stehen.

»Däta, Däta!«, krähte der Kleine, noch immer auf seinen wackeligen Beinchen vorwärtsstürmend. Nur ein paar Schritte von seinem Vater entfernt übersah er einen der graubraunen Maushaufen im handhohen Gras und schlug der Länge nach hin. Jakob hatte sich noch nicht von der Stelle gerührt, da stand der Kleine schon wieder und krähte weiter, als ob nichts gewesen wäre.

Jakob musste lachen. »Empfindlich bist du jedenfalls nicht, das muss man dir lassen!«

Mit dem Schnäuztuch wischte er ihm den Dreck aus dem Gesicht, wickelte es dann um den Zeigefinger, um auch noch den grünen Rest aus dem rechten Augenwinkel zu entfernen. Franzmichel ließ alles geduldig über sich ergehen, erst als der Finger sich dem Auge näherte, zuckte er schwach zurück.

Jakob Felder wurde mit einem Male ganz flau im Magen. Langsam stellte er seinen Buben wieder auf den Boden und drehte ihn ins Sonnenlicht. »Franzmichel, schau mich an!«, sagte er mit belegter Stimme.

Der Kleine verspürte aber nicht die geringste Lust dazu, wollte erst davonlaufen, wurde aber von seinem Vater festgehalten. »Da bleibst! Franzmichel! Du sollst ruhig sein und mich anschauen!«

Dieser aber zappelte noch mehr herum, wackelte mit dem Kopf und schnitt Gesichter.

»Sapperlott! Jetzt gib doch endlich Ruhe!« Jakob hatte jetzt mit beiden Händen seinen Kopf gefasst und zu sich her gedreht.

Aber der Bub schien auch das als spaßig zu empfinden. Anstatt den Vater anzusehen, hielt er die Lider fest geschlossen und streckte dafür die Zunge heraus.

»Franzmichel!«, kam es noch einmal ermahnend. Aber dann musste er einsehen, dass er einem kleinen, kaum anderthalbjährigen Kind gegenüber machtlos war, und ließ ihn los. »Weißt du was? Wir machen jetzt ein Spiel. Ich zeige dir, wie es geht!« Jakob holte wieder sein Sacktuch hervor, rollte es zusammen, band es sich über den Kopf und schob es dann über das rechte Auge. Dem Franzmichel gefiel das, wie der Däta so komisch aussah.

»Auch! Ich auch!«, krähte er fröhlich und streckte so lange die Händchen nach oben, bis sein Vater in die Knie ging und ihm das Tuch um das kleine Köpfchen knotete.

»So, und jetzt musst du mich fangen. Aber nur mit einem Auge. Eines machen wir jetzt zu!« Auch das fand der Franzmichel ausgesprochen lustig und konnte es kaum erwarten. Mit einem Ruck zog Jakob nun das Schnäuztuch über das linke Auge seines Sohnes, machte dann ein paar Trippelschritte vorwärts.

»Auf geht's! Fang mich, wenn du mich erwischst!«

Franzmichel aber blieb stehen, tappte unsicher ein, zwei kleine Schritte und riss sich dann das Tuch vom Kopf.

»Was ist?«

Der Kleine suchte nach einem Wort, blieb dann aber stumm und war um nichts mehr zu bewegen, das Spiel noch einmal zu versuchen. Auch wenn Jakob seine Ahnung nicht gerade bestätigt sah, so war für ihn Franzmichels Verhalten doch auch nicht dazu angetan, seine Beunruhigung zu zerstreuen. Du bildest dir das nur ein, dachte er dann aber wieder, während sein Sohn neben ihm ausgelassen dem Haus zutollte.

Über dem schartigen Bergrücken der Kanisfluh senkte sich schon die Sonne, drehte langsam weiter in Richtung Au und warf dann ihr Licht nur noch in mattblassen breiten Streifen auf die Schoppernauer Bündten. Von draußen drang der scheppernde Klang der blechernen Kuhglocken und zwischen dem Muhen der heimkehrenden Kühe vernahm Jakob die Stimme seiner Frau. Bedächtig erhob er sich in seiner Werkstatt, verräumte das Schäleisen im Schrank über der Hobelbank, hängte seine blaue Schürze an den Nagel neben der Tür und trat dann ins Freie.

»Ich hab das Vieh von der Gemeindewiese gleich mitgebracht, es ist eh bald Zeit zum Melken.«

Jakob nickte zustimmend und öffnete die Stalltüre.

»Das Mehl hat schon wieder aufgeschlagen. Alles wird teurer, nur die Milch nicht«, sagte Marie, während sie den Weidenkorb auf der Hausbank abstellte.

»Ja, unsere Käsgrafen. Wenn ich nicht noch nebenher die Wagnerei hätte …«, murmelte er mehr zu sich selbst.

Vom Kirchturm wehte gerade ein einsamer Glockenschlag, als Franzmichel vom Tenn her durch den unteren Teil der in zwei Hälften geteilten Tür schlüpfte. Wie fast jeden Abend setzte er sich dann mitten im Stallgang auf seinen kleinen Melkschemel, den Jakob für ihn angefertigt hatte, und sah seinen Eltern zu, wie sie mit gleichmäßigen Bewegungen die Milch in weißen Strahlen in die Kübel zwischen ihren Beinen molken.

»Na, Franzmichel«, fragte Jakob, »gefällt's dir beim Vieh?«

Da war es wieder: dieses halbseitliche Drehen des Kopfes. Wieder hatte er das Gefühl, als ob der Kleine ein wenig an ihm vorbei sah. Aber dies dauerte nur einen Moment. Jakob kam ein weiterer Gedanke: Machte das der alte Kaufmännler nicht auch so, weil er auf dem einen Ohr kaum noch etwas hörte? Lag es vielleicht daran? Gleich nach der Milchablieferung würde er sich den Buben genauer vornehmen, auch wenn dieser sich dagegen wehrte und sperrte.

Wie Jakob es vermutet hatte, so kam es dann auch. Franzmichel plärrte gottserbärmlich zwischen seinen Händen, während er mit dem Daumen versuchte, das Augenlid nach oben zu schieben. Sein Gellen wurde noch lauter, als er mitbekam, wie auch Mutter und Gottle für ihn Partei ergriffen.

»Siehst du nicht, dass du ihm wehtust?«, versuchte Marie ihn zum Aufhören zu bewegen und seine Schwester meinte entrüstet, er sei ein rechter Grobian. Aber Jakob ließ sich nicht beirren, packte seinen zappelnden Sohn und legte ihn auf den Stubentisch.

»Ahne, ahne«, jammerte das Gottle, während Marie meinte, ein Doktor verstünde da sicher mehr davon.

»Ein besseres Licht!«, fuhr Jakob ärgerlich die jammernden Frauen an.

»Ahne, ahne!«, seufzte das Gottle wieder, diesmal aber nicht ergeben, sondern mit sichtlicher Empörung, kam dann aber gleich darauf mit einer brennenden Petroleumlampe aus dem Hausgang zurück. Franzmichel wehrte sich nach Leibeskräften.

»Haltet den Buben fest!«, befahl Jakob schroff. Mit einem Ruck zog er die Lampe näher, drehte den kleinen Kopf gegen das Licht und schob mit dem Mittelfinger das linke Augenlid nach oben.

»Nichts!«, sagte er nach einer Weile. »Jedenfalls nichts, soweit ich das beurteilen kann.«

Franzmichel hatte sich mehr oder weniger ergeben in sein Schicksal gefügt.

»Dreht ihn um!«, sagte Jakob und brachte wieder die Lampe in Stellung, ehe er sich an die Begutachtung des rechten Auges machte. Schweigend beugte er sich über seinen Buben, der nun mucksmäuschenstill auf dem Tisch lag, ließ das Augenlid los und richtete sich auf.

»Ist etwas?«, fragte Marie ängstlich.

Ihr Mann gab keine Antwort, stieß schwer die Luft aus seinem Brustkorb, beugte sich nochmals über den Franzmichel. »Schau es dir selber an!« Jakob machte einen Schritt zur Seite. Nur zaudernd trat sie dann endlich neben ihren stocksteif daliegenden Sohn und erst nach mehreren Anläufen überwand sie sich, schob zögerlich das Lid nach oben. Gleich darauf fuhr sie entsetzt zurück. Ihr Gesicht war kalkweiß geworden. »Es ist also doch so gekommen«, sagte sie mit vor Bestürzung bebender Stimme.

»Was ist so gekommen?«

Marie Felder blieb stumm. Die Augen hatte sie weit aufgerissen und ihre Lippen zitterten. Wie eine Nachtwandlerin machte sie ein paar Schritte hinüber zur Wand, ließ sich dort auf die Bank fallen, legte die Hände in den Schoß und starrte vor sich hin. Franzmichel lag noch immer auf dem Tisch, schien mit seinem noch unverstellten Kleinkindergemüt irgendwie erfasst zu haben, dass der Schrecken von ihm ausging. Das Bäsle, sonst die Wunderpfitzigkeit in Person, verzichtete auf eine eigene Inaugenscheinnahme, hob den Kleinen herab und stellte ihn auf den Boden.

Marie stierte immer noch ins Leere und Jakob, der wusste, was sie so erschreckt hatte, ließ sie gewähren. Erst nach und nach kam wieder etwas Farbe in ihre Wangen.

»Was habe ich gebetet!«, fing sie dann stockend an und ihre Augen füllten sich urplötzlich mit Tränen. »Nächtelang bin ich schlaflos im Gaden gelegen und habe ein Vaterunser nach dem anderen, ja ganze Rosenkränze zum Himmel geschickt. Aber es ist doch so gekommen und ich bin schuld daran!« Ein lautes Aufschluchzen schüttelte ihren Körper. »Ich bin schuld! Keiner Menschenseele habe ich etwas davon gesagt und immer gehofft, dass es doch nicht geschieht!«, fuhr sie verzweifelt fort.

»Was geschieht?«, fragte er.

»Im Winter … Im Winter ist es gewesen, an einem sonnenhellen Tag. Ach, was täte ich dafür geben, wenn ich daheim geblieben wäre. Ich ging vollkommen gedankenverloren vom Unterdorf her heimwärts. Auf einmal, ich weiß nicht wie und ich habe auch niemanden kommen hören, stand jemand direkt vor mir. Vor Schreck bin ich zusammengefahren und dann noch viel mehr, als ich den Mann angesehen habe. Die Augen! Seine Augen! Furchtbar haben sie ausgeschaut!«

Wieder durchzitterte Marie ein Schauer und ihre Finger verkrampften sich ineinander. »Ganz unterlaufen, und gerollt haben sie. Man hat nur das Weiße gesehen und gewimmert hat er. Toniles Ferde war es und ich habe ihn nicht mehr aus dem Kopf bekommen!«

»Ja, den Ferde, den hat die Schneeblindheit damals böse erwischt!«, bestätigte das Gottle, aber ihre Schwägerin schien es nicht zu hören.

»Im gleichen Augenblick, in dem ich so auf den Tod erschrocken bin, habe ich an das ungeborene Kind denken müssen und eine innere Stimme hat mir gesagt, es würde etwas an den Augen haben. Was habe ich alles getan! Aber je mehr ich die Begegnung vergessen wollte, desto stärker und fester hat sie sich in mir eingegraben.«

»Wieso, was hat er denn, der Bub?«, fragte das Gottle nun zögerlich.

»Einen kleinen weißen Punkt hat er im rechten Auge«, antwortete Jakob und warf einen Blick auf seinen Sohn, der jetzt im Stubeneck am Kachelofen versunken mit ein paar geschnitzten Holzkühen spielte.

»Jessas Maria!«, entfuhr es seiner Schwester.

»Kein Wort davon, zu niemandem!«, setzte ihr Bruder nach einiger Zeit hinterher. »Sonst verreißen sie sich nur im Dorf die Mäuler!«

3

Felders hatten anfangs noch gedacht, sie könnten es verheimlichen, ja insgeheim sogar die Hoffnung gehegt, das mit dem Auge würde sich von selber wieder geben. Aber der weiße Punkt wuchs, wurde groß wie ein Stecknadelkopf und war nun auch schon zu sehen, ohne dass man Franzmichel allzu nahe treten musste. Plötzlich waren sie alle da. Die Bäsle und Vetter schauten besorgt vorbei, und auch wer nicht zur Verwandtschaft zählte, fühlte sich bemüßigt, die Felders aufzusuchen und ihnen wenigstens Trost zuzusprechen oder – was natürlich noch besser war – einen gut gemeinten Ratschlag zu erteilen. Das alles geschah aber nicht aus eitler Wichtigtuerei, sondern aus ehrlicher, besorgter Anteilnahme. Die Abgeschiedenheit der Talschaft und ihrer Dörfer hatte die Bregenzerwälder zu einer geradezu familiären Gemeinschaft geformt. Über Jahrhunderte hinweg war man hier aufeinander angewiesen, man teilte Gemeindewiesen, Anwesen und Alpen miteinander, hatte dieselben Sorgen und Nöte und nachbarschaftliche Hilfe war kein leeres Gerede, sondern tagtäglich gelebte Selbstverständlichkeit. Schon fast ganz Schoppernau war inzwischen vorstellig geworden, hatte die Felders mit Vorschlägen, Tröstungen, angeblich todsicher wirkenden Rezepten, geheimnisvollen Mixturen und oftmals nur geraunten Adressen schon beinahe an den Rand des Irrsinns getrieben.

Marie getraute sich sonntags kaum noch in die Kirche. Jakob und seine Schwester konnten es kaum mit ansehen, wie sie sich unentwegt mit dem Gedanken quälte, am Unglück ihres Sohnes schuld zu sein. Sosehr sie beide auch auf Marie einredeten, es nutzte alles nichts. Sie wollte partout davon nichts hören und auch der wiederholt besorgt vorgetragene Hinweis auf das Kind, mit dem sie nun schwanger ging, brachte sie nicht auf andere Gedanken.

Nicht nur bei dem einen verdorbenen Auge würde es bleiben, das sei fast sicher nur der Anfang, erklärte Marie dann zitternd. Auch das gesunde würde erkranken, spätestens in ein bis zwei Jahren, dann sei es zu spät und der Bub würde überhaupt nichts mehr sehen. Der Wurzner Josef, der sei doch Arzt, ein berühmter noch dazu, zudem noch ein Verwandter von Jakob! Im Tiroler Paznauntal hatte sich dieser niedergelassen, und wer Geld hatte, schilderte ihm in einem Brief seine Leiden und ließ sich Rezepturen zusammenmischen und durch Boten zustellen. Wahre Wunderdinge erzählte man sich von ihm und Jakob wurde mehr als einmal mit dem Hinweis auf die mögliche Verlustigkeit seiner himmlischen Seligkeit geradezu gedrängt, endlich seinem Vetter einen Brief ins Tirolerische zu schreiben. Nach und nach ließ sich Jakob trotz seiner anfänglichen Vorbehalte breitschlagen und nach ein paar Wochen kam die Nachricht, der Herr Doktor könne das Auge schon wieder richten, allerdings könne er dazu nicht heim in den Wald kommen, sondern der Bub müsse zu ihm ins Paznaun gebracht werden, und da es sich um eine schwierigere Operation handle, sei auch etwas Zeit zur Genesung und weiteren Beobachtung vonnöten. Auch zu Dorothes Leiden meinte der Vetter, bis zur vollständigen Auskurierung ginge das auch nicht von heute auf morgen, es brauche halt ein wenig Geduld, und ein günstiges Quartier könnte er für die Dauer des Aufenthalts zur Verfügung stellen.

Nun stand Jakob im noch jungen Licht des neuen Tages vor seinem Haus und halb Schoppernau war trotz der frühen Stunde zusammengekommen, um Abschied zu nehmen. Dem Bäsle dünkte es wie eine Beerdigung, wie die Leute so dastanden, verlegen, bedrückt und einigen standen sogar die hellen Tränen in den Augen. Auch Jakob selbst war alles andere als wohl zumute. Kaum über den Viehmarkt in Dornbirn war er in seinem ganzen Leben hinausgekommen und jetzt sollte er die weite Reise über den Arlberg bis ins unbekannte Tirol hinein antreten. Marie wickelte den kleinen Franzmichel in die wollene Decke, ein paar hilfsbereite Hände hoben ihn auf die Buckelkraxe und banden ihn auf dem laubgefüllten Kissen sitzend an den Verstrebungen fest. Für das Gottle stand eines der kleinen, berggewohnten Saumpferde bereit, aber der Führer hatte alle Mühe, das Bäsle auch in den Sattel zu bringen, und obwohl es dabei genug Anlass zur Erheiterung gegeben hätte, lachte niemand. Den Jakob kannten die meisten schon sein ganzes Leben lang, und wie er nun so dastand, der sonst so furchtlose Mann, der sich beim Heuziehen oft als Erster mit dem Schlitten in die wildesten Lawinenstriche stürzte, flößte ihnen Mitleid ein. Jetzt war er ein ganz anderer, kleinlaut, verzagt und mutlos. Immer wieder ging sein Blick nach oben, blieb hängen an der himmelragenden Pyramide der Üntschenspitze, die die ersten Sonnenstrahlen umspielten.

Kurz trat Marie noch zu Franzmichel, zupfte mit verschleiertem Blick seine Wolldecke zurecht und zeichnete ihm ein Kreuz auf die Stirne.

»Behüt euch Gott!«, sagte sie mit halb erstickter Stimme und gab so das Zeichen zum Aufbruch. Der Einzige, der das alles lustig fand, war Franzmichel, dem die Schaukelei so hoch oben offensichtlich gefiel, während sein Gottle sich verängstigt am Sattelknauf festklammerte.

4

An einem späten, wolkenverhangenen Nachmittag waren sie angekommen, in dem kleinen Weiler Ischgl mit seinen paar Häusern. Es war eine lange Reise gewesen, die längste, die sie je in ihrem Leben unternommen hatten, und wahrscheinlich würden sie auch niemals mehr eine weitere Strecke von Schoppernau wegkommen, solange sie lebten. Ihren Vetter, den Herrn Doktor, hatten sie sich ein wenig anders vorgestellt. Statt eines groß gewachsenen, ansehnlichen Mannsbildes stand ein kleines, um die Leibesmitte fülliges Männchen vor ihnen. Aber beide konnten sich eigentlich nicht mehr recht an ihn erinnern, so lange war er schon fort aus Au. Die Wäldersprache beherrschte er noch immer, auch wenn er gelegentlich ein paar Paznauner Brocken dazwischenbrachte. Der Vetter empfing seine Landsleute mit dem im Wald üblichen und vertraulichen »Du«, ließ aber schon ein paar Sätze weiter durchblicken, dass er selbst es aber lieber hätte, von ihnen mit »Herr Doktor« angesprochen zu werden. Jakob und das Gottle fanden nichts dabei, schließlich war er eine Respektsperson und zudem ein berühmter Mann, auch wenn sie sich nicht nur ihn, sondern auch sein am Rand des Dorfes ein wenig abseits gelegenes Haus eigentlich größer und stattlicher ausgemalt hatten. Im Ausgleich dazu aber schien der Vetter ein sehr gesprächiger Mann zu sein. Er sagte gleich zu Anfang, die Gebräuche seien hier andere, aber daran würden sie sich schon noch gewöhnen, wollte wissen, was es in Au Neues gab, was ihn aber nur kurz interessierte, erzählte dann lang und breit von den hiesigen Beschwernissen als Medicus, den weiten Wegen und seinem hohen Ansehen bei den Leuten. Jakob merkte sehr wohl, dass dabei seine kleinen Augen an ihnen auf und ab gingen und ihn überkam das Gefühl, der Vetter würde sich ein wenig für die Verwandtschaft genieren. Der Doktor redete und redete und die Worte schwallten aus ihm wie das Wasser vom Fluhbacher Wasserfall bei Mellau nach einem Wolkenbruch und der Franzmichel wurde nebenher belehrt, dass man hier nicht »Däta«, sondern »Vater« sagte. Mit der Begutachtung des maladen Auges schien es dagegen keine allzu große Eile zu haben. Dafür führte er sie in sein Behandlungszimmer, zeigte ihnen dort die vielen Gerätschaften und sprach unentwegt von seinen großen Heilerfolgen bei allen möglichen Gebresten und Krankheiten; von Operationen, an die sich kein anderer Kollega mehr herangetraut habe und die zuletzt keinen anderen Rat mehr wussten, als die Patienten zu ihm zu schicken, was wiederum seinen Ruf bis heim in den fernen Bregenzerwald getragen habe. Das Bäsle hing an seinen Lippen, war sichtlich stolz, einen so berühmten Mann zu ihrer Sippschaft zählen zu dürfen. Jakob dagegen hörte kaum hin, seine Gedanken waren daheim in Schoppernau bei seiner schwangeren Frau, die allein mit der ganzen Arbeit fertig werden musste.

»Du bleibst doch noch ein paar Tage?«, hörte er plötzlich den Herrn Vetter Doktor sagen.

Jakob sah ihn entgeistert an. »Nein! Gleich morgen in aller Herrgottsfrüh will ich wieder heim. Darum habe ich auch den Führer sofort wieder zurückgeschickt, weil ich allein schneller bin als er mit seinem Saumpferd.«

Franzmichel stand derweil eingeschüchtert und wie verloren zwischen den Erwachsenen. Er tastete nach der schwieligen Hand seines Vaters und erst jetzt wagte Jakob einen zögerlichen Hinweis auf den Grund ihrer langen Reise ins Tirolische und deutete mit dem Kopf auf seinen Buben.

Der Herr Vetter lachte gutmütig, zog einen Stuhl heran und hieß Franzmichel, sich darauf zu stellen. Dann schnallte er sich ein kreisrundes Ding, das Jakob an den rückwärtigen Spiegel seiner Petroleumlampe erinnerte, auf den Kopf, öffnete eine der Schubladen an dem halbhohen Wandschrank und steckte dann einige der sonderlich aussehenden Instrumente in seine Joppentasche.

Franzmichel wagte kaum sich zu rühren, nur sein Blick ging hin und her zwischen dem Gottle und dem Vater, der ihm noch kurz aufmunternd zuzwinkerte, während der Herr Doktor zu ihm herantrat und beruhigend auf den Buben einsprach. Jedenfalls sollte es so klingen. Das Gottle erfasste die Lage, stellte sich neben den Franzmichel, hielt seine kleine Hand und der Doktor meinte zufrieden, er sei wirklich ein ganz tapferes Bürschchen, wobei er mit einem Ding, das aussah wie ein kleines Löffelchen, das Augenlid nach oben schob. Kaum eine Minute hatte die Untersuchung gedauert, als sich der Herr Vetter umwandte und das runde Ding wieder vom Kopf nahm. Sein Mund verzog sich zu einem kleinen, überlegenen Lächeln.

»Natürlich«, hob er an und klopfte dabei mit dem Instrument in seine Handfläche, »natürlich ist es keine gerade leichte Operation. Normalerweise, sagen wir einmal so. Ich meine damit, ihr habt Glück gehabt, dass ihr gleich zu mir gekommen seid. Für mich ist es ein Eingriff, den ich schon fast im Schlaf beherrsche. Wie gesagt: Der Bub muss halt einige Zeit bei mir bleiben. Es könnten sich Entzündungen einstellen und dann wäre die ganze Operation umsonst gewesen.« Er beugte sich nun zu Franzmichel. »Aber dein Bäsle bleibt ja auch bei dir und die werden wir schon auch wieder richten, dass sie wieder springt wie eine Gams daheim an der Kanisfluh!«

Die Erwachsenen lachten und der Franzmichel mit seinen gerade anderthalb Jahren begriff nicht, warum. Aber trotzdem gab es ihm ein wenig von dem Gefühl der Geborgenheit zurück.

Beim zeitigen Abendessen, das die Haushälterin des Vetters, eine kleine, vom Alter schon gebeugte Frau aus der Nachbarschaft auftrug, fielen dem Franzmichel immer wieder die Augen zu. Das Gottle wartete, bis er am Tisch ganz eingeschlafen war, und trug ihn dann hinauf in die gemeinsame Kammer, die für die nächste Zeit ihre bescheidene Behausung sein würde. Als sie wieder zurückkam, saßen die beiden Männer bei einer Flasche Rotwein und die Einladung vom Vetter, doch auch ein Glas mitzutrinken lehnte sie mit aller Entschiedenheit ab.

Trotzdem blieb sie sitzen, bis die Flasche leer war. Schließlich hätte sie etwas verpassen können, und angespannt, damit ihr ja auch kein Wort entging, lauschte sie den Erlebnissen des Herrn Doktors, die er aus einer schier unendlich großen, ihr unbekannten Welt berichtete. Der Vetter wollte nochmals einen Liter aufmachen, aber auch Jakob kämpfte jetzt mit dem Schlaf.

»Ich verschwinde mit dem ersten Morgengrauen«, sagte er dann noch im Aufstehen. »Für den Franzmichel ist es besser, wenn er mich nicht mehr sieht!«

5

Schon über eine Woche war jetzt vergangen, der Vetter Doktor kümmerte sich zwar um Dorothe, mischte ihr Salben und machte Umschläge, aber bei dem Buben war es gerade so, als ob er Scheu davor hätte, ihn anzufassen. Wenn das Gottle ihn vorsichtig darauf ansprach, hatte er alle möglichen Ausflüchte parat. Einmal hatte er dringende Krankenbesuche zu machen, ein anderes Mal musste er noch auf ein bestimmtes Instrument warten, das er extra in Wien bestellt habe und das noch nicht eingetroffen sei, dann wieder verlegte er den Termin endgültig und unumstößlich auf den nächsten Nachmittag, verschwand aber anderntags sofort nach dem Mittagessen und kam erst spät in der Nacht nach Hause, wo er dann über die schmale, steilstufige Stiege nach oben polterte und noch eine ganze Weile in seiner Schlafkammer herumrumorte. Dem ängstlichen Bäsle war dabei ganz anders geworden, aber Franzmichel schien den Lärm nicht zu hören, sondern schlief tief und fest in dem für ihn eigentlich viel zu großen Bett neben ihr. Heute war der Vetter erst aufgestanden, nachdem schon die ersten Leute unten auf der Bank im Hausgang saßen, der zugleich als Wartezimmer diente, und nach dem letzten Patienten erschien er kurz vor Mittag in der Haustüre, eine abgewetzte Joppe über die Schulter geworfen und seine Arzttasche in der Hand.

»Bin auf Hausbesuch«, sagte er knapp und langte nach seinem Bergstock.

»Ohne Mittagessen?«

»Keine Zeit, wird heute zudem später«, erwiderte er mürrisch.

»Ahne, ahne«, seufzte ihm das Gottle hinterher, »es ist schon ein Gfrett mit den Männern!«

Dann wandte sie sich wieder Franzmichel zu und erzählte ihm weiter vom seligen Merbod, der ein Bruder der seligen Ilga gewesen und nun ein ganz großer Schutzpatron der Wälder sei und den die nichtsnutzigen Alberschwender unterhalb vom Lorenapass erschlagen hätten.

»In seiner eigenen Zelle!«, fügte sie dann noch entrüstet hinzu.

Das war jetzt zwar schon über siebenhundert Jahre her, aber dem Bäsle ging das immer noch nach und die Alberschwender zählten für sie deshalb zu dem Teil der Bregenzerwälder, dem gegenüber immer noch ein gewisses Maß an Vorsicht angebracht war. Franzmichel jedoch zu ihren Füßen verstand das sowieso nicht und daher war es ihm auch ziemlich gleichgültig. Ihn beschäftigten mehr die Kieferzapfen, die viel größer und struppiger waren als die Tannenzapfen, mit denen er daheim spielte. Gerne hätte sie den Buben mit etwas Erbaulichem über einen Paznauner Seligen oder gar Heiligen unterhalten. Aber die Haushälterin ihres Vetters wusste davon nichts zu berichten, was für sie nur der wasserklare Beweis dafür war, dass die Wälder den Tirolern in der Frömmigkeit weit überlegen waren, was sie für sich selbst insgeheim immer schon vermutet hatte.

Langsam legten sich die Schatten über die Nordflanken der Berge, füllten wie schwarzes Pech erst die von Lawinen und Muren gerissenen Rüfen, krochen in die Tobel und von diesen aus dann immer weiter nach unten, verschluckten die Konturen und glitten länger und länger werdend weich in die Falten des Tales. Das Verglühen der Sonne ging einher mit einem unangenehmen, frischen Wind, der herabstrich von den felsigen Schrofen und den eisigen Gletscherhöhen der Silvretta.

»Franzmichel, komm, wir gehen ins Haus!«, sagte das Gottle fröstelnd und räumte ihr Stickzeug zusammen. Im Küchenherd legte sie ein paar Späne auf die schon fast erloschene Glut, holte am Brunnen mit dem Holzkübel noch Wasser und sah im Schrank nach den Vorräten. Der Vetter hatte heute den ganzen Tag über noch nichts gegessen und würde bestimmt mit einem mordsmäßigen Hunger heimkommen. Seit sie hier waren, hatte sie auch einen Teil der anfallenden Arbeiten übernommen, die sonst der Haushälterin zufielen.

»Einen Stopfer!«, dachte sie. »Einen gehörigen Wälder Stopfer! Den hat er sicher schon lange nicht mehr gegessen!«

Draußen dunkelte es bereits und der Vetter war immer noch nicht da. Von der Stube her rasselte die Uhr und schlug dann acht Mal. Franzmichel begann quengelig zu werden, rieb sich müde die Augen, wollte aber partout nicht ins Bett. Das Gottle ließ ihn gewähren, entzündete mit einem Span vom Herdfeuer die Kerze hinter der wassergefüllten Schusterkugel, richtete den Lichtstrahl auf die Mitte ihres Stickrahmens und stimmte dann das Abendgebet an. Noch während des ersten Vaterunsers war Franzmichel dann von selbst eingeschlafen und sie trug ihn hinauf in die gemeinsame Kammer. Halb zehn. Hinter den Bergen schob sich ein beinahe schon voller Mond nach oben und die ersten Sterne blinkten. Wieder begann die Kette der Uhr zu rasseln. Zehn Uhr. Das Bäsle legte das Stickzeug beiseite, erhob sich und trat vor die Haustür. Angestrengt horchte sie hinein in die Nacht, riss ihre Augen auf, so weit es ging. Aber da waren nur der Wind und das polternde Rauschen der Trisanna aus der Ferne.

»Ahne, ahne!«, seufzte sie schwer und machte sich dann in der Küche noch die verordneten Salbenwickel um beide Knie, ehe sie sich wieder an die Arbeit machte. Halb elf Uhr ging vorüber, dann elf Uhr. Aber sie konnte doch nicht so einfach ins Bett verschwinden, wenn er doch den ganzen Tag über noch nichts im Magen hatte. Wieder stand sie auf, trat vor die Tür und lauschte. Zaghaft begann sie zu rufen, zurück aber kam nur einsam das eigene schwache Echo.

Kurz vor Mitternacht schreckte sie aus ihrem Halbschlaf hoch, als krachend die Haustüre ins Schloss fiel. Dann war Ruhe. Nur das schwere Atmen des Vetters kam aus dem Gang. Eine Weile später vernahm sie, wie die Türe zum Behandlungszimmer geöffnet wurde, in dem noch Schubladen auf- und zugezogen wurden, bald darauf seine tapsenden Schritte auf der knarzenden Stiege, die immer wieder innehielten.

Von mir aus!, dachte Dorothe zornig, verräumte das Geschirr und ihr Stickzeug, tauchte ein Buchenscheit in den Wasserkübel, das sie dann in den Herd warf, um am Morgen noch etwas Glut zu haben. Leise zog sie sich zurück in den stockdunklen Bereich der Küchentüre, während der Vetter mit ächzendem Schnaufen von oben herunterwankte, wobei er sich auf jeder Stufe mit dem Ellbogen an der Wand abzustützen schien. Soweit sie es im schwachen Licht der Laterne ausmachen konnte, hielt er irgendetwas in den Händen. Etwas Großes, ein Bündel, nach seinen Bewegungen zu schließen zudem offenbar etwas nicht ganz Leichtes. Das Bäsle getraute sich kaum zu atmen. Mit einem erleichterten Aufstöhnen hatte der Vetter nun endlich den ebenen Boden erreicht, und als er sich in ihre Richtung wandte, entfuhr ihr ein Aufschrei. Zuerst glaubte sie, die vom langen Sticken übermüdeten Augen spielten ihr einen Streich. Ungläubig starrte sie nach vorne, aber was sie dort sah, war keine Täuschung. Wieder schrie sie, gellte noch lauter als vorher.

»Halts Maul, du weckst ihn ja auf!«, fuhr sie der Vetter grob an.

Der kleine Franzmichel in seinen Armen zuckte dabei kurz zusammen, schlief dann aber tief und fest weiter. Das schmächtige Bäsle schoss nun nach vorne wie eine Furie und versuchte ihm im engen Hausflur den Weg zu versperren. Aber er warf sich mit der Schulter gegen sie und schubste sie einfach zur Seite. Ohne ein weiteres Wort zu verlieren, zwängte er sich mit Franzmichel an ihr vorbei und drückte mit dem Ellbogen die Klinke der Tür zum Behandlungszimmer nach unten. Drinnen brannte Licht und das Bäsle begann jetzt am ganzen Körper zu zittern wie Espenlaub. Sie wollte schreien, aber es war, als ob ihr jemand den Hals zudrücken würde. So stand sie da, sah ohnmächtig zu, wie er den Buben auf einen Stapel Tücher legte, die er – und das kam ihr jetzt in den Sinn – gleich nach seiner Heimkehr vorbereitet hatte. Und sie hatte gedacht, er würde nur seine Tasche und die Instrumente versorgen.

»Du kannst mir assist … aschistie … ach was, du sollst mir helfen!«, wandte er sich dann ans Bäsle, die immer noch im Gang stand. Selbst von hier aus waren seine geröteten Augen auszumachen und vielleicht war es nur Einbildung, wenn sie glaubte, auch noch aus dieser Entfernung seine Fuselfahne zu riechen.

Erst jetzt kam ihre Stimme wieder. »Seid Ihr närrisch? Was tut Ihr da?«, schrie sie auf und stürzte trotz ihrer Bresthaftigkeit förmlich ins Zimmer. Der Doktor aber ließ sich nicht beirren, langte nach einer bereitstehenden braunen Flasche und einem Wattebausch, auf den er etwas Flüssigkeit tröpfelte, und drückte diesen dem schlafenden Kind mit der einen Hand auf die Nase, während er ihm mit der anderen den Mund und zugleich den aufbäumenden Körper festhielt.

»Was ich da tue? Was tut ein Arzt? Er operiert!«, kam es spöttisch über seine Schulter, während er nun laut weiterzählte.

»Neun, zehn, elf, zwölf … das müsste genügen!«, sagte er dann, drehte den Docht der blakenden Petroleumlampe weiter nach oben, setzte sich sein kreisrundes Ding auf den Kopf und fing an, seine Instrumente auf dem Tisch auszubreiten. Das Bäsle gellte und schrie, versuchte von der anderen Seite her den Kleinen vom Tisch zu ziehen, was aber den Vetter fuchsteufelswild machte und er seinerseits zu brüllen begann. Aber die Dorothe ließ sich nicht beruhigen, und als er eines der Skalpelle prüfend ins Licht hielt, ging sie mit einem Schrei auf ihn los und überlegte kurz, es ihm aus der Hand zu schlagen.

»Jetzt langt's aber!«, knurrte nun der Doktor, packte sie von hinten an beiden Oberarmen, schob sie der Türe zu und schubste sie hinaus auf den Gang. Noch bevor sie sich wieder umwenden konnte, drehte er von innen den Schlüssel um.

Sie aber schlug mit den Fäusten an die Türfüllung, schrie verzweifelt und fing dann, als sie die Sinnlosigkeit ihres Tuns einsah, vor der Schwelle kniend herzzerreißend zu weinen an, das nach und nach in ein trockenes Schluchzen überging.

In ihrer Ohnmacht flehte sie zur seligen Ilga, die auch eine starke Helferin bei Augenleiden war, und als sie noch anfing, laut den schmerzhaften Rosenkranz zu beten, riss drinnen dem Vetter die Geduld.

»Schau, dass du verschwindest! Wie soll ich mich denn bei dem Lärmen konzentrieren?«

Aber das Gottle dachte nicht daran, ihr Patenkind im Stich zu lassen, gab ihm auch keine Antwort, sondern betete mit verzweifelter Inbrunst weiter. Sie hörte damit nicht eher auf, als bis sich der Schlüssel im Schloss drehte und der Doktor mit dem immer noch in tiefer Narkose liegenden Buben in seinen Armen erschien. Erst jetzt erhob sie sich, und als sie im dämmerigen Licht einen Blick auf Franzmichel warf, stieß sie einen markerschütternden Schrei aus und musste sich am Türrahmen festhalten. Ihr Vetter aber stierte sie nur aus glasigen Augen an.

6

Aus dem Paznauntal kam nur selten Post. Die wenigen Nachrichten, die meist auch nur aus wenigen Zeilen bestanden, klangen aber hoffnungsvoll und endeten fast immer damit, dass sich mit Gottes Hilfe alles zum Guten wenden würde. Die zweite Heuernte war jetzt in vollem Gang und die beiden Felders kamen kaum dazu, dem Franzmichel und dem Bäsle nachzusinnieren. Nicht nur das Heu im Tal musste eingefahren werden, auch die steilen Bergwiesen mit dem Gras, das erst im Winter mit Schlitten ins Tal gebracht wurde, musste gemäht werden. Das Brennholz für Herd und Ofen konnte auch nicht bis zum Winter warten und von Zeit zu Zeit musste Jakob auch hinauf zur Alpe Schiedlen unterhalb der Hochkünzelspitze, an der er einen Anteil besaß. Dazu kam noch die Arbeit in seiner Werkstatt. Hier war ein Wagenrad, dort eine Deichsel gebrochen und der Ersatz wurde jetzt sofort und nicht erst in ein paar Wochen gebraucht. Der Sommer war die strengste Zeit des Jahres und Jakob war bemüht, seiner Frau die Arbeit abzunehmen oder wenigstens zu erleichtern, wo er nur konnte. Maries Bauch wölbte sich nun schon beachtlich, trotzdem aber konnte auf ihre Arbeitskraft auf dem Feld nicht verzichtet werden. Es war blutsaure Schinderei, auch wenn wenigstens die Melkarbeit kleiner geworden war, da nur noch eine Kuh sommers im Tal gehalten wurde. Für Franzmichel und das Bäsle taten die beiden das Einzige, was in ihrer Macht stand, und sie schlossen sie jeden Morgen, Mittag und Abend noch mit einer gesonderten Bitte inbrünstig in ihr Gebet ein.

Mit der Länge des Sommers wurden aber auch die Briefe vom Vetter aus dem Paznauntal zunehmend seltener, kürzer und gleichzeitig nichtssagender. Das Einzige, das immer gleich blieb, war der Satz, dass alles mit Gottes Hilfe wieder besser würde. Den letzten, der anfangs November in Schoppernau ankam und den ihm der Bote sonntags auf dem Kirchplatz aushändigte, steckte Jakob ungelesen in seine Joppentasche.

»Es ist wieder Post gekommen. Aus dem Tirolischen!«, sagte er auf dem Heimweg zu Marie.

Erwartungsvoll blieb sie stehen. »Und?«

Jakob lächelte und schüttelte den Kopf. »Ich habe ihn noch nicht gelesen. Ich denke, wir machen ihn zusammen auf, wenn wir daheim sind!«

Seine Frau warf ihm einen ein wenig enttäuschten Blick zu und ihr Schritt wurde trotz ihres inzwischen beträchtlichen Leibesumfanges schneller. Kaum konnte sie es erwarten, die Türe hinter sich zu schließen, und ungeduldig sah sie auf die Hände ihres Mannes, der umständlich das Kuvert öffnete und mit bedächtiger Langsamkeit das Schreiben herauszog. Heute war es mehr als das Übliche: Man wüsste nicht, wann mit Schnee zu rechnen sei, und es wäre sicher nicht verkehrt, wenn er die beiden noch vorher rechtzeitig nach Hause holen würde.

Marie nickte und meinte, das sei sicher vernünftig, bevor man nicht mehr über die Berge kommen und womöglich der Arlberg völlig unpassierbar würde.

Jakob las weiter und aus dem Gesicht wich die Farbe. Nur mühsam konnte er vor seiner Frau das Zittern der Hände verbergen. Stumm faltete er den Brief zusammen und steckte ihn wieder ins Kuvert.

»Was ist los?«, fragte Marie erschrocken und langte nach dem Schreiben.

Jakob aber zog es zu sich heran und legte die Hand darauf. »Marie«, sagte er, während er versuchte, seine Fassung wieder zu erlangen, »Marie, komm, setz' dich her zu mir!«

Mit weiten Augen kam sie zögernd seiner Aufforderung nach.

»Marie ...«, fing er an und wusste nicht, wie er es zu Ende bringen sollte. Jakob fasste nach ihrer Hand und hielt sie fest, so hart, dass es schon fast schmerzte. Aber er achtete nicht darauf. »Marie ...«, wiederholte er und versuchte kurz, ihrem Blick auszuweichen, sah ihr aber dann gerade in die Augen. »Mit Franzmichel ...« Er brachte es nicht übers Herz.

»Franzmichel ... was ist ... mit ihm?«

Der Anblick seiner Frau schnürte Jakob die Luft ab. Aber es musste heraus, es gab jetzt kein Zurück mehr. Hätte er doch den Brief noch auf dem Kirchplatz gelesen!

»Dem Franzmichel sein Auge sei durch eine eingetretene Entzündung verloren«, flüsterte er, beinahe so, als ob er etwas Verbotenes, Unanständiges aussprechen würde.

»Dass alle ferneren Versuche, um ein besseres Augenlicht zu erzeugen, für immer ganz fruchtlos bleiben müssen, dürfen Sie mir sicher glauben ... so steht es da!«

Marie schien seiner Stimme nachzulauschen und Jakob glaubte es körperlich zu fühlen, wie dann ihr der Herzschlag stockte. Noch sperrte sie sich dagegen. Aber als sie den Gedanken zuließ, erst zögernd, dann vollends begriff, stieß sie einen hellen Schrei aus, warf ihre Arme auf den Tisch und vergrub den Kopf zwischen ihnen. Jakob legte unbeholfen die Hand auf ihre bebenden Schultern und ließ sie gewähren.

»Marie ...«, sagte er nach einer Weile und im Aufblicken nahm sie flüchtig wahr, dass er auch selber mit den Tränen zu kämpfen hatte. Langsam schüttelte er den Kopf und aus der Art, wie er es tat, wusste sie im gleichen Moment, dass der Schrecken noch nicht zu Ende war.

»Ist ... noch etwas anderes, womöglich mit der Dorothe?«

»Nein!«, antwortete er leise und fuhr fort: »Der Herr Vetter Doktor schreibt, es sei nicht das rechte, ... sondern ... das linke Auge!«, stieß er dann endlich hervor.

Marie brauchte einen Moment. »Das linke, das gesunde?«, stammelte sie dann, wurde totenbleich.

»Ja, das linke ...«, antwortete Jakob und schluckte leer.

»Verloren! Für immer verloren ...«, wiederholte sie und begann erst jetzt die Tragweite richtig zu erfassen. »Dann ist er jetzt ja … so gut wie blind! Blind!« Ihre Stimme überschlug sich nun in diesem einzigen Wort, dann sackte sie in sich zusammen. »Meine Schuld«, flüsterte sie, »es ist meine Schuld! Wenn ich nicht …«

»Hör auf damit!«, fuhr ihr Mann sie an. »Wenn, wäre, hätte!«

Aber Marie ließ sich nicht davon abbringen.

»Vielleicht kann man doch noch etwas machen!«, versuchte er sie wieder aufzurichten.

»Für immer verloren!« Immer wieder stammelte Marie diese drei Worte, in denen das ganze Schicksal eines noch kaum begonnenen Lebens lag, und ihr war, als habe sich die Nacht auch um sie zusammengezogen. Mit einem Mal keuchte sie vor Schmerzen auf, fasste sich mit beiden Händen an den Bauch. »Jakob«, sagte sie ruhig, »das Fruchtwasser geht ab!«

Er erschrak und sprang auf. In etwa zwei Monaten erst sollte es so weit sein. Ungläubig blickte er erst auf seine Frau und dann auf den Boden. Unter der weiten, gefälteten schwarzen Juppe bildete sich ein Fleck, der zunehmend größer wurde. Gleich darauf krümmte sie sich mit einem Schrei.

Immer noch stand er da, mit hängenden Armen, wie zu Stein verwandelt. »Ich hol' die Hebamme!«, riss er sich dann endlich selbst aus seiner Erstarrung.

»Später! Zuerst jemanden aus der Nachbarschaft. Geh' zum Agathle!«, keuchte Marie.

Das Agathle war schon gut in den Fünfzigern, hatte selbst schon sieben Kinder zur Welt gebracht. Auch sie erschrak, als Jakob mit der Nachricht in ihre Küche gestürzt kam. Aber sie stellte keine langen Fragen, sondern warf nur noch die Speckseite in die Gerstensuppe, wischte sich noch schnell die Hände ab und lief so schnell es eben ging hinüber zu Felders, während Jakob in Richtung Au verschwand. Als er wieder mit der Hebamme zurückkam, war schon im Hausgang gleichmäßiges Gemurmel zu vernehmen. Jakob fühlte, wie ihm das Blut aus dem Kopf wich. Das Erste, was er im Gaden sah, waren die Frauen mit gefalteten Händen, die bei seinem Eintreten zur Seite wichen, ohne jedoch das Gebet zu unterbrechen. Im Bett lag Marie mit wachsbleichem und tränenüberströmtem Gesicht, an ihrem Fußende stand der Pfarrer.

7

Wäre es nach dem Bäsle gegangen, so hätte es sie keinen Tag länger als unbedingt nötig im Paznaun gehalten. Aber sie hatte keine Wahl, musste abwarten, bis Franzmichels eiterndes Auge wenigstens halbwegs abgeheilt war. Auch bei ihr selbst schlug die Behandlung nicht an. Im Gegenteil. Die Schmerzen wurden von Tag zu Tag ärger, was aber der Vetter als gutes Zeichen deutete. Mit immer neuen Salben und Tinkturen traktierte er sie, trotzdem spürte das Bäsle, wie sich ihre Gelenke zunehmend versteiften. Auch nach der Abheilung des Auges fand er Gründe, die gegen eine Heimkehr sprachen. Als ihm nichts mehr einfiel, verwies er auf die strenge Sommerarbeit, während welcher der Jakob unabkömmlich sei und unmöglich von zu Hause fortkönne.

Endlich war dann ihr Bruder mit einem Saumpferd vor dem Haus gestanden und der Doktor hatte es plötzlich ganz eilig mit einem Krankenbesuch gehabt. Ja, das mit Franzmichels Auge, das sei wirklich eine ganz traurige Geschichte. Keinen Tag länger hätte man noch zuwarten dürfen, sonst wären beide Augen verloren gewesen und so habe er wenigstens noch das eine, wenn auch leider nur das schlechtere, retten können.

Geld würde er sowieso keines annehmen und dass man sich in der Verwandtschaft helfe, sei wohl selbstverständlich. Das Bäsle hatte stumm, mit dem Kleinen an der Hand daneben gestanden und ihn nur angesehen. Er aber war ihrem Blick ausgewichen und war dann förmlich geflohen, als ob der Leibhaftige hinter ihm her wäre. Die paar Habseligkeiten waren schnell gepackt und auch das Bäsle wurde auf das kleine Pferd verfrachtet.

Ihr Bruder gefiel ihr überhaupt nicht. Wortkarg und einsilbig war er. Auf Fragen nach daheim gab er nur knappe Antworten und immer wieder ging sein Blick hinab zu seinem Sohn, der an seiner Hand neben ihm herlief. Als sie sich nach Maries Zustand erkundigte, erschien er ihr, als ob ihn eine nun zentnerschwere Last niederbeugen würde.

Mit einem Mal hielt er an. »Das Kind ist viel zu früh gekommen«, sagte er leise, nahm das Pferd aber sogleich wieder fest am Zügel und schritt weiter aus. »Zuerst haben wir geglaubt, es stirbt noch im Wochenbett. Aber es lebt. Trotzdem glaube ich nicht, dass er es packt.«

Das Bäsle war wie vor den Kopf geschlagen. Wie benommen schwankte sie im Sattel her und hin. »Wie …«, fragte sie dann nach einer Weile mit lebloser Stimme.

Auch Jakob schniefte kurz und erzählte ihr, wie der Brief gekommen sei, worauf sich Marie über die Nachricht von Franzmichels verdorbenem Auge so aufgeregt habe, dass das Kind um zwei Monate zu früh zur Welt gekommen sei.

»Und wie nimmt sie es?«, fragte Dorothe weinend, nachdem sie wieder einen halbwegs klaren Gedanken fassen konnte.

»Schwer!«, antwortete ihr Bruder nur. »Josef haben wir ihn getauft!«, fügte er dann noch hinzu.

Schweigend zogen sie hinaus durchs Tal, ein paar Murmeltiere stießen ihre Warnrufe aus. Aber nur Franzmichel hörte sie. Bis nach Nasserein, einem kleinen Dörfchen mit ein paar niederen Häusern am Aufstieg zur Passhöhe des Arlbergs, hatten sie keine zehn weiteren Sätze miteinander gewechselt. In der ärmlichen Dorfwirtschaft bezogen sie Nachtquartier und immer noch einsilbig nahmen sie auch das karge Nachtmahl ein. Jakob war dabei daheim in Schoppernau und das Bäsle drückte ihr Gewissen. Sollte sie es ihrem Bruder sagen? Immer wieder wollte sie ansetzen, hielt dann aber ebenso oft doch noch im letzten Moment inne. Doch mit jedem Tag, der seit jener unseligen Nacht vergangen war, hatte sie sich mehr Vorwürfe gemacht. Ein wenig mehr Entschiedenheit, mehr Mut … die Ätherflasche hätte sie ihm gleich auf den Boden werfen sollen oder seine Instrumente, oder vielleicht mit der Lampe verschwinden, oder ihm ein Bein stellen, oder ins Dorf laufen und um Hilfe schreien …

Langsam legte sie nun den Löffel auf den Tisch und holte Luft. »Jakob«, hob sie an, »ich muss dir etwas sagen!« Ohne ihren Bruder anzusehen, den Blick auf den leeren Teller gerichtet, fing sie an zu berichten. »Du musst es wissen. Was euch der Doktor geschrieben und dir und mir erzählt hat – das stimmt nicht. Das ist alles erlogen.«

Dorothe schilderte nun mit wachsendem Zorn die Umstände, die zum Verlust von Franzmichels Augenlicht geführt hatten. »Der Vetter war so stockvoll, dass er die Augen verwechselt hat!«

Jakob wollte es erst nicht glauben, aber die Art, wie seine Schwester es vorbrachte, ließ keinen Platz für Zweifel. Wortlos strich er seinem Sohn mit seiner schwieligen Hand durch das Haar.

»Ahne, ahne!«, fuhr seine Schwester gequält fort. »Es war grausig! Dann noch die Lügerei, das linke Auge sei auch krank gewesen. Im Suff verwechselt hat er es, das ist die Wahrheit, so wahr ich hier sitze und Gott sei mein Zeuge!« Schwer atmend lehnte sie sich zurück und sah ihren Bruder fast bittend an. »Aber was hätte ich tun sollen?«

Jakob schüttelte nach einiger Zeit langsam den Kopf.

»Gar nichts. Gar nichts hättest du tun können!« Dann nahm er Franzmichel in den Arm und starrte vor sich hin. »Am liebsten würde ich sofort umdrehen und diesen sauberen Herrn Vetter Doktor so verhauen, dass er für ein paar Wochen damit beschäftigt ist, sich selbst zu kurieren!«, sagte er dann und fügte noch resigniert hinzu: »Aber was würde das ändern. Davon bekommt der Bub sein Augenlicht auch nicht wieder.«

Je näher sie spätnachmittags der Heimat kamen, desto schwerer wurde dem Bäsle das Herz. Wie würde wohl Marie den Anblick ihres Buben aufnehmen? Immer wieder ging ihr Blick zur Buckelkraxe auf dem Rücken ihres Bruders, wo Franzmichel friedlich schlief. Jetzt sah er aus wie jedes andere gesunde Kind. Aber nur so lange, bis er die Augen aufschlug.

Stumm schickte sie ein Stoßgebet zum Himmel, zu seinem verstorbenen Bruder Jakob. Der war jetzt näher beim Herrgott und konnte bei diesem bestimmt ein gutes Wort für den Franzmichel einlegen, ihn bitten, ihm wenigstens das rechte Auge zu erhalten. »Der Franzmichel muss jetzt sein ganzes Leben lang damit auskommen!«, fügte sie noch ermahnend hinzu.

Geradeso als ob Franzmichel es gespürt hätte, dass er wieder daheim war, erwachte er nur wenige Schritte vor seinem Elternhaus, rieb sich die Augen und gähnte unbekümmert.

Im hellen Viereck der Haustür erschien Maries vertraute Gestalt, die erst zögernd, dann immer schneller auf sie zukam. »Franzmichel! Wie geht's dem Franzmichel?«

Ihr Gesicht war in der Dunkelheit kaum zu sehen, aber in ihrer Stimme lag die ganze Sorge einer Mutter um ihr Kind.

»Den Umständen entsprechend«, antwortete Jakob, während er die Kraxe absetzte und den Buben hochhob. Beinahe scheu kam sie näher, nahm ihren Sohn auf den Arm und trat zögernd in den vom Hausgang her schwach erleuchteten Schopf, wo es ihr aber trotz aller gefassten Vorsätze nicht gelang, einen Aufschrei zu unterdrücken. Franzmichels ehemals gesunder Augapfel war mit einer dünnen Haut überzogen, die Ähnlichkeit hatte mit gestocktem Eiweiß. Fest presste Marie ihren Buben an sich, so hart, dass dieser sich gegen die Umklammerung zu wehren begann. »Franzmichel … Franzmichel …«, flüsterte sie wieder und wieder.

Stocksteif saß derweil das Bäsle immer noch auf dem Ross, brachte kein Wort heraus und die Tränen rannen still über ihre Wangen.

»Hat er wenigstens dir helfen können?«, wandte sich Marie dann schluchzend an ihre Schwägerin.

»Nein. Es ist eher schlechter geworden. Aber was ist das gegen den Buben«, antwortete Dorothe mit zitternder Stimme und erwartete jetzt Fragen über Fragen. Aber keine einzige kam.

»Der Josef hat es auch nicht recht. Der Doktor weiß sich keinen Rat und von Tag zu Tag wird er nicht mehr, sondern eher geringer«, sagte Marie stattdessen zu Jakob.

8

Anfang Dezember war auch der kleine Josef dann ein Engel geworden. Das Gottle hatte ihn gleich darauf zum Haupt-Schutzpatron für den Franzmichel erkoren, der durch die verpfuschte Operation ja auch als direkt Betroffener ihrer Ansicht nach mehr ausrichten konnte als der schon bei der Geburt verstorbene Jakob. Der Josef sollte nun den Herrgott immer wieder bitten und erinnern, seinem Bruder wenigstens das noch verbliebene Sehvermögen auf dem rechten Auge zu erhalten.

Der Einzige, den das alles nicht bekümmerte, war der Franzmichel selbst. An das, was im Paznauntal passiert war, hatte er keine

Erinnerung und auch nicht daran, wie es war, als er auch noch sein gesundes Auge hatte. Franzmichel wuchs heran, aus dem ehemals kleinen Beatzger war ein pausbäckiger Bub geworden und auch der weiße Punkt wuchs nicht weiter. Was ihm irgendwann auffiel, war der Umstand, dass seine Nase scheinbar nicht mittig im Gesicht, sondern seitlich versetzt zu stehen schien. Wenn er gerade zur Seite oder nach links unten zum Boden sah, ohne dabei den Kopf zu wenden, kam es ihm vor, als ob sie ihm wie eine kleine Mauer die Sicht versperrte. Aber wirklich bewusst wurde es ihm eigentlich immer nur dann, wenn ihn seine Mutter darauf ansprach und gemahnte, ja um Gottes willen auf sein verbliebenes Auge aufzupassen. Franzmichel vergaß das immer genauso schnell wie die Aufforderung zum Naseputzen mit dem Sacktuch und machte seine Sehbehinderung durch seine Wildheit wett. In ganz Schoppernau gab es keinen gleichaltrigen Buben, der sich höher in die größten Bäume hinauf getraute als er. Auch selbst weitaus Ältere verließ schon am Boden der Schneid und nahezu beschämt sahen sie zu, wie der kleine Felder tollkühn in den höchsten Wipfeln herumtobte und dabei noch seine Faxen machte. Auch vor den steilsten Büheln und schrofigsten Abhängen hatte er nicht den allergeringsten Respekt. Wenn die anderen ängstlich stehen blieben, stieg er noch weiter, und wo sie beim Abstieg vorsichtig nach Halt und Tritt suchten, lief er lärmend an ihnen vorbei, als ob das alles nichts wäre.

Anders als Marie war Jakob nicht wenig stolz auf Franzmichels Furchtlosigkeit und hielt damit auch nicht hinter dem Berg. »Besser ein Loch im Knie als in der Hose. Das wächst von selber wieder zu!«, pflegte er zu sagen, wenn er wieder einmal auf eine Tollkühnheit seines Sprösslings angesprochen wurde.

Zunehmend gab es Stimmen im Dorf, die meinten, der Franzmichel sei wahrscheinlich eigentlich gar nicht so mutig, sondern das komme nur daher, weil er eben die Gefahr einfach nicht sehen würde.

»Jakob, ich muss es dir sagen«, sagte Strölzlers Julius, der eines Abends seinen reparierten Milchkarren abholte, »auf deinen Buben tät' ich schon mehr aufpassen. Mein Hanspeter ist bestimmt ein Wilder, wilder, als mir eigentlich recht ist. Aber der hat zwei Augen – du weißt schon, was ich meine!«

Was er wirklich meinte, das glaubte der Jakob zu wissen. Nicht nur dem Strölzler, sondern auch noch manchem anderen ging es gegen den Strich. Ein Einäugiger, nein, nicht einmal das, ein Halbäugiger nur und dazu noch der jüngste von allen, steckte sie alle in den Sack.

»Meinen Hanspeter habe ich schon angewiesen, sie sollen ein bisschen auf deinen Franzmichel achtgeben. Nicht, damit ihm noch etwas passiert!«, fügte der Strölzler noch hinzu.

Jakob gab darauf keine Antwort.

Auch andere Eltern redeten nun täglich auf ihre Kinder ein, Jaukos Franzmichel sei ein ganz armer Tropf, der wegen seiner Behinderung nicht immer wisse, was er tue, und nicht sehen könne, in welche Gefahren er sich begebe.

Franzmichel verdross das fürsorgliche Getue zunehmend. Aber auch den anderen Buben wurde es nach und nach zu dumm, immer nur den Felder von irgendetwas abhalten und so auch selber zurückstecken zu müssen, weil sie ihm sonst dann nicht mehr Herr wurden. Zum Schluss wollte kaum noch einer mit ihm zu tun haben und Franzmichel blieb nichts anderes übrig, als sich mit den Mädchen abzugeben. Grausig langweilig war das, auch wenn sie ihm Beeren pflückten und ihn noch ärger bemutterten als ihre Stoffpuppen. Fuchsteufelswild konnte er darauf werden und sie zornig anschreien, er sei doch kein Zuckerbollen in einem Glas!

Mit der Zeit aber fand er Gefallen an ihnen. Sollten doch die Buben ihre rauen Spiele treiben und ihn verspotten. Er bastelte Wiegen für die Puppen, baute aus Lehm kleine Küchen oder lag im Gras am Waldrand und sah den Mädchen zu.

»Ahne«, jammerte plötzlich das Sefele aus einer der Puppenküchen, »ich habe keine Milch mehr!«

»Dann hol halt welche im Stall!«, antwortete Oberhausers Marianne.

»Ich hab schon geschaut. Aber dort ist keine Kuh mehr«, gab das Sefele zurück.

Franzmichel sprang auf, tat ein paar Schritte in den Wald, blieb vor einer riesigen Tanne stehen und sah nach oben. »Ich hol euch Kühe. So viel ihr wollt!«, sagte er dann lässig.

Die Mädchen waren nachgekommen und folgten nun seinem Blick. »Was willst du machen?«, kam es dann ängstlich.

Franzmichel gab keine Antwort, sondern sprang aus dem Stand in die Höhe, ergriff den untersten dicken Ast und schwang sich nach oben. »Juhuuh!«, kam es gleich darauf knapp von unterhalb des Wipfels. Mit ganzer Gewalt warf er sich jetzt gegen die dünne Spitze. Der obere Teil des Baumes begann zu schwingen, erst langsam, dann immer heftiger. Und nun regnete es die begehrten Tannenzapfen. Kaum stand er wieder schnaufend auf dem Boden, wurde er von den Mädchen umringt. Zwar schimpften sie mit ihm, nannten ihn leichtsinnig und weiß Gott noch was. Aber in ihren Augen stand etwas anderes.

»Habt ihr jetzt genug Kühe?«, lachte er und tat ihre Vorwürfe mit einer wegwerfenden Handbewegung ab. »Ach was. Ist doch gar nichts!«

Sie verstummten und sahen ihn an. Mit Bewunderung, ja beinahe schon mit Ehrfurcht. In Franzmichel stieg ein sonderbares Gefühl auf. Zum ersten Mal glaubte er zu spüren, wie es war, ein richtiger Mann zu sein, obwohl er noch nicht einmal zur Schule ging.

»He, du Weiberheld!« Als er sich umwandte, standen vor ihm Schellers Jockl, Kreuzenmännlers Bartle und Brosers Johann.

»Wer sagt das?«, fragte er ganz ruhig.

»Wir alle!«, entgegnete der Bartle und grinste dreckig.

»Her mit den Tannenkühen!«, rief hinter ihm fordernd der Johann.

Franzmichel gab keine Antwort, trat ein paar Schritte näher hin zum Bartle, packte diesen am Hosenbund und riss den überraschten Kreuzenmännler mit einem Ruck vorwärts und auf den Boden. Kaum war dieser aufgestanden, so lag er schon wieder. Noch einmal rappelte er sich auf und der Scheller wollte dem Bartle zu Hilfe kommen, erhielt aber einen Schlag mit dem Ellbogen in den Bauch, worauf ihm die Luft wegblieb. Der Broser stand da, wusste nicht, was er tun sollte, und schrie: »Hergutsch, ihr werdet doch mit dem kleinen Felder fertig werden!«

Inzwischen lag der Kreuzenmännler schon wieder auf dem Rücken wie ein Maikäfer, der Jockl versuchte derweil ächzend aus dem Schwitzkasten zu entkommen und hätte es auch fast geschafft, wenn ihn der Franzmichel nicht noch herumgeschlenzt und dann schlagartig seinen Kopf losgelassen hätte, woraufhin der Scheller noch ein Stück weit auf dem Hosenboden auf dem feuchten Waldboden und genau über einen Kuhpflatter schlitterte.

Die Mädchen standen herum und kicherten, was die Buben aber noch mehr anstachelte. Es endete mit der schmachvollen Flucht der Herausforderer – und Jaukos Franzmichel war – zumindest in den Augen der Mädchen – der strahlende Prinz von Schoppernau.

9

»Der Weißfuß. Er gibt einfach zu wenig Milch! Auf dem nächsten Markt werde ich ihn verkaufen.«

Franzmichel blieb mitten im Stallsgang erschrocken stehen. War das sein sonst so mitfühlender und besorgter Vater, der mit einem Mal so roh und herzlos daherredete? Den Weißfuß hergeben? *Seinen* Weißfuß?

»Nein!«, schrie er auf. »Nein! Nicht den Weißfuß!«

Er wusste, was das bedeutete. Bei Metzlers hatte er es gesehen. Dort hatten sie eine Kuh geschlachtet, vor ein paar Wochen erst war es gewesen, und das Bild war immer noch in seinem Kopf, wie das arme Tier dagehangen hatte ohne Fell und es die Männer in lauter Teile zerlegt hatten mit langen, scharfen Messern, die sie von Zeit zu Zeit wieder nachschärften. Selbst den Ton hatte er noch in den Ohren, wie dabei die Klingen – wiep, wiep, wiep – über den runden Stahl geglitten waren.

»Der Weißfuß ist die bravste Kuh!«, heulte er auf. »Du darfst sie nicht verkaufen!«

»Franzmichel«, antwortete Jakob, »wir verkaufen sie ja nicht gerne, aber es muss sein!«

Aufheulend rannte er in die Stube. Das Gottle musste helfen und würde sicher ein Wort für den Weißfuß einlegen. Aufgewühlt schilderte er ihr seine Not. Sie legte ihren Stickrahmen beiseite, suchte in ihrer Schürze nach dem Schnäuztuch. »Komm her zu mir!«, sagte sie und fuhr ihm mit dem Tuch über die Augen. »Ahne, ahne«, seufzte sie dabei gerührt, »du armer Bub!«

Nochmals wischte sie ihm übers Gesicht. »Weißt du, Franzmichel«, sagte sie dann, »das ist nicht roh und grob von deinen Eltern. Sie tun das nur, weil ihnen nichts anderes übrig bleibt. Wir alle haben das schon einmal durchmachen müssen. Auch dein Vater. Ich weiß noch als ob es gestern gewesen wäre, als er, auch noch ein kleiner Bub, seine Lieblingskuh hat auf den Markt führen müssen. Käsweiß ist dein Vater damals gewesen und so gezittert hat er, dass er das Tierle kaum vorwärts gebracht hat.«

»Und warum hat er es dann getan?«, fragte er trotzig.

»Unser Vater war krank und brauchte einen Doktor. Aber der kommt auch nicht umsonst, sondern den muss man bezahlen. Mit dem Geld, das übrig blieb, haben meine Eltern dann noch für uns Kinder Kleider auf den Winter hin gekauft. Siehst du, alle haben zusammenstehen und auch die Kuh hat mithelfen müssen!«

Das mochte alles so sein. Aber die Kuh von damals war nicht sein Weißfuß! Beim Abendessen zog er seinen letzten vermeintlichen Trumpf. »Immer war der Weißfuß für uns da, und während die anderen Kühe auf der Alpe waren, hat er uns Milch gegeben. Jetzt, wo er weniger gibt, ist er nichts mehr wert und soll verkauft werden!«

»Kleiner, einfältiger Franzmichel!«, sagte darauf Jakob und strich ihm übers Haar. »Dafür hat sie auch gutes Gras bekommen auf der Gemeindewiese!«

»Das wächst von selbst!«, entgegnete dieser uneinsichtig.

»Glaubst du denn, den Weideplatz bekomme ich umsonst? Nein, der muss bezahlt werden und dazu kommen noch Zinsen und Abgaben und Steuern!«

Doch der Kleine gab nicht auf: Er sprang auf und kam kurz darauf mit seiner Sparbüchse zurück. »Das kann ich auch!«, sagte er stolz und leerte seine Münzen auf den Tisch.

Lächelnd begann Jakob zu zählen. »Das müsste mindestens zehnmal mehr sein, damit es klepft!«

Franzmichel war nun ziemlich kleinlaut geworden. In seinem kleinen Kopf ging es in den folgenden Tagen ziemlich drunter und drüber. Zwar begriff er alles nicht ganz, aber doch immerhin so viel, dass die Kühe nicht nur von den Bauern abhingen, sondern umgekehrt auch die Bauern von den Kühen. Ein paar Wochen später aber war der Weißfuß trotzdem aus dem Stall verschwunden und der Vater kam heim mit einem Tuch voll großer Birnen. Eine Köstlichkeit, die kaum im Bregenzerwald wuchs, wo das wenige Obst meist nicht nur klein war, sondern auch noch sauer schmeckte. Franzmichel scheuchte das schlechte Gewissen aus seinem Kopf, das ihm hätte den Appetit verderben können, und ließ es erst wieder hinein, nachdem er die letzte der süßen Früchte verzehrt hatte.

10

Seit der Weißfuß nicht mehr im Stall stand, war Franzmichel zunehmend stiller geworden, die Spiele mit den anderen Kindern bedeuteten ihm nun überhaupt nichts mehr. Geradezu dazu drängen mussten ihn seine Eltern, aber meist kam er schon nach kurzer Zeit zurück, um sich beim Vater in der Werkstatt nützlich zu machen. Aber auch der Mutter und dem Gottle ließ Franzmichel seine vermeintliche Hilfe angedeihen. Schließlich brachten auch sie mit ihrer Stickarbeit Geld ins Haus und er kam zu dem Schluss, dass es mehr würde, wenn er auch sie ein wenig unterstützte. Es endete allerdings in einem Fiasko, als er sich auch noch über den Stickrahmen hermachte. Das Ergebnis war so verheerend, dass der Händler dafür nicht nur kein Geld herausrückte, sondern aufgebracht auf Schadensersatz bestand.

Irgendetwas musste geschehen. Der Bub brauchte irgendeine Beschäftigung, und zwar eine, mit der man ihn alleine lassen konnte. Als Jakob an einem Spätnachmittag dem Beer noch den reparierten Hornerschlitten vorbeibrachte, der schon seit Tagen unabgeholt in der Werkstatt herumstand und dort ihm im Weg umging, kam ihm der rettende Gedanke. Ein Webstuhl! Das war es! Nichts Großes, sondern ein kleines, einfaches Webstühlchen, das man in der warmen Stube auf den Tisch stellen konnte. Noch am Abend machte sich Jakob an die Arbeit und schickte den Franzmichel anderntags mit dem fertigen Stuhl zum Vetter Hansjakob, der nebenbei noch Weber war, damit ihm dieser den Umgang damit zeige. Nach nur wenigen Stunden war er wieder zurück, holte beim Vetter noch einen Sack voll Garn und fing an, wie es ihm dieser beigebracht hatte, einfache Bänder anzufertigen, die für das Zubinden von Säcken und Verschnüren von Ballen und Packen Verwendung finden sollten. Zuerst verkaufte er seine Bänder in der Nachbarschaft, aber der Winter war noch nicht halb um, da wollte in der näheren Umgebung niemand mehr etwas von Franzmichels Bändeln wissen, obwohl er sie für nur einen Groschen auf zehn Ellen anbot. Bald darauf war auch der Bedarf in ganz Schoppernau gedeckt. Kaum ein Haus gab es mehr, in dem die Futtersäcke zum Schutz vor den Mäusen nicht mit seinen Erzeugnissen zugebunden wurden. Auch draußen in der Gemeinde Au winkte man zum Frühjahr hin zunehmend ab, wenn der Franzmichel wieder einmal mit dem für ihn viel zu großen Rucksack seines Vaters vor der Türe stand. Auf dem Heimweg kam er dann oft nicht vorbei an dem alten, lottrigen Häuschen des alten Birgers, das noch viel älter war als sein Besitzer. Wenn dieser nicht strickte, so lag er meistens auf der Ofenbank, da es den Birger meistens grausig fror, was aber auch kein Wunder war, wenn man bedachte, dass er schon über neunzig Jahre auf dem Buckel hatte.

Auch heute war es so und der Alte hob bei seinem Eintreten nur ein wenig den Kopf, saugte aber vorher noch aus seiner Pfeife eine gewaltige Wolke, die sich unter der niedrigen, im Laufe der vielen Jahrzehnte beinahe kohlrabenschwarz gefärbten Holzdecke verteilte. »Ach, du bist es«, sagte er, während wieder blauer Rauch aufstieg und unter der Decke entlangkroch. Ächzend richtete er sich auf. »Ich habe schon auf dich gewartet. Bist mir doch der Liebste von allen.«

Der alte Birger war ein eigenartiger Kauz, doch von seiner Jugend konnte er erzählen wie sonst keiner. So richtig blühte er dabei auf und Franzmichel meinte dann geradezu, alles mit ihm selbst noch einmal zu erleben. Dann hörte er auch nicht mehr das Gackern der Hühner unter dem Steinofen und der Kuckuck aus der Schwarzwälderuhr hätte sich heiser schreien können. Von den Geschichten über den hörnernen Siegfried, der sich mit dem Blut eines erschlagenen Drachens eine Haut wachsen ließ, so hart und fest wie eine Ritterrüstung, und Franzmichel fühlte sich dabei selber wachsen, wurde stark, furchtlos und unbesiegbar. Oder von dem mächtigen Eichenbaum, unter dem sich eine gewaltige, hell erleuchtete Höhle verbarg, in die sie einen Mann an einem stunden- über stundenlangen Seil hinabließen und der dann bei seiner Wiederkehr aus dem Reich der ungetauft Gestorbenen berichtete, worauf man an Ort und Stelle eine mächtige Kirche errichtete. Von den Bützen, die im Herbst und Winter oben in den einsamen eingeschneiten Alphütten ihr Unwesen und Schabernack trieben. Oder von den Kühen, die in der Weihnacht mit menschlichen Stimmen redeten, dabei vom Bauern auf dem Heuboden belauscht wurden, dem eine Kuh den nahen Tod vorhersagte, worauf dieser vor lauter Schreck beim Abstieg den Tritt der Leiter verfehlte und sich so das Genick brach.

Franzmichel glaubte nicht alle der Geschichten. Aber sie rissen ihn mit, trugen ihn aus dem engen, dunklen Tal hinauf auf helle, weite Höhen, wo sogar die Sonne anders schien und sich die Flüsse, Wälder und Berge mit Tieren belebten, die nicht stumm waren, sondern reden konnten. Ganz weit weg träumte er sich dabei, in eine Welt, die so viel größer und voll von Wundern zu sein schien, von der aber auch der alte Birger nur eine kleine Vorstellung haben konnte. Schließlich hatte er oft genug gesagt, trotz seines hohen Alters sei er nicht weit herumgekommen.

Da und dort blühten bereits gelb die ersten Himmelsschlüssel, ein paar späte Schneeflocken wirbelten, als Franzmichel sich auf den Heimweg machte, und ein bleicher Mond schimmerte bereits durch die Wolken, als er am Haus des Webers vorbeikam. Im Kopf hatte er immer noch die schönen Bilder, wie sie ihm der Birger gemalt hatte, als ihn eine Stimme aus seiner Sinniererei riss. »He, Franzmichel!«

Es war der Seppel, Vetter Hansjakobs Sohn. Der war vier Jahre älter als er und ein recht ungehobelter Lackl. Zwar wurde er daheim ziemlich streng gehalten, besonders von seinem Vater, der ihm aber dennoch vieles, vor allem sein freches Mundwerk durchgehen ließ.

»Kinder und Narren sagen die Wahrheit«, pflegte er zu sagen.

»Hast du noch ein paar Bändel?«, fragte ihn nun der Seppel.

Franzmichel nickte. »Wozu?«, fragte er misstrauisch zurück.

»Mir ist gerade etwas eingefallen. Wart' einen Moment!« Mit einem Auflachen verschwand Seppel im Tenn und kam gleich wieder mit einer Heugabel zurück. »Hei, das gibt einen Spaß. Komm, gib einen Bändel her!«, forderte er dann ungeduldig. Mit einem Knoten befestigte er das Band am mittleren Gabelzinken, meinte dann, er bräuchte noch vier oder fünf zum Verlängern. »Kommst du mit? Zu zweit ist es lustiger!«

Franzmichel war hin und her gerissen. Zum einen, weil es dunkel wurde, und zum anderen, weil er wusste, wie seine Eltern, besonders die Mutter, über den Seppel dachten.

»Komm, das gibt eine Gaudi!«, drängte der, als er sah, wie sein Vetter zögerte.

»Gilt!«, antwortete Franzmichel dann doch und warf den Rucksack hinter das Tennstor.

Strumpfers Annemarie war gerade in der Küche zugange, als irgendetwas mit einem dumpfen Schlag auf das Hausdach flog. Dann Stille. Plötzlich begann es von oben her zu rumpeln.

»Korle!«, rief sie nach ihrem Mann, aber es klang ziemlich zaghaft und verloren.

Als sich die Gabel an einem der Befestigungssteine verhakte, mit denen die Schindeln beschwert waren, und der Seppel heftig am Bändel zerrte, wurde dieser über den quer liegenden Balken gerissen und rollte pumpernd ein Stück weit nach unten, bis er dumpf vom nächsten Tromen aufgefangen wurde.

»Korle!«, kam es diesmal um einiges lauter aus der Küche.

»Komm, dem jagen wir auch noch einen Schrecken ein!«, lachte der Seppel leise.

Geduckt huschten sie an der Hauswand entlang hin zum rückwärtigen Teil des Tenns. Dann krachte wieder die Heugabel auf das Dach, wieder und wieder und fuhr polternd über die Schindeln.

»Ja sapperlott!« Mit einem Satz schoss Konrad unter der Kuh hervor, riss die Stallstür auf, spähte in die Dunkelheit, wo er aber nichts erkennen konnte, und machte ein paar unsichere Schritte in die Finsternis, als ihn der Schneeball mitten auf der Stirn traf.

»Ihr Malefizlauser! Wenn ich euch erwische!«, rief er dann, zornig seinen verlöcherten Hut zurechtrückend, bekam aber als Antwort nur ein spöttisches Kichern.

11

Das mit der Heugabel war ein Mordsspaß, wurde jedoch bald wieder langweilig. Aber der Seppel wäre nicht der Seppel gewesen, wenn ihm nicht laufend etwas Neues eingefallen wäre. Ihre Streiche wurden immer übermütiger. Frischen Kuhdreck unter die Klinken der Haustüren, rohe Eier in die Holzschuhe, dem Kreuzenmännler hatten sie eine Kuh weiß angestrichen unter den schrägen Apfelbaum vor dem Haus gebunden ...

Marie wurde ob des schlechten Einflusses, den der Seppel auf ihren Buben ausübte, zunehmend besorgter, zumal auch ihr die Schwester den Kummer klagte, den sie mit ihrem Sprössling habe. Die Besorgnis ging so weit, dass Marie den Seppel ausdrücklich in das gemeinsame Morgengebet mit einbezog und darum bat, diesen vom Franzmichel fernzuhalten. Eigentlich war ihr der alte Birger immer schon ein wenig unheimlich gewesen und die Besuche bei ihm hatte sie nie gerne gesehen. Nun aber erschien ihr der Alte als das kleinere Übel. Nur um ihn vom Umgang mit dem Seppel abzuhalten, schickte sie ihn jetzt gelegentlich mit einem Butterbollen zum Alten und auch Franzmichel nahm sich tatsächlich vor, mit den Leuten keine Späße mehr zu treiben. Jedenfalls keine so argen mehr. Eine Zeit lang stand er seinen Vorsatz auch durch.

Aber noch etwas anderes war vorgefallen. Auf dem Weg zum alten Birger lag am Rand des Weges ein kleines Haus. Beinahe jedes Mal, wenn Franzmichel vorbeikam, sah ihm ein Mädchen, schon um einiges älter als er, beinahe sehnsüchtig nach. Ihre Sehnsucht aber galt weniger ihm, sondern mehr dem Schmalzballen, den er in einem feuchten Tuch eingewickelt vor sich hertrug. Eines Vormittags hatte sie sich ein Herz gefasst und war an den Zaun getreten, hinter dem an einem Pfahl angebunden eine gotzige, knochenmagere Geiß ihr Gras rupfte.

»Wenn du zu mir kommen tätest – ich könnte dir schon auch etwas erzählen«, sagte sie und lächelte ihn freundlich an.

Warum nicht?, dachte Franzmichel. Die Geschichten vom Birger kannte er schon fast auswendig. »Also gut! Am Nachmittag komm ich zu dir!«, antwortete er dann. Später kam ihm in den Sinn, dass er sie nicht mit leeren Händen besuchen könne, wenn auch der Birger für seine Geschichten etwas bekam. Seine Mutter war verständlicherweise alles andere als erfreut, als der Franzmichel, kaum wieder daheim, sie um einen zweiten Butterbollen anging.

»Erstens«, antwortete Marie darauf streng, »musst du nicht den lieben langen Tag herumstrawanzen und zweitens schwimmt auch bei uns das Schmalz nicht im Brunnentrog daher!«

Franzmichel verlegte sich darauf, das Leben des armen Mädchens auszumalen, das fast ganz verlassen bei einem Bäsle leben musste, vielleicht nicht einmal mehr Eltern hatte, wahrscheinlich kaum wusste, wie Butter schmeckte, vermutlich auch keine Kuhmilch, sondern nur Ziegenmilch kannte.

»Schon gut, schon gut!«, unterbrach dann Marie seine Vorhaltungen und hatte beinahe ein schlechtes Gewissen wegen ihrer anfänglichen Hartherzigkeit. »Du hast recht. Es sind wirklich arme Leute!«

»Ahne, ahne!«, freute sich anfangs Irmeles Tante über den unerwarteten Buttersegen. »Es gibt doch noch gute Menschen!« Dann aber wurde sie zunehmend besorgter, als der Franzmichel seine Geschichten einforderte und sie dessen zunehmend missmutiger werdendes Gesicht bemerkte. »Du wirst doch einen kleinen Buben unterhalten können!«, drängte sie tadelnd.

Im Geist sah sie schon das Schmalz wieder in Richtung des felderschen Hauses verschwinden.

Aber je mehr sich das Irmele auch Mühe gab, umso unwilliger wurde der Franzmichel. Einfältige Kleinkindergeschichten waren das und himmelweit weg von denen des alten Birger, auch wenn dieser sie schon hundertmal erzählt hatte. Das Irmele wurde zunehmend ratloser, schwieg dann und dachte nach. Mit einem Mal senkte es den Kopf, schloss die Augen und fing an zu summen. Das Summen wurde immer fester, lauter, sicherer und ging über in eine hellzarte, klare Stimme. In diesem Augenblick fiel aller Unmut vom Franzmichel ab. Wie die Erzählungen des Alten trug ihn nun auch diese Stimme fort, nahm ihn mit in weite, unbekannte Höhen. Wie oft schon hatte er dieses Lied gehört, aber niemals war es ihm so schön, so rein, so klar erschienen. Immer wieder und wieder musste sie von vorne anfangen und irgendwann stimmte er selbst mit ein.

»Vor am Hüttle send mer g'sesso ...«

Noch nie hatte er gesungen, es auch noch nie versucht, und weder seine Mutter noch sein Vater, noch das Gottle hätten ihm dazu auch einen Anlass gegeben. Es war das erste Mal in seinem Leben, dass so etwas wie ein Lied über seine Lippen kam, auch wenn es alles andere als harmonisch klang.

»Hat dir das jetzt dein Schutzengel eingesagt?«, fragte er dann, weil er es sich nicht vorstellen konnte, dass man sich so etwas Langes im Kopf merken konnte.

»Nein!«, lachte das Irmele. »So etwas kann ich mir auch selber ausdenken!«

Franzmichel sah sie mit ungläubigem Erstaunen an.

»Du glaubst es mir nicht? Soll ich dir ein Lied machen?«

Er nickte, immer noch sprachlos.

»Also gut!« Das Irmele legte ihr Köpfchen ein wenig zur Seite und überlegte.

»Deine Mutter
schickt mir Butter,
und ich lehr' dich drum ein Lied,
dass man guten Willen sieht!«

Das kam so schnell, dass es Franzmichel vorkam, das Liedermachen sei ganz tupfenleicht.

Aber das Irmele war nicht zufrieden. »Nein!«, sagte sie dann. »Für dich geht das nicht. Bei dir müsste es heißen: *Meine* Mutter schickt *dir* Butter und dann passt es aber hinten hinaus wieder nicht!«

Ein paar Tage später, als er wieder zu Besuch kam, um wieder ein paar auswendig gelernte Strophen eines Liedes vorzusagen, wobei er sich bei der einen oder anderen doch ziemlich schwertat, weil er deren Sinn nicht begriff, hieß es, das Irmele sei nicht da, sondern bei Verwandten in Dornbirn.

»Aber nur für kurze Zeit!«, fügte die Tante tröstend hinzu, als sie seinen enttäuschten Blick bemerkte.

Wenige Tage später war das Irmele tatsächlich wieder in Schoppernau. Und sie hatte ihm sogar noch etwas mitgebracht! Eine Trommel! Einen Trommenkübel, wie man zu so einem Ding im

Wald sagte. Klein war er zwar, aber trotzdem machte er einen schönen, scheppernden Lärm, wenn man nur fest genug auf ihn einschlug. Aber das war nicht alles. Dazu hatte sie ihm auch noch ein Lied gemacht. Franzmichel war voller Ungeduld, konnte es kaum erwarten. Aber das Irmele ließ ihn nicht früher gehen, ehe nicht das Lied ganz fest in seinem Kopf saß und auch der Takt dazu halbwegs stimmte. Mit stolzgeschwellter Bubenbrust zog er hinab ins Unterdorf, aus den Häusern kamen die Kinder gelaufen. So etwas hatten sie in Schoppernau noch nie gehört und gesehen.

»Juheirassa,
Franzmichel ist da!
Er hat ein Trommenkübel
Und schlägt ihn gar nit übel.
Und wenn er's dann gut kann,
dann steht's ihm prächtig an.
Dann geht er auf die Gasse
Und macht sich ein Gespasse!«

Aber auch die Erwachsenen wollten sich den kleinen Felder mit seiner Trommel nicht entgehen lassen.

»Wo hast du denn das Lied her?«, fragte Sohlers Ida neugierig, während er gerade eine Pause machte, um wieder von Neuem anzusetzen.

»Von Strickers Irmele«, gab er zur Antwort. »Sie hat es ausgedacht, und das nur für mich!«

Aber kaum jemand wollte ihm so recht glauben, dass das Strickermädchen dazu fähig sein sollte.

»Die hat es vielleicht gestrickt!«, lachte einer von den größeren Buben spöttisch.

Franzmichel wurde butzwild. »Nicht nur das Irmele, sondern auch ich werde einmal Lieder machen und die werden wir dann zusammen singen!«, gab er zornig zur Antwort, rückte seine Trommel zurecht und drosch mit den Schlägeln auf sie ein, dass es nur so schepperte.

»Juheirassa, Franzmichel ist da!«, begann er wieder und ließ sie einfach stehen.

12

Ein wolkenloses Blau spannte sich über Schoppernau und der Himmel schien aufgehängt zu sein an den Spitzen der Berge ringsherum wie ein riesiges Tuch. Die Mutter hatte noch an ihm herumgezupft, das Gottle ihm ein Halstuch mit einem kunstvollen Knoten umgebunden und an seinem Hals zurechtgerückt mit der Ermahnung, ja darauf zu achten, dass es nicht verrutsche.

Heute war sein Tag, Franzmichels Tag. Wie lange schon hatte er gebettelt, auch endlich einmal mit zu dürfen in das größte Gebäude von Schoppernau, von dem Vater und Mutter immer nur fast ehrfürchtig sprachen und aus dem sie immer mit so ernsten und beinahe feierlichen Gesichtern wieder nach Hause kamen. Das Haus Gottes sei das, aber darunter hatte er sich noch nie etwas Rechtes vorstellen können. Schon mehr als einmal war er kurz davor gewesen, auf eigene Faust dahinterzukommen, wie Gott da so geheimnisvoll zu wohnen schien. Aber jedes Mal hatte ihn bereits an der Kirchentüre schon der Mut verlassen. Kaum einen winzigen Spalt breit geöffnet, war ihm ein eigenartiger Geruch entgegengeschlagen, den er noch nie in die Nase bekommen hatte und der so ganz anders war, als was er bisher an Gerüchen kannte.

Nun schritt er neben seiner Mutter an Jakobs Hand ein wenig unbeholfen in den ungewohnten Schuhen und dem nicht nur extra für diesen Tag, sondern auch für die kommenden Kirchgänge – natürlich auf Zuwachs – angefertigten Gewand dem Dorf zu. Zur ersten Glocke kam nun die zweite hinzu, ermahnte die Gläubigen zur Beeilung, und wer noch einen guten Platz erwischen wollte, hielt sich auch daran.

Franzmichel spürte sein Herz klopfen, so aufgeregt war er und hatte dabei noch nebenher damit zu tun, in den breiten Schuhen Schritt zu halten. Den Blick hielt er starr geradeaus gerichtet und das Kinn erhoben, damit ihm ja das Halstuch nicht verrutschte. Das aber beschäftigte ihn nur so lange, bis sie durch das Portal der Kirche eingetreten waren. Franzmichel wurde mit einem Mal ganz sonderlich zumute. Sein rechtes Auge weitete sich ob all der Pracht und versuchte, alles mit nur einem einzigen Blick in sich aufzunehmen. Aber das ging nicht, es war zu viel. Und da war er auch wieder, dieser Duft, der ihm bis jetzt Scheu eingejagt und der ihn jetzt an der Hand des Vaters ernst, aber dennoch leicht und wohlig zu durchströmen schien. Franzmichel wäre einfach in der Mitte des Ganges stehen geblieben, hätte nicht Jakob ihn nach oben auf die Empore gezogen. Von dort aus, direkt an der Brüstung in der ersten Reihe war alles noch viel gewaltiger, als er es von unten aus gesehen hatte. Geradeaus Gottvater auf einem großen Bild, daneben Statuen von Heiligen, die er nicht kannte. Neben ihnen brannten hohe Kerzen, von unten her kamen ruhig und getragen die Stimmen der den Rosenkranz betenden Gemeinde.

Vom Turm her setzte nun die dritte Glocke ein, dunkel und wuchtig, verschmolz mit den beiden anderen zu einem einzigen, sonntäglichen Jubel. Kaum war der letzte Ton mit einem summenden Nachhall ausgeschwungen, ertönte von vorne ein silbernes Schellen, so fein und hell, wie er es noch nie gehört hatte. Oben setzte die Orgel an, präludierend perlte die Melodie durch das unendlich groß erscheinende Kirchenschiff, füllte es mit Mächtigkeit, wiegte plötzlich leicht wie ein Schmetterling im Sommerwind, sprang gleich darauf plätschernd wie das Wasser der Bergbäche im Frühling über die Steine, um gleich darauf jubilierend aufzusteigen wie eine Lerche in das Blau des frühsommerlichen Himmels. Instinktiv wollte Franzmichel den Tönen nachsehen, legte den Kopf dann in den Nacken und sein Blick blieb hängen an dem Bild über ihm. Das letzte Abendmahl, wie es ihm das Gottle zu schildern versucht hatte. Aber jetzt war es viel größer und prächtiger, als er es sich selbst jemals hätte ausdenken können. Vorne betrat der Pfarrer den Chorraum mit feierlich gemessenem Schritt. Er trug aber nicht dieses schwarze Gewand, wie er es sonst an ihm kannte, sondern war so prächtig anzusehen, dass Franzmichel dachte, es müsste aus dem Himmel selbst stammen. Hinter dem Pfarrer folgten ein paar ältere Buben in langen, weißen Gewändern, über den Schultern mit breiten, roten, nach vorne offenen Lätzen. Auch sie machten ernste Gesichter und einer von ihnen, Franzsefas Hansas Raphael, schwenkte ein Gefäß, das aussah wie eine silberne Suppenschüssel und aus dem blaugrauer Rauch kam. Brausend hob die Orgel an, vielstimmig brandete das Eingangslied auf.

»Lobe den Herren, den mächtigen König der Ehren …«

In Franzmichel wurde etwas in seinem Inneren ganz weich und sanft.

»Lob' ihn, o Seele, vereint mit den himmlischen Chören …«

Jetzt war es aus mit Franzmichel. Immer höher stieg dieses neue, unsagbar süße, mächtige Gefühl in ihm an und mit einem wilden Schluchzen kam es zum Überlaufen. Den Buben schüttelte es regelrecht, in den getragenen Chor fuhr ein Aufschrei, zerschnitt den Gesang wie mit einem Messer.

Jakob blickte erschrocken hinab zu seinem Sohn, warf ihm vorwurfsvoll einen ermahnenden Blick zu. Aber Franzmichel ließ sich nicht beruhigen. Aus seinen Augen lief das Wasser in hellen Bächen, er versuchte den Blick von all der Herrlichkeit abzuwenden, aber er war dazu nicht imstande. Stattdessen wurde sein Schluchzen nur noch lauter. Jakob blieb schließlich nichts anderes übrig, als mit dem heulenden Buben an der Hand die Kirche zu verlassen. Jetzt hatte die Gemeinde wieder etwas, worüber sie sich anschließend auf dem Kirchplatz die Mäuler zerreißen konnte.

»Jauko Jakobs Bub! Sonst nicht wissen, wie wild und wüst er tun soll, aber in dem Alter noch plärren wie ein Zweijähriger!«

Zornig hing dieser Gedanke in Jakobs Kopf und er redete auf dem Nachhauseweg kein einziges Wort mit seinem Sohn. Der war von dem Erlebten so überwältigt, dass er immer noch nicht an sich halten konnte und mit tränennassem Blick neben seinem Vater mehr heimwärts stolperte als lief. Daheim verschwand der Vater wortlos im Gaden und an der Art, wie er dort die Schranktür öffnete und nach einiger Zeit wieder schloss, war zu entnehmen, dass sein Zorn noch nicht verraucht war. In Franzmichel kam beinahe so etwas wie Erleichterung hoch, als ihn das Gottle, die wegen ihrer zunehmenden Bresthaftigkeit inzwischen nur noch selten zur sonntäglichen Messe kam, unverzüglich anwies, sich umzuziehen. Franzmichel war sich keiner Schuld bewusst, wollte sich seine schönen Bilder und die wunderbare Musik durch den Vater und das Gottle nicht zerstören lassen. Nur weg vom Haus! Aber auch dort gelang es ihm nicht mehr, sie in sich zurückzurufen. Enttäuscht setzte er sich dann unten an der Ach auf einen großen Stein, lauschte dem polternden Rauschen des Wassers und dem Rumpeln der Steine. Franzmichel hatte keine Eile, wieder nach Hause zu kommen. Als er am Küchentisch Platz nahm zum Mittagessen, bemerkte er das bedrückte Gesicht seiner Mutter und auch das Gottle schien irgendwie verändert.

Die gezuckerten Grießschnitten mit ein wenig Zimt darüber wollten ihm nicht schmecken. Entgegen seine Gewohnheit nahm er nur kleine Bissen, starrte auf die Tischplatte und getraute sich kaum zu bewegen.

»Franzmichel«, sagte dann Jakob und allein schon in der Art, wie er seinen Namen aussprach, lag Bedrücktheit und Kümmernis, »was soll aus dir noch einmal werden?«

Franzmichel sank noch mehr in sich zusammen.

»Du hast schon ein sonderbares Wesen und ich habe auch gesehen, dass du in der Kirche nicht anders gekonnt hast. Aber das liegt auch daran, weil du dich nicht beherrschen kannst. Du lebst nicht draußen in der großen Welt bei den feinen Leuten, sondern hier!« Vaters Stimme wurde nun beinahe schroff. »Wer hier lebt, muss sich zu beherrschen wissen und kann nicht jeder seiner Launen und Liebhabereien nachgehen und vor sich hinträumen. Wer hier lebt, kann nicht wie ein Schmetterling durchs Leben fliegen und an jeder Staude hängen bleiben. Wer hier lebt, muss durch die Welt wie ein Saumross, mit Scheuledern an den Augen, damit er nicht nach links und rechts sehen kann. Nicht in die Abgründe darf er blicken, nicht auf die Verlockungen und das, was ihn verwirren könnte, sondern einzig nur auf den Weg, auf dem er vorwärts muss!«

Franzmichel verstand das zwar nicht ganz, aber er spürte, dass sein Vater recht hatte. Einerseits. Andererseits sperrte sich alles in ihm, dass das Schöne, Erhebende nicht gelten sollte, jedenfalls nicht für Schoppernauer und damit auch für ihn. Noch mehr sank er in sich zusammen, suchte nach einer Entgegnung, die aber von seinem Vater augenblicklich mit Entschiedenheit bereits im Ansatz abgewürgt wurde.

»Nichts da!«, antwortete Jakob hart. »Du musst Beherrschung lernen! Selbstbeherrschung!« Dann schwieg er, warf Marie einen kurzen Blick zu und wandte sich wieder an Franzmichel. »Wenn du das gelernt hast, dann darfst du auch wieder mit zur Kirche. Aber erst dann und keinen Tag vorher!«

13

Draußen wirbelten die Flocken. Schon seit Tagen schwebten sie herab aus einem grauen Himmel, tanzend, wiegend, schaukelnd. Manche hielten kurz an, geradeso als ob sie noch durch das Fenster einen neugierigen Blick in die warme Stube werfen wollten, ehe sie sich ermattet von der langen Reise sanft zu Boden gleiten ließen. Nur wenn sie zu lange verharrten, konnte es vorkommen, dass ein Windstoß sie fortjagte und sie in waagrechten Streifen ums Hauseck trieb. Aber nur selten bieste der Wind stark genug, um ein Loch in die weiße Wand zu reißen und den Blick für einen Moment freizugeben auf die Häuser in der Nachbarschaft, die alle schon gewaltige Schneehauben trugen. Das Schlagen der Kirchuhr klang jetzt anders als im Sommer, leiser und gedämpfter, fast so, als ob jemand eine dicke, wollene Decke um den Turm gewickelt hätte. Auch das Licht in der Stube war nicht hell, sondern düsterte wie die Landschaft draußen vor den Fenstern. Das Gottle hatte vom warmen Ofen zum Tisch im Herrgottswinkel gewechselt, saß gebeugt über ihrem Stickrahmen, während Franzmichel scheinbar gelangweilt mit den Fingernägeln auf dem Fensterrahmen trommelte.

Drrrt, drrtrrt, drrrt, drrtrrt …

So ging das nun schon eine ganze Weile und Franzmichel dachte, dass es nichts Langweiligeres geben könne als einen Winter in Schoppernau. Aber wahrscheinlich waren die Winter überall gleich langweilig, kam er nach weiterer Überlegung zum Schluss. Eingesperrt in die Stube von morgens bis abends, vielleicht einmal eine kurze Schneeballschlacht oder wenn es hochkam eine Schlittenfahrt. Lange war es zudem in der dünnen Kleidung draußen auch nicht auszuhalten. Zum Seppel hätte er gehen können, doch der war in der Schule und bei dem Gedanken stieg ein wenig Neid in ihm hoch. Im letzten Jahr hätte auch er eingeschult werden sollen, aber besonders der Vater hatte sich heftig dagegen gesperrt. Für sein Auge sei das nicht gut, das Lesen und Schreiben würden es über Gebühr anstrengen und weil es sein einziges sei, müsse man eben rechtzeitig dafür sorgen, dass es auch entsprechend schon in jungen Jahren geschont werde. Immerzu dieses lästige und überängstliche Getue. Aber dann war er hinter den wahren Grund gekommen. Nicht aus Absicht, sondern rein zufällig hatte er sie draußen im Tenn belauscht, und wie sein Vater über ihn redete, hatte ihn mehr getroffen und ihm mehr wehgetan als alle Pfeile zusammen im Körper des heiligen Sebastian auf Gottles Heiligenbildchen.

»Ich weiß nicht, ob auch unser Bub nicht einer von den Feldern wird, denen man nachsagt, sie seien eigenartige Käuze. Er ist für den Umgang mit den anderen einfach zu empfindlich und wie es aussieht, können wir ihn gar nicht in die Schule schicken, sondern müssen ihn daheim behalten!«

Darauf hin war er still gewesen, nur die Mutter hatte geseufzt.

»Und zwar für immer!«, hatte der Vater nach einer Pause noch hinzugefügt, und das »für immer« war auf ihn niedergefahren wie ein Schlag mit dem schweren Hagschlegel, der im Tenneck stand und den man zum Einschlagen der Zaunpfähle benutzte. Wie betäubt war er hinaufgeschlichen und hatte sich vor seinen Altar gekniet. Dort fing er auch an, nun so manches Wort des Vaters anders zu begreifen. Eines davon war »für den Hausgebrauch«. Nicht richtig lernen wie die anderen in der Schule also sollte er, sondern nur das Allernotwendigste und das bestand demnach darin, dass der Lehrer Aberer gelegentlich bei ihm vorbeischaute, Zahlen und Buchstaben auf sein kleines Schiefertäfelchen malte und dann wieder ging. Aber nicht nur von der Schule wollte ihn der Vater fernhalten, sondern auch vom Besuch der Kirche. Kein gotziges Mal hatte er ihn mehr mitgenommen seit jenem denkwürdigen Sonntag. Mit den hellen Tränen in den Augen war er jeden Sonntag am Fenster gestanden und hatte sehnsüchtig Vater und Mutter nachgesehen, wie sie dem Dorf zuschritten, ohne sich auch nur umzudrehen. Die Mutter in der guten Juppe und der Vater in seinen Gamslederhosen mit den weißgrauen Kniestrümpfen, die auch noch von Weitem auszumachen waren als zwei helle, sich bewegende Punkte.

Immer noch starrte Franzmichel hinaus ins Flockentreiben, immer noch trommelten seine Finger auf dem Fensterrahmen.

Drrrt, drrtrrt, drrrt, drrtrrt …

Plötzlich rutschte er von der Bank und trat zu seiner Patin. »Gottle«, sagte er, »ich bräuchte wieder einmal ein Stück Stoff. Hast du etwas übrig?«

Das Bäsle blickte kurz auf und nickte. »Da!«, deutete sie gutmütig lächelnd mit dem Kinn hinüber zur Ofenbank, ohne dabei ihre Arbeit zu unterbrechen. »Ein paar Abfallflecke habe ich noch gefunden.«

Franzmichel kramte eine Weile im Korb, sauste aus der Stube und verschwand dann nach oben.

Dem Jakob war es anfangs gar nicht recht gewesen, was sich der Bub da für neue Flausen in den Kopf gesetzt hatte, aber Marie und das Gottle sahen darin einen Ausdruck von tiefer, kindlicher Frömmigkeit. Zuerst im Tenn auf dem Futterkasten, dann in einer der leer stehenden Kammern hatte er sich aus einem alten Futtertrog, einem Sessel und einem alten Leintuch einen Altar gebaut, hatte diesen, als es dem Winter zuging und auf den Feldern auch die Blumen verschwanden, nunmehr mit Tannenreisig geschmückt. Das alles war natürlich nicht so prächtig wie die Schoppernauer Kirche, aber dem Franzmichel war es dennoch ein Ersatz, mit dem er sich an den schönsten Tag in seinem Leben zurückträumen konnte. Seinem Vater hatte er keine Ruhe gelassen, bis ihm dieser auch noch ein paar Figuren dazu geschnitzt hatte, und auch noch einige kleine gedrechselte Fahnenmasten hatte er ihm abgebettelt. Jetzt stand er vor seiner Ersatzkirche und überlegte. Weiße Fahnen hatte er schon genug. Auch ein paar grüne, die er mit Kuhdreck eingerieben und dann am Brunnentrog ausgespült hatte. Aber eine rote fehlte.

Mit halbem Ohr hörte das Gottle in der Stube auf das Rumoren aus der Küche, das Auf- und Zuschieben von Schubladen und bald darauf erschien auch Franzmichel wieder in der Stube. Wieder setzte er sich auf die Fensterbank, sah aber nicht hinaus ins Schneegestöber, sondern hockte ihr nur halb abgewandt vornübergebeugt da. Irgendwann hob das Gottle den Kopf. »Was machst du denn da?«

Franzmichel gab ihr keine Antwort. Als er auf ihre nochmalige Frage hin immer noch stumm blieb, legte sie ihr Stickzeug beiseite und stand auf. Auf einen Schritt weit zu ihm herangekommen blieb sie stehen und stieß einen Schrei aus. »Jessasmariaundjosef!«

Franzmichel aber tat, als ob gar nichts wäre.

»Was … was ist das?«, stammelte das Bäsle.

»Blut!«, sagte er ungerührt. »Ich brauche rote Farbe. Aber es läuft nicht mehr so recht. Anscheinend habe ich mich doch nicht tief genug in die Hand geschnitten.«

»Ahne, ahne«, jammerte das Bäsle, nachdem sie sich wieder gefasst hatte.

Franzmichel aber tupfte und wischte, und erst, als auch die Verdünnung mit Spucke nichts mehr half, hörte er auf. »Brauchst es aber nicht sofort Vater und Mutter zu stecken. Morgen langt's auch noch!«, sagte er dann zum Gottle und wickelte sich seine neue Fahne noch als vorläufigen Verband um die Wunde.

Nach dem Mittagessen verkündete Jakob, er hätte eine Arbeit für ihn und bräuchte eine Reihe von Holznägeln für einen Leiterwagen. Doch dann waren vor der Werkstatttür Schritte zu hören.

Bettler, dachte Jakob verärgert. Seit Jahrzehnten schon waren sie eine Landplage und nicht einmal bei einem solchen Wetter schien man vor ihnen Ruhe zu haben.

Ein kalter Schwall kam mit dem Öffnen der Tür in die Werkstatt, auch einige Schneeflocken stoben in den Raum und verwandelten sich am Holzboden zu dunklen Flecken. Jakob, der dabei war, den Eisenreifen auf die Radnabe zu schlagen, hielt mitten in der Bewegung inne und ließ dann den Hammer sinken.

»Gelobt sei Jesus Christus!«

»In Ewigkeit, Amen!«, erwiderte er den Gruß mit unsicherem Erstaunen.

Was wollte denn der Pfarrer hier?

»Jakob, ich muss mit dir reden!« Der Geistliche hielt sich nicht mit langen Vorreden auf. »Es geht um deinen Buben. Es wäre sicher nicht verkehrt, wenn auch deine Frau mit dabei wäre.«

»Hol deine Mama!«, wies er dann, ohne Jakobs Zustimmung abzuwarten, den Franzmichel an.

»Er ist halt so …«, hörte Marie dann beim Eintreten ihren Mann sagen.

»Franzmichel, geh' in die Stube zum Gottle!«, sagte Jakob. Dieser wollte gerade gehorsam kehrtmachen, aber die Stimme des Geistlichen hielt ihn zurück. »Nein, bleib nur da!«, und zu den Eltern fuhr er fort: »Schließlich dreht es sich ja um ihn!«

Unsicher, wem er nun gehorchen sollte, blieb Franzmichel stehen, sah erst zu seinen Eltern, dann zum Pfarrer.

Der aber nickte ihn freundlich zu sich heran. »Der Bub sei hie und da ein wenig sonderbar«, wandte er sich an Marie, »so sagt es jedenfalls dein Mann.«

Ein wenig hilflos hob sie nur die Schultern und Jakob erklärte: »Heute weiß er nicht, wie wild er tun soll, morgen hockt er stundenlang mutterseelenallein unten an der Ache und übermorgen spintisiert er sich hinein in die Geschichten, die ihm der Birger erzählt, und wenn er dann in die Schule soll, so lernt er dort auch nur Zeug, das ihm im Kopf herumschwirrt und seine Sinne noch mehr verdreht.«

Franzmichel trafen die Worte seines Vaters arg und er warf einen beinahe flehentlichen Blick hinauf zu seiner Mutter.

»Nein!«, fuhr Jakob abweisend fort. »Mit seinem Wesen ist er nichts für die Schule, und wenn auch der Lehrer ein ganzes Bündel Ruten an ihm in Stump und Fetzen haut, so wird es nichts an ihm richten. Das ist einfach in ihm drin. Außerdem, was lernt man denn schon in der Schule? Das bisschen Lesen und Schreiben, das er vielleicht für sein Leben braucht, das kann ihm der Lehrer Aberer auch daheim beibringen!«

Auch Marie schmerzten die harschen Worte ihres Mannes und sie legte die Hand beschützend auf Franzmichels Schulter.

»Die Schule ist nur vertane Zeit und ich bin das beste Beispiel dafür. Einen bis auf den letzten Löffel verschuldeten Hof habe ich übernommen und ihn wieder hochgebracht. Aber nicht mit dem überflüssigen Zeug, das man mir in den Kopf gestopft hat und von dem ich das meiste schon bald darauf wieder vergessen habe, sondern mit blutsaurer Arbeit!«

Der Pfarrer aber nickte nur kurz und sah ihn fest an. »Du glaubst also, deshalb braucht auch dein Bub nur ein paar Zahlen und ein paar Buchstaben zu lernen? Das mag schon sein, dass man damit auch durchs Leben kommt. Aber in der Schule lernt man mehr. Disziplin zum Beispiel und den Umgang miteinander. Wie aber soll er seine Ecken und Kanten abschleifen, wenn ihr ihn daheim versteckt haltet? Ihr seid es doch selbst, die den Buben zum Außenseiter erziehen!«

Franzmichel tat das Gerede über seinem Kopf weh bis hinein in den tiefsten Grund seiner Seele, aber trotzdem hing er jetzt an den Lippen seines Vaters. Der drehte und wand sich hin und her und Franzmichel spürte, wie er immer unsicherer wurde.

»Also in Gottes Namen!«, gab Jakob schließlich nach. »Dann soll er halt meinetwegen in die Schule.«

14

Eines Tages im November war es so weit, wenn auch mit einem vollen Jahr Verspätung. Eigentlich hatte sich Franzmichel schon wie närrisch darauf gefreut, aber jetzt wurde ihm bang und bänger, wie ihm der Vater mit ernstem Gesicht ein Kreuz auf die Stirne zeichnete. Die Begrüßung durch den Lehrer Aberer, den er ja doch schon gut zu kennen glaubte, hatte er sich ein wenig anders vorgestellt.

»Ach, der Franzmichel«, sagte der nur, aber es klang nicht sonderlich erfreut. Dann musterte er ihn ein wenig abschätzig unter seinen buschigen Augenbrauen, legte den Kopf ein wenig schief und deutete mit dem Finger dorthin, wo der niedrige Raum am allerdunkelsten war. »Da hinten in die letzte Reihe!« Franzmichel tat wie ihm geheißen, beobachtete, wie die größeren Kinder in der anderen Reihe ihre Ranzen verstauten und ihre Schiefertäfelchen vor sich zurechtrückten, und tat es ihnen nach. Mit den Händen auf dem Rücken schritt dann der Lehrer Aberer auf und ab, sprach davon, dass viele Eltern glaubten, die Kinder müssten nur dem Lehrer zuliebe lernen, um diesem einen Gefallen zu tun, was aber eine ausgemachte Dummheit sei, und blieb dann neben Franzmichel stehen.

»Na, Franz Michael Felder!«, sagte er dann und klopfte dabei mit den Knöcheln auf das Pultbrett. »Du hast ja deine Tafel schon dabei. Steh auf und lass einmal hören, was du denn schon so kannst!«

Franzmichel bemerkte nicht den verächtlich mitschwingenden Ton in seiner Stimme. Ohne auf das vor ihm liegende Täfelchen zu achten, fing er an. »Eins, zwei, drei, vier, fünf, sechs, sieben …«

Bei »fünfundvierzig« meinte dann der Lehrer, es sei gut und ob er das mit den Buchstaben auch so schnell könne. Wieder ohne auf seine Tafel zu blicken, begann Franzmichel mit dem Alphabet und fragte dann den bass erstaunten Lehrer, ob er es auch noch rückwärts aufsagen solle.

Dem aber hatte es regelrecht die Sprache verschlagen, und als er sie wieder gefunden hatte, war sein Ton mit einem Mal ein anderer. »Franzmichel«, sagte er und klopfte ihm dabei anerkennend auf die Schulter, »wenn du deine Sache schon so gut machst, dann hast du da hinten im Dunkeln nichts zu suchen. Du kommst nach vorne, wo es heller ist!« Dem Lehrer Aberer stand die Freude buchstäblich ins Gesicht geschrieben. »Du bist der Erste von allen, die jetzt neu in der Schule sind, der ein Namensbüchlein bekommt! Weißt du, was ein Namensbüchlein ist?«

Franzmichel schüttelte den Kopf.

»Das ist ein Büchlein, mit dem man nicht nur die Buchstaben lernt, sondern auch schon richtig mit dem Lesen anfangen kann!«

Mit wenigen Schritten durchquerte nun der Lehrer die Schulstube, zog einen Schlüssel aus seiner Hose und öffnete den Schrank vorne neben der Tafel. Als er dann Franzmichel das dünne Buch in die Hand drückte, wurde diesem plötzlich ganz anders. Die Erinnerung stieg in ihm hoch, die Erinnerung an jenen Sonntag in der Kirche, und mit ihr spürte er, wie es ihm wieder den Hals zuschnürte und wie er wie damals jetzt gleich losheulen würde.

»Darf ich … darf ich …« Seine Stimme bebte und zitterte und er brachte kaum mehr ein Wort heraus.

»Was möchtest du denn?«

»Hinaus … nur … ein bisschen!«, kam es nun geradezu flehentlich.

Wenn ihm jetzt der Lehrer den Wunsch abschlagen würde, dann war er verloren. Auslachen und verspotten würden sie ihn, sich noch monatelang über ihn lustig machen. Immer höher schien das Wasser in ihm zu steigen. Nur noch wenige Augenblicke und es würde aus ihm herausbrechen, ohne dass er sich dagegen wehren konnte.

Aber der Lehrer Aberer war geradezu begeistert. »Geh nur!«, antwortete er lächelnd.

Für Franzmichel war es allerhöchste Zeit, als er durch die Türe wischte. Vorsichtshalber versuchte er, genügend Abstand zwischen sich und das Schulhaus zu bringen, ehe er stehen blieb. Aus seiner Brust aber kam kein Schluchzen, aus den Augen keine Tränen, wie er es erwartet hatte. Franzmichel war darüber selbst vollkommen überrascht und ungläubig horchte er in sich hinein. Aber so tief er auch lauschte – da gab es nichts mehr. Alles war vorbei, vorüber. Er konnte nicht anders. Ein Juchzer stieg hoch aus ihm, so frei und voller Freude, und in ihm war ein Gefühl, wie er es noch nie erlebt hatte. Jetzt war er nicht mehr der kleine Franzmichel, dem sie andauernd einredeten, er sei nicht so wie die anderen, könne es auch nie werden mit seiner Behinderung. Er würde es seinen Eltern zeigen, dass er ein Anrecht hatte auf einen Platz nicht nur in der Schule, sondern auch in der Kirche. Lernen würde er, lernen und lernen und lernen, und reden sollten sie noch von ihm! Alle! Alle, die ihn nicht für voll genommen hatten – sie sollten noch staunen!

Langsam schlenderte er zurück, genoss das Gefühl seiner Befreiung und kostete jeden Augenblick seines Glückes aus. Vor dem Schulhaus blieb er noch für einen Moment stehen, holte noch einmal tief Luft und gab sich dann einen Ruck. Schweigend setzte er sich in der Schulstube an seinen neuen, ihm zugewiesenen Platz. *Seinen* Ehrenplatz, der ihn auszeichnete vor allen anderen.

Ein paar Wochen später, die Äste der Bäume waren schon kahl und auf den Bergen lag auch bereits der erste Schnee, hatte es Franzmichel auf dem Heimweg von der Schule plötzlich sonderbar eilig, sich vom Seppel zu verabschieden. Sein Vetter war ihm längst unausgesprochen zum besten Freund geworden und beide fühlten sich trotz der scheinbaren Verschiedenartigkeit ihrer Wesen zueinander hingezogen. Daheim in der Küche setzte er sich wortlos zum Mittagessen an den Tisch, wartete das Ende des gemeinsamen Gebetes ab, schob, anstatt den Löffel in die Pfanne zu tauchen, diesen beiseite und zog dann aus dem Hosenbund sein Namensbüchlein. Immer noch stumm schlug er es auf, dann begann er zu lesen. Die ersten paar Worte noch ein wenig zögernd, dann immer selbstsicherer. Es war nicht viel, was er da vortrug, nur einige wenige Sätze, die paar Zeilen eben von der ersten Seite. Als er geendet hatte, sah ihn Marie ungläubig an, das Gottle ebenfalls und auch der Vater sagte kein Wort. Franzmichel blickte in sein Gesicht und wusste, dass er gewonnen hatte. Langsam schob Jakob den Stuhl zurück, stand auf und rutschte zu ihm auf die Bank. Stumm schloss er seinen Buben fest in den Arm, nahm Franzmichels Kopf in seine Hände, zog ihn zu sich heran und drückte ihm einen Kuss auf die Stirn. Trotz der Unbeholfenheit der fast derben Geste spürte der Bub die Anerkennung, ja den Stolz, der in ihr lag. Wieder packte Franzmichel eine unbändige Freude und ein tiefes Gefühl der Zuneigung durchwehte sein Herz. Sein Vater hatte ihn nicht nur gern, was sich in seiner andauernden, oft als lästig empfundenen Besorgnis ausgedrückt hatte und das er erst jetzt begriff. Sondern da war noch etwas anderes, etwas, was ihm jetzt als fast ebenso wichtig vorkam und das ihn nun tief im Inneren berührte: Sein Vater fing an, ihn zu verstehen!

»Weißt du«, sagte Jakob dann nach einer Weile, »wenn ich ehrlich bin, würde ich schon auch gerne mehr wissen. Wer etwas weiß, der gilt auch etwas. Aber am Abend nach der Arbeit steht dir der Sinn nicht mehr danach, deinen Kopf in Bücher zu stecken.«

Der letzte Satz klang beinahe entschuldigend und entmutigt, aber für Franzmichel war er ein Ansporn. Alle sagten das, wenn sie am Sonntag in der Christenlehre nichts wussten, und irgendwie hatte er das Gefühl, dass das nur eine Ausflucht war. In Wirklichkeit wollten sie es nur nicht laut aussprechen, dass sie die Beschäftigung mit Dingen, die sich nicht auf den täglichen Broterwerb anwenden ließen, nur als unnützen Zeitvertreib ansahen. Das fing schon in der Schule an und Franzmichel war das nicht entgangen. Die Größeren redeten, je größer sie waren, fast nur noch davon, wann sie endlich mit der elendigen Lernerei fertig seien, und auch schon die Kleinern wurden von ihren Eltern darin bestärkt, die Schule sei eigentlich nur deswegen da, damit der Lehrer Aberer, der im Sommer Maurer in der Schweiz war, auch im Winter eine Arbeit habe. Ja sicher, ein bisschen Lesen und Schreiben, das könne nicht schaden. Aber man müsse nicht alles gleich übertreiben. Dem Franzmichel hatten solche Reden immer wehgetan und auch sein Vater war da bisher keine Ausnahme gewesen. Jetzt aber hatte er zum ersten Mal unverblümt zugegeben, dass auch in ihm eine verdeckte Sehnsucht danach verborgen lag.

»Ich werde noch mehr lernen. Alles, ratzputz alles, was es gibt!«, sagte Franzmichel und stieß seinen Löffel ins Mehlmus. Dabei machte er ein so siebengescheites Gesicht, dass Marie und das Gottle lächeln mussten.

»Musst ja nicht gleich Doktor werden«, schmunzelte dann auch Jakob.

»Ihr werdet schon sehen!«, murrte er ein wenig beleidigt zurück.

Womit er sich schon mit Irmeles Gedichten und Liedtexten schwergetan hatte, war das sture Auswendiglernen. Besonders im Religionsunterricht bestand der Lehrer auf eine wortgetreue Wiederholung und ließ Franzmichels freie Auslegungen nicht gelten, während er aber seine Aufsätze den anderen als beispielhaft vorhielt.

»Ihr sudelt einfach Auswendiges vor euch hin, aber der Franzmichel denkt sich etwas dabei!«, pflegte er ihn zu loben. Franzmichel verstand nicht, weshalb er jetzt dafür gelobt, in Religion jedoch gleich darauf gerügt wurde. Nach und nach fand er den wirklichen Grund heraus. Der Pfarrer Stockmayr war noch nicht lange in der Gemeinde und der Lehrer Aberer fürchtete sich insgeheim vor ihm. Schließlich war Hochwürden so etwas wie sein Vorgesetzter, der bestimmte, was in der Schule gelernt wurde. Um nur ja nichts falsch zu machen, beharrte er deshalb auf der genauen Wiedergabe.

»Dir fehlt nur der Wille!«, kam immer wieder prompt der Tadel. Das änderte sich erst, als Franzmichels großer Wunsch, Ministrant zu werden, in Erfüllung ging. In nur wenigen Tagen konnte er alle lateinischen Gebete fehlerfrei auswendig, während sich die anderen immer noch mit dem »Confiteor« beinahe die Zungen verknoteten. Für den Lehrer war das der wasserklare Beweis für seine Vermutung. Hochwürden Stockmayr wiederum, erfreut über die Gelehrsamkeit seines neuen Messdieners, meinte, es wäre vielleicht nicht ganz verkehrt, wenn wenigstens einer der Ministranten wüsste, was er überhaupt da herunterleierte, und versuchte, ihm die Gebete in deutscher Sprache beizubringen. Aber so leicht sich Franzmichel auf Lateinisch getan hatte, so schwer wurde es jetzt wieder. Die ersten paar Zeilen gingen noch, aber schon vor der Mitte des Glaubensbekenntnisses blieb er nicht nur ein, sondern gleich mehrere Male hängen. Es wollte einfach nicht in seinen Kopf und Franzmichel meinte, das komme davon, weil er auf Deutsch mitdenken könne, was ihm aber beim Lateinischen verwehrt sei, da er davon ja kein Wort verstünde und daher auch nicht versucht sei, sich dazu eigene Gedanken zu machen. Dem Pfarrer leuchtete das ein und er war damit zufrieden, dass er es wenigstens dem Inhalt nach erfasste. Als der Lehrer davon erfuhr, wurde auch dieser gnädiger und ließ Franzmichel im Religionsunterricht einiges durchgehen, während er bei den anderen weiterhin auf dem Auswendiglernen bestand.

Im Dorf redete man schon länger über den kleinen Felder, der so grausig gescheit daherkam und der mit seinen acht Jahren richtig zornig werden konnte, wenn sie am Sonntagnachmittag in der Christenlehre kein Wort herausbrachten. Verlegen standen sie da mitten in der Kirche und alle konnten es sehen, wie sie sich hin und her wanden und nach einer Antwort suchten. Aber der Pfarrer Stockmayr kannte da keine Gnade.

Ein einfacher Bauer habe einfach andere Sorgen, als sich einen Kopf zu machen über das, wozu der Pfarrer das ganze Jahr über Zeit habe und dafür auch noch bezahlt würde, hieß es. Im Übrigen sollte die elende Lernerei mit dem Ende der Schule endgültig fertig sein, und was der Pfarrer da verlange – da könne man sie ja gleich zum Studieren schicken. Franzmichel aber ließ das nicht gelten, sondern widersprach sogar den Erwachsenen und meinte, anstatt zu kegeln oder nicht zu wissen, wie man die Sonntage oder die langen Wintertage herumbringen solle, könne man auch die Zeit dazu verwenden, das Gelernte wieder aufzufrischen. Aber damit kam er nicht überall gut an. Auch der junge Zürnhofer, der schon gut über zwanzig war, sagte ihm nach der Christenlehre hochmütig, er sei ein kleiner, eingebildeter Seicher, mit dem er normalerweise gar nicht reden würde, und er möchte ihn selbst sehen, ob er in der vollen Kirche überhaupt nur einen gotzigen Bapp täte. Da ganz allein zu stehen und auch noch zu reden sei nämlich kein Pappenstiel, auch wenn man es im Kopf habe. Fast alle rundherum hatten zustimmend genickt und gemeint, ihnen sei es genauso ergangen. Gewusst hätten sie es ja, aber nur eben nicht herausgebracht.

Jetzt aber stand lang und aufgeschossen Gschrofers Hubert

vorne in der Kirchbank und zur Bedeutung des Fronleichnamsfestes wollte ihm so gar nichts einfallen. Seine dürren Schultern wippten vor und zurück, seine Augen glarten auf den Boden und mit der verzweifelten Heftigkeit, mit der er vor sich hin stierte, hätte eigentlich schon längst ein großes Loch in den Steinplatten sein müssen. Vom Kirchturm her schlug die Uhr. Zweimal. Seit geschätzten fünf Minuten ging das also nun so. Kaum jemand wagte sich zu rühren aus Angst, womöglich der Nächste zu sein. Der Gschrofer wippte und wippte, biss sich abwechselnd auf die Ober-, dann auf die Unterlippe, aber außer einem gelegentlichen Hüsteln ließ er nichts von sich verlauten.

»Setz' dich!«, sagte der Hochwürden dann.

»Franzmichel! Weißt du es?«

Dieser brauchte einen Moment, bis er verstand, dass er gemeint war, und sprang dann nahezu senkrecht in die Höhe. »Fronleichnam ist am Donnerstag in der zweiten Woche nach Pfingsten, es ist das Fest zu Ehren des Leibes und des Blutes Christi, darum heißt es auch Blutfest!« Er brauchte nicht nach den Worten zu suchen, sondern hatte eher Mühe, sie zu ordnen, ehe sie aus ihm heraussprudelten. An den Gesichtern des Pfarrers und des Lehrers las er ab, dass sie mit ihm zufrieden waren. Nur die Größeren sahen zunehmend finster drein. Als dann der Hochwürden noch sagte, sie sollen sich an einem erst achtjährigen Buben ein Beispiel nehmen, der zudem erst mit einem Jahr Verspätung in die Schule gekommen sei, sanken fast durchwegs die Köpfe tiefer.

Wie ein Lauffeuer ging die Geschichte mit dem Felderbuben durch das Dorf und spaltete es in zwei Lager. Die einen waren für ihn und verteidigten ihn, die anderen wiederum, und das waren meist die Eltern und Angehörigen der Blamierten, empfanden das als persönliche Schmach und schimpften, Jauko Jakobs Bub sei sowieso ein ganz ein komischer Trüller und mit seiner Übergescheitheit würden der Jakob und die Marie noch genug Scherereien bekommen.

Franzmichel selbst erfüllte das Gerede um ihn anfangs noch mit einer gewissen Genugtuung. Aber nach und nach wurde ihm klar, dass er ab jetzt nicht mehr nur Freunde, sondern auch Feinde im Dorf hatte.

15

Krieg solle es draußen geben. Aber eigentlich sei es gar kein richtiger Krieg, hieß es dann wieder. Mehr ein ungeordnetes Gemetzel und Morden aus Habgier, Hass und Neid. Beinahe jeden Tag brachten Handwerksburschen, Bettler und Hausierer immer neuere, noch schrecklichere Nachrichten ins enge Tal. In Frankreich habe es angefangen, dort ginge es drunter und drüber, die Dänen seien auch schon ganz wild geworden und in Berlin hätten sie Hunderte abgemetzgert wie das Vieh. In Böhmen, Ungarn, Polen und Italien gebe es Aufstände gegen die österreichische Monarchie. Ein großes, gemeinsames deutsches Reich wollten die einen mit Österreich an der Spitze, was aber wieder anderen gegen den Strich ginge, die einen Staat forderten ohne Österreich, mit dem preußischen König als Kaiser.

Franzmichel hatte wie die anderen Kinder auch bis dahin keine Ahnung gehabt, dass es Staaten und Regierungen gab. Schoppernau und Au, Mellau und Bezau, Egg und Schwarzenberg vielleicht noch – aber schon Dornbirn und Bregenz kannten sie nur vom Hörensagen. Ein alter Soldat, der dem Vater gelegentlich bei der gefährlichen Arbeit des Heuziehens half, hatte es ihm erklärt und Franzmichel war es auch gewesen, der dann mit dieser beinahe unglaublichen Neuigkeit in die Schule gekommen war.

Nicht nur Schoppernauer, sondern auch noch Österreicher seien sie! Die meisten fanden das überaus lustig, zeigten auf ihre Kameraden und riefen »Du Österreicher!«, die dann wieder mit den Fingern zurückdeuteten und schrien »Du Österreicher!«. Nur dem Vorsteher sein Peterle kam das überhaupt nicht spaßig vor, weil er immer nur »Ölstreicher« verstand und das auf seinen Vater bezog, der vor einiger Zeit einen Schrank mit Ölfarbe eingelassen hatte. Der Lehrer Aberer versuchte es ihm zu erklären, aber das Peterle wollte davon nichts wissen und beharrte immer noch gekränkt, eine Beleidigung sei eine Beleidigung, Ölstreicher hin oder Österreicher her.

Immer wüstere und bedrohlichere Geschichten schwappten ins Tal und erschreckten die Leute. Zudem wurde alles teurer und das ohnehin schon knappe Geld immer weniger. Die Käshändler wiegten die Köpfe, zogen sorgenvoll die Stirnen in Falten. Abwarten müsse man eben, wie sich die politische Lage entwickle, bevor sie etwas zu den Preisen sagen könnten. Auch die Stickereiarbeit wurde immer schlechter bezahlt. Das Schlimmste aber war, dass die Stuckateure, Zimmerleute, Vergolder und Steinmetze, die alljährlich hinauszogen in die Schweiz, nach Frankreich, nach Deutschland, Böhmen oder Mähren und vor dem Winter wieder gutes Geld nach Hause brachten, nun auch noch gezwungenermaßen tatenlos in der Talschaft herumsaßen.

Franzmichel kam die Welt immer unheimlicher und bedrohlicher vor und schien ihm zunehmend verrückter zu werden. Seit er die Landkarte zu deuten wusste, endete für ihn die Welt nicht mehr in Bregenz. Aber warum konnten sie sich nicht vertragen in Paris, in Wien, in Prag oder Frankfurt? Warum stritten und zankten sich die Leute? Hörten sie denn dort nicht auch das friedliche Schellen der Kühe, das Plätschern der Bäche, das Rauschen des Windes in den Wäldern, den Gesang der Vögel in den Büschen und hoch oben in den Lüften? Rochen sie denn nicht den schweren Duft des frisch gemähten Grases, sahen sie denn nicht die ziehenden Wolkenschiffe und fühlten sie nicht die warmen Strahlen der Sonne? Wieso also taten sie so schreckliche Dinge? Was war los da draußen?

Peterles Vater, der Ortsvorsteher! Der musste mehr wissen, der hatte eine Zeitung! Aber wie drankommen?

Das Peterle hatte die rettende Idee: »Am Samstag ist Posttag. Gewöhnlich bringt sie der Bezauer Gerichtsbote am späten Nachmittag vorbei und der Vater fängt dann meistens gleich zu lesen an.«

»Aber das nützt uns nichts. Er wird sie uns bestimmt nicht geben!«, entgegnete Franzmichel ein wenig bedrückt.

Das Peterle lachte. »Braucht er auch nicht. Der Vater liest sie immer dem Nachbarn, dem Zürnhofer, laut vor. Du musst nur rechtzeitig bei mir sein!« Er überlegte einen Augenblick. »Weißt du was? Sobald die Zeitung kommt, springe ich zu dir herauf und tue dir Bericht!«

Franzmichel hatte gar nicht gewusst, dass ein Samstagnachmittag so lange sein konnte. Immer wieder strich er ums Haus, spähte angestrengt den Weg hinab. Endlich sah er ihn kommen, wartete aber nicht ab, bis er da war, sondern rannte ihm entgegen. Noch außer Atem schlüpften beide bei Vorstehers in die Stube und nahmen leise auf der Ofenbank Platz.

Peterles Vater hob erstaunt den Kopf und hielt mit dem Zeigefinger die Zeile in der Zeitung fest, an der er gerade war. Der Zürnhofer blickte unwillig drein und ihm war anzumerken, dass ihm die Anwesenheit der Buben überhaupt nicht passte.

»Was wollt ihr denn da?«

»Der Franzmichel ...«

Dieser stupfte seinen Gspanen schnell mit dem Ellbogen in die Seite.

»... und ich auch!«, ergänzte er dann. »Wir möchten gerne wissen, was in der Zeitung steht!«

»So, so!«, sagte der Vorsteher, ließ die Zeile los und langte nach seiner Schnupftabakdose.

»Ihr versteht das ja doch nicht!«, protestierte der Zürnhofer, wobei er erst den Franzmichel scharf ansah und dann dem Vorsteher einen unsicheren Blick zuwarf.

Auch Peterles Vater schien nicht gerade erfreut zu sein und schob sich, während er überlegte, mit breitem Daumen bedächtig eine Ladung Tabak in die Nasenlöcher.

»Meinetwegen!«, entschied er dann nach einer Weile. »Aber das bleibt hier im Haus. Nicht dass du heimrennst und dort alles brühwarm erzählst. Dann heißt es noch womöglich, der Vorsteher bringt dem kleinen Felder das Zeitunglesen bei!«

Dabei zwinkerte er ihm zu und Franzmichel dünkte es für einen Moment, als ob er damit in einen Kreis aufgenommen sei, in dem etwas Verbotenes getan würde. Dem Zürnhofer schien das zwar immer noch nicht zu behagen, aber dann nickte auch er grimmig.

»Kein Wort davon!«, bekräftigte er schließlich und Franzmichel wusste jetzt, dass es ihm nur darum ging, nicht ins Gerede zu kommen. Auch sein Vater schimpfte gegen diese neue Mode, die der Vorsteher und der Schulleiter angefangen und sich miteinander eine Zeitung bestellt hatten.

Vieles von dem, was Peterles Vater da nun vortrug, verstand er tatsächlich nicht. Von groß- und kleindeutscher Lösung, Pressefreiheit, Versammlungsfreiheit und Demokratie war da die Rede. Aber trotzdem sperrte er die Ohren auf.

Als dann am Abend Franzmichels Vater vom Sennhaus heimkam und berichtete, der Käsehändler Josef Ambros Moosbrugger aus Schnepfau säße, wie man hörte, in Mailand in schwerer Kerkerhaft, konnte er nicht mehr an sich halten.

»Das stimmt nicht. Er wird nur verdächtigt, die aufständischen Mailänder mit Geld unterstützt zu haben!«

»Sauber!«, antwortete Jakob. »Hier zahlen uns die Herren Käsgrafen einen Schandpreis und da unten werfen sie mit dem Geld herum, das sie an uns verdient haben!« Plötzlich sah er seinen Buben an. »Woher weißt du denn das so genau?«

Der rutschte nun verlegen auf dem Hosenboden hin und her und überlegte, wie er da wieder herauskam, ohne zu lügen. »Ich habe es gehört«, antwortete er dann.

Aber Jakob ließ nicht so leicht locker. »Und von wem?«

»Ich habe es beim Peterle gehört, wie es der Vorsteher zum Zürnhofer gesagt hat!«

Das stimmte ja auch und Franzmichel hoffte nur, dass der Vater nicht noch weiter fragen würde.

Von nun an war der Franzmichel jeden Samstagnachmittag in der Stube des Vorstehers zu finden und saß dort zusammen mit dem Peterle mucksmäuschenstill auf der Ofenbank. Jakob wurde bald klar, was seinen Buben dorthin zog, und er legte seine anfänglichen Bedenken ab, nachdem er erfahren hatte, dass auch der Pfarrer Stockmayr neben dem Vorsteher und dem Schulmeister der Dritte im Bunde mit der Zeitung war. Jetzt war es Jakob selber, der es kaum mehr erwarten konnte, bis sein Sohn heimkam und ihm Bericht erstattete, was alles passiert war in der großen, weiten Welt.

Um Josefi waren wie alle Jahre einige der Dorfkinder als »Schwabenkinder« auf die Kindermärkte ins Württembergische gezogen; der Schnee wurde von Tag zu Tag weniger, Krokusse sprießten und dann tupfte der Löwenzahn die Wiesen gelb. Im Mai begann wieder die Feldarbeit und auch der Vorsteher fand nicht mehr die Zeit zur regelmäßigen Lektüre. Jakob sprach ihn darauf eines Sonntags nach dem Kirchgang direkt an und auch darauf, ob er ihm nicht wenigstens die ausgelesenen Zeitungen überlassen könne.

»Gerne!«, meinte dieser und setzte noch hinzu, dann seien wenigstens er, der Lehrer und der Hochwürden nicht mehr die Einzigen und er müsste sich halt darauf gefasst machen, von dem einen oder anderen Dörfler saudumm angesprochen zu werden.

»Die Leute muss man reden und die Kühe schwanzen lassen!«, hatte Jakob darauf gelassen erwidert.

Mit dieser Regelung wurde nun aber auch der Neuigkeitswert der Nachrichten zunehmend älter und unzuverlässiger. Bis der Gerichtsbote die Zeitung nach Schoppernau brachte, lag diese oft schon eine Woche oder gar noch länger in Bezau. Dann machte sie die Runde: Erst der Vorsteher, dann der Schulleiter und zum Schluss der Pfarrer. Jeder der Vorleser hatte angestrichen, welchen Artikel er gerne ausgeschnitten hätte und den er gerne aufbehalten wollte, und so kam es, dass Felders oft nur alte Zeitungen übrig blieben, die zudem zerlöchert und unvollständig waren. Wurde Jakob anfangs ob seiner Leserei plötzlich zu den Gebildeteren gezählt, so wechselte nach und nach dann wieder die allgemeine Meinung und es mehrten sich nun die Stimmen derer, die ihm das verübelten und der Ansicht waren, so eine Zeitung brächte nur Unfrieden ins Tal und stifte nur Zank und Streit. Sogar die Taglöhner lachten ihn aus und fragten höhnisch, wozu das alles gut sein solle, wenn er nur wisse, was vor ein paar Wochen passiert sei. Aber bei Felders waren es nicht nur Jakob und Franzmichel, die sich nicht mehr davon abbringen ließen. Auch das Gottle fand zunehmend Gefallen daran, mehr zu wissen als nur das, was innerhalb des hinteren Bregenzerwaldes vor sich ging und was ihr die Leute erzählten.

Das änderte sich erst wieder, als die Lage immer bedrohlicher wurde. Eine Landwehr müsse her und alle Männer zwischen vierzehn und fünfundvierzig anstatt zu Sense und Gabel ans Gewehr. Mit einem Mal standen sie auch wieder bei Felders in der Stube, wollten von Jakob hören, wie es weiterginge, und manche verschwanden dann wieder verärgert, als der ihnen sagte, das wisse er auch nicht.

Den Dorfkindern aber gefiel das Spektakel, das sich unten auf der Gemeindewiese darbot, und auch Franzmichel konnte sich dem nicht entziehen.

Beers Barnabas stand da in seiner alten Kaiserjägeruniform, in die er vor Jahren einmal hineingepasst hatte, auf dem Kopf den Hut mit dem Jägerhorn und dem Tiroler Adler, den Brustkorb so heftig vorgereckt, dass die Knöpfe davonzufliegen drohten, und die Hände leicht angewinkelt und an der Hosennaht.

»Achtung! Rechts um! Im Gleichschritt – marsch!«, bellte er nun abgehackt.

Langsam setzte sich der Haufen in Bewegung, wobei die Männer mehr schlecht als recht versuchten, die Gewehrkolben auf etwa gleicher Höhe zu halten und gleichzeitig auch die Läufe noch möglichst einheitlich über die Schulter auszurichten. Zugleich sollten sie auch mit dem Schritt nicht aus dem Takt kommen, den ein vorausmarschierender Trommler vorgab.

Drrrumm, Drrrumm, Drrrummtummtumm, Drrrumm, Drrrumm, Drrrummtummtumm …

Der aufgeschossene, dürre Gschrofer hatte Mühe, seine langen Beine an den kurzen Tritt zu halten, und trat prompt auch seinem Vordermann in die Holzschuhe, wodurch dieser verstolperte und so den ganzen Zug durcheinanderbrachte.

Den Alten aber war das Schießen und Geknalle unheimlich wie den Vögeln, die sich nun ob des Lärms erschreckt vom Dorf fernhielten. Viele sahen das Gelärme schon als Vorboten des heraufziehenden Weltuntergangs. In der Schweiz sei die Muttergottes erschienen und im Tirol drinnen habe eine gewisse Margarete Stoffel ein Gesicht gehabt und den Sturz des Papstes vorausgesagt, mit Bergen von Leichen und Straßen voll Blut in Rom. Von überall her wurde von Wundern berichtet, aber auch von schrecklichen Geschehnissen. Landauf, landab kamen von den Kanzeln Aufrufe zur Buße und Gebet, und kein Haus, nicht einmal das gottfernste, in dem nun nicht jeden Abend mindestens ein Rosenkranz um den Frieden gebetet wurde. Auch bei Felders war das nicht anders und davon abgewichen wurde nur an dem Tag, an dem sie die ausgelesene Zeitung bekamen. Dann hatte Marie ihre Mühe, nicht nur ihren Mann und den Buben, sondern auch das Gottle an den Tisch zum Beten zu bringen. Überhaupt war es jetzt der Jakob, der von der Leserei nicht genug bekommen konnte und der Franzmichel anhielt, überall in den Nachbarhäusern nach alten Kalendern nachzufragen. Marie kam es manchmal vor, als ob die beiden geradezu im Wettstreit miteinander liegen würden, und auch beim Essen ging es fast immer nur noch darum, was sie wieder Neues erfahren hatten. Für Franzmichel aber war es das Schönste, wenn der Vater müde von der Tagesarbeit auf dem Kanapee lag und er ihm vorlesen durfte. Es waren Momente, in denen er spürte, wie nicht nur ihre Gedanken, sondern auch ihre Seelen verschmolzen, und er hätte juchzen können vor inbrünstiger Freude und Dankbarkeit.

16

Der letztjährige Kalender war eine ziemliche Enttäuschung gewesen. Jakob hatte ihn am Neujahrstag von einem Schmalzgeiger gekauft und am liebsten hätte er ihn auch gleich wieder zum Fenster hinausgeworfen. Eine einzige Geschichte war darin gewesen, die ihm gefallen hatte. Für 1849 sollte ihm das nicht mehr passieren: Schon im November hatte er einen in Bregenz bestellt, den der Albrecht Georg dort gesehen und als überaus prächtig beschrieben hatte. Der Georg war Fuhrmann, kam viel herum, bis hinunter nach Mailand, wo er für die Moosbruggers den Käse hinabführte.

»Beigotsch!«, hatte der Georg gesagt. »Der Bregenzer ist der schönste, der mir bis jetzt untergekommen ist!«

Jetzt stand Franzmichel bei Albrechts in der Stube und der Georg zählte umständlich das Restgeld auf den Gulden heraus, den Jakob ihm mitgegeben hatte, während dem Franzmichel vor Aufregung der Boden unter den Füßen zu glühen schien. Aber das mit dem Wechselgeld wollte sich partout nicht aufgehen und der Georg rief nach seiner Magd, sie solle nachsehen, ob sie irgendwo im Haus noch die fehlenden Münzen auftreiben könne.

»Haben die viele Kalender draußen in Bregenz?«, wollte Franzmichel derweil wissen.

Der Georg lachte. »Das ist eine Buchhandlung. Die haben dort gar nichts anderes als Bücher und Kalender. Bis unter die Decke!«

Dann machte er eine ausholende Handbewegung von oben nach unten, um die Höhe der Räume anzudeuten. »Mindestens doppelt so hoch wie die Stube und dazu noch hart in Reihen. So hoch, dass sie eine Leiter brauchen!«

Franzmichel konnte es sich gar nicht vorstellen, dass es überhaupt auf der ganzen Welt so viele Bücher gab. Er hatte das eigene Haus vom Giebel bis in den Keller abgesucht und nur ein einziges gefunden. Ziemlich alt war es schon, ein dickes Heiligenbuch, in das der Großvater auf der letzten Seite die Namen seiner Vorfahren und seiner Kinder vermerkt hatte.

»Aber das ist noch gar nichts gegen die Bibliothek in Innsbruck!«, fuhr der Georg fort. »Die ist so groß, wenn nicht noch größer als die Schoppernauer Kirche. Dort haben sie Leute, die tagein, tagaus nichts anderes tun, als die Bücher zu lesen und in ganz hohe Regale, noch viel höhere als die in Bregenz, einzuordnen. Jede Woche kommen dort fuhrenweise Bücher, so viele, dass die Herren Bibliothekari – so sagt man zu ihnen – schon ganz unfreundlich und verdrossen sind, weil sie mit dem Lesen kaum noch hinterher kommen!«

Franzmichel konnte es kaum glauben. Aber der Albrecht Georg war ein ernster Mann und er hatte keinen Grund, an dessen Worten zu zweifeln. Die Magd kam mit dem noch fehlenden Geld zurück und auf dem Heimweg kam sich jetzt der Franzmichel ganz klein und unbedeutend vor mit seinem Bauernkalender, mochte dieser noch so prächtig sein. Die ganze Freude hatte er ihm verdorben, der Albrecht, mit seinen Schilderungen von der Innsbrucker Bibliothek. Kurz blieb er stehen und blätterte ihn durch, um etwa abzuschätzen, für wie viele Abende der Inhalt reichen würde. Aber in seinem inneren Auge waren immer noch die grätigen und massigen Herren Bibliothekari in langen Bratenröcken und Zwickerbrillen auf den Nasen in Innsbruck und die langen Buchreihen in Bregenz. Noch nach Tagen bekam er sie nicht mehr aus dem Kopf und so fügte es sich, dass just der Pfarrer Stockmayr in der Schule erschien, um den Katechismus abzufragen.

So ganz nebenbei stellte er auch noch eine andere Frage in den Raum. »Was wollt ihr einmal werden, wenn ihr aus der Schule kommt?«

Mesers Rosmarie wollte einen gaaanz reichen Bauern heiraten mit viiielen Mägden und Knechten, denen sie dann die Arbeit anschaffen würde. Bilgeris Franzsepp erhoffte sich Kräfte wie ein Bär, weil sie daheim einen mittelgroßen Waldbesitz hatten und ihm das Holzen gefiel. Moosbruggers Irg wollte Stuckateur werden wie sein Onkel Johann. Aber die meisten wünschten sich einen schuldenfreien Hof mit acht Kühen. Acht Kühe, das wäre schon gehörig, meinte auch das Peterle, dessen Vater es auf immerhin sechs eigene Kuhschwänze gebracht hatte. Franzmichel kam der hörnerne Siegfried vom alten Birger in den Sinn, verwarf dann aber den Gedankengang wieder, da er in einer gepanzerten Haut dann doch keinen wirklich praktischen Nutzen finden konnte.

»Und du?«, wandte sich nun der Pfarrer an ihn.

»Bibliothekari!«, kam es nun so schnell wie ein Schuss aus Beers Barnabas' alter Flinte.

Die anderen hatten davon noch nie etwas gehört und machten nur große Augen.

»So, so, Bibliothekari also«, sagte der Pfarrer Stockmayr nach einiger Zeit und seine Miene wurde dabei ziemlich finster. »Deinen Kopf willst du dein Leben lang in Bücher stecken? Einer von diesen vertrüllten Hornochsen werden, denen man noch sagen muss, ob Tag oder Nacht ist, weil sie es vor lauter Gescheitheit selber nicht mehr auseinanderhalten können? An denen kannst du beobachten, was das menschliche Wissen wert ist! Schau dir doch nur ihre Gesichter an!« Es folgte nun das, was schon Albrechts Georg über die Innsbrucker Bibliothekari expliziert hatte, nämlich dass sie in der Regel grantig und unfreundlich seien. »Daran siehst du, dass zu viel Wissen nicht glücklich macht, sondern geradeaus ins Unglück führt, weil es die Menschen nur durcheinanderbringt.«

Franzmichel schluckte heftig, wie ihn der Pfarrer vor der ganzen Klasse abkanzelte. In den Gesichtern konnte er lesen, dass sie zwar immer noch nicht wussten, was ein Bibliothekari war, dafür aber, dass so ein Bibliothekari ein durch und durch verdorbener, abgrundtief verabscheuungswürdiger Mensch sein musste.

»Etwas lernen wollen ist schon recht und schön – aber alles mit Maß und Ziel!«, fuhr der Pfarrer nun etwas milder fort. »Aber Gott hat dich hier in Schoppernau zur Welt kommen lassen und das solltest du auch als einen Wink sehen, anstatt es zu bedauern! Jeder hat seinen Platz und du bist zum Bauern geschaffen und nicht zum Bücherwurm!«

Er machte eine Pause und ließ den Blick über die Klasse schweifen, wie um sich zu vergewissern, dass da nicht noch einer da war, der womöglich ähnlich sonderbare Vorstellungen von seiner Zukunft hatte. Dann seufzte er. »Mein Gott, wie oft habe ich es mir schon gewünscht, dass ich bei der Mistgabel geblieben wäre! Nur so kann man frei und unabhängig sein. Ja, nur wenn man die freie Wahl hat, wie und was man tut, geht es einem gut und lernen kann man dazu auch noch!«

Jetzt konnte Franzmichel nicht mehr an sich halten. »Ja, wenn man dazu auch Bücher hätte!«, entgegnete er trotzig.

Der Pfarrer Stockmayr sah ihn eine Weile lächelnd an. »Ja potztausend!«, erwiderte er dann und sein Lächeln wurde um eine Spur breiter. »Aber dazu muss man ja nicht gleich Bibliothekari werden. Da kann dir auch anders geholfen werden. Komm zu mir ins Pfarrhaus und dann schauen wir, was wir dort für dich finden!«

Franzmichel schämte sich wegen seines Hochmutes in Grund und Boden. Insgeheim leistete er jetzt beschämt Abbitte beim Hochwürden, von dem er gedacht hatte, er sei auch nur einer von denen, die ihn nicht verstanden und auch gar nicht verstehen wollten. Ja, der Pfarrer hatte recht! Draußen war das wirkliche Leben, nicht in einer verstaubten Bücherstube! Draußen schien die Sonne, draußen wehte der Wind und zogen die Wolken und nach draußen musste man, wollte man Menschen begegnen!

Der Franzmichel, der dann nach Hause kam, war ein ganz anderer als der, der noch vor ein paar Stunden den Schulweg angetreten hatte. Ganz still und ernst saß er beim Mittagstisch und nach dem Dankgebet platzte es aus ihm heraus. Das Lesen wolle er jetzt ganz aufgeben, obwohl ihm der Pfarrer Bücher versprochen habe. Dafür wolle er daheim fleißiger arbeiten, weil es sei bodenloser Undank von ihm, jede freie Minute faul in der Stube zu sitzen, während der Däta, die Mama und das Gottle blutsauer das Geld verdienen und jeden Groschen zusammenhalten müssten, während er nichts anderes als das Lesen im Kopf habe.

17

Der 12. Februar 1849 war ein frostkalter Tag gewesen. Kniehoch lag der Neuschnee, den der Wind ins Tal getrieben hatte, und breit buckelte sich der weiße Rücken der mächtigen Kanisfluh unter dem funkelnden Sternenhimmel.

»Ich gehe noch zu meiner Schwester. Sie ist ein wenig malad, hat man mir ausrichten lassen«, sagte Jakob beim Eintreten in die Stube.

»Darf ich mit?« Franzmichel war von der Fensterbank aufgesprungen und stand erwartungsvoll vor seinem Vater.

»Nein, nein!«, wehrte Marie beinahe erschrocken ab und auch Jakob schüttelte den Kopf.

»Das geht nicht, Franzmichel!«, sagte er. »So gern ich dich auch mitnehmen täte. Aber draußen ist es so kalt, dass auch schon der Brunnen fast zugefroren ist, und dein Gewand ist viel zu dünn dafür!«

»So empfindlich bin ich nicht und so weit ist es ja auch nicht!«, protestierte Franzmichel, aber Jakob ließ sich nicht erweichen.

Franzmichel verzog schmollend den Mund nach unten.

»Mach nicht so einen Lätschen!«, lächelte sein Vater nachsichtig und tauchte seine Hand in den kleinen porzellanenen Weihwasserkessel neben der Stubentür. »Komm her, Bub!«

Immer noch ein wenig schmollend trat Franzmichel zögernd näher und Jakob zeichnete seinem Sohn ein Kreuzzeichen auf die Stirne.

»Behüte Gott dich diese Nacht,
Was er beschützt, ist wohl bewacht.
Gelobt sei Jesus Christus!«

»In Ewigkeit, Amen!«, kam die Antwort und Marie langte nach der Laterne auf dem Tisch, um ihrem Mann hinauszuleuchten.

»Brrr! Ist das kalt!«, schüttelte sie sich dann, während sie das Lampentürchen öffnete und die Kerze ausblies.

Das Gottle saß hinter ihrer Schusterkugel, deren Licht in einem schmalen Streifen auf die Stickarbeit in ihren Händen fiel. »Sei froh, dass du da nicht hinaus musst!«, sagte sie zu Franzmichel.

Der aber hockte mit aufgestütztem Kopf auf der Bank am Fenster und starrte hinaus in die im Mondlicht glitzernde Landschaft. Beinahe glaubte er, selbst noch hier in der Stube den trockenen Schnee unter den Stiefeln seines Vaters knirschen zu hören. Noch einmal kurz blieb dieser stehen, nahm beide Hände aus der Joppentasche und zog sich seine Zipfelmütze tief über die Ohren. Immer kleiner wurde die hagere, leicht nach vorne gebeugte Gestalt des Vaters, und erst als sie dem Dorf zu zwischen den Häusern ganz verschwunden war, drehte sich auch Franzmichel um. Mit einem Mal kam er sich ganz gottverlassen und einsam vor. Die Stube erschien ihm leer und trostlos, obwohl ja noch die Mutter und das Gottle da waren. Rufen hätte er mögen. Nein, nicht nur rufen – schreien!

Nach dem Vater, mit dem er in Pfarrers Büchern las, seit seine Mutter befunden hatte, wenn diese vom Hochwürden selbst stammten, könne nichts Schlechtes drinstehen. Dem Vater, mit dem er über so vieles reden konnte, nicht nur über Kühe und Kälber; mit dem die Arbeit Hand in Hand ging und mit dem er sich verstand, schweigend, stundenlang oftmals auch ohne nur ein gotziges Wort. Ihm war, als ob ein Teil von ihm selbst fehlte, gegangen wäre hinaus in die kalte Nacht. Er dachte sich den Vater hinab auf die Ofenbank, von wo aus ihm dieser so oft zugehört hatte. Aber so fest er ihn sich auch auf die Bank am warmen Ofen träumte, wenn er wieder die Augen öffnete, war er dennoch nicht da. Missmutig drehte er sich wieder um und starrte hinaus durch das Fenster, dessen Außenscheiben im unteren Teil mit Eisblumen überzogen waren.

Den Kopf wandte er nur ein wenig, als ihn das Geräusch der Tischschublade aus den Gedanken riss.

»Du brauchst nicht den Beleidigten spielen, weil dich der Vater nicht mitgenommen hat!«, sagte Marie streng, während sie die Rosenkränze auf den Tisch legte. Das Gottle ihr gegenüber machte noch zwei, drei Stiche fertig und Franzmichel rutschte zu ihnen hinüber.

»Vater unser, der du bist im Himmel …«, hob nun die Mutter an. Nach dem Ende des Rosenkranzes folgten noch eine Reihe weiterer Gebete für die verstorbenen Eltern und Großeltern, die

Verstorbenen allgemein, die armen Seelen, zum heiligen Leonhard und Wendelin für das Vieh im Stall, für den Frieden unter den Völkern, die Gesundung von Jakobs Schwester und die Bitte um Verschonung vor Naturgewalten.

Franzmichel fand besonders die endlos langen angehängten Gebete zum Einschlafen langweilig, konnte es dann kaum erwarten, bis die Mutter endlich einen Schluss fand, aber heute war es irgendwie anders. Geradezu ungebührlich kurz waren sie ihm vorgekommen. Still blieb er sitzen und da war es wieder in ihm, dieses heftige, warme Gefühl für den Vater, den er sich herwünschte wie sonst nichts auf der Welt.

»Mama?«, sagte er mit einem Mal. »Können wir für den Däta noch einen Rosenkranz beten?«

Marie sah ihren Buben entgeistert an und das Gottle fragte, was denn in ihn gefahren sei. Die beiden hatten nun ihre helle Freude an dem frommen Franzmichel, die allerdings nur bis zum Ende des Gebetes anhielt. Dann hockte er wieder vor sich hinbrütend in der Ecke.

»Wenn du immer noch bocken willst, dann mach das oben in deiner Kammer, aber verschone uns damit!«, fuhr Marie ihn barsch an.

Franzmichel stand auf, ohne ein Wort zu sagen, quetschte unter der Tür noch ein »Gelobt sei Jesus Christus!« heraus und war dann verschwunden. Oben öffnete er weit das Fenster und lehnte sich weit hinaus in die eiskalte Nacht. Über dem spitzen, dunklen Dreieck des Üntschen hing gelb der Mond wie ein zerdätschter Laib Bergkäse und am Firmament glitzerten Tausende von Sternen. Erst als er zu schnattern begann, legte er sich ins Bett und zog die mit Laub gefüllte Zudecke über seinen Kopf. Aber er konnte nicht einschlafen. Auch dem Gottle in der Kammer nebenan schien es später nicht anders zu ergehen. Unruhig wälzte sie sich hin und her, seufzte gelegentlich und fing nach einiger Zeit an, halblaut zu beten. Franzmichel lauschte immer noch mit einem Ohr nach unten auf das Geräusch von genagelten Schuhen. Aber nichts dergleichen rührte sich. Nur die leichten Schritte der Mutter waren noch zu hören und danach das Schließen der Gadentüre. Dann war Stille.

18

Er wachte auf durch einen Aufschrei des Gottles, so laut und schrill, wie er unmöglich aus der kleinen, schmächtigen Tante herauskommen konnte.

Wieder gellte es. Das ganze Haus schien plötzlich mit sonderlichen Geräuschen erfüllt. Sie klangen nicht aufdringlich, sondern eher behutsam, murmelnd und gedämpft. Franzmichel warf heftig den Kopf hin und her und rieb, nein, schlug sich nun beinahe auf die Augen. Als von unten her auch noch das Weinen der Mutter heraufdrang, zwickte er sich in die Unterarme, so lange und hart, bis es wehtat. Aber die Stimmen blieben. Langsam rutschte er auf die Bettkante und blieb dort lauschend sitzen. Drunten klapperten Holzschuhe, andauernd wurde die Haustüre geöffnet und wieder geschlossen, worauf sogleich die Stimmen um eine Spur lauter und aufgeregter zu werden schienen. Franzmichel wurde es unheimlich und nur mit seinem dünnen Hemdchen bekleidet rannte er nach draußen und hinab über die Stiege. Er war erst mitten auf der Treppe, als es mit einem Schlag fast ganz still wurde. Nur jemand flüsterte und es klang eindringlich.

»Mama, Gottle!«, rief er ängstlich, und als ob das ein Stichwort gewesen wäre, hob nun ein allgemeines Jammern und Klagen an, dass ihm nun wirklich himmelangst und bang wurde. Beinahe ehrfürchtig wichen die Leute zurück, als er auf die Stube zutappte, deren Türe offen stand. Während er über die Schwelle trat, kam vom Tisch her ein lautes Aufschluchzen. Junge Burschen saßen dort mit tränennassen Gesichtern und starrten ihn an und im Ofenwinkel stand der Pfarrer Stockmayr, ganz weiß gekleidet und betete. Erst dann sah er ihn. Auf dem Boden lag sein Vater. Ganz langsam kam Franzmichel näher, blieb neben dem Pfarrer stehen, blickte zuerst auf den Vater und dann hoch zu dem immer noch betenden Geistlichen. Dann fasste er diesen an seinem weißen Versehgewand und zog daran.

»Was hat denn der Däta?«

Der Pfarrer Stockmayr hörte sofort auf, beugte sich zu ihm hinunter und nahm die kleinen zitternden Hände in die seinen. »Nichts hat er mehr. Der liebe Gott hat ihn zu sich genommen.«

Franzmichel wusste schon, was das bedeutete, aber er konnte es trotzdem nicht begreifen. Das konnte er doch nicht machen, der liebe Gott! Ihm einfach so mir nichts, dir nichts den Vater zu nehmen. Nein, das durfte nicht sein, das war bestimmt ein Versehen. Lag der Vater nicht nur da und schien er nicht gar zu lächeln? Der Pfarrer Stockmayr versuchte ihn zu trösten, sprach auf ihn ein, aber Franzmichel verstand kein Wort, weil er auch keines verstehen wollte.

»Holt endlich den Doktor!«, rief Franzmichel nun zornig. Aber die Umstehenden schüttelten nur betrübt die Köpfe.

»Aber seht ihr denn nicht, dass er noch lebt? Gerade wieder hat er mich angelacht!«

»Nein, nein! Er ist schon tot!«, versuchte ihn das Gottle schluchzend zu überzeugen. Aber Franzmichel ließ das nicht gelten.

»Gut! Wenn ihr nicht geht, dann geh' ich!«, schrie er sie an, fassungslos ob so viel scheinbarer Gleichgültigkeit, und rannte nach oben in seine Kammer, um sich anzukleiden. Erst seiner Mutter gelang es, ihn zu beruhigen und ihn zu bewegen, wieder in die Stube zurückzukehren.

»Wie ist es denn passiert?«, hörte er einen der neu hinzu Gekommenen die am Tisch sitzenden Burschen fragen.

»Wir haben ihn hergebracht. Ich habe noch mit ihm geredet. Vielleicht fünf Minuten vorher, bevor ihn der Bartle gefunden hat.«

»Ja!«, bestätigte dieser. »Er ist einfach auf dem Weg gelegen und hat sich nicht mehr gerührt.«

Wieder stimmte der Pfarrer Stockmayr einen neuen Rosenkranz an und alle fielen abwechselnd mit ein.

Franzmichel glaubte, keinen Wimpernschlag lang geschlafen zu haben. Aber dennoch musste es anders gewesen sein, sonst hätte er nicht so verdrehtes Zeug träumen können wie mit dem auf dem Stubenboden liegenden Vater und den ganzen Leuten um ihn herum. In der Küche hörte er seufzend das Gottle hantieren. Als er aber Willams Michel begegnete, der sich mit einem weidengeflochtenen Kratten voller Holz durch den Hausgang zwängte und dann ein paar Buchenscheite ins Feuerloch des Kachelofens warf, wusste er endgültig, dass das alles kein Traum gewesen war. Von der Stube her kam gedämpftes Murmeln, die ersten Beter hoben bei seinem Eintreten stumm die Köpfe und warfen ihm mitleidige Blicke zu. Immer noch benommen tappte er zum Gaden und öffnete die Türe. Dort lag aufgebahrt in seinem Bett der Vater. Die Augen hielt er nun geschlossen, in seinen knorrigen Händen, die gefaltet nun aussahen wie verschlungene Baumwurzeln, hielt er ein kleines Sterbekreuz. Neben ihm saß zusammengesunken auf einem Stuhl die Mutter. Wieder ging sein Blick auf den friedlich daliegenden Vater und dessen Hände, die ihn nie, nie mehr berühren würden. Das Wasser stieg ihm in die Augen. Verzweifelt suchte er Trost und Zuflucht, ging auf Marie zu und schob Halt suchend seine Hände in die ihren. Franzmichel fühlte das feine Zittern ihres Leibes, das vom Kopf bis zu den Zehenspitzen zu gehen schien. Immer noch rannen ungehemmt die Tränen über seine Wangen und aus Angst, er könnte seine sich nun an ihn klammernde Mutter in ihrem Schmerz stören, wagte er es nicht, sich auch nur einen Millimeter zu rühren.

»Er ist tot! Er ist fort und lässt uns alleine hier!« Hart bäumte Marie sich auf, und als auch Franzmichel laut aufweinte, brach es aus ihr heraus. »Du hast es gut! Du kannst noch weinen und dir trocknet nicht der heiße Schmerz schon jeden Tropfen innen in dir weg! Du kannst es noch nicht erfassen, was du verloren hast, dazu bist du mit deinen zehn Jahren noch zu jung! Er ist fort und jetzt soll ich auch dir alles sein, wo ich doch weiß Gott selbst mit mir genug zu tun habe!«

Franzmichel spürte, dass sie damit nicht nur ihn, sondern auch das kränkliche Gottle meinte.

Immer wieder kamen nun Leute ins Gaden, hielten am Fußende inne und bekreuzigten sich. Er aber wollte allein sein, allein mit sich und den Gedanken an seinen Vater, und tat etwas, was er schon lange nicht mehr gemacht hatte. Er zog sich zurück in sein kleines Altarkämmerlein, wo ihm niemand zusah und wo er seinem Schmerz und seinen Tränen freien Lauf lassen konnte.

Am Nachmittag kam seine Mutter zu ihm herauf.

»Franzmichel«, sagte sie gefasst, »die Leute reden und jammern, dass der Vater ohne Sakramente gestorben sei. Aber das macht mir keine Sorgen. Gott der Herr hat ihn selbst zu sich genommen und dein Vater hat so gelebt, dass er jederzeit Rechenschaft ablegen kann vor dem Stuhl des ewigen Richters. Mir ist das fast ein Trost und sein schnelles Scheiden war für ihn keine Strafe, sondern eine Erleichterung. Oh, und er hat sie verdient, diese Erleichterung! Er war ein rechter, ein lieber – der beste Mann. Ich möchte nur eines – mich seiner würdig zu zeigen vor dir, dem Gottle und der Gemeinde, wenn er segnend vom hohen Himmel auf uns herabblickt. Nur das bleibt mir auf dieser Welt noch zu wünschen.«

Am Abend dann war die Stube voll, ja sogar im Hausgang und auf der Stiege wurde es eng. Um Platz zu machen, wurde alles, was nicht gebraucht wurde, zur Seite geschafft. Aus dem ganzen Dorf kamen die Leute und beteten fünf Vaterunser und Ehre und den Glauben zur Ehre der fünf Wunden Christi. Man hätte den Toten auch in die Kirche schaffen können und dem Pfarrer Stockmayr wäre das auch lieber gewesen, weil er wusste, was auf die Angehörigen zukam. Aber schließlich war es nun einmal uralter Brauch, dass man den Toten bis zur Beerdigung nicht allein ließ. Dagegen kam auch er nicht an und sicher hätte man ihm sein Beharren verübelt und ihm vorgehalten, er würde als gebürtiger Tiroler von den hiesigen Gepflogenheiten nichts verstehen. Dazu kamen noch die anderen Sitten, die sich zudem oft noch von Ort zu Ort unterschieden und von denen es beinahe so viele gab wie der Bregenzerwald Dörfer hatte. Aber alldem gemeinsam war die Ansicht, den Angehörigen sei es ein großer Trost, wenn sie bei dem Dahingeschiedenen nicht allein Wache halten müssten und in ihrer Trauer nicht allein gelassen würden. Diese Meinung vertraten aber oft nur diejenigen, die das noch nie selbst als Betroffene durchgemacht hatten. In Wirklichkeit war es so, dass diese gar nicht mehr zur Besinnung kamen. Die Beter mussten anschließend bewirtet und die Seelenalmosen verteilt werden – im einen Ort war der Brauch mit Geld, im anderen ein Kleidungsstück der Verblichenen, die diese ja nun nicht mehr brauchten. Auch bei Jaukos ging es zu wie in der Wirtschaft auf der Auer Kirchweih. Vor dem Haus erklang respektlos lautes Gelächter, in der Stube war der Tabakqualm so dicht, dass es die Pfeifenraucher selber nicht mehr aushielten und das Weite suchten. In der Küche wurde Kaffee getrunken, gescherzt und über das und jenes geplaudert. Felders schien es, als ob sie hier nicht daheim, sondern in einem wildfremden Haus wären. Aber am schlimmsten waren die unsäglichen Beileidsbekundigungen, die sie über sich ergehen lassen mussten. Das geschah nicht aus böser Absicht, sondern war durchaus gut und von Herzen kommend gemeint. Vielfach aber waren die Reden an Einfalt kaum zu überbieten, schnitten in die Seele und manche glaubten, je länger sie auf die arme Marie und das Gottle einredeten, desto größer sei auch deren Tröstung. Fünfundvierzig erst sei er gewesen, ahne, ahne, und wer denke denn in dem Alter schon ans Sterben …

Wenn sie konnten, flüchteten sie zu dem Toten ins Gaden, wo neben diesem am Kopfende zwei einsame Kerzen trübes Licht verstreuten. Dort gelang es ihnen sogar, wenn auch nur für wenige Augenblicke kurz einzunicken. Gleich aber wurden sie wieder daran erinnert, warum all die vielen Leute hier waren. Spät nach Mitternacht blieben noch zur Totenwache ein Dutzend Burschen in der rauchgeschwängerten Stube zurück und beteten noch drei Rosenkränze. Dann aber wurde ihnen wieder langweilig und sie begannen eine angeregte Unterhaltung bis in die frühen Morgenstunden. Marie, dem Gottle und Franzmichel kam es trotz ihres Schmerzes beinahe vor wie eine gnädige Erlösung, als endlich der Sarg zugenagelt wurde.

19

Nach Jakobs Tod war Marie immer stiller geworden. Manche meinten sogar menschenscheu. Vieles, was ihr bisher als wichtig erschienen war, betrachtete sie nun mit anderen Augen. Zeit, die ihr gemeinsam mit Jakob als unerschöpflich vorgekommen war, wurde mit einem Mal rar, die Tage ohne ihn schrumpften auf die Hälfte und gleichzeitig wuchs die Arbeit ins Doppelte. Armut gab es genug im Dorf, aber bald lief kaum jemand verhöttelter herum als Jaukos und Gewand, das ohnehin schon nur noch von Flicken zusammengehalten wurde, fand sein Ende nicht mehr wie früher als Putzlumpen, sondern bekam noch einen neuen Flecken darauf gesetzt. Marie sah es als die von Gott an sie gestellte Aufgabe an, im Sinne des Verstorbenen für die ihr nun anvertrauten Menschen zu sorgen und den Besitz zusammenzuhalten, und das war alles andere als ein Honigschlecken. Der Verdienst aus Jakobs Arbeit als Wagner fiel weg, der Franzmichel war erst zehn und ihre ständig kränkelnde Schwägerin brachte mit der kümmerlich bezahlten Stickarbeit auch nicht viel Bares ins Haus. Nein, nichts würde es werden mit dem Lernen und Studieren, wie er sich das manchmal so schön insgeheim ausgemalt hatte. Er würde den Vater ersetzen müssen. Aber wie sollte das gehen? Gerade so groß war er, dass er eine größere Kuh anbinden konnte.

Aber es waren gerade diese Stunden und Tage der Bedrücktheit und des Zweifels, wie es weitergehen würde, in denen sie noch enger zusammenrückten und seine Anwesenheit spürten. Er war noch nicht ganz gegangen und ihnen schien, als ob er nur jenseits einer Türe war, die aber noch nicht ganz zugeschlagen, sondern immer noch einen Spalt weit offen stand. Franzmichel kam es immer wieder vor wie an jenem Abend, als der Vater schon außer Hauses war und er ihm in die Dunkelheit nachgesehen hatte.

Sicher war auch der Vater es gewesen, der selbst nach seinem Tod noch dafür gesorgt hatte, dass sein Bruder Johann Josef die Vormundschaft übernahm. Der Onkel erinnerte in vielem an ihn, die Art, wie er sich bewegte, wie er lachte und wie er dachte. Er war für sie da, stand ihnen mit Rat und Tat zur Seite.

Mit jedem Tag aber, mit dem sich die Türe zunehmend mehr und mehr schloss, der Verstorbene mehr und mehr von ihnen wegrückte und verblasste, wuchsen auch ihre Sorgen. Im Stall tat es zunehmend nicht recht; dauernd war eines der Tiere krank, hatte ein entzündetes Euter, lahmte oder quälte sich mit einem Furunkel, das nicht abheilen wollte. Erst jetzt begann Franzmichel den Vater zu verstehen, wie dieser immer wieder um jede der Kühe geschlichen war und mit fast ängstlicher Besorgtheit auf die kleinsten Anzeichen eines möglichen Gebrechens geachtet hatte. So sehr und fest auch Marie und das Gottle beteten, die Unglücke wurden nicht kleiner. Selbst die gewiss fromme Marie begann jetzt, die Gerechtigkeit Gottes ernsthaft in Zweifel zu ziehen.

Genau in dieser Zeit geschah es aber, dass sie die Bekanntschaft eines jungen, verwaisten Mädchens machte, das in der Nachbarschaft untergekommen war. Das harte Schicksal des Bäbele und wie diese in ihrem unerschütterlichen Glauben damit umging, war es dann auch, was sie wieder aufrichtete. Der abendliche Rosenkranz in der felderschen Stube wurde von jetzt ab lang und immer länger, da dem Bäbele beinahe jeden Tag noch ein neuer Heiliger einfiel, dessen Fürsprache sie mit einem weiteren Gebet erflehen konnten. Und das Bäbele kannte wenn auch nicht alle, so doch viele, viele Heilige. Schließlich war es Mitglied in allen Bruderschaften und Kongregationen und ging darüber hinaus zweimal jährlich auf Wallfahrt. Selbst dem Gottle wurde es nach und nach zu viel, obwohl auch sie von der überaus großen Frömmigkeit des Bäbeles angesteckt worden war und sich jetzt von Franzmichel nur noch Geschichten vorlesen ließ, die aus der Heiligenlegende des Großvaters oder – und da legte sie ausdrücklichen Wert darauf – ganz bestimmt nur aus der Bücherei des Pfarrhauses stammten. Am liebsten aber hörte sie Wundergeschichten, von denen auch die allabendliche Vorbeterin eine Menge zu berichten wusste.

Irgendwann glaubte auch Franzmichel, dass es eigentlich für den lieben Gott tupfenleicht sein müsste, ihn wieder auf dem linken, seinem ehemals gesunden Auge sehend zu machen. Dieser Meinung schloss sich auch das Bäbele an und wusste sofort mit verhaltener Stimme von einem wahren Wundermann zu berichten. Nicht weit weg sei der, sondern ganz in der Nähe, raunte sie. Aber es sei vielleicht besser, wenn man da nicht zu laut und zu viel redete. Es gebe genügend Leute, die alles in den Dreck zögen, und die Ansichten vom Pfarrer Stockmayr zu manchen Wundern seien ja bekannt.

Gut eine Woche darauf wusste Franzmichel nicht so recht, wie er eigentlich in den Schlitten gekommen war. Noch in kuhmagenfinsterer Nacht hatte ihn die Mutter geweckt, den noch vollkommen Schlaftrunkenen in sein besseres Gewand gezwängt und ihn zum Essen gedrängt. Aber vor Aufregung hatte er keinen Bissen hinabbekommen, sondern nur noch versucht, sich vor dem Abschied die Stube in allen Einzelheiten nochmals gut einzuprägen. Nach einer Stunde Fußmarsch in der beißenden Kälte mit dem Bäbele hinaus nach Au wurden sie vor einem hell erleuchteten Wirtshaus bereits von einem alten Fuhrmann erwartet.

Franzmichel kannte ihn, es war der Fergger, der die fertigen Stickarbeiten einsammelte und in großen Bündeln auf den Schlitten stapelte. Ohne viel Federlesens packte er dann Franzmichel, warf ihn mit Schwung nach oben und auch das Bäbele kam wenn auch nicht auf ganz so heftige, doch auch so ähnliche Weise auf das Gefährt. Einen Augenblick später war er dann zwischen den weichen Ballen eingeschlafen.

Der enge Taleinschnitt hinter Mellau lag endlich nun glimpflich hinter ihnen. Inzwischen hatte dichter Schneefall eingesetzt, der an der Abdeckung der Ballen und den Gewändern hängen blieb. Nach und nach durchfeuchtete er die Joppe, von den verhüllten Bergen herab blies scharf ein kalter Wind und das Tal herein trieb dazu noch eisiger Nebel. Als das Fuhrwerk endlich auf dem großen Dorfplatz oben in Schwarzenberg hielt und ihn der Fergger von den Ballen herunterlupfte, war Franzmichel nass wie eine getaufte Maus und konnte sein Zähneklappern nicht mehr unterdrücken.

»Heiliger Bimbam!«, sagte dann die ältere Frau, kaum dass sie über die Schwelle getreten waren und sie des durchweichten Buben ansichtig wurde. Ohne langes Reden nötigte sie die beiden in die Stube und drängte dort den Franzmichel unverzüglich an den Kachelofen. Gleich darauf verschwand sie und kam nach einer Weile mit einer Jacke und einer Hose zurück.

»Da, das Sonntagsgewand von meinem Buben. Er ist zwar um einiges älter und größer, aber es ist wenigstens trocken!«

Ein paar Schwarzenberger Kinder konnten dann nicht genug spotten über den fremden Buben in einer viel zu großen Joppe und einer schlotternden Hose, deren Röhren zu dicken Wülsten aufgerollt waren. Franzmichel war viel zu aufgeregt, um das Gejohle um ihn herum zu beachten, und im Pfarrhaus stolperte er auch prompt über die Schwelle direkt hinein in die Kaplanswohnung. Gleich würde es geschehen. Während das Bäbele dem Kaplan seine ganze Geschichte mit dem weißen Punkt und der missglückten Operation im Paznaun erzählte, wagte er es nicht, den Kopf zu heben. Der Geistliche nahm herzlichen Anteil am Schicksal des Buben und jetzt war es das Bäbele, die nun glaubte, umgekehrt dem Kaplan Trost zusprechen zu müssen. »Aber so arg ist das alles nicht. Er kann springen, zu jeder Arbeit kann man ihn brauchen und lesen tut er, da könnte sich mancher Studierte noch eine Scheibe abschneiden!«

»So, so. Lesen tut er also, und das auch noch viel!«, antwortete der Kaplan plötzlich kühl.

»So viel wie kaum einer!«, bestätigte das Bäbele eilig.

»Dann war es wahrscheinlich der liebe Gott selbst, der dem Buben auf diese Art einen Riegel vorschieben wollte, damit er nicht vom Weg des Heils abkommt. Denn es ist besser, mit einem Auge in das Himmelreich zu kommen als mit zweien verdammt zu werden!«

Franzmichel wollte trotz seiner Bangnis heftig protestieren, dass die Bücher schließlich vom Schoppernauer Pfarrer selbst stammten. Aber das Bäbele kam ihm zuvor. »Wäre es aber nicht besser«, meinte es fast flehentlich, »wenn der Bub das Augenlicht wieder bekommt, damit er später tatkräftig seiner Mutter helfen kann, die ja auch nicht jünger wird?«

Der Kaplan, nun etwas milder gestimmt, erwiderte, das sei selbstverständlich auch seine Ansicht. Kurz darauf kniete Franzmichel in einem Zimmer nebenan vor einem kleinen Altar, hinter ihm stand der Kaplan mit einer Hand auf seinem Kopf und in der anderen hielt er ein Gebetbuch. Franzmichel war so aufgewühlt, dass er jedes Zeitgefühl verloren hatte. Als ihn der Geistliche noch segnete und anwies, jeden Tag fest zu beten, wusste er nicht, wie lange er da gekniet hatte. Immer noch wie benommen trat er mit dem Bäbele vor das Pfarrhaus und er wäre nicht imstande gewesen, das Aussehen des Kaplan zu beschreiben. Kein einziges Mal hatte er es gewagt, zu diesem hochzublicken. Woran er sich nur klar erinnern konnte, war das Gebetbuch: einen Goldschnitt mit roten Deckeln.

In der Zwischenzeit hatte sich auch das Wetter geändert und zum ersten Mal sah er nun die stattlichen Häuser am Schwarzenberger Dorfplatz. Aber diese waren ihm vorerst gleichgültig. Etwas anderes zog ihn in seinen Bann, etwas, was er so bisher noch niemals gesehen hatte. Die versinkende Sonne warf gelbe Strahlen, tauchte die Spitzen der Berge in goldenes Licht. Aber wo war er? War das wirklich noch der Bregenzerwald, wie ihm das Bäbele versicherte? Weit, weit weg waren die schneebedeckten Zacken und

Rücken und vor ihm, direkt unter seinen Füßen wellte sich ein weites Land. Eingebettet in das stille Weiß lagen Dörfer, von denen er kein einziges zu benennen wusste; rundum vereinzelte, kleine Bauernhäuser mit kleinen Fenstern, auf den Dächern riesige, seitlich ob der Last herabrutschende Schneehauben, geradeso, als ob sie sich Mützen über den Kopf ziehen wollten. Über alldem wölbte sich ein blauer Himmel, der völlig anders war, als wie er ihn von Schoppernau kannte. Nicht der enge Heimathimmel des hinteren Bregenzerwaldes, der scharf von den Schrofen, Graten und Kämmen begrenzt wurde. Dieser hier schien auch hinter den unzähligen Bergen noch lange nicht zu Ende zu sein. Staunend stand Franzmichel da, riss sein rechtes Auge auf und konnte sich nicht losreißen von diesem Anblick. »Wie ist die Welt doch so groß!«, rief er plötzlich völlig überwältigt aus.

Das Bäbele neben ihm deutete sein Staunen als untrügliches Zeichen dafür, dass das erhoffte Wunder eingetreten und Franzmichel auf dem Wege sei, seine Sehkraft wieder zu erlangen. Beinahe aus dem Häuschen war sie darüber vor Freude und auch ihm schien es, als ob er tatsächlich viel besser sehen könne als noch am frühen Nachmittag.

»Da schau!«, sagte er. »Wie viele Formen von Bergen gibt es! Nicht nur so scharfe, steile wie bei uns, sondern auch solche, die ausschauen wie verschneite Juppenkappen ...«

Dass an ihm wirklich ein Wunder geschehen sei, das aber glaubte Franzmichel erst so richtig bei ihrer Heimkehr am nächsten Tag. Auch die heimatlichen Berge, die er schon in- und auswendig zu kennen glaubte, sah er nun mit anderen Augen, fand an ihnen eine Vielfalt von Formen, die ihm bisher noch nicht aufgefallen war, und bemerkte Dinge, oft auch nur winzige Kleinigkeiten, an denen er früher achtlos vorbeigelaufen war.

20

Der Seppel war stuchenweiß. Mit vierzehn war er im Frühling aus der Werktagschule entlassen worden und der Oberlehrer Anselm Albrecht, kurz Sealmus genannt, hatte drei Kreuzzeichen gemacht, dieses aufsässige Bürschchen endlich los zu sein. Das Erste, was der Seppel dann getan hatte, war, sich eine lange Tabakspfeife und einen großmächtigen, dazugehörigen Beutel anzuschaffen. Sein Vater hätte das natürlich nicht wissen dürfen, windelweich hätte ihn der Weber geschlagen. Wieder nahm der Seppel einen Zug, diesen allerdings ein wenig zaghafter als die vorhergehenden. »Magst auch?«, fragte Seppel dann und streckte ihm die Pfeife durch den dichten Qualm in der engen Dachkammer entgegen.

Franzmichel wischte mit der Hand über das Mundstück und nahm dann ebenfalls einen Zug.

Scharf und beißend fuhr der Rauch hinab in seine Kehle. »Pfui Teufel!«, sagte er unter würgendem Husten. »Von wo hast du denn das Kraut her?«

Sein Vetter gab ihm keine Antwort, machte ein, zwei Schritte zum Fenster und riss es auf. Dann hing er keuchend im Fensterrahmen, wischte sich mit dem Handrücken über den Mund und wandte sich dann langsam um. Immer noch schwer atmend setzte er sich auf den Bettrand und stierte mit glasigen Augen vor sich hin.

»Wieso kaufst du dir denn einen so starken Tabak, wenn du ihn nicht aushältst?«, fragte Franzmichel.

Seppel pumpte immer noch wie ein Maikäfer, sein Brustkorb hob und senkte sich. »Gib mir das Rauchzeug!«, forderte er dann und stopfte entschlossen die Pfeife aufs Neue.

»Entweder stehe ich den Tabak aus oder er mich! Wer von uns beiden der Stärkere ist, werden wir noch sehen!«

Franzmichel musste lachen. Das war typisch der Seppel. Mit dem Kopf durch die Wand und man hätte ihn schon halb totschlagen müssen, ehe er nachgegeben hätte. »Seppel!«, sagte er mit einem Male ernst. »Ich muss dich etwas fragen. Glaubst du denn alles, was man dir erzählt? Ich meine das mit den Heiligen und den ganzen Wundern?«

Dieser ließ die Pfeife sinken und zog den Mund verächtlich nach unten. Dann grinste er hämisch. »Und du?«

Franzmichel tat es weh. Auch das war der Seppel. Gelten ließ er kaum etwas und was ihm nichts galt, für das hatte er nur Hohn und Spott übrig. Eigentlich bereute er schon die Frage, aber der

Vetter war der Einzige, mit dem er wenigstens darüber reden konnte. Hätte er das die Mutter oder das Gottle gefragt, so hätten diese bestimmt deswegen jeden Abend noch zwei Rosenkränze für sein Seelenheil angehängt.

»Wer's glaubt, wird selig«, antwortete der Vetter abschätzig, jedoch Franzmichel schüttelte den Kopf.

»Pfarrer Stockmayr sagt, man kann nicht für alles den lieben Gott verantwortlich machen und viele Leute würden nur dann an ihn glauben, wenn er immerzu nur Wunder über Wunder täte. Aber das Bäbele, das Gottle, die Mama und insbesondere der Schwarzenberger Kaplan haben mir mehr oder weniger ein Wunder versprochen, wenn ich jeden Tag sieben Vaterunser bete! Die Vorsehung Gottes habe mir auch noch mein gesundes Auge verdorben, damit ich keine Bücher lese, hat der Kaplan gesagt. Wer hat also recht, er oder unser Pfarrer, der sie mir auch noch gibt? Wenn das so ist, wie der Kaplan behauptet: Warum nimmt dann der Herrgott erst den Lesern das Augenlicht und nicht gleich denen, die solche bösen Bücher überhaupt erst schreiben?« Unwillkürlich fuhr seine Hand über das linke Auge. »Ein Wunder sei geschehen, haben sie mir eingeredet, so lange, bis ich es selber geglaubt habe, und mir das Versprechen abgenommen, unserem Pfarrer ja kein Sterbenswörtchen davon zu sagen! Und? Nichts! Ratzputz gar nichts! In der Schule war ich auch überzeugt, dass ich besser sehen würde, und wenn jemand gesagt hat, da schau, da fliegt ein Nussjäger, siehst du seine blauen Federn, habe ich mir eingebildet, ich würde sie sehen. Ja, ich habe es mir so stark gewünscht, bis ich es auch tatsächlich geglaubt habe!«

»Das hätte ich dir gleich sagen können!«, sagte der Seppel.

Franzmichel war jetzt verärgert. Nicht nur auf seinen Vetter, sondern auch auf sich selber. »Du verstehst auch gar nichts! Aber mit wem kann ich denn darüber reden? Mit niemandem!«

»Weißt du was?«, glaubte ihn der Seppel aufmuntern zu müssen. »Es rentiert sich nicht, sich über so etwas einen Kopf zu machen. Was ist, das ist. Komm, wir gehen jetzt zum Peterle zum Kartenspielen! Der hat wieder Geld, von seinem Gottle zu seinem Tauftag.«

Das Peterle war ein lausiger Jasser. Anfangs hatten sie noch um nichts gespielt, jetzt aber ging es um Geld. Der Seppel zog ihm meistens derart die Hosen aus, dass er oft schon nach ein paar Runden seinen letzten Kreuzer los war. Franzmichel ging es anders als seinem Vetter weniger ums Gewinnen, sondern mehr ums Mittun. Für ihn bedeutete es Ablenkung von den grauen Gedanken, die ihn plagten und mit denen er sich oftmals vorkam wie in einem dichten, düsteren Wald. Trotzdem hätte ihm der Pfarrer Stockmayr wahrscheinlich gehörig den Zapfen gesteckt, wenn er gewusst hätte, wofür er sein Ministrantengeld verwendete.

Nach der fünften Runde war es so weit.

»Ich bin draußen!«, sagte das Peterle und machte dabei ein langes Gesicht.

»Was ist? Wir zwei?«, fragte der Seppel herausfordernd.

Franzmichel sah auf die Münzen vor ihm, überlegte kurz und nickte dann. »Gilt!«

Bald darauf wurde aber auch Seppels rundliches Gesicht ebenfalls lang und länger und sein Münzentürmchen immer kleiner. »Herrgottsack!«, fluchte er. »Du wirst mich wohl nicht abziehen?«

Sein Vetter lachte. »Neues Spiel, neues Glück! Hast du selbst gesagt!«

Der Seppel schielte auf seinen zusammengeschmolzenen Geldhaufen. »Verdoppeln wir den Einsatz!«, forderte er dann zornig.

»Von mir aus!« Aufreizend bedächtig fächerte Franzmichel seine Karten auf und hob herausfordernd den Kopf. »Laub Trumpf! Willst du überhaupt noch weitermachen?«

»Das täte dir wohl so passen! Nichts da! Gespielt wird!«, kam es knurrend zurück.

Nach dem vierten Stich zugunsten Franzmichels legte dieser die Karten auf den Tisch. »Da! Du kannst ausspielen, was du willst. Gehört alles mir!«

»Ja, mit einem solchen Blatt!«, meldete sich jetzt das Peterle ein wenig neidisch. »Das ist keine große Kunst!«

»Aus ist's, Maus, sprach die Katze!«, sagte Seppel jetzt ziemlich kleinlaut. »Was willst du mit dem Geld jetzt anfangen?«, fragte er.

Die Antwort kam ohne langes Überlegen. »Eine Pfeife und einen Tabakbeutel kaufen!«

»Das langt aber nicht!«, entgegnete der Vetter und überlegte. »Weißt du was? Du leihst mir ein bisschen Geld und dann gehen wir morgen Abend zu Fuchsmichles Hanspetern. Bei dem sitzen immer ein paar Jasser. Die ziehen wir ab!«

Franzmichel hätte es nicht geglaubt, aber nach einigen Abenden hatte er genug Geld, dass es für eine Pfeife und einen gefüllten Beutel reichte, wofür sie dann zusammen zwei Stunden Fußmarsch nach Au und zurück in Kauf nahmen.

»Deinen Knaster kannst du von nun an selber rauchen!«, meinte Franzmichel zufrieden auf dem Rückweg, während sie unten an der Ache nebeneinander auf einem großen Stein sitzend die ersten großmächtigen Wolken aus ihren Pfeifen sogen.

»Stimmt, dein Kraut ist gar nicht übel!«, urteilte dann Seppel nach den ersten paar Zügen fachmännisch. »Ich habe einen Einfall!«, grinste er dann plötzlich. »Wir spielen ja inzwischen gar nicht schlecht, oder? Es gibt noch genug andere Häuser als das vom Fuchsmichler. Die könnten wir auch noch manche andere abziehen!«

Franzmichel war das nur recht. Je mehr Umtrieb und Lärmen um ihn herum, desto besser. Keine trüben Sinniererereien mehr, keine Bücher, die ihn nur verwirrten und ihm mehr Fragen stellten als sie beantworteten. »Gilt!«, sagte er und steckte dem Vetter seine Hand entgegen.

»Giltet!«, antwortete der Seppel und schlug ein.

»Was könnten wir heute noch anstellen?«, fragte Seppel, während sie nebeneinander auf Schoppernau zuliefen.

»Dem Harder Jokele seinen Hund in den Hennenstall sperren?«

»Ja, das machen wir! Das gibt eine Gaudi!«, lachte der Seppel.

21

Auch dem Oberlehrer Albrecht, in dessen Schulzug Franzmichel vom Lehrer Aberer gewechselt hatte, war das Treiben der beiden Felder-Vettern nicht verborgen geblieben.

Hoch aufgerichtet stand er vor ihm, mit Grimm in den Augen.

»Felder!«, sagte er und mit Nachnamen sprach er die Schüler

nur dann an, wenn er zornig war. »Felder, bis jetzt bist du immer vorne gesessen. Aber dein wüstes Treiben mit deinem Vetter bin ich nicht gewillt, auch noch zu belohnen. Mit deiner Mutter habe ich auch schon geredet, aber wie es scheint, wird auch sie mit dir nicht fertig. Mit dem Seppel habe ich mehr als genug Scherereien gehabt und wie es aussieht, wird es mit dir keine Saubohne besser als mit ihm. Also – damit wir uns gleich richtig verstehen: Da vorne hast du nichts mehr verloren. Dein Platz ist ab heute ganz hinten in der letzten Reihe!«

Franzmichel sah ihn trotzig an, überlegte, ob er ihm ein Widerwort geben sollte. Wahrscheinlich, nein ganz sicher hätte das ein paar Tatzen mit dem Rohrstock nach sich gezogen und das wäre ihm auch ziemlich gleichgültig gewesen. Die Demütigung vor der ganzen Klasse schmerzte mehr als Schläge und gerade wollte er den Mund aufmachen, als ihn der Blick eines in der anderen Bankreihe sitzenden Mädchens traf. Es war Oberhausers Marianne und wie sie ihn ansah, tat das noch viel weher als der Tadel der Lehrers Albrecht. Auch ihr Prinz war er damals gewesen, als er noch Puppenküchen baute, die Tannenkühe aus dem hohen Baum geholt und gotzalleinig Schellers Jockl, Kreuzenmännlers Bartle und Brosers Johann verhauen hatte.

Erst vor ein paar Tagen hatte sie ihm mitten ins Gesicht gesagt, bös' habe er sich verändert. Traurig hatte sie dabei dreingeschaut und es war ihm schon ein wenig nahegegangen. Die Marianne war ihm immer schon von allen Mädchen die liebste gewesen mit ihrer sanften, freundlichen und doch so selbstbewussten, geraden Art. Schweigend packte er seinen Ranzen mit der Schiefertafel und verzog sich auf den ihm zugewiesenen Platz in der hintersten Reihe. Er war sich keiner Schuld bewusst, jedenfalls was die Schule anging, und empfand die Zurücksetzung als bodenlose Ungerechtigkeit. Was hatte denn der Seppel mit seinen schulischen Leistungen zu tun?

Nichts. Gar nichts. Überhaupt nichts! Dem Albrecht würde er es zeigen! Und zwar mit Nichtachtung!

Allerdings hatte er da die Rechnung ohne den Lehrer gemacht, der am längeren Hebel saß und es umgekehrt genauso machte. Die hintere Ecke des Klassenzimmers mit Franzmichel schien für diesen überhaupt nicht zu existieren. Tage und Wochen ging das so und Franzmichel wurde immer kleiner und verzweifelter. Dabei war er kaum mehr mit dem Vetter zusammen, der Albrecht musste das doch einmal mitbekommen! Der Seppel hatte mit seiner Spielsucht inzwischen einige Probleme, da er immer höher und höher spielte und so auch immer höher verlor. Andauernd steckte er in Geldnöten. Den Vater konnte er nicht angehen, der hätte ihm die Mistgabel im Kreuz abgeschlagen. Also blieb ihm nichts anderes übrig, als sich heimlich als Taglöhner zu verdingen, was aber daheim wiederum zu heftigen Auseinandersetzungen führte, da ihn der Weber am Spieltisch vermutete. Allein schon die dauernden Streitereien waren Grund genug, um das Weberhaus einen Bogen zu machen.

Aber je mehr er sich bemühte, wieder nach vorne zu kommen, neben Mariannes Bank zu sitzen, desto mehr wuchs seine Verzweiflung. Ununterbrochen konnte er den Finger nach oben strecken, aber der Lehrer vermied es selbst bei Fragen, die niemand in der Klasse außer ihm und der Marianne beantworten konnten, ihn aufzurufen. Immer noch sah er über ihn hinweg. Marianne aber war es, die ihn ermutigte, nicht lockerzulassen. Eines Tages aber kam auch der Albrecht nicht mehr darum herum. Schließlich musste er Zeugnisse schreiben und ohne den Felder dranzunehmen, konnte er über ihn auch keine Beurteilung abgeben.

Franzmichel sprudelte und sprudelte und der Sealmus musste innerlich lächeln. Sicher hatte der Franzmichel von seinem Vetter eine Reihe von Unarten angenommen. Aber der Bub vom Jakob selig war, auch wenn es auf den ersten Blick nicht so schien, doch ein ganz anderer als der Seppel vom Weber.

»Dein Platz ist wieder vorne!«, sagte er mit fast weicher Stimme, als Franzmichel geendet hatte und aufgeregt auf die nächste Frage wartete. Das ließ dieser sich nicht zweimal sagen. Mit einem Griff zog er seinen Ranzen hervor, packte seine Tafel und schritt hocherhobenen Hauptes durch die Bankreihen. Es waren nicht seine Mitschüler, diese waren ihm in diesem Augenblick gleichgültig, genauso wie der Lehrer Albrecht. Nur Oberhausers Marianne war ihm jetzt wichtig, und ihr erfreutes Lächeln darüber, ihn wieder neben sich zu haben, bedeutete ihm mehr als jedes Lob.

Nach der Schule nahm er sie beiseite und flüsternd standen sie beisammen. Kaum zu Hause, fand er ein fast leeres, liniertes Haushaltungsheft, rechts mit zwei Spalten für Soll und Haben, und er riss die schon beschriebenen Seiten heraus. Franzmichel begann zu schreiben, und zwar das, was ihm gerade einfiel. Zuerst einige Vorkommnisse aus der Schule, dann noch ein paar Begebenheiten aus dem Dorf.

»Schoppernauer Schülerzeitung«, setzte er ein wenig großmächtig auf dem Umschlag. Anfangs noch nur unter den Schülern, später aber dann fast durch den ganzen Ort ging sie von Hand zu Hand und jede Woche kamen neue Beiträge hinzu. Lustig war es zu lesen, was der kleine Felder da zu Papier brachte, und erstaunt stellte er fest, dass die Leute in geschriebener Form plötzlich über Dinge lachen konnten, über die sie sich noch kurz vorher aufgeregt hatten. Was ihm dabei zugute kam, war der Umgang mit Seppel, von dem er es gelernt hatte, so manches einfach niederzuspotten. Aber prompt hieß es auch gleich wieder, sein Vetter habe schlechten Einfluss auf ihn. Es kam, wie es kommen musste. Wahrscheinlich waren doch wieder einige beim Sealmus vorstellig geworden, die sich auf die Zehen getreten fühlten, und prompt betrat dieser eines Tages das Klassenzimmer, in der Hand die »Schoppernauer Schülerzeitung«.

Schon wie er ihn ansah, ließ Franzmichel nichts Gutes ahnen.

»Felder!«, sagte er streng und allein schon beim Wort »Felder« wusste er, dass wieder einmal die Axt am Baum war. Da fing er auch schon die erste Ohrfeige, dann gleich noch eine zweite.

»Du wirst schon wissen, warum!«, sagte der Lehrer bei der dritten. »Felder, sie mag ja nicht schlecht sein, deine Schülerzeitung. Aber mir kommt vor, dass du dafür andere Sachen vernachlässigst und über deine Spöttereien auch manche christlichen Grundsätze vergisst!«

Ohne das Heft aufzuschlagen, legte er es abschätzig auf den Lehrertisch. »Also, dann wollen wir einmal den Katechismus abfragen!«, fuhrt er fort und Franzmichel jagte jetzt nochmals der Schreck durch die Knochen. Ausgerechnet der Katechismus, der wirklich nicht gerade seine Stärke war! Was er dann zustande brachte, war unsicheres Gestammel und ratloses Schweigen.

Dafür aber entlud sich über ihm das Donnerwetter des Lehrers umso heftiger. »Es geht nicht an, dass du deine schulischen Leistungen nur noch schlampig erfüllst, und dazu gehört nun einmal das Lernen des Katechismus. Hast du verstanden? Mach zuerst das, was du zum Rüstzeug für dein Leben brauchst, alles andere kann warten und Schoppernau kommt gut und gerne ohne deine Zeitung aus. Also – zuerst die Schule, dann das andere! Merk dir das!«

Immer noch in Rage drehte sich der Lehrer auf dem Absatz um und warf die Zeitung wortlos auf den schrägen Schülertisch.

Auf dem Heimweg traf er seit längerer Zeit wieder einmal den Seppel, wo dieser gerade vor dem Haus Zaunpfähle zuspitzte. Das Gesicht seines Vetters war ungewöhnlich ernst und bedrückt.

»Was ist, wieder einmal Krach mit dem Vater?«

»Ach, wenn es nur das wäre.« Der Vetter machte eine wegwerfende Handbewegung, geradeso, als ob die andauernden Auseinandersetzungen mit diesem nicht der Rede wert seien.

»Die Mutter!«, sagte er dann. »Heute früh war sie zu schwach zum Aufstehen und vorher war der Doktor da …« Er brach ab und schluckte schwer.

»Und?«, fragte Franzmichel dann unsicher nach einer Weile.

»Auszehrung!«

Seppel sah auf und bemerkte den erschrockenen Blick seines Freundes. In seinen Augen schimmerte es feucht und alles Spöttische war von ihm abgefallen.

22

Marie war fast jeden Tag auf Krankenbesuch bei ihrer Schwester. Zunehmend schlechter würde es ihr gehen, berichtete sie dann dem Gottle, deren Glieder zunehmend steifer wurden und die nicht daran denken konnte, selbst einmal in der Nachbarschaft vorbeizuschauen.

In diesen schweren Tagen hatte sich nicht nur Seppels, sondern auch das Wesen seines Vaters grundlegend geändert. Geradezu behutsam gingen sie nun miteinander um. An einem späten Nachmittag kam der Pfarrer Stockmayr in seinem weißen Versehgewand herauf ins Oberdorf. Franzmichel ahnte sofort, dass nun der Seppel recht behalten würde und am nächsten Morgen waren der Seppel und seine Schwester Mariann nun auch Halbwaisen wie er. Gramgebeugt stand der Weber mit seinen beiden Kindern am Grab seiner Frau, rechts von ihm der Seppel mit so heftig verkrampften Händen, dass die Knöchel weiß hervortraten.

»Erde zu Erde, Staub zu Staub …«

Ein paar Erdklumpen polterten dumpf auf den Sarg.

»O Herr, Du gabst mir Sein und Leben und Deiner Lehre himmlisch Licht …«, sang nun der Kirchenchor und den harten Vater Weber begann es nun heftig zu schütteln, auch durch die Trauerversammlung ging ein Schnäuzen und Schluchzen.

Franzmichel wollte den Herrgott bitten, das Bäsle gnädig bei sich aufzunehmen. Innig wollte er darum flehen, auch um Trost für den Seppel und dessen Vater. Aber so sehr er sich auch anstrengte, es gelang ihm nicht. Seine Seele blieb sonderbar unberührt. Das war es, was ihn innerlich zerriss. Er konnte danken, wenn sein Herz übervoll war, aber mit dem Bitten tat er sich schwer. Stattdessen stieg Groll in ihm hoch, auch wenn er ihn mit aller Kraft zu unterdrücken versuchte. War das wieder eine Strafe Gottes? Wenn ja, wofür? Für den Seppel vielleicht? So streng und rachsüchtig konnte doch der Herrgott nicht sein!

»Sie ruhe in Frieden!«, hörte er noch den Pfarrer sagen, der nun sein Goldschnittbuch zuklappte und damit das Zeichen gab, dass die kirchliche Feier beendet war. Nochmals sprengte er Weihwasser und auch Franzmichel trat ans Grab, blickte hinab in die Grube und bat das Bäsle beinahe verzweifelt um Vergebung für sein Unvermögen.

Nach dem Ableben von Seppels Mutter war es auch mit dem häuslichen Frieden bei Webers bald wieder vorbei. Der Seppel arbeitete auf dem Hof mehr als sein Vater, trotzdem konnte er diesem kaum etwas recht machen. Früher war die Mutter es gewesen, welche die beiden Streithähne auseinander gehalten hatte, aber jetzt war niemand mehr da, der vermittelnd eingegriffen hätte, wenn sie sich wieder einmal in die Haare gerieten. Dem Fass den Boden aber schlug es aus, als der Seppel ihm eines Abends eröffnete, eigentlich wolle er weder Bauer noch Weber werden, sondern lieber zum Studieren gehen. Wenn er gesagt hätte, sein Berufswunsch sei Landstreicher, wäre die Reaktion vermutlich auch nicht viel heftiger ausgefallen. Der Weber hatte die Veränderungen in seiner Kindheit noch selbst miterlebt und wusste auch aus den vielen Erzählungen, wie der Bregenzerwald noch ein freies Land gewesen war, sozusagen ein Staat im Staate Österreich. Seit dem Einmarsch der bayrischen Truppen während der Napoleonischen Kriege vor gut vierzig Jahren war es aus mit der Bauernherrlichkeit, wo sie noch ohne langes Palaver frei über sich selbst bestimmt hatten! Wer im vom allen gemeinsam gewählten Rat etwas zu sagen hatte, traf sich mit den anderen auf der Höhe der Bezegg oberhalb von Bezau, wo sie alle zusammen in einer auf Stelzen stehenden und nur über eine Leiter zugänglichen Hütte eingesperrt wurden und zwar so lange, bis sie einen einstimmigen Beschluss gefasst hatten. Kurze Sitzungen seien das meistens gewesen!

Was aber hatten sie jetzt noch zu sagen? Federfuchser und studierte Leuteschinder, die keine Ahnung hatten, was es hieß, Bauer zu sein und daneben noch bis spät in die Nacht hinter einem Webstuhl gebeugt zu sitzen, bestimmten nun. Der Weber hatte nichts übrig als Verachtung und brennende Wut auf diese studierten Schmarotzer, die die Leute aussaugten mit Steuern und Abgaben und sie sekkierten mit Papieren, Verordnungen und malträtierten mit immer neueren und hirnrissigeren Gesetzen. Und so ein verkommener, gewissenloser studierter Schinder und Blutsauger wollte auch sein Bub werden!

»Du hättest ihn erleben sollen!«, sagte der Seppel anderntags zu Franzmichel. »Getan hat er mit mir, dass ich geglaubt habe, er geht mir jeden Augenblick an die Gurgel. Dann hat er mich noch angeschrien, ich sei schon durch und durch verdorben und ohne seine Aufsicht wäre ich sowieso gleich vollends an Leib und Seele verloren!«

Franzmichel drehte ihm den Kopf zu, damit er ihn voll im Blick hatte.

»Ihr zwei seid schon ein komisches Gespann. Der eine meint es zwar mit dem andern nur gut, aber jeder ist sturer als der andere und dein Vater hat Angst, es könnte etwas passieren, was er nicht beeinflussen kann.«

»Ja, da ist schon ein Körnchen Wahrheit dran«, lachte Seppel und wurde gleich wieder ernst. »Trotzdem! Lang lass ich mir das nicht mehr gefallen! Was macht eigentlich deine Zeitung? Ich meine, mit dem Lehrer Albrecht?«, fragte er dann unvermittelt.

»Ach, der sieht es, glaube ich, selbst nicht einmal ungern. Jedenfalls lässt er mich machen und hat nie mehr ein Wort dazu gesagt. Auch Bücher kriege ich von ihm, als ob nie etwas gewesen wäre.« Aber Franzmichel war ernstlich um seinen Freund besorgt und das mit dem »nicht gefallen lassen« war nicht nur so dahergesagt, dazu kannte er ihn zu gut.

Der Seppel aber war schon wieder der Alte. »Jetzt geht's erst einmal auf die Alpe am Widderstein und bis zum Herbst hin bin ich weit vom Schuss. Soll er doch mit sich selber herumstreiten!«

Mit Handschlag verabschiedeten sie sich. Seppel schulterte seine Sense und Franzmichel strebte dem Schulhaus zu.

Am späten Nachmittag eines hellen Herbsttages kam der Vater Weber allein zurück ins Oberdorf. In Dornbirn auf dem Viehmarkt waren sie gewesen, er und sein Bub. Sein Schritt war schwer, die Gestalt vornübergebeugt, aber trotzdem lag in jeder seiner Bewegungen kaum verhohlener Zorn. Franzmichel blieb in einiger Entfernung stehen und wagte es nicht, ihn anzusprechen. Als er am Abend das Vieh von der Gemeindeweide eintrieb, wusste es schon das halbe Dorf.

Abgehauen sei er, der Seppel. Streit habe es wieder gegeben, mitten auf dem Markt. An Ort und Stelle habe er sich bei einem reichen Unterländer Bauern verdingt, dieser undankbare Tunichtgut, und für Schoppernau sei das gewiss kein Schaden.

Franzmichel schnitt es in die Seele, wie er sie so herzlos reden hörte. Was wussten sie denn von ihm?

»So geht's halt, wenn man nicht weiß, wie man tun muss!«, konnte es sich der Kreuzenmännler nicht verkneifen und deutete mit dem Daumen zu ihm herüber: »Der Einzige, der ihm nachblangert, ist eh' nur der da. Zu zweit waren sie ein Kreuz. Jetzt aber ist von den beiden Hölzern nur noch eines übrig!«

23

Zwei Jahre war es nun her, dass der Seppel weg war. Nicht ununterbrochen, so aber doch die meiste Zeit. Wenn er wieder heimkam, ging das selten über längere Zeit gut, dann flogen wieder die Fetzen und die beiden taten sich gegenseitig weh. Mit bestem Willen, wie Franzmichel zu seiner Mutter bemerkte. Als Seppel einmal einen kleinen Hund mitbrachte, fand er ihn am nächsten Morgen vor dem Haus. Ohne Kopf. Im April des vorigen Jahres hatte der Weber seinen Sohn mit einem Holzscheit durch die Stube geprügelt, worauf dieser noch mitten in der Nacht seine Habseligkeiten zusammengepackt hatte und still aus dem Tal verschwunden war.

Als Knecht habe er sich eine Zeit lang verdingt, jetzt aber arbeite er im Bayrischen bei der Lindauer Eisenbahn und es sei eine Schande, dass der eigene Hof daheim mit fremden Leuten umgetrieben werden müsse. Für den Frieden im Ort wäre es aber sicher so besser und auch Marie könne nur auf Knien danken, dass dieser Sapperment endlich fort sei. Das sehe man ja an ihrem Buben. Ganz ein anderer sei der Franzmichel geworden, weil er endlich selbst eingesehen habe, was der Umgang mit dem Seppel aus ihm gemacht habe, mit dem sich zum Schluss ja nur noch das Gesindel abgegeben hätte.

Diesem fehlten die Gespräche mit dem Freund hinten und vorne, auch wenn er oft nicht dessen Meinung gewesen war. Schon seit Längerem mied er die Gesellschaft anderer und trug seine wenigen Kreuzer nicht mehr wie früher so oft mit dem Vetter in die Wirtschaften, sondern hinaus auf den Auer Markt, wo er dafür von welschen Mausfallenhändlern wieder Bücher erstand, die diese nebenher verkauften. Billiges Gelumpe war es meist, ohne geistigen Anspruch, aber Hauptsache etwas zum Lesen. Dazu kam er indes immer seltener. Im Frühjahr war er ausgeschult worden und keinem Menschen hätte er sagen mögen, wie schwer ihn das angekommen war. Wie viel hätte er noch fragen wollen, wie viel noch wissen! Wer ahnte, welche Zweifel in seine Seele gesät waren, auf die er noch keine Antwort wusste? Was nutzte es ihm da, dass er außer im Schönschreiben nur Einser im Zeugnis hatte?

Seine ganze Kraft wurde jetzt auf der Heimat gebraucht und auch der Teil der Arbeiten, die bisher gelegentlich von Taglöhnern oder mithilfe von Verwandten und Nachbarn verrichtet worden waren, blieben nun ihm überlassen. Als Vierzehnjähriger war er schließlich kein Kind mehr, sondern eine vollwertige Arbeitskraft und damit die Zeit endlich vorbei, in der diese in der Schule vergeudet worden war. Auch Marie hatte es insgeheim kaum erwarten können, dass die leidige Lernerei ein Ende hatte.

Jetzt aber stand Franzmichel vor ihr und sagte, in der Schule habe er nur gelernt, dass er noch viel lernen müsse.

»Für das, was du in deinem Leben brauchst, dafür reicht es allemal. Ein Bauer muss sich mit dem Vieh auskennen und darf die Arbeit nicht fürchten!«

Franzmichel zögerte, dann gab er sich einen Ruck. Es war grausam, aber es musste sein. »Bist du dir sicher, dass ich wirklich Bauer werden will?«

Seine Mutter fiel aus allen Wolken. Sie war Bäuerin mit Leib und Seele, von Kindesbeinen an hatte sie nichts anderes gekannt und auch ihr Jakob war aus dem gleichen Holz gewesen. Geschunden und gerackert hatte sie nach seinem Tod, um den Hof ihrem einzigen Buben zu erhalten, und mit keinem Gedanken wäre es ihr je in den Sinn gekommen, dass der Franzmichel nicht in die Fußstapfen seiner Eltern treten würde. So vollkommen überrascht, ja beinahe erschlagen war sie, dass sie kein Wort herausbrachte.

»Schau mich an!«, fuhr er beinahe hartherzig fort. »Ein Beatzger bin ich, klein und hundsmager! Wie soll ich mein ganzes Leben lang die schwere Knochenarbeit durchstehen? Wie soll ich im Winter die schweren Holz- und Heuschlitten mit meinem halben noch verbliebenen Auge von den Bergen herabbringen? Gestandene Männer mit bester Sehkraft sind dabei schon zu Tode gekommen! Wenn ich das Vieh suche, muss ich oft dreimal alles abgehen, wo es ein anderer mit einem Blick sieht!«

Seine Mutter wusste, dass er im Grunde recht hatte.

»Was möchtest du denn tun?«, fragte sie nach einer Weile mit zitternder Stimme.

»Studieren!«

Marie wurde noch kleiner, als sie es schon war, und noch der letzte Rest von Hoffnung schien aus ihr zu fliehen. Was würde aus ihr werden, wenn sie alt und gebrechlich war? Was ohne seine Stütze und seine Hilfe? Fortgehen würde er von hier, nach Bregenz oder Feldkirch vielleicht, aber vielleicht auch ins ferne Innsbruck oder womöglich sogar ins noch fernere Wien. Andererseits – hatte sie das Recht, ihren Buben in einen Beruf zu zwingen, in dem er nur unzufrieden und unglücklich sein würde? Hin und her trieben ihre schweren Gedanken, aber alleine wagte sie es nicht, ihm darauf eine Antwort zu geben.

»Franzmichel, das ist eine weittragende Entscheidung und ich möchte nicht, dass wir beide sie alleine treffen. Dazu wäre es mir lieb, die Meinung vom Pfarrer Stockmayr zu hören!«, sagte sie dann leise.

Franzmichel war über diesen Vorschlag geradezu erleichtert. Er hätte es sich vielleicht sein Lebtag lang nicht verziehen, seinen Willen über ihren Kopf hinweg durchgesetzt oder seine Mutter ohne innere Überzeugung zum Nachgeben gebracht zu haben.

»Du hast recht, Mama. Unser Pfarrer ist ein ehrlicher und gescheiter Mann!«, gab er zur Antwort. »Er soll uns einen Rat geben!«

Marie hob den Kopf und sah ihren Sohn an. »Unter einer Bedingung, sonst brauchen wir ihn nicht: Was immer er auch vorschlagen wird, wir werden uns danach richten, wie schwer es für dich oder mich auch sein mag. Versprichst du mir das?«

»Gilt!«, erwiderte Franzmichel.

Das Gottle saß nur steif da in ihrem breiten, weidengeflochtenen Sessel, den Marie für sie angeschafft hatte. Ihre Augen gingen zwischen den beiden hin und her und unruhig zupfte sie an der schweren Wolldecke über den Knien.

»Friert es dich?«, fragte Franzmichel, worauf ein schwaches Nicken kam und sie sich mit der Zunge über die aufgesprungenen Lippen fuhr.

Mit beiden Händen zog er die Decke höher und stopfte sie seitlich ihrer abgemagerten Schenkel fest. Dann goss er aus dem Krug auf dem nebenstehenden Tisch eine Tasse halb voll mit verdünntem Holundersaft und hielt sie an ihren Mund. Mit kleinen, winzigen Schlucken, die ihm immer vorkamen wie bei einem kleinen Vögelchen, nahm sie die Flüssigkeit auf und der dankbare Blick, mit dem ihn das Gottle bedachte, bestärkte seine Zweifel nur noch. Mitleid stieg in ihm hoch und beschämt musste er sich eingestehen, dass er sich noch nie groß Gedanken darum gemacht hatte. Aber ihr jetziger Zustand war ja nicht wie ein Blitz aus heiterem Himmel gekommen, sondern ganz langsam und allmählich. Während sie sich in den letzten Jahren noch, wenn auch immer mühsamer, an ihrem Stock hochziehen konnte, ging auch das eines Tages nicht mehr. Zum Aufrichten brauchte sie dann einen Stuhl, einen Tisch oder sonst etwas, woran sie sich festklammern konnte. Ein paar Wochen lang schaffte sie es alleine noch in die Küche, bald darauf nur noch, wenn sie gestützt wurde, und seit einigen Monaten musste sie getragen werden.

Wollte er das wirklich tun, die Mutter mit dem Gottle, den Kühen und der ganzen Arbeit im Stich lassen und zu den Studenten gehen, um so ein feiner studierter Herr zu werden, als der er dann fürchtig gescheit über Sachen daherreden würde, von denen er in Wirklichkeit nicht die geringste Ahnung hatte?

Als ein paar Tage später der Pfarrer bei Felders in der Stube stand, war er dermaßen zerrissen, dass er keinen zusammenhängenden Satz mehr herausbrachte. Das musste nun seine Mutter für ihn übernehmen. Hatte Franzmichel erwartet, dass sie jetzt alles zusammentragen würde, was gegen die Studiererei sprechen könnte, so geschah jetzt beinahe das Gegenteil. Marie schilderte dem Hochwürden die harten Umstände, mit denen sie zurechtkommen mussten und dass sie sich deswegen noch nie verkopft habe, dass der Bub etwas anderes werden wollte oder konnte als ein Bauer.

»Aber er war schon immer ein wenig ein Sonderling, hat mehr gegrübelt und sinniert als die anderen Kinder in seinem Alter. Das habe ich schon bemerkt, jedoch deswegen gleich studieren? Aber ich könnte es nicht auf mein Gewissen nehmen, den Buben zu etwas zu zwingen, was ihn sein Lebtag lang todunzufrieden macht.«

Franzmichel durchlief es heiß und kalt und ihm wurde erst jetzt klar, welche Überwindung es sie kostete und welches Opfer sie zu bringen bereit war.

»Ich habe mich noch nicht ganz damit abfinden können, dass mir der Herrgott auf die alten Tage noch ein so schweres Los auferlegt«, fuhr sie fort, »das einzige Kind, für das ich nach dem Tod meines Mannes alles zusammengehalten habe, zieht es in die Fremde und ich soll allein zurückbleiben. Aber wenn es für den Buben gut ist … ich bin schon in einem Alter, in dem man anfängt, seine Tage zu zählen.«

Der Pfarrer Stockmayr hatte schweigend zugehört und schüttelte jetzt den Kopf. »Das Höchste und Schönste am Menschen ist«, sagte er bedächtig, »dass er sein Leben selbst in die Hand nehmen kann. Schwache Menschen schrecken vor jedem Hindernis, das sich vor ihnen auftut, zurück und sie suchen ängstlich nach einem leichteren, einfacheren Weg. Der Weise aber weiß, dass die Welt keine vollkommene ist und alle ihre Wege voll von Dornen sind. Um diese Unvollkommenheit wissend, probiert er deshalb nicht lange herum, sondern sucht entschlossen von dem Platz aus, an dem er steht, zu wirken und sein Leben mit festem Willen zu meistern.«

Lächelnd wandte er sich nun an Franzmichel. »Du hast es mit dem Lesen und Nachsinnen weit gebracht, viel weiter als die meisten anderen, dir aber damit keinen Gefallen getan. Weil – wer ist zufriedener und glücklicher? Derjenige, der ohne Hader alles so hinnimmt, wie es eben ist, oder der, der über alles Mögliche nachsinniert?«

Franzmichel gab es einen Stich ins Herz. Was wusste denn der Pfarrer von den Zweifeln, die in ihm nagten, seit er damals mit dem Bäbele in Schwarzenberg beim Wunderkaplan gewesen war?

»Das ist eben das Unvollkommene am Menschen. Aber das ist auch gut so. Denn wie langweilig würde es uns werden, wenn wir nichts mehr nachzusinnen und zu verbessern hätten. Schau, hättest du dich von klein auf mit deinem Willen so stark auf das Bauersein verlegt als wie auf das Lernen, so würdest du auch jetzt alles daransetzen, als Bauer vorwärtszukommen. Du seiest dafür zu schwach, höre ich dich sagen. Ich aber frage dich: Wenn deine Hand zum Beruf des Bauern zu schwach ist, was ist mit deinem Auge? Ist die dir verbliebene Sehkraft stark genug und vor allem wird sie es auch dein ganzes Leben lang bleiben? Noch eins, was du bedenken solltest: Es gibt genug Dökterle, die pflastern und

Salben verschreiben, genug Advokaten, welche die Leute hintereinander bringen, und auch an predigenden Pfarrern herrscht kein Mangel. Davon hat die Welt nicht nur genug, sondern viel zu viele, aber deine Mutter hat nur dich. Wenn du es aber fertigbringst, sie um ihre kleine Hoffnung zu betrügen, nach allem, was sie für dich getan hat: Was soll die Welt von so einem erwarten, wie hoch auch immer er steigen mag?«

Es klang nicht vorwurfsvoll oder eindringlich, sondern hörte sich eher so an, als ob der Pfarrer Stockmayr einfach laut vor sich hin denken würde. »Alles Wissen, mein lieber Franzmichel«, fuhr er fort, »ist immer nur Stückwerk. Wenn du glaubst, im Wissen Frieden zu finden, so wirst du dich grausam täuschen. Je mehr du weißt, desto unsicherer wirst du werden. Unsicherer als der einfachste Bauer, der sich draußen in der freien Natur eins fühlt mit dem Herrgott und seiner Schöpfung. Jeder Mensch hat seine Grenzen, die er erkennen muss, und für jeden Menschen gilt daher, will er nicht unglücklich werden: Beschränke deinen Willen. Nur wenn du das tust, was dir gemäß und vernünftig erscheint, wirst du es auch erreichen, wenn es dein heiliger Ernst ist!«

Franzmichel warf einen Blick hinüber zu seiner Mutter, der das helle Wasser in den Augen stand, und jetzt konnte er auch nicht mehr an sich halten. Der Pfarrer war ob der Wirkung seiner Worte beinahe betroffen. Kaum hatte er leise die Stubentüre hinter sich geschlossen, da trat Franzmichel zu Marie und fasste ihre Hände.

»Mama!«, sagte er mit erstickter Stimme und dennoch fest. »Ich will!« Eine schwere Last war von ihm genommen.

24

»Um Gottes willen, wie siehst denn du aus!«, entfuhr es Franzmichel, als er des Josefales ansichtig wurde.

»Wenn du so hoffärtig bist und dir mein Häs nicht passt, so können wir gleich daheim bleiben!«, schnappte sie spitz zurück.

»Nein, nein. Das war nicht so gemeint. Es ist mir einfach nur so herausgerutscht!«, beeilte er sich gleich darauf, sie wieder zu besänftigen. Das Josefale war da ganz empfindlich, das war allgemein bekannt, und er dachte bei sich, dass ihn mit dieser Begleitung wenigstens kein Raubvogel oder ein anderes wildes Tier anfallen würde.

Die uralte Juppe hatte bestimmt schon seit Jahren kein Bügeleisen mehr gesehen und die Zeit, als der Stoff aus gelacktem Leinen noch etwas Glanz gehabt hatte, war sicher auch eine Ewigkeit her. Dazu war sie auch noch mindestens zwei Handbreit zu kurz. Um dem erbärmlichen Eindruck noch den Rest zu geben, lugten unten noch zwei verflickte und wahrscheinlich schon hundert Mal in verschiedenen Farbschattierungen gestopfte Strümpfe hervor, die in Schuhen steckten, die selbst ein Bettler entrüstet zurückgewiesen hätte. Auf dem hageren Kopf hing schief eine ehemals pelzverbrämte Kappe, die wie es schien schon so manchen Wolkenbruch und vermutlich eine noch größere Anzahl heftiger Stürme hinter sich hatte. Als Krönung des Ganzen trug sie einen großen, leeren Rupfensack.

Franzmichel steckte seine erkaltete Pfeife in die Joppentasche und musterte nochmals verärgert die ältliche, spindeldürre Jungfer, ehe er nach seinem eigenen Rucksack langte.

»Gehen wir!«, sagte Franzmichel und lief dem oberen Dorfende zu.

Je höher sie dem Starzeljoch zustiegen, desto dichter wurde der Nebel und der Weiterweg war kaum mehr zu erkennen. Wieder einmal standen sie inmitten der milchigen Suppe, den Blick auf den Boden geheftet, und unsicher begann das Josefale in immer weiteren Kreisen um Franzmichel herumzutappen.

»Da!«, rief sie plötzlich. »Fußspuren! Wir sind richtig!«

Langsam ging sie weiter. Als er sie eingeholt hatte, hielt sie unvermittelt an. »Ich muss dir etwas sagen!« Obwohl weit und breit außer ihnen kein Mensch war, flüsterte sie. »Also, merk dir eines! Sobald wir drüben sind im Kleinen Walsertal, so sagst du einfach, du seiest ein Verwandter von mir!«

Franzmichel konnte sich etwas Schöneres vorstellen, als zu der zerlumpten alten Schachtel womöglich auch noch »Bäsle« sagen zu müssen. »Und wenn ich es nicht tue?«, gab er entrüstet zurück.

»Hoffärtig auch noch!«, meckerte das Josefale. »Du hast versprochen, für Wegzehrung und ein Dach über dem Kopf zu sorgen, wenn ich dich begleite. Wie das ausschaut, kann ich mir schon vorstellen. Wahrscheinlich trockenes Brot mit einem Stück altem Käs, dazu Wasser aus einem Graben und die Nacht in einem Heustadel. Wenn es dir genügt, bitte sehr – aber wir könnten es besser haben! In den größten Bauernhäusern könnten wir schlafen und am Essen würde es auch nicht fehlen!«

Irgendwie ging ihm das alles gegen den Strich und sie merkte das auch.

»Ich bin dir wohl nicht gut genug, oder? Du schämst dich mit mir? Der feine junge Jaukos Franzmichel schämt sich mit dem armen, alten Josefale!«

Sie sah ihn scharf an. Unwillkürlich blickte er an sich selber herab, auf seinen Kommunionanzug, aus dem er schon längst herausgewachsen war und an dem Marie schon mehrfach die Ärmel und die Hosenbeine verlängert hatte. Dann schüttelte er den Kopf.

»Na also!«, meinte sie darauf zufrieden, raffte ihre Juppe und versuchte, über eine große Drecklache zu springen. Fast hätte sie es auch geschafft. Aber ihr linker Fuß blieb im Morast stecken und der schwarzbraune Schlamm bedeckte nun gnädig bis hinauf über den Knöchel das vielfarbige Muster des Strumpfes. Schimpfend versuchte sie dann im nassen Gras den größten Dreck abzuwischen und Franzmichel hätte sie nur zu gerne ermuntert, auch noch mit dem rechten Fuß in die Pfütze zu treten. Stattdessen begnügte er sich aber mit einem schadenfrohen Grinsen.

Schweigend liefen sie hintereinander durch den Nebel. Plötzlich blieb sie wieder stehen, suchte am Boden herum und verließ nach links die Spuren des geradeaus führenden Pfades. Erst als sie kurz davor standen, schälte sich der Umriss einer Alphütte aus dem gleichförmigen Weiß.

Mein Gott! Mir bleibt aber auch nichts erspart, dachte Franzmichel, während das Josefale die Schuhe abstreifte und dann ohne zu zögern eintrat.

»Ahne, bin ich jetzt froh, bei dem Wetter bei euch zukehren zu können!«, rief sie noch unter dem Türrahmen übertrieben laut in das Dunkel der Sennküche.

Franzmichel hätte am liebsten auf der Stelle kehrtgemacht, aber ihm blieb nun nichts mehr übrig, als ihr zu folgen.

Der Josef und der Kaspanaze, mit denen er zur Schule gegangen war, sahen sie überrascht an und ihre Blicke gingen her und hin zwischen den beiden unerwarteten Besuchern.

»Ja, da schaust her, der Franzmichel!«, fand der Josef als Erster wieder die Worte, als er ihn endlich unter seinem Hut erkannte. »Was treibt denn euch da herauf?«

»Wir müssen ins Walsertal«, antwortete das Josefale und trat über die Schwelle, schob sich dann mit hinter den Tisch, während Franzmichel seinen Rucksack auf der Bank ablegte und seinen nebelfeuchten Hut darüber warf.

In der Tür erschien nun Kaspanaze mit einem Krug Milch, auf einem Brett einen Laib Brot und einen mächtigen Bollen Butter.

»Bei euch – das Bäsle, die Dorothe, schnell sei es gegangen«, sagte er dann und zog mit dem Fuß einen Stuhl heran.

»Ja, das Gottle«, antwortete Franzmichel traurig, »nur noch Haut und Knochen war sie. Aber ganz leicht ist sie hinübergeschlafen. Am Morgen ist sie tot im Bett gelegen.«

»Ahne, ahne. So jung musste sie sterben. Mit neununddreißig Jahren schon. Aber wer weiß, wahrscheinlich geht es ihr jetzt drüben besser als hier auf Erden«, mischte sich das Josefale ein und langte nach dem Krug. »Ja, dem Franzmichel seine Mutter«, fuhr sie fort, »die nimmt es schwer. Ihre beste Freundin und Ratgeberin sei sie gewesen, das hat sie mir selber gesagt.«

Franzmichel bemerkte die Blicke, die sich seine ehemaligen Schulkameraden zuwarfen, und er wusste, dass sie sich fragten, warum er ausgerechnet mit dem nicht gerade im besten Ruf stehenden alten Weiblein da hinüber wollte. Um zu entgehen, drängte er zum Aufbruch. »Wir müssen noch übers Joch!«

»Wirst schon noch hinüberkommen. So große Sehnsucht werden die Walser wohl nicht gerade nach dem vornehmen Josefale haben!«, feixte Kaspanaze, worauf ihn diese giftig anfunkelte und aufstand.

»Vergelt's Gott für Speis und Trank!«, antwortete sie spitzig, warf ihren Sack über die Schulter und war auch gleich ohne ein weiteres Wort aus der Stube verschwunden.

»Hast du denn keinen anderen Gespanen gefunden als diesen Hennenschreck?«, fragte Kaspanaze.

»Ihre Mutter stammt von drüben, sie hat dort Verwandte und ich will mir einmal das Walsertal anschauen«, glaubte Franzmichel sich verteidigen zu müssen.

Mit jedem Schritt nach oben wurde der Nebel dünner, heller und durchsichtiger. Kurz unterhalb der Jochhöhe brach plötzlich die warme Sonne durch und zu ihren Füßen flutete es weiß mit hohen Wellen. Rundum standen die Berge im weichen Licht des beginnenden Herbstes, aber das Josefale hatte keinen Blick dafür. Ohne auch nur kurz anzuhalten oder sich gar umzudrehen, machte sie sich unverzüglich auf der anderen Seite an den Abstieg. Steil ging es hinab ins Walsertal, der Pfad war zwar schlecht, aber die Wegspuren noch gut sichtbar.

Je tiefer sie stiegen, desto heller wurde es auch wieder, und als die ersten Häuser auftauchten, hing der Nebel wie ein grauer Topfdeckel über dem Tal. Die Leute, die ihnen entgegenkamen, schienen ihm groß und stattlich, ihre Kleidung war sauber und nur selten stärker verflickt. Franzmichel bemerkte sehr wohl die missfälligen Blicke, die das Josefale und auch ihn trafen. Aber ihr schien das nicht das Geringste auszumachen. Beinahe hochmütig trug sie ihren Sack über der Schulter, änderte ihr Verhalten aber sofort, sobald ihnen jemand entgegenkam, und grüßte dann mit geradezu übertriebener Freundlichkeit.

Wieder verbeugte sie sich nahezu unterwürfig, als der Mann, dessen Werkzeuge auf seiner Buckelkraxe ihn als Zimmermann auswiesen, stehen blieb und sie zornig ansah.

»Betteln ist im Walsertal verboten!«, sagte er scharf.

Das Josefale aber schlug nun nicht beschämt die Augen nieder, sondern hielt seinem Blick stand. »Wenn dir mein Häs nicht gefällt, dann kannst du mir ja zu einem besseren Gewand verhelfen!«, entgegnete sie keck, was aber den Mann nur noch mehr aufbrachte.

»Bei uns hilft man den Armen in der Gemeinde anstatt, wie es scheinbar bei euch drüben Brauch ist, das Geld an die Missionen in China zu schicken. Wenn ihr das auch so halten würdet, dann blieben uns auch solche Vogelscheuchen wie du erspart!«

Franzmichel schämte sich in Grund und Boden, nicht nur für das Josefale, sondern für den ganzen Bregenzerwald, von dem der

Mann offensichtlich annahm, dass dort alle so zerlumpt herumliefen. »Du hättest daheim eine bessere Juppe«, sagte er dann vorwurfsvoll im Weiterlaufen, »auch bessere Schuhe und Strümpfe!«

Aber auch das kümmerte jetzt das sonst so empfindliche Josefale nicht im Geringsten und Franzmichel war dankbar, dass der Himmel anfing, gnädig sein nachtdunkles Tuch über das Walsertal zu werfen.

Obwohl sie inzwischen kaum noch etwas sehen konnten, lenkte seine Begleiterin ihre Schritte zielsicher auf ein großes, stattliches Haus zu. »Er wird dich schon nehmen, wirst schon sehen!«, sagte sie noch, bevor sie anklopfte.

Der stämmige, weißhaarige Mann, zu dem sie geführt wurden, empfing sie nicht gerade unfreundlich, aber sonderlich angetan über die sonderbaren Besucher schien auch er nicht zu sein. »Das Josefale, da schau her. Auch wieder einmal im Walsertal? Was bringt dich zu mir?«, fragte er und deutete mit der Hand auf den Stuhl vor seinem Arbeitstisch. Das Josefale wusste im ersten Augenblick nicht, wohin mit ihrem Sack, faltete ihn dann umständlich zusammen und legte ihn auf den Boden. Ohne eine Spur von Scheu nahm sie dann Platz, während Franzmichel verlegen neben ihr stehen blieb.

»Der Bub hat einen ganz guten Kopf, er ist selber Bauer, kennt sich mit dem Vieh aus«, fing sie ohne Umschweife an, »und da habe ich gedacht, es wäre nicht verkehrt, wenn er eure Kunst lernen würde. Weil bis zum nächsten Tierarzt sind es von Schoppernau aus vier Wegstunden hinaus nach Bezau und wieder gleich viel zurück.«

Franzmichel nickte bestätigend.

Der Tierarzt musterte ihn lange und sein Gesicht wurde dabei zunehmend ablehnender. »So, so. Meine Kunst möchtest du also lernen!« Wieder ging sein Blick abschätzend auf und ab. »Meine Kunst oder was man so nennt braucht nicht nur einen guten Kopf. Damit alleine ist es nicht getan. Dazu braucht es auch gute Augen, einen scharfen Blick, kräftige Arme und vor allem eine eiserne Gesundheit. Glaubst du wirklich, dass du das alles mitbringst?«

Franzmichel schwieg betreten. Aber so leicht wollte er nicht aufgeben. »Scharfe Augen, starke Arme und eiserne Gesundheit

– das könnte man überall gut gebrauchen. Aber gibt es nicht viele Menschen auf der Welt, die das nicht alles zusammen haben und die diese Gaben durch ihren guten Willen ersetzen müssen?«

Der Greis wurde nun ein wenig freundlicher. »Guter Wille kann viel ausrichten. Vor allem aber kann er helfen, dass man sich selber richtig einschätzt und das tut, was vernünftig ist!«

Je mehr der große Mann vor ihm redete, desto mehr schien dieser zu wachsen, wurde größer und größer, während es Franzmichel vorkam, als ob er selbst immer kleiner und winziger würde. Seine Selbstsicherheit war zerstoben, verlegen stand er da und wusste nicht mehr, was er darauf noch antworten sollte.

Mit einem kurzen Ruck schob der Tierarzt jetzt seinen Sessel nach vorne, näher zu ihm hin. »Weißt du was?«, lächelte er. »Du gefällst mir. Hoffentlich machst du keine Umstände und lässt dir die Walser Gastfreundschaft gefallen. Drüben in der Stube wird gerade der Tisch gedeckt und wir können ja noch dort miteinander reden. Mit vollem Bauch geht das leichter.«

Zum Reden kamen sie aber nicht viel. Immer wieder öffnete sich die blumenbemalte Türe, herein kamen Leute, ein Bauer wollte wissen, ob er das von ihm behandelte Kalb großziehen oder gleich dem Viehhändler verkaufen solle; ein anderer meinte, er wisse sich keinen Rat mehr, was er mit seinem Buben machen solle, der ein Tunichtgut sei und sein Erbe ausbezahlt haben wolle; der Nächste, ein hagerer, ernster Mann, kam in einer Gemeindeangelegenheit zu ihm und wieder ein anderer wusste nicht mehr ein und aus wegen eines alten Wegerechts, das sein Nachbar plötzlich in Abrede stellte.

Franzmichel lauschte mit großen Ohren und mit einem Mal dämmerte ihm, dass es ja die gleichen Sorgen und Probleme waren, die auch die Menschen daheim bedrückten. Der alte Tierarzt nahm sich für jeden Zeit, brauchte immer aber nur ganz kurz zum Überlegen, ehe er eine passende Antwort gefunden hatte. Je länger er zuhörte, desto bewusster wurde ihm nun, dass die Lösungen oft ganz einfach waren und so nicht in Büchern geschrieben standen.

Vertane Zeit!, dachte er.

Leer kam er sich nun vor und es dünkte ihm, dass vieles von dem, was er sich angelesen hatte, jetzt plötzlich nur unnützer Ballast zu sein schien. Wertlos und untauglich für das harte und entbehrungsreiche Leben in den engen Tälern zwischen den Bergen.

Das Josefale hatte sich schon längst in die ihr zugewiesene Schlafkammer zurückgezogen, als endlich hinter dem letzten Ratsucher die Türe ins Schloss gefallen war.

»Siehst du, was ich vorhin gemeint habe?«, fragte ihn jetzt der alte Mann freundlich. »Das, was du von mir lernen willst, würde dich niemals ausfüllen und zufrieden machen. Du kannst dich mit Gewalt in einen Beruf zwängen, wenn du alles in dir zum Schweigen bringst, indem du alle anderen Gedanken aus deinem Kopf verbannst. Mir selbst ist es nicht anders ergangen. Unbedingt Pfarrer wollte ich werden, obwohl ich keine Berufung dazu in mir spürte. Warum? Ich weiß es nicht mehr, wahrscheinlich deswegen, weil ein Pfarrer angesehen und eine Respektsperson ist. Ich habe es mir fest eingebildet, bis ich erkennen musste, dass ich innerlich dafür ungeeignet bin.«

Nachdenklich schüttelte er sein weißes Haupt, ehe er fortfuhr: »Der Mensch ist nicht von Haus aus unglücklich, sondern er bringt sich selber so weit. Ich meine, soweit es die Umstände anbelangt, die er selber ändern kann. Natürlich gibt es auch Zwänge, die von außen kommen und den Menschen niederdrücken. Das sind die gesellschaftlichen Umstände. Wenn der Mensch aber zurückschreckt, diese zu ändern, so wird alles so bleiben, wie es ist, und diejenigen, die das Sagen haben, werden ihm auch weiterhin sagen, was er zu tun und lassen hat und was gut und richtig für ihn ist, und er wird es sich gefallen lassen.«

Es folgte eine Stille und Franzmichel schien es, als ob er ihn über seine Worte nachdenken lassen wollte. Aus dem halbhohen, kurzstieligen Weinglas nahm er einen kleinen Schluck und sah ihn dann fest an.

»Wenn du dich aber dagegen stellst, den Umständen trotzt und versuchst, deinen Willen durchzusetzen, dann gibt es zwei Möglichkeiten: Entweder du gewinnst oder verlierst. Wenn du verlierst, wirst du dich fragen: Warum? Habe vielleicht ich etwas falsch gemacht oder war mein Urteil zu vorschnell oder mein Standpunkt verkehrt? Aber was ist daran schlimm, frage ich dich? Ob Sieg oder Niederlage – für dich ist es immer ein Gewinn!«

Wieder machte der Tierarzt eine Pause und betrachtete scheinbar gebannt sein Weinglas.

»Gibst du mir da recht?«

»Sicher. Obwohl gewinnen natürlich schöner ist als auf die Nase zu fallen«, antwortete Franzmichel und beide lachten. Der alte Mann gefiel ihm. Was er da sagte, das hatte Hand und Fuß, war so einfach und doch so wahr, und wie er es sagte, klang nicht von oben herab oder belehrend, sondern er spürte aus seinen Worten die gereifte Erfahrung eines langen Lebens.

»Du liest viel, hast du gesagt? Den meisten Leuten, die viel lesen, ist das auch schon anzusehen, und je mehr sie lesen und je gebildeter sie sich dann halten, desto überspannter werden auch dann ihre Ansichten. Warum das so ist? Bücher werden hauptsächlich für die geschrieben, die sie auch kaufen, und das sind eben die besser Gestellten, die sowieso schon vom hohen Ross auf das einfache Volk herabschauen. Der Leser bestimmt also, was er lesen will und wofür er bereit ist, Geld auszugeben. Der Schriftsteller weiß darum und richtet sich danach. Wenn das so ist, dann ist Lesen nicht mehr Bildung, sondern Verdummung. Diese Menschen sind nicht mehr fähig, einen Missstand tatkräftig an den Wurzeln zu packen und wirklich zu verändern. Anstatt mit festem Willen in die gesellschaftlichen Umstände einzugreifen, haben sie durch ihre Bücher nur kritisieren, jammern, lamentieren und schimpfen gelernt.«

Das leuchtete Franzmichel zwar ein, ging ihm denn aber doch zu weit. »Ihr wollt doch nicht damit sagen, dass alles Gedruckte schlecht sei!«, antwortete er entrüstet.

»Nein, da gebe ich dir selbstverständlich recht«, lachte der Tierarzt und wurde aber gleich wieder ernst. »Lesen dient nur so lange wirklich der Bildung, wie ein Schriftsteller mit seinem Herzblut schreibt, ohne nach dem Geld zu schielen. Einfach aus sich heraus und für das Volk, mit dem guten und reinen Willen, der Wahrheit und der Gerechtigkeit zu dienen. So einer könnte mehr ausrichten als ein Pfarrer von der Kanzel herab!«

Noch lange lag Franzmichel wach oben in seiner Kammer, hörte den Wasserfall in der Nähe des Hauses rauschen und ihm schien die Zukunft plötzlich hell und strahlend. Zwei Worte waren fest in ihm hängen geblieben: gesellschaftliche Umstände. Gesellschaftliche Umstände, die aber kein Naturgesetz seien, sondern die der Mensch mit seinem Willen ändern könne.

Wenn er die Augen schloss, zogen sie wieder durch seinen Kopf, die Geschichten, die er damals in seiner Schülerzeitung niedergeschrieben hatte. Ihm waren sie nur lustig erschienen, jetzt aber sah er hinter so mancher unbeholfenen Schimpferei eines Bäuerleins plötzlich auch dessen Sorgen und Nöte. Wie der Walsertaler Viehdoktor würde er ab jetzt auf die Verzagten, Unzufriedenen und Ratlosen hören, alles zusammentragen und in einem großen Buch niederschreiben! Er würde kämpfen gegen alle Übelstände, mitleiden mit seinen Mitmenschen, sich aber auch mit ihnen freuen! Gesellschaftliche Umstände – wenn alle zusammenhalten würden, um diese zu ändern, was konnten sie alles erreichen? Nichts erschien ihm mehr unmöglich.

Obwohl er am nächsten Morgen zeitig aufstand, war der alte Tierarzt noch früher aus den Federn gekommen. Franzmichel traf ihn im Hausgang an, wo er gerade dabei war, seine Doktortasche in seinem abgetragenen Rucksack zu verstauen.

»Siehst du, auch das gehört zu meiner Kunst. Da kann ich nicht sagen, das Wetter ist mir heute zu warm, zu kalt, zu nass oder zu rau. Niemand fragt, ob es Krotten hagelt, schüttet wie aus Kübeln oder der Schnee meterhoch liegt. Als Viehdoktor musst du hinaus, auch wenn du in der ganzen Talschaft der Einzige bist, der nicht in der warmen Stube sitzt.«

Mit Schwung warf er sich den Schnerfer über den Rücken, langte dann nach seinem Bergstock und blieb vor dem Gehen noch vor Franzmichel stehen. »Deine Reise herüber ins Walsertal«, lächelte er, »war nicht umsonst, obwohl du dir davon etwas völlig anderes versprochen hast. Das sehe ich auch deinem Gesicht an. So, und jetzt behüt' dich Gott, ich muss los.«

Franzmichel stand stumm und sah der hochgewachsenen Gestalt nach. Josefale kam mit ihrem geschulterten Sack über die Treppe herunter. »Habe ich zu viel versprochen?«, flüsterte sie augenzwinkernd. »In den besten Häusern werden wir schlafen und verköstigt!«

Das Josefale hatte den Zeitpunkt ihrer Reise ins Walsertal wohl bedacht. Am Sonntag waren die Leute nicht mit dem Tagwerk beschäftigt und daheim anzutreffen. Von Haus zu Haus waren sie gezogen und jedes Mal wurden sie ins Haus gebeten und dort freundlich bewirtet. Gleichzeitig schwoll auch Josefales Sack an mit Strümpfen, Speckseiten, einem Strickjanker, Äpfeln, Kartoffeln und getrockneten, lederigen Birnenschnitzen.

»Alles Bekannte und Verwandte«, sagte sie nicht ohne Stolz und schob ihre sturmgeprüfte Kappe nach hinten, um sich den Schweiß von der Stirne zu wischen. »Jetzt schauen wir noch bei Fritzens vorbei. Die hätten es bestimmt ungern, wenn ich sie nicht besuche, wenn ich schon einmal wieder im Walsertal bin.«

25

Franzmichel war mit solchem Feuereifer dabei, seine neue Idee mit den gesellschaftlichen Umständen zu verwirklichen, dass er nicht merkte, wie er sich immer mehr zum Gespött machte. Jedem, der nur laut genug jammerte, gab er recht, und wenn es der größte Hallodri und versoffenste Schnäpsler war. Für jeden fand er eine Entschuldigung wie schlechte Kindheit, mangelnde Erziehung oder eben ungünstige Verhältnisse und der Einzige, der letztendlich daran glaubte, war er. Nur noch Gut oder Böse, Schwarz oder Weiß gab es für ihn und seine Seele kannte nur noch warmes Mitleid oder kalte Abneigung. Zunehmend verbitterter wurde er gegen alle, die ihm nicht beistimmten, und je mehr sie sich über ihn lustig machten, desto mehr wurde es ihm nachgerade zum Bedürfnis, gegen sie alle so etwas wie seinen Krieg zu führen. Gemocht wurde er nur noch von wenigen, von den meisten wegen seiner scharfen Zunge gefürchtet, aber trotzdem hörten sie ihm zu, weil keiner es so treffend verstand, einerseits zu spotten und andererseits sie alle schallend zum Lachen zu bringen.

Seine galligen Schimpfereien brachten ihn auch wieder etwas mit dem griesgrämigen Vater Weber zusammen, um den er seit Seppels unerwarteter Abreise einen großen Bogen gemacht hatte. Allerdings durfte in seinem Haus über den Seppel kein Wort gesprochen werden und Franzmichel kannte den Webervater inzwischen nur zu gut, um zu wissen, dass dieser von seinem Buben den ersten Schritt erwartete, selbst wenn es ihm selbst das Herz abwürgte. Seine einzige Tochter Mariann hatte er nicht wie ein Mädchen, sondern wie einen Buben erzogen und an dieser alle am Sohn begangenen Fehler gnadenlos und in unnachsichtiger Strenge schon im Ansatz zu vermeiden versucht. Aber der Seppel ließ nichts von sich hören und das Einzige, was Franzmichel in Erfahrung bringen konnte, war, dass er angeblich im Bayrischen bei der Lindauer Eisenbahn arbeiten sollte. Heiraten wolle er wieder, hatte sein Vater Franzmichel anvertraut, um wenigstens auf seine alten Tage nicht noch mehr zu vereinsamen.

Trotz seines Starrsinns tat ihm der Weber leid und er suchte nach einer Möglichkeit, nicht nur diesen, sondern auch Seppel vor weiterem Unglück zu bewahren.

Der Einzige, der einen gewissen Einfluss auf den sturen Weber hatte, war der Vetter Seiler aus Bezau, der ein angesehener Krämer war und auch auf dem Auer Markt seine Waren feilbot. So stand auch Franzmichel jetzt inmitten der Haufen Leute, die seinen Stand umlagerten. Kaufen wollte er eigentlich nichts, sondern nur mit dem Vetter reden.

»Warte, bis es hier ein wenig ruhiger wird, dann können wir miteinander reden!«, gab der Vetter ihm zu verstehen und Franzmichel blieb so lange neben dem Stand stehen, bis er Zeit für ihn fand.

»Also, wo brennt's denn?«, fragte er dann leutselig.

Aufmerksam hörte der Vetter Seiler zu, wie er sich Sorgen um seinen Freund und dessen Zukunft machte.

»Du sinnierst nur dem Seppel nach!«, antwortete er dann. »An seinen Vater denkst du nicht! Soll er denn allein und verlassen bleiben und warten, bis sich der Herr Sohn nach Hause bequemt, weil er es draußen in der Fremde zu nichts gebracht hat? Wenn ihn der Weber dann noch aufnimmt, so doch nur aus der Not heraus und vielleicht noch aus Mitleid – aber niemals mehr aus väterlicher Zuneigung. Beide sind eigene Wege gegangen und beide können nicht warten, bis sich einer der beiden Sturschädel einen Ruck gibt!«

Franzmichel versuchte immer noch seinen Freund zu verteidigen. Aber je mehr er für ihn vorbrachte, desto zorniger wurde er auf ihn, weil ihn der Vetter Seiler Punkt für Punkt widerlegte. Am Ende war er dann so weit, dass ihm Seppels Vater mehr leidtat als sein Freund, und als er anschließend noch im Gasthaus zukehrte, war er sogar erfreut, dort den Weber mit dem Theresle sitzen zu sehen. Seppels Vater schien ihm plötzlich ein anderer, wie er da so heiter mit der Frau plauderte, für die er bis vor wenigen Minuten nur Ablehnung empfunden hatte, weil sie dem Seppel womöglich den Weg zu einer Rückkehr nach zu Hause versperrte. Nein, das Theresle war eine grundgute Seele und er hatte kein Recht, sich da einzumischen!

Fast sein ganzes Geld hatte er auf dem Markt ausgegeben: »Kalender für das Jahr des Herrn 1854« stand auf dem obersten Blatt des zukünftigen Jahresbegleiters, der Franzmichel aber nun vorerst gar nicht mehr interessierte. Stattdessen wickelte er vorsichtig die Seife aus dem Zeitungspapier, legte das doppelte Blatt auf den Tisch und strich es sorgfältig wieder glatt. Hei, war das ein Lesen und was konnte man alles erfahren, wie es zuging draußen in der Welt! Wie köstlich mokierte sich da der grantige General Pulverrauch über die Weltereignisse, dazu gab es noch die lustigen Bilder, aus denen mehr zu erfahren war als aus manchem gescheiten Artikel. Das war seine Zeitung, das wusste er sogleich, und sie musste her, kostete es, was es wollte.

»Dorfbarbier« stand oben darüber und darunter der Preis. Zehn Ngr. Was aber und wie viel waren zehn Ngr.? Er kannte die Wienerwährung, die Reichswährung, Batzen, Groschen, Rappen, Franken, Gulden, Krontaler, wie sie von den Fremdlern im Spätherbst wieder ins Tal gebracht wurden. Wie viel waren aber zehn Ngr.? Von dieser Währung hatte er noch nie etwas gehört. Er überlegte kurz, beim Vetter Seiler in Bezau anzufragen, von dem er die Zeitung ja auch bekommen hatte. Dann aber kam er zu dem Schluss, wenn dieser eine solche Kostbarkeit schon zum Einwickeln von Seife benutzte, so würde er sie auch nicht selber gekauft haben. Draußen dämmerte es schon und Franzmichel saß immer noch in der Stube am Tisch über seinem »Dorfbarbier«.

»Willst du nicht endlich in den Stall?«, ließ sich seine Mutter von der Türe her vernehmen. »Die Kühe brüllen schon!«

»Gleich! Nur noch den einen Artikel!«, rief er unwillig zurück, ehe er sich erhob, im Gang in seinen verflickten Stallfiesel schlüpfte und sich den dreckverkrusteten Melkhut aufsetzte.

Ja, der »Dorfbarbier«! Einmal jede Woche so herzlich lachen können, dass es noch sechs Tage lang nachklang!

Nur – wie viel waren zehn Ngr.? Mit gleichmäßig streifenden Bewegungen molk Franzmichel Kuh um Kuh, und gerade als er mit der letzten anfangen wollte, kam ihm der rettende Einfall. Der Gemeindediener, der zugleich auch Postbote war! Der musste es doch wissen.

Bisher war ihm der Postbote leidlich zuwider gewesen. Nicht, dass er etwas persönlich gegen ihn gehabt hätte. Aber jedes Mal, wenn er ihn auf das Haus zukommen sah, schrak er zusammen, weil das im Regelfall nichts als Ärger und Unannehmlichkeiten bedeutete. Eine der Kühe, die sie zum Wintern ins Unterland gegeben hatten, tat nicht recht oder aus der Verlassenschafts-Verhandlung des Hoferbes kam wieder eine Zahlungsforderung, mit der niemand mehr gerechnet hatte. In den nächsten Tagen aber konnte es Franzmichel nun kaum mehr erwarten, bis er des Mannes ansichtig wurde. Vom Stubenfenster aus hatte er ihn erblickt, wie er gemessenen Schrittes vom Dorf heraufkam, und aufgeregt war er ihm entgegengelaufen.

»Weißt du, wie viel zehn Ngr. sind?«, fragte er atemlos.

Der Bote hob seine Mütze ein wenig an und kratzte sich hinter dem Ohr. »Ngr.? Was soll das sein?«

»Geld. Eine Währung. So viel kostet der ›Dorfbarbier‹, eine Zeitung!«

»Der ›Dorfbarbier‹? Eine Zeitung?«, fragte er dann erstaunt und sah Franzmichel lange an. »Die kommt sicher von draußen aus Deutschland, jedenfalls kenne ich sie nicht. Was willst du damit?«

»Ich möchte sie mir bestellen. Vorausgesetzt, ich weiß, wie viel zehn Ngr. sind!«

Wieder sah ihn der Bote lange an. »Du weißt schon, dass so etwas nicht gerne gesehen wird? Den ›Boten für Tirol und Vorarlberg‹ oder den ›Tirolerboten‹, da hat der Pfarrer nichts dagegen.

Oder das ›Volksblatt‹, das wird von der Geistlichkeit auch stark empfohlen!«

»Dieses Geschreibsel mit den pappsüßen Erbauungsgeschichten und langweiligen Berichten von jedem noch so unbedeutenden Kirchenpatrozinium?«, entgegnete Franzmichel entrüstet. »Nein, den ›Dorfbarbier‹ will ich und keine andere, wenn ich sie mir leisten kann!«

»Du wärst nicht der Erste, dem sie das Lesen bestimmter Zeitungen von der Kanzel aus verleideten«, gab der Bote nochmals zu bedenken.

»Du musst es ja auch nicht überall herumerzählen und im Übrigen habe ich die Zeitung ja noch gar nicht bestellt. Zuerst muss ich wissen, wie viel zehn Ngr. sind!«

»Ich und herumerzählen!«, antwortete der Bote empört. »Was glaubst du denn, in wie viele Häuser ich komme und dort Briefe vorlesen muss, weil's angeblich ausgerechnet seit ein paar Tagen die Brille verlegt haben? Was meinst du, was ich da alles erfahre? Wenn ich das herumtratschen würde, so wäre ich wohl die längste Zeit Bote gewesen!« Wieder kratzte er sich kurz hinter dem Ohr. »Also gut!«, sagte er dann. »Ich erkundige mich beim Bezauer Gerichtsdiener, wenn er am Samstag die Post hereinbringt.«

26

Zwei Sonntage später standen nach dem Gottesdienst die Männer mit ernsten Gesichtern beisammen auf dem Kirchplatz. Unter ihnen auch der Postbote, der die Gelegenheit nutzte, um seine Briefe zu verteilen, um sich so manchen zeitraubenden Gang zu einem der weiter abgelegenen Gehöfte zu ersparen.

»Hast du etwas gehört? Gibt's wieder Krieg?«, wollte der Musmüller sorgenvoll wissen.

»Die Russen verlangen die Schutzherrschaft über das Heilige Land für die Christen, aber der Sultan von den Türken will davon überhaupt nichts wissen. Jetzt hat er den Spieß umgedreht und den Russen den Krieg erklärt. Aber nicht nur den katholischen Franzosen passt es nicht, sondern auch die Engländer fuchst es, dass sich ausgerechnet Russland als Beschützer der Christenheit aufspielt. Aber wenn du mich fragst …« Der Bote las die Adresse auf einem der Umschläge und hob den Kopf. »Fetz Anton!«, rief er, hielt den Brief in die Höhe und fuhr dann fort: »Also, wenn du mich fragst, so geht es um ganz etwas anderes. Russland will nur seine Macht in Europa ausweiten und meint, die anderen seien so dumm und merken das nicht. Wie es ausschaut, helfen darum die Franzosen und die Engländer den Türken!«

»Das sollen die miteinander ausmachen!«, brummte der Musmüller. »Ich meine, was machen die Österreicher und die Deutschen?«

»Woher soll ich das wissen?«

»Eine Zeitung wäre in solchen Zeiten wie diesen vielleicht doch nicht so ganz verkehrt, wo man etwas Genaueres erfahren könnte«, warf Bühlmännlers Franztone ein.

»Hau mir bloß ab mit einer Zeitung! Die Zeitungsschmierer lügen doch nur das Blaue vom Himmel herab«, erregte sich jetzt Schusters Melcher, wobei er rot anlief. »Der Bilgeri draußen in Schnepfau ist erst im letzten Monat darauf hereingefallen. Eine Petroleumlampe hat er sich kommen lassen, was weiß ich woher. Wunders wie gut soll sie sein, viel heller sei sie als alles, was man bisher gehabt habe, von allerhöchster Güte und aus so gutem Blech, dass sie nicht hin zu bekommen sei, und wasweißsonstnochwas! So ist es in der Zeitung gestanden!« Der Melcher sah sich triumphierend um. »Ha!«, schnaubte er dann verächtlich. »Und, was ist es? Das größte Glump auf Gottes Erdboden, sagt der Bilgeri jetzt, und dass er nach seinem Schaden nun auch den Spruch verstünde: Lügen wie gedruckt!«

»Das war eine Anzeige«, erwiderte der Postbote. »Die Zeitung wird dafür bezahlt, dass sie abgedruckt wird!«

»So! Da seht ihr es ja! Für Geld schmieren die alles zusammen und schämen sich nicht einmal dafür!«, pfutzte der Melcher, während der Bote wieder zwei Namen aufrief.

»Die können sich doch nicht jede Petroleumfunzel schicken lassen und genau nachschauen, ob das auch stimmt, was in der Anzeige behauptet wird!«, entgegnete er dann.

»Müssten sie aber! Woher soll ich denn wissen, ob ich angelogen werde oder ob es stimmt? Beigotsch, um mich anlügen zu lassen, dazu brauch' ich keine Zeitung!«

Ein paar der Umstehenden pflichteten ihm lauthals bei. Der Postbote war mit seinen Briefen nun fertig und öffnete wieder die große Ledertasche an seiner Hüfte, die an einem breiten Lederriemen schräg über die Schulter hing. Ein wenig verlegen nach dem vorhergehenden Disput traten die Männer jetzt zurück, als es ans Verteilen der gerollten und mit Banderolen zusammengehaltenen Zeitungen ging. Es waren nicht viele, drei oder vier vielleicht. Franzmichel war zu aufgeregt, um darauf zu achten. Unverzüglich hatte er den »Illustrierten Dorfbarbier« bestellt, nachdem der Bote herausgefunden hatte, dass die Zeitung 48 Kreuzer – und zwar nicht einzeln, sondern im Vierteljahr – kosten würde. 48 Kreuzer waren für ihn schon viel Geld, von dem er noch nicht wusste, wie er es auf längere Sicht aufbringen würde. Jetzt stand er ganz nah neben dem Boten und malte sich aus, wie es sein würde, wenn eine Zeitung mit seinem Namen darauf aus der großen Tasche gezogen würde. So sehr war er mit der Vorstellung beschäftigt, dass er ihn beinahe überhört hätte.

»Da!«, stupste ihn der Mann an und hielt ihm die letzte Rolle hin.

Franzmichel starrte ungläubig auf die Schleife, auf der gedruckt sein Name stand, und er brauchte einige Zeit, bis er seine Fassung wieder gefunden hatte. Hastig schob er die Schleife in die Hosentasche, hoffte dabei, dass sie alle mit sich selber beschäftigt waren, und versuchte dann jemanden auszumachen, mit dem er ein harmloses Gespräch anfangen konnte. Aber noch während er den Blick hob, erschrak er noch einmal. Um ihn hatte sich ein großer Kreis gebildet. Alle standen sie jetzt da, steckten die Köpfe zusammen und ließen ihn nicht aus den Augen.

»Bei Jaukos haben sie wohl einen Geldscheißer … die arme Marie mit so einem Buben … kaum genug zum Essen, aber eine eigene Zeitung … Wie alt ist der Trüller? Vierzehn … Nein, vierzehneinhalb … Verlumpen wird die Marie noch mit dem … Meinem Buben würde ich was erzählen …«

So ging es her und hin, während Franzmichels Hand sich immer fester um den »Dorfbarbier« krampfte. Betreten schlich er in die Sonntagsschule und auch seine ehemaligen Schulkameraden redeten kaum ein Wort mit ihm, sondern sahen ihn nur scheu von der Seite her an. Nach und nach wurden ihm ihre Blicke aber immer gleichgültiger und er dachte nur noch daran, nach der Schule möglichst schnell nach Hause zu kommen, um in seiner Zeitung zu lesen und, was ihm mindestens ebenso viel Freude bereiten würde, seinen Namen gedruckt auf der Banderole zu betrachten. Noch auf dem Heimweg fiel ihm siedend heiß ein, was wohl seine Mutter dazu meinen würde. Kein gotziges Wort hatte er ihr davon gesagt. Loben würde sie ihn bestimmt nicht, das war sicher. Seine Leserei war ihr immer schon ein wenig unheimlich gewesen, auch wenn sie es nicht offen zum Ausdruck brachte.

Schon im Hausgang empfing sie ihn und deutete mit einer hilflosen Geste hin zur Stubentüre, hinter der es brummte wie in einem Hornissennest und laute Lacher zu vernehmen waren. »Da! Schau selbst, was du da angerichtet hast!«, sagte sie und verschwand sogleich in der Küche.

Franzmichel hatte die Türe erst vorsichtig einen Spalt weit geöffnet, als ihm der Tabakqualm wie eine fast undurchdringliche Nebelwand entgegenkam. Hustend riss er das erstbeste Fenster auf und nun konnte er auch nach und nach die ersten Gesichter erkennen.

»Deine Zeitung!«, sagte der Bühlmännler verlegen.

»Wir möchten wissen, was da drinsteht!«, ergänzte der Musmüller und deutete mit dem Kinn auf die Joppentasche, aus welcher der »Dorfbarbier« hervorlugte.

»Ich weiß es auch noch nicht«, antwortete Franzmichel verdattert.

»Dann lies es uns vor!«, rief einer von hinten.

Entschlossen trat er zum Tisch, faltete dort sorgsam den »Dorfbarbier« auseinander und fing an zu lesen. Dabei musste er seine Stimme nicht einmal sonderlich anheben. In der Stube war es so still, dass man eine Stecknadel hätte fallen hören können. Aber das war nur am Anfang so. Zu lustig waren die Geschichten mit dem ewig grätigen General Pulverrauch, als dass sie einfach nur so ruhig hätten dasitzen können. Kopfschüttelnd vernahm Marie draußen immer wieder laut aufbrausendes Gelächter und sie konnte sich beim besten Willen nicht vorstellen, was eine ganze Stube voll erwachsener Leute an einer Zeitung so umwerfend spaßig finden konnten und dabei auch solche waren, die noch vor nicht einmal zwei Stunden noch am Kirchplatz sich die Mäuler darüber zerrissen hatten. Es wurde Nachmittag und Zeit für die Christenlehre. Dann aber waren sie wieder da und es wurde vier Uhr, fünf Uhr. Manche vergaßen sogar ihr Vieh daheim im Stall, und wer ging und auf dem Nachhauseweg jemandem begegnete, erzählte diesem gleich brühwarm von der lustigen Zeitung vom jungen Jauko, wie man von so einer noch nie gehört und geschweige denn gelesen habe. Bei Felders ging es zu wie in einem Taubenschlag. Es war ein Kommen und ein Gehen und alle wollten zuerst wissen, ob der Krieg jetzt nun doch kommen würde, ob die Deutschen und die Österreicher mitmachten und die Kaiserjäger dann marschieren müssten oder nicht. Aber das war meist nur von kurzer Dauer. Weshalb sich mit so schweren Gedanken quälen, wenn in der Zeitung doch so viel Kurzweiligeres und Vergnüglicheres stand.

Auch Franzmichel brauchte mehrere Ermahnungen seitens seiner Mutter, bis sie ihn mit einigem Nachdruck dazu brachte, sich endlich um die Tiere im Stall zu kümmern. Kaum war die Stube leer und er im Stall verschwunden, folgte sie nach. Franzmichel sah ihr schon an, dass sie immer noch hin und her gerissen war, was sie von alldem halten sollte. Einerseits freute sie sich über den Zuspruch, den ihr Bub mit seiner Zeitung gefunden hatte. Andererseits aber ließ ihr der Gedanke keine Ruhe, dass es womöglich eines dieser unchristlichen Blätter sein könnte, vor denen die Geistlichkeit immer wieder warnte.

»Achtundvierzig Kreuzer kostet es. Und das in einem ganzen Vierteljahr!«, wich Franzmichel aus und versuchte sie zu beruhigen.

»Das ist sicher nicht viel. Jedenfalls, wenn man es hat!«, gab Marie zur Antwort. »Aber trotzdem. Ich weiß nicht, ob es mit dem Gewissen vereinbar ist, ein solches Blatt unter dem Dach zu haben!«

Es war schon später Abend, als sich die Stubentüre nochmals öffnete. Herein kam Seppels Vater. »Was hört man da?«, fragte er neugierig. »Eine Zeitung hast du dir bestellt?«

Franzmichel schöpfte wieder ein wenig Hoffnung, die Mutter doch noch beruhigen zu können. »Ja!«, sagte er eifrig und schob ihm den »Dorfbarbier« gleich zusammen mit der Lampe über den Tisch entgegen.

Dem Webervater war schon anzusehen, wie ihn die Wunderpfitzigkeit plagte. Ohne viel zu reden, nahm er Platz und fing gleich an zu lesen. Immer wieder verzog sich sein Mund und der sonst so ernste und harte Mann sah mit einem Male seit langer Zeit wieder fröhlich und vergnügt drein. »Ja, Marie, das ist eine lustige Zeitung und auch so geschrieben, dass sie auch die einfachen Leute verstehen!«, sagte er dann.

»Aber achtundvierzig Kreuzer kostet sie im Vierteljahr. Sicher nicht viel … für uns aber schon!«, entgegnete sie.

»Ich will mir das Geld auch nebenher als Taglöhner verdienen und habe auch schon versucht, eine Arbeit zu bekommen«, verteidigte sich Franzmichel.

»Ein paar Schuhe braucht er auch noch!«, wandte Marie wieder ein.

Dem Vetter schien es der »Dorfbarbier« sichtlich angetan zu haben. Vor allem erschien es ihm verlockend, ihn lesen zu können, ohne ihn auch noch bezahlen zu müssen. »Weißt du was?«, sagte er nach einer Weile. »Ich habe noch einiges an Holz zu ziehen. Das könntest ja du machen. Dann kannst du dir die Zeitung halten und für ein paar Schuhe wird es auch noch reichen.«

Dann nannte er ohne dabei rot zu werden eine Summe, die selbst Franzmichel für die schwere und nicht ungefährliche Arbeit ausgesprochen niedrig erschien. Aber er überlegte nicht lange. Was war denn das alles gegen die Vorstellung eines ganzen langen Schoppernauer Winters ohne den »Dorfbarbier«!

Auch Marie war zufrieden. Wenn selbst der fromme und gestrenge Schwager meinte, das sei kein schlechtes Blatt, so würde das wohl seine Richtigkeit haben.

27

Rumpelnd schoss der schwer beladene Schlitten auf der harten Schneedecke über den letzten Hang dem Oberdorf zu. Die späte Jännersonne hatte die Spuren der Kufen in glänzendes Eis verwandelt und Franzmichel hatte einige Mühe, die Fuhre in der Richtung zu halten. Hinter seinem Rücken polterte und rumpelte das auf einen halben Klafter zusammengesägte Holz, schob und drängte mit Gewalt den Horner mitsamt seinem Fuhrmann talwärts. Aber inzwischen hatte er das Gefährt im Griff, wusste, wie viel er aufladen durfte, um die Fracht und auch sich selbst heil und sicher nach unten zu bringen. Indem er die Absätze seiner genagelten Hölzler mit aller Kraft in den gefrorenen Schnee stemmte, brachte er zum Schluss den Schlitten zum Stehen und blieb auf dem quer liegenden Brett sitzen, um wieder zu Atem zu kommen. Franzmichel war mit sich und dem Tag zufrieden und überlegte, ob er anschließend den Schlitten noch einmal nach oben ziehen sollte, um die zehn Kreuzer Arbeitslohn noch voll zu machen. So viel etwa würde es überschlägig sein, was er dann heute verdient hatte. Nicht viel, gewiss, obwohl er sich redlich geschunden hatte. Dann aber dachte er wieder an den Dorfbarbier und die Aussicht, diesen für ein ganzes Jahr lang abonnieren zu können.

»Ich bin ein armer Wandersmann und suche ein Quartier für die Nacht!«

Franzmichel war ein wenig ärgerlich, aus seinen Gedanken gerissen worden zu sein.

»So, so«, sagte er nur, ohne dabei aber aufzusehen.

Der andere aber ließ nicht locker. »Bis hinauf nach Schröcken komme ich heute nicht mehr. Das ist doch hier ein stattliches Haus, in dem doch wohl auch noch ein kleines Kämmerchen leer sein wird«, setzte die Stimme nach.

»Das kann schon gut sein. Aber ich habe da nichts anzuschaffen und wie ich den Hausherrn kenne, wirst du bei dem kein Glück haben!«, erwiderte Franzmichel jetzt gereizt mit immer noch zum Boden gesenkten Blick.

»Auch recht! Dann wirst eben du mir eine Kammer bei dir daheim frei machen!«

Franzmichel wollte dem aufdringlichen Gesellen gerade gehörig ins Geschirr fahren, als ihm die Stimme irgendwie bekannt vorkam. Erst jetzt hob er den Kopf und sprang im gleichen Augenblick mit einem lauten Aufschrei vom Schlitten. »Der Seppel!«, schrie er.

»Gelt, da schaust!«, lachte der Seppel, wurde aber gleich wieder ernst und deutete mit dem Kopf hin zu seinem Elternhaus. »Und wie ...?«, sagte er unsicher.

»Dein Vater – in letzter Zeit redet er wieder von dir. Ziemlich viel sogar, was bei ihm ja etwas heißen will. Es blangert ihn schon lange, dass du wieder heimkommst.«

Seppel holte Luft und schritt entschlossen auf den Stall zu, aus dem dumpf das Muhen der Kühe zu vernehmen war, die auf ihr Heu und den Wasserkübel warteten. Ein wenig zögernd öffnete er die Tür und trat dann ein.

Seine Schwester Mariann erkannte ihn zuerst. »Mei, der Seppel! Däta, der Seppel ist wieder da!«, rief sie freudig und lief ihrem Bruder den dunklen Stallgang entgegen. Der Webervater aber gab keine Antwort, sondern machte sich auf den Knien am Stallsende am Streueschochen zu schaffen.

»Kennst die Kühe noch? Da schau, die Rosa, und da, die Zita, die Erika, die ist schon ein bisschen in den Jahren, einen Sommer wird sie noch machen ... ach so, unsere Alpe oben am Widderstein, die haben wir verkauft. Da musst du also nicht mehr hinauf!«, lachte sie.

»Immer noch der alte Stallspatron!«, lächelte der Seppel zurück.

Erst jetzt ließ sich der Vater vernehmen. »Ja, das ist sie!«, schrie er zornig. »Die Mariann wäre schon ein anderer Bauer geworden als du! Dich hat sie ersetzen müssen, und solange wir die Alpe noch gehabt haben, war ich auch froh darüber. Aber jetzt auf meine alten Tage wäre sie mir als Haushälterin lieber, aber sie ist ja ein halber Bub!«

Während er das sagte, hatte der Weber einen großen Stein, den er in der Streue gefunden hatte, in die Krippe geschleudert, dass dieser im hohen Bogen wieder heraussprang und auch die Kühe erschrocken zusammenfuhren. Dann ging er wieder in die Knie und machte in verbissenem Schweigen mit seiner Arbeit weiter.

»Komm, gehen wir in die Stube!«, sagte Seppel zu Franzmichel und ihm war anzusehen, dass er nicht recht wusste, was er vom Empfang seines Vaters halten sollte. »Ich habe geglaubt, ich könne dableiben!«, meinte er nach einer Weile und es klang bitter.

»Das verstehst du vielleicht falsch. Dein Vater hat so lange auf dich gewartet!«, versuchte ihn Franzmichel zu beschwichtigen. »Aber jetzt, wo du endlich da bist, ist es wiederum schon fast zu spät. Aber nur fast, noch nicht ganz!«

»Wieso?«

»Dein Vater will wieder heiraten, schon in ein paar Monaten.«

Der Seppel überlegte nicht lange. »Da tut er recht! Aber trotzdem, ich will mich mit ihm versöhnen und ich denke, dass das jetzt leichter geht, weil ich es bin, der nachgeben muss. Das habe ich eingesehen. Wenn er zufrieden verheiratet ist, brauche auch ich mir weniger Sorgen zu machen und kann endlich das tun, was ich schon immer wollte. Wenn schon nicht studieren, dann wenigstens einen gescheiten Handwerksberuf erlernen!«

Als Franzmichel das hörte, wurde ihm ganz warm. Der Seppel war doch einer, der mehr im Kopf hatte, und er erzählte ihm von seinem Dorfbarbier und konnte kaum damit aufhören. Immer wieder fiel ihm etwas Neues ein. Draußen wurde es bereits dämmerig, aber der Webervater war immer noch nicht erschienen.

»Warum kommt der Däta denn nicht in die Stube?«, fragte Seppel dann seine Schwester, die eine Schüssel Kaffee vor ihm auf den Tisch stellte.

»Er will Kerzen sparen und das bisschen Licht noch nutzen, um Streue zu verlesen«, antwortete sie verlegen.

Wenig später, kurz bevor es Zeit war zum Melken, kam er dann aber doch herein und setzte sich zu ihnen mit einer Selbstverständlichkeit, als ob der Seppel niemals fort gewesen wäre und es zwischen ihm und seinem Sohn nie ein ungerades Wort gegeben hätte. Mit keiner Silbe wollte er wissen, wo dieser in seiner langen Abwesenheit gewesen war und womit er sich sein Brot verdient hatte. Umgekehrt aber hielt es auch der Seppel genau so. Nur als er die bevorstehende Hochzeit mit dem Theresle erwähnte, bedeutete ihm der Vater kurz angebunden, dass das seine Sache sei und ihn nichts anginge.

Während es den Webervater nicht interessierte, wo sein Bub überall herumgekommen war, konnte Franzmichel in den nächsten Tagen nicht genug davon bekommen. Gerne hätte er etwas über Leipzig erfahren, seine erwählte Lieblingsstadt, da dort der »Dorfbarbier« gedruckt wurde. Aber in Leipzig war der Vetter nicht gewesen, dafür hatte es ihn nicht nur nach München und Rosenheim verschlagen, sogar bis auf die Krim war er gekommen und hatte dort das Donnern der Kanonen gehört in dem Krieg gegen die Türken, aus dem sich die Österreicher gottlobunddank bisher herausgehalten hatten. Was er aus den Städten zu berichten wusste, brachte Franzmichels hehres und schönes Weltbild gehörig ins Wanken. Breite, gepflasterte Straßen mit großen Häusern und feinsinnigen, gebildeten Menschen hatte er sich vorgestellt. Jetzt aber erzählte der Seppel von Baracken, elenden Löchern, von verrohten, hundsgemeinen und derben Gesellen und er konnte es fast nicht glauben, dass die Leute so grob miteinander umsprangen. Seit es Parteien gebe, würden die Leute gegeneinander aufgehetzt, streiten täten sie wie die Karrenzieher, nein, noch viel ärger, und keiner gönnte dem anderen etwas. Nur weil jeder glaubte, er würde zu kurz kommen. Davon hatte er in seiner Zeitung jedoch noch kaum etwas gelesen. Gestritten wurde auch im Bregenzerwald, mehr als genug. Aber dass man sich deswegen gleich in Gruppen zusammentat und aufeinander losging? Ihm kam das so lächerlich vor, wie wenn die Gegner des Zeitunglesens, von denen es ja jede Menge gab, deswegen kein Wort mehr mit den Lesern reden und stattdessen eine Partei gründen würden, worauf natürlich auch diese nicht nachstehen und dasselbe machen wollten.

Je länger und öfter er wieder mit dem Seppel zusammen war, desto mehr dünkte ihm, dass dieser selbst in der Fremde ebenfalls roher und derber geworden war. Auch ihm gegenüber konnte er saugrob und geradezu ausfallend werden, besonders dann, wenn er es wagte, eine seiner beinahe unglaublichen Geschichten in Zweifel zu ziehen.

In der Dorfgemeinschaft wurde der Seppel freundlich, wenn auch mit einer gewissen Zurückhaltung aufgenommen, schließlich waren seine Untaten und sein loses Mundwerk noch nicht von allen vergessen. Auch wer über Jahre oder gar Jahrzehnte sein

Brot in der Fremde verdiente, blieb trotzdem ein Wälder, der in der Heimat jederzeit wieder mit Warmherzigkeit als einer der ihren empfangen wurde, solange er die Sprache seiner Kindheit nicht irgendwo im Elsass, Böhmen, Italien oder Frankreich ganz verloren hatte und sich an die im Wald herrschenden Gebräuche und die von Generation zu Generation überkommenen Regeln hielt.

Miteinander hatten sie vereinbart, sich gegenseitig auf den Höfen zu helfen, und wenn sie beisammen draußen auf dem Feld oder im Wald waren, konnte der wilde Vetter brav sein wie ein Lamm. Dort erlebte er wieder den anderen Seppel, mit dem er über diesen und jenen Beitrag im »Dorfbarbier« diskutieren konnte, auch wenn ihm selbst die Zeitung zunehmend als flach und oberflächlich erschien. Im Grunde tat sie nichts anderes als sein Vetter in Gesellschaft, nämlich alles nur niederspotten. Vom Seppel konnte er das umsonst haben, aber die Zeitung musste er sich sauer erarbeiten. Vom gleichen Verlag gab es seit einiger Zeit ein neues Blatt. »Gartenlaube« hieß es und versprach neben Unterhaltung auch Bildendes aus allen Bereichen des Wissens. Das hätte ihm viel mehr zugesagt und es wäre sicher möglich gewesen, den Bezug des »Dorfbarbiers« gegen die »Gartenlaube« einzutauschen. Aber dagegen protestierte nicht nur der Seppel, sondern auch der Webervater. Schon seit dem Frühling ging das so und wieder einmal lagen sie sich darüber in den Haaren. Franzmichel legte auf seiner Bündt vor dem Haus die letzte Lage Heu auf den kugeligen Schochen und steckte dann mit einem Ruck die Gabel in den Boden.

»Also gut!«, sagte er zornig. »Schließlich bin ich es, der den ›Dorfbarbier‹ bezahlt und du willst ihn doch nicht nur auf meine Kosten lesen, oder? Ich überlasse dir und deinem Vater liebend gern den ›Dorfbarbier‹, wenn ich mir die ›Gartenlaube‹ halten kann. Machen wir es so: Ihr bezahlt den ›Dorfbarbier‹ und ich die ›Gartenlaube‹!«

»Ihr?«, gab Seppel zurück. »Glaubst du denn, mein Vater rückt da auch nur einen gotzigen Kreuzer dafür heraus? Da kennst du ihn aber schlecht! Was mich angeht, brauche ich dir nicht zu sagen, wie es ausschaut. Was ich so nebenher verdiene, brauche ich für neue Kleidung und zum Vater will ich darum nicht gehen. Vielleicht würde er mir sogar das Geld geben, mich dabei aber so anschauen, dass ich es auch verstehe, was er denkt, nämlich: Draußen in der Fremde hast du es zu nichts gebracht, aber jetzt heimkommen und betteln!« Seppel warf trotzig den Kopf zurück. »Nein! So weit kommt es nicht. Nicht mit mir!«

Es war ein regnerischer Samstag. Der Wind presste dichte Wolken durch das enge Tal, stauchte sie hinter Schoppernau und quetschte sie hinter Hopfreben hinauf nach Schröcken und zum Tannberg. Auf den Feldern standen die Heuschochen wie große, graue Warzen und Franzmichel war nicht traurig darüber, dass heute kein Tag zur Feldarbeit war. Nach langem Hin und Her hatte er endlich den Seppel und den Webervater so weit gebracht. So konnten sie künftig nicht nur den »Dorfbarbier«, sondern dazu auch noch die »Gartenlaube« lesen. Der Lehrer Albrecht hatte zudem das »Wiener Neuigkeitsblatt« abonniert, in dem auch aus dem Französischen übersetzte Fortsetzungsromane abgedruckt wurden. Mit dem Sealmus waren sie auch übereingekommen, das eine oder andere in einem der Blätter empfohlene Buch miteinander zu bestellen.

Immer noch nieselte es und immer wieder langte Franzmichel in die Innentasche seiner feuchten Joppe. Daheim war es nicht mehr zum Aushalten gewesen. Das Wetter schlecht und die neue Zeitung lag draußen in Au. Erst morgen hätte sie der Bote hereingebracht und ein ganzer Tag wäre verloren gewesen. Was waren da die zwei Stunden Fußmarsch? Gelegentlich verlangsamte er seinen Schritt, zog die Zeitung ganz kurz heraus und jedes Mal wurde ihm ganz warm, wenn er an das bevorstehende Lesevergnügen dachte.

»Gartenlaube. Numero 27, 1854« stand unter dem Titel und doch ärgerte er sich ein wenig, weil sie auch schon längst frühere Ausgaben hätten haben können. Je näher er Schoppernau zuschritt, desto stärker wurde der Regen und hielt die Leute in den Häusern.

Ein wenig überkam ihn ein schlechtes Gewissen, als er im Hausgang die Schuhe abstreifte und an die liegen gebliebene Arbeit dachte. Andere werkelten in den Tennen und auf den Brügen, flickten Werkzeug, spitzten Zaunpfähle, machten Schindeln oder hackten Holz für den Winter, während er seinen Kopf in Zeitungen steckte. Aber das war es nicht alleine. Seine Mutter klagte schon seit geraumer Zeit über Malaisen mit dem Arm, den sie kaum noch heben konnte und der inzwischen so schlimm geworden war, dass sie kaum noch mit der Küche zurechtkam. Feld, Stall und Wald hingen jetzt an ihm alleine und Zeit, sich nebenher noch ein Sackgeld wie mit dem Holzziehen für den Webervetter zu verdienen, gab es nicht mehr. Wie aber konnte er sich auf längere Frist gesehen so die »Gartenlaube« noch leisten? Nur für einen Augenblick, aber wirklich nur so lange, hatte er sich überlegt, den kleinen Betrag vom Milchgeld abzuzwicken. Aber das war schon bis zum letzten Kreuzer verplant – und zwar nicht nur für dieses Jahr, sondern noch weit darüber hinaus, und wie weit, daran mochte er lieber gar nicht erst denken.

Mit einem Mal war die ganze Vorfreude auf die Lektüre der »Gartenlaube« verflogen. Beinahe feindselig starrte er auf das Blatt vor ihm auf dem Tisch, das ihm auch noch die letzte Münze aus dem Sack zog. Aber umgekehrt – wie trostlos würde es werden ohne Zeitung?

Ärgerlich verscheuchte er den Gedanken, fast mit Gewalt wollte er sich zwingen, die Lust wieder zu finden, die ihn durch den Regen heimgetrieben hatte. Aber sie war und blieb verschwunden. Langsam glitt sein Auge über die Zeilen, hielt inne und begann wieder von vorne. Aber es blieben nur die schwarzen Buchstaben, die keinen Weg in seinen Kopf fanden.

28

»Du machst noch so lange, bis du dir dein gotziges Auge auch noch verdirbst. Jetzt schau endlich, dass du ins Bett kommst, morgen bring' ich dich wieder kaum aus den Federn!«

Marie stand sichtlich ungehalten in der Stube, in ihrem langen Nachthemd und mit der brennenden Kerze in der Hand.

Abend für Abend war es dasselbe: Seit Franzmichel seinen Webstuhl wieder entdeckt hatte und nach der Tagesarbeit noch bis spät in die Nacht hinein an seinen Bändeln wob, musste sie ihn geradezu hinauf in seine Kammer zwingen.

»Schon gut, Mama. Ich mach nur noch diesen einen fertig!«

»Nichts machst du mehr fertig!«, antwortete sie streng. »Sofort hörst auf und gehst jetzt schlafen!«

Mit einem Seufzer schob Franzmichel seinen Webstuhl beiseite, entzündete noch eine Kerze an der Lichtpfanne über dem Tisch und begab sich dann nach oben.

»Du legst dich aber sofort hin. Nicht, dass du noch anfängst zu lesen!«, rief ihm Marie noch nach, während er die Treppe hinaufstieg.

»Ist schon recht. Ich bin eh' hundsmüd«, gab er noch zurück, ehe er die Tür hinter sich schloss. In der Kammer aber dachte er gar nicht daran. Stattdessen öffnete er eine Schublade, kramte unter der Wäsche eine der Kerzen hervor, die er sich heimlich gekauft hatte, und betrachtete dann angewidert die kindskopfgroße Kugel, bevor er mit einem auf dem Nachtkasten bereitliegenden Messer einige Schnitze von ihr abschabte. Diese wärmte er eine Zeit lang in der Hand, bis sie weich wurden, und schob sie sich dann in den Mund. Der Unschlitt, der aus den talgigen und sehnigen Abfällen von Rindern, Schafen und Ziegen ausgelassen wurde und hauptsächlich zur Herstellung der billigen und stark rußenden Stallkerzen verwendet wurde, schmeckte grauenhaft und es schüttelte ihn jedes Mal, wenn er das Zeug in sich hineinwürgte. Aber irgendwo hatte er gelesen, man könne mit Unschlitt die Müdigkeit bekämpfen und länger wach bleiben, und es schien tatsächlich zu helfen. Jedenfalls war es ihm so möglich, bis noch weit nach Mitternacht zu lesen, ohne dass ihm die Augen zufielen.

Seit ein paar Wochen machte er das jetzt so und Marie hatte keine Erklärung dafür, warum der Bub in letzter Zeit nicht mehr aus dem Nest kam und jeden Morgen um fünf Uhr regelrecht aus dem Bett geworfen werden musste. Aber so langsam schien die Wirkung des Unschlitts nachzulassen, und je mehr sie nachließ, desto größer wurden auch die Mengen, die Franzmichel mit proportional ansteigendem Ekel verschlang. Der Erste, dem auffiel, dass mit ihm etwas nicht stimmte, war der Seppel. Obwohl sein Freund fast den ganzen Tag über draußen an der frischen Luft war und essen konnte wie ein Fuhrknecht, lagen seine Augen in den Höhlen und sein Gesicht hatte die Farbe von halbreifem Käs.

»Du siehst aus wie frisch gekotzt!«, bemerkte der Vetter in seiner liebenswürdigen Art. »Und mager und knochig bist du, dass du aufpassen musst, dass sie dich nicht in den Wirtschaften mit dem Kleiderständer verwechseln und an dir ihre Hüte aufhängen! Apropos Wirtschaften!«, meinte er dann. »Es täte dir sicher auch einmal gut, wenn du wieder in Gesellschaft kommst, anstatt dich wie ein Bachkrebs daheim zu verkriechen!«

Aber Franzmichel wollte davon nichts hören und beschloss stattdessen, von nun an lieber früher zu Bett zu gehen. Der Wille war zwar da, aber wenn er in seiner Kammer lag, erfasste ihn eine unerklärliche Unruhe, und wenn er dann endlich oftmals erst gegen den Morgen zu einschlief, plagten ihn wirre Träume, die ihn noch am Tage verfolgten und für die er keine Erklärung hatte, da sie seinem ganzen Wesen vollkommen fremd waren.

Die einzige Gesellschaft, der er aber nicht entkommen konnte und auf die er sich insgeheim in der Hoffnung auf ein wenig Zerstreuung gefreut hatte, war die Hochzeit des Webervaters mit dem Theresle. Gestern war das gewesen und jetzt war ihm immer noch schlecht und speiübel wie noch nie in seinem Leben. Daran hatte auch die morgendliche Stallarbeit nichts geändert und nun saß der Seppel bei ihm in der Stube und grinste schadenfroh.

»Ich wollte nur schauen, wie es dir geht. Heute Nacht warst du ja voll in Fahrt.«

»Wie, voll in Fahrt? Wie meinst du das?«, entgegnete Franzmichel gequält.

»Tu nur nicht so!«, lachte der Vetter. »Geredet hast du mehr als ein Jesuit herab von der Kanzel und einen ganz schön intus hast du auch gehabt!«

Franzmichel war verlegen, weil er wirklich nicht mehr wusste, was er alles gesagt hatte.

»Was hab ich geredet?«

»Die ganze Hochzeit würdest du beschreiben und ganz groß in der ›Gartenlaube‹ abdrucken lassen. Das hast du allen unüberhörbar verkündet!«

»Und dann?«, fragte Franzmichel ziemlich kleinlaut und ihm schwante Ungutes.

»Und dann, was? Gelacht haben sie, die Hackklötze, was sonst! Übrigens!«, ließ sich der Seppel wieder vernehmen. »Mit der Verheiratung vom Vater sind auch meine Tage hier gezählt. Das täte wahrscheinlich nicht lange gut, ich mit einer Stiefmutter im Haus. Nichts gegen das Theresle, sie ist eine sterbensgute Haut. Aber trotzdem ist es besser, wenn ich verschwinde!«

Franzmichel sah seinen Vetter erschrocken an.

»In die Schweiz gehe ich«, lachte dieser fröhlich, »und habe dort auch schon einen Platz. Keine Kuhschwänze mehr, vorbei die gottserbärmliche Bucklerei für ein paar Batzen Milchgeld und das Maulhalten daheim! Weißt du, was ich werde? Eigentlich wollte ich es dir gestern schon sagen, aber in deinem Zustand hättest du es nicht kapiert!«

Geradezu feierlich war es, wie ihn der Seppel nun ansah, und genauso feierlich war jetzt auch sein Ton. »Ich werde Uhrenmacher!«

Seine Freude für den Vetter trübte sich erst, nachdem Seppel die Stube wieder verlassen hatte, und erst jetzt wurde ihm bewusst, welchen Verlust er wieder für ihn bedeuten würde. In den folgenden Tagen war Franzmichel mehr denn je mit dem Seppel beisammen, versuchte das Zusammensein auszukosten, solange es noch ging. Aber in ihm wollte keine rechte Freude mehr aufkommen. Beide trösteten sich gegenseitig, sie könnten sich ja schreiben und die Zeitungen und die Bücher hätten sie ja auch noch. Franzmichel wurde so schmerzhaft daran erinnert, dass er diese nun selber bezahlen müsste. Der Geizkragen von Webervater würde sie zwar lesen, jedoch mit Seppels Weggang keine gotzige Münze mehr dafür herausrücken wollen. Nur – und das sah er immer klarer – mit seinem Bändelhandel allein ginge das dann nicht mehr. Etwas anderes musste her. Aber was?

»Ihr habt doch einmal Ziegenfelle gehandelt, du und das Peterle. Das könntet ihr doch wieder anfangen!«, meinte tags darauf der Seppel, aber Franzmichel schüttelte heftig den Kopf.

»Da graust es mir heute noch, wenn ich nur daran denke!«

Noch im Laufe des Tages wurde Franzmichel aber zunehmend klarer, dass Seppels Vorschlag mit dem Ziegenfellhandel der einzige Ausweg zu sein schien. Das war ein Geschäft, das er auch bei schlechtem Wetter oder nebenher betreiben konnte. Am Abend kam ihm in der Sennerei der Zufall zu Hilfe. Dort lief ihm das Peterle über den Weg und Franzmichel beschloss, nun nicht mehr lange zu zögern, bevor er es sich doch noch wieder anders überlegte. Er wartete, bis dieser seine Milch abgeliefert hatte, und sprach ihn dann an.

»Du Peterle, was hältst du davon, wenn wir wieder mit Geißenfellen handeln würden?«

Den brauchte er aber nicht zweimal fragen.

»Liebend gern!«, kam gleich die Antwort. »Und wie wollen wir das machen? Ich meine, wir wären da ja nicht die Einzigen und momentan rennen ja genug in dem Geschäft im Tal herum.«

»Wir müssen das anders anpacken als das letzte Mal. Ich rede mit dem Metzger Rüdisser. Ich bringe ihm die Geißen, die ich von den Bauern kaufe, das Fleisch kann er verkaufen und die Felle verhausieren wir beide. Da ist allerdings noch ein Haken dabei!«

»Das habe ich mir fast schon gedacht«, erwiderte das Peterle. »Und wo ist der?«

»Das Geld. Das musst du vorstrecken, damit ich überhaupt Geißen kaufen kann. Ohne Geiß kein Preis!«

Das Peterle lachte herzhaft über diesen Spruch.

»Du schäbige Händlerseele. Überlegst jetzt wohl, was für dich dabei herausspringt. Mehr als genug, sag ich dir. Weil die meiste Arbeit bleibt ja an mir hängen, indem du mich ausbeutest und nach rechter Kapitalistenart nur die Hände aufzuhalten brauchst!«, setzte Franzmichel mit gespieltem Unmut nach und hielt ihm die Hand hin.

»Gilt!«, antwortete das Peterle sogleich und schlug ein.

29

Nur unter Aufbietung seines ganzen Willens konnte sich Franzmichel noch auf den Beinen halten. Gespürt hatte er es schon seit Tagen, wie er zunehmend schwächer und kraftloser wurde, und jetzt hatte er sich am helllichten Vormittag mitten auf dem Feld hinlegen müssen. Eigentlich wäre er dort auch liegen geblieben und nur die lästigen Fragen der besorgten Taglöhner, die um ihn herumstanden und auf ihn herabsahen, hatten bewirkt, dass er sich aufraffte, um sich mühsam nach Hause zu schleppen. Mit bis in die Schläfen hämmerndem Puls und wackeligen Knien zog er sich am Handlauf hinauf über die Stiege in seine Kammer, wo er sich so wie er war in seinem schmutzigen Arbeitsgewand einfach ins Bett umfallen ließ. Der Atem ging stoßweise, ihn fror, und als er nach dem heftig schmerzenden Bauch tastete, war dieser hart und gespannt wie ein Trommenkübel. Die erschrockenen Fragen seiner Mutter, die ihm nachgefolgt war und nun an seine eiskalte Stirne langte, konnte und wollte er nicht beantworten, weil jedes Wort nur zusätzliche Qual bedeutete.

»Einen … Kübel!«, würgte Franzmichel kaum verständlich. Geistesgegenwärtig langte Marie unter sein Bett und holte gerade noch rechtzeitig den Nachttopf hervor, bevor er sich noch auf den Kammerboden übergeben konnte. Gleich darauf ließ er sich wieder stöhnend zurückfallen, lag bleich wie eine gekalkte Wand und mit geschlossenen Augen auf seinem Lager.

»Mein Gott! Was hast du denn? Sag doch etwas!«

Lass mich bitte, bitte in Frieden! Nur Ruhe und Stille!, dachte Franzmichel jetzt beinahe verzweifelt, während es in seinem Bauch brannte wie die Glut unten im Küchenherd.

»Ich lass' den Doktor holen!«, hörte er dann seine Mutter entschlossen sagen und mit Erleichterung vernahm er, wie endlich die Türe hinter ihr ins Schloss fiel.

Der Doktor Beck war noch nicht lange hier im Tal. Ein großer, noch junger Mann, der nun seine steinharte Bauchdecke abtastete, den Puls fühlte und sich mit ernstem Gesicht aufrichtete.

»Eine Bauchfellentzündung«, sagte er dann. Franzmichel schien seine Stimme wie aus weiter Ferne zu kommen. Eine Bauchfellentzündung, so viel wusste er, konnte vielfach gleichbedeutend sein mit einem Todesurteil und trotzdem war es ihm herzlich gleichgültig.

»Kalte Umschläge und so viel wie möglich!«

»Bauchfellentzündung«, hörte er seine Mutter mit zitternder Stimme. »Wie kommt er denn zu so etwas?«

»Da gibt es mehrere Ursachen. Ein geplatzter Blinddarm, ein

aufgebrochenes Magengeschwür ... das ist jetzt alles im Bauchraum und hat sich dort entzündet«, antwortete der Doktor, während er seine große Ledertasche öffnete. »Ich mische ihm etwas zusammen. Kein Essen, er kann es sowieso nicht bei sich behalten!«

In den nächsten Tagen lag Franzmichel teilnahmslos in seinem Bett und alles, was der Doktor auch versuchte, es half nichts. Nur alleine sein, in Ruhe gelassen werden, das war alles, was er noch wollte, und wenn er sterben würde, so sollte ihm das recht sein. Der Gedanke an den Tod hatte für ihn nichts Abschreckendes mehr, nichts mehr sträubte sich in ihm dagegen und die Welt, in die er dann eintreten würde, konnte nur noch eine bessere und schönere sein als die, die er verließ.

Immer dünner und magerer wurde er. Auch der Seppel, der täglich mindestens einmal nach ihm sah, verließ zunehmend bedrückter die Kammer. Marie, die jede freie Stunde an seinem Bett wachte, ihn kaum aus den Augen ließ, hatte sich der Kummer und Schmerz ins Gesicht gegraben und Franzmichel wurde zunehmend um sie mehr besorgt als um sich selbst. Aber wenn er schon gehen musste, so konnte er es nicht tun, ohne ihr die Wahrheit zu sagen. Was sollte sie nach seinem Ableben von ihm denken, wenn sie dahinterkommen würde? Und dass sie dahinterkam, daran bestand kein Zweifel.

»Mama«, sagte er in einer Stunde, als die Schmerzen etwas nachließen und er sich ein wenig besser fühlte, »ich muss dir etwas beichten!«

»Ist schon gut!«, antwortete Marie. »Werde zuerst wieder gesund. Das ist das Wichtigste!«

Aber Franzmichel schüttelte mit verbissener Entschiedenheit schwach den Kopf in seinem Kissen. Langsam drehte er sich zu ihr hin. »Das mit dem Ziegenfellhandel ... zu Anfang ist es noch ganz gut gelaufen. Ich wollte mir das Buch über die Geschichte Vorarlbergs kaufen. Dann aber fiel der Preis für die Geißenfelle. Von einem Tag zum anderen wurde weniger dafür bezahlt und wir mussten sie mit Verlust hergeben. Keine Nacht konnte ich mehr schlafen, weil mir nichts anderes mehr im Kopf umging.« Er hielt inne und musste eine Weile abwarten, bevor er weitersprechen konnte. »Dir wollte ich davon nichts sagen, um dir keinen unnötigen Kummer zu machen. Wenn ich nur fest genug schaffen würde, so bekäme ich das Geld schon wieder zusammen. Das habe ich mir jedenfalls gedacht und mir von dem Haushaltsgeld so viel abgezweigt, wie ich brauchte. Sobald ich es wieder zusammen gehabt hätte, hätte ich es auch wieder zurückgelegt. Aber jetzt wird es damit wohl nichts mehr werden …«

Marie hatte ihm schweigend zugehört. »Dann ist also die Entzündung womöglich gar nicht so aus heiterem Himmel gekommen? Vielleicht hast du dir darüber ein Geschwür am Magen geholt? Möglich jedenfalls wäre es, wie es der Doktor gesagt hat! Aber das ist jetzt alles unwichtig. Was ist schon das bisschen Geld – und zudem gehört es ja uns beiden. Dir also genauso wie mir.«

Als er ihre Augen suchte, sah er, dass sie lächelte, und eben das war es, was ihn jetzt noch mehr beschämte. Er sagte ihr nichts davon, aber er tat ihr innerlich reumütige Abbitte dafür, wie er sie insgeheim für verständnislos für seine Leidenschaften und Interessen gehalten hatte.

Vier Wochen waren jetzt fast vorüber und die Künste des Doktor Beck waren an ihrem Ende. Vier Wochen lang hatte Franzmichel schon nichts mehr gegessen und alles, was er zu sich nahm, hielt sich nur ganz kurz in seinem Magen. Geradezu zuschauen hatte man können, wie er nur noch Haut und Knochen wurde. Er spürte, dass es mit ihm dem Ende zu ging und seiner Mutter war es das Ärgste, er könnte ohne Sterbesakramente verscheiden. Franzmichel fürchtete sich zwar nicht sonderlich davor, dem Herrgott auch unversehen gegenüberzutreten, wie es auch schon seinem Vater beschieden gewesen war. Aber trotzdem tat es ihm dann wohl, dem Hochwürden Stockmayr noch alles anzuvertrauen, was ihn bedrückte und auf seiner Seele lastete. Kaum aber hatte der Pfarrer das Haus verlassen, war schon auch der Seppel da.

»Steht es schon so schlecht?«, fragte er dann geradeheraus.

Als sein Vetter darauf nur leicht nickte, wurden seine Augen feucht.

»Seppel, einen Wunsch hätte ich noch!«, kam es dann leise aus dem Bett. »Ich möchte dich nur bitten, mit deiner Abreise zu warten, bis ich unter dem Boden bin. Lange wird es ja nicht mehr dauern, das siehst du ja selber!«

Dem Seppel trieb es nun das helle Wasser. Wort brachte er keines heraus, er konnte nur stumm nicken.

Das Wunder geschah in der folgenden Nacht und Marie, die wie ein Häufchen Elend am Bett ihres Sohnes Wache hielt, glaubte erst, sich verhört zu haben.

»Eine Suppe. Eine Brotsuppe hätte ich gerne!«, wiederholte Franzmichel mit fester Stimme.

Unten in der Küche war der Herd schon bereits erkaltet und noch während des Feuermachens überlegte Marie, dass er nach Wochen ohne feste Nahrung die Brotbrocken, auch wenn sie weich waren, wahrscheinlich gar nicht hinunterbringen würde.

»Eine Brotmehlsuppe«, dachte sie.

Ein Stück trockenes Brot war zwar auch zu finden, nur, wie sollte sie es fein reiben? Reibeisen hatte sie keines und auch noch nie eines besessen. In der Rumpelkammer fand sie nach einigem Suchen unter dem alten Wagnerwerkzeug eine grobe, alte und verrostete Feile. Nur schlückchenweise flößte sie ihrem Buben dann die Suppe ein. Am nächsten Morgen fand ihn der Doktor so munter, dass auch dieser selber bass erstaunt war, und auch der Pfarrer Stockmayr, der nach dem vermeintlich Sterbenden sehen wollte, war der Ansicht, das sei nahezu unglaublich.

»Wenn man noch jung ist, da steckt man schon viel weg«, meinte er dann zu Marie, die jetzt ebenfalls wieder Hoffnung schöpfte. Ein paar Tage später war Franzmichel so weit, dass sich auch sein Geist, der ähnlich wie auch sein Körper nur noch so dahingedämmert hatte, sich wieder zu regen begann.

»Wie geht es zu auf der Krim?«, wollte er vom Doktor Beck wissen, der darüber so perplex war, dass er einen Stuhl heranzog und sich setzen musste. Eine Zeit lang sah er ihn sprachlos an.

»Wie alt bist du?«, fragte er dann.

»Fünfzehn. Bald aber werde ich sechzehn!«

Mit einem Schlag war aus dem sonst so ernsten Mann, der Franzmichel immer so unnahbar und hochnäsig erschienen war und kaum den Gruß erwiderte, wenn er ihm im Dorf begegnete, ein vollkommen anderer geworden.

»Sewastopol ist immer noch belagert. Die Russen haben zwar über eine Million Männer unter den Waffen, müssen aber ihre

Ostseeprovinzen und die baltische Küste gegen erwartete Landungsversuche der Briten und Franzosen sichern. Im Süden drohen ihnen die Österreicher und an der kaukasischen Front gegen die Türken stehen auch noch 100 000 Mann, was zur Folge hat, dass die Russen auf der Krim nicht einmal 200 000 stehen haben. Wie es aussieht, werden die Russen wohl in Sewastopol ganz schön was auf den Deckel bekommen.«

Der Doktor Beck redete mit ihm nicht mehr von oben herab, sondern wie mit einem ihm Ebenbürtigen und Franzmichel gestand sich ohne Hoffart ein, dass ihm das guttat und ihn doch mit ein wenig Stolz erfüllte. Je länger der Doktor bei ihm am Bett saß, desto größer wurde dessen Staunen über das bleiche und ausgemergelte Bürschchen, das gerade noch dem Gevatter Tod von der Schaufel gesprungen war und jetzt keine anderen Sorgen zu haben schien als den Krimkrieg und dessen sprunghaften Gedankengängen er Mühe hatte zu folgen, da Franzmichel auch noch dies und das wissen wollte und ihn nach Dingen fragte, die hier im Tal kaum einen gestandenen Mann und schon gar nicht einen heranwachsenden Bauernbuben interessierten.

Petrarca! Francesco Petrarca! Wer hier im ganzen abgeschiedenen Tal kannte auch nur den Namen des italienischen Dichterfürsten, geschweige denn hatte auch schon etwas von ihm gelesen?

»Mit Petrarca kann ich dir leider nicht helfen. Aber ich habe bei mir daheim auch noch einige andere Bücher, die du gerne von mir ausleihen kannst. Du kannst jederzeit bei mir vorbeischauen«, antwortete der Doktor Beck, während er sich erhob und sich zum Gehen anschickte. »Zuerst einmal aber musst du zusehen, dass du wieder zu Kräften kommst!«, wandte er sich noch einmal unter der Tür zu ihm um.

30

Ein paar Wochen darauf, kurz nach Franzmichels wundersamer Genesung, hatte es dann auch den Seppel nicht mehr im Tal gehalten. Ein schmutziger, verhangener Frühlingsmorgen war es gewesen und Franzmichel dünkte er wie extra gemacht zum Abschiednehmen. Kein Vogel gab auch nur einen Laut von sich, die Üntschenspitze wechselte von schwarz in ein verwaschenes Grau und in der feuchten Luft hing das gleichtönige Rauschen der Ache. Schweigsam hinaus zum Unterdorf, noch ein Stück weit gegen Au zu hatte er den Freund begleitet und ohne viele Worte waren sie dann auseinandergegangen: Franzmichel zurück nach Schoppernau in den heimatlichen Stall zu seinen Kühen und der Seppel talauswärts in die Welt und eine ungewisse Zukunft.

Einsam fühlte er sich in Schoppernau ohne den Freund, aber mit der wieder zunehmenden Arbeit rückte auch der Vetter immer weiter in die Ferne. Wie jedes Jahr musste dann auch der schmale Weg zur Alpe Schiedlen durch die dunklen, schwindelerregenden Tobel und über bis zum Talgrund reichende Rüfen instand gesetzt werden. Dort, wo der Pfad oftmals nur noch in Mannsbreite hoch oben über tosenden Wassern und wie scharfen Zähnen aus einem Wolfsrachen aufragenden Felsen hinauf leitete, hatte er zusammen mit seinem Vormund, dem Onkel Johann Josef, so gut es eben ging, Pfähle in den felsigen Boden geschlagen und an diesen dünne Heuseile verspannt, die den Kühen so etwas wie Sicherheit vorgaukeln sollten. Wie immer mit einigem Herzklopfen war er dann Anfang Juli mit seinem Vieh vom Vorsäss aus über den trotz der scheinbaren Versicherungen nicht ungefährlichen Weg hinaufgezogen zur Alpe unterhalb der mächtigen Felsen der Künzelspitze, zwischen denen auch noch im Frühsommer die eisigen Überreste der im Winter abgegangenen Lawinen lagen. Es hätte eine schöne Zeit sein können, wäre da der Küher nicht gewesen. Ein mürrischer, vor Selbstmitleid zerfließender und mit sich und der Welt unzufriedener und hadernder Mensch, der sich überall zurückgesetzt fühlte, nur Unfrieden stiftete und nichts unversucht ließ, die anderen Knechte, ja sogar noch den kleinen Pfister gegen den Sennen aufzuhetzen. Der Senn, das war der ältere Bruder Josef von Franzmichels Schulfreundin Marianne Oberhauser, ein fröhlicher und umsichtiger Bursche und nur wenig älter als er selbst. Aber auch der Josef hatte alle Mühe, den Küher zur Räson zu bringen, und als dieser es dann mit seiner ewigen Händelsucht so weit gebracht hatte, dass alle gegen ihn waren, verlegte er sich aufs Drohen.

»Ich muss nicht dableiben. Wenn euch meine Gesellschaft nicht passt, haue ich nämlich ab und ihr könnt dann zusehen, wie ihr eueren Dreck selber macht!«

Das sagte er eines Abends hämisch am Tisch und der Josef meinte nur, das wäre kein großer Schaden und auch ohne ihn würde auf Schiedlen keine Kuh ungehütet und ungemolken bleiben. Der Küher wusste darauf nichts zu erwidern, aber umso mehr fuchste ihn diese Herabsetzung und der, an dem er sich nun ausließ, war der Franzmichel, indem er nun vorgab, diesen zur Härte erziehen zu wollen.

»Bei mir selbst ist es meine falsche Erziehung, weil mich meine Eltern so verweichlicht haben!«, sagte er ein paar Tage später in der trockenen und warmen Alpstube und äugte angestrengt hinaus zum Fenster. Draußen schüttete es wie aus Kübeln und der Wind peitschte den Regen in dichten Schwaden vor sich her. Von unten aus dem Käskeller klang gedämpft das dumpfe Poltern, wenn der Josef wieder einen der schweren Laibe nach dem Einsalzen zurück auf die Regalbretter wuchtete.

»Das ist das Verderbnis. Härte gegen sich selbst lernt man in der Jugend, aber nicht mehr im Alter!«, fuhr er fort und spähte immer noch unentwegt in das Unwetter. »Das ist jetzt genau das Richtige für dich. Bei mir haben es meine Eltern versäumt, aber darum braucht man bei dir nicht auch denselben Fehler zu machen. Also los, Bürschle, schau, dass du hinauskommst. Jemand muss schließlich nach den Kühen sehen!«

Franzmichel war einen Augenblick lang sprachlos. Wie sollte er in diesem Wetter die Kühe finden, wenn er schon bei leichter Dämmerung Mühe hatte, seine Geißen auszumachen und diesen deshalb jede Glocke umgebunden hatte, die aufzutreiben war? So wie es da draußen von oben herabkam, hatten die Tiere zudem Schutz unter den Tannen gesucht, wo sie mehr oder weniger bewegungslos verharrten. Kurz überlegte er, dem Küher heftig zu widersprechen, ließ es dann aber um des lieben Friedens willen bleiben. Vom Stall her hörte er die Stimmen der anderen Knechte, die damit beschäftigt waren, einige der bereits morschen Holzbohlen durch neue zu ersetzen, und als er in seinem langen und eigentlich viel zu großen Mantel, über den er noch einen leeren

Futtersack geworfen hatte, ins Freie trat, wurde er augenblicklich von seinen Ziegen umringt, die ihn freudig zu begrüßen schienen. Mit einem Ruck zog er den breitrandigen Filzhut fest über den Kopf und nahm einen der Haselnussstöcke von der Hauswand. Selbst den Geißen war das Wetter offensichtlich zu schlecht und selbst diejenigen, die ihm sonst überall hin hinterhersprangen, zogen es vor, unter dem Schutz des Vordaches der Hütte zu bleiben. Rechtshaltend stieg er den Bäumen auf der Anhöhe zu und nur vereinzelt ließ sich das leise Bimmeln einer Kuhschelle ausmachen. Wie er es schon vor dem Losgehen gewusst hatte, war unter diesen Bedingungen die Tiere mit seinem halben Auge zählen zu wollen ein aussichtsloses Unterfangen, selbst wenn er stundenlang durch die Tobel gestiegen wäre. Mit jedem Schritt nach oben wuchs in ihm der Zorn auf den stinkfaulen Küher, der unten in der warmen Stube den Herrgott einen guten Mann sein ließ, während er in dem prasselnden Regen herumstapfte und nur um Streit zu vermeiden dessen Arbeit machte.

Irgendwann wurde es auch Franzmichel zu dumm und er tat es dem Vieh gleich. Unter einer mächtigen Tanne, deren dichte Äste Schutz boten, breitete er den Sack aus und ließ sich nieder. Nach und nach verrauchte auch sein Unmut über den großgoschigen Kuhhirten wie die bergwärts ziehenden Nebel und er überlegte sich, wie viele Streichhölzer man wohl aus dem großen Baum über ihm machen könnte. Dann aber war er mit einem Mal beim schon längst verstorbenen alten Birger in der Stube, er sah ihn vor sich auf der Ofenbank und plötzlich waren auch seine sonderlichen Geschichten wieder da von den gutmütigen Bützen, dem wilden Heer, das oben in den Bergen hauste und nächtens durch die Lüfte brauste, und von dem Riesen und der sprechenden Eiche. Dabei kam ihm in den Sinn, dass er eigentlich auch einmal mit dem Baum reden könnte, anstatt ihn wie vorher zu Zündhölzchen zu zerkleinern. Wie viele Jahre mochte dieser schon da stehen? Was musste er schon alles gesehen und erlebt haben? Ja, alt war er. An den unteren Ästen lichteten sich bereits die Nadeln wie bei alten Leuten die Haare und die Flechten hingen grau und struppig wie Altmännerbärte. Schorfig war die Rinde, aufgesprungen zu Tausenden und Abertausenden braunen Narben, durchzogen von tiefen, schrundigen Rissen. Und die alte Tanne schien tatsächlich Gefallen an ihrem Besucher zu finden und fing an zu erzählen. Mit ihrer unbekümmerten Kindheit fing sie an. Noch kaum höher als eine Hand, war ihr der Platz damals geradezu wie ein Geschenk erschienen. Der Boden war weich und leicht, ohne übermäßige Anstrengung fanden die Wurzeln ihren Weg und zu trinken hatten sie in Hülle und Fülle. Die ersten Winter hatten sich wie eine Decke schützend über sie gelegt, während über ihr die Lawinen talwärts rauschten. Dann kam sie auf ihre Jugend zu sprechen, wie sich die Wurzeln tiefer graben wollten, dort aber nur noch auf harten Fels stießen, während sie weiter in die Höhe wuchs und so mancher Sturm sie einfach hinwegzufegen drohte.

»In jeder Ritze, an jeder Unebenheit habe ich mich festklammern müssen, anstatt in der Tiefe musste ich nun den Halt in der Breite suchen. Der Regen, der sich in dem kleinen Fleckchen Erde sammelte, reichte nun schon lange nicht mehr aus, um meinen Durst zu stillen. Um nicht zu vertrocknen und auszudörren wie so manche meiner Schwestern, musste ich mich immer weiter und weiter tasten, Tag um Tag, Woche um Woche und Jahr um Jahr. Als ich dann so groß geworden war, dass auch der Winterschnee mich nicht mehr beschützte, entdeckten mich die hungrigen Gämsen und Hirsche und knabberten mich ab, bis sich nur noch meine abgenagten Ästchen nackt und hilflos in die Lüfte streckten.«

Endlich hatte sie es allen Widrigkeiten zum Trotz geschafft, zu einem stattlichen Baum heranzuwachsen, als wieder ein Winter kam. Ein Winter, wie auch sie ihn noch nie erlebt hatte, mit Schnee, Schnee und noch einmal Schnee. Höher als zwei Männer groß waren hatte er sich aufgetürmt und dann war es plötzlich warm geworden. Mit Gewalt wollte er jetzt hinab ins Tal, er schob und drängte und drückte und ihre ganze Kraft hatte sie gebraucht, um sich gegen ihn zu stemmen. Aber nicht nur sie, alle Bäume ringsherum waren gemeinsam zusammengestanden, hatten sich dagegen gewehrt, in die Tiefe gerissen zu werden, und einige, deren Wurzeln zu schwach waren, hatten den Kampf verloren.

»Ihr Menschen«, raunte sie nun Franzmichel zu, »ihr seht in uns nur das Holz, mit dem ihr eure Häuser baut, euere Öfen heizt, eure Schränke, Tische, Stühle, Heuwagen und Werkzeuge macht. Wir aber tun viel mehr für euch, ohne dass ihr auch nur einen Gedanken daran verschwendet. Ohne uns und unsere Wurzeln würden die dünnen Böden von den Felsen gewaschen, noch einige Regentage hintereinander wie heute würden euch Stein- und Geröllmuren ins Tal spülen und im Winter könntet ihr aus Angst vor Lawinen so manche Nacht kein Auge zutun!«

Unter den tief herabhängenden Ästen wurde es zunehmend finsterer und von unten her schallte ein mehrstimmiges »Ho, ho, ho!« durch den düsteren Nebel. Franzmichel erhob sich, warf seinen Sack über die Schultern und stimmte laut mit ein in den Lockruf. Erst noch einzelne, dann immer mehr der Kühe kamen hervor unter den Bäumen, trotteten gleichmäßig mit hell klingenden Messingglocken und dröhnenden Blechschellen der Alphütte zu. Dort wurde er auch schon sehnsüchtig von seinen Ziegen erwartet, deren Euter ebenfalls prall gefüllt waren.

Unter der Tennstüre erschien kurz der Küher, bedachte ihn mit einem abschätzigen Blick und bemerkte dann herablassend, dafür würde er ihm eines Tages noch herzlich dankbar sein. Franzmichel jedoch hängte ohne Erwiderung seinen Mantel an einen Nagel, langte einen der Kübel vom Holzbrett an der Stallwand, klemmte eine der Geißen zwischen seine Beine und machte sich schweigend ans Melken. Aber mit seinem Kopf war er immer noch oben bei der Tanne und ihrer Geschichte und jetzt im Nachhinein versöhnte er sich sogar ein wenig mit dem Küher. Trotzdem verspürte er nicht die geringste Lust, mit diesem nach der Stallarbeit noch in der Stube am Tisch zu sitzen und sich seine einfältigen Schwätzereien anzuhören. In der rauchschwarzen Sennküche nahm er einige Schlucke von der süßen, noch tierwarmen Milch, die er aus einem großen Holzschöpfer schlürfte, schlüpfte wieder in seinen noch regenfeuchten Mantel, bekreuzigte sich mit dem Weihwasser aus dem neben der Türe angenagelten Kuhhorn und stieg dann im Tenn hinauf über die Leiter auf den Heuboden. Anfangs fröstelte ihn noch in seinem klammen Gewand, dann aber schlug er den Mantel eng um seinen Körper, grub sich tief ins duftende Bergheu und schon nach kurzer Zeit wurde ihm wohlig warm. Wann ihm die anderen Knechte und der Josef nachfolgten, bekam er nicht mehr mit, und als er am Morgen aufwachte, trommelte der Regen immer noch gleichmäßig auf die steinbeschwerten Dachschindeln über ihm.

Eine Weile blieb er noch liegen, ehe er sich aus dem Heu schälte. Der Mantel und auch das übrige Gewand war wieder trocken und darob würde er heute wie es aussah noch froh sein müssen. Am Brunnentrog vor der Hütte warf er sich noch ein paar Handvoll Wasser ins Gesicht und erstarrte plötzlich wie angedonnert.

»Habt's da heroben auch kein besseres Wetter?«

Er hatte niemanden kommen gehört. Die sonderliche Gestalt in einem aus mehreren Säcken zusammengenähten Umhang machte einen Satz hinüber unter den trockenen Platz des Vordaches, blieb dort stehen. Ohne den immer noch völlig überraschten Franzmichel zu beachten, fing sie an, ihren flickenübersäten Schnerfer zu öffnen, kramte dann bedächtig langsam darin herum und brachte dann einen Packen Zeitungen zutage. Erst jetzt schlug sie die Kapuze zurück.

»Hat man mir mitgegeben, draußen in Schoppernau. Für einen Franzmichel.«

»Das bin ich!«, antwortete dieser jetzt hastig, geradeso, als ob sich der Mann vor ihm in jedem Moment in Luft auflösen könnte. Beinahe musste er sich dazu zwingen, ihm nicht die Zeitungen aus der Hand zu reißen. Während er die Titelblätter der »Gartenlaube« und des »Dorfbarbiers« überflog, hatte er den Bettler neben sich völlig vergessen. Der hatte jetzt ein ganz frommes Gesicht aufgesetzt, dann über der Brust ein großes Kreuz geschlagen und haspelte nun in Erwartung einer entsprechenden Gegenleistung in Form von Butter und Käse so schnell er konnte halblaut drei »Vater unser« herunter. Der Vagant hatte schon längst geendet und erst auf sein nachdrückliches Räuspern hin forderte ihn Franzmichel dann endlich auf, mit in die Hütte zu kommen.

Drinnen hatte in ihm der Küher gleich ein Opfer gefunden. Unten im Tal hätte er den Bettler keines Blickes gewürdigt, aber hier war er der Einzige, der ihm noch zuhörte. Des Langs und Breits schilderte er ihm sogleich die elende Schinderei, die es sei, die großen Felsbrocken aus den Lawinenstrichen aus den Alpwiesen zu räumen, was er ganz alleine machen müsse.

»Jetzt langt's aber!«, fuhr ihn darauf der Josef an. »Das willst du doch selber! Anstatt auch nur ein Wort zu sagen, würgst du lieber herum, dass es dir fast die Kutteln aus dem Leib treibt. Dir geht es doch nur darum, einen Grund zum Jammern und Lamentieren zu finden und uns anderen ein schlechtes Gewissen einzureden!«

Der Bettler wollte mit dem Disput nichts zu tun haben und hielt sich lieber an das Brot, die Butter und den Käse. Franzmichel saß derweil auf der Bank unter dem Fenster und ärgerte sich wieder einmal über den »Dorfbarbier«, der ihm von Mal zu Mal dümmlicher und gewöhnlicher vorkam. Den Bericht in der »Gartenlaube« über den Krimkrieg, auf den er so sehnlich gewartet hatte, überflog er jetzt nur und was ihn unten im Tal noch mitgenommen und berührt hatte, war ihm hier oben jetzt mit einem Mal vollkommen gleichgültig. So weit weg war das und was ging ihn das alles überhaupt an? Was änderte sich damit, wenn der Franz Michael Felder aus Schoppernau oben auf der Alpe Schiedlen zwischen Kühen und Geißen darüber nachdachte, weshalb sie sich auf der Krim gegenseitig die Schädel einschlugen? Nichts! Aber schon überhaupt nichts!

Die naturwissenschaftlichen Artikel vielleicht noch ... aber ansonsten weg mit dem Zeug, mit dem er sich das Hirn verstopfte. Das war auch einer der Gründe gewesen, warum er das Angebot vom Doktor Beck nicht gerade ausgeschlagen, aber doch bis heute kein einziges Mal wahrgenommen hatte. Was hatte sie ihm denn eingebracht, seine Leserei? Magengeschwüre mit seinem Ziegenfellhandel und beinahe den Tod! Wie oft schon hatte er sich fest vorgenommen, endlich Schluss damit zu machen, und jetzt hockte er schon wieder über den Zeitungen, las fast nur Böses und Schlechtes, kaum etwas Gutes, fraß es in sich hinein, verdüsterte damit seine Seele und sein Gemüt. Und trotzdem kam er nicht davon los.

Drüben am Tisch wurde der neueste Taltratsch verdiskutiert, dass sich Jöckles Ambros, der Bruder des reichsten Käshändlers weitum und dessen Statthalter drunten in Mailand, eine eigene Loge in der Oper zugelegt habe.

Einer der Knechte lachte. »Der Ambros und der Gallus in der Oper, da kannst doch nur noch schneeweiße Fürze lassen!«

Den Ambros kannte Franzmichel mehr vom Hören. Wie jeder Bauer aber kannte er den Gallus umso besser, einen hochgewachsenen Mann mit einem fast viereckigen Kopf, hartem Mund und harten Augen, von dem sie alle abhängig waren. Der Schnepfauer Käshändler war so etwas wie der ungekrönte König des hinteren Bregenzerwaldes. Der Gallus bestimmte den Milchpreis und ohne ihn verließ auch kaum einer von Josefs Käslaiben, die noch drunten im Keller ruhten, die Talschaft. An die sechzig Pferde waren sein Eigen, mit denen seine Fuhrleute vierspännig den Käse in großen Fässern hinabführten bis nach Wien und Ungarn ebenso wie nach Venetien und die Lombardei. Auf dem Rückweg brachten sie wiederum all das ins Tal, was hier nicht selbst erzeugt oder hergestellt wurde: Korn, Zuckerhüte, Äxte, Sägen, Feilen, Sensen, Wetzsteine, Stoffe und Nähnadeln. Etwa zwei Drittel der Höfe, so hieß es, waren drüben bei den Lechtalern verschuldet, und wenn einer den Zins nicht aufbringen konnte, so ging er eben zum Gallus, der ihm dann großzügig das Milchgeld vorstreckte. So trug der arme Teufel jetzt das Geld vom Gallus zu den Lechtalern, stand nun an zwei Orten in der Kreide und hatte sein Lebtag lang kaum mehr Aussichten, jemals aus seinen Schulden wieder herauszukommen. Wenn dann auch noch ein Unglück im Stall dazukam und er dem Gallus keine Milch liefern konnte, so ließ ihn dieser auch dann nicht hängen und er bekam von ihm auch noch einen Kredit.

Morgen geht der Galli heuen! Das war ein gefürchteter Satz, bei dem so manches Kind seine Eltern zusammenzucken sah und auch vielleicht in einigen Jahren selbst zusammenzucken würde, weil es bis dahin wusste, was er zu bedeuten hatte: Nämlich unbezahlte Fronarbeit auf Gallis Feldern, gerade in der strengsten Zeit des Sommers, wenn man auch daheim jede Hand bitter notwendig gebraucht hätte.

Nach und nach erlahmte das Interesse an den Schnepfauer Käsefürsten und der Loge drunten in Mailand, der Bettler kam sofort auf einen anderen Taltratsch zu sprechen. Aus den Augenwinkeln beobachtete er aufmerksam die Wirkung seiner Schnurren und Geschichten, und je besser er sie vortrug, desto größer wurden erfahrungsgemäß am Ende auch das Stück Käse und der Butterbollen.

Erst jetzt setzte sich auch Franzmichel an den Tisch, schnitt sich eine dicke Scheibe Brot ab und brockte sie in die warme Milch. Danach warf er noch einen Blick hinaus zum Fenster. Der Regen hatte nachgelassen und von unten, vom Tal herauf dampften zerrissene Nebelfetzen. Auch der Bettler war inzwischen aufgestanden, machte sich dann umständlich an seinem Schnerfer zu schaffen. Der Josef hatte auch so verstanden und kam mit einem kleinen Packen aus der Sennküche, der in einen alten »Dorfbarbier« Franzmichels eingeschlagen war.

»Wenigstens für so etwas sind die Zeitungen gut«, bemerkte der Küher spöttisch hin zum Josef, worauf ihm aber dieser keine Antwort gab.

Draußen im Tenn wickelte Franzmichel seine Zeitungen sorgfältig in den Rupfensack, ehe er den Ziegenstall betrat, wo er schon ungeduldig von seinen Geißen erwartet wurde. Unter Bimmeln, Schellen und unaufhörlichem Meckern zog dann seine Herde bergwärts den kahlen Felsschrofen der Hochkünzel zu. Dort trieb er die Tiere in einen engen, steilen Tobel, aus dem sie ihm nicht entwischen konnten und wo er unter einer alten Wettertanne einen halbwegs trockenen und geschützten Platz gefunden hatte. Deren Äste hielten zwar noch den ärgsten Regen, nicht aber das leichte Nieseln ab. Bald schon wellte sich das dünne Zeitungspapier und verklebte zudem die Blätter. Missmutig steckte Franzmichel den »Dorfbarbier« mit dem dicken Mann auf der Titelseite wieder zurück in den Sack, stand auf, entledigte sich seines Mantel und schüttelte diesen so heftig in alle Himmelsrichtungen, dass die Wassertropfen nur so stoben. Dann lauschte er den Bächen in den Tobeln, deren Wasser er zwar nicht sehen, so aber doch hören konnte, und die alte Tanne von gestern kam ihm wieder in den Sinn. Was wäre, wenn die Bäche Schlamm, Felsen und Geröll mitreißend hinab ins Tal stürzten, dort die Bregenzerache aufschütteten, hoch und immer höher und höher? Franzmichel sah förmlich das Wasser zu ihnen heraufsteigen, die Hütte der Alpe Schiedlen war schon überflutet und immer noch stieg es weiter und weiter. Inzwischen war auch der Regen wieder heftiger geworden und auch die Ziegen versuchten, sich an ein trockenes Plätzchen zu retten. Die Lisa, eine alte Geiß, die ihr Leben eigentlich nur noch der Barmherzigkeit ihrer ebenfalls betagten Besitzerin, Brosirgles Rosa, zu verdanken hatte, war zu ihm herauf geflüchtet und ließ ihre raue Zunge über den Salzleckstein fahren, den er am Baum angenagelt hatte.

»Na Lisa, was tätest du jetzt machen, wenn das Wasser bis zu uns heraufkäme?«

Die Ziege ließ sich durch seine Stimme nur kurz in ihrer Tätigkeit unterbrechen. Aber Franzmichel kam es vor, als ob sie trotzdem darüber nachdenken würde, und wie es schien, hatte er sich damit nicht getäuscht.

»Also«, antwortete dann die Lisa und ließ ihre lange Zunge noch einmal genüsslich über ihre Lippen fahren, »zuerst würde ich natürlich versuchen, noch höher zu steigen. Ganz hinauf bis zur Bergspitze!«

»Bis hinauf zur Künzel?«, fragte Franzmichel und gleichzeitig fiel ihm ein, dass eine Geiß natürlich nicht wissen konnte, wie der Berg da über ihnen hieß. Trotzdem schien sie zu nicken.

»Und dann? Wenn das Wasser auch bis dort hinauf steigt?«

Jetzt schien er die Lisa doch einen Augenblick lang überfordert zu haben. Heftig schüttelte sie den Kopf und auch ihre Glocke bimmelte nun unwillig.

»Was soll's!«, antwortete sie dann nach einer Weile gelassen. »Ich bin schon alt und irgendwann ist die Zeit von jedem um. Sowohl meine als auch irgendwann deine. Was hilft da alles Jammern, wenn es keinen Ausweg mehr gibt? Schau, ich habe ein langes Leben hinter mir, jedenfalls wenn man es aus der Sichtweise einer Geiß betrachtet. Sicher hätte ich auch Angst, wenn es auf Leben und Tod geht. Glaubst du denn, das kennt nur ihr Menschen? Aber meine Angst ist natürlich eine andere als die deine. Vielleicht nicht so bewusst wie bei dir, sondern mehr instinktiv. Wahrscheinlich würde ich es also gefasster nehmen als du, wenn wir beide da oben stehen würden und um uns beide herum wäre nichts als nur noch Wasser. Möglicherweise würde ich mich aber sogar dir anvertrauen in der Hoffnung, dass dir schon noch etwas einfällt, um uns beide zu retten.«

»Hm!«, machte darauf Franzmichel nur und ihm kamen wieder die kleinen Ziegen in den Sinn, wie sie sich beinahe vertrauensvoll in seine Arme geschmiegt hatten, als er sie zum Metzger getragen hatte. Hatten nicht auch sie von ihm nichts Böses erwartet und er hatte sie dennoch ans Messer geliefert? Und das alles nur, um Bücher zu kaufen.

»Das hast du davon«, sagte die Lisa darauf, als ob sie seine Gedanken erraten hätte, »wenn du einer dummen Geiß auch noch dumme Fragen stellst!«

So ging der halbe Sommer dahin. Franzmichel verwünschte seine Einsamkeit und sehnte sie dann doch wieder herbei. Anstatt mit Menschen wie dem Küher unterhielt er sich lieber mit seinen Ziegen, kletterte mit ihnen um die Wette an den Wänden der Tobel herum und redete mit den Bäumen. Immer fantastischer malte er sich Lisas Lebensgeschichte aus, wie sie von einem Bauern an den nächsten verkauft worden war und wie sie endlich glücklich im Ställchen von Brosirgles Rosa eine Unterkunft gefunden hatte. Dann aber konnte er an trüben Tagen wieder stundenlang hoch oben auf einem überhängenden Felsen hocken, die Füße in den gähnenden Abgrund baumeln lassen und sich dabei vorstellen, einfach – huiii – da hinabzuspringen in die bodenlose Tiefe. Es war sonderbar. Er empfand keine Angst dabei, sondern ihn überkam in diesen Momenten eher das Gefühl, Herr über Leben und Tod zu sein. Kaum aber hatte er sich vorgestellt, wie er weit da unten aufschlagen würde, packte ihn wieder ein unbändiger Wille zum Leben. Schließlich wollte er noch sehen, wie es weiterging auf dieser Welt.

Wenn aber die Sonne ihre Strahlen vom blauen Firmament warf, was in diesem Sommer eher selten war, dann zog er mit seiner Herde juchzend und jauchzend bergwärts, blickte mit freudigem Gemüt hinab ins Tal auf die winzigen Hüttchen zu seinen Füßen unten in Hopfreben und grüßte in Gedanken freundlich jeden, der auf dem schmalen Karrenweg herab oder hinauf zum Hochtannberg unterwegs war. Das waren für Franzmichel Tage, von denen ein einziger zehn Schlechtwettertage mehr als aufwog und an denen ihm auch die Übellaunigkeit des Kühers nichts anhaben konnte.

31

Zuerst waren es nur zwei, drei Kühe gewesen. Aber dann kamen immer mehr, einzeln und zu Paaren und mitten am frühen Vormittag fand sich plötzlich die ganze Kuhherde vor der Alphütte ein. So etwas war noch nie vorgekommen und selbst beim allerwidrigsten Wetter waren es immer nur Vereinzelte, die den dunklen Stall mit der Weide tauschen wollten. Im knöcheltiefen Morast standen sie vor der Hütte, hielten die Köpfe gesenkt, und ihre großen Augen waren matt und glanzlos. Keines der Tiere gab nur ein Muh von sich, wie sie es sonst in Stallnähe taten. Auch die Schwänze, mit denen sie sich normalerweise der Fliegen und Bremsen erwehrten, hingen lahm und kraftlos nach unten, obwohl die warme Luft erfüllt war vom Summen ihrer Plagegeister. Beinahe gespenstisch schien es, als ob sie alle zusammen etwas wüssten, das sie ängstigte und das sie den Menschen mitteilen wollten. Aber keiner der Männer fand eine Erklärung. Selbst dem Küher, der sonst immer so überaus gescheit tat, fiel dazu nichts ein, bis er dann doch glaubte, der Ursache auf den Grund gekommen zu sein.

»Die sind verhext!«, sagte er erschrocken und wich dabei unwillkürlich einen Schritt zurück der Hüttenwand zu, worauf der Josef fuchtig knurrte, er solle nicht einen solchen Blödsinn daherreden.

»Verhext!«, murmelte er verächtlich, während er eines der Tiere nach dem anderen musterte. »Das ist schon was anderes!«

Langsam trat er dann zu einer der Kühe, auf deren Schnauze sich ein weißer Schaum gebildet hatte, und als er ihr Maul öffnete, war es ihm klar: »Tausendmal in Gottes Namen! Jetzt haben wir auf Schiedlen die Klauenkrankheit!«

Franzmichel, der eigentlich mit seinen Geißen losziehen sollte, erging es kaum anders als dem Josef und der Schreck fuhr ihm gehörig in die Knochen. Obwohl die Maul- und Klauenkrankheit schon auf anderen entfernten Alpen zum Ausbruch gekommen war – hier auf Schiedlen hatten sie sich sicher gewähnt. Ihre Weiden lagen wie innerhalb eines Hufeisens umkränzt von lotrechten Felswänden, steilen Graten und unzugänglichen Tobeln, die einen Kontakt des Viehs mit den Tieren der benachbarten Weiden unmöglich machten.

»Und jetzt?«, fragte der Küher kleinlaut und sah ziemlich ratlos drein.

»Wir müssen es sofort melden, das ist Vorschrift!«, antwortete der Josef und wandte sich an Franzmichel. »Auf deine Geißen kann der Pfister aufpassen. Du läufst jetzt schnurstracks ins Tal und erstattest Meldung. Ich weiß auch nicht, wie man sich in so einem Fall verhält. Aber wenn Schiedlen schon nicht mehr sicher ist, dann ist nichts mehr sicher!«

Die Kirchenglocke läutete schon zu Mittag, als Franzmichel die obere Dorfgrenze von Schoppernau erreichte, und seine atemlos hervorgestoßene Nachricht erschreckte die Leute nicht weniger, als wenn er verkündet hätte, die Türken stünden bis an die Zähne bewaffnet mit Kanonen und Haubitzen oben am Hochtannberg. So jedenfalls dünkte es ihm und manch einer sah ihn so finster an, als ob er selbst es wäre, der die Krankheit eingeschleppt hätte. Dass er mit seiner Einschätzung nicht verkehrt lag, zeigte sich am Nachmittag, als er das Dorf wieder verlassen wollte. Nur einen Steinwurf entfernt von seinem Elternhaus passten ihn zwei Bauern ab und sie hätten ihn wohl grün und blau gehauen, wären ihm nicht die Nachbarn zu Hilfe gekommen.

»Dem da werden wir es verdanken, wenn wir das Zeug jetzt auch noch bei uns im Tal haben! Anstatt oben zu bleiben, schleppt er uns die Seuche in seinem Gewand auch noch durch den ganzen Ort!«, schrien die beiden immer wieder erregt, getrauten sich letztlich aber doch nicht, gegen die Übermacht anzugehen, und Franzmichel war dann heilfroh, noch so glimpflich davongekommen zu sein.

Die Besonnenen sind in der Mehrheit. Sie werden sich zusammensetzen und versuchen, miteinander und eine für alle vernünftige Lösung zu finden, dachte er, während er wieder hinter Hopfreben auf dem schmalen Fußpfad der Alphütte zulief.

Zwei Tage später hörten sie oben auf der Hütte ein lautes, mehrmaliges Juchzen und Rufen, das von unten her kam, und erblickten in einiger Entfernung ein Stück oberhalb des Weges, von wo aus die Hütte einsehbar war, eine heftig gestikulierende Gestalt, die stehen geblieben war und sich keinen Schritt mehr bergwärts bewegte.

»Der Gemeindediener!«, sagte dann der Josef nach einer Weile. »Er deutet, jemand solle zu ihm hinunterkommen. Wie es aussieht, getraut er sich nicht herauf.«

Der Küher wollte gleich los, aber Franzmichel kam ihm zuvor und rannte so schnell er konnte talwärts.

»Bleib stehen!«, empfing ihn der Gemeindediener beinahe ängstlich und bemühte sich sogleich um einen amtlichen Ton. »Die Bezirksregierung hat mit den größeren Bauern im Tal den Beschluss gefasst, dass alle Kühe im Stall bleiben müssen. Gleichgültig, ob sie von der Krankheit befallen sind oder nicht!«

Franzmichel sah ihn ungläubig an. »Das ist doch butznärrisch!«, stieß er aufgebracht hervor. »Dann stecken ja die kranken Tiere auch noch die gesunden an! Und überhaupt: Wie soll das gehen, dreißig Kühe Tag und Nacht in dem winzigen Stall?«

Der Gemeindediener zuckte nur die Schultern. »Euere Sache. Wenn auch nur eine Kuh draußen im Freien erwischt wird, so wird sie abgeschossen!«

»Und wir?«

»Ihr bleibt selbstverständlich auch heroben! Ich bringe euch von Zeit zu Zeit das herauf, was ihr zum Leben braucht.«

Inzwischen war auch der Küher nachgekommen und fing gleich an zu lamentieren, das sei die Strafe Gottes dafür, wie man ihn hier behandeln würde, besonders seit die anderen Alpknechte, die anfangs für die ärgsten Arbeiten noch da waren, nicht mehr hier wären. »Die sollen nur weiter zusammenspinnen. Der Herrgott hat ihnen seine wohlverdiente Strafe geschickt. Aber ich für meinen Teil sehe nicht ein, dass ich sie mit erdulden muss, wenn er damit nicht mich, sondern sie gemeint hat. Ich war die längste Zeit da heroben und will nur noch fort!«

Aber da kam er beim Gemeindediener an den Falschen. »Nichts da! Was für die anderen gilt, gilt auch für dich! Wehe, einer von euch lässt sich unten auch nur von Weitem blicken!«

Franzmichel tat der Küher jetzt beinahe ein bisschen leid, wie er niedergeschlagen und mit hängenden Schultern wieder nach oben stapfte, und während er ihm nachfolgte, fiel ihm plötzlich ein, dass ja auch die Ziegen Paarhufer waren und damit ebenfalls von der Seuche befallen werden konnten. Aber von den Ziegen

– von denen hatte der Gemeindediener kein Wort gesagt. Also durften diese demnach weiter draußen gehalten werden.

Auch der Josef war entsetzt, worauf Franzmichel hart auflachte. »Die Vögel würden die Krankheit übertragen. Nur so sei es erklärbar, dass sie auch auf Schiedlen ausgebrochen sei, und die Vögel könnten sie auch von hier aus weiter verbreiten!«

Jetzt brach aus dem sonst immer so ruhigen und besonnenen Sennen der heilige Zorn. »Ja, spinnen die vollkommen? Selbst wenn die Vögel die Krankheit verbreiten sollten, so stecken sie möglicherweise vielleicht das eine oder andere Tier an, aber doch nicht gleich die ganze Herde. Was die Vögel nicht zuwege bringen, das verlangen sie jetzt von uns!«

»Das sei eine Vorsichtsmaßnahme«, erwiderte Franzmichel, »und als ich ihn gefragt habe, ob es denn den Vögeln amtlicherseits vielleicht auch verboten sei, ins Tal zu fliegen, hat er mich nur sprachlos angeschaut.«

Endlich kam auch das lang ersehnte bessere Wetter. Saftig stand das Gras auf den Bergwiesen, während das wenige und nur für Notfälle eingebrachte Heu schon nach ein paar Tagen restlos verfüttert war. Wie von Josef und Franzmichel vorausgesehen, troff nach knapp einer Woche auch der letzten der dreißig zusammengepferchten Kühe klebriger Schleim in langen Fäden aus dem Maul. Zunehmend wurden auch die Klauen der Tiere befallen, an denen sich nun geschwürige Blasen bildeten, die nach und nach aufbrachen, und aus dem kleinen, engen Ställchen der Alpe Schiedlen drang das Husten und schmerzerfüllte Brüllen des Viehs. Für viel Geld musste nun in stundenlangen, weiten Wegen aus dem Tal Heu heraufgeschafft werden und auch die Einstreue wurde Mangelware. Jetzt standen die Tiere auf den nackten, runden Bohlen, zwischen deren Ritzen sich der dünne, wässrige Kot ansammelte. Zwar wurden die Kühe zum Ausschneiden der Klauen täglich ins Freie geführt und diese dann auch notdürftig mit Lumpen und Fetzen verbunden. Aber eigentlich hätten sie sich diese Arbeit sparen können, da das Vieh ja gleich darauf wieder mit den frisch angelegten Verbänden zurückmusste in die nasse, verdreckte und stickige Behausung. Ein Tier nach dem anderen magerte ab und auch die Milchleistung fiel dermaßen, dass es sich kaum mehr lohnte, den Sennkessel anzuheizen.

Von Zeit zu Zeit kam der Gemeindediener mit den Lebensmittel herauf bis zur Alpgrenze. Genau dort blieb er stehen und tat keinen Schritt weiter. Dort hörte er sich auch mit unbewegtem Gesicht die Beschwerden über die elendigen Zustände im engen Stall an, hörte auch die brüllenden Tiere. Aber auf die flehentlich vorgetragenen Bitten, doch bei den entsprechenden Stellen Bericht zu erstatten und dafür zu sorgen, dass die Tiere endlich an die frische Luft kämen, hatte er nur ein unverständliches Murmeln übrig.

So kroch der Sommer dahin. Franzmichel hütete weiter seine Ziegen, von denen immer noch keine einzige von der Krankheit befallen war. Der Küher hatte mit seiner eigentlichen Arbeit auch nicht mehr allzu viel zu tun. Diese beschränkte sich jetzt auf das Ausmähen der Dornen und des Unkrauts und das Zusammentragen der in den Wiesen liegenden Steine, am Abend saß er beleidigt am Tisch und verzog sich meist frühzeitig, weil ihn keiner weiter beachtete. Mit dazu trug bei, dass es in den Gesprächen um Dinge ging, die ihn auch keine Saubohne interessierten. Mit dem Ausbruch der Seuche und der fast zum Erliegen gekommenen Sennerei bekam nun auch der Josef etwas, was er bisher sommers kaum gekannt hatte: nämlich Zeit. Zusammen lasen sie jetzt in den vom Gemeindediener mitgebrachten Zeitungen und Franzmichel entdeckte in der Art des Sennen erfreut Ähnlichkeiten mit dessen Schwester Marianne. Wenn sie dann in der Stube bis spät in die Nacht beisammensaßen, so spürte er die Warmherzigkeit und tiefgründige Ernsthaftigkeit seines Wesens, wie es auch Marianne auszeichnete und die man kaum in einem Mann vermutete, der einer solchen Knochenarbeit wie der Sennerei nachging. Der Josef sah ihn nicht verständnislos an oder machte sich lustig wie der Küher, wenn er von den großen Dichtern erzählte und sich in feurige Begeisterung redete, wenn er auf Klopstock und dessen Gedichte zu sprechen kam.

»Voll sicheren Stolzes sah er die Ewigkeit
Des hohen Marmors: Trümmer wirst einst du sein,
Staub dann und des Sturms Gespiele …«, rezitierte Franzmichel.

»Da steckt viel Wahrheit drin«, sinnierte Josef, »du machst dir keinen Gedanken, wenn du hinaufschaust zur Künzel. Für dich ist es selbstverständlich, dass die Berge ewig da stehen. Und doch hörst du morgens den Steinschlag, der einen stubengroßen Felsen zu Pulverstaub zermahlt wie drüben zur elendslangen Schuttreiße …«

Der Josef deutete mit dem Kopf hinaus in die Dunkelheit. Dann lachte er plötzlich hell auf. »Ich muss mir gerade ein paar Gesichter vorstellen, wenn sie da draußen vor dem Fenster stünden und uns hören könnten. Da hocken zwei so Trüller nachts auf einer Alphütte und wissen über nichts anderes zum Reden als über die Vergänglichkeit von Steinen!«

Am nächsten Vormittag vernahmen sie wieder von der Alpgrenze her das ihnen schon bekannte Juchzen und Rufen des Gemeindedieners. Die Nachricht, die er neben den Lebensmitteln und den Zeitungen mitbrachte, war alles andere als erfreulich.

Jetzt erst gerade recht müsse das Vieh im Stall bleiben, da auf noch weiteren Alpen die Seuche ausgebrochen sei. Auch dort würde man nicht anders vorgehen als hier auf Schiedlen und auch dort würden keine Ausnahmen gemacht.

»Schau dir einmal selber die armen Kühe an!«, sagte der Josef.

»Frische Luft und frisches Gras bräuchten sie!«, ergänzte Franzmichel. »Was soll denn jetzt noch passieren, wenn unsere sich auf behördliche Anweisung hin eh schon alle angesteckt haben und die Krankheit jetzt auch auf den anderen Alpen ist!«

»Es reicht die Krankheit oben in den Bergen. Wir brauchen sie nicht auch noch unten im Tal, so ist es behördlich verfügt! Aus und Amen!«

»Ach, daher weht der Wind«, entgegnete der Josef ganz ruhig. »Darum geht es also. Um das Vieh der Reichen zu schützen, die unten genug Weiden haben, sollen die Kleinen oben auf den Alpen vorsichtshalber ihre Kühe opfern!«

Der Gemeindediener hatte es plötzlich auffallend eilig, sich zu verabschieden. »Was soll ich denn da machen?«, meinte er schon im Gehen.

»Dasselbe wie schon Pontius Pilatus: deine Hände in Unschuld waschen!«, rief ihm Franzmichel hinterher.

Das Grün des Grases verschwand allmählich, die Alpweiden verfärbten sich zunehmend und immer noch standen die Tiere abgemagert und hustend eng an eng zusammengezwängt in ihrem Kot. Franzmichel überkam bei ihrem Anblick jedes Mal eine unbändige Wut. Hatte der Mensch das Recht, so mit den ihm anvertrauten Kreaturen umzugehen? An den entstandenen Schaden, der nicht nur ihm und seiner Mutter, sondern auch dem Bäsle Serafine und dem Vetter Johann Josef zugefügt wurde, wollte er lieber erst gar nicht denken. Was zählte der schon gegen das Leid, das sie aufgrund behördlicher Feigheit gezwungen wurden, den Tieren anzutun?

Zornig verteilte er zusammen mit dem Küher im dunklen Stall das wenige noch verbliebene Heu, als dieser plötzlich mit einem überraschten Laut unter der Mistluke stehen blieb.

»Ja, da verreckst!«, entfuhr es ihm, während er durch das helle Viereck bergabwärts starrte. »Unser Gemeindediener!«

»Und? Steht er wieder unten an der Weidegrenze?«

Heftig schüttelte nun der Küher den Kopf. »Nein! Er kommt auf die Hütte zu!«

Hastig warf Franzmichel sein Heu in den Barren und wollte sich vergewissern, dass ihm der Küher da keinen Bären aufband. Aber es war tatsächlich so. Immer wieder innehaltend, wurde der Schritt der Gestalt mit der Schirmmütze, je näher sie der Hütte kam, immer zögernder. Als sie nahe genug war, bemerkte Franzmichel den fast leeren Rucksack, der schlaff auf dem Rücken hing. »Was ist los?«

Der Gemeindediener machte noch ein paar Schritte, ehe er stehen blieb. Franzmichel sprang mit einem Satz durch die Stallstüre auf den aufgehäuften Mistschochen, federte auf diesem kurz ab und rannte dem schnaufenden Boten entgegen. »Gibt es etwas Neues? Ich meine, weil du dich heute sogar heraufträust?«

Für die letzte Bemerkung erhielt er neben einem unwilligen Brummer auch noch einen ziemlich erzürnten Blick. »Ihr könnt das Vieh wieder auslassen!«, kam dann knapp die Antwort.

»Das kommt aber ziemlich spät!«, konnte es sich Franzmichel nicht verkneifen, obwohl er über die Nachricht durchaus Erleichterung empfand. »Die Geißen!«, fügte er dann noch hinzu. »Die waren den ganzen Sommer über draußen. Die sind alle gesund, keine einzige wurde von der Seuche befallen. Und warum, frage ich dich?«

Der Gemeindediener sah ihn überrascht an.

»Weil ihr sie einfach vergessen habt! Hätte man es mit den Kühen genauso gemacht, so wären ein paar kranke Tiere im Stall gestanden. Aber nein – damit die Herren Beamten auch ja auf der ganz sicheren Seite stehen, haben sich alle anstecken müssen!«

»Na ja, jetzt ist es ja Gottseidank so gut wie ausgestanden und vorbei«, kam dann ziemlich kleinlaut die Erwiderung. »Noch etwas!«, druckste der Bote ein wenig herum. »Die Tiere dürfen trotzdem erst auf behördliche Anordnung ins Tal!«

»Und wir?«

»Bis Hopfreben dürft ihr hinunter und von dort aus euer Zeug von nun an selber herauftragen!«

Das war also die Erklärung für den fast leeren Rucksack. Beinahe achtlos nahm Franzmichel seine Zeitungen entgegen und verabschiedete sich mit einem knappen Gruß. Noch im Laufen rief er dem immer noch in der Mistluke stehenden Küher zu, er solle sofort anfangen, das Vieh loszubinden.

Im unbarmherzigen Licht des hellen Tages sahen die Tiere noch erbarmungswürdiger aus als in der gnädigen Dämmerung des Stalles. Abgemagert, hustend, mit stumpfen Augen und hängenden Köpfen standen sie vor der Hütte und erst nach und nach lösten sich einzelne und trotteten zögerlich dem vergilbenden Gras der Bergflanken zu. Stumm standen die Männer beieinander und der Senn meinte dann, die Geschichte sei noch nicht ausgestanden, auch wenn im Augenblick alle auf den Alpen froh wären und noch nicht weiter dächten. Seiner Meinung schloss sich sogar der Küher an.

In den nun folgenden Tagen war es beinahe wundersam, mit anzuschauen, wie rasch sich die Tiere an der Luft und mit dem frischen Gras erholten. Auch die Milchleistung stieg wieder an, auch wenn sie niemals mehr die ursprüngliche Höhe erreichen würde. Was aber den meisten der Kühe bleiben würde – auch darin waren sie sich einig –, war ein für immer keuchender und stoßartiger Husten.

32

Heuer kam mehr Vieh nach Dornbirn als sonst, besonders aus dem Bregenzerwald, wo aufgrund des bereits im Sommer verfütterten Winterheus dieses jetzt an allen Ecken und Enden fehlte.

Manch einer hatte sich überlegt, seine überzähligen Tiere zu verkaufen, aber als Melkkühe waren sie wegen der schlechten Milchleistung kaum an den Mann zu bringen. Zum Schlachten wären sie vielleicht noch recht gewesen, wenn, ja wenn dabei wenigstens noch auch nur ein halbwegs vernünftiger Preis herausgeschaut hätte. So also schien das kleinere Übel, sie an einem Stellplatz im Vorarlberger Unterland oder bei einem Schweizer Bauern über den Winter über durchzufüttern, auch wenn das natürlich auch wiederum mit Kosten verbunden war. Bisher waren es jedes Jahr nur einzelne Tiere gewesen, die so den heimatlichen Stall und Heustock entlasteten. Aber diesmal waren es dreizehn Schwänze, die Franzmichel und Johann Jakob auf den Herbstmarkt trieben. Neben ihren eigenen waren auch noch ein paar vom Bäsle Serafina dabei und es ging schon hart auf die Nacht zu, als die müden Tiere endlich durch die offen stehenden Stallstüren beim Ganswirt trotteten.

»Langsam habe ich geglaubt, ihr kommt wirklich nicht mehr«, empfing der Wirt die beiden.

»Du weißt, auf mich ist Verlass. Wie immer!«, erwiderte der Vetter und sah sich suchend um.

»Ist er nicht da?«, wandte er sich wieder an den Ganswirt, der alle Hände voll zu tun hatte, die leeren Gläser auf der Theke zu füllen und die aus der Küche hereingereichten dunklen Hauswürste zu verteilen.

»Dein Schweizer, der Jöri?«, antwortete dieser über die Schulter hinweg. »Nein, noch nicht. Bis jetzt habe ich ihn jedenfalls noch nicht gesehen.«

An den Tischen wurde bereits eifrig Vieh verhandelt und einer der Händler erhob sich sofort und wollte wissen, ob der Johann Jakob auch Tiere zum Verkaufen habe.

»Nein, nur zum Wintern.«

Das Interesse des Mannes ließ sofort nach.

Stattdessen meldete sich ein kleines Bäuerlein an einem der Tische. »Wie viel hast du denn?«

»Dreizehn«, antwortete Franzmichel anstelle des Vetters, als er dessen abweisendes Gesicht bemerkte.

Der Bauer kratzte sich am Kopf. »Dreizehn sind mir zu viel. Aber fünf könnte ich schon nehmen und könnte dann gleich morgen in aller Früh heim, statt auf dem Markt zu suchen«, erwiderte er dann und bedeutete seinen Sitznachbarn auf der Stubenbank, ein wenig zur Seite zu rücken und für die beiden Platz zu machen.

»Zwei Bier und zwei Portionen Würste!«, rief der Vetter durch die Gaststube, während sie beide der Aufforderung nachkamen und sich auf die enge Bank quetschten.

»Wie gesagt, fünf könnte ich nehmen und zwei könnte ich noch beim Nachbarn unterbringen. Weit wäre es auch nicht. Ich bin von Rankweil und Heu hätte ich genug.«

Aber der Vetter schüttelte energisch den Kopf. »Nein, das geht nicht. Unser Vieh ist schon seit dem Frühling versprochen. An einen Schweizer drüben aus Rorschach!«, entgegnete er bestimmt.

Franzmichel wagte einen zögerlichen Einwand und meinte, ob es nicht besser wäre, jetzt gleich und sofort ein paar der Tiere an einen sicheren Platz unterzubringen.

Aber der Vetter wollte davon nichts hören. »Versprochen ist versprochen und ich bin es gewohnt, mein Wort auch zu halten!«, antwortete er unwirsch.

Auch der Hinweis des Bäuerleins und einiger anderer am Tisch, vielleicht sei morgen mancher noch froh, wenn er sein Vieh nicht wieder heimtreiben müsse, vermochte ihn nicht umzustimmen.

Als Franzmichel und sein Vetter am nächsten Morgen das Vieh schon in aller Herrgottsfrühe hinüber zum Marktplatz trieben, war der Schweizer immer noch nicht da, und obwohl sich der Onkel nichts anzumerken lassen versuchte, bemerkte Franzmichel dennoch, wie er in immer kürzeren Abständen seine Taschenuhr herauszog.

»Er kommt schon noch. Bis jetzt ist er noch immer gekommen«, brummte er dann, als er Franzmichels unruhigem Blick begegnete.

Es wurde neun Uhr, dann zehn Uhr. Schon lange hatte niemand mehr nach ihren Tieren gefragt. Eine halbe Stunde später leerte sich der Markt zusehends, der Schweizer war immer noch nicht aufgetaucht.

»In die Hand hat er es mir doch versprochen!«, wiederholte der Vetter immer wieder und Franzmichel wurde bang und bänger. Was, wenn sie die Tiere nicht unterbrachten? Wieder heimtreiben? Wie sollte er das seiner Mutter beibringen? Allein schon der Gedanke erschreckte ihn und beim Anblick seines nun völlig aufgelösten Vetters verglomm die Hoffnung wie das letzte Fünkchen in einem Aschehaufen während eines Wolkenbruchs. Noch im gleichen Augenblick zwang sich dazu noch die hagere Gestalt des Johann Dengel in sein Gehirn. Sosehr er auch bemüht war, ihn zu verscheuchen – es gelang ihm nicht. Auf mindestens an die sechshundert Gulden hatten sie den Schaden berechnet, der ihnen zusammen durch die Seuche entstanden war. Ein volles Jahr Arbeit und Schinderei – umsonst. Um sich wenigstens durch die nächste Zeit zu fretten, hatten sie zu den schon bereits bestehenden Schulden hin beim Lechtaler Geldverleiher einen weiteren Kredit aufnehmen müssen und jetzt stand der Dengel vor ihm, lächelte nicht einmal hämisch oder mitleidlos unter seinem schmalen Oberlippenbärtchen und schüttelte nur leicht den Kopf. Franzmichels linkes, verdorbenes Auge war weit aufgerissen und das rechte begann heftig zu zwinkern. Nein, vom Dengel würden sie kein Geld mehr bekommen. Höchstens noch vom Käshändler Gallus und von dem aber auch nur so viel, dass sie die ärgsten Schulden beim Dengel begleichen konnten.

»Was jetzt?«, riss ihn des Vetters Johann Jakob belegte Stimme aus seinen Gedanken, und als Franzmichel aufsah, war der Marktplatz beinahe vollkommen leer. Nur ihre dreizehn Tiere standen noch angebunden da. Aber auf die Frage hatte er auch keine Antwort.

33

Seinen Besuch in Dornbirn hatte er sich daheim völlig anders vorgestellt. Schon Tage vor dem Abmarsch hatte er sich ausgemalt, wie es sein würde, zum ersten Mal in einer Marktgemeinde, die –

und das sagten fast alle, die schon einmal dort gewesen waren – bestimmt nicht viel kleiner sei als eine richtige Stadt! Was hätte er sich alles anschauen wollen und bestimmt hätte es dort eine Buchhandlung gegeben. Stattdessen trieb er jetzt mit dem Vetter die dreizehn Tiere hinüber über den Rhein gegen Rorschach zu. Keinen Gedanken hätte Franzmichel noch daheim daran zu verschwenden gewagt, nicht nur nach Dornbirn, sondern auch gleich noch in die Schweiz zu kommen. Jetzt war er unverhofft in das Land eingetreten, von dem er schon so viel gehört hatte, und trottete trotzdem grollerfüllt hinter dem Vieh und neben seinem einsilbigen Vetter her, hatte keinen Blick übrig für die Weite der Landschaft und das zwischen den Hügeln glitzernde Blau des Bodensees.

»Wirst schon sehen, das ist nur ein Missverständnis! Wahrscheinlich hat der Jöri nur vergessen, in den Kalender zu schauen. Na wart ab, der kann sich noch auf eine Predigt gefasst machen!«, fing Johann Jakob schon zum wiederholten Mal an und Franzmichel wurde das Gefühl nicht los, dass er dabei mehr sich selbst als ihm Mut zusprechen wollte.

»Da vorne!«, rief der Vetter plötzlich. Aber es war schon zu spät. Eine der mageren Kühe war stehen geblieben, hielt kurz inne, und ehe die beiden noch etwas unternehmen konnten, lag sie bereits schwer atmend mitten auf dem von den eisenbeschlagenen Rädern der Fuhrwerke zerfurchten Weg. Auch ein paar andere ob des nun schon drei Tage dauernden Marsches ermüdete Tiere wollten es ihr gleichtun und nur noch der unbarmherzige Gebrauch des Stockes konnte sie davon abhalten. Schreiend und brüllend trieb der Vetter mit seinem Stecken die Tiere vorwärts, während sich Franzmichel abmühte, die jetzt auch noch zu husten beginnende Kuh wieder auf die Beine zu bekommen. Mit ein paar kräftigen Tritten versuchte er sie wieder aufzuscheuchen, obwohl ihm bewusst war, dass sie sich deswegen keinen Daumenbreit bewegen würde. Aber mit dem immer größer werdenden Abstand zur Herde wuchs auch Franzmichels Grobheit, und je grober er wurde und je härter er auf das vor Entkräftung zitternde Tier eindrosch, desto mehr wuchs in ihm der Widerwillen gegen sein Dasein als Bauer. Aber mit Zimperlichkeit war weder ihm noch der Kuh geholfen. Er musste das Tier wieder zu den anderen bringen, und das möglichst schnell. Wenn nicht, hätte er sie zwar mit Gewalt wieder hoch bekommen, aber schon nach einer kurzen Strecke würde er sie nur noch prügelnd auf den Beinen halten können. Auch die anderen Tiere waren nicht minder ermattet und ausgelaugt; aber sie liefen miteinander in der Gemeinschaft und so zog das eine das andere mit.

»Es ist nicht mehr weit!«, rief der Vetter und deutete nach vorne in die heraufziehende Dämmerung, die sich erst noch mit Fetzen, dann zunehmend mit ganzen Schwaden der herbstlichen Bodennebel vermischte, durch die der schnell sinkende Ball der Sonne sein von Minute zu Minute schwächer werdendes Licht presste. Erhebend wäre es gewesen, ein Schauspiel, wie er es in der Enge des Tales noch nie gesehen hatte, und unter anderen Umständen wäre er stehen geblieben, hätte die Farben und den erdigen Geruch der dampfenden Nebel in sich eingesogen. So aber hatte er kaum einen Blick dafür übrig und spürte nichts in sich als nur dieses bittere Gefühl, das ihn schon seit dem Morgen beherrschte und das schwankte zwischen Niedergeschlagenheit, angstvoller Sorge und immer wieder auf ihn einstürmendem Groll auf die Starrhalsigkeit des Vetters, die ihnen diese ganze Suppe eingebrockt hatte. Das in der Dunkelheit auftauchende Gebäude, zu dem ihnen den Weg nur noch ein paar erleuchtete Fenster wiesen, brachte für Franzmichel nicht die erhoffte Erleichterung. Was, wenn der Vetter nicht recht hatte? Er wagte es nicht, den Gedanken, der ihm schon den ganzen Herweg über durch den Kopf schwirrte, endlich zu einem Schluss zu bringen. Mit jedem Schritt vorwärts wurde sein Herzschlag schneller und so laut, dass er bis in den Ohren pochte. Geifernd schlug der Hofhund an, und je näher sie kamen, desto wütender wurde sein Gekläffe.

»Jöri!«, rief eine Frauenstimme aus dem matt erleuchteten Viereck der Haustüre. »Da kommt irgendetwas!«

Erst jetzt fiel es Franzmichel auf. Keines der Tiere muhte oder gab irgendeinen Laut von sich. Gespenstern gleich trotteten sie nebeneinander her und das einzige Geräusch, das sie dabei machten, hörte sich an wie ein dumpfes Rauschen, das sich schleppend dem Gehöft zu bewegte. Gleich darauf erschien eine zweite Gestalt, klein und gedrungen, deren breitrandiger Hut sich scharf schwarz gegen das Licht abzeichnete. Immer noch bellte der Hund wie verrückt und erst auf ein befehlendes »Kusch!« hin verstummte er mit grummelndem Knurren.

»He, Jöri! Du bist schon so ein Trallawatsch!«, rief der Vetter Johann Jakob aus der Dunkelheit. »Vielleicht solltest du dir doch einmal einen neueren Kalender besorgen!«

Der so Angesprochene schien verwirrt. »Wer ist da und wer seid ihr?«, kam es unsicher zurück.

»Tu doch nicht so, das kannst du dir doch denken! Ich bin's, der Johann Jakob aus Schoppernau, von dem du hättest heute das Vieh in Dornbirn übernehmen sollen!«

»Ja, Gopfertäli!«, entfuhr es dem Jöri. »Welches Vieh? Was erzählst du mir denn da für einen Scheißdreck?«

»Unser Vieh wie jedes Jahr, hast du wohl vergessen!«, entgegnete der Johann Jakob nicht minder heftig.

Der Großteil der Tiere war so erschöpft, dass sie sich, kaum zum Stillstand gekommen, sofort auf den Boden legten. Langsam löste sich die Gestalt des Bauern aus dem Türrahmen und kam näher.

»Da siehst du es selber! Bis fast zum Mittag haben wir auf dich gewartet und haben dann das Vieh praktisch im Eilmarsch hierher treiben müssen!«

»Euer Vieh ...«, antwortete der Schweizer, der nun langsam wieder seine Fassung bekam, »nur ... ich kann mit ihm nichts anfangen!«

»Mach deine Faxen mit einem anderen! Mir ist jetzt nicht danach!«, raunzte Johann Jakob unwillig zurück.

»Das ist kein Spaß! Mein Stall ist voll – und zwar mit Vieh aus Schoppernau! Schon seit ein paar Tagen!«

Nicht nur der Vetter, auch Franzmichel starrten eine Weile die dunkle Gestalt vor ihnen sprachlos an. »Aus Schoppernau – von wem?«, kam es dann aber von beiden beinahe gleichzeitig.

»Vom Ochsenwirt. Wisst ihr das denn nicht?«

»Nein! Kein Wort!« Johann Jakobs Stimme schwankte mit einem Mal zwischen heller Wut und banger Hoffnungslosigkeit. »Wie ...?«

Mehr brachte er nicht mehr heraus und auch Franzmichel erging es nun trotz seiner ihn schon seit gestern plagenden Vorahnungen nicht anders. »Der Ochsenwirt … aus Schoppernau?«, wiederholte er stattdessen immer noch ungläubig.

»Genau der!«, antwortete der Schweizer. »Erst anfangs letzter Woche ist er bei mir gewesen und hat mir sein Vieh angetragen.«

»Und da hast du natürlich gleich Ja gesagt!«, fuhr ihn der Vetter jetzt fuchsteufelswild an, der endlich wieder seine Fassung gefunden hatte. »Obwohl du mir im Frühjahr mit Handschlag …«

»Lass mich ausreden!«, fing nun auch der andere an zu schreien. Aber es brauchte einige Zeit, bis Franzmichel die beiden so weit hatte, dass sie sich wieder beruhigten.

»Also, das war so …«, begann der Jöri, der auch nicht wusste, was er jetzt von der Geschichte halten sollte, und warf seiner Frau, die inzwischen auch dazugekommen war, einen hilfesuchenden Blick zu.

»Wie gesagt, der Ochsenwirt ist bei mir aufgetaucht, weil ihm zu Ohren gekommen sei, dass ich dir versprochen habe, euer Vieh wie alle Jahre über den Winter einzustellen.«

»Und du, du hast gleich …«, fiel ihm Johann Jakob wieder erregt ins Wort, aber der andere machte eine abwehrende Handbewegung.

»Ach was! Das ist doch nicht meine Schuld!«

»Von wem denn dann, wenn nicht deine, hä?«

»Ihr hattet auf euerer Alpe doch einen Küher?«

Franzmichel und sein Vetter sahen sich an und konnten sich keinen Reim darauf machen. Was sollte denn der Küher mit dem Schweizer Bäuerlein zu schaffen haben?

»Also«, fuhr der Jöri nun fort und bekam langsam wieder Oberwasser, »euer Küher – der ist doch mit euerem Ochsenwirt verwandt?«

Johann Jakob überlegte einen Moment und nickte dann.

»Ja, und?«

»Wie schon gesagt, da kommt der Ochsenwirt also zu mir und erzählt, für diesen Winter würdet ihr mir kein Vieh mehr bringen, weil ihr durch die Seuche so gut wie keines mehr hättet und die paar Stück, die euch noch geblieben seien, hättet verkaufen müssen. Natürlich habe ich noch ein paar Mal hinterhergefragt, aber der Ochsenwirt hat darauf bestanden, dass das wahr sei, und mehr als nur einmal versichert, das wisse er von seinem Verwandten ganz genau!«

Sowohl dem Onkel als auch Franzmichel hatte es nun vollends die Sprache verschlagen.

»Jetzt sag mir nur«, wandte sich der Jöri an den Vetter, »warum ich dem Mann nicht hätte glauben sollen?

Franzmichel erwartete jetzt einen Zornausbruch seines Onkels, der aber ausblieb. Wie ein Häufchen Elend stand dieser da, schwer auf seinen Stock gestützt, mit hängenden Schultern und trotz der Dunkelheit erkennbarer Fassungslosigkeit im Gesicht. »Und jetzt?«, fragte er tonlos.

Der Schweizer zuckte mit den Achseln und brachte auch nur ein lang gezogenes, ratloses »Puhhh« heraus.

»Bei unseren Nachbarn ist auch alles voll. Aber vielleicht findet ihr doch noch irgendwo ein paar Plätze«, mischte sich nun die Bäuerin ein und meinte dann noch vorwurfsvoll, sie hätten ja auch schreiben können, dass sie das Vieh doch noch bringen wollten, was nun aber Franzmichel erzürnte.

»So ein Schmarrn!«, pfutzte er zurück. »War ausgemacht, dass wir das Vieh bringen, ja oder nein? Und haben wir es gebracht, ja oder nein? Wieso sollen wir dann auch noch schreiben, dass wir es auch wirklich bringen?«

»Sicherer wäre es halt schon gewesen!«, verteidigte der Jöri seine Frau, worauf der Vetter aber nur matt meinte, wenn schon schreiben, dann wäre es an ihnen gewesen, nachdem sie das Vieh vom Ochsenwirt angenommen hätten.

Das Abendbrot verlief in einer angespannten Stimmung und zudem ziemlich einsilbig. Franzmichel und sein Vetter zogen es vor, baldmöglichst aus der Küche zu verschwinden. Noch lange lagen sie trotz der bleischweren Müdigkeit wach oben in den harten Pritschen der ihnen angewiesenen Kammer. Von draußen drang durch das geöffnete Fenster das schwere Atmen und das gleichmäßig mahlende Geräusch der wiederkäuenden Tiere. Keiner sprach ein Wort, jeder sinnierte nur vor sich hin. Erst am frühen Morgen fielen sie in einen kurzen, tiefen Schlaf.

Der Jöri erbot sich, ihnen wenigstens so lange die magere Weide zu überlassen, bis sie vielleicht noch ein paar mögliche Plätze gefunden hätten. Aber noch am frühen Vormittag trieben sie dann den Rest der nicht untergebrachten Tiere immer weiter von Rorschach weg.

34

»Ich glaube nicht einmal, dass er das aus reiner Bosheit gemacht hat. Du weißt ja selber, wie er ist mit seinem großgoschigen und siebengescheiten Mundwerk«, sagte der Josef besänftigend, »aber dem Ochsenwirt ist es wahrscheinlich gerade recht gekommen!«

»Trotzdem!«, erwiderte Franzmichel immer noch zornig. »Der Ochsenwirt hätte wenigstens fragen können, ob das stimmt, was ihm der Küher angeblich erzählt hat!«

Seit ihrem gemeinsamen Sommer auf Schiedlen hatte sich Franzmichel immer enger an den Sennen angeschlossen. Anfangs waren sie nur nach der Kirche noch beisammengestanden, nach ein paar Sonntagen hatte dann der Josef noch beim Auseinandergehen gemeint, ob er nicht doch am Abend zur Nachtstubat kommen wolle. Aus dem einen Sonntagabend bei Oberhausers war eine Regelmäßigkeit geworden und inzwischen verging fast kein Tag, an dem es Franzmichel kaum mehr erwarten konnte, bis die abendliche Stallarbeit endlich fertig war. Aber der Josef war nur einer der Gründe. Es gab da noch einen anderen: Der hatte tiefblaue Augen und blonde Zöpfe. Beinahe überirdisch schön, so dünkte ihn nun die Marianne und ihr sanftes Wesen zog ihn an wie ein Magnet den Eisennagel. Tannenkühe hatte er als kleiner Bub für sie geschüttelt, Puppenküchen gebaut und in der Schule war es für ihn wichtiger als das größte Lob des Lehrers gewesen, in der gleichen Bankreihe neben ihr zu sitzen. Miteinander hatten sie die Hausaufgaben gemacht und zusammen hatten sie ihre Kindergeheimnisse geteilt, die sie niemandem sonst anvertraut hätten. Nach dem Ende der Schulzeit hatten sie sich zwar nicht aus den Augen verloren, aber eine gewisse Scheu war plötzlich zwischen ihnen gestanden. Gerne wäre Franzmichel das eine oder andere Mal bei Oberhausers zugekehrt, fürchtete sich aber vor den vielen Augen, denen kaum etwas im Dorf entging.

»Und dann?«, fragte der andere Grund mit sanfter Stimme und blickte kurz von ihrem Stickrahmen auf.

Wieder einmal spürte Franzmichel, wie sein Herz in freudiges Stolpern geriet. »In der Nähe von Rorschach«, zwang er sich zu einer ruhigen Antwort, »haben wir dann doch wenigstens mein Vieh und einen Teil von Bäsle Serafinas und vom Vetter Johann Jakob untergebracht. Die guten Plätze waren aber halt schon alle vergeben und so mussten wir nehmen, was wir noch bekommen konnten. Mit dem Rest sind wir weitergezogen. Ein Gfrett, sage ich euch, wir mussten fast schon betteln ...«

»Das kann ich mir lebhaft vorstellen«, ließ sich der Vater Oberhauser vom Ofen her vernehmen und hielt mit der Schnitzerei an einer Krippenfigur inne. »Wenn ihr das Vieh schon auf dem Dornbirner Markt nicht mehr losgeworden seid – in der Schweiz werden sie auch nicht gerade auf euch gewartet haben.«

Franzmichel nickte. »So war es. Vier Kühe waren übrig und wir dachten, für die würde sich auch noch ein Stall finden lassen. Aber butzaus! Nichts mehr. Bis ins obere Rheintal hinauf mussten wir, dort erst bekamen wir nach Tagen auch die letzte Kuh unter ein Dach.«

»Dann bist du ja weit herumgekommen und hast bestimmt auch viel gesehen«, meinte Josefs Bruder, Kaspar, der rauchend mit seiner langen Pfeife auf der Stubenbank lag.

»Gesehen? Was gesehen?«, echote Franzmichel höhnisch. »Glaubst du, da hast du Zeit zum Schauen?«

»Du willst mir doch nicht erzählen, dass du einfach nur durch die Gegend gestolpert bist!«

Auch der Josef wollte das nicht gelten lassen und versuchte nicht, seine Enttäuschung zu verbergen.

»Wie viele kennst du, die schon in der Schweiz waren? Genug, glaube ich. Hast du denn schon einen von denen über die Schönheit einer Schweizer Landschaft reden gehört? Nein, sage ich dir! Und warum nicht?« Franzmichel verstummte herausfordernd und wartete mit vorgerecktem Kinn auf eine Antwort.

»Franzmichel hat recht!«, mischte sich jetzt Marianne ein. »Überlegt doch selber einmal! Wieso gehen sie in die Fremde? Doch nicht zu ihrem Vergnügen oder wegen der schönen Gegenden! Nehmt doch nur den Lehrer Aberer! Jahrweise war er im Sommer als Maurer fort und trotzdem hast du ihn in der Schule nie von der schönen Schweiz erzählen hören, genauso wenig wie einen der anderen vielen Handwerker, die Jahr für Jahr hinausziehen. Nur von der Arbeit, den Leuten und ihren Erlebnissen! Oder kennt ihr auch nur einen einzigen Bauern, der auf dem Dornbirner Viehmarkt war und euch etwas über den Ort erzählt hätte? Groß sei Dornbirn, das ja. Aber mehr? Nein! Weil er nämlich ganz andere Sorgen hat, dort möglichst rasch seine Geschäfte machen will und dabei mit dem Kopf schon wieder daheim ist, wo er die Arbeit hat liegen lassen müssen!« Marianne sagte das ganz ernst und bestimmt.

»Genauso ist es auch mir ergangen!«, bestätigte er beinahe freudig. »Wenn du Kuhschwänze durchs Land treibst, nicht weißt, wo du mit ihnen hin sollst, auf dem Hof daheim hast du Schulden so viel wie ein roter Hund Flöhe und du verbrütest dir nur noch ununterbrochen dein Hirn, wie du aus dem Schlamassel wieder herauskommen sollst, und deinem Vetter neben dir geht es auch nicht viel anders – wie sollst du da noch einen Blick für die Gegend oder für eine andere Schönheit haben? Ich jedenfalls habe so etwas keine Minute lang verspürt und war eigentlich erst wieder richtig froh, als ich wieder daheim war im kleinen Schoppernau, daheim bei meinen Sorgen und Nöten!«

Als er geendet hatte, sah er sich um und warm stieg es in ihm hoch. Welche Wohltat war es doch hier im Kreis der Familie Oberhauser! Hier konnte er offen reden wie ihm zumute war, ohne abschätzige Bemerkungen befürchten zu müssen, und in einer Wirtschaft hätte er sich das niemals auszusprechen getraut, weil er dort zu seinem Unglück hin nur Häme und Spott geerntet hätte. Einige Zeit hatte er gebraucht, um dahinterzukommen, warum es ihn mit einer solchen Kraft hierher zog. Hauptsächlich – und das ohne Frage Mariannes wegen und auch der Josef war ihm lieb geworden fast wie ein Bruder. Aber da war noch etwas. Es war der Umgang der Eltern mit den Kindern und den sechs Geschwistern untereinander. Hier herrschte eine herzliche Verbundenheit, welche die Familie wie mit unsichtbaren Fäden zusammenhielt. Der Vater, nun auch schon um die sechzig, war ein einfacher Handwerker – Schreiner oder Zimmermann – so genau unterschied er es selbst nicht. Der Oberhauser hatte sich noch nie verbiegen lassen, noch nie schön geredet, nur um einen Auftrag zu ergattern, hatte schon so manchem seine Meinung gegeigt und zwar unverblümt, dass es auch wehtat – aber niemals so, dass es den anderen verletzte. So hatte er auch seine Kinder erzogen und die Marianne hatte sich damals schon in der Schule nicht gescheut, ihm ihre Abscheu wegen seiner tollen Streiche mit dem Seppel mitten ins Gesicht zu sagen. Von der Mutter hatte sie wie auch ihre Geschwister diese warme, weichherzige Art. Ja, die beiden Eltern hatten ihre Kinder erzogen und nicht abgerichtet zu Heuchlern und Duckmäusern, denen eigene Gedanken und Gefühle in unerbittlicher Strenge mit der Rute ausgestrichen wurden und die alles ungefragt hinzunehmen hatten, nur weil man es überall so hielt und weil es immer schon so gewesen war.

Auch Oberhausers konnten es am Abend kaum erwarten, bis Franzmichel mit seinen Kalendern und Büchern bei ihnen auftauchte und der Josef meist sofort nach dem Rosenkranz mit dem Vorlesen aus den neuen Zeitungen begann. Oft bis spät in die Nacht ging dann der Diskurs über das Vorgetragene und heiß wogte oftmals das Für und Wider in der niederen Stube hin und her, während der Unschlittknollen in der Lichtpfanne herunterbrannte. Mit halb gesenkten Augenlidern saß der Vater Oberhauser am Ofen, lauschte den Disputen und mischte sich gelegentlich ein, wenn ihm etwas dann doch zu städterisch verzärtelt, übertrieben und aus seiner eigenen Erfahrung einfach zu weltfremd, zu überspannt und verkünstelt vorkam.

Mariannes als auch Franzmichels bevorzugter Schriftsteller war nun Elfried von Taura, auf den sie über einen Artikel in der »Gartenlaube« aufmerksam geworden waren. In seinen Geschichten aus dem Erzgebirge fanden sie vieles, was sich auch im Bregenzerwald so zutrug oder sich ebenso gut hätte zutragen können. Dort die Spitzenklöpplerinnen, hier die Stickerinnen, die sich die Augen verdarben, sich kaum das Notwendigste zum Leben verdienten und sich mit ihrer Arbeit schon in jungen Jahren die Gesundheit ruinierten. Geradezu mit glühenden Ohren aber hatte Franzmichel der Erzählung gelauscht, die da hieß »Ein Sohn« und in der er sich im armen Heinrich Rost wiederfand, der ein Opernsänger hätte werden wollen und vor seiner Abreise seine Mutter am Grabe des Vaters in tiefem Gebet versunken fand, daraufhin seinen Entschluss änderte und später zwar kein Künstler, sondern lediglich Schulmeister wurde. Kaum bemerkt von der Welt hatte der Herrgott den Namen Heinrich Rost in sein großes Buch geschrieben zu all den anderen Namen der unbekannten Menschen, die still für andere da waren und litten und duldeten. Am Grabe seines Vaters war das faustische Feuer in Heinrich erloschen, und war es nicht ebenso seine Bestimmung, die in ihm lodernde Glut ebenfalls zu ersticken und einfach nur ein Bäuerlein zu sein?

»Das sind halt die Studierten, die etwas so schön schreiben können«, brummte der Vater Oberhauser wieder einmal vom Ofen her und seine Kinder pflichteten ihm bei.

Nur die Marianne war da anderer Ansicht und schüttelte den Kopf. »Das glaube ich nicht!«, entgegnete sie bestimmt.

»Und warum hat es denn noch keiner gemacht? Ich jedenfalls habe noch von keinem einfachen Mann gehört, der sich so ausdrücken kann! Auslachen würden sie doch so einen Hirnbrüter und niemand würde ihn ernst nehmen!«, entgegnete der Josef und Franzmichel wurde dabei ganz klein, weil ihm seine großspurige Rede bei der Hochzeit von Seppels Vater wieder einfiel, er würde darüber einen großen Artikel für die »Gartenlaube« schreiben, was für genug Gespött gesorgt hatte und immer noch nicht ganz vergessen war. Seit damals war es auch ihm gründlich vergangen, das geltungssüchtige Bedürfnis, die Anmaßung, seine Gedanken über Schoppernau und noch viel weiter hinaus zu tragen und übrig geblieben war nur noch Scham.

»Der Franzmichel hat doch bestimmt einen guten Kopf und auch der bringt so etwas nicht zuwege, selbst wenn er es gern täte. Und überhaupt: Was gibt es denn auf der Welt noch zu schreiben? Es ist doch schon alles irgendwann einmal geschrieben worden und das meiste ist doch nichts anderes als das Wiederkäuen wie bei einer Kuh!«

Musste jetzt auch noch der Vater Oberhauser wieder davon anfangen und den Finger in die Wunde legen? Franzmichel war froh, dass der Unschlittbollen schon so weit heruntergebrannt war.

Ganz rot war er angelaufen und sein rechtes Auge zwinkerte heftig. Nur Marianne bemerkte es. Kurz war er davor gewesen, zu einer Verteidigung anzusetzen, wollte erklären, dass er zwar nicht mehr für andere schreiben wolle, aber dennoch für sich selber, ließ es dann aber im letzten Moment noch bleiben. Beinahe hätte er aus Trotz von seinem Tagebuch erzählt, dem er den Titel »Aus der Welt des Herzens« gegeben hatte. Aber das waren seine geheimsten Gedanken, besonders auch viele, welche Marianne betrafen, und die gingen niemanden etwas an außer ihn selbst. Vorläufig jedenfalls.

35

Der Frühling hatte wieder Einzug gehalten im Tal. In braunen Streifen zeichneten die Lawinenstriche ihre Bahnen in die Flanken der Üntschenspitze, zwischen den Schneeflecken auf den Bündten schoben sich die ersten Schneeglöckchen aus der Erde der neuen Jahreszeit entgegen. Auch die Zugvögel waren wieder zurückgekehrt. In den Ställen bauten die ersten Schwalben ihre Nester und aus den Wäldern war der Schlag des Kuckucks zu hören. Vorbei war jetzt die Zeit der winterlichen Mußestunden bei Oberhausers, die Feldarbeit forderte wieder den ganzen Mann und nahm auch keine Rücksicht auf Franzmichels erst knapp sechzehn Lenze. Die Zäune mussten instand gesetzt, die Gebüsche an den Gräben zurückgestutzt, das dünne Astholz an Ort und Stelle abgelängt und zu Bündeln für den Stubenofen im kommenden Winter verarbeitet werden. Franzmichels Gedanken waren fast den ganzen Tag über bei Marianne. Bestimmt würde auch ihr der Frühling guttun und er stellte sie sich vor auf der Bank an der Hauswand, wo sie jetzt mit ihren beiden Schwestern wenigstens schon stundenweise im warmen Sonnenlicht der Arbeit nachgehen konnte. Bleich war sie geworden, was ihn nur wenig verwunderte, wenn er bedachte, wie sie monatelang kaum mehr aus der Stube herausgekommen und vom Morgen früh bis spät in die Nacht gebeugt über dem Stickrahmen gesessen hatte. Während er es tagsüber kaum erwarten konnte, am Abend noch kurz einen Sprung bei Oberhausers vorbeizuschauen, war er dann aber meist so zerschlagen, dass er es nicht einmal mehr selbst unter größter Willensanstrengung fertigbrachte, die Gedanken, die er sich tagsüber zurechtgelegt hatte, wenigstens noch in Stichworten in seinem Büchlein festzuhalten. Mehr als nur einmal war er darüber nach nur wenigen Zeilen oben in seiner Kammer an seinem Tischchen eingeschlafen, und wenn er wieder erwachte und sich endlich ins Bett begab, war die Kerze oft schon vollends herabgebrannt. Morgens um fünf war die Nacht dann schon wieder um, wenn er unten in der Küche seine Mutter am Herd hantieren hörte.

Immer kürzer wurden die gemeinsamen Stunden und immer seltener die Zeit, die Franzmichel bei Oberhausers und mit Marianne verbrachte. Bald blieben nur noch die Sonntage beim Kirchgang und die Nachmittage, die beim Auseinandergehen das Gefühl für die Einsamkeit der kommenden Woche nur verstärkten. Was Marianne anbetraf, so schien diese von Mal zu Mal stiller, ruhiger, in sich gekehrter und ernster zu werden. Wurde sie aber von ihm darauf angesprochen, so wehrte sie lächelnd ab und meinte, das läge am Sinnieren, wozu sie ja neben der Arbeit genug Zeit habe.

Dass es ärger um sie stand, als sie zugeben wollte, wurde ihm am nächsten Sonntag zur Gewissheit. Beide saßen sie – was bisher nur ganz selten vorgekommen war – allein bei Oberhausers in der Stube. Marianne brachte das Gespräch auf Elfried von Taura: »Kannst du dich noch an das Gespräch erinnern, als es darum ging, ob ein einfacher Mensch ohne große Bildung erbauende Geschichten schreiben kann?«

Franzmichel blickte sie an und nickte matt.

»Ich habe darüber nachgedacht«, fuhr sie dann leise fort, »auch über uns beide. Das Schönste ist doch, wenn sich ein fühlendes Herz ausspricht. Der innere Reichtum ist es doch, welcher den Menschen schön und wertvoll macht! Wieso sollen also scheinbar unbedeutende Menschen aus kleinen Verhältnissen nicht imstande sein, ihre Gefühle auszudrücken? Warum soll nicht ein Unstudierter etwas Schönes schreiben können? Wer darf es sich anmaßen, über Empfindungen zu spotten, wenn sie echt und wahr sind?«

Sie sprach mit tiefem Ernst, und Franzmichel durchzitterten wonnige Schauer von den Haarspitzen bis zu den Zehen. Noch niemals hatte jemand so zu ihm geredet und vor allem auch ihn damit gemeint. Ein erloschen geglaubtes Feuer in ihm entzündete sich aufs Neue, brannte und loderte mit einem Male heiß und heftig wie ein Vulkan. Der schönste Tag in seinem Leben hätte es werden können und dennoch drückte es ihn nieder und schnitt ihm ins Herz, den Menschen, dessen Seele er mit der seinen im Gleichklang wusste wie sonst keine auf dieser Welt, so leiden zu sehen, auch wenn sie es sich nicht anmerken lassen wollte. Zerrissen dünkte er sich wie in zwei Hälften, eine himmelhoch jauchzend, die andere genau dies verbietend.

Schweigend saßen sie noch beieinander und Franzmichel brachte kein Wort mehr heraus.

»Ich muss heim in den Stall«, sagte er nach einer Weile und erhob sich ein wenig unbeholfen.

»Ja, geh nur! Aber vielleicht kommst du doch unter der Woche einmal von der Arbeit los«, erwiderte sie.

36

Unter Vorsäss oder auch Maisäss versteht man im Bregenzerwald die untere von zwei Alpen, die im jahreszeitlichen Wechsel bezogen wird. Meist gegen Ende Mai ziehen die Bauern von den Höfen in den Tälern hinauf, halten dort das Vieh für einen Monat auf den gemeinsam genutzten Weiden, bevor Ende Juni die Hochalpen bestoßen werden. Mitte September erfolgt wiederum der Abtrieb von der Hauptalpe ins Vorsäss, wo die Tiere nochmals je nach Futter und Witterung für etwa vier Wochen verbleiben.

Felders Vorsäss in Hopfreben, auf dem Weg hinauf zum Hochtannberg gelegen, war wie die meisten der anderen auch ein kleines, ja geradezu winziges Hüttchen mit kargem Inventar. Eine winzige Stube mit einem Tisch, roh behauenen Stühlen und einem aus Sandstein gemauerten Ofen, neben der Stube ein noch winzigeres Schlafkämmerlein – das war so ziemlich alles, was es an Annehmlichkeiten zu bieten hatte. Im hinteren Anbau befand sich noch ein kleiner Stall, der ihren wenigen Tieren Schutz und Unterstand bot. Der Misthaufen, der sich angesammelt hatte, verdiente zwar kaum seinen Namen; aber die Tiere hatten im Herbst und vor Einbruch des ersten Schnees ihre Fladen auch auf den Weiden hinterlassen, die als Dünger verteilt werden mussten. Auf dem Dach warteten zudem einige der schon halb vermoderten Schindeln auf ihren Austausch, ebenso wie die Bretter an der Wetterseite des Stalles. Schon seit ein paar Tagen war er jetzt in Hopfreben, ganz allein und weit und breit ohne eine andere Menschenseele. So richtig gerne war er nur selten hier gewesen, weder im Frühjahr noch im Herbst. Jeden Abend saß man bei einem der Nachbarn in einer der drangvoll engen Hütten, spielte Karten oder um Pfänder. Franzmichel hatte sich von solchen Gesellschaften abgestoßen gefühlt, um sie einen großen Bogen gemacht und sich lieber mit einem Buch in das eigene Hüttchen zurückgezogen. Eigentlich hätte es ihm jetzt hier schon behagt, so einsam mit sich selber, inmitten des Vogelgezwitschers und den rauschenden Bächen mit den Wassern des Frühlings herab von den Bergen. Aber trotzdem fand er keine Ruhe. Noch zwei Stunden, schätzte er, dann noch eine und dann fing er auch noch an, die Zeit in Minuten einzuteilen, die er noch brauchen würde, bis er mit der Arbeit hier fertig wäre. Wie würde sie schauen, wenn er am helllichten Werktag bei ihr ums Hauseck käme! Vergnügt stellte er sich ihr Gesicht vor, während er endlich den Schlüssel am Hüttentürchen umdrehte und hinter den losen Stein neben dem Eingang legte. Mit einem Ruck warf er seinen Schnerfer über die Schultern und machte sich an den Heimweg. Zügig schritt er aus, nur die noch mit Lawinenschnee gefüllten Rüfen, die trotz der Jahreszeit ihre langen Zungen gierig noch bis hinab zur Ach streckten, stellten sich ihm gelegentlich in den Weg und der Gesang der Vögel ließ in ihm mit einem Mal eine leichte, beinahe schwebende Heiterkeit aufkommen. Aber je näher er wieder dem Dorf zukam, desto weniger schienen ihm ihre Stimmen zu werden. Dies tat jedoch seiner guten Laune keinen Abbruch, und als er mitten auf der Dorfgasse ein kleines Mädchen sah, das in seinem eigenen Puppenbettchen eingeschlafen war, musste er lächeln. Greders Isidor, mit dem zusammen er die Schule besucht hatte, war damit beschäftigt, vor dem Haus einen Garten anzulegen.

»He, Isidor!«, rief er ihn an. »Was ist denn da los in Schoppernau? Drinnen in Hopfreben singen die Vögel so laut, dass es sie fast zerreißt, und hier heraußen bringen sie den Schnabel nicht auf!«

Der Isidor richtete sich auf, lachte und stützte sich auf seine Schaufel. »Vielleicht getrauen sie sich nicht!«, erwiderte er.

»Möglich wäre es ja!«, gab Franzmichel zur Antwort. »Weil die Leute alles, was einen Laut von sich gibt, sofort zur Ruhe bringen. Vor allem haben sie Angst, was sich ändert, und vor dem, was sie nicht schon lange vorhersehen können. Das siehst du ja schon daran, dass man schon ein Jahr vorher weiß, wer miteinander heiratet!«

»Das stimmt schon!«, pflichtete ihm der Isidor bei. »Aber trotzdem passiert auch noch manches unerwartet. Oder hättest du am letzten Sonntag noch gedacht, dass Oberhausers Marianne schon acht Tage später auf den Friedhof kommen tät'?«

Franzmichel stand da wie vom Schlag getroffen, und wenn ganz Schoppernau vor ihm in Flammen aufgegangen wäre, so hätte ihm das bei Weitem nicht einen solchen Schrecken eingejagt. Plötzlich, er wusste nicht wie – stand sie direkt vor ihm, lieb und lebhaft und mit blitzenden Augen. Geradeso, als ob sie Isidors Worte Lügen strafen wollte. Es war doch absurd, was dieser da erzählte, einfach lächerlich und mit so etwas machte man keine Scherze!

»Auszehrung. Am Sonntag war sie noch in der Kirche und auch der Doktor war völlig überrascht. So schnell ist es gegangen, dass sie der Pfarrer kaum noch mit den Sterbesakramenten versehen konnte«, hörte er den Isidor wie aus weiter Ferne.

»Die Marianne wäre auch so gut gestorben!«, entfuhr es Franzmichel, obwohl er immer noch kein Wort glaubte. Erst langsam, mit unsicheren Schritten setzte er sich in Bewegung, ließ den Isidor einfach stehen. Immer schneller lief er die Straße entlang, nur noch zu Marianne wollte er, sie sehen und ihr sagen, was für einen Blödsinn da der Greder verzapft habe. Aber nach der Hälfte des Weges hielt er inne. Was wollte er denn noch bei Oberhausers? Mariannes Leichnam anstarren? Den Kummer und Jammer ihrer Familie mit seinem Erscheinen noch verstärken? In dem Zustand, in dem er war, würde er niemandem eine Hilfe oder Stütze sein, sondern nur eine Last. Halb besinnungslos vor Schmerz machte er kehrt, stolperte grußlos an seiner Mutter vorbei hinauf über die Treppe und vergrub sich oben in seiner Kammer.

Draußen dunkelte es bereits, als er wieder einen halbwegs klaren Gedanken fassen konnte, und erst jetzt war er so weit, dass er den Oberhausers unter die Augen treten konnte. Bei seinem Anblick brachen Mariannes Eltern und Geschwister in lautes Schluchzen aus. Ihr schönes Gesichtchen schien ihm wie verklärt und in ihm lag ein Lächeln, wie er es an ihr nur in ihren glücklichsten Stunden gesehen hatte. Wie weggewischt waren jetzt alle seine Selbstvorwürfe, die er sich auf dem Herweg gemacht hatte, und ihm wurde es plötzlich wohlig leicht. Es war ihm unmöglich, den Blick von ihr zu wenden, und er spürte, wie fest sein Glaube wiederkam, an eine Vergeltung in einer anderen Welt und ein ewiges Leben. Und Franzmichel betete, wie er schon lange nicht mehr gebetet hatte, und ihm wurde dabei, als ob er mit der Verstorbenen immer näher zusammenrückte. Als ob sie ihn zu sich emporziehen würde, kam es ihm vor und gleichzeitig erfüllte ihn eine solch mächtige Kraft, wie er sie noch nie in sich gespürt hatte.

Die Tage, die dann folgten, dünkten Franzmichel wunderbar. Ja, es gab auch eine Poesie des Todes, so tief und wunderbar, dass sie bei Weitem nicht von jedem empfunden werden konnte. Er glaubte wieder an das Gute und Edle im Menschen, an seine höhere Bestimmung. An alles, was sie in den letzten Tagen und Wochen gesagt hatte, versuchte er sich zu erinnern. Jede Kleinigkeit wurde ihm wichtig und manches, was ihm unverständlich, ja beinahe prophetisch erschienen war, bekam nun eine Bedeutung und Franzmichel blickte nun plötzlich in ein besseres Land.

»Das Schönste ist doch, wenn sich ein fühlendes Herz ausspricht!«

Einer ihrer letzten Sätze an ihn war das gewesen und ihm erschien er wie ein Vermächtnis, ihr Testament. Ein Andenken würde er ihr setzen, gemeißelt aus Worten! Aber nicht nur ihr, sondern auch seinem Schmerz. Ihnen beiden!

Aber so leicht, wie er sich das vorgestellt hatte, war es nicht – was aber auch daran lag, dass alles, was er zu Papier brachte, entweder ihr nicht gerecht wurde oder sein eigenes Gefühl nicht traf. Erst nach und nach gelang es ihm, sich behutsam vorzutasten zu seinen Gefühlen und Empfindungen.

Ausgekämpft hast du den Kampf des Lebens,
Gefunden hast du, was mein Geist noch sucht;
Siegreiche Kämpferin, es hat vergebens
Die böse Welt zu halten dich versucht.

Ich folge dir! O, sende von der Klarheit,
In der du wohnest, mir nur einen Strahl,
Der mich wie dich erwärmt für Tugend, Wahrheit,
Den Weg zu Gott nur zeigt aus diesem Jammertal!

So schön es ihm seine Handschrift erlaubte, übertrug Franzmichel noch zu später Stunde das Gedicht in sein Büchlein »Die Welt des Herzens«, das er gleich darauf wieder in der untersten Schublade seines Kleiderschrankes verbarg, in der er auch den silbernen Rosenkranz seines Vaters aufbewahrte.

37

»Um Himmels willen!«, entfuhr es Marie und entsetzt schlug sie sich die Hand vor den Mund. »Wie sehen denn die Kühe aus?«

Franzmichel konnte nichts anderes tun, als nur verlegen dazustehen. Was hätte er auch sagen sollen? Das Vieh aus der Schweiz, das er und der Vetter Johann Jakob in Dornbirn abgeholt hatten, war in einer erbärmlichen Verfassung. Halb verhungert standen die Tiere vor dem Stall, schienen nur noch aus Gerippen zu bestehen, über die man, um das Elend zu kaschieren, notdürftig noch ein Fell gespannt hatte. Franzmichel erschien es fast wie ein Wunder, wie sie den langen Marsch herein ins Tal noch lebend überstanden hatten. Immer noch fassungslos besah Marie eine Kuh nach der anderen und jedes Mal schüttelte sie nur noch den Kopf.

»Und ihr habt die Plätze schon im Voraus bezahlt. Haben sie euch denn wenigstens von dem Geld etwas zurückgegeben?«

Franzmichel schüttelte den Kopf. »Wir haben es probiert, aber nur zur Antwort bekommen, das sei wohl die Höhe: Erst um einen Stellplatz betteln und sich dann auch noch beschweren. Schließlich seien wir selber schuld, weil wir uns nicht rechtzeitig um Plätze gekümmert hätten.«

»Bis sie wieder Milch geben, ist ja der Sommer um! Wovon sollen wir jetzt bloß leben und was machen wir mit den armen Tieren?«

»Auffüttern und dann werden wir weitersehen!«, erwiderte Franzmichel, verschwieg ihr dabei aber vorerst, dass er nochmals über den Tannberg hinüber ins Lechtal würde gehen müssen, um dort einen Bittgang zu machen. Da biss die Maus keinen Faden ab – sie brauchten neues Vieh, das nicht nur fraß, sondern auch Milch gab. Überschlägig berechnet, würde der durch die Überwinterung in der Schweiz entstandene Schaden nochmals mindestens gleich hoch sein, wie sie ihn schon durch die Seuche zu tragen gehabt hatten, und er konnte nur hoffen, dass der Lechtaler Geldverleiher an diesem Tag nicht schlecht gelaunt den Kopf schüttelte.

Überhaupt – die Seuche und ihre Auswirkungen! Nie hätte Franzmichel geglaubt, dass Oberhausers Josef in solchem Ausmaß recht behalten würde und es sogar noch ärger kommen sollte, wie dieser es prophezeit hatte. Der herbstliche Viehscheid letztes Jahr in Au war noch in allgemeiner Einvernehmlichkeit verlaufen. Froh und erleichtert, den Sommer und die Krankheit überstanden zu haben, war man mit blumenbekränzten Hüten beieinandergesessen, hatte sich nach den langen Monaten der Einsamkeit wieder über andere Gesichter gefreut und von den sommerlichen Erlebnissen erzählt; ausgetragene Zwistigkeiten und Reibereien schienen plötzlich nicht mehr der Rede wert und auch der Senn und Franzmichel hatten sich bei einigen Krügen Bier mit dem Küher ausgesöhnt. Aber schon nach ein paar Tagen begannen die Schuldzuweisungen, redeten sie sich die Köpfe heiß am Sonntag auf dem Kirchplatz und an den Tischen in den Wirtschaften. Der Streit, wer verantwortlich war für die überzogenen Verordnungen und deren Folgen, wurde zunehmend heftiger. Um das allgemeine Wohl seien sie besorgt gewesen und um nichts anderes, verteidigten sich die einen. Fürzler und Feiglinge seien sie, die nur an den eigenen Geldsack gedacht hätten, schrien die anderen. Der Streit entzweite ganze Sippschaften, manch einer ging dem anderen tunlichst aus dem Weg oder grüßte ihn nur noch mit verkniffenem Mund.

»Kein Schaden ist so groß, als dass man nichts aus ihm lernen könnte!«, hatte Franzmichel eines Abends im Bräuhaus versucht, die Wogen zu glätten.

»Und was, du ganz Gescheiter?«, war der dicke Strölzler gleich über den Wirtshaustisch hinweg aufgebraust.

»Eine Viehversicherung müssten wir gründen. Alle zahlen ein und wenn wieder so ein Malheur passiert, wird der Schaden aus der gemeinsamen Kasse ersetzt.«

Aber von so etwas hatte dieser nichts hören wollen. »Was versteht denn so ein junger Seicher davon, der seinen Grind nur in Zeitungen steckt und dann meint, deswegen sei er gescheiter als Salomons Katz?«

»Was würde denn so etwas kosten?«, wollte trotzdem einer wissen.

»Das weiß ich auch nicht, das müsste man ausrechnen.«

»Ich sag's ja – gescheit daherreden und dann keine Ahnung haben!«, hatte der Strölzler noch verächtlich verlauten lassen und die noch nicht begonnene Debatte schon im Ansatz abgewürgt. Aber ein paar nachdenkliche Gesichter waren dennoch geblieben.

Bis zu einem Verein wird das noch eine zähe Angelegenheit, dachte Franzmichel jetzt, während er die klapperdürren Kühe in den Stall trieb, und daran, dass nicht nur sein eigener bevorstehender, sondern auch der Gang von manchem anderem hinüber ins Lechtal so vielleicht doch zu vermeiden gewesen wäre.

»Der Webervater ist krank. Schon seit ein paar Tagen«, riss ihn seine Mutter von der Stallstüre her aus seinem Gedanken. »Vielleicht schaust du nachher einmal kurz bei ihm vorbei. Das Theresle war gestern da, anscheinend ist es was Gröberes, weil der Doktor auch schon nach ihm geschaut und ein ziemlich ernstes Gesicht gemacht habe.«

»Das macht der Doktor Beck meistens«, brummelte Franzmichel, während er die letzte abgemagerte Kuh ankettete.

Dem Vetter Weber ging es wirklich nicht gut. Bleich lag er in der Stube auf dem Kanapee und war zugedeckt bis unters Kinn. »Jemand sollte mir die Medizin mitbringen, wenn er nach Au hinaus kommt. Möglichst noch heute!«, sagte er schwach.

Franzmichel erschien die Erkrankung seines Onkels wie gerufen. Der Doktor Beck hatte nach seiner eigenen überstandenen Erkrankung erboten, ihm Bücher zu leihen. Das war nun schon lange her, und immer, wenn er draußen in Au war, hatte ihn eine unbestimmte Scheu davon abgehalten, sein Haus zu betreten. Lieber hatte er sich seine Bücher selbst gekauft, aber damit war es jetzt aus und vorbei. Jede noch so kleine Münze würden sie brauchen, den »Dorfbarbier« hatte er schon abbestellt und musste froh sein, wenigstens noch die »Gartenlaube« halten zu können.

»Ich geh gleich los!«, antwortete er jetzt entschlossen und seine Frau, das Theresle, gab daraufhin einen erleichterten Seufzer von sich.

Je näher er auf Au zukam, desto aufgeregter wurde er und auf das »Herein!« im Doktorhaus stolperte er dann auch noch prompt mit seinen klobigen Holzschuhen über die Türschwelle. Verlegen und unbeholfen stand er mitten in der Stube und wusste nicht, was er nun sagen sollte. »Die Medizin soll ich holen für den Vetter, den Hansjakob«, brachte er mühsam heraus, während er verstohlen die Bücherwand betrachtete.

»Die Medizin für den Felder? Die habe ich schon hergerichtet«, sagte Doktor Beck und erhob sich hinter seinem Tisch. Aus einem Regal zog er dann eine der braunen Flaschen, schrieb noch etwas auf einen Zettel und übergab beides Franzmichel.

»Einen Gulden. Er soll es so einnehmen, wie es auf dem Rezept steht!« Während er das Geld in ein viereckiges Eisenkästchen legte und dieses wieder verschloss, räusperte er sich kurz, ehe er sich wieder Franzmichel zuwandte. »Eigentlich habe ich dich schon lange erwartet«, meinte er dann freundlich, »oder liest du nicht mehr?«

»Doch, doch!«, versicherte Franzmichel verlegen.

»Und was denn, wenn ich fragen darf?«

Franzmichel begann aufzuzählen, kam dabei aber immer wieder ins Stocken und bei jedem Titel, den er nannte, kam er sich noch läppischer vor. Verschüchtert schloss er bei jeder Antwort die Augen und hätte sich am liebsten in Luft aufgelöst. Bestimmt würde ihn der Doktor jeden Moment lauthals auslachen. Aber der Doktor blieb freundlich wie zuvor und forderte ihn sogar noch auf, Platz zu nehmen, da es sich im Sitzen leichter plaudere.

»Was du da aufgezählt hast, steht sicher nicht alles auf der Empfehlungsliste der Geistlichkeit!«

Franzmichel spürte, wie seine Scheu schwand. Als der Doktor noch hinzufügte, selbst er würde wahrscheinlich in die Ratscherei kommen, wenn sie wüssten, was in manchen seiner Bücher stünde, überkam es ihn ganz heiß und es brach aus ihm heraus:

»Den meisten gefällt es schon, wenn sie mich etwas fragen können. Aber wehe, ich versuche einmal von mir aus in der Wirtschaft, ein etwas geistigeres Gespräch auch nur anzufangen! Dann schauen sie einen an, dass man sich in Grund und Boden schämt, tippen sich hinter deinem Rücken an den Kopf und ziehen alles ins Lächerliche.«

»Siehst du jetzt, was ich gemeint habe? Auch ich sitze gelegentlich an den Wirtshaustischen. Aber ich werde mich hüten, dort ein Gespräch beispielsweise über die griechischen Göttersagen beginnen zu wollen. Was habt ihr denn in der Schule alles gelesen?«

»Schmids Bibel«, antwortete dieser überrascht.

»Und sonst?«

»Nichts. Die aber dafür so oft rauf und runter, bis wir sie alle auswendig gekannt haben. Wenn jemand nicht aufgepasst hat und mit seinen Gedanken woanders war, so hat er nur noch einen Teil vom letzten Satz aufschnappen müssen, um von da aus sofort den Faden wieder aufnehmen zu können und aus dem Gedächtnis weiterzumachen.«

»Für die meisten deiner Mitschüler wird es ihr ganzes Leben lang außer dem ›Gotteslob‹ und vielleicht noch ein paar süßlich frommen Traktaten das einzige Buch bleiben, das sie jemals von innen gesehen haben. Du aber willst dich in die Höhe erheben. Man wird aber schon dafür sorgen, dass du wieder wenn auch unsanft auf den Boden kommst und dort auch bleibst.« Der Doktor Beck schwieg eine Zeit lang.

»Zudem sind einige von deinen genannten Büchern auch noch ziemlich melancholisch und können einem jungen Burschen wie dir durchaus aufs Gemüt schlagen. Wenn ich dir einen Rat geben darf: Halte dich lieber fürs Erste an unsere großen Dichter, an Goethe und Schiller. Daran solltest du deinen Geist schärfen!«

Goethe und Schiller! Selbstverständlich kannte er die Namen, aber weit weg, geradezu unerreichbar erschienen ihm ihre Werke. Der Doktor erhob sich und trat ans Bücherregal.

»Da!«, sagte er, während er einen Stapel von ihnen in eine alte Zeitung einwickelte. »Für den Anfang. Zum Üben, sozusagen!«

Franzmichel war nicht mehr imstande, einen klaren Gedanken zu fassen. Goethe und Schiller, die in seiner Vorstellung göttergleich weit über allen anderen Dichtern thronten – und er hielt jetzt ihre Gedanken, ihre Gefühle und Empfindungen in seinen Händen. Vollkommen durcheinander stammelte er ein paar Worte, die wohl so etwas wie Dank ausdrücken sollten, verließ das Doktorhaus und lief mit starrem Gesicht, den Blick weder nach links noch rechts wendend und so schnell ihn seine Beine trugen, wieder Schoppernau zu. Schweißnass hingen seine gelockten Haare in die Stirne und seine Miene hatte immer noch jenen Ausdruck wie bei einem, der um sein Leben rannte.

Daheim im Hausgang musste er sich geradezu zwingen, noch die dreckigen Schuhe auszuziehen, ehe er in die Stube stürzte und vor Ungeduld beinahe bereit gewesen wäre, die noch ungelesene Zeitung einfach zu zerreißen, um so schneller an die Bücher zu kommen. Mit zitternden Fingern – ob vor Anstrengung oder Aufregung, er hätte es nicht benennen können und war ihm auch eins – öffnete er das erste und fing an, Wort für Wort und Zeile um Zeile geradezu begierig zu verschlingen. Phantasie an Laura. Ein Gedicht von Schiller. Der Rhythmus der Verse übte einen eigenen Bann auf ihn aus, dünkte ihn schön und erhaben, aber als er damit fertig war, wurde ihm bewusst, dass er gar nichts verstanden hatte. Wieder begann er von vorne. Aber sosehr er sich auch mühte, er konnte keinen Zusammenhang zwischen den einzelnen Versen erkennen. Gerade wollte er wieder einen neuen Anlauf nehmen, als sein Blick auf die Arzneiflasche auf dem Tisch neben den Büchern fiel. Da lag der Vetter Weber krank daheim und er lief sogar noch an seiner Haustüre vorbei, weil er nichts anderes im Kopf hatte als Bücher! Erschrocken über seine Selbstsüchtigkeit sprang er auf und langte hastig nach der Medizin. Das Theresle wollte ihm noch einen Botenlohn aufdrängen, den er aber entschieden ablehnte und im Gegenteil darauf bestand, auch ja jedes Mal verständigt zu werden, wenn eine Arznei geholt werden müsste. Als Franzmichel wieder heimkam, blieb keine Zeit mehr für den Schiller. Stattdessen schlüpfte er in seinen zerschlissenen Fiesel und begab sich in den Stall, um die Kühe zu füttern. Später saß er noch bis tief in die Nacht hinein über dem Gedicht an Laura, aber der tiefere Sinn, der ja irgendwo stecken musste, blieb ihm immer noch verborgen, obwohl er einzelne der Verse inzwischen schon auswendig kannte. War er denn so dumm, dass er sich ihm nicht erschließen wollte? Verzagt brach er ab und begab sich tief gedemütigt zur Ruhe.

38

»Du bist doch auch ein Bischer!«, so hatte ihn einer nach dem sonntäglichen Kirchgang tituliert und Franzmichel damit tief getroffen. Zwar hatte er sich fest vorgenommen, den Rat vom Doktor Beck zu beherzigen, in Gegenwart bestimmter Leute anspruchsvollere Gespräche erst gar nicht zu beginnen und seine Ansichten auch nicht immer gleich unverhohlen kundzutun. Aber er konnte kaum einen Schritt durchs Dorf mehr machen, ohne dass ihn jemand, nur um ihn zu reizen, in einen Disput verwickelte, aus dem sich dann im Nu ein hitziges Wortgefecht entwickelte. Stirnsnärrisch konnte er dann werden, ja geradezu beleidigend, was dann wiederum die anderen noch mehr gegen ihn aufbrachte.

Trotzdem er nur selten unter die Leute kam, war ihm nicht entgangen, dass die Bezeichnung »Bischer« für ihn weiterhin die Runde machte und damit nun längst nicht mehr allein der Bischofberger gemeint war. Dieser Bischofberger, dessen Namen sie auf »Bischer« verkürzt hatten, war jetzt schon über vierzig und steckte den Kopf auch lieber in Bücher, als eine Mistgabel in die Hand zu nehmen. Irgendwann einmal hatte dieser sich einige Romane schicken lassen und in ihnen die hehren Ideale der Liebe entdeckt, die er nun wie sein Evangelium vor sich her trug. Wo immer er auftauchte, ging es nur noch darum, und wenn er nicht anfing, so tat es ein anderer. Besonders die Mädchen machten sich auf den Nachtstubaten ihren Spaß daraus, ihn scheinheilig auszufragen und mit verschämten Fragen noch weiter anzustacheln. Das weibliche Geschlecht verstand ihn und er es, davon war er felsenfest überzeugt, was sich ihm schon dadurch bestätigte, dass die Mädchen seiner sanften, feinfühlenden Gesellschaft den Vorzug gaben. Sie lagen ihm zu Füßen, sie liebten ihn und der Spott der Burschen war nichts als blanker Neid und ein weiterer Beweis für seine Überlegenheit. Gerne hätte er seine Ideale nicht nur gepredigt, sondern auch selbst in die Tat umgesetzt. Nur – es fand sich keine, die seine edlen Vorstellungen von der Liebe auch mit ihm leben wollte. Franzmichel hatte sich schon des Öfteren mit ihm unterhalten und fand das, was er sagte, im Grunde nicht einmal so verkehrt. Nur der Eifer, mit dem er es tat, war auch ihm beinahe unheimlich.

Bischer! War er wirklich dem Bischofberger so ähnlich? Hätten sie beide ihre Meinungen nur im vertrauten Kreis ausgesprochen, würde man sie vielleicht nachsichtig belächelt oder sogar ernst genommen haben. Aber sie hatten es offen, in Gesellschaft getan und alles, was man in einer Gesellschaft sagte oder tat, bekam damit auch eine andere Gewichtung. Das war bei ihm nicht anders als beim Bischofberger. Neue Gedanken wurden sogleich ins Lächerliche gezogen, schon als zarte Pflänzchen gleichsam niedergetrampelt. In Gesellschaft war fast jeder bestrebt, sich nach der Mehrheit zu richten, urteilte dort strenger, lauter, engstirniger und rechthaberischer. Gelten ließ man nur das Alte, Bekannte, hielt sich ängstlich an Regeln, die um den Schein zu wahren niemand laut zu hinterfragen wagte. Von den Kanzeln herab wurde verkündet, das sei die gottgewollte Ordnung und wer dagegen aufbegehre, der versündige sich. Darum fürchteten sie Zeitungen und Bücher wie der Teufel das Weihwasser, weil sie jede neue Idee als Angriff auf sich selbst ansahen. Aber wie sollte sich etwas zum Besseren wenden, wenn die Kleinen den Großen nach dem Mund redeten, sich gegenseitig zum Heucheln zwangen, um nur ja nicht in der allgemeinen Gunst zu sinken? Die öffentliche Meinung war also nicht die mehrheitliche Einheit aller einzelnen Meinungen, sondern nur eine Fassade. Aber hatten nicht auch die großen Dichter vor solchen Fassaden gestanden, sich nicht um Spott und Hohn gekümmert, sondern ihre Gedanken offen und frei niedergeschrieben? Wer aber würde jemals aus seiner »Welt des Herzens«

erfahren, seine Gedichte lesen, die er in seiner Kammer in einer Schublade versteckte? Zum vollendeten Narren würden sie ihn erklären, ihn zum noch größeren Spinner als den Bischer machen, wenn sie davon wüssten.

Um nicht andauernd sein Vieh im Auge behalten zu müssen, hatte Franzmichel auf der Weide am Weg nach Hopfreben zu gelegen einen Zaun errichtet und aus Hagstecken und Ästen einen kleinen Unterstand gebaut. Von unten her näherten sich Schritte. Hastig klappte er Zimmermanns Buch »Von der Einsamkeit« zu, steckte es in seinen Rucksack und holte dafür ein anderes hervor.

»Ich wollte nur einmal sehen, wie es dir hier so geht!«, sagte Kreuzenmännlers Bartle.

»Und was ich lese!«, ergänzte Franzmichel.

»Na ja, äh …«, wand sich der Bartle und sah verlegen drein.

»Brauchst dir nichts dabei zu denken. Jeden Tag kommen ein paar herauf, damit ich ihnen etwas vorlese.«

Der Bartle war erleichtert.

»Komm, setz' dich her!« Franzmichel blätterte nach einer Geschichte, von der er annahm, dass sie dem Bartle gefallen könnte. »Da hätte ich was für dich!«, sagte er dann und räusperte sich kurz. Es war eine unendlich kitschige Legende von einem Bettler, der bei einer Familie übernachtete, deren überaus reizender Bub am nächsten Morgen beim Zusammenbruch eines Steges ins Wasser fiel und auf der Stelle tot war. Dem mit dem Herrgott hadernden Vater gab sich darauf der Bettler als heiliger Josef zu erkennen.

»Ich habe es vorhergesehen und trotzdem zugelassen«, antwortete dieser. »Jetzt ist dein Sohn noch lieb und brav. Aber später dann, als Erwachsener, hätte er euch nur Kummer und Sorgen bereitet und dich am Ende sogar noch ermordet. So aber habe ich euch zum Dank für euere Mildtätigkeit davor bewahrt.«

Dem Bartle hatte die Geschichte ausnehmend gut gefallen, trotzdem war er ein wenig enttäuscht. »Ich habe geglaubt, du liest andere Bücher!«

»Auch!«, erwiderte Franzmichel einsilbig und fragte dann den Bartle, ob er in diesem Fall den heiligen Josef für einen Mörder halte. Der aber war der Ansicht, dieser sollte da viel öfter eingreifen, wenn man bedenke, wie manche Kinder später mit ihren alten Eltern umsprängen. Es müsste ja nicht gleich zum Umbringen kommen. Aber gelegentlich so eine richtige Ohrfeige herab aus dem blauen Himmel täte auch seiner scheinheiligen Cousine nicht schaden, die sich selber nicht genug selber loben könne, wie viel sie wieder für die Mission in Indien gespendet habe, ihre betagte Mutter aber behandelte, dass es grausig sei. »Aber Nächstenliebe und Frömmigkeit sind halt zwei verschiedene Stiefel!«, schloss der Bartle.

»Ja, ja, die Frömmigkeit. Mit ihr kann man halt gute Geschäfte machen und je frömmer jemand tut, desto besser kann so mancher seine Lumpereien dahinter verstecken. Aber eine solche vertrocknete und verstellte Frömmigkeit kann nie und nimmer das Gute, Wahre im Menschen wecken, weil sie nur Schein ist und Heuchlerei!«, erwiderte Franzmichel.

Bartle sah ihn zuerst misstrauisch von der Seite her an, nickte dann aber zustimmend. »Da gebe ich dir recht. Ich glaube, das mit der Heuchlerei haben sich schon viele insgeheim gedacht, behalten es aber lieber für sich.« Er überlegte einen Augenblick. »Wenn wir die Zehn Gebote und die Bergpredigt wirklich ernst nähmen, dann würde es bei uns anders ausschauen!«

Franzmichel wurde ob Bartles Worten warm ums Herz und er tat ihm innerlich Abbitte. Für einen dummen, groben Lackl hatte er ihn bisher gehalten, ihm niemals zugetraut, dass auch er sich seine eigenen Gedanken zu machen getraute.

»Ja, wenn wir uns hülfen und beistünden und nicht den Glauben dazu missbrauchten, um uns gegenseitig auszubeuten und niederzudrücken.«

Noch lange hockten sie auf der Wiese, spannen ihre Vorstellungen weiter, wie es sein könnte, und Franzmichel machte die Entdeckung, dass auch der Bartle seine eigene Welt des Herzens hatte, die dieser aber genauso wie er selbst vor den anderen verborgen hielt.

»Schön war es jetzt mit dir und es hat gutgetan, sich einmal aussprechen zu können«, sagte dieser dann, während er aufstand und ein paar anhaftende Grashalme von seiner Hose wischte.

Am Abend aber, als sie sich wieder in der Sennerei begegneten, war der Bartle dann wieder kühl, ja beinahe abweisend und schien sich für seine offene Rede noch vor ein paar Stunden geradezu zu schämen. Franzmichel tat es weh, wie er bei den anderen stand und diese mit derben Sprüchen noch zu überbieten versuchte.

Aber war nicht auch er selbst ein feiger Heuchler? Hatte nicht auch er vor dem Bartle den »Zimmermann« versteckt und ihm wie allen anderen stattdessen ein frommes Traktat vorgelesen?

Du musst fort! Weg von hier, raus hier aus dieser Enge, sonst wirst du auch noch verrückt wie der Bischer, dachte er, als Vorstehers Peterle auf ihn zutrat.

»Na, wie schaut's aus?«

»Zwei Geißen habe ich wieder. Morgen bringe ich sie zum Metzger«, gab Franzmichel zur Antwort und dachte dabei an die weiteren Bücher von Herder und Wieland, die er sich damit würde leisten können.

39

»Ist es noch weit?«, keuchte der kleine Sefftone. Noch in der Dunkelheit waren sie in Schoppernau aufgebrochen und Franzmichel stürmte vorwärts, nahm den Lorenapass auch jetzt noch beinahe im Laufschritt, als ob der Boden unter ihm glühen würde.

»Hunger hätte ich auch!«, meldete sich der Bub neben ihm wieder, als er auf seine Frage keine Antwort bekam. Das ganze Achtal waren sie an einem Stück durchmarschiert, auch Schwarzenberg hatten sie am Weg liegen gelassen, ohne in einer Wirtschaft zuzukehren, und nicht ein einziges Mal hatte sich Franzmichel bisher umgedreht. Nur weg wollte er von den Bergen, hinaus aus der erdrückenden Enge, nur fort, fort, fort …

Keine Minute hatte er überlegt und war sofort zu Sepplers gelaufen, als er davon erfahren hatte.

»Ahne, ahne! Es hilft alles nichts. Der Sefftone muss hinaus ins Schwabenland!«, hatte dort das Mikle geklagt. Der Pfarrer Stockmayr hatte zwar für die bedürftigsten Kinder der Gemeinde in besser gestellten Häusern für Plätze gesorgt, an denen sich diese wenigstens einmal am Tage satt essen konnten, dazu zählten auch die von Sepplers. Aber mit dem Essen allein war es nicht getan. Zwar würde es nun, wo es auf den Sommer zuging, nicht mehr einfach sein, den Buben noch unterzubringen, aber Franzmichel war da guter Dinge und hatte sich nicht nur erboten, sondern geradezu aufgedrängt, sich mit dem Sefftone möglichst unverzüglich auf den Weg zu machen, um für ihn bis zum Herbst einen Platz zu finden.

Das Gasthaus in Alberschwende bedeutete erst einmal für Sefftone keine Erlösung von den Hungerqualen. Denn dort hatte sein Begleiter sofort die Zeitungen entdeckt und sich über sie hergemacht. Derweil stand die Suppenschüssel auf dem Tisch, wurde kalt und kälter. Sefftone klapperte mit dem Löffel, räusperte, wetzte unruhig auf dem Stuhl hin und her, was aber Franzmichel auch nicht dazu bringen konnte, endlich zur Schöpfkelle zu greifen. Immer noch war er in seine Zeitung versunken, und erst als sich der Bub ein Herz nahm und nochmals einen lauten Huster ausstieß, wurde er wieder seiner gewahr.

Mit leisem Schmunzeln beobachtete der Herr am Nachbartisch, wie jetzt Sefftone heißhungrig die Linsensuppe in sich hineinschaufelte, während sein Begleiter, immer noch in seine Zeitung vertieft, den Löffel gedankenverloren zum Mund führte.

»Verzeihung!«, sprach er dann Franzmichel an. »Aber ich habe noch nie einen Bauernburschen gesehen, der ob einer Zeitung das Essen vergisst. Von woher kommt ihr?«

»Von Schoppernau. Ich selbst halte mir die ›Gartenlaube‹, aber hier in Alberschwende scheinen ja recht wissbegierige und belesene Leute zu wohnen«, deutete Franzmichel auf die übrigen auf einer Truhe ausliegenden Zeitungen.

»Die Alberschwender«, mischte sich nun lachend der Wirt ein, »die lesen bestimmt auch nicht mehr als die Schoppernauer. Die Blätter sind für die Fremden und Durchreisenden. Von den Einheimischen schaut da kaum einmal jemand hinein.«

»Ja, das ist landauf, landab so und ich denke, das liegt auch an den schlechten Schulen!«, entgegnete der Herr vom Nebentisch und im Nu entspann sich ein Disput über den Nutzen des Zeitunglesens und den allgemeinen Rückgang des Zusammenhaltes in der Bevölkerung, wobei natürlich den Lesern die Schuld zugeschoben würde, weil diese damit die Leute nur aufhetzten und durcheinanderbrächten.

»In Wahrheit aber ist es doch so, das wenn das allgemeine Bewusstsein, Recht und Gesetz nicht mehr dem Wesen und den Bedürfnissen der Bevölkerung entsprechen, Neid und elende Kriecherei entstehen. Wer es zu Ansehen bringen will, der kümmert sich nur mehr um sich selber. Ihn interessiert nur mehr der Erwerb und die Anhäufung von Geld und Gütern, damit die anderen zu ihm aufschauen und ihn beneiden, und so wird es zum Fehler, nach Wissen und Bildung zu streben, um gemeinsam etwas verändern zu wollen.«

Franzmichel wurde mit einem Mal ganz wohl. Das waren auch schon lange seine eigenen Gedanken und er dozierte über die Zeit, von der die Alten noch wussten und erzählten, als der innere Bregenzerwald noch seine eigene Verfassung und seine eigenen Gesetze hatte, die von den Bewohnern des Tales selbst gemacht wurden: »Die älteste deutsche Republik. Ein Vorbild, ein Modell hätte sie sein können. Stattdessen wurde sie zerschlagen und weggeworfen wie ein wurmstichiger Futtertrog. 1806, mit dem Einmarsch der mit Napoleon verbündeten Bayern, war es aus mit der Bauernherrlichkeit. Nicht mehr die Bregenzerwälder selbst bestimmten von nun an, sondern Bürokraten und Beamte übernahmen das Sagen. An Stelle der wenigen Richter, die ihr Amt ehrenhalber versahen, traten gut besoldete, vielfach bestechliche Landrichter mit einem Tross von Gehilfen mit sonderlichen Titeln, die flugs die Steuern erhöhten, dazu noch neue erfanden, selbstherrlich nach eigenem Ermessen und Gutdünken entschieden und den alten Gemeingeist rigoros mit Papieren, Stempeln, Verboten, Verordnungen und jede Übertretung verfolgenden Gendarmen erwürgten. Damals war auch der Vater des heute reichsten Käshändlers noch ein kleines Bäuerlein. Fünfzig Jahre später diktieren eine Handvoll Käsgrafen den Milchpreis und mehr als die halbe Talschaft ist drüben bei den Lechtalern bis über beide Ohren verschuldet!«

Es war schon Nachmittag, als sie sich wieder auf den Weg machten, und schon nach wenigen Schritten fing dann Sefftone an zu jammern, dass ihm die dünnen Riemen des Schnerfers grausig in die Schultern schneiden würden.

»Gib her!«, antwortete daraufhin Franzmichel gut gelaunt und band ihn mit ein paar Handgriffen auf den eigenen. Aber weit kamen sie nicht. Schon der erstbeste Entgegenkommende wurde sogleich in ein Gespräch verwickelt, bei der Steinschleiferei unten im Schwarzachtobel kam er auch nicht vorbei, ohne dieser noch einen Besuch abzustatten, und beim Steinbruch blieb er schon wieder stehen und sah dort die längste Zeit den Arbeitern zu.

»Wir müssen weiter!«, wagte dann endlich Sefftone zu drängen und tatsächlich legten sich schon die ersten Schatten über die Tannenspitzen.

Als sie endlich Bregenz erreichten, hatte sich bereits die Dämmerung über die Stadt gelegt und die Sonne versank goldfarben im Bodensee. Junge Männer begegneten ihnen, plaudernd und mit Büchern in den Händen. Offensichtlich hatten sie noch das letzte Licht des Tages zum Lesen in der lauen Luft am Ufer ausgenutzt. Einer von ihnen sprach von Wieland, und als Franzmichel den Namen des verehrten Dichters vernahm, kam er sich vor wie ein Fremder in einem fremden Land, der unerwartet ein vertrautes Lied von daheim hört.

Das sind keine Bischer, dachte er, genauso wenig wie du einer bist und hier auch keiner werden müsstest wie daheim.

»Fremdenzimmer«, lud ein Schild mit groß gemalten Buchstaben ein und Franzmichel meinte, es sei schon zu spät, um noch lange herumzusuchen. Die breite Wirtin hinter der Theke sah bei ihrem Eintreten auf und musterte die beiden argwöhnisch. Auf Franzmichels Gruß hin gab sie nur einen unwilligen Brummlaut von sich und ihr Gesicht wurde zunehmend abweisender. Auch der Wirt war nun erschienen und auch seine Miene war um keine Spur freundlicher.

»Ein Zimmer wollt ihr also?«, fragte er in ziemlich ungnädigem Ton und sein Blick ging dabei angewidert zuerst an Sefftone, dann an Franzmichel auf und ab.

»Zuerst aber hätten wir noch gerne etwas zu trinken und eine Kleinigkeit zu essen. Wir haben einen langen Weg hinter uns. Ein Bier wäre recht und …«

Die Wirtin ließ ihn gar nicht erst ausreden und unterbrach ihn: »Könnt ihr überhaupt bezahlen?«

»Selbstverständlich!«, antwortete Franzmichel entrüstet.

»Trotzdem. Solche Gäste wie euch können wir nicht brauchen. Wir sind eine ordentliche Wirtschaft!«, beschied ihr Mann. »Geht zum Löwenwirt. Der ist Herbergsvater für die Zünftler und muss auch diejenigen aufnehmen, die sonst niemand will!«

Damit drehte er sich wortlos um und seine Frau machte sich wieder an das Abtrocknen der Gläser, ohne die beiden weiter zu beachten.

Durstig, hungrig und hundemüde standen sie gleich darauf wieder auf der Straße und machten sich in der inzwischen hereingebrochenen Dunkelheit auf die Suche nach dem »Löwen«. Franzmichel war so aufgebracht, dass ihm dort dann trotz des Hungers selbst das wider Erwarten gute Essen nicht recht schmecken wollte und er sich mit Sefftone gleich danach zu Bett begab.

Das erste Licht des neuen Tages graute bereits vor dem Zimmerfenster, als Franzmichel sich alleine und in Ruhe noch die Stadt ansah. Jeden, der ihm in der frühen Morgenstunde begegnete, grüßte er anfangs noch freundlich, ließ es dann aber bleiben, als er merkte, dass dies hier nicht üblich war. Gleichzeitig versuchte er Aussehen und Kleidung in einen Zusammenhang zu bringen und abzuschätzen, welchen Beruf der Betreffende ausübte oder welche Stellung er innehaben könnte.

Das hatte er in Schoppernau kaum getan – so auf die Kleidung der Leute geachtet. Dort kannte man sich, jeder wusste, wer der andere war und was er tat. Erst jetzt bemerkte er, wie auch die anderen dasselbe taten, ihn musterten oder ihm kurz nachblickten.

Er blieb stehen und sah an sich herunter. Joppe und Hose – die hatte er schon als Schüler zum Kirchgang getragen und beide waren seitdem mitgewachsen. Wurden sie wieder einmal zu klein, so hatte seine Mutter einfach die Hosenärmel verlängert oder die Joppe mit ein paar Flickenstreifen erweitert. Armselig kam sich Franzmichel jetzt vor und jeder Blick dünkte ihm wie ein Nadelstich. Vor einem Kleiderladen hielt er inne und holte seinen Geldbeutel aus der Tasche.

Zurück in der Herberge, konnte Sefftone die Verwandlung seines Begleiters kaum fassen.

»Mei, Franzmichel«, sagte er mehr als nur einmal ehrfürchtig, »wenn du wieder heimkommst, werden sie es gar nicht glauben, dass du ein Schoppernauer bist!«

Diesem war die Bewunderung des Buben Balsam auf der wunden Seele. Schließlich hatten sie sich daheim genug über ihn lustig gemacht. Jetzt würde es an ihnen sein, über Jaukos Franzmichel zu staunen.

»Schau zu, dass du weiterkommst, und trink endlich deinen Kaffee aus!«, ermahnte er ihn dann zufrieden lächelnd.

Es war dann schon ein ziemlich ungleiches Paar, das bald darauf die Stadt Bregenz verließ. Ein junger Bursche in einem vornehmen kurzen Röckchen, zu dem aber die Hose und der zerfledderte Rucksack nicht so recht passen wollten, und neben ihm ein Bub in seinem dünnen, vielfach verflickten Gewand. Nicht nur Sefftone, sondern aus Franzmichel konnten ihre Augen nicht abwenden von der weiten, schimmernden Fläche des Sees und beide blieben eine Weile stehen, als von Lindau her sich ein Dampfer auf sie zuschob.

Gleich hinter der Grenze wurden sie auf dem ersten Hof um eine Arbeit für den Buben vorstellig, aber auch auf dem zweiten, dritten, vierten und fünften wurde ihnen abschlägig beschieden. Am späten Nachmittag hatten sie es dann aufgegeben, die aufgesuchten Gehöfte zu zählen, und Franzmichel meinte entmutigt, dass sich die Leute eben schon vor zwei Monaten eingedeckt hätten und es jetzt eben zu spät sei. Sefftone schien das nicht einmal ungelegen zu kommen und er erwiderte geradezu erleichtert, dass sie dann eben wieder zurück nach Hause müssten. Über die Schwabenkinder wusste er schließlich genug und war nicht sonderlich erpicht, selber eines zu werden.

Nun ging es wieder auf den Abend zu, als Franzmichel nochmals einen Versuch machte. »Wenn's da nichts wird, dann gehen wir endgültig heim!«

Auch hier wiegten die Bauersleute abwägend den Kopf hin und her, fragten dann aber doch, was der Bub denn kosten solle. Der Preis, den Franzmichel nannte, war nicht allzu hoch. Eine Weile beratschlagten die beiden leise, ehe die Bäuerin dann freundlich nickte und meinte, einen Buben zum Viehhüten und zur Heuernte könnten sie doch noch gebrauchen. Franzmichel fiel ein Stein vom Herzen, während sich Sefftones Begeisterung in engen Grenzen hielt.

»Ich würde ja gerne für dich hierbleiben!«, versuchte er ihn noch ein wenig aufzumuntern. Der machte ein Gesicht wie sieben Tage Regenwetter und sah Franzmichel verständnislos an.

»Also mach's gut und dann bis zum Herbst!«, sagte dieser und klopfte dem Buben auf die Schulter. »Ich will noch nach Lindau!«, klang es fast entschuldigend, als er sich eilig von den beiden Leutchen verabschiedete.

Lindau war zwar ein Umweg, aber der Seppel hatte ihm so viel von der Eisenbahn erzählt, und als er über die große Brücke schritt, welche die Insel mit dem Festland verband, hörte er schon das Fauchen und Schnauben der Lokomotiven. Franzmichel schien es dann, als ob er in eine neue Welt eintreten würde, die er zwar aus Beschreibungen und von Bildern kannte, die ihm aber doch fern und unwirklich erschienen war. In der Bahnhofshalle, bestimmt so groß wie die Schoppernauer Kirche, saß er auf einer Bank und sah dem Kommen und Gehen der Leute zu. Gepäckträger schleppten schwere Koffer, Säcke und Kisten wurden auf Karren durch die hohe Halle gerollt und über all dem war die Luft erfüllt von Stimmengewirr und vielfältigen Geräuschen. Schon nach wenigen Augenblicken wusste er, warum es den Seppel nicht mehr daheim gehalten hatte, warum dieser wegmusste aus der Friedhofsruhe des engen Tales mit seinem engen Denken und den strengen Urteilen, die ihm das Leben dort verleidet und ihm die Luft zum Atmen genommen hatten. Langsam erhob er sich, durchquerte die Halle und stieß eine der hohen, doppelflügeligen Türen auf. Glänzend lagen die Schienen vor ihm, die hinausführten nach Wien, Paris und nach seiner Lieblingsstadt Leipzig und durch die Lindau mit ganz Europa verbunden war. Abfahrbereit stand eine Lokomotive auf einem Gleis. Feuer, Wasser und Luft – daheim waren sie die Feinde der Talbewohner. Hier aber waren sie gebändigt, gefügig gemacht zum Wohle und Nutzen der Menschen, dienstbare Geister nicht nur zum Transport von Personen und zum Austausch von Waren, sondern auch von Gedanken.

War dieser Richard Trevithick nicht auch ein Bischer gewesen? Einen Traum hatte er gehabt, an ihn geglaubt, sich nicht abbringen lassen von den Unverständigen, Ängstlichen und angeblich Gescheiteren. Nicht, dass er sich mit dem Erfinder der Eisenbahn auf eine Stufe stellen wollte. Aber es tat ihm gut zu wissen, dass selbst Menschen, die etwas so Großes mit ihrem Denken erst ermöglicht hatten, von ihrer Umgebung auch nicht ganz für voll genommen worden waren.

Unter anderen Umständen hätte Franzmichel sich wahrscheinlich nicht getraut, eine richtige Buchhandlung zu betreten. Jetzt aber, mit seinem neuen Rock schritt er frohgemut durch die verwinkelten Gassen des Inselstädtchens und fragte sich nach der Rieger'schen Buchhandlung durch, von der er seine Bücher bezog. Aber kaum war der Ton der kleinen Türglocke verklungen, da hätte er am liebsten wieder kehrtgemacht. Bücher, Bücher, Bücher. Vor ihm, neben ihm, hinter ihm und über ihm – nichts als Bücher, geradeso, als ob sie sich auf ihn stürzen wollten. Je länger er so dastand, desto beklommener wurde ihm zumute, und als ihn auch noch ein freundlicher Herr in Schriftdeutsch ansprach und nach seinen Wünschen fragte, begann sein Auge heftig zu zwinkern und er brachte kaum einen Ton heraus.

»Den … Herrn … Stettner …«

»Der bin ich!«, erwiderte der Mann und verbeugte sich leicht, was Franzmichel nur noch verlegener machte.

Krampfhaft versuchte er sich einen ganzen Satz in Schriftdeutsch bis zum Ende zurechtzulegen. »Ich bin der Franz Michael Felder aus Schoppernau«, begann er, dann aber war es auch schon vorbei. »Bi oam vo üararn Husirarn hean i …« Er brach ab, sammelte sich und fing nochmals an. »Bei einem Ihrer Vertreter habe ich vor längerer Zit a Ausgabe der Klassiker gekauft. Itz wollt i bloß amol schauen, wenn i scho z'Lindau beo, wie des Gschäft usluagat.«

Hätte er gekonnt, so wäre er vor Scham in den Boden versunken.

Lesen, schreiben und Verse machen in Schriftdeutsch – das machte ihm Freude. Aber dennoch war das etwas vollkommen anderes, als es auch zu sprechen.

Aber der Herr Stettner schien sein Wörtergemisch gar nicht zu bemerken. »So, aus Schoppernau!«, sagte er stattdessen freundlich und wollte dann gleich dies und jenes von ihm wissen. Inzwischen waren auch die beiden kleinen Töchter des Buchhändlers in den Laden gekommen und beobachteten neugierig den Burschen mit den sonderbaren Augen, von denen eines seltsam nach oben starrte. Zu seiner Scham stieg in Franzmichel nun auch noch Zorn auf. Zorn auf die Schule, in der sie nicht einmal so viel Schriftdeutsch zu sprechen gelernt hatten, dass er sich eine gute Tagesreise von daheim auch noch halbwegs verständlich hätte unterhalten können.

Nicht nur der Herr Stettner, sondern auch die Mädchen waren jetzt begierig zu erfahren, wie man lebte im Bregenzerwald und was für Spielzeuge dort die Kinder hätten. Als auch diese ihre Fragen in Schriftdeutsch stellten, war Franzmichel die Unterhaltung bald endgültig verleidet. Kleinlaut bat er noch um den neuen Prospekt mit den Neuerscheinungen der Klassiker und verabschiedete sich.

In der Wirtschaft, in der er übernachtete, zog er sich an einen der Ecktische zurück, zuckte jedes Mal zusammen, sobald ihn jemand ansprach, und oben im Bett schimpfte er noch eine ganze Weile halblaut mit sich selbst.

»Zuerst hast du es kaum erwarten können, aus dem Tal herauszukommen, und jetzt, da du heraußen bist, ist deine größte Sorge, dich vor weiß Gott wem nicht lächerlich zu machen!«

Am nächsten Morgen saß Franzmichel in aller Herrgottsfrüh auf der Mole des Lindauer Hafens unter dem Leuchtturm und zählte sein restliches Geld. Für die Überfahrt nach Bregenz hätte es schon gereicht. Trotzdem war er nicht auf dem Schiff, als dieses mit lautem Glockenschlag die Abfahrt ankündigte. Stattdessen sah er dem Dampfer zu, wie er ganz nahe an ihm vorbeifuhr und kleiner und kleiner werdend über die spiegelnde Wasserfläche glitt. Plötzlich erfasste ihn unbändiges Heimweh. Er konnte schaffen so gut wie jeder andere, auch wenn er mehr Willen und Kraft dazu brauchte. Entschlossen sprang er auf, warf seinen Schnerfer über den Rücken und fing an zu laufen.

40

Den größten Teil des Sommers hatte Franzmichel in Schoppernau verbracht, war dort einsamer gewesen als früher oben auf Schiedlen mit seinen Geißen. Eigentlich verkehrte er nur mehr bei Oberhausers und seine tiefsten Gedanken und Empfindungen vertraute er ausschließlich seiner »Welt des Herzens« an.

Der kleine Sefftone hatte recht behalten: Der Empfang bei seiner Rückkehr mit seinem neuen Anzug hatte am nächsten Sonntag für allgemeines Aufsehen gesorgt. Ein Gejohle und Gelächter war es gewesen, als er mit seinem modisch kurzen Röckchen mit den zwei Schwalbenschwänzen auf dem Kirchplatz aufgetaucht war.

»Mit dir will wohl der Hochmutsteufel hinaus über die Berge!«, lachte einer und ein anderer rief lauthals, die Jochgeierflügel dazu hätte er ja schon, und zog zur allgemeinen Belustigung kurz an einem der Rockschöße.

»Jaukos Franzmichel ist und bleibt halt ein Bischer!«, meinte der steckendürre Muser Willi, der immer nur dann eine Meinung vertrat, wenn er bestimmt die Mehrheit hinter sich wusste.

»Wenn ich ein Bischer bin, dann sind es die Bregenzer und Lindauer auch, und wenn die alle Bischer sind, dann bin ich auch gerne einer!«, gab Franzmichel seinen Spöttern zurück, ließ sie stehen und schritt hoch erhobenen Hauptes durch die Kirchentüre. Nach dem Gottesdienst aber waren sie schon wieder um ihn herum.

»Wenn es nach euch einfältigen Tröpfen ginge, dann wären Eisenbahn und Dampfschiff gar nicht erst erfunden und wenn doch, dann gleich verboten worden! Alles, was ihr nicht kennt, ist halt nichts und kennen tut ihr eben überhaupt nichts! Verrammelt das Tal und traut euch nur nicht hinaus! Weil dort draußen sind lauter Bischer und ihr wäret dann die einzigen Gescheiten!«, spottete er jetzt so überheblich, dass es manch einem die Wutröte ins Gesicht trieb.

Im Dorf ließ er sich seit diesem Sonntag kaum mehr blicken und wenn, dann ging er einem Streitgespräch aus dem Weg. Franzmichel blieb eisern, und wenn er wieder einmal kurz davor war, Kontra zu geben, so ging er ohne Entgegnung nach Hause, zog seinen geschmähten Rock an und dachte sich in den Bahnhof in Lindau. Sein Anzug wurde so etwas wie die Panzerhaut des hörnernen Siegfried, er machte ihn unverwundbar und gab ihm Selbstvertrauen. Gleichzeitig aber kam er ihm auch vor wie eine Mauer, die ihn von seinen Spöttern trennte.

Fast den ganzen Sommer über hatte er es nicht erwarten können, bis es Herbst würde und er wieder ins Vorsäss konnte. Vorbei waren die Zeiten, in denen ihm das karge Leben dort nicht sonderlich gefallen hatte. Erst jetzt begann er zu verstehen, warum sie hier in den kleinen Hütten alle wie ausgewechselt waren, so ganz anders als daheim. Hier waren sie weg von den Zwängen des Dorflebens, von einem sauertöpfischen Bäsle, weg von einer tadelnden Mutter, den alles zum Pfarrer tragenden Betnockeln, die überall ihre Augen und Ohren hatten. Das Leben war frei, die Streiche wüst und derb und es gab keinen Unterschied zwischen Reich und Arm, weil alle mit dem Notwendigsten auskommen mussten.

Jetzt machte es auch Franzmichel Spaß, auf eine Nachtstubat zu gehen, und kein Buch konnte mehr so packend sein, dass es ihn davon abhalten konnte. Sobald er das ausgelassene Juchzen der Burschen hörte, überkam ihn ein eigenartiges Brennen in den Augen und keine gotzige Zeile interessierte ihn mehr. Drüben bei Moosbruggers, mit Hausnamen Haghansomatis aus Au, waren heuer vier Geschwister in ihrem Hüttchen und einer der Buben, der Schneider, galt als ausgemachter Spaßvogel und größter Gaudibursch im abgeschiedenen Hopfreben.

»... dem Naze geht's wie einer Kuh bei uns vor zwei Jahren!«, hörte Franzmichel den Schneider beim Eintreten.

»Warum? Was war mit der?«, wollte der Naze wissen.

»Die ist auch vor einen Baum gelaufen und hat seither einen Dachschaden!«

Alle lachten jetzt lauthals und auch der Naze war nicht beleidigt über den Scherz auf seine Kosten. Das war auch mit das Schöne an einer solchen Nachtstubat – es ging einzig und allein um den Spaß und kaum jemand nahm es krumm, wenn er selbst zum Opfer wurde.

»Und, wie steht's jetzt mit ihrer Milchleistung?«, fragte Franzmichel schlagfertig hinterher.

Der Schneider überlegte kurz, dann ging ein breites Grinsen über sein Gesicht. »Eigentlich haben wir geglaubt, wir müssten sie zum Metzger tun. Aber siehe da«, das Grinsen wurde noch breiter, »die Milchleistung hat nicht ab-, sondern zugenommen. Und zwar Schlag auf Tatsch! Natürlich haben wir uns überlegt, warum. Dann aber sind wir darauf gekommen: Die Kuh war nämlich unsere gescheiteste. Die war so gescheit, dass der Tierarzt schon gemeint hat, man solle sie zum Studieren nach Innsbruck schicken. Aber das hat sich durch den Zusammenstoß mit dem Baum erledigt. Jetzt ist sie zwar die dümmste im Stall, gibt dafür aber die meiste Milch!«

Wieder erhob sich allgemeines Gelächter, aus dem sich belustigt eine helle, glockenklare Stimme abhob. Sie gehörte zu Anna Katharina, der jüngsten Schwester des Schneiders, die allgemein nur Nanni gerufen wurde. Franzmichel empfand jedes Mal, wenn er sie auch nur ansah, eine gewisse Scheu und wusste nicht, warum. Er kannte sie nur flüchtig.

»Wisst ihr was?«, schrie nun der Schneider in dem allgemeinen Lärmen. »Wir gehen jetzt zum Fensterln!«

Dazu musste man keinen der Burschen zweimal auffordern. Im Nu war die Stube leer und Franzmichel schämte sich vor Nanni, als auch er sich der Gesellschaft anschloss. Das Fensterln war ein an sich harmloser Zeitvertreib, bei dem es darauf ankam, dem Mädchen mit verstellter Stimme eine Geschichte vorzutragen oder es mit lustigen Reden zum Lachen und, wenn es ihr gefiel, womöglich noch zum Antworten zu bringen. So mancher Vater lag dann schmunzelnd in seinem Bett und hatte ebenfalls seinen Spaß daran, der aber meist damit endete, wenn ihn die besorgte Mutter aus der Schlafstatt aufscheuchte, um nachzusehen, wer sich da alles um das Töchterchen bemühte. Fast immer stand eine Horde von Burschen herum, ein Einzelner kam nur dann, wenn er auf den »Strich« wollte, also ernste Absichten hatte. Bei aller Ausgelassenheit und Freiheit des Vorsäss-Lebens galten auch beim Fensterln immer noch die ehernen Regeln des Tales und alle hielten sich widerspruchslos daran. Schlüpfrige Andeutungen waren undenkbar und die Paare, die so zueinander fanden – und das waren die meisten –, tauschten ihren ersten Kuss oft erst nach der Hochzeit. Trotzdem drückte sich Franzmichel verlegen an Nanni vorbei und dachte, dass er bei ihr kein Wort herausbringen würde, obwohl er mit dem Schneider inzwischen schon unter so gut wie allen Mädchenfenstern gestanden hatte.

Jetzt stand der Schneider an Miklahores Sophies Kammerfenster und gab eine Geschichte vom Baron Münchhausen zum Besten. Von drinnen kam gedämpft Sophies Kichern, aber Franzmichel achtete kaum darauf. Was hielt ihn bloß davon ab, Nanni so ungezwungen zu begegnen wie die anderen auch? Da erschien Sophies Vater in der Türe. Mit seitlich an den beiden Holmen angeklammerten Beinen sauste der Schneider herab von seiner kurzen Leiter, warf sie über seine Schulter und alle stoben sie johlend auseinander ins Dunkel der Nacht. Noch eine ganze Weile konnte man sie hören und irgendwann saßen sie wieder alle beisammen in Haghansomatis Vorsäss. Nannis Augen dünkten ihm im weichen Kerzenlicht wie zwei Sterne, Sterne jedoch, die ihm unerreichbar schienen. Wie eine Muttergottes, dachte er. Bei diesem ihm fast überirdisch erscheinenden Wesen fensterln – auch wenn das so Brauch war –, allein schon den Gedanken empfand er als geradezu abstoßend.

Wieder führte jetzt der Schneider das große Wort. Der Schneider war wirklich ein Schnurrenwackler wie kaum einer, der niemandem eine Antwort schuldig blieb und die Gesellschaft zu wahren Lachsalven brachte.

Schüchtern streifte Franzmichels Blick über Nannis kleine, feste Gestalt und ihr frisches, ebenmäßiges Gesichtchen. Sie konnte arbeiten und zupacken wie die meisten Bauernmädchen des Bregenzerwaldes und dennoch dünkte sie ihm in ihrer Art und in ihrem Wesen himmelweit weg von allen anderen, die er kannte.

Über dem allgemeinen Gelächter schwebte jetzt ihre Stimme hell und klar wie der Ton des Ave-Glöckchens an einem taufeuchten Sommermorgen und drang tief in sein Inneres. Alles an ihr schien ihm so vertraut und dennoch …

»Was ist los mit dir? Hast du heute einen Frosch verschluckt?«, stieß einer den vor sich hin grübelnden Franzmichel an. Einen Moment brauchte dieser, nur um den Faden aufzunehmen.

Ein paar hingeworfene Scherzworte, und schon hatte er die Lacher auf seiner Seite, auch wenn ihm eigentlich überhaupt nicht danach zumute war. Auch der Schneider stieg sofort darauf ein, aber jetzt war es Franzmichel, der sogar ihn übertrumpfte. War der Humor des Schneiders zwar derb, so war er jedoch nie so scharf, dass er damit jemanden verletzte. Franzmichel erschien er immer wie lockere Schneebälle, die an dem Getroffenen harmlos abprallten. Sein eigener aber traf wieder einmal wie gezielte, sauber geführte Axthiebe und das dann die enge Stube füllende Gelächter überlärmte die trostlose Leere in ihm. Nanni lächelte nur gelegentlich leicht, blieb ansonsten still. Plötzlich hatte er den Mut aufgebracht, sich zu ihr auf die den Steinofen umlaufende schmale Bank neben der Stubentüre zu setzen.

Hatte eben noch die Nachtgesellschaft herzhaft über seine Späße und lustigen Einfälle gelacht, so änderte sich das nun mit einem Schlag. Kaum schwieg er, so drehten sie den Spieß um. Vorbei war es mit dem lockeren Spaß und Franzmichel wurde ihre Zielscheibe, auf die sie höhnisch ihre Pfeile abschossen. Zwar blieb er ihnen keine Antwort schuldig, aber sie wollten sie erst gar nicht hören und überschrien ihn einfach.

»Einmal ein Bischer, immer ein Bischer!«, rief einer verächtlich.

»Siehst du, so sind sie«, sagte Nanni neben ihm gerade so laut, dass nur er es verstehen konnte, »wenn du dich zu ihrem Narren machst, dann bist du ihnen recht. Kaum aber hörst du damit auf, so lachen sie dich aus. Ist es dir dieser Beifall wert, dass du das Beste in dir verleugnest?«

Er war unfähig zu einer Antwort, blieb neben ihr sitzen und sagte kein Wort mehr. Das blieb auch die nächsten Tage so und ging so weit, dass ihn der Schneider ernsthaft zur Rede stellte. Doch Franzmichel blieb verschlossen und in sich gekehrt.

Nein, er war nicht verliebt und wenn er es gewesen wäre, so hätte er alles getan, diesem Gefühl den Kampf anzusagen. Liebe war dort, wo sich zwei Menschen ergänzten. Nanni aber erschien ihm so vollkommen und in sich selbst ruhend, dass er nichts an ihr fand, was einer Ergänzung bedurft hätte, um sie so noch glücklicher zu machen. Zudem wusste er um sein Aussehen und was hätte er ihr davon abgesehen auch bieten können? Seine Zerrissenheit, seine Unruhe, seine andauernde Unzufriedenheit? Aber wärmten die Strahlen der Sonne nicht auch jeden, so unerreichbar sie selbst ihm auch scheinen mochte?

In diesem Wissen wurde es ihm nach und nach leichter, in der Nachtstubat unbeschwert sein Wort direkt an sie zu richten und sie in ein unbefangenes Gespräch zu verwickeln. Auch ertappte er sich dabei, wie er Nannis Lieder vor sich hin summte, und auch die ungeliebte Stallarbeit ging ihm plötzlich leichter von der Hand.

Nun aber waren es nur noch wenige Tage der heiteren Unbeschwertheit, die ihnen in der Abgeschiedenheit Hopfrebens gegönnt waren. Unerbittlich wurde das Gras kürzer und die abendlichen Schatten länger. Nicht nur ihm, sondern auch allen anderen war schwer ums Herz, als der letzte Abend gekommen war, und manch einem grauste es vor den wieder bevorstehenden Zwängen des Dorflebens. Unten im Tal würde er wieder aufbrechen, der Riss, der sie voneinander trennte und über den sie hier mit ihren Tollheiten eine Brücke gebaut hatten. Früher als sonst ging man auseinander und auch Franzmichel, der kein besonderes Verlangen nach der Einsamkeit seiner Hütte verspürte, tat es den anderen gleich. Er wartete, bis sich die letzten Nachtschwärmer von den Moosbruggers verabschiedet hatten. Als Letzter trat er unter die Türe, in deren Rahmen Nanni mit einer halb herabgebrannten Unschlittkerze stand.

»Pfüat' di, Nanni!«, brachte er nur heiser heraus.

»Pfüat' di, Franzmichel!«, erwiderte sie leise und Franzmichels Herz schlug ihm bis hinauf in den Hals, als er auch in ihrer Stimme einen Anflug von Traurigkeit hörte.

41

Vierzehn Tage hatte er abgewartet. Vierzehn Tage, an denen er an fast nichts anderes denken konnte als an Nanni. Noch in der Nacht nach seiner Heimkehr hatte er sich in sein ehemaliges Altarkämmerchen begeben, das als Schreibstube diente, und auf dem alten Futtertrog, seinem ehemaligen Altar, jetzt sein Schreibtisch, mit der Fortführung seines Tagebuches begonnen.

Woher komme ich?
Wo bin ich?
Und was nun?

Mehr stand da nicht auf der Seite in dem dünnen Schulheft und Mitternacht war schon vorüber.

Woher komme ich? Aus Hopfreben, wo es eine Brücke gab.

Wo bin ich? In Schoppernau, wo diese Brücke über den Riss, auf der sie eben noch ausgelassen getanzt hatten, in wenigen Tagen bis zum nächsten Frühjahr verschwunden sein würde.

Was nun? Diese Frage war nicht so leicht zu beantworten. Wie konnte man es bewerkstelligen, dass es eine solche Brücke auch im Dorf gab und der Zusammenhalt wie oben in Hopfreben nicht bald vergessen war? Dort oben waren sie alle Gleiche unter Gleichen gewesen. Hier unten aber wohnten sie wieder in kleineren und größeren Häusern, im Wirtshaus saßen die Wohlhabenderen lieber unter sich an ihren Tischen, duldeten die Ärmeren zwar, legten aber auf deren Worte kein großes Gewicht.

Seine Gedanken flogen hinaus nach Au und in diesem Augenblick wurde ihm bewusst, dass es nicht mehr Oberhausers Marianne war, mit der er in seinem Heft Zwiesprache hielt und der er seine »Welt des Herzens« gewidmet hatte. Obwohl noch nicht einmal zur Hälfte vollgeschrieben, legte er es auf den Stapel anderer im Trog und begann ein neues. Wenn er an ein Mädchen dachte, so erschien ihm an ihrer Stelle Nanni und er hätte es als ungehörig empfunden, sie beide, die sich in vielem doch so ähnlich, aber dennoch so grundverschieden waren, in seinem Heft gleichsam mit Gewalt zu verpressen.

Jetzt stand er draußen in Au vor Nannis Blumengarten. Anstatt der Blumen wären ihm doch Kraut, Bohnen und Salat lieber, meinte der Schneider und sein Bruder Jok pflichtete ihm bei, man könnte den Platz auch besser nutzen und dafür eine Ziege mehr halten. Nannis kleine Gestalt erschien in der Tür.

»Geht es wieder einmal um meinen Garten?«, sagte sie freundlich, während sie leicht errötete und mit einem kleinen Nicken Franzmichels Anwesenheit zur Kenntnis nahm.

»Ihr sollt doch nicht noch ärger sein als die Ziegen, gegen die ich mein Gärtchen verteidigen muss, weil das Vieh seit der Rückkehr von Hopfreben frei auf den abgemähten Wiesen herumläuft!« Jetzt wandte sie sich an Franzmichel. »Ist er nicht schön? Und doch so klein! Kaum eine Woche würde das Heu für eine Geiß langen, mir aber macht er das ganze Jahr über Freude.«

Sie sah ihre beiden Brüder an. »Also gut! Im nächsten Jahr teilen wir es so ein, dass auch noch Kraut und Salat gepflanzt werden können. Aber diesen kleinen Flecken müsst ihr dafür mir lassen!«

»Jawohl!«, antworteten der Schneider und Jok gleichzeitig.

Franzmichel dünkte dieser Handel unwürdig. »Es ist doch ein Elend auf der Welt!«, sagte er mit verhaltenem Zorn. »Jede Kleinigkeit muss man sich mühevoll erwerben!«

»Und mich dünkt das gerade schön, dass man sich etwas erwerben kann und selten leer ausgeht, wer sich nur ein wenig rührt und regt!«, konterte Nanni fröhlich.

»Diese Freude muss man ihr gönnen. Sie verlangt auch sonst nie etwas wie fast alle übrigen Mädchen in ihrem Alter!«, kam es nun kleinlaut vom Schneider. »Die meisten wollen zu jeder Lustbarkeit«, fuhr er fort, »auf jede Hochzeit und zu jedem Tanz. Auch Nanni tanzt gern, aber es macht ihr nichts aus, wenn sie das Haus hüten und bei unserer alten Mutter bleiben muss. Dann setzt sie sich eben hin und schreibt ein Gedicht.«

»Was schreibt sie? Gedichte?« Franzmichel war vollkommen perplex.

»Ja!«, bestätigte der Schneider. »Und was für welche! Komm mit, ich zeige sie dir!«

Ohne auf seine protestierende Schwester zu achten, bedeutete er Franzmichel, ihm zu folgen. In der Stube nahm er den an einem Nagel hängenden Schreibkalender von der Wand und blätterte kurz darin.

Verlegen stand Nanni dabei und versuchte ihren Bruder davon abzuhalten. »Glaub' nichts! Ich schreib nur für mich in Versen meine Gedanken und Gefühle nieder. Aber sie sind alle misslungen!«

Auf dem Blatt des Monats Mai, direkt unter dem Verzeichnis der für den Sommer gekauften Kühe, fand sich eines der Gedichte.

O liebe, liebe Frühlingszeit,
Kehrst wieder du zurück
Und gönnest uns, die lang verschneit,
Den holden Gnadenblick.

Von deines Mundes warmem Hauch
Belebt sich Berg und Tal,
Es schmilzt der Schnee in Bergen auch,
Auf taut der Schöpfungssaal.

Zeile um Zeile las Franzmichel ganz langsam und in ihm wurde es dabei hell und warm.

Es jubelt froh ein Vogelschwarm
Fast hinter jedem Strauch;
Mein Lied ist einfach nur und arm,
Doch fröhlich bin ich auch.

Bei der letzten Strophe musste er einige Male schlucken. Wie einfach und doch so schön sich Nanni ausdrückte! Lange Zeit brachte er kein Wort heraus und starrte bald auf Nanni, dann wieder auf die Zeilen im Kalender.

Endlich brach Nanni das Schweigen. »Wie kann man doch so kindische Freuden haben? Ich habe es nur für mich geschrieben und wollte es niemanden sehen lassen! Besonders dich nicht!«, fügte sie nach einer Pause hinzu.

»Warum nicht?«

»Weil du auch vor den großen Dichtern kaum Respekt hast und sie kritisierst. Ich aber habe nur nach dem Gefühl geschrieben und mich nicht mit dem Zählen von Silben abgegeben. Ein Kritiker wird mit meinen Versen keine große Freude haben!«

»Leider hast du nur zu recht!«, gab ihr jetzt Franzmichel zerknirscht zur Antwort. »Du hast recht, wenn du mich für einen verbissenen Kritiker hältst, das habe ich noch nie so stark empfunden als gerade eben jetzt. Aber bei dir gibt es nichts zum Kritisieren, sondern nur zum Genießen!«

»Das freilich ist das Angenehmste!«, erwiderte Nanni und setzte sich neben ihn. »Weißt du – unter den Büchern meines Bruders Kaspar habe ich eines über Naturlehre gefunden. Eine Weile habe ich darin gelesen, aber nicht lange. Es tat mir einfach weh, wie da alles so getrennt, zersplittert und zerfasert wurde. Jedoch hat es mir keine Ruhe mehr gelassen und ich musste es immer wieder zur Hand nehmen. Aber erst der Alexander von Humboldt hat mir gezeigt, dass es in der Vielheit letztendlich wieder eine große Einheit gibt.«

Franzmichel saß auf der Bank und kam sich inzwischen vor wie einer, dem man mit dem Hagschlegel auf den Kopf gehauen hatte. Dass sie gerne las, das hatte er von ihren Brüdern bereits im Vorsäss mitbekommen, und ein paar Mal waren sie allgemein auf die deutschen Dichter zu sprechen gekommen, wobei aber meist er das Wort geführt hatte. Aber das jetzt hier – und alles gleich auf einmal –, das war doch etwas viel für ihn.

Der Schneider steckte immer noch in seinem Sonntagsgewand, obwohl es schon auf den späten Nachmittag zuging, während der Jok die Stube verlassen hatte, um die sechs Kühe einzutreiben.

»Kannst du ihm helfen?«, deutete der Schneider an sich herunter und Nanni nickte.

»Dann geh dich wenigstens zum Melken umziehen!«, meinte sie noch, ehe sie die Türe hinter sich schloss.

Jetzt war Franzmichel alleine in der Stube und hatte Zeit, sich ein wenig umzusehen. Auf dem Fenstersims lag ein Buch mit einem Lesezeichen. An der getäferten Wand hingen ein paar Holzschnitte und dazwischen ein Bild eines beinahe wild entschlossen durch eine schmal gerahmte Brille blickenden jungen Mannes mit einem gewaltigen, zerzausten Rauschebart. Auch ohne zu fragen, wusste Franzmichel, dass es sich dabei nur um den als Beamten in Ungarn weilenden Bruder Kaspar handeln konnte, der mit einer verkrüppelten Hand zur Welt gekommen und so zur Arbeit als Bauer untauglich war. Nach einer Weile hörte er Nanni draußen in der Küche hantieren und ihm fiel ein, dass auch er nach Hause in den Stall musste.

Im Hausgang rief er noch einen kurzen Gruß und aus der Küche kam ein helles »Komm bald wieder!«.

Zwar pflegte man mit diesem Gruß im Bregenzerwald jeden Besuch zu verabschieden. Aber Franzmichel spürte, dass er heute mehr als nur eine Floskel bedeutete.

Außer Atem kam er nach Schoppernau und mit einem kurzen Blick auf die Viehweide stellte er fest, dass die Mutter die Kühe bereits eingetrieben hatte.

»Schaust du auch wieder einmal daheim vorbei?«, fragte Marie spitzig.

Franzmichel überhörte den Vorwurf in ihrer Stimme. Oben in seiner Kammer zog er sich hastig um, schlüpfte dann im Tenn eilig in seinen Stallfiesel und stülpte den Melkhut auf seine vom Laufen noch schweißnassen Haare.

»Ich hab schon mal angefangen!«, kam es unter der ersten Kuh hervor.

»Du sollst doch deinen Arm schonen! Ich komme im Stall schon allein zurecht!«, schimpfte Franzmichel ein wenig ungehalten, während sie die Plätze tauschten und er unter der Fürst Metternich Platz nahm. In Gedanken war er immer noch draußen in Au bei dem Mädchen mit den blonden Zöpfen, das gerade wieder einmal energisch, aber dennoch freundlich den Kopf zurückwarf, um ihren Brüdern sanft, aber doch bestimmt zu widersprechen. Es war dies eine Bewegung, wie er sie noch nie an einer anderen beobachtet und die ihn tief beeindruckt hatte. Ein stolzes und zugleich demütiges Aufrichten, wie man es nicht einstudieren oder einüben konnte, sondern das von innen heraus kam und die Sicherheit einer in sich selbst ruhenden Seele offenbarte.

Seine Bewegungen wurden langsamer und wie zur Ermahnung machte die Kuh einen kurzen Schritt zur Seite. Franzmichel fasste den Melkschemel und rückte ihr nach. Während die Milch wieder mit einem gleichmäßigen Geräusch in den Kübel zischte, versuchte er in sich hineinzuhören. Aber dort fand er kein Brennen, keine Sehnsucht, kein Verlangen, dort war – nichts.

»Siehst du«, murmelte er, »du bist ja nicht in Nanni verliebt.« Zufrieden trat Franzmichel ins Tenn, leerte die Milch in die große Kanne, ehe er mit dem Vormelken der nächsten Kuh begann.

Irgendwann kam auch der November und mit ihm der erste Schnee. Die dörflichen Wiesen waren gelb und grasleer, drinnen in Hopfreben aber stand noch ein kleiner Stock des im Sommer während der Alpzeit gemähten Heues, das den Tieren noch für etwa vier Wochen als Futter reichte. Während Marie unten im Gaden, in der Stube und der Küche noch das Notwendigste an Kleidung und Verpflegung zusammensuchte, betete Franzmichel oben im Schreibzimmer, seinem ehemaligen Altarkämmerchen, noch ein schnelles Vaterunser, bevor er dann daranging, rund ums Haus die Fensterläden zu verschließen. Kurz darauf zogen er und seine Mutter rucksackbeladen mit ihren vier Kühen zum dritten und zum letzten Mal in diesem Jahr hinein ins Achtal. Unter der Ansammlung der Hüttchen ging sein erster suchender Blick dann zu Haghansomatis Vorsäss, bei dem die Stalltüren bereits offen standen. Wer mochte dort sein? Aber von Nanni war weit und breit nichts zu sehen und er hielt kurz inne, um vielleicht ihre Stimme zu hören, weil es zu ihrer Gewohnheit gehörte, fast den ganzen Tag über unentwegt ein Liedchen zu singen. Enttäuscht trieb er seine Kühe in das kleine Ställchen und kettete sie dort an, während seine Mutter nach dem Öffnen der Fensterladen als Erstes daranging, ein wenig Wärme in das eiskalte Stübchen zu bringen. Trübsinnig richtete er das Heu für die Tiere her und dachte dabei an die kommenden vier Wochen. Erst jetzt spürte er, wie sehr er sich doch nach ihr gesehnt hatte.

Nach dem Ende der Stallarbeit betrat er die immer noch eiskalte Stube, wo zwar im Ofen das zu Buscheln gebündelte Holz knisterte. Aber bis die dicken Steine die erste zaghafte Wärme abgaben, würden noch einige Stunden vergehen.

Noch während des kargen Abendmahles aus in kuhwarmer Milch eingeweichten Brotbrocken sagte Marie fröstelnd: »Mich friert es. Ich gehe gleich zu Bett!« Sie ließ es sich aber nicht nehmen, noch den Abendrosenkranz zu beten, auch wenn heute die angehängten Gebete ein wenig kürzer ausfielen als üblich. Gleich darauf hörte Franzmichel, wie Marie in der Schlafkammer die laubgefüllten Säcke aufschüttelte. Eigentlich zog es ihn gar nicht hin zu Moosbruggers Hütte, aber noch weniger auf den kalten Heustock, und hier in der frostigen Stube war es auch alles andere als gemütlich.

»Gehst halt doch noch auf einen Sprung hinüber, um dich ein wenig aufzuwärmen!«, murmelte er zu sich selber und langte vorsorglich nach der Stalllaterne auf der Bank an der Wand.

Draußen blies ein schon winterlicher Wind herab von den wie mit Mehl bestäubten Bergen und ein blasser Halbmond jagte durch schwere, dunkle Wolken. Franzmichel zog seine Joppe fester über seine Schultern und wartete auf der Schwelle, bis sich sein Auge einigermaßen an das düstere Licht gewöhnt hatte.

Haghansomatis Jok hob bei seinem Eintreten kaum den Kopf und auch die anderen Burschen am Tisch begrüßten ihn nur knapp. Mit vor Aufregung erhitzten Gesichtern saßen sie in der Stube und starrten auf ihre Spielkarten.

»Gestochen!«, sagte einer mit schmalen Lippen und knallte den Herz-Ober-Buben auf die Platte.

»Spielst mit?«, fragte der Jok, während er nervös seine Karten neu sortierte.

Franzmichel warf einen kurzen Blick auf das vor den Spielern liegende Geld. Offensichtlich ging es um hohe Einsätze und er lehnte in Erinnerung an seine Jasserzeit mit dem Seppel dankend ab. »Ich will mich nur ein bisschen aufwärmen. Bei uns in der Hütte ist es noch saukalt!«, antwortete er zum Ofen hin. Noch im Umdrehen sah er die dort auf der Bank sitzende Gestalt.

Sie ist doch da!, durchzuckte es ihn freudig. Gleichzeitig aber war wieder diese Unruhe in ihm, die ihn schon den ganzen Herweg durch das Achtal geplagt hatte.

»Bist auch herinnen?«, sagte er unbeholfen, weil ihm nichts anderes einfiel.

»Siehst ja!«, lächelte ihn Nanni an und Franzmichel glaubte ein kurzes Aufleuchten in ihrem Gesichtchen zu erkennen.

»Deinen Wieland habe ich gelesen!«, sagte sie, während er neben ihr Platz nahm.

»Und? Wie hat er dir gefallen?«

»Besonders schön habe ich seine Ausführungen über die geistige Verwandtschaft gefunden. Fast Wort für Wort ist mir das auch so ergangen und ...« Sie hielt zögernd inne und warf dann in der ihr eigenen Art den Kopf zurück. Fest sah sie ihn jetzt an. »Es gibt tatsächlich Menschen, mit denen ich mich viel näher verwandt fühle als mit so manchem Bäsle oder Vetter!«

Sie schwieg einen Moment und Franzmichel spürte, wie es ihn durchzitterte.

»Aber es sind nur ganz wenige!«, fügte sie leise hinzu.

Als er sie ansah, gab es für ihn keinen Zweifel, dass sie damit auch ihn meinte. Nun ging Franzmichel das Herz über und er erzählte ihr vom Seppel, der zwar sein Vetter war, aber ihm viel mehr bedeutete. »Wie Brüder sind wir, auch wenn wir oftmals nicht einer Meinung sind und streiten, bis die Fetzen fliegen. Aber es ist niemals bös gemeint!«

»Ich habe schon von ihm gehört. Ein Tunichtgut sei er, sagt man ...«

»Sagt man. Das sagen die Leute, ich aber kenne ihn besser. Er ist halt kein Duckmäuser, kein Heuchler und Straßenlächler!«, verteidigte ihn Franzmichel. »Ganz innen in ihm steckt eine feinfühlige Seele.«

»Manch einer kann es eben nicht in sich behalten und muss es aus sich herauslassen. Die einen schreien ihren Zorn in die Welt und andere werden so zum Dichter«, entgegnete Nanni. »Und du? Ich meine, ... du bist immer so heiter, so ausgeglichen, während ich unzufrieden, unstet und voll innerer Unruhe bin?«

»Das wird auch mir nicht geschenkt. Ich bemühe mich, nur das Schöne und Gute wirklich an mich heranzulassen. Das habe ich vom Goethe gelernt, der manchmal ja auch ein ziemlicher Weltschmerzler war und der dann doch wieder einen großen Gedanken gefunden hat, an dem er sich wieder aufrichtete!«

Drüben bei den Jassern ging es zunehmend verbissener zu.

»Laub Trumpf!«, knurrte Jok und betrachtete missmutig sein Kartenblatt.

»Es gibt nur zwei Möglichkeiten!«, sagte nun Nanni. »Andere Ansichten ertragen oder versuchen, ihnen entgegenzuwirken! Beides ist eine Frage der Kraft, die in jedem steckt. Du mit deiner Unruhe hast die Kraft, etwas zu bewirken, gegen das Schlechte und Gemeine zu kämpfen. Ich aber bin dafür zu schwach. Meine Kraft brauche ich dazu, eben dieses Schlechte und Gemeine zu ertragen und von mir fernzuhalten, um mir meine innere Heiterkeit zu bewahren.«

Franzmichel überkam wieder einmal das Gefühl tiefer Vertrautheit. So einfach, klar und hehr waren ihre Gedanken und doch hatte sie sich das alles selber erarbeitet. Eine Welle heißer Zuneigung stieg in ihm hoch. Schweigend saß er da und ließ ihre Worte in sich nachklingen. Dann wandte er den Kopf und sah sie unvermittelt an. »Nanni, ich hab' dich gerne wie eine Schwester. Du hast zwar schon genug Brüder, aber vielleicht erträgst du noch einen dazu?«

Ihre Augen funkelten. »Bruder!«, sagte sie.

»Schell Trumpf!«, kam es herüber von den Spielern.

»Beiguttsch, so ein Scheißdreck!«, schrie einer der Burschen auf und knallte wütend seine Karten auf den Tisch.

»Schwester!«, erwiderte derweil Franzmichel auf der Ofenbank.

42

Viel zu schnell war die Zeit vergangen in Hopfreben, obwohl sich die Arbeit fast nur noch auf den Stall beschränkte. Franzmichel war nicht nur abends, sondern oftmals auch tagsüber in Haghansomatis Hüttchen anzutreffen, wo auch der Jok durchaus Gefallen an den Gesprächen hatte, die sich nicht nur um die Landwirtschaft drehten.

»Das ist doch etwas anderes als das ewige Kartenspielen!«, meinte er an einem dieser Nachmittage und bedauerte, nicht selbst einige Bücher seines Bruders Kaspar mit ins Vorsäss genommen zu haben. »Den Herder und seine Geschichte der Menschheit tät' ich gerne wieder einmal lesen. Wer den Herder nicht gelesen hat, hat überhaupt noch nichts gelesen!«

Früher wäre Franzmichel ob einer so überheblichen Bemerkung unverzüglich wie der Vogel der Kuckucksuhr aus dem Häuschen geschossen und hätte sie nicht unwidersprochen hingenommen. Aber das Zusammensein mit Nanni hatte manches von ihm verwandelt.

Seit dem Heimzug von Hopfreben vor ein paar Wochen war er nicht mehr draußen gewesen in Au. Heute aber war Neujahrstag, draußen stürmte es und der Wind trieb die Flocken in waagrechten Streifen vorbei am Stubenfenster. Eigentlich jagte man bei einem solchen Wetter keinen Hund vor die Türe und auch Franzmichel kostete es einige Überwindung, in seine genagelten Schuhe zu schlüpfen und sich seinen vom Vater vererbten Lodenmantel überzuwerfen. Nanni hätte es ihm sicher nicht übel genommen, wenn er unter solchen Bedingungen nicht zum Neujahrwünschen bis von Schoppernau heraus gekommen wäre. Aber schließlich war so etwas Ehrensache und wenn genügend Zeit blieb, wollte er anschließend auch noch bei Oberhausers vorbeischauen.

Unterwegs begegnete ihm kaum jemand, aber als er sich nach einer Stunde in Haghansomatis Schopf den Schnee abschüttelte und in die Stube trat, ging es dort zu wie in einer Wirtschaft. Mit Müh und Not fand er noch ein Plätzchen auf einer der Wandbänke und eines nach dem anderen von Nannis Geschwistern kam zu ihm, reichte ihm die Hand und nahm seine Neujahrswünsche entgegen. Auch die schon betagte Mutter Moosbrugger begegnete ihm mit Herzlichkeit. Nur Nanni stand still abseits neben der Gadentür und sah unbeweglich zu ihm herüber. Den ganzen Herweg über hatte er es sich ausgemalt, wie es sein würde, wenn sich ihre Hände berührten, und nun war er richtiggehend erleichtert, dass sie sich nicht direkt gegenüberstanden. Zu viele Augen waren in der Stube. Franzmichel wartete eine Weile, ehe er aufstand, um scheinbar zum Abtritt zu gehen. Kurz nach ihm verschwand auch Nanni mit dem Vorwand, in der Küche neuen Kaffee zu machen. Nur wenige Minuten waren es, die sie beide allein für sich hatten, und nur wenige Worte waren es, die sie miteinander wechselten. Und dennoch wurde beiden in dieser knappen Zeit ohne es auszusprechen bewusst, dass sie nicht nur Bruder und Schwester bleiben würden.

Mit einer Fröhlichkeit, wie er sie seit Hopfreben kaum mehr gekannt hatte, kehrte Franzmichel zurück in die Gesellschaft. Und doch: Nannis Geschwister und ihre Mutter sahen ihn zwar gerne in ihrem Hause ein- und ausgehen und begegneten ihm mit warmer Herzlichkeit. Aber würde das auch so bleiben, wenn sie dahinterkämen, dass da mehr dahintersteckte? Ein nicht einmal ganz Einäugiger mit einem verschuldeten Hof, der geradeso mehr schlecht als recht vor sich hin bauerte, weil ihm nichts anderes übrig blieb, der sein ganzes Geld in Bücher und seinen Kopf in die Wolken steckte, wo sie doch bei Haghansomatis jeden Groschen zusammenhielten? Der dazu auch nicht den besten Ruf hatte, über die geistlichen und weltlichen Obrigkeiten schimpfte, als ob er davon etwas verstehen würde oder gar ändern könnte? Nein, auf einen solchen Schwager und Schwiegersohn konnten sie gut und gerne verzichten.

Niemand in der Stube hätte auch nur im Entferntesten seine Gedanken erraten, wie er und der Schneider sich mit ihren Späßen und Einfällen geradezu überboten, und nur ungern ließen sie ihn gehen, als Franzmichel sagte, es sei jetzt höchste Zeit, dass er heimkäme.

Draußen hatte bereits die Dämmerung eingesetzt, es stürmte und schneite mit unverminderter Heftigkeit und den Vorsatz, noch bei Oberhausers vorbeizuschauen, verschob er auf den nächsten Tag. Als er eine Stunde später mit der blakenden Laterne den Stall betrat, wandten ihm Fürst Metternich und die anderen drei Kühe in bereits ungeduldiger Erwartung ihre Köpfe zu. In ihm war immer noch freudige Hochstimmung, und während er die Milch aus den Eutern streifte, klang in seinen Ohren immer noch Nannis helles, warmes »Komm bald wieder!«.

Kaum konnte Franzmichel dann nach dem Abendbrot das Ende des Rosenkranzes und die ihm heute besonders lang erscheinenden angehängten Gebete erwarten. Zum Erstaunen seiner Mutter aber steckte er heute nicht sogleich seine Nase in ein Buch, sondern wünschte ihr eine gute Nacht und verzog sich nach oben in sein Schreibkämmerchen. Unbewegt, den Kopf in seine Hände gestützt, saß er an seinem Futtertrog, dachte nach über den heutigen Tag und versuchte seine Empfindungen in einen Vers zu fassen. Nur gelegentlich knackte es irgendwo in den alten Holzbalken und von unten kamen die langen Schläge der Stubenuhr.

Jetzt erst griff Franzmichel zur Feder, zog die Kerze näher zu sich heran und fing an zu schreiben, wie sich vielleicht auch Nanni ausgedrückt hätte.

Berge, Hügel, Täler, Wiesen
Deckt des Winters Hülle zu
Und die Menschen sind mit diesen
Eingeschneit zu stiller Ruh'.

Jedes Bild des Leid und Schmerzens
Hüllt die Nacht in Dunkel ein
Und in meiner Welt des Herzens
Gönnt das Glück mir, froh zu sein.

Franzmichel wartete, bis die Tinte getrocknet war, schloss dann sein Heft und nahm es mit in seine Schlafkammer, wo er es in die Schublade zum Rosenkranz seines Vaters legte.

Am folgenden Morgen staunte Marie. Hatte sie doch nicht wie üblich ihren Buben aus dem Bett werfen müssen, sondern fand ihn bereits pfeifend in der Werkstatt. Franzmichel hielt mit der Melodie inne und warf ihr einen kurzen Blick zu.

»Was ist mit dir los?«, fragte Marie.

»Ich hab' einen Auftrag hinaus nach Mellau. Rundschindeln, für ein ganzes Haus. Bis zum Frühjahr muss ich fertig sein!«, antwortete er aufgeräumt.

»Bis nach Mellau?«

»Ja!«, nickte Franzmichel. »Es spricht sich halt herum. Jaukos Franzmichels Schindeln sind eben schöner als viele andere und kosten tun sie auch nicht mehr!«

»Und das verdiente Geld steckst du wieder in deine verflixten Bücher!«, sagte Marie und ihre Stimme klang verbittert.

Franzmichel gab keine Antwort. Wie recht sie doch hatte! Der Hof warf gerade so viel ab, um mit Hängen und Würgen von ihm zu leben und im Herbst die aufgelaufenen Zinsen bei den Lechtalern zu bezahlen. Aber anstatt zuzusehen, dass die Schulden geringer würden, trug er seinen ganzen Verdienst aus der Schindelmacherei den Buchhändlern hinterher. Aber er konnte nicht anders, er musste die Gesamtausgabe der Klassiker haben! Seiner Mutter würde das nie in den Kopf gehen, wie man arbeiten konnte bis zum Umfallen, nur um eine Kammer vollzustopfen mit wertlosem Plunder, der nichts einbrachte außer Redereien und Gespött.

»Ganz verdorben wirst du mit dem Zeug, fast schon wie der Seppel. Der hat's ja weit gebracht, da draußen in der Schweiz!«, meinte Marie noch sorgenvoll, ehe sie die Werkstatt verließ.

Bei der Erwähnung des Namens seines Vetters gab es ihm einen heftigen Stich. Mit seinem Vater, dem Weber, hatte dieser vor einiger Zeit einen schriftlichen Disput angefangen, in dem es auch um religiöse Fragen ging und der zwischen den beiden zunehmend hitziger geführt wurde. Schließlich war es so weit gekommen, dass der Webervater jede weitere finanzielle Unterstützung versagte und der Seppel seine Uhrmacherlehre abbrechen musste. Auf diese Art hatte der Weber geglaubt, den Seppel wieder heim zu zwingen, weil seiner Ansicht nach alle draußen in der Fremde nur verlotterten und verkamen, während aus den daheim Gebliebenen – Franzmichel natürlich ausgenommen – alles ordentliche Leute geworden seien. Mit gutem Willen hatte Franzmichel versucht, die beiden Streithähne wieder zusammenzubringen, aber der Seppel hatte ihm geschrieben, bevor er wieder heimkäme, würde er lieber das Schlechteste und Liederlichste treiben, und als er wiederholt bat, seinen Entschluss noch einmal zu überdenken, hatte ihm der Seppel mitgeteilt, er sei genauso dumm und verbohrt wie alle anderen, und ihm die Freundschaft gekündigt. Auch den Webervater hatte er gegen sich, weil dieser Franzmichel als Aufwiegler hinter seinem Buben vermutete.

Gerade wollte er wieder die Säge zu einer neuen Scheibe ansetzen, als ihn ein Gedanke durchzuckte. Schiller! Die Räuber! Ein Drama mit dem Seppel als Helden und dem Weber als einem mit Vorurteilen behafteten und eifernden Vater, der seinen Buben zum Bösen trieb, weil er ihn zum Guten zwingen wollte. Noch heute Abend, gleich nach dem Besuch bei Oberhausers, würde er damit anfangen!

Für Franzmichel war es neben der eintönigen Arbeit eine willkommene Beschäftigung, sich die beiden Hauptfiguren des Stückes zurechtzulegen. Da der zwar herzensgute, aber doch so schwache Webervater, der in der Erziehung seines Sohnes versagt, überfromm und saugrob, ihm gegenüber der freiheitsliebende Seppel, der sich in der Welt herumtreibt und eine Räuberbande gründet.

Zunehmend bunter und farbiger wurden die Gestalten, und während er damit beschäftigt war, die Holzscheiben zur Weiterbearbeitung zu zerteilen, legte er zwischendurch Spaltmesser und Schlägel beiseite, um von oben aus der Schreibkammer ein paar Blätter Papier und einen Bleistift zu holen.

Ein paar Abende später jedoch gelangte Franzmichel zu der für ihn bitteren Erkenntnis, sich mit einem an Schillers Räuber angelehnten Drama gehörig verhoben zu haben. Trotzdem ließ ihn aber die eigentlich ungestellte Frage nicht los, die der Webervater ohne darüber nachzudenken beantwortet hatte, indem er neben seinem Seppel auch die Namen anderer Burschen erwähnte, die draußen in der Fremde ihr Seelenheil verspielt und unter die Räder geraten waren. Und da hatte der Weber nicht einmal ganz unrecht. Warum aber war das so? Warum kamen sie draußen in der Welt nicht zurecht? Warum blieb auch so mancher der Fremdler nach seiner Rückkehr in die Heimat ein Außenseiter? Das waren doch nicht alle nur Dumme? Eine Reihe von ihnen stammten aus besseren Familien, einige hatten sogar studiert. Warum?

Hier in seiner engen Kammer würde er nicht dahinterkommen. Wenn es schon mit seinem Drama nichts werden sollte, so wollte er doch wenigstens das ergründen. Kurz entschlossen legte er sein Schreibzeug zur Seite und langte unten im Hausgang nach seiner Joppe. Beim Bräuwirt setzte er sich nicht zu den anderen Bauern und Handwerkern, sondern an den Schnäpslertisch ganz hinten, dorthin, wo die saßen, die sich keinen Wein oder Bier leisten konnten. Die drei Männer dort sahen ihn überrascht an. Franzmichel bestellte für sich eine halbe Budel Schnaps und Burgers Josef redete dann weiter, ohne ihn groß zu beachten, erzählte in seinem sonderlichen Gemisch aus wälderisch eingefärbtem Schriftdeutsch mit französischen Brocken von seiner Zeit in Paris, vom dortigen Nachtleben und durchzechten Nächten, was er sich aber locker habe leisten können mit seinem gut gehenden Lederhandel, bis ihm ein Konkurrent in die Quere gekommen sei.

Franzmichel hörte interessiert zu, warf hie und da eine Frage dazwischen, was den Josef noch mehr anspornte, seine Geschichte bis in die Details auszuschmücken, die anderen beiden aber langweilte, da sie diese schon in- und auswendig kannten.

»Du warst doch auch für lange Zeit in der Fremde?«, wandte er sich dann an den Hannes, der eigentlich von oben aus Damüls stammte und froh sein musste, hier nach seiner Heimkehr mit leeren Taschen noch ein übrig gebliebenes ältliches Mädchen gefunden zu haben.

»O je«, lachte der Hannes, »wo es mich überall herumgewirbelt hat. Gesehen habe ich viel, als Schlosser in Böhmen, Mähren und Ungarn war ich, zum Schiffbau in Hamburg und was weiß ich Gott noch wo. Wenn du das alles kennst, dann wird's dir schon eng, wenn du wieder eingesperrt bist zwischen den Bergen und wieder dein Maul halten musst. Wer hat denn hier das Sagen? Der Vorsteher und der Pfarrer und wehe, du tust nicht so, wie die beiden wollen. Dann hast du nämlich alle gegen dich!«

»Da hast du wohl recht!«, mischte sich nun auch Rohrers Georg dazwischen, der einige Jahre als Handlanger in der Fremde gewesen war, sich aber jetzt mit ein paar Geißen und als Taglöhner durchs Leben frettete. »Wenn du reich genug bist, dann sieht's allerdings gleich anders aus. Dann hast du fast schon Narrenfreiheit, da werden auch die Vorsteher und Pfarrer zahm und kriechen dir in den Hintern!«

»Aber nicht unser Stockmayr, über den lasse ich nichts kommen!«, protestierte jetzt Franzmichel.

»Hör mir auf!«, wischte der Rohrer den Einwand beiseite. »Geh du mal in den Pfarrhof und frag, ob du am Sonntag heuen darfst! Wenn aber einer von den größeren Bauern kommt, dann heißt es prompt von der Kanzel: Wegen des schlechten Wetters in der letzten Woche darf heute ausnahmsweise geheut werden! So sieht's doch aus! Oder kennst du auch nur einen Einzigen, der sich am Sonntag ohne ausdrückliche Erlaubnis des Pfarrers auf's Feld trauen würde?«

Das waren Reden, wie sie kaum jemals an einem der anderen Tische gehalten wurden. Die Männer hier hatten schon alles hinter und kaum mehr etwas vor sich, standen in der öffentlichen Meinung ganz unten und bekamen nur noch die Anerkennung, die sie sich selber gegenseitig zusprachen. Aber waren ihre Ansichten allein deswegen verkehrt? Sie hatten sich hinausgewagt in die Welt und gesehen, wie es dort zuging. Franzmichel spürte, dass er nahe vor einer Antwort nach dem *Warum* des Scheiterns stand, die ihm aber nur Leute wie diese drei oder auch der Seppel geben konnten.

In den folgenden Tagen und Wochen zog es ihn nun nicht nur an die Schnäpslertische in Schoppernau, sondern auch die Wirtschaften der talauswärts liegenden Dörfer. Ebenso ließ er keine Gesellschaft aus, die ihm ein Zusammentreffen mit weniger angesehenen Leuten versprach oder mit solchen, die ihn von einem nahen Bekannten oder Verwandten zu berichten wussten. Was er so in Erfahrung brachte, erstaunte ihn, vor allem der Umstand, dass sich viele der Schicksale so stark ähnelten. Es waren durchaus keine Einfaltspinsel und Trüller, sondern durchaus fähige, tüchtige Köpfe, mutig, findig, ideenreich und talentiert, die sich hinausgetrauten aus dem Tal. Aber wie sollten sie sich dort zurechtfinden? Hier bestimmte die öffentliche Meinung das Leben bis hinein in die kleinsten Bereiche, nach der sich alle auszurichten trachteten, und das Gewissen bestand aus dem Beifall der Vorsteher und dem Zorn der Pfarrer. Unter diesem Druck, in dem jeder beobachtete, selbst beobachtet und beurteilt wurde, bedeutete allein schon die Infragestellung althergebrachter Sitten eine unerhörte Störung der allgemeinen Ruhe und des dörflichen Friedens. Da draußen aber gab es keine öffentliche Meinung mehr, keine Gemeinschaft, die jedem sagte, was Sitte war und was nicht. Keine starren Regeln und aufgezwungenen Verhaltensmuster – dafür aber Versuchungen und Gelegenheiten an jedem Straßeneck. Was sie hier gelernt hatten, war zum Leben in der Fremde vielfach untauglich und nicht geeignet, ihnen innerlichen Halt zu bieten. Nach und nach sah Franzmichel immer deutlicher die Fäden des Geflechtes, das alles verband und zusammenhielt und dem sich kaum einer entziehen konnte, der hier lebte. Je mehr er sich aber damit auseinandersetzte, über seine Mitmenschen nachsinnierte und seine Gedanken aufschrieb, desto lieber und sympathischer wurden sie ihm, der doch so oft mit ihnen gehadert hatte. Es machte ihm jetzt Freude, sich während des Schindelmachens in sie hineinzuversetzen, sie in ihrer Sichtweise zu verteidigen oder aus seiner zu widerlegen, und manchmal konnte Marie aus der Werkstatt ein heiteres Auflachen ihres Buben hören, wenn dieser sich wieder einmal dabei ertappte, wie er sich an irgendeiner unbedeutenden Kleinigkeit verbissen hatte.

Draußen bei Nanni in Au war er nach dem Neujahrstag nur noch einmal am Faschingssonntag gewesen und hatte sie dort zum Nachmittagsgottesdienst begleitet. Wunderschön war sie ihm erschienen in der weißen Jungfrauentracht des Bregenzerwaldes mit der gefälteten Juppe, dem reich verzierten Brustlatz und auf dem Köpfchen das Schappale, das im hellen Sonnenlicht funkelnde Krönchen aus Samt, Gold- und Silberdraht. Nur mit ihr allein war er der Auer Kirche zugeschritten und viel zu kurz war beiden der Weg erschienen. Feierlich hatten die Glocken geläutet und ihnen keine Zeit zum Innehalten gelassen. Erst nach der Andacht war ihnen ein wenig mehr Muße geblieben, aber dennoch durften sie nicht zu irgendwelchen Mutmaßungen Anlass geben.

Knapp vor Moosbruggers Haus war Franzmichel kurz stehen geblieben. »Nanni«, hatte er zu ihr gesagt, »ich komme jetzt nicht mehr heraus nach Au. Es ist besser so!«

43

Man schrieb das Jahr 1858 und wieder drängte ein Frühling ins Tal. Gelb tupfte der Löwenzahn die Wiesen, die Bäume standen in voller Blütenpracht und von Tag zu Tag zog die Sonne ihre Bahn höher über den noch weißen Feldern und Flecken oben auf den Bergen. Selbst die Vögel schienen sich zu freuen und ihrem Behagen aus vollen Kehlen Ausdruck zu geben. Drinnen in Hopfreben waren die ersten Hüttchen schon bezogen, Fenster und Türen standen offen, um den muffigen Geruch des Winters hinaus und den warmen Duft des neuen Frühlings hinein in die Stuben zu lassen. An den Brunnen klapperten die Milchgeschirre, Scherzworte flogen hin und her und gelegentlich stieg ein ausgelassener Juchzer hinauf in die warme Maienluft. Mit einem Mal jedoch hielt erst der eine, dann der andere in seiner Arbeit inne, lauschte dem Talausgang zu und auch die Kühe auf den Wiesen hoben ihre Köpfe. Erst noch entfernt und nur wie einzelne Fetzen, dann immer näher kommend, zugleich lauter werdend und dann als geschlossene Melodie erkennbar, erklang ein auf einer Ziehharmonika gespielter übermütiger Hopper. Aber immer noch war niemand zu sehen. Auch Nanni war inzwischen aus der Tür getreten und blickte neugierig in die Richtung, aus der die Musik kam.

»Wer ist das?«, fragte sie ihren Bruder Jok.

Der hob die Schultern. »Keine Ahnung!«, sagte er.

Die Musik endete kurz und setzte gleich wieder aufs Neue ein. Jetzt erst tauchte eine Gestalt auf, deren Oberkörper sich im Takt wiegte und die auf dem Kopf einen blumengeschmückten Hut trug. Hinter dem Mann trotteten ein paar Kühe.

Inzwischen hatten sich einzelne Grüppchen gebildet, in denen gerätselt wurde, wer denn das nur sein könnte.

»Das ist doch Jaukos Franzmichel!«, sagte einer, was aber Jok gleich darauf bestritt.

»Der kann doch nicht spielen!«. Auch seine Schwester schüttelte bestätigend den Kopf.

»Nein, der bestimmt nicht!«, lachte Oberhausers Josef, der auch in Hopfreben war, weil er an Adlerwirts altem Hüttchen einen Fensterstock auswechseln musste. »Vor ein paar Jahren war ich mit ihm oben als Senn auf Schiedlen. Dort hatten wir einen Küher, der am Abend öfters auf einem papiergespannten Kamm Musik gemacht und ihn damit zur Weißglut gebracht hat. Für den Franzmichel war das grausig anzuhören, aber das grausigste Instrument, das es für ihn gegeben hat, war meine Mundharmonika. Ganz fuchtig hat er dann werden können, weil man hat ihm als Kind eine solche geschenkt und damals ist er ob der scharfen Töne dermaßen erschrocken, dass er sie in den Ofen geworfen hat. Mit der Zeit hat ihm dann zwar mein Spiel dann schon besser gefallen, aber trotzdem …«

Während sie noch hin und her überlegten, war die Gestalt bei den ersten Hütten angekommen und jetzt gab es keinen Zweifel mehr, nachdem sich der Musikant und hinter ihm auch seine Kühe auf Felders Vorsäss zubewegten.

»Tatsächlich, der Franzmichel!«, sagte Nanni, immer noch ein wenig ungläubig.

»Das gibt kurzweilige Nachtstubaten. Jetzt haben wir auch noch Tanzmusik!«, freute sich neben ihr der andere Bruder, der Schneider.

Nanni hörte das nicht gerne. Was würde aus ihren Ofenbank-Abenden werden, wo sie unverfänglich nebeneinandersitzen konnten?

Erst am Abend aber kam Franzmichel mit seiner Harmonika bei Haghansomatis vorbei. Bald darauf drang ein gewaltiger Tumult aus der engen Stube, Stampfen, Klatschen, Juchzer und über alldem lärmte Franzmichels Musik, der von einem Stuhl herab der Gesellschaft gehörig einheizte.

»Das möchte ich auch lernen!«, kam eine helle, vertraute Stimme von der Ofenbank neben der Türe her, während dieser sich in einer kurzen Verschnaufpause den Schweiß abwischte. »Zeigst du mir das?«

Franzmichel wurde nun noch wärmer, als ihm von der Anstrengung her schon war. Hatte er sich doch nicht getäuscht! Genau deswegen hatte er von seiner Schindelmacherei noch Geld für ein Musikinstrument abgezweigt und sich nach einigem Überlegen für eine Ziehharmonika entschieden, die ihm für Gesellschaften als das Geeignetste erschien. Der Fuhrmann Albrecht, der ihm und seinem Vater damals die Kalender besorgt hatte, brachte ihm so ein Ding aus Bregenz mit. Fast den ganzen Winter über hatte er geübt und einige Zeit gebraucht, bis auch den Ohren gefällige Töne herauskamen und er darangehen konnte, die ersten Lieder und Melodien dem Gehör nach zu spielen. Meister war er zwar immer noch keiner, dennoch klang es inzwischen ganz passabel.

»Verlang' aber nicht zu viel von mir!«, lachte er jetzt zurück.

Schon ab dem nächsten Tag versuchte Franzmichel mit seinem Tagwerk früher fertig zu werden, um zeitiger hinüberzukommen zu Moosbruggers Vorsäss, wo sie dann zusammen bis zum Verdämmern des letzten Abendlichts auf dem Bänkchen vor der Hütte saßen und Nanni der Ziehharmonika ziemlich schauerliche Töne entlockte. Aber dennoch machte sie erstaunliche Fortschritte und bis zum Ende der Vorsässzeit war sie so weit, dass sie schon ein paar der einfacheren Lieder fehlerfrei spielen konnte. Der Abschied aus Hopfreben fiel beiden leicht und Nanni sagte noch am letzten Abend so laut in der Stube, dass es ja auch alle hören konnten, er solle sie und den Schneider doch einmal oben auf der Sattelalpe besuchen.

Es war schon Mitte August am Fest Mariä Himmelfahrt, als Franzmichel seiner Mutter sagte, er würde heute hinaus nach Au gehen und dann noch beim Schneider oben auf der Sattelalpe vorbeischauen. Sie solle sich darum keine Gedanken machen, wenn er nicht mehr heute, sondern erst morgen wieder heimkäme. Marie hatte darauf gemeint, er solle ruhig tun, wie er wolle, und das bisschen Milch würde sie schon noch selbst aus der Kaffeekuh herausbringen. Franzmichel aber war noch nicht bis ins Unterdorf gekommen, als er wieder kehrtmachte.

»Hast du etwas vergessen?«, fragte ihn seine Mutter erstaunt, aber er schüttelte nur verlegen den Kopf.

»Nein, Mama. Aber es bringt keinen Segen, seine Eltern zu belügen. Ich gehe zwar nach Au und dann hinauf zum Schneider, aber nicht alleine. Auch ist es nicht der Schneider, wegen dem ich nach Au gehe, sondern seine Schwester, die Nanni! Das wollte ich dir nur noch sagen!«

Feierlich läuteten die Glocken, doch so schnell er auch lief, den Beginn der Messe schaffte er nicht mehr und so stellte er sich in die letzte Reihe. Bei der anschließenden Prozession reihte er sich nicht bei den Auer Burschen ein, sondern gesellte sich ein wenig abseits zu einem Grüppchen von Sommerfrischlern. Vornweg im Zug schritt ein Kapuziner aus Bezau mit der Monstranz und den Ministranten, hinter diesem folgte eine Abordnung der Kongregation der Jungfrauen mit einer Muttergottes-Statue, gleich danach kamen ernst und andächtig die ledigen Mädchen in ihren weißen Trachten, wie es der Brauch war seit dem Schwedenkrieg, als damals die Bregenzerwälder Frauen mit Äxten, Schaufeln, Sensen und Mistgabeln notgedrungen eigenhändig den Feind aus dem Land warfen, weil die Männer die Bregenzer Schanze verteidigten. Wie überirdische Wesen sollen sie in ihren weißen Juppen den anstürmenden Schweden erschienen sein und die Frauen hatten das Gelübde getan, ihre weißen Trachten abzulegen und diese nur noch den Jungfrauen zuzugestehen. Und bei ihnen war auch Nanni. Unter dem goldenen Schappale schien ihr Gesichtchen mit dem kleinen Stupsnäschen noch lieblicher und Franzmichel dünkte sie mit weitem Abstand die Schönste von allen.

»Die schauen doch alle gleich aus!«, bemerkte abfällig einer der Herren neben ihm. Franzmichel fand eine Antwort darauf ebenso müßig wie den Versuch, einem Blinden die Farbnuancen eines Regenbogens zu erklären.

Nach dem Ende der Prozession konnte er es kaum erwarten, zu Moosbruggers Haus zu kommen. Bewundernd stand er dort vor dem kleinen Garten, welcher der eigentliche Hauptgrund war, wieso sie an jedem Sonn- und Feiertag den weiten Weg herunter von der Alpe und wieder hinauf auf sich nahm.

»Du hast dich lange nicht mehr blicken lassen!«, kam Nanni auf ihn zu und er glaubte, nun in ihrer Stimme einen leichten Vorwurf zu hören, den er ihr aber auch nicht verdenken konnte.

»Am vorletzten Sonntag habe ich fast bis zum Abend auf dich gewartet und am letzten bist du erst gekommen, als ich schon zwei Stunden fort war!«

»Dafür ist er heute da. Schaut zu, dass ihr alle miteinander ins Haus kommt!«, mischte sich nun die Mutter Moosbrugger resolut ein.

»Und ihr«, wandte sie sich an ihre Töchter, »ihr zieht euch gleich um, nicht dass noch eure Juppen schmutzig werden!«

Franzmichel saß hernach wie selbstverständlich bei Haghansomatis am Mittagstisch, auf dem trotz des hohen Feiertages eine Pfanne mit einem einfachen, gewöhnlichen Schmarren stand, der daheim ganz sicher nicht zu Franzmichels bevorzugten Speisen zählte. Nun aber, im munteren Kreis von Nannis Geschwistern und ihrer heiteren Mutter war er sich sicher, noch nie eine bessere Mehlspeise gegessen zu haben. Nach dem abschließenden Tischgebet führte ihn Jok durch den neuen Stall, während seine Schwestern in der Küche mit dem Abwasch beschäftigt waren und dann gleich nach oben verschwanden, um sich zum Nachmittagsgottesdienst fertig zu machen. Nur Nanni erschien in ihrem Werktagsgewand in der Türe, um sich von der Mutter und ihren Geschwistern zu verabschieden.

»Ihr beide bleibt besser noch hier!«, wandte sich die Mutter an Franzmichel, der vor Überraschung nicht wusste, wie er sich nun verhalten sollte.

»Und geht erst zusammen durch das Dorf, wenn die Andacht schon angefangen hat und niemand mehr auf dem Weg ist!«, ergänzte sie dann noch mit einem verschmitzten Lächeln.

Schließlich beschloss er, die Anweisung als unausgesprochenes Einverständnis zu betrachten, dass die Mutter Moosbrugger nichts dagegen hatte, wenn er zu Nanni auf den Strich ging.

»Komm!«, sagte Nanni, nachdem die Kirchgänger ihren Blicken entschwunden waren. »Ich muss dir etwas zeigen!«

Fast so, als ob sie es nicht erwarten konnte, betrat sie wieder das Haus und stieg, zwei Stufen auf einmal nehmend, hoch in eine der beiden Mädchenkammern. Dort zog sie eine kleine Kiste unter ihrem Bett hervor und klappte sie auf.

»Da schau, meine Schätze! Von meinem Bruder Kaspar!«, während sie einige Bücher auf das Bett legte. »Sag, bin ich nicht reich?«

Franzmichel warf einen kurzen Blick in die nun fast leere Kiste, in der noch ein paar kleine Schreibhefte, ein Bleistift, vier oder fünf Steckkämme für die Haare und einige Zopfklammern lagen.

»Das ist alles?«, fragte er irritiert und sah sich im Zimmer um. Erst jetzt bemerkte er, dass sich im Raum kein Schrank, dagegen aber drei Betten befanden.

»Und dein Gewand?«

»Unten im Gaden bei der Mutter. Wir haben zusammen nur einen Kleiderkasten!«, lächelte Nanni, als sie seinen ungläubigen Blick bemerkte.

Das Kirchengeläute war schon längst verstummt, als Nanni die Haustüre hinter sich ins Schloss zog und die zwei durch das menschenleere Au dem Liggstein zu schritten. Steil ging es hinauf unter den senkrecht abfallenden Felswänden, eine Lichtung gab den Blick frei hinüber zum Diedamskopf. Ein weiter Himmel lag über dem Tal und von Au herauf schwebte die Musik der Burschen, die zum Anlass des Feiertages auf dem Kirchplatz noch eine getragene Weise bliesen. Beide saßen nebeneinander auf einem mit weichem Moos überzogenen Stein und sahen hinunter auf die verstreut liegenden Häuser unter ihnen. Wie friedlich und einträchtig doch von da oben alles schien!

»Alle streben nach Glück und so manche verbrauchen aber ihre ganze Kraft zur Unterdrückung ihrer Nebenmenschen und glauben damit auf Kosten anderer diesen Zustand erreichen zu können. Nicht das Niedere und Gemeine aber bringt die Herzen zueinander, sondern doch das Schöne, Erhabene!«, sprach Nanni unvermittelt ihre Gedanken aus.

Immer noch schwebten die Töne gleich einem dünnen Schleier herauf zu ihnen.

»Hör doch, ein Gruß aus dem Dorfe!«, flüsterte sie dann berührt.

»Nein, nicht nur aus dem Dorf!«, widersprach Franzmichel und drehte nachdenklich einen Grashalm zwischen seinen Fingern. Plötzlich erhob er sich und stellte sich vor Nanni hin.

»Ich möchte eine Rede halten über die volkserziehende Mission der Musik. Jetzt und gleich!«, sagte er feierlich.

Nanni lehnte sich ein wenig zurück und stützte sich erwartungsvoll auf den Ellbogen ab.

»Die Musik hat eine volksbildende Mission«, fing er an und überlegte kurz, ehe er fortfuhr: »Wie Wellen dringen die Töne bis auch in die elendsten Hütten der Ärmsten und auch sie vergessen in diesen Augenblicken die Kümmernis ihres Daseins. In der Musik finden Gebildete und Ungebildete Trost. Selbst die verrohtesten Gemüter werden friedlich gestimmt, auch sie spüren das Erhabene, das uns von den begabtesten Geistern geschenkt wurde, das diesen in den Stunden der Weihe geoffenbart wurde. Das Schöne berührt die Seelen und erhebt sie …«

Franzmichel redete sich in feurige Begeisterung und Nanni lauschte ihm mit leuchtenden Augen.

»Aber ich halte es für einen Fehler, dass in der Kunst Dissonanzen vermieden werden – weil ist es nicht die schönste Aufgabe, diese in Harmonie aufzulösen? Allerdings nicht wie ein Rad in der Maschine, sondern wie ein ins Ganze verschmolzener Ton …«

Erschrocken hielt er inne, als zwei Vögel direkt neben ihnen aufflatterten. Auch Nanni war aufgefahren und stand ihm nun gegenüber. Wortlos sahen sie sich an und vorsichtig, als ob sie etwas sehr Zerbrechliches berührten, fanden ihre Hände zueinander. Schweigend stiegen sie höher. Die kleinen Stadel verströmten den schweren Duft frisch gemähten Bergheus, in der Luft lag das Summen von Bienen und Insekten und ein leichter Wind von Westen her kühlte ihre erhitzten Wangen. Beide hatten keine sonderliche Eile mit dem Höherkommen und als sie dann die sich in einer Senke duckende Sattelalpe erreichten, fanden sie die Hütte verschlossen vor. Nanni stieß einen hellen Juchzer aus, der auch gleich darauf erwidert wurde. Oben in dem mit Felsschrofen durchsetzten Hang erschien eine Gestalt, die so schnell abwärts sprang, dass Franzmichel schon befürchtete, der Schneider würde sich noch den Hals brechen.

»Ich war noch oben auf der Mittagsfluh!«, schnaufte dieser, während er den großen, verrosteten Schlüssel aus der Hosentasche zog. Drinnen war es beinahe stockfinster und durch die winzigen Fensteröffnungen der uralten, aus roh behauenen Baumstämmen gestrickten Hütte fiel gerade so viel Licht, um sich noch halbwegs zurechtfinden zu können. Nanni und Franzmichel legten in der engen Stube ihre Rucksäcke ab und sie machte sich sofort in der rauchschwarzen Sennküche am Feuer zu schaffen.

Die beiden Burschen aber hielt es nicht lange in der dunklen Behausung und sie zogen es vor, ihre langen Pfeifen auf dem Bänkchen an der sonnenwarmen Hüttenwand zu stopfen.

»Mögt ihr einen Heideldum?«, kam es von drinnen.

»Nichts dagegen!«, antwortete der Schneider und riss ein Schwefelholz mit einem Ruck über die Reibfläche. »Ich muss heute noch sennen«, sagte er dann und blies den Rauch durch die Nasenlöcher. »Das Vieh vergaltet und ich brauche jetzt drei Melken zusammen, um die normale Käsgröße zu bekommen. Du kannst uns ja im Stall helfen, dann gehe ich morgen mit dir dafür noch ein Stück talwärts!«

Franzmichel nickte und meinte, das mit dem Helfen sei ja eine Selbstverständlichkeit.

»Kommt ihr herein? Der Heideldum ist fertig!«

Die beiden kratzten noch die Glut aus den Porzellanköpfen und traten sie sorgfältig auf der Erde aus. Drinnen nahmen sie Platz an dem kleinen, roh zusammengezimmerten Tischchen und machten sich genüsslich über den Malzkaffee her, auf dem weiß und dick der Rahm schwamm. Franzmichels Auge brauchte lange, bis es sich an das Halbdunkel gewöhnt hatte, und plötzlich blieb es überrascht an einem viereckigen Gegenstand am Ende der Stubenbank hängen.

»Die Ziehharmonika – hast du sie bis hier herauf geschleppt?«

»Wenn du sie mir schon geschenkt hast!«, erwiderte Nanni lächelnd.

»Jede freie Minute spielt sie und probiert neue Lieder, und wenn sie nicht spielt, dann schreibt sie oder liest aus deinen Büchern, als ob es um ihre ewige Seligkeit ginge!«, sagte darauf ihr Bruder.

»Ach – was schreibt sie denn?«

»Keine Ahnung. Das musst du sie schon selber fragen. Ich habe schon versucht dahinterzukommen, aber nichts gefunden und ich glaube, sie trägt es immer bei sich.«

»Das geht dich auch nichts an, Brüderchen!«, lachte Nanni und schlug Franzmichel vor, den vergehenden Tag noch zu nutzen und auf die Anhöhe oberhalb der Sattelalpe zu steigen.

Wie ein silbernes Band zog sich die Ache durch das Tal, über Mellau lag bereits die Dämmerung und von Bezau her läutete das Abendglöcklein. Ringsum färbten sich die Bergspitzen in schimmerndes Rot, wie ein Schleier erhob sich dunstig die Dämmerung und stieg höher und den beiden dort oben war es, als ob sich auch ihre Seelen himmelwärts erhoben. Weder Nanni noch Franzmichel sprachen ein Wort, standen nur stumm und andächtig und dreimal musste der Schneider von unten her rufen, ehe er eine Antwort erhielt.

Nach dem Melken machte sich dann Nannis Bruder in der Sennküche an die Arbeit und die beiden zogen sich in die kleine Stube zurück, wo sie abwechselnd das große Butterfass drehten. Daneben zeigte jetzt Nanni Franzmichel ihre Gedichte, die kleinen Erlebnisse, die sie aufgeschrieben, und ihre Gedankengänge, die sie mit dem Bleistift festgehalten hatte. Sorgsam schob sie dann alles wieder zusammen und legte es ganz nach hinten auf einen Balken im finstersten Winkel der Stube.

»Ich meine, Goethes junger Werther wäre zu retten gewesen, wenn er mehr Courage …«

»Das passt ja wunderbar zusammen!«, unterbrach sie von der Türe her spöttisch ihr Bruder, der inzwischen ebenfalls mit seiner Arbeit fertig geworden war. »Da redet ihr zwischen schellenden Kühen und klappernden Milchhafen vom Goethe und anderen solchen Stutzköpfen und dazu rumort der ganze Bauernstand, weil er euch auslacht!«

»Das mag vielleicht auf den ersten Blick so scheinen, dass Bauerntum und Bildung nicht zusammenpassen«, gab Franzmichel scharf zurück, »aber was soll dabei verwerflich sein, wenn der Alphirte beim Melken ein Lied vom Goethe singt, anstatt griesgrämig vor sich hin zu räsonieren? Die Zeit wird noch kommen, in der auch der Bauer sich der Kultur nicht mehr verschließt, auch wenn er jetzt noch sich wie ein Bleigewicht an jeden aufkommenden Fortschritt hängt, um ihn zu verhindern. Draußen vor dem Tal, da weht ein neuer Geist. Lasst ihn herein, rufen die einen. Sperrt ihn hinaus, schreien die anderen. Was also? Anstatt das Gemeinsame zu suchen, das auch uns Bauern nützt, beharren wir lieber stur auf dem Alten!«

»Und? Ist das gar so schlecht? Da weiß man wenigstens, wie man dran ist!«, pfutzte der Schneider.

Nun mischte sich Nanni ein und wiederholte mit ihren eigenen Worten, was Franzmichel über die verbindende Mission der Musik in der Bevölkerung gesagt hatte, wie diese Gebildete mit Ungebildeten verband und scheinbare Misstöne sich in Harmonie vereinigten. Vor dem winzigen Fenster graute schon der Morgen, als Franzmichel zusammen mit Nanni und ihrem Bruder hinauf auf den Heustock stieg, wo er sich hart neben ihrem Platz seine eigene Kuhle grub. Langsam tasteten sich beider Hände zusammen und miteinander fielen sie fast augenblicklich in einen erschöpften Schlaf.

Ihm träumte, er ginge mit Nanni in die Kirche, auf dem Kopf trug sie ihr goldenes Schappale und dann stieg sie mit ihm hinauf zum Altar, wo schon gütig lächelnd der Pfarrer Stockmayr im festlichen Ornat auf sie wartete. Ganz fein und hell läuteten die Glocken, eine Geige setzte ein, dazu kam eine Klarinette, gefolgt von einer Tuba. Immer lauter, schriller und verworrener wurde die Musik und plötzlich glaubte er auch noch eine Ziehharmonika zu hören, die in einer Kirche aber wirklich nichts zu suchen hatte. Verwirrt wachte Franzmichel auf. Nannis warme Hand lag immer noch in der seinen und über ihm waren auch keine Deckengemälde, sondern nur Dachschindeln. Die Glocken, erkannte er, das waren die Schellen der Kühe von unten im Stall – aber die Musik war immer noch da. Auch Nanni erwachte jetzt und mit ihr kroch auch der Schneider aus dem Heu.

»He, Schneider«, rief draußen eine Stimme, »du verschnarchter Sack, was ist los mit dir?«

Der aber ließ sich so etwas nicht zweimal heißen und sauste hinab über die angelehnte Leiter. Draußen standen ein paar verwegen aussehende Burschen, einige hatten Instrumente dabei und machten damit ein Mordsgetöse. Nannis Bruder fühlte sich geschmeichelt, als er erfuhr, dass ein paar von ihnen schon einige Stunden auf den Beinen waren und von ihren entlegenen Alpen noch einen weiten Umweg gemacht hatten, nur um ihn dabeizuhaben.

»Wir ziehen über die Berge hinüber in den Vorderwald, um uns dort einmal die Sennerinnen anzuschauen. Dabei könnten wir einen Schnurrenwackler wie dich noch brauchen!«

Der Schneider trat von einem Fuß auf den anderen. »Aber ich kann doch nicht das Vieh allein lassen. Zwanzig Kühe melken, das packt die Nanni alleine nicht!«

»Geh' nur mit!«, erlöste ihn Franzmichel. »Ich bleib für dich da!«

Wahrscheinlich hätte man nicht bis drei zählen können, so schnell war der Schneider jetzt in der Hütte verschwunden und stand gleich darauf wieder in einer besseren Hose und einem ansehnlicheren Fiesel im Freien. »Auf geht's!«, rief er übermütig und mit dem Aufspielen einer lustigen Weise zog der Haufen singend und lachend dem Stogger Sattel zu.

Franzmichel und Nanni sahen ihnen nach, bis sie hinter der ersten Kuppe des gewellten Geländes verschwunden waren.

»Gehen wir melken!«, sagte sie und er nickte.

Nach der Stallarbeit stiegen sie wieder hinauf auf die Anhöhe über der Hütte, lagen in der warmen Sonne, lauschten dem Gesang der Vögel und dem sanften Säuseln des Windes.

»Meinst du nicht«, sprach Franzmichel besorgt den Gedanken aus, der ihm schon länger durch den Kopf ging, »dass uns die Musikanten in den Tratsch bringen könnten?«

»Nein«, antwortete Nanni, »hier heroben in der Einsamkeit verlernt man das Ratschen und freut sich am Glück der anderen!«

Franzmichel kam in den Sinn, dass ihre Antwort die Gelegenheit wäre, besagtes Glück nicht nur für hier in der Höhe gelten zu lassen, sondern auch für das Tal da unten ein bisschen fester zu klopfen. Trotzdem setzte er zweimal an, ehe er es über die Lippen brachte. »Und wenn – was wäre schon dabei? Ich meine, wir brauchen uns doch für unser Verhältnis nicht zu schämen!«

»Weißt du, was mir heute Nacht geträumt hat, wie wir oben gelegen sind im Heu?«, erwiderte sie nach einer Weile. »Ich habe geträumt, dass du hierbleibst, bei mir da heroben auf der Sattelalpe!«

Franzmichel wagte es nicht, ihr seinen eigenen Traum zu erzählen. »In zwölf Tagen ist Kirchweih in Au«, sagte er stattdessen. »Was meinst du dazu, wenn wir uns im Tanzsaal beim Sonnenwirt öffentlich als Paar zeigen?«

Nanni schwieg und sah ihn nur mit leuchtenden Augen an. Dann nickte sie. »Ja, das tun wir!« Kurz überlegte sie und lächelte schelmisch. »Genau an Goethes Geburtstag!«

44

Goethes Geburtstag am 28. August erwachte nebeltrüb und erst am Vormittag durchdrangen die ersten Sonnenstrahlen auch die farbigen Fenster der Auer Kirche. Immer wieder ging Franzmichels Auge hinüber zu den Jungfrauenbänken, zu Nanni mit ihrer kleinen, festen Gestalt und ihren zu einem Kranz geflochtenen Zöpfen. Vorne am Altar zelebrierte der Pfarrer zusammen mit zwei Bezauer Patres ein feierliches Hochamt, einer der Kapuziner hielt dann eine Predigt über den Kirchenpatron, den heiligen Leonhard, der als Beschützer der Tiere einer der wichtigsten Fürsprecher der Bauern sei, von der aber Franzmichel nicht allzu viel mitbekam. Das Ende des Gottesdienstes konnte er kaum erwarten und stellte sich dann neben die Kirchenmauer, bis endlich auch Nanni ins Freie trat. Dem Spiel der Musikanten, dem die nur gelegentlichen Übungen auch anzuhören waren, lauschten sie eine Zeit lang, und während sie hinüber zu den Marktständen schlenderten, blieben sie noch einmal kurz stehen und sahen hinauf zum sonnenbeschienenen Liggstein, wo sich vor nicht ganz zwei Wochen nicht mehr nur ihre Hände, sondern auch ihre Lippen berührt hatten.

Am frühen Abend aber war trotz ihres vorzeitigen Aufbruchs bei Moosbruggers im Tanzsaal beim Rösslewirt schon eine fast drangvolle Enge und nur mit Mühe gelang es ihnen, noch einen Platz an der Wandbank zu besetzen. Bereits zum ersten Landler, der aufgespielt wurde, drehten sich Franzmichel und Nanni auf der Tanzfläche und sie ließen auch die folgenden Polkas und Zwiefachen nicht aus. Ein paar neugierige Blicke folgten ihnen, als sie sich erhitzt wieder auf die Bank zurückzogen.

»Du tanzt gar nicht so übel!«, stellte Nanni fest. »Wo hast du denn das gelernt?«

Franzmichel lachte. »Du wirst es nicht glauben. Auf Schiedlen zwischen Milchgeschirr und Sennkessel, wenn der Oberhauser Josef auf seiner Mundharmonika geblasen hat. Anfangs war es mehr aus Zorn und mehr Stampferei, weil ich das Instrument nicht leiden konnte.«

Obwohl es in Rösslewirts Saal immer noch enger und die Stimmung zunehmend ausgelassener wurde, waren doch genug Augen da, denen nichts entging. Kaum eine Stunde war um, da ging das Gerede los.

Sechzig Jahre alt sei seine Mutter, da würde er sicher rechtzeitig ans Heiraten denken … da sehe man, wie blind ein hübsches Mädchen durch die Leserei werden könne … kein richtiger Bauer, aber noch weniger ein Herr … zu eingebildet, um zu gehorchen, und zu dumm, um zu befehlen … ja, ja, den Gelehrten spielen und sein ganzes Geld in Bücher stecken … wenn das ihr Liebhaber sei, dann verdiene sie auch keinen besseren … mit einer Zange müsste man ihr die Augen öffnen … ihre ganze Zukunft verdürbe sie sich doch mit so einem …

Die beiden überhörten die Anzüglichkeiten, obwohl manche absichtlich ihre Nähe suchten.

»Von denen lassen wir uns den Tag nicht verderben!«, flüsterte Nanni trotzig, doch gegen zehn Uhr wurde es ihnen zu viel.

»Wie der Käufer, so die Ware!«, rief noch jemand hinterher, als sie den Tanzsaal verließen.

Über der dunklen Wand der Kanisfluh hing ein heller Mond und leuchtete ihnen auf dem Weg nach Hause.

Nanni fasste nach Franzmichels Hand und drückte sie fest. »Sie sind halt grob und ungehobelt, und wenn er in der Meute jagt, glaubt auch der Feigling, er sei stark.«

»Um mich brauchst du dich nicht zu sorgen«, erwiderte er, »ich bin das schon gewohnt und morgen wieder in Schoppernau, aber du musst es hier aushalten und sie werden dich wegen meiner schon noch durch den Dreck ziehen!«

»Es sind ja nicht alle, sondern nur ein paar Einzelne. Vielleicht haben unsere Eltern das auch durchstehen müssen. Wer weiß? Nirgendwo sieht man es gerne, wenn die Burschen aus den Nachbardörfern in fremden Revieren wildern.«

Mitten im Gehen hielt Franzmichel inne, weil er glaubte, Schritte gehört zu haben. Auch Nanni spähte angestrengt nach hinten. Aber da war nichts.

»Das haben wir uns jetzt eingebildet«, sagte sie, »aber sie werden schon noch kommen!«

»Hoffentlich nicht die Holzköpfe von vorhin!«, antwortete Franzmichel.

In Moosbruggers Haus waren alle schon zu Bett gegangen, als sie in der Stube die Strichlerkerze anzündeten und die Fensterläden schlossen. Tatsächlich dauerte es nicht lange, als sich von draußen auch schon die erste verstellte Stimme vernehmen ließ.

»So ist das also, die Fensterläden zumachen, damit man euch nicht beim Busseln sieht!«

Franzmichel wollte die Quälgeister möglichst schnell wieder loswerden. Ohne noch den nächsten Störer abzuwarten, erhob er sich vom Tisch, öffnete das Fenster und stieß die beiden Läden zurück.

»Du, Franzmichel, das mit dir und der Nanni wird nicht so schlimm, wie jetzt überall geredet wird!«, kam es aus dem Dunkeln.

»Dann bin ich aber beruhigt!«, lachte er ein wenig gezwungen zurück.

»Ja, ja, das kannst du auch sein! Wenn nämlich der Herr Felder vor lauter Lesen keine Zeit hat, seiner Frau das Wasser vom Brunnen zu holen, so kann sie es sich ja weinen!«

»Wenn ich schon der Herr Felder bin, dann kann es sich der Herr Felder ja auch leisten, so einen wie dich als Knecht zum Wasserholen einzustellen!«, entgegnete Franzmichel.

»Mehl braucht sie dann auch keines mehr zu kaufen«, ließ sich eine andere Stimme vernehmen, »deine Hütte ist schon so wurmstichig, dass sie es aus den Wänden herauskratzen kann!«

»Papier habt ihr ja auch genug im Haus. Ich meine zum Einwickeln, wenn ihr beide zum Schmalzbetteln geht!«

Eine Zeit lang noch ließ Franzmichel sie mehr um Nannis willen gewähren, die meinte, er müsse sich das halt in einem fremden Dorf gefallen lassen. Aber je länger er schwieg, desto ärger und niederträchtiger wurden ihre Reden. Dann aber ließ er es sich nicht mehr länger bieten, sondern pfefferte seine Antworten durch das helle Viereck, so beißend, verachtend und gnadenlos, dass Nanni himmelangst und bange um ihn wurde.

»Denk daran, du musst heute noch heim. Das lassen sie sich nicht gefallen und gnade Gott, wenn sie dich abpassen ... sie verhauen dich grün und blau!«

Franzmichel aber strafte sie weiter ungerührt so lange ab, bis keinem draußen in der Nacht noch etwas einfiel, mit dem er gegenhalten konnte. Gedemütigt verdrückte sich einer nach dem anderen und aus einiger Entfernung war bald darauf ihr zorniges Johlen und Juchzen zu hören, während sie sich auf die Suche nach neuen Opfern machten.

»Pass gut auf dich auf!«, sagte Nanni noch besorgt und sah ihm unter der Haustüre so lange nach, bis Franzmichels hagere Gestalt vollständig in der mondhellen Nacht verschwunden war. Dieser atmete erleichtert auf, als die letzten Häuser von Au hinter ihm lagen.

45

Krieg solle es wieder einmal geben. Diesmal gegen Sardinien-Piemont und Frankreich. Napoleon und Viktor Emanuel hätten sich verbündet, ihr Ziel sei die Einigung Italiens, wozu aber zuerst die Österreicher vertrieben werden müssten. Ein Religionskrieg sei es, so hieß es landauf, landab herab von den Kanzeln, weil auch die der Kirche gehörenden Ländereien einem italienischen Staat zugeschlagen und dem weltlichen Herrschaftsbereich des Papstes entrissen werden sollten. Die Nachrichten drangen selbst bis in die Vorsäss-Hüttchen in Hopfreben und sorgten auch dort für eine gedrückte Stimmung. Vorbei war es mit dem Fensterln, dem Tanzen und anderen Lustbarkeiten. Das Wichtigste war jetzt Franzmichels Zeitung, die in den Hütten reihum ging.

Jedes Kronland in der Monarchie hatte eine bestimmte Anzahl von Rekruten zu stellen, die durch das Los bestimmt wurden. »Spielbuben« nannte man sie, weil sie buchstäblich um ihre Zukunft spielen mussten. Wer genügend Geld hatte, konnte sich einen Ersatzmann kaufen – meist ein armer Schlucker, der für ihn über lange zehn Jahre einrückte zu den Kaiserjägern, die von den Tirolern und Vorarlbergern gestellt wurden und deren Regimenter in Lombardo-Venetien stationiert waren. Auch hier in Hopfreben gab es einige, deren Brüder und Söhne da unten standen, und allein aus Schoppernau waren es dreizehn, die jetzt zur Fahne gerufen worden waren.

Mein Reich ist nicht von dieser Welt – was also sollte die weltliche Herrschaft des Papstes mit dem Glauben zu tun haben? Hatte die Kirche nicht als mahnendes Gewissen über den Staaten zu stehen, anstatt sich mit diesen gemein zu machen und auch noch für sich selber Ländereien zu beanspruchen? Franzmichel war zerrissen zwischen beinahe freudiger Erwartung des Krieges und dem Mitleid mit den Menschen, denen es nun verboten war, wie Menschen zu fühlen und zu denken, sondern die nur noch wie Maschinen zu funktionieren hatten. Nicht um den Glauben ging es, auch wenn das gepredigt wurde, sondern um Macht. Seit dem 1855 zwischen dem Staat und der Kirche geschlossenen Konkordat hatte diese eine Machtfülle erlangt wie nie zuvor. Die Kirche bestimmte den Lehrstoff in den Schulen, sie schrieb vor, was gelesen werden durfte, gab die Erlaubnis zur Ehe oder verweigerte sie und das alte, gemütliche und fröhliche Verhältnis zu Gott gab es nicht mehr. Stattdessen verkam der Herrgott zunehmend zu einem Krämer, zu einem Gott, den man nicht mehr bittet und der gibt, sondern zu einem, der hinter dem Ladentisch fragt, was man denn als Kaufpreis mitbringe. Die Mitgliedschaft in einer der Bruderschaften wurde fast schon zur Pflicht, gebetet wurde, was das Zeug hielt, und wer glaubte, keine Zeit dazu zu haben oder einfach zu faul war, der ließ eben für Geld seine im Gelübde versprochenen Rosenkränze von einem Vaterunsermännchen herunterhaspeln. Die Anzahl der zu bezahlenden Messen für die Verstorbenen wurde mehr oder weniger vorgeschrieben, Reisende mit frommen Büchern zogen mit Empfehlung des Pfarrers oder dem lobenden Schreiben eines Geistlichen von Haus zu Haus und kaum jemand, der es sich getraut hätte, nichts zu kaufen. Die Kirche war nicht mehr auf der Seite der Stummen, Hilflosen und Unterdrückten, sondern der Klerus war die Stütze des Staates, paktierte auch in den Tälern und Dörfern mit scheinheiligen Dorffürsten und predigte die Ergebung in Gottes Willen.

Franzmichel widerte es von Tag zu Tag mehr an, wie sich die Leute gleich Rössern mit Scheuklappen vor die Karren handfester Interessen spannen ließen. Anstelle des Gemeinsinns, wie er noch in der alten Bregenzerwälder Bauernrepublik geherrscht hatte, war schleichend die schäbigste aller menschlichen Eigenschaften, der Eigennutz, getreten. So hetzte man Nachbarn gegen Nachbarn, tötete allen Gemeingeist und baute Ordnung und Recht auf den saftlosesten aller menschlichen Fehler. Alle waren durch die geistliche und weltliche Regierung zu Aufpassern und Angebern gemacht, anstatt zusammenzustehen, beobachteten sie sich jetzt gegenseitig und wurden dafür auch noch belohnt, indem dem Denunzianten behördlicherseits die Hälfte des Strafgeldes des von ihm zur Anzeige Gebrachten zugesichert wurde. Das und jenes ging ihm nun in der Abgeschiedenheit Hopfrebens durch den Kopf und wie gerne hätte er Nanni hier gewusst und mit ihr über seine Gedanken gesprochen. Die aber war draußen geblieben in Au bei ihrer kranken Mutter und wie es aussah, war das auch besser so. Seit es sich herumgesprochen hatte, dass er zu ihr auf den Strich ging, nahm der Tratsch kein Ende mehr.

Auch in Haghansomatis kleinem Hüttchen, wo er sich bei ihren Geschwistern wie zur Familie gehörig gefühlt hatte, war plötzlich eine andere Luft. Nicht gerade feindselig, so aber doch mit leiser Ablehnung begegneten sie ihm und nur noch der Jok schien sich wirklich noch über seine abendlichen Besuche zu freuen. Im Gegensatz zu früher aber blieb Franzmichel nicht mehr bis spät nach Mitternacht und auch ihm war wie dem Schneider das Spaßmachen gründlich verdorben.

»Der Staat kommt mir vor wie ein Stall!«, sagte der Vater Gschrofer, dessen lang gewachsener Bub ebenfalls bei den Kaiserjägern war. »Er nimmt uns die Milch und verwertet die Jungen!«

»Das passt nicht!«, kam es von der Ofenbank. »Zum Ziehen wird das Rind doch nicht im Stall abgerichtet!«

»Nein, das tut man auf den blumigen Wiesen der Kirche!«, entgegnete Franzmichel, aber niemand gab ihm darauf eine Antwort. »Ich weiß, ich habe als nicht einmal Einäugiger leicht reden, weil ich zu den Soldaten untauglich bin. Wenn es nicht um Menschenleben ginge, so könnte ich durchaus dafür sein, dass einmal ein reinigendes Gewitter dazwischenfährt. Aber dann muss ich doch wieder an die armen Teufel denken. Wie wird denen zumute sein, wenn die Kommandeure hüben und drüben im Namen Gottes befehlen: Auf in die Schlacht, auf zum großen Sterben?«

»Und was ist, wenn Österreich verliert? Nach Italien braucht der Gallus dann auch keinen Käse mehr zu liefern!«

»Ihr seid doch alle nur armselige Knechte!«, antwortete Franzmichel verächtlich und stand auf. Mit dem Kopf bedeutete er dem Jok, ihm ins Freie zu folgen.

»Kannst du mir morgen ein wenig auf mein Vieh aufpassen? Ich muss nach dem Melken hinaus nach Schoppernau, um nach dem Rechten zu sehen. Bis zum Abend bin ich wieder da!«

»In Ordnung!«, nickte Jok und meinte noch, er dürfe sich über ihre Ablehnung nicht wundern, wenn er ihnen immer gleich so grob käme.

Am nächsten Tag machte sich Franzmichel in der Früh gleich nach der Stallarbeit auf den Weg. In Schoppernau daheim hielt es ihn nicht lange und alles in ihm drängte ihn weiter, hinaus nach Au zu Nanni. Die Mutter Moosbrugger empfing ihn nicht gerade unfreundlich, aber doch mit einer kühlen Art, die ihm an ihr fremd war.

»Sie ist in der Stube beim Sticken!«, erwiderte sie kurz angebunden seinen Gruß und ließ ihn im Hausgang stehen.

Nannis Augen leuchteten bei seinem Eintreten auf und erloschen gleich darauf wieder. Franzmichel in seiner Wiedersehensfreude aber bemerkte nichts davon.

»Ich habe es nicht mehr ausgehalten. Ich musste heraus, um zu sehen, wie es dir geht!«

»Es geht!«, antwortete Nanni ausweichend. »Von dir hört man ja, dass du jetzt auf fast jeder Hochzeit als Abdankungsredner geladen bist. Das freut mich!«

»Ja!«, lächelte Franzmichel. »Als ich es das erste Mal gemacht habe, waren auch Oberhausers mit dabei und waren besorgt, ich könnte zu scharf werden. Ich habe halt nach dem Mahl eine lustige, aber auch besinnliche Rede gehalten, dabei aber auch ein paar Spitzen gegen die öffentliche Meinung versteckt und zum Schluss dann noch gesagt, das Brautpaar würde lieber mehr als wenig nehmen, da sie nicht nur den Wirt, sondern auch noch anderes zu bezahlen hätten. Aber den Leuten hat es gefallen und mancher hat dann beim Sammeln mehr auf den Teller gelegt, als er ursprünglich vorhatte. Inzwischen holt man mich schon fast zu jeder zweiten Hochzeit. Jetzt reden wir aber von mir und deswegen bin ich nicht herausgekommen nach Au!«

Erst jetzt sah er ihren bedrückten Blick.

»Du musst mir erlauben, dass ich mich über deinen Erfolg freue. Ich weiß, was du bist und was du kannst. Aber auch die Meinigen sollten das wissen und wenn auch gegen ihren Willen anerkennen müssen!«

Obwohl der letzte Satz für Franzmichel keine Überraschung mehr bedeutete, so brannte er dennoch wie Salz in einer Wunde.

»Ich brauche diese Freude«, fuhr Nanni fort, »es vergeht nicht nur ein Tag, sondern fast schon keine Stunde mehr, ohne dass nicht jemand um mein Wohl besorgt ist und auf mich einredet.« Jetzt warf sie den Kopf zurück, wie sie es immer tat, wenn sie nichts Unangenehmes an sich heranlassen wollte. »Besonders arg ist es, seit du dich mit den jungen Auer Musikanten abgibst. Der Greußing Josef ist zwar noch ein halber Bub und dass er sich das Notenlesen selber beigebracht hat, würde man ihm vielleicht noch verzeihen. Dass aber ausgerechnet ein lediger Balg gleich noch eine Kapelle gründen will und um Geld für die Instrumente herumbettelt, stößt schon einigen sauer auf.«

»Da darf natürlich ein Kauz wie Jaukos Franzmichel nicht fehlen«, lächelte er ein wenig gequält. »Ich weiß um die Rederei. Aber bei unseren Zusammenkünften geht es ja nicht nur um Musik, sondern da kommen auch Dinge zur Sprache, die sich so mancher alleine nicht laut auszusprechen getraut. Wir werden immer mehr und halten auch zusammen, wenn wieder einmal einer im Stall der öffentlichen Meinung den Säuen vorgestellt werden soll!«

»Eben darum. Das ist ihnen nicht geheuer und inzwischen ist es schon so weit, dass der Greußing nur noch heimlich Musikunterricht geben kann. Sie machen euch schlecht, wo sie nur können, und ich stehe da mittendrin!«, erwiderte Nanni. »Warte einen Moment. Ich muss nur schnell hinauf in meine Kammer!«, sagte sie dann und stand auf.

Gleich darauf kam sie mit dem kleinen Heftchen zurück, das sie als Tagebuch benutzte.

»Da, schau selbst! Nicht, dass ich mich beklagen möchte!«

Franzmichel fing an zu lesen und wurde von Zeile zu Zeile niedergeschlagener, während Nanni neben ihm saß und ihre Tränen nun nicht mehr zurückhalten konnte.

In dem Heft fand sich nichts, was auch nur zur kleinsten Freude Anlass geben konnte, und je länger er in ihren Aufzeichnungen las, desto zorniger wurde er jetzt. Kleine, gemeine Niederträchtigkeiten waren es, die in Umlauf gebracht und ihr auch zugetragen wurden.

»Ist es da ein Wunder, wenn auch die Meinigen, die bisher zu uns gehalten haben, nun unsicher werden und anfangen zu zweifeln?«, schluchzte sie. »Verstehst du jetzt, warum die Freude an deinem Erfolg als Hochzeitsredner noch das Einzige ist, an dem ich mich aufrichten kann?« Wieder warf sie trotzig den Kopf zurück. »Du musst Boden gewinnen und sie dazu bringen, dich so zu sehen wie deine Freunde. Tu es auch für mich, damit ich die Kraft habe, für unser Verhältnis zu kämpfen!«, setzte sie dann noch mit fester Stimme hinzu.

»Geistiges gilt ihnen nichts. Rechtschaffen und anständig ist nur, wer schafft und ackert wie ein Ross und den Kopf nur dazu benutzt, um seinen Geldsack zu füllen!«, sagte er dann noch zu Nanni, die ihn mit verweinten Augen unter der Haustüre verabschiedete.

In Schoppernau molk er noch schnell die Kaffeekuh seiner Mutter und eröffnete ihr noch vor dem Rückweg nach Hopfreben, dass er den Sommer so weit als möglich oben auf Schiedlen verbringen würde.

»Es ist hauptsächlich wegen Nanni!«, sagte er. »Vielleicht kommt sie so ein wenig aus dem Getätsch heraus!«

Franzmichel hatte es dann kaum mehr erwarten können, bis endlich die Wiesen im Vorsäss abgeweidet waren und er mit dem Vieh hinaufziehen konnte auf die Alpe. Krieg, Krieg, Krieg und wieder den Krieg, um nichts anderes mehr war in den Hütten geredet worden. Dieser war jetzt in vollem Gange und die Österreicher hatten bei Magenta eine empfindliche Niederlage eingesteckt mit sechstausend Toten und Verwundeten. Die Lombardei war so gut wie verloren und nur drei Wochen später war es zu einem gewaltigen Völkergemetzel bei Solferino gekommen. Dreihunderttausend Franzosen, Sarden, Piemonteser und Österreicher seien dort unerwartet aufeinandergetroffen, berichteten die Zeitungen. Die Schlacht habe im Morgengrauen des 24. Juni 1859 begonnen, den ganzen Tag über gedauert und am nächsten Morgen seien wieder sechstausend Tote und zudem noch an die vierzigtausend Verwundete auf dem Schlachtfeld gelegen. Sechs Tage vorher, zwischen den beiden großen Sterben, hatte Franzmichel noch unten in Hopfreben ein Gedicht begonnen. »Geheimste Soldatengedanken« hieß es.

Wer zög' nicht gern fürs Vaterland zum Kampf?
Doch wo ist der, der ihm Verderben schwur?
Es füllet alles sich mit Pulverdampf,
Ich sehe Maschinen, ach, und Knechte nur.

Wo ist mein Gegner? Zeigt ihn mir geschwind!
Der frech und ohne Grund den Frieden brach!
Ich seh' als Gegner mancher Mutter Kind,
Doch nur gezwungen geht's der Fahne nach.

Lange hatte er auch noch oben auf Schiedlen nach einem versöhnlichen Schluss gesucht, in dem Morden einen Keim zu finden, der vielleicht doch in der Blutsaat aufgehen und die Menschen zu etwas Besserem führen konnte. Aber er fand keinen.

Den ganzen Sommer über verbrachte er im stillen Frieden der kleinen Alpe zwischen den felsigen Runzeln der Künzelspitze und hinab ins Tal zog es ihn nur, wenn in Schoppernau oder in Hopfreben das Gras wieder zum nächsten Schnitt herangewachsen war. Nanni war wieder oben bei ihrem Bruder auf der Sattelalpe und so vertröstete sich Franzmichel auf die verbleibende kommende Zeit im Vorsäss. Aber auch dort war die Stimmung nicht viel besser als im Frühsommer. Der Krieg war zwar vorbei, aber seine Folgen steckten immer noch in allen Köpfen.

»Der Gallus nimmt den Käse schon!«, sagte am ersten Abend in Haghansomatis Hüttchen der Hansmelcher niedergedrückt. »Aber zu welchen Preisen! Österreich habe halt verloren und die Italiener wären bestimmt nicht scharf auf österreichische Waren, sagt er. Der ganze Käshandel sei inzwischen ein Risiko, auf das er aber einzugehen bereit sei. In unruhigen Zeiten müsse man halt billiger verkaufen, hat der Gallus zu meinem Vater gemeint.«

»Und wir? Haben wir kein Risiko?«, warf zornig der Naze ein.

»Das schon. Aber der Gallus bestimmt nun einmal den Preis und wenn du ihn dafür nicht hergeben willst, dann kannst du ihn selber essen«, entgegnete der Klausmelcher, von dessen Vater es hieß, dieser stünde auch beim Gallus ziemlich in der Kreide.

Franzmichel hörte schweigend zu und suchte Nannis Blick. Erregt schwirrten Zahlen im engen Raum hin und her und er rechnete im Kopf erst ein-, dann zwei- und dreimal. Aber das Ergebnis blieb immer dasselbe. Fest stand, dass sie den ganzen Sommer lang umsonst und für nichts und wieder nichts gearbeitet hatten. In zwei Wochen war Katharinentag, an dem die Zinsen fällig wurden. Wie sollte er dann den Lechtalern entgegentreten, wie sie beschwichtigen? Fieberhaft suchte er nach einem Ausweg. Zum Gallus gehen?

Morgen geht der Galli heuen … Allein schon dieser Satz genügte. Nein, beim Schnepfauer Käsgrafen würde er sich nicht auch noch in Abhängigkeit begeben und mit der Heugabel antreten, wenn der mit den Fingern schnalzte. Es genügte, wenn sie ihm schon den Käse für ein Spottgeld überlassen mussten. Früher als sonst leerte sich die Stube und Franzmichel wartete, bis auch der Letzte gegangen und er mit Moosbruggers allein war.

»Ich werde meinen Anteil an Schiedlen verkaufen, und zwar endgültig!«, sagte er dann entschlossen. »Ich hänge zwar an der Alpe, aber was hilft das alleine? Schon im Andenken an meinen Vater fällt mir das schwer – aber ich bin mir sicher, auch er würde jetzt in meiner Lage nicht anders handeln.«

Bedrückt machte sich Franzmichel auf den Heimweg und jeder Schritt, mit dem er seinem kleinen Hüttchen näher kam, dünkte ihn nun auch ein Schritt näher hin zum Katharinentag. Katharinentag – Tag des Schreckens … Franzmichel blieb manchmal stehen und deklamierte vor sich hin.

In der Stube kramte er aus seinem noch nicht vollends ausgepackten Schnerfer ein Heft, setzte sich an den Tisch und überflog nochmals die ersten Zeilen seines nach dem mittelalterlichen Hymnus des Thomas von Celano *Dies irae – Tag des Zornes* begonnenen Gedichtes:

Tag des Schreckens und der Trauer,
Der so manchen Schoppernauer
Und auch Auer füllt mit Schauer.

Denn an den Katharinentagen
Werden Bücher aufgeschlagen,
Wo die Schulden eingetragen.

Hilf uns, Himmel, schützt uns, Engel,
Dort beim Adler sitzt der Dengel
Und enthüllet unsre Mängel.

Wonach er so lange gesucht hatte – mit einem Mal kam es ihm aus seinen Sorgen wie von selbst entgegen, flog ihm beinahe zu. Etwas drängte aus ihm heraus und Franzmichel spürte mit jedem Wort mehr, das in seinem Bleistift endete, wie die Ohnmacht in ihm wuchs, er aber zugleich auch ruhiger wurde.

Wehe, die Banknoten schwinden
Und in des Sackes tiefsten Gründen
Ist kein Silber mehr zu finden.

Welche Freude wird entstehen,
Wenn wir Gallus kommen sehen,
Ins Gericht mit uns zu gehen.

Drüben in der kleinen Schlafkammer regte sich seine Mutter, wie sie es auch daheim immer tat, solange sie ihren Buben nicht im Bett wusste. »Franzmichel! Geh' endlich schlafen!«

»Ja, gleich!«, antwortete er gewohnheitsmäßig und blieb sitzen.

Keinem wird er Trost versagen,
Der in schönen Frühlingstagen
Seine Milch ihm zugetragen.

Alle hat er aufgeschrieben,
Denen etwas noch geblieben,
Für den Tag, den kummertrüben.

Alle, die da Mord und Zeter
Schrien, hauchen Dankgebeter
Und das Volk lobt seinen Retter!

Erst als die Kerze zu flackern begann, stand er auf und begab sich im Tenn nach oben ins Heu.

46

Auch Marie hatte dann schließlich eingesehen, dass Schiedlen nichts anderes war als ein schwerer Klotz am Bein, der sie immer weiter hinabzog und nicht herauskommen ließ aus ihren Schulden. Aber den ganzen Winter über bewegten sich die Güterpreise auf und ab und auch der Wert des Geldes schwankte dermaßen stark, dass niemand es wagte, auf ein größeres Geschäft einzugehen. So standen nun Franzmichel und seine Mutter zwar im Frühjahr wieder da mit dem Anteil an ihrer Alpe, dafür aber fehlte ihnen jetzt das Vieh, da sie einen Teil davon auf dem Schwarzenberger Viehmarkt verkauft hatten, um die Zinsen beim Dengel und den anderen Lechtalern bezahlen zu können. An die Neuanschaffung eigener Kühe war nicht zu denken und so blieb letztendlich nichts anderes übrig, als sechs fremde Tiere zu pachten. Deren Abgeltung war allerdings von vorneherein so hoch, dass auch in diesem Jahr kaum etwas übrig bleiben würde und sie nur von der Hoffnung leben konnten, mit etwas Glück vielleicht doch noch einen kleinen Gewinn zu erwirtschaften.

Wieder einmal sollte es hineingehen nach Hopfreben und Franzmichel lag schon die ganze Nacht über schlaflos in seinem Bett. Noch mitten in der Dunkelheit stand er auf und machte sich draußen im Stall zu schaffen, wo die Kühe ob der frühen Stunde mit unwilliger Verwunderung in das bleiche Licht der Laterne äugten. Viermal schlug von der Stube her die Uhr, als er dann nach dem Melken hinter dem Küchentisch Platz nahm, auf dem Marie schon das Frühstück hergerichtet hatte. Schweigend saßen sie sich gegenüber, tranken beinahe eilig ihren Feigenkaffee und beide spürten diese kribbelnde Unruhe, wie sie jedes Mal da war, wenn es das erste Mal im Jahr wieder hinaufging in die Berge. Gestern erst hatte Franzmichel die Pachtkühe geholt und sie wussten nicht, wie sie sich mit den eigenen vertragen würden.

»Wir treiben sie zusammen und noch möglichst früh, bevor auch die anderen Bauern mit ihrem Vieh auf dem Weg sind!«, hatte Marie gesagt und er hatte genickt.

Dem Hochtannberg zu dämmerte es schon grau, als Franzmichel im Stall die Halsketten löste und die acht Tiere hinaustrieb in einen unwirtlichen Nebelregenmorgen. Neben der Stalltüre saß Napoleon und sah den Kühen nach, die nun hinter Marie hertrotteten.

»Du kommst natürlich auch mit!« Franzmichel nahm den Rucksack von der Schulter, packte mit einem Handgriff den Kater und steckte ihn zu seinen Hemden, Hosen, Lessing und Jeremias Gotthelf in den Schnerfer. Napoleon sperrte sich nicht einmal sonderlich heftig dagegen, da er die Prozedur schon des Öfteren mitgemacht hatte. Ein wenig widerwillig strampelte er noch in dem dunklen Sack, ehe er sich in sein Schicksal fügte und dann Ruhe gab. Bimmelnd ließen die Kühe die letzten Häuser von Schoppernau hinter sich und auch die fremden Tiere machten keine Schwierigkeiten. Gleichmütig zogen sie auf dem schmalen Karrenweg taleinwärts und Franzmichel dauerte plötzlich seine nun immerhin schon über sechzig Jahre alte Mutter, die den Weg ins Vorsäss und zurück heute gleich dreimal machen sollte: Sofort nach dem Auftrieb müsste sie wieder heim nach Schoppernau, um dort das Haus fertig aufzuräumen, die Fensterläden zu schließen und die Türen abzusperren.

»Mama!«, rief Franzmichel über die Kuhrücken hinweg nach vorne. »Warte einmal!«

Marie blieb stehen und hielt mit dem quer gestellten Stock die Tiere zurück, während ihr Bub nach vorne zu ihr hin hastete.

»Mama, geh' ruhig heim. Die Tiere sind ja friedlich und ich werde schon alleine mit ihnen fertig! Dann brauchst du auch nicht zu hetzen und kannst die Arbeit in Ruhe machen!«

Aber seine Mutter hatte da ihre Bedenken: »Was ist, wenn eines der Pachttiere nicht auf dem geraden Weg hinein nach Hopfreben bleiben, sondern woandershin abbiegen will? Dann musst du dem einen hinterherspringen und die anderen wieder alleine zusammensuchen!«

»Ach was!«, beschwichtigte Franzmichel. »Die fremden Kühe laufen den unseren nach und die kennen schließlich den Weg!«

Es dauerte eine Weile, bis er seine Mutter endlich überzeugt hatte. Inzwischen waren einige der Tiere seitlich ausgebrochen, wollten weiter und vagierten nun einzeln taleinwärts.

»Dann gib mir wenigstens den schweren Rucksack, damit du leichter laufen kannst. Ich bringe ihn heute Abend mit!«

»Nein!«, lachte er. »Das geht nicht, weil ich schon die Katze drin habe. Daheim kannst du sie nicht den ganzen Tag im Sack lassen und musst sie wieder einfangen, vorausgesetzt, sie entwischt dir nicht. Dann muss ich wieder hinaus, um sie zu suchen!«

Immer noch zögernd blieb Marie eine Weile stehen und sah ihrem Buben nach, wie er die versprengten Tiere wieder zusammentrieb. Erst als die Herde wieder vollständig war, wandte sie sich zum Gehen.

Kaum aber war Franzmichel wieder mit den Tieren allein, stieg Bitternis in ihm hoch. Wie gut hätten sie es miteinander haben und wie einträchtig zusammenleben können, Nanni, er und die Mutter! Wie schön hatte er sich das alles ausgemalt, immer wieder und wieder. Und jetzt? Alles verstoben und vertanzt! Wie hatte er sich auch nur so in einem Menschen täuschen können? Ja, vertanzt war das richtige Wort! Sicher hatten auch ihre Mutter und ihre Geschwister, besonders der Schneider und ihre Schwester Marie, sie dazu gedrängt. So lange hatten sie auf Nanni eingeredet, bis sie mit einem der reichsten Auer Burschen in der Fasnacht auf den Tanzboden gegangen war. Sicher, er hatte ihr seine Einwilligung dazu gegeben. Aber sie musste doch gespürt haben, wie furchtbar weh es ihm tat!

Verloren in trübsinnigen Gedanken stopfte er den Tabak in den Porzellankopf seiner langen Pfeife, haderte weiter und bemerkte dabei weder die zappelnde Katze auf seinem Rücken noch, wie sich nach den vergangenen heftigen Regentagen zum ersten Mal wieder der Himmel auftat.

Nanni war jetzt heraußen aus dem Gerede und für ihn blieb wieder einmal nur Hohn und Spott. Da konnte sie ihm noch so innige Briefe schreiben und ihre Liebe beteuern. Er hielt es ja umgekehrt auch so, aber in den Kelch ihrer Liebe war ein giftiger Tropfen gefallen, auch wenn sie versicherte, den ganzen Tanzabend habe sie sich gelangweilt und nur an ihn gedacht. Seither war er auch kaum mehr draußen gewesen in Au und auch das fast schon feindselige Verhalten ihrer Familie mit Ausnahme Joks hatte ihm die Besuche gründlich verleidet. Jetzt aber würden sie wieder im Vorsäss zusammentreffen und wie sollte er sich verhalten?

Immer noch hielt er sein Auge halboffen auf den Boden geheftet, und erst als er die enge Schlucht hinter sich hatte, von wo aus sich der Weg hin teilte, der zu den Hütten des Schalzbach-Vorsässes auf der anderen Seite der Ach führte, hob er den Blick. Mit heftigem Erschrecken sah er, dass nicht eine der beiden eigenen, sondern eine der gepachteten Kühe der Herde voranging, die auch noch prompt nach rechts zur langen Holzbrücke hin abbog. Franzmichel schrie nun aus vollem Hals, aber das Tier ließ sich nicht beirren. Fest nahm er nun den Stock in die Hand, versuchte sich nach vorne zu drängen, aber je näher er kam, desto schneller wurde auch die Kuh und mit ihr auch die anderen, die ihr folgten. Sogar die eigenen, die ja den richtigen Weg kannten, sprangen erst noch zögernd, dann schneller hinterher.

»Hoho, wist, wist, wist!«

Die Kühe aber rannten geradeaus weiter, drei von ihnen waren nun schon fast am anderen Ende des Steges. Trotz des gewaltigen Tosens des Hochwassers war deutlich das Poltern und Rumpeln der schweren Bretter unter den Hufen zu hören. Franzmichel sah ein, dass er keine Möglichkeit mehr hatte, sie aufzuhalten, und er die Tiere wohl oder übel auf die andere Seite lassen musste. Wenigstens wollte er die hinter ihm nachfolgenden Kühe noch zurücktreiben. Die erste, der er nun mit erhobenem Stock gegenüberstand, versuchte auf der engen Brücke umzudrehen, drängte erschrocken nach hinten, wodurch auch das nachfolgende Tier es ihr gleichtun und ebenfalls wenden wollte. Dabei aber verkeilten sie sich mit hoch erhobenen Köpfen und angstweiten Augen ineinander, ihre Hintern zwängten zunehmend panischer zwischen den seitlichen Balken und plötzlich krachte es ohrenbetäubend. Instinktiv hielt er sich am Brückengeländer fest, unter ihm schnellte gleichzeitig der Boden in die Höhe, der sich jedoch darauf gleich wieder senkte. Den ganzen Steg durchlief ein Zittern, das überging in ein heftiges Schwanken, neben sich nahm er noch schemenhaft die beiden Tiere wahr, wie diese nunmehr kopfüber in der wild schäumenden Gischt verschwanden. Plötzlich war Franzmichel, als ob auch ihm der Boden unter den Füßen weggerissen würde, und gleich darauf flog berstend die Brücke endgültig auseinander. Um ihn war noch brodelnder Schaum, tief ging es nach unten, dann erfasste ihn die Strömung. Für einen Augenblick kam er wieder nach oben, versuchte keuchend inmitten der wirbelnden Bretter und Bohlen gegen den reißenden Fluss anzukämpfen. Ein heranschießender Balken riss den Rucksack mit der jämmerlich miauenden Katze von seinem Rücken und zusammen mit den Trümmern der Brücke wurde er zwischen den schroffen Felsen durch die enge Schlucht gequetscht. Einer der Holzbohlen, an dem er sich festklammern wollte, steilte sich unversehens auf, wirbelte herum und schlug ihm sogleich mit solcher Heftigkeit auf die Hand, dass er sie gelähmt glaubte. Nun so gut wie wehrlos, saugte ihn das schmutzige, gelbbraune Wasser in den nächsten Strudel, der ihn aber gleich darauf wieder ausspie in die Mitte des Flusses, wo er nun auf dem Bauch liegend talauswärts getragen wurde. Hinaus in mein Grab! Ganz ruhig, beinahe gelassen wurde er bei dem Gedanken und plötzlich – er wusste nicht wie – kam ihm der Bischer in den Sinn, der vor zwei Tagen gestorben war und der ebenfalls heute beerdigt werden sollte. Auch diesem weinte – mit Ausnahme der Oberhausers vielleicht, deren Götte er war – niemand eine Träne nach. Eine Wasserwalze erfasste seine Beine, riss den Körper in die Quere und presste ihn so hart nach unten, dass er glaubte, den Grund spüren zu können. Um ihn war es nun finster und das Einzige, was er noch wahrnahm, war das Poltern und Rumpeln des Hochwassers, das ihn auf der Stelle festhielt, ehe er neben einem Balken nun mit dem Kopf voraus wieder nach vorne schoss, diesmal genau auf einen großen, wie einen Spitz aufragenden Felsen zu. Halb erstickt, gleichzeitig hustend und nach Luft ringend, erfasste er über sich noch einen Flecken des blauen Himmels und erwartete gefasst sein Ende.

So, du rauer Kerl, du kannst mehr als alle Menschen zusammen!, dachte er nun völlig gelassen, während der schwarze Stein mit rasender Geschwindigkeit immer größer und größer wurde, du verschaffst mir jetzt Ruhe! Noch im gleichen Augenblick verspürte er einen heftigen Aufprall, dann wurde es schwarz um ihn.

»Komm, komm!«

Plötzlich war die Stimme da, erst noch wie aus weiter Ferne, dann aber kam sie immer näher und wurde zunehmend lauter. Franzmichel erschien es wie in einem Traum, aus dem er erwachen wollte, es aber trotz aller Anstrengung nicht konnte. Mit einem Mal fror ihn entsetzlich, zudem riss und zog und zerrte es mit heftiger Gewalt an seinen Händen, seinen Füßen und den Kleidern. Rund um ihn herum war ein Krachen, Brausen und tosendes Rauschen. Eine Lawine! Ja, nichts anderes konnte es sein – er steckte mitten in einer Lawine und daher kam auch die Kälte. In sein Schicksal ergeben versuchte er, wenigstens eine bequemere Position einzunehmen, und stellte dabei erschrocken fest, dass er ziemlich tief verschüttet sein musste. Von allen Seiten her drückte und presste und zwängte der Schnee und sich zu bewegen war ihm unmöglich. Wieder war da die Stimme.

»Komm, komm!«, rief sie drängend.

Nur mit erheblicher Willensaufbietung gelang es ihm endlich, sein Auge zu öffnen. Dann aber sah er sie. Vor ihm stand, wenn auch nur schemenhaft wahrnehmbar, die Gestalt seiner Mutter.

»Mama!«, schrie er nun. Aber im gleichen Augenblick war sie auch schon wieder verschwunden. Hilflos suchend ging sein Blick nun weiter nach oben zum winzigen Fleck blauen Himmels und blieb dann an den überhängenden Felsen über ihm hängen.

Die Felsen? Die hatte er doch schon einmal gesehen! Die Gräsalpfelsen! Aber wie kamen diese hierher? Erst jetzt nahm er auch das Wasser um sich wahr, das ihm bis zum Hals reichte. Ein langer Holztromen hatte sich an einem Stein im Fluss verklemmt und sich mit dem anderen Ende in die Böschung des Ufers gebohrt. Wieder versuchte Franzmichel sich vorsichtig zu bewegen, aber irgendetwas anderes als nur das Wasser hielt ihn fest. Der Stallfiesel! Das Rückenteil seiner Jacke hatte sich am Bohlen verhängt und so verhindert, dass er noch weiter hinausgetrieben wurde. Nur kurz überlegte er, sich frei zu machen. Das hätte er vielleicht noch geschafft, aber genau zwischen dem Ufer und ihm lag die Hauptströmung, und instinktiv erfasste er, dass er unweigerlich noch in demselben Moment in diese gezogen würde, in dem er sich vom Balken löste. Jetzt kam auch wieder die Erinnerung zurück: Die Kühe – die Brücke – die Brücke, wie sie kippte, zusammenbrach, auseinanderflog und sich in Bohlen, Balken und Bretter auflöste …

Zunehmend wurde auch Franzmichels Verstand wieder klarer. An die hundert Kühe würden heute noch hineingetrieben nach

Hopfreben. Er musste also nur zuwarten. Jeder, der mit den Tieren unterwegs war, hatte auch ein Seil dabei, das er ihm dann zuwerfen konnte. Kaum zwanzig Schritte vom Weg entfernt, war es auch kaum möglich, ihn zu übersehen. Zähneklappernd hing er verkrümmt in der eiskalten Flut. Die von dem Bohlen getroffene Hand schmerzte zwar, aber er konnte sie jetzt wieder bewegen und mit ihr das rinnende Blut aus dem Gesicht wischen, während er sich mit der anderen an dem Tromen festklammerte. Endlich – und es war ihm schon fast wie eine Ewigkeit erschienen – tauchte ein Mann mit seinen Kühen auf. Franzmichel wollte schreien, aber seine schon blauen Lippen zitterten so stark, dass er keinen Ton herausbrachte. Verzweifelt versuchte er es mit Pfeifen, steckte dazu die bebenden Finger in den Mund, gab dann auch das entmutigt auf und sicher hätte ihn der andere ob des alles übertönenden Tosens auch gar nicht gehört. Dieser hatte ihn inzwischen von selbst erblickt und machte einen großen Schritt in seine Richtung. Plötzlich jedoch hielt er inne, riss noch im Umdrehen seinen Stock in die Höhe und rannte wieder zurück zu seinen Kühen, wo er auf zwei der Tiere eindrosch, die sich mit ihren Hörnern ineinander verkeilt hatten. Als er sie getrennt hatte, wartete Franzmichel ergeben, dass er zu ihm her käme und ihn endlich aus seiner misslichen Lage befreite. Der Mann aber warf ihm nicht einmal mehr einen Blick zu, sondern trieb sein Vieh stockschwingend hinein zwischen die Felsen der engen Schlucht.

»Sofort wird er wieder zurückkommen!«, fügte sich Franzmichel und machte sich schnatternd auf eine längere Zeit des Wartens gefasst. Gleich hinter dem Felsen lag der gefährlichste Teil, wo sich der Weg verengte und der Treiber die Tiere nicht sich selbst überlassen konnte. Über die Brücke hin zum Schalzbach-Vorsäss am Ende der Schlucht konnten sie zwar nicht mehr entkommen, die fehlte ja. Aber auch dahinter ging es schmal und eng weiter, hart an der Ache entlang. Trotzdem hielt Franzmichel immer noch sein Auge angespannt auf den Felsen gerichtet. Vielleicht war ja kurz vorher jemand mit dem Vieh durchgezogen, den er jetzt einholen wollte? Ganz bestimmt war es so und deshalb hatte er auch die Kühe so sehr zur Eile angetrieben. Die anderen würden seine Tiere mit übernehmen und gleich würde er wieder da sein. Franzmichel starrte inzwischen so heftig hin zu der Felsrippe, dass ihn das Auge schmerzte. Aber niemand zeigte sich mehr. Als er seinen Blick wieder talauswärts richtete, fasste er wieder Hoffnung. Eine neue, von mehreren Leuten begleitete Herde näherte sich, in der auch ein paar Schweine mitgeführt wurden. Wieder blieb einer der Männer stehen, deutete zu ihm herüber und auch die anderen hielten an und traten dann zusammen. Wie es aussah, beratschlagten sie nun, wie ihm aus dem tosenden Wasser zu helfen sei, und Franzmichel hätte ihnen am liebsten zugeschrien, sie bräuchten nicht einmal ein Seil, sondern, wenn der Helfer ein Stück hereinwatete, täte es zur Not auch ein langer Stock. Immer noch standen sie beisammen und ihm erschien jetzt jede Sekunde wie eine kleine Ewigkeit. Zwischendurch blickten sie wieder kurz herüber, schüttelten die Köpfe, nickten, gingen dann auseinander und trieben ihr Vieh weiter dem Schluchteingang zu. Mit fassungslosem Entsetzen sah Franzmichel dem Letzten nach, wie auch dieser ohne sich noch einmal umzudrehen hinter der Felsrippe verschwand. Obwohl er um die Sinnlosigkeit wusste, versuchte er dennoch verzweifelt zu rufen, brachte aber nur ein heiseres Krächzen zustande und fühlte gleichzeitig, wie seine Kräfte schwanden.

»Lieber will ich hier liegen bleiben, als unter euch sein und so leben wir ihr!«, schickte er ihnen noch hinterher und schloss gleichzeitig nochmals mit seinem Leben ab.

»Du Allgeist, der mich werden ließest, ich will dein sein. Nimm mich und mach etwas Besseres aus meinem Staub und lass es Nanni wohl ergehen …«

Wie von einer Riesenhand wurde ihm plötzlich der Tromen, an den er sich klammerte, weggerissen. Franzmichel glaubte einen Aufschrei zu hören, wusste dabei nicht, ob dieser von ihm selber oder doch von jemand anderem kam. Ein heranschießender Balken aus den Resten der Brücke war mit voller Wucht auf den seinen gekracht und hatte diesen wieder losgerissen. Tief tauchte er ein in den wirbelnden und gischtenden Hauptstrom, wurde wieder nach oben gespült und sah die nächsten wasserüberspülten Felsbrocken auf sich zurasen.

Jetzt ist es aus, endgültig!, blieb ihm gerade noch Zeit zu denken.

47

Gestern Abend war der Seelenrosenkranz für den Bischer gewesen. Außer den Oberhausers waren lediglich noch eine Handvoll anderer Beter gekommen, die den Bischer denn doch nicht so lieblos aus dieser Welt ziehen lassen wollten.

Oberhausers Josef war anschließend zusammen mit den Geschwistern noch zum kleinen Häuschen gegangen, wo ihr Götte aufgebahrt in der dumpfen Stube lag. Eigentlich war er hundemüde. Den ganzen Tag über hatte er drinnen wieder einmal an Adlerwirts altersschwachem Hüttchen gewerkelt, an dem es immer etwas zu reparieren gab. Aber nach dem Rosenkranz in der Kirche war kaum jemand da gewesen, der noch bei dem Toten Wache halten wollte, und sie hatten es nicht übers Herz gebracht, ihren Götte in seiner letzten Nacht einfach allein in seinem Sarg liegen zu lassen. Erst als dem Josef immer wieder die Augen zugefallen waren, hatte der Kaspar gemeint, er solle nach Hause, um noch wenigstens eine Mütze voll Schlaf mitzunehmen, ehe er wieder schon in aller Herrgottsfrüh hinein müsste nach Hopfreben.

Erschrocken warf Josef dann die Bettdecke zurück, als die ersten Strahlen der Morgensonne schon durch sein Kammerfenster spähten, und kleidete sich hastig an. Den Morgenkaffee schenkte er heute den Missionskindern in China und rannte stattdessen so schnell er konnte zum Adlerwirt, dessen Schwester Ilga ihn gestern nach dem Rosenkranz noch gefragt hatte, ob er sie nicht als Gespanen mitnehmen könnte, weil zu zweit wäre es halt doch kurzweiliger, als so alleine vor sich hin zu tappen. Aber die Ilga hatte es nicht sonderlich eilig, aus Schoppernau wegzukommen, und bestand wenigstens noch auf einem Kaffee und ein paar Löffeln Stopfer für ihren Begleiter. Während der Josef nun so doch noch zu seinem Morgenessen kam, räumte sie einige Lebensmittel in ihren Rucksack und füllte aus einem Glasballon noch Essig in eine kleinere Flasche. Auch nach dem Aufbruch schien es ihr nicht sonderlich zu pressieren. Immer wieder blieb sie stehen, erklärte ihm dies und das, benannte ihm Blumen und Gräser, die sie aus Büchern kannte, und den Josef hätte das schon interessiert, aber nicht heute, wo er eh' schon so spät dran war. Vergebens versuchte er eine etwas schnellere Gangart, aber seine Begleiterin ließ sich davon nicht anstecken. Nun machte der Weg eine leichte Biegung hinein in den Kessel der Himmelsriese, als ein kleiner, hagerer Mann um die Felsen bog, der bei ihrem Anblick heftig zu gestikulieren begann und hinüber zur schäumenden Ache fuchtelte.

»Der Kohler Christian!«, sagte die Ilga und blieb unschlüssig stehen.

Der Josef überlegte nicht lange, riss mit einem Ruck den Schnerfer vom Rücken, hielt am Ufer nur einen winzigen Augenblick suchend inne und nahm dann einen entschlossenen Anlauf. Adlerwirts Schwester entfuhr ein Aufschrei und als sie mit schreckgeweiteten Augen nachfolgte, stand der Josef bereits bis zur Brust in der donnernden Ache, wurde aber vom wütenden Wasser immer weiter talauswärts geschoben. Bei jedem schwankenden Versuch, das Ufer zu erreichen, wurde er jedes Mal ein Stück näher dem Wäldchen zu und der dahinter liegenden Engstelle abgedrängt, in welcher der Fluss mit heftig anschwellender Gewalt zwischen den Felsen hindurch über eine senkrecht abfallende Stufe schoss. Wieder kämpfte der Josef um einen Schritt, stemmte sich mit seiner ganzen Kraft gegen das anstürmende Wasser, und erst jetzt sah sie auch sie das blaue Bündel, das für einen Augenblick aus den Fluten auftauchte. Beim zweiten Mal konnte sie dann erkennen, dass auf dem Bündel auch noch ein Kopf war, der leblos zur Seite hing und der auch gleich wieder untertauchte, indem der Josef wieder einen Schritt versuchte und dabei nun selber fast endgültig umgerissen wurde. Der Ilga entfuhr dabei wieder ein lauter Aufschrei und sie schloss die Augen, als er sich auch noch ganz knapp vor dem ihn zu erfassen drohenden Sog nach vorne ins Wasser warf, ohne jedoch den Menschen in seinen Händen loszulassen. Nur zögernd wagte sie wieder die Augen zu öffnen, sah aber den Josef zu ihrer unendlichen Erleichterung doch noch am Leben. Gegen den Strom ankämpfend, tastete dieser taumelnd mit den Beinen nach Halt am Untergrund, während er sich mit der einen Hand mit rudernden Bewegungen im Gleichgewicht zu halten versuchte und mit der anderen den Körper dem Ufer zu zog. Kohlers Christian wartete schon unten am Bachbett und zu zweit schleppten sie den Bewusstlosen hinauf über die Böschung.

»Um Gottes willen, wie schaut denn der aus?«, erschrak der Christian, als sie den zerschundenen Mann auf die Wiese niederlegten. »Wer ist denn das?«

»Keine Ahnung!« Oberhausers Josef keuchte immer noch schwer und beugte sich nun ebenfalls über die leblose Gestalt. Währenddessen hatten nun auch eine Reihe anderer Bauern ihr Vieh angehalten, nachdem der Christian einem von ihnen zugerufen hatte, die Schalzbacher müssten gar nicht erst weiter, da die Brücke weg sei.

»Lebt er denn noch?«

Josef gab darauf keine Antwort, suchte nach einem Lebenszeichen und betrachtete gleichzeitig die klaffende Kopfwunde. Mit einem Mal packte er den Kopf mit beiden Händen und drehte ihn zu sich her. »Der Franzmichel! Es ist Jaukos Franzmichel!«

»Macht Platz!«, befahl jetzt Adlerwirts resolute Schwester den Umstehenden.

Alle traten ohne Widerspruch zur Seite und schwiegen erwartungsvoll, während sie in die Knie ging und Zeige- und Mittelfinger an die Halsschlagader hielt. In weitem Umkreis hieß es von der Ilga, sie verstünde sich auf Krankheiten und Gebresten wie keine zweite, auch wenn sie vieles davon nur angelesen habe.

»Er lebt noch. Aber nur noch ganz schwach!«, sagte sie dann im Aufrichten und machte sich gleich an ihrem Rucksack zu schaffen.

Immer mehr Bauern kamen hinzu und standen nun im Halbkreis um den am Boden liegenden Körper herum. »Wir müssen ihn auf den Kopf stellen, damit das Wasser aus ihm herausläuft!«, meinte einer und fasste entschlossen nach Franzmichels Beinen, während ihm sogleich zwei der anderen Männer dabei behilflich sein wollten.

»Nichts da! Lasst ihn liegen und zieht ihn aus! Aber vorsichtig!«, herrschte sie jedoch die Ilga in scharfem Ton an und durchtränkte derweil eines ihrer Kopftücher mit einer gelblichen Flüssigkeit aus ihrer Glasflasche.

»Was ist das?«, fragte einer misstrauisch.

»Essig!«, antwortete sie und wollte anfangen, Franzmichels Brust einzureiben.

»Essig? Und das soll helfen? Zuerst muss das Wasser raus!«, beharrte derjenige, der schon vorher Franzmichel partout auf den Kopf stellen wollte.

Nun ging es hin und her. Die einen waren dafür, die anderen dagegen. Erst als Josef entschieden meinte, die Ilga sei hier wohl die einzige Person, die etwas davon verstünde, gaben sie, wenn auch mancher nur widerwillig nach.

»Wir sind jedenfalls nicht schuld, wenn eine selber kopfverdrehte Leserin den Bücherwurm auch noch vollends umbringt!«, maulte einer dann noch mürrisch.

Die so abfällig Titulierte überhörte es geflissentlich.

»Wer hat sein Vorsäss in Schalzbach und ist aus Au?«, fragte sie stattdessen ohne aufzusehen, während sie mit dem essiggetränkten Kopftuch Franzmichels Brust massierte.

Ein paar meldeten sich.

»Also gut. Ins Vorsäss könnt ihr ja jetzt nicht mehr und müsst zurück. Schickt sofort den Doktor Walser herein. Er soll schnurstracks in Brombergers Haus kommen!«

»Franzsepp!«, wies daraufhin gleich einer der Bauern seinen Buben an. »Lauf zu! Das Vieh bringe ich von hier aus auch alleine zurück!«

Adlerwirts Schwester rieb, massierte und knetete inzwischen nun bestimmt schon eine ganze Viertelstunde. Jetzt aber wurde auch sie unsicher und meinte, vorsichtshalber solle man doch auch noch den Pfarrer dazuholen. Noch eine Viertelstunde verging, dann noch eine und noch eine. Schon über eine Stunde war jetzt um und Franzmichel lag immer noch reglos am Boden. Nun musste auch die Ilga einsehen, dass sie ihn hier an Ort und Stelle nicht mehr zurückholte, und gab die Anweisung, den Bewusstlosen in das in der Nähe gelegene Haus zu bringen.

Brombergers Heimstatt war eine kleine, altersschwache Hütte und unterschied sich eigentlich nicht viel von dem der armseligen Behausungen in den Vorsässen. Die beiden alten Leutchen waren dann ob des unerwarteten Besuches auch mehr als erschrocken und ihr Schrecken steigerte sich noch, als sie hörten, der Doktor und der Pfarrer würden auch noch hierher kommen. Um nichts in der Welt waren sie zu bewegen, ihre Schlafkammer zur

Verfügung zu stellen, weil diese mit Bestimmtheit noch kümmerlicher war als schon die elende winzige Stube. Stattdessen zerrten sie verschämt ihr Bettzeug heraus und breiteten es dort auf den Boden. Obwohl die Ilga unablässig ihre Bemühungen fortsetzte, war ihnen kein Erfolg beschieden und sie atmete dann erleichtert auf, als jemand zum Fenster hereinrief, der Doktor hielte im Eilschritt auf Brombergers Häuschen zu. Auch der Pfarrer Stockmayr kam bald darauf, obwohl er es mindestens eine Stunde näher gehabt hätte. Dieser aber war genau zu der Zeit, als der Bote in Schoppernau eintraf, dabei gewesen, den Bischer unter die Erde zu bringen, und so verbreitete sich die Nachricht vorher schon im ganzen Ort, ehe er endlich auch selber davon erfuhr. Noch später als der Pfarrer jedoch und eine der Letzten im Dorf, die von dem Unglück hörte, war Franzmichels Mutter, der eine der Nachbarinnen, das Vevele, die Nachricht überbrachte.

»Die Schalzbacher Brücke hat es weggerissen und der Franzmichel ist zusammen mit ihr und ein paar Kühen ins Hochwasser geflogen. Jetzt liegt er bei Brombergers in der Stube. Der Doktor sei schon unterwegs und der Pfarrer inzwischen auch!«

»Jessas, Maria und Josef!«, erschrak sich Marie. »Der Pfarrer dazu? Die arme Serafina! Schon seit Jahren liegt sie krank daheim und jetzt auch das noch!«

»Und die Kühe?«

»Das war noch Glück im Unglück, denen ist anscheinend nichts passiert«, antwortete das Vevele, jetzt doch ein wenig verwirrt.

»Das einzige Kind, das noch im Haus ist, und jetzt hat die Serafina auf ihre alten Tage womöglich niemanden mehr! Ich gehe sofort los, um ihm wenigstens trockene Wäsche zu bringen!«, sagte Marie, konnte dabei aber nicht aufhören, das Unglück ihrer Schwägerin zu bejammern.

Nun verließ das Vevele endgültig der Mut. Der Sohn von Maries Schwägerin hieß ebenfalls Franzmichel und deren Vorsäss lag drinnen in Schalzbach. Aber bevor noch sie es war, die ihre Nachbarin über den Irrtum aufklären musste, wollte sie jetzt lieber schleunigst von hier wegkommen und war dann heilfroh, als sich die Haustüre hinter ihr schloss.

Vor Brombergers Häuschen standen eine Menge Leute herum und gerade als Marie dazukam, rief von innen jemand aus dem Fenster: »Er lebt! Gerade hat er ganz schwer aufgeatmet!«

»Gott sei Dank!«, sagte sie erleichtert. »Was tät' auch die arme Serafina ohne ihren Franzmichel!«

»Wieso Serafinas Franzmichel?«, fragte einer der Umstehenden verdutzt.

Erst jetzt erfuhr sie, dass ihr eigener Bub da drinnen lag, und war nach dem ersten Schrecken der Nachbarin im Nachhinein geradezu dankbar, dass sie diese in ihrem Glauben belassen hatte. Sogleich wurde ihr in der Stube Platz gemacht, wo ihr Sohn immer noch besinnungslos am Boden lag. Der Doktor Walser, der nach dem Fortgang von Doktor Beck dessen Nachfolge in Au angetreten hatte, blickte kurz auf und sah sie nachdenklich an.

»Wir sind am Überlegen, wie wir ihn wieder wach bekommen«, sagte er. »Ich bin ja auch des Öfteren bei den Zusammenkünften von Greußings Musikabenden und kenne von daher deinen Buben ganz gut. Ich brauche etwas, das ihm schon in Fleisch und Blut übergegangen ist und an das er sich sozusagen auch unbewusst erinnert. Aber mir fällt nichts ein!«

Aber auch Marie wusste ihm da nicht weiterzuhelfen. Plötzlich aber überzog das Gesicht des Doktors ein beinahe lausbübisches Lächeln.

»Ich glaube, ich hab's! Am Morgen aufstehen tut er ja nicht gern, der Franzmichel, oder?«

Seine Mutter nickte. »Ja, das ist fast jedes Mal ein Gfrett«, antwortete sie unsicher.

»Genau das ist es!«, wurde der Doktor Walser nun geradezu fröhlich. »Du machst es jetzt genauso wie daheim in der Früh, wenn du ihn aus dem Bett wirfst. Im gleichen Tonfall und in der gleichen Lautstärke!«

Marie sah den Doktor zuerst zweifelnd an, und als dieser aufmunternd nickte, rief sie laut und in ungeduldigem Befehlston: »Franzmichel! Aufstehen!«

Der aber drehte nur leicht und wie es schien unwillig den Kopf.

Der Arzt gab ihr ein Zeichen, es noch einmal zu probieren.

»Franzmichel! Aufstehen!«, schaffte sie es diesmal noch eine Spur resoluter als zuvor.

Jetzt zog sich der Körper ein wenig zusammen, wie es einer tat, der auch noch den letzten Augenblick im Bett auskosten wollte.

»Ja … gleich!«, kam es nun widerstrebend zurück.

Der Doktor Walser lachte zufrieden auf. »Jetzt ist's geraten!«, rief er dann, während Franzmichel die Augen aufschlug. Noch aber beinahe im selben Moment kamen die Schmerzen wieder und gleichzeitig stieg in ihm eine kraftlose Wut auf, wie jemand etwas so lustig finden konnte, wo alles in ihm brannte wie Feuer.

»Die Löcher am Kopf schauen ärger aus als sie sind«, fuhr die Stimme jetzt fort und sie kam ihm irgendwie vertraut von. Dann erkannte er den Doktor Walser und war darüber nicht einmal sonderlich überrascht. Aber wer waren die anderen Gesichter, die sich über ihn beugten und auf ihn heruntersahen? Auch diese hatte er schon einmal gesehen, auch wenn ihm die dazugehörigen Namen nicht einfielen. Was sie alles von ihm wissen wollten! Konnten sie ihn denn nicht in Ruhe lassen? Richtiggehend zornig wurde er jetzt ob ihrer Fragerei, aber je länger sie fragten, desto stärker wurden auch wieder die Bilder von dem Eingang zur Schlucht, wo sie ihn so schäbig im Stich gelassen hatten.

»Wer hat mich aus der Ache gefischt?«

»Oberhausers Josef«, antwortete jemand.

»So, der Josef!«, sagte er plötzlich hellwach und giftig. »Dann habe ich mich also in ihm doch nicht getäuscht, weil er ist fast der Einzige, von dem ich so etwas auch erwartet hätte. Den meisten anderen hätte ich so viel Mannhaftigkeit schon von Haus aus gar nicht zugetraut!«

Auch die Nachfolgenden, die nach ihm sehen und sich nach seinem Befinden erkundigen wollten, fertigte Franzmichel übellaunig und schroff ab und es erfüllte ihn mit grimmiger Genugtuung, einen nach dem anderen betreten verschwinden zu sehen. Aber hatten sie es sich nicht selber zuzuschreiben, wenn er Schmerzen hatte wie ein Ross und sie ihm keine Ruhe gönnten? Da halfen auch die Ermahnungen seiner Mutter nichts und wie vor den Kopf geschlagen standen dann die Leute vor Brombergers Häuschen.

Innerhalb der nächsten zwei Stunden drang die Nachricht hinaus bis Au und hinein nach Hopfreben, Jaukos Franzmichel sei durch die Kopfverletzungen übergeschnappt, er habe den Verstand verloren und ob er ihn jemals wieder bekommen würde, sei mehr als ungewiss.

Der Einzige, der die Ursache für sein ungehobeltes Benehmen erkannte, war der Doktor.

Neben den Schmerzen waren es auch der finstere Raum und das unbequeme und entwürdigende Lager auf dem Boden, wo sie von oben her auf den Patienten herabglotzten, was dessen Stimmung noch zusätzlich verdüsterte und dem Zorn über die ihn anstarrenden Gaffer Auftrieb gab.

»Ich lasse nach einer vernünftigen Bahre schicken und dann bringen wir dich heim. Draußen in der warmen Sonne kommst du auch wieder auf andere Gedanken!«

So war es dann auch und Franzmichels Gemüt hellte sich beinahe noch im gleichen Augenblick, in dem sie ihn über die Schwelle von Brombergers dunkler Hütte und Schoppernau zu trugen, auf. Als ob ihn die Sonne in seinem neuen Leben begrüßen wollte, schickte sie ihm ihre Strahlen von einem wolkenlosen Himmel und auch die Vögel schienen ihm fröhlich zuzuzwitschern. Im Bettzeug auf der Bahre liegend betrachtete er seine zerschundenen Hände. Eine unbändige Lebensfreude erfasste Franzmichel und er begann leise zu singen. Wie schön war doch die Welt, wie schön die Heimat! Auch ihre Menschen waren plötzlich nicht mehr so schlecht, wie er es ihnen noch vor Kurzem entgegengeschleudert hatte. Alle, die ihnen begegneten, blieben stehen und erkundigten sich nach seinem Befinden. Dabei näherten sie sich mit geradezu scheuer Freundlichkeit, ganz so, als ob jeder Einzelne Scham über die Kaltherzigkeit und jeder die unterlassene Hilfe auch als seine eigene Schuld empfand. Das Verhalten derer, die ihn so schmählich im Stich gelassen hatten, bedrückte sie alle. Freundlich und zuvorkommend gab nun Franzmichel Auskunft und in der Weise, wie er es tat, konnte er auch nicht den Verstand verloren haben. Kein Wort einer Anschuldigung kam über seine Lippen und ihm schien, als ob sich die Leute dann geradezu erleichtert von ihm verabschiedeten.

Am Abend schauten noch Oberhausers und einige Freunde aus Au in Franzmichels Kammer vorbei. Sie alle wussten zu berichten, dass jeder Bauer, der heute sein Vieh ins Vorsäss treiben wollte, daheim von seinem Eheweib eine gehörige Strafpredigt abbekommen habe und plötzlich alle nur noch Gutes über Jaukos Franzmichel erzählen würden. Oberhausers Kaspar wollte ihm auch noch die Namen derer nennen, deren Herzlosigkeit ihn beinahe das Leben gekostet habe.

Franzmichel aber winkte ab. »Daran haben die jetzt selber genug zu tragen und ich will es auch gar nicht wissen. Mir ist es Freude genug zu hören, dass mein Unglück die Leute wieder ein bisschen nachdenklicher macht und enger zusammenrücken lässt!«, sagte er versöhnlich.

Nicht ganz so versöhnlich war noch an demselben Abend jedoch der Pfarrer Stockmayr. Zwar gelang es ihm nicht, alle diejenigen aufzusuchen, denen er den Kopf zu waschen gedachte, denn einige weilten schon in Hopfreben. Aber die beiden Haupt-Übeltäter traf er dennoch an.

Ob sie denn schon einmal vom barmherzigen Samariter gehört hätten, fragte er sie bekümmert, und was sie davon abgehalten habe, dem Franzmichel unverzüglich zu Hilfe zu kommen.

Der erste redete sich heraus, er hätte ihm ja auch geholfen, wenn nicht ausgerechnet zwei der Kühe zu raufen angefangen hätten. Aber er sei nur Knecht und sein Bauer würde ihm gehörig das Kapitel gelesen und ihm die Schuld gegeben haben, wenn den Tieren etwas passiert wäre. Der zweite brachte vor, die anderen hätten ihn gefragt, was denn der Felder dort im Wasser mache, und er habe geantwortet, er glaube, dem Franzmichel sei etwas in die Ache gefallen und er suche es jetzt, woraufhin sie weitergegangen seien.

48

Der nächste Tag war Fronleichnam. Zwar fühlte er sich immer noch wie zerschlagen, aber trotzdem war es ihm gelungen, ohne fremde Hilfe aufzustehen. Die Mutter war in der Kirche, Franzmichel saß in der Stube und las in Goethes Gedichten, als er glaubte, an der Türe ein leichtes Klopfen zu hören, das aber gleich darauf wieder verstummte. Fast unwillig schob er den Goethe beiseite, erhob sich dann mit schmerzverkniffenem Mund und tappte mit kurzen Schritten zur Haustüre, die seine Mutter anscheinend aus Gewohnheit abgesperrt hatte. Mit der weniger stark schmerzenden Hand entriegelte er sie und öffnete einen Spalt weit.

»Nanni – du?«, brachte er nur vollkommen überrascht heraus.

Ihre Hände hatte sie vor ihr glühendes Gesicht geschlagen und ihre Stimme bebte. »Ich hätte nicht geglaubt, dass es dir schon wieder so gut geht!«, stieß sie hervor.

Franzmichel erwiderte nichts, sah sie nur an und streckte ihr dann stumm die Hand entgegen. Nanni ergriff sie und hielt sie fest, als ob sie ihn nie mehr loslassen wollte. Eine ganze Weile standen sie so unter der Tür, und erst als sie besorgt meinte, die Zugluft könnte ihm schaden, lösten sie ihre Hände. In der Stube rannte sie beinahe auf die Ofenbank zu und ließ sich darauf niederfallen. Kaum aber hatte Franzmichel sich neben sie gesetzt, da brach es aus ihr heraus und weinend barg sie ihr Gesicht an seiner Brust.

»Oh!«, schluchzte sie. »Was habe ich alles seit gestern in mir erlebt! So nahe an den Tod musstest du kommen, bis ich weiß, was du für mich bedeutest! Sicher hast du gedacht, wie sie ihrem Vieh nachgelaufen sind, die Nanni ist auch nicht besser und gehört genauso zu denen! Wenn du gestorben wärest – keinen einzigen frohen Gedanken an mich hättest du mitnehmen können!«

Franzmichel legte den Arm um sie und versuchte sie zu beruhigen. »Aber nein! Du hast doch immer nur das Liebste und Beste für mich getan!«

»Du weißt, ich habe dein Tagebuch gelesen, oh, es ist so voll von Liebe und Schmerz. Du erscheinst mir als der großmütige, leidende, liebende und aufopfernde Petrarca und ich bin die leichtsinnige, schwache und harte Laura. Nein, ich hätte viel mehr tun können. Aber ich bin an meine große Familie gebunden. Auch du hängst an deiner Mutter und sie meint es ja auch gerade dann am besten, wenn du sie nicht verstehst und sie glaubt, gegen dich sein zu müssen. Vielleicht aber führt das Eingebundensein in eine so große Familie zu einer gewissen behaglichen Trägheit, die man nur ungern ablegt. Du aber stehst allein und bei uns steht jedes bei den anderen. Wie schön wäre es, wenn es gelänge, dich in unseren Kreis zu ziehen!«, sprudelte es nun geradezu aus Nanni heraus.

»Dein Wunsch wird mir immer ein lieber Begleiter sein!«, antwortete Franzmichel und dachte dabei an die Ablehnung in ihrer Familie.

»Seit gestern«, fuhr sie fort, »hat sich auch in unserem Hause einiges geändert. Die Redereien über uns beide waren ja immer noch nicht verstummt, wurden auch immer wieder meinen Geschwistern unter die Nase gerieben und auch sie wurden verächtlich gemacht. Seit gestern aber hört man jetzt nur noch Gutes und Lobendes über dich und auch mich, an einem einzigen Tag mehr als sonst zusammen in einem ganzen Jahr! Auch bei mir daheim gibt es kein ungerades Wort mehr. Fast kommt es mir vor, als ob sie insgeheim Abbitte leisten wollen!«

»Wenn das so ist«, erwiderte Franzmichel nach kurzem Schweigen, »dann wäre es vielleicht doch zu machen, ich meine, in deinen Kreis zu kommen!«

»Wie?«, fragte Nanni ganz leise und hielt den Blick gesenkt.

»Wir könnten einander heiraten!«

»Möchtest du das denn?«

»Aus ganzem Herzen! Wenn du neben mir bist, bin ich sicher, froh und glücklich. Braucht es mehr?«

Nannis Hand schob sich in die seine. »Ich bin dein!«, flüsterte sie mit leuchtenden Augen.

Still saßen sie beieinander und beide fühlten ganz tief in sich, dass sie zusammengehörten und vom großen Allgeist füreinander bestimmt waren. Der gestrige Sturz in die Ache war kein Unglück gewesen; eine höhere Macht hatte ihn am Leben gehalten und Nanni wieder zu ihm geführt.

Erst als sie Schritte vor der Haustüre hörten, lösten sich ihre Hände, und Marie schien keineswegs überrascht zu sein, Nanni hier anzutreffen.

»Grüß dich Gott, Nanni!«, sagte sie wie selbstverständlich und verschwand gleich darauf im angrenzenden Gaden, um sich umzuziehen.

»Das war heute anscheinend aber eine lange Prozession!«, rief Franzmichel durch die nur halb angelehnte Türe.

»Nicht länger als sonst!«, kam es aus der Schlafkammer. »Aber ich bin aufgehalten worden. Alle wollten wissen, wie es dir geht, und lassen dich grüßen! Du bleibst doch zum Essen?«, fragte Marie Nanni nun in ihrer normalen Werktagstracht noch auf der Schwelle, während sie den Juppengürtel zurechtrückte.

»Gerne! Ich muss erst am Abend zum Melken wieder in Hopfreben sein.«

»Hast du etwas von der Schalzbachbrücke gehört?«, wollte Franzmichel wissen. »Wir haben ja noch ein paar Kühe auf der anderen Achseite.«

»Gleich morgen wollen sie mit einem neuen Steg anfangen, aber ein paar Tage wird es schon noch dauern!«

Nach dem Mittagessen ließ es sich Marie nicht nehmen, Nanni durch das ganze Haus zu führen, und Franzmichel kam es vor, als ob seine Mutter in ihr bereits ihre Schwiegertochter sehen würde, obwohl sie von ihrer Absicht noch kein Sterbenswörtchen hatten verlauten lassen. Kaum waren sie wieder alleine, drängte nun alles in Franzmichel, Nanni das zu erzählen, was er seit seinem Besuch im letzten Jahr auf der Sattelalpe als sein Geheimnis mit sich herumgetragen hatte. Von seinem Traum, wie sie beide zum Traualtar schritten und sich die Kuhschellen unter ihnen damals in Kirchenglocken verwandelt hatten.

Am Nachmittag nach dem Gottesdienst schaute auch noch Oberhausers Josef auf einen Sprung vorbei und war ebenfalls erstaunt, seinen Freund bereits wieder auf den Beinen und in Nannis Gesellschaft zu sehen. »Von mir aus kannst du noch ein paar Mal in die Ache springen!«, lachte er dann. »Damit ist anscheinend mehr zu verdienen als mit Arbeit!«

»Wie kommst du denn auf so was?«, erwiderte Nanni ein wenig abweisend.

»Der Vorsteher hat es mir gesagt. Wer jemanden unter Lebensgefahr rettet, hat Anspruch auf eine Belohnung. Fünfundzwanzig Gulden soll es dafür geben!«

Franzmichel stieß einen leichten Pfiff aus. »Nicht schlecht, Herr Specht! Und? Was willst du mit so viel Geld anfangen?«

»Eine Sackuhr würde ich mir kaufen, mit einer schönen Kette«, sagte der Josef.

»Lieber eine billige, die möglichst bald verreckt. Dann hätte der Seppel vielleicht einen Grund, wieder heimzukommen, um sie zu reparieren!«

Alle drei lachten. Dass das Zerwürfnis zwischen dem Seppel und Franzmichel nur von kurzer Dauer sein würde, war vorhersehbar gewesen.

»Ich muss ihm das schreiben vom Sturz in die Ache, die Rettung durch dich und dass es zweieinhalb Stunden gedauert hat, bis der Doktor wieder einen Puls gespürt hat.« Franzmichel warf Nanni einen kurzen Blick zu. »Bevor es aber noch der Seppel erfährt, soll es auch der Josef wissen. Schließlich wäre ich ohne ihn jetzt eine Leiche und sicher nicht einmal eine schöne.«

»Ich kann es mir denken!«, antwortete dieser und lächelte. »Ihr wollt heiraten?«

»Ja, aber behalte es bei dir. Zuerst müssen wir noch abwarten, ob das schöne Wetter in Nannis Familie auch weiterhin so bleibt!«

Obwohl sich Marie heftig dagegen sträubte, machte sich Franzmichel trotz seiner Blessuren schon in der nächsten Woche auf nach Hopfreben, wo sich nun nicht nur Nanni, sondern auch deren Mutter aufhielt. Diese würde die größten Hindernisse in den Weg legen und so hatten beide beschlossen, ihr und den Geschwistern ihre Absichten nicht gleich mit der großen Kelle, sondern eher mit kleinen Löffeln beizubringen. Es war nicht so, dass sich nun die Familie nur gegen eine Verbindung Nannis mit dem verschuldeten Bäuerlein mit dem kleinen Höflein gesperrt hätte, auch seine Spintisierereien hätte man vielleicht noch hingenommen. Aber mit jedem Kind, das auszog, fehlte nun auch ein Knecht oder eine Magd. In saurem Schweiß hatten die Eltern den Ehesegen großgezogen und nun konnte auch erwartet werden, dass dieser jetzt nicht nur eigennützig an sich selber dachte, sondern seine Arbeitskraft möglichst lange in den Dienst der Familie stellte. Das war nicht nur bei Haghansomatis, sondern in so gut wie allen Bauernhäusern so. Was bei Haghansomatis noch hinzukam, war der Umstand, dass Nanni mit ihren erst zweiundzwanzig Lenzen auch noch die jüngste der Schwestern war.

Anfangs machten sie erst einzelne, dann zunehmend mehr Andeutungen und Ende Juni, kurz bevor es wieder hinaufging auch die Hochalpen, fassten sich die beiden ein Herz und traten hin vor Nannis Mutter. Das folgende Gespräch in der kleinen Stube war jedoch nicht von allzu langer Dauer.

Verschlossen und mit zunehmend düsterer Miene hörte sie ihnen zu und ihre Stimme wehte Franzmichel an wie ein kalter Wind, als sie nur sagte: »Das kommt überhaupt nicht in Frage!«

Beide waren sie auf eine ablehnende Antwort gefasst gewesen, nicht aber darauf, dass diese so schroff ausfallen würde.

»Mama, Franzmichel und ich ...«

»Franzmichel und du? Und ich? Was ist mit mir? Ich bin eine alte Frau und du solltest die Stütze meiner Tage sein!«

Franzmichel fröstelte, wie hart und besitzergreifend sie dabei Nanni ansah.

»Aber deine Tochter ist doch nicht dein Eigentum!«, erwiderte er und bemühte sich dabei um einen ruhigen Ton. »Du hast doch zudem auch noch andere Kinder, die noch im Haus sind!«

»Geig ich oder geig ich nicht – die Geige gehört trotzdem mir!«

Obwohl Nannis Augen feucht wurden, blieb sie gefasst und Franzmichel warf nun nur noch gelegentlich ein Wort dazwischen, wenn er glaubte, dass es ihren Argumenten und beinahe flehentlichen Bitten mehr Gewicht geben könnte.

Aber ihre Mutter blieb frostig wie ein Eisbrocken. »Es ist alles gesagt und fertig!«, beendete sie dann das Gespräch in einen Ton, der auch noch den Rest der winzigsten Hoffnung auf ein gütliches Einlenken erstickte.

Niedergeschlagen, aber nicht mutlos verließen sie die Stube. Auf der Bank unterhalb der Hütten gegenüber des gewaltigen Wasserfalles, der unablässig die Schneewasser herabwarf von den hohen Firnfeldern unterhalb der Hochkünzel, saßen sie nebeneinander und hielten ihre Hände ineinander verschränkt.

»Morgen ist Sonntag!«, sagte Franzmichel hinein in das Rauschen. »Ich denke, dein Bruder Jok geht nach Schoppernau in die Kirche. Das ist eine Gelegenheit, bei der ich mit ihm reden kann.«

»Und wenn es nicht hilft?«, fragte Nanni.

»Dann wird das auch nichts ändern!«, erwiderte Franzmichel trotzig und spürte sogleich ihren entschlossenen Händedruck.

»Das habe ich schon lange kommen sehen!«, sagte anderntags der Jok, während sie nebeneinander ausschreitend die Schlucht hinter dem Kessel der Himmelsriese hinter sich gelassen hatten. »Ihr zwei wäret ein Paar wie füreinander geschaffen. Stanteped würde mir auch kein Bursche weitum einfallen, der besser zu ihr passen täte als du. Mir tut es sicher auch herzlich weh, die Nanni gehen zu lassen, aber die ist schon so gescheit und rennt nicht in ihr Unglück, auch wenn sie noch so jung ist. Ich für meinen Teil halte es geradezu für eine Sünde, euch auseinanderzubringen!«

Als Franzmichel dem so warmherzigen Jok einen dankbaren Blick zuwarf, glaubte er, in dessen Augen ein feuchtes Glitzern zu bemerken, und noch selten hatte er das Gloria in der Kirche inbrünstiger gesungen als an diesem Sonntag. Vielleicht hatte er Nannis Familie mit seinem harten Urteil doch unrecht getan, besonders ihrer Mutter. Hatte nicht auch der Jok gesagt, dass es ihm weh, ja sogar sehr weh täte, wenn Nanni den Kreis der Familie verlassen würde?

Trotzdem – er würde nicht von ihr ablassen und sie auch nicht von ihm. Das hatten sie sich versprochen und vielleicht brauchte ihre Familie nur etwas Zeit. Der Jok neben ihm würde sich nicht nur mit Worten, sondern auch mit seinem Herzen für sie beide einsetzen. Mit so einem Mitstreiter musste es doch gelingen, den Schneider, die Schwester Marie und vor allem die Mutter auf ihre Seite zu bringen! Nächste Woche würde Nanni mit ihrer Mutter wieder hinausziehen nach Au und er den Sommer abwechselnd auf Schiedlen und in Schoppernau verbringen. Bestimmt würde auch die Zeit für sie arbeiten und sie gegen alle Widerstände ein Stück näher zusammenbringen, wie es ja auch schon der Sturz in die Ache getan hatte.

49

Der Seppel hatte ihm zu seiner Rettung aus der Ache gratuliert, geschrieben, ihm ginge es gesundheitlich nicht gerade gut, sein derzeitiges Einkommen tendiere gegen null und in der Liebe halte er sich lieber an den französischen Grundsatz: Ein anderes Städtchen – ein anderes Mädchen. La Rochelle würde er bald verlassen, sein Glück als Uhrenmacher in Bordeaux versuchen, und wenn es ihm dort nicht gefiele, so könnte es durchaus sein, dass in die Neugierde über den Kanal triebe, um einmal den englischen Kohlendampf einzuatmen. Franzmichel hatte ihm geantwortet, ob er nicht doch lieber stattdessen wieder heimkommen wolle in das Land, wo ihm liebende Herzen entgegenschlagen und die Erdäpfel wieder zeitig würden, wo jeder Esel ein Philosoph sei und jedes Schaf Gedankenfreiheit habe. Seinen Anteil an der Alpe habe er inzwischen auch verkaufen können, und zwar an das Bäsle Serafina und den Vetter Josef Jakob, nun sei er beinahe schuldenfrei und sehe einer sorgenloseren Zukunft entgegen.

Auch Oberhausers Josef hatte nach einigen Hin und Her die Belohnung für seinen heldenhaften Sprung in die Ache bekommen. Allerdings nicht die fünfundzwanzig von der Regierung versprochenen Gulden, sondern lediglich zwanzig, von denen dem Josef auch noch das Zeugengeld abgezogen worden war. Aber der Gerettete war halt mit nur seinem halben Auge zum Militärdienst ungeeignet und daher auch kein vollwertiger Mensch. Nur eine Ware eben, wie eine Kuh, die nach dem Nutzen und ihrer Milchleistung taxiert wurde. Franzmichel lachte darüber, auch wenn es ihm wehtat.

Woran sich aber trotz Joks Eintreten nichts geändert hatte, war die Meinung von Nannis Familie. Immer noch beharrten sie darauf, Nannis Verhalten sei lieblos, zum Heiraten sei sie noch zu jung und zudem werde ihre Arbeitskraft noch zu Hause gebraucht. In ihrem Kummer war ihr nur noch ein Mensch eingefallen, der die Familie noch umstimmen konnte, nämlich der seit fünf Jahren als Beamter in Ungarn weilende Bruder Kaspar. Zwar steckte auch in ihren Geschwistern ebenso wie in den meisten Bregenzerwäldern eine latente Abneigung für studierte Herren in langen

Röcken und mit langen Titeln. Dass er die Juristerei studieren durfte, hatte er auch nur seiner verkrüppelten rechten Hand und der Unterstützung seines Onkels, des Pfarrers Moosbrugger, zu verdanken. Aber der Kaspar war trotzdem immer einer geblieben, der nicht vergessen hatte, wo er herkam. Ihm hatte Nanni geschrieben und unmissverständlich mitgeteilt, dass ihr Entschluss feststehe, mit dem Franzmichel, diesem originellen und seltenen Kopf, während der nächsten Fasnacht den Bund fürs Leben zu schließen. Zu ihrem vollkommenen Glück fehle jetzt nur noch die Mit-Freude ihrer Familie. Kaspars Machtwort war es dann gewesen, das ein Wunder bewirkt hatte. Der Schneider wollte es daraufhin allen zeigen, dass er nicht nur alltägliche, sondern auch vornehmere Kleidung zu machen verstand, und die älteste Schwester, die Näherin, wollte beweisen, dass sie ihrem Bruder in der Verarbeitung auch von feineren Stoffen in nichts nachstand. Immer wieder wurde Franzmichel zur Anprobe gebeten, jede Falte wurde genau begutachtet und auch Nanni bekam neue Trachtenärmel mit kleinen, eingewobenen Blümchen. Für die beiden aber waren das nur Äußerlichkeiten. Viel wichtiger waren ihnen die innere Einstellung und die Vorbereitung auf den großen Tag, an dem sie sich für immer und ewig einander feierlich versprechen würden. Nichts Ungerades wollten sie mitnehmen ins Leben des anderen und sich mit reinen Seelen vor dem Allliebenden die Hände reichen. Wer dann ziemlich unwirsch, ja geradezu unfreundlich reagierte, war der greise Pfarrer von Au, als er diesem die geplante Vermählung anzeigen wollte.

»Ich sehe es überhaupt nicht gerne, dass Anna Katharina, die beste Schülerin, die ich in meinem ganzen Leben hatte, nach Schoppernau hinauf zieht!«

Franzmichel konnte ihn dabei sogar ein wenig verstehen. War doch er es gewesen, der ihr schon in der Schule, als sie diese zunehmend langweilte, die Naturpoesien und romantischen Erzählungen des Werner von Houwald, aber auch Schriften von Schiller zu lesen gegeben hatte.

»Kommt beide am nächsten Mittwoch am Abend zum Brautexamen zu mir!«, hatte er noch immer unwillig gebrummt, bevor die Köchin Franzmichel zur Tür begleitete.

Nun aber war Mittwochabend. Uhrzeit hatte der Pfarrer keine gesagt und so beeilten sich Nanni und Franzmichel, möglichst zeitig im Pfarrhof zu erscheinen. Als dort die Haushälterin öffnete, stand diese dann verlegen im Hausgang und wusste nicht, was sie jetzt tun sollte.

»Der Hochwürden liegt schon im Bett!«, sagte sie dann beinahe erschrocken.

»Aber er hat uns doch hierher bestellt und ich bin jetzt extra herausgelaufen von Schoppernau!«, erwiderte Franzmichel trotzig.

Die Frau blickte immer wieder zu einer der Türen und dann wieder zu den beiden. »Also gut!«, sagte sie dann nach einer Weile. »Ich schau einmal, ob er noch wach ist und nicht schon schläft!«

Zaghaft pochte sie an.

»Was ist?«, kam es unwillig von drinnen.

»Das Brautpaar wäre da, Hochwürden!«

Eine Weile war Stille. »Also gut! Dann sollen sie eben hereinkommen. Zünd mir aber vorher noch ein Licht an!«, klang es übellaunig durch die geschlossene Türe.

Franzmichel und Nanni sahen sich nur stumm an.

»Die beiden sollen zwei Stühle aus dem Arbeitszimmer mitbringen!«

Die Haushälterin nickte und deutete dann kurz mit dem Kopf auf die andere Seite des Flures, während sie die Klinke niederdrückte und das Schlafzimmer des Pfarrers betrat. Gleich darauf flammte ein Streichholz auf und warf sein Licht in einem flackernden Streifen in den von der Wandlampe matt erleuchteten Gang. Als die zwei sich mit den beiden Stühlen durch die Türe zwängten, machte der Hochwürden keine Anstalten aufzustehen. Sein Kopfkissen hatte er unter seinen Rücken geschoben und seine schlohweißen Haare standen wie erstarrte Flammen ab in alle Himmelsrichtungen.

»Da! Setzt euch her!«, knurrte er unwillig und machte mit der Hand eine barsche Bewegung, um anzuweisen, wohin sie die Stühle stellen sollten. Franzmichel würdigte er dabei keines Blickes und zu Nanni gewandt meinte er ziemlich schroff: »Eigentlich habe ich gehofft, dass du nicht kommst!«

Kaum hatten sie in respektvoller Entfernung Platz genommen, deutete er wieder mit einer verärgerten Geste, näher zu ihm zu rücken. »Also dann! Wenn ihr schon glaubt, einander unbedingt heiraten zu müssen, dann werde ich wohl meiner seelsorgerischen Pflicht nicht nachstehen können. Hast du deinen Taufschein dabei?«

Franzmichel nickte und zog das Papier aus seiner Joppentasche.

Der Pfarrer warf einen kurzen Blick darauf und fixierte ihn. »Einundzwanzig Jahre alt bist du erst. Also noch nicht einmal volljährig!«

»Eine Volljährigkeitserklärung ist schon beim Bezirksgericht beantragt.«

Immer noch mürrisch legte er dann den Taufschein auf das Nachtkästchen und rückte sein Kissen zurecht. Wie er dabei Franzmichel ansah, ließ diesen nicht Gutes ahnen. Nanni schien der Hochwürden jetzt kaum mehr zu beachten, sondern seine ganze Aufmerksamkeit galt nur noch ihm, indem er mit seinen Fragen versuchte, ihn in die Zange zu nehmen. Aber schon während der ersten Antworten bemerkte er erleichtert, dass der zerzauste alte Herr da im Bett ohne seine Bücher nicht mehr ganz so sattelfest war. Dennoch war Franzmichel heilfroh, als Nanni und er nach etwa einer Stunde das Schlafzimmer und den Pfarrhof wieder verlassen durften.

»Gehen wir noch in die Sonne. Meine Geschwister sind schon drüben!«, sagte Nanni auf der Treppe. Als sie dem Gasthaus näher kamen, hörten sie schon ausgelassenes Gelächter, aus dem eine männliche Stimme laut hervorstach. Nanni blieb kurz stehen und lauschte.

»Das ist der Kaspar, mein Bruder!«

Aufgeregt rannte sie los. Als Franzmichel in die Gaststube nachkam, erkannte er ihn auf den ersten Blick. Der Kaspar war eine Erscheinung, die selbst im mit an Originalen gesegneten Bregenzerwald nicht übersehen werden konnte: Ein Mannsbild mit wallendem Haupthaar, gewaltigem Rauschebart und durch die randlosen Brillengläser funkelten selbstbewusst zwei hellwache Augen. Franzmichel erfasste bei seinem Anblick plötzlich eine Scheu, die er sich nicht erklären konnte.

»Das ist der Franzmichel!«, stellte ihn Nanni vor und beinahe nur zögernd wagte es dieser, ihrem Bruder die Hand zu reichen, der ihm aber nicht seine Rechte, sondern seine Linke entgegenstreckte. Mit kurzem Heben des Fausthandschuhes, der sein Gebrechen verhüllte, sagte er wie nebenher: »Sie ist verkrüppelt. Die Finger sind zusammengewachsen.«

Dann musterte Nannis Bruder Franzmichel ganz kurz von oben bis unten und entblößte dann zwei Reihen kräftiger Zähne. »So siehst du also aus!«, lächelte er. »Die Nanni hat mir geschrieben, ob ich mich noch vielleicht von Hopfreben her an dich erinnere, aber«, er zuckte die Schulter, »ich bin fast zehn Jahre älter als du und da hat man halt möglichst gleichaltrigen Umgang.«

Franzmichel war überrascht, dass er dies im warmen Dialekt und nicht, wie er es von einem Studierten erwartet hatte, in dem steifen, bemühten Schriftdeutsch sagte. Geradeso, als ob er niemals fort gewesen wäre, so sprach er und auch seine Gesten und Gebärden hatten nichts Affektiertes oder Gekünsteltes.

»Kommt, setzen wir uns!«, deutete er zu seinem Tisch. »Du bist also auch noch ein Dichter?«, sagte er, noch während er den Stuhl heranzog.

Franzmichel errötete. »Das wäre wohl zu viel gesagt. Ich schreibe halt Gedichte und das auf, was ich so beobachte und worüber ich mir meine Gedanken mache. Aber es ist kaum der Rede wert!«

»Das stimmt nicht!«, protestierte Nanni. »Es ist alles sehr tiefsinnig und so voll Gefühl, so ehrlich und wahr. Das spürt man in jeder Zeile!«

Franzmichel versuchte verlegen, das Gespräch abzubiegen, und Nanni war nicht entgangen, wie unangenehm es ihm war. »Erzähl doch aus Ungarn!«, kam sie ihm zu Hilfe.

»Ja, aus ist es dort jetzt mit der deutschen Beamtenherrlichkeit. Mit dem Oktoberdiplom und der Wiedereinführung von Ungarisch als Amtssprache haben auch wir Juristen dort ausgedient. Auch gelten die deutschen Gesetze nicht mehr.«

»Aufgeräumt haben sie da unten, die Ungarn! Hinausgeworfen haben sie euch Rechtsverdreher und Tintenschlecker!«, rief einer vom Nebentisch. »Ist nicht gegen dich gemeint, aber es freut mich halt!«

Kaspar nickte heiter und stimmte dem anderen zu, der vor lauter Verblüffung nun nicht mehr wusste, was er sagen sollte. »Jawoll, die Ungarn sind zähe Burschen. Die haben sich nicht so schnell den Schneid abkaufen lassen und kämpfen noch für ihre alten, angestammten Rechte und werden diese mit Klauen und Zähnen verteidigen!«

Jetzt stand ihm eine beinahe rauflustige Freude ins Gesicht geschrieben, die so gar nicht zu einem k. k. Beamten passen wollte, der nun ohne Arbeit auf der Straße stand.

»Die lassen sich das nicht so einfach wegnehmen wie wir Wälder unsere Bauernrepublik damals! Früher haben auch unsere Väter noch gemeinsam selber bestimmt, was Recht und Unrecht ist, und nicht fremde Herren. Wir kannten keine Leibeigenschaft, unsere Ahnen und noch unsere Eltern waren freie Leute in einem freien Land! Kein Bregenzerwälder durfte vor ein fremdes Gericht gestellt werden, wir hatten eigenes Maß und Gewicht und kannten keine Zölle!«

Franzmichels Scheu vor seinem künftigen Schwager schwand zunehmend und ihm wurde ganz heiß, wie er ihn so reden hörte. Auch andere drängten jetzt um den Tisch und Wisgerbers Sefantons Kaspale fragte ein wenig höhnisch, ob denn ausgerechnet er das Rad der Zeit zurückdrehen wolle und schließlich sei in der guten, alten Republik auch nicht alles Gold gewesen.

»Aber die Leute haben zusammengehalten und wo die Leute von sich aus und nicht gezwungenermaßen zusammenstehen, kommt das andere von selber!«, warf nun Franzmichel erregt ein.

»Und? Warum tun sie das heute nicht mehr? Ich sag's euch: Weil früher jeder Einzelne von sich aus gewusst hat, was Recht und Ordnung ist! Früher haben die Zehn Gebote für's Zusammenleben gereicht, aber heute gibt es Paragrafen, Verordnungen und Gesetze und jede Menge überstudierter Herrschaften, die immer noch neue dazu erfinden!«, antwortete Ritters Franzpeter wild.

Immer lauter wurde die Diskussion und der Kaspar musste sich einiges anhören, das sich an seiner Stelle nicht jeder gefallen lassen hätte. Dem aber schien es geradezu zu behagen und mit vor Streitlust funkelnden Augen schoss er seine Antworten ab.

»Hört endlich auf zu politisieren!«, rief seine Schwester Barbara und fast noch im gleichen Moment drückte jemand Franzmichel eine Ziehharmonika in die Hände.

»Genau das hat mir gefehlt!«, lachte Kaspar und sprang auf. Während sich Franzmichel noch tastend auf das Instrument einzustellen versuchte, half er mit den anderen, Platz zu machen und Tische und Stühle aus der Stube zu schaffen. Das erste Paar, das sich auf der Tanzfläche drehte, war dann Nanni mit ihrem Bruder.

»Was sind denn das für Stücke? Die habe ich noch nie gehört«, fragte dieser, als er sich nach einiger Zeit verschwitzt neben Franzmichel auf die umlaufende Stubenbank setzte.

»Von mir selber. Wie es mir halt so eingefallen ist, weil ich keine Noten lesen kann und Unterricht habe ich auch keinen gehabt.«

»Wenn man genau aufpasst, merkt man das. Aber trotzdem sprechen sie das Gemüt an. Ich nehme an, so sind auch deine Gedichte, von denen Nanni mir erzählt hat!«

Franzmichel gab ihm darauf keine Antwort, sondern überspielte seine Verlegenheit mit einem lustigen Hopper, worauf Kaspar wieder aufstand und eine seiner anderen Schwestern auf den Tanzboden holte. Irgendwann war dann auch Franzmichels Repertoire erschöpft, Tische und Stühle wurden wieder hereingeräumt, und als ob einige nur darauf gewartet hätten, war Kaspar gleich wieder umringt und weiter ging die Diskussion über die alte Wälderrepublik, die nun zunehmend hitziger geführt wurde.

»Unsere alten Gesetze sind wie die der Ungarn in Jahrhunderten aus dem Volk entstanden und aus ihm heraus gewachsen. Wer weiß besser als das Volk selbst, was der Gemeinschaft nützt und was ihr schadet?«, sagte der zukünftige Schwager und Franzmichel pflichtete ihm bei.

Spät war es dann geworden, als Franzmichel mit Kaspar immer noch diskutierend seine Nanni heimbegleitete und laut knirschte es unter seinen Schuhen, als er bald darauf in der schneehellen Nacht auf Schoppernau zulief.

50

Sechs Mal schlug die Uhr von der Wand her und draußen vor dem Fenster schnaubte ungeduldig das Pferd. In der niedrigen Stube standen sie schweigend im Kreis um Nanni und Franzmichel. Alle hielten sie die Blicke zu Boden gesenkt. Niemand wusste etwas zu sagen und Franzmichel ahnte, wie ihnen zumute sein musste. Besonders Nannis Mutter schien der Abschied mitzunehmen und auch ihm presste es den Hals zu, sodass er kein Wort herausbrachte. In Nannis Augen schimmerten nun Tränen, aber ihre Stimme war fest.

»Ich bin ja nicht aus der Welt!«, wandte sie sich tröstend an ihre Mutter.

Plötzlich konnte Franzmichel nicht anders. Mit einem Schritt trat er zu auf die Greisin und umfasste deren schwielige Rechte. »Mutter!«, kam es jetzt fast flehentlich aus ihm. »Auch ich liebe Nanni! Du hast noch mehr Herzen, die für dich schlagen, ich aber habe nur ihres!« Nochmals drückte er heftig die Hand der alten Frau und spürte jetzt, wie diese zitterte.

»Ihr beide habt auch uns!«, riefen nun Nannis Geschwister.

»Und wir gehören jetzt doch uns alle gemeinsam!«, setzte der Jok noch hinzu.

In Franzmichel fiel mit einem Schlag seine ganze Beklemmung ab. »Und wir bleiben uns, was immer auch geschieht!«, erwiderte er darauf mit dankbarer Erleichterung.

»Dann schaut zu, dass ihr hineinkommt nach Schoppernau. Sonst erfriert euch noch der Gaul vor dem Haus!«, lachte jetzt der Schneider.

Bimmelnd zog bald darauf das kleine Pferd den Schlitten mit dem Brautfuder über den harten Schnee in die Dunkelheit. Vorne saß Jok, ließ gelegentlich die Zügel leicht aufklatschen, hinten hatten Franzmichel und Nanni zwischen den Truhen und Schachteln einen Platz gefunden, auf dem sie schweigend ihren Gedanken nachhingen. Nanni stellte sich vor, wie es sein würde neben Franzmichels Mutter, und er dachte an das soeben gegebene stille Versprechen, von dem niemand etwas ahnte.

Auch Marie daheim war voll nervöser Unrast und immer wieder warf sie einen Blick hinaus durchs Stubenfenster. Gleichzeitig stieg die Erinnerung in ihr hoch, wie sie hier selber als Schwiegertochter ihren Fuß über die Schwelle gesetzt hatte. Endlich vernahm sie das Geschell des Fuhrwerks, das kurz darauf vor dem Haus anhielt, und aus dem kalten Schopf vor der Haustüre tretend, wartete sie erst gar nicht ab, bis ihre künftige Schwiegertochter abgestiegen war, sondern lief auf den Schlitten zu.

»Grüß Gott, Nanni!«, sagte Marie jetzt ein wenig unsicher. »Ich freue mich ganz närrisch, eine so tüchtige und liebe Tochter zu bekommen. Ich hoffe nur, dass du es auch mit mir aushältst!«

»Mach dir darüber nur keine Gedanken!«, sagte Nanni zuversichtlich. »Meinen guten Willen verspreche ich dir!«

Franzmichel und Jok hatten sogleich angefangen, die Truhen und Schachteln in den Hausgang zu tragen. Viel war es nicht. Den angebotenen Kaffee schlug Jok aus und meinte, lieber würde er zusehen, bei der Kälte mit dem Pferd gleich wieder nach Au hinaus zu kommen.

»Den Schrank im Gaden habe ich schon leer geräumt!«, bemerkte Marie, während sie vorsorglich ein Holzscheit nachlegte.

Eine merkwürdige Unruhe war auch über Franzmichel gekommen. Mit seltsamer Hast stieg er gleich hinauf über die Treppe und verschwand oben in seiner Schlafkammer. Danach rumorte er eine Zeit lang in seinem ehemaligen Altarkämmerchen. Die vier Zipfeln des Leintuches zusammen gefasst, zwängte er sich bald darauf nach unten, entfernte mit dem Schürhaken alle Eisenringe des Herdes und leerte den Inhalt des Tuches ins Feuer. Dann sah er mit Behagen zu, wie die Flammen größer und größer wurden.

»Nanni!«, rief er dabei durch die Stube ins Gaden, wo diese mit dem Einräumen der Wäsche zugange war. »Komm doch einmal her!«

Als diese dann in den Flur trat, sah sie ihren Bräutigam vergnügt am Herd im lodernden Lichtschein. »Was tust du denn da?«

»Aufräumen!«

»Aufräumen? Womit?«

»Mit meinem ganzen Gelumpe! Ich will mein Herz an nichts mehr hängen als an dich!«, antwortete er lächelnd.

»Deine Schriften?« Nanni sah ihn erschrocken an.

»Ja, meine Schriften. Meine Tagebücher, Gedichte, Entwürfe, Aufzeichnungen« – er lachte vergnügt –, »auch mein ersticktes Drama vom Seppel, einfach alles, was ich erwischt habe. Viel dürfte nicht mehr übrig sein! Ich habe es deiner – unserer – Mutter versprochen!«

»Aber das hat sie doch nie von dir verlangt!«, erwiderte Nanni verwirrt und starrte immer noch ungläubig in die Flammen.

»Sie nicht! Aber der Augenblick hat es gefordert, in dem sie dich mir übergeben hat. Ich habe mir selber geschworen, endlich frei zu werden von dieser dämonischen Sucht, und wer mit dem Spielen aufhören will, darf die Karten nicht bloß in die Schublade legen!«

»Ich verstehe dich ja!«, antwortete sie, nachdem sie sich wieder gefasst hatte. »Aber es ist doch schade!«

»Schade?«, lachte Franzmichel abermals. »Schade um die Klagen über eine Welt, die gar nicht existiert? Schade um hundert Denkmäler meiner Torheit, über die du dich immer meinetwegen schämen müsstest? Schade um solche scharfsichtigen Untersuchungen, wie man sie nur mit der grauen Brille der Verzweiflung anstellt? Nein, um all das ist es nicht schade!«

»Aber du hast doch Freude daran, genauso wie ich auch!«, entgegnete Nanni und Franzmichel sah die Betroffenheit in ihren Augen.

»Also gut!«, antwortete er nach kurzem Nachdenken. »Dann soll einmal etwas Besseres entstehen! Mit dir wird es gelingen!«

Lange sahen sie sich an, dann reichten sie sich die Hände.

»Reden wir nie mehr davon!«, sagte Franzmichel und Nanni nickte.

Am nächsten Tag, man schrieb den 4. Februar 1861, stieg im Osten die helle Sonne auf. Kalt war es in Schoppernau und gelegentlich trieb ein scharfer Wind den locker liegenden Pulverschnee vor sich her. Zum letzten Mal trug Nanni heute ihre weiße Tracht, zum letzen Mal auch ihr goldenes Schappale. Ab morgen würde auch sie die schwarze Juppe anlegen und statt des goldenen Krönchens eine Spitzkappe aus fein gestrichener Schafwolle oder eine Brämenkappe aus Seehundfell aufsetzen. Fein herausgeputzt war auch der Bräutigam. Der Schneider und seine Schwester waren nicht wenig stolz auf Franzmichels Hochzeitsgewand. Am Hut trug er noch eine vergoldete Agraffe, welche der ansonsten eher einfachen Kopfbedeckung etwas Feierliches verlieh.

Glockenklang widerhallte von den weißen Bergen und gemessenen Schrittes bewegte sich der Hochzeitszug der Kirche zu.

»Weißt du noch, wie wir das erste Mal zusammen in Au zur Kirche gegangen sind?«, fragte Nanni und fasste nach seiner Hand.

»Ich möchte mit dir durchs Leben gehen,
Durch Lenz und Winter, jede Zeit!«,

sagte sie dann leise. Es waren die letzten beiden Zeilen des Gedichtes, das er noch am nämlichen Abend geschrieben hatte.

Franzmichel erwiderte sanft den Druck und warf seiner Braut einen gerührten Blick zu. »Ja, unserer beider Träume auf der Satelalpe sind Wirklichkeit geworden!«

Das Innere des Gotteshauses war schon gut zur Hälfte gefüllt, als das Brautpaar im Gang zwischen den mit Tannenreisig geschmückten Bänken dem Altar zuschritt. Zwischen den Ministranten stand in festlichem Ornat die kleine Gestalt des Hochwürden Stockmayr und den Augen in seinem kantigen Schädel war das Wohlwollen anzusehen, als er das Grußwort an sie richtete. Demütig knieten Nanni und Franzmichel während der feierlichen Messe nebeneinander in der kleinen Bank vor dem Hochaltar und dankten dem Schöpfer, jedes für sich, wie sie es abgemacht hatten, für alle Freuden, aber auch die Leiden, die er ihnen zur Prüfung zugeschickt hatte. Ja, auch die Leiden. War es nicht der Wille einer höheren Macht, der ihre Leben zusammengeführt hatte? Hatte sich nicht das Unglück auf dem Schalzbach-Steg ins Gegenteil gekehrt und sie beide letztlich verbunden? Der Doktor im Paznauntal – war auch nicht er nur ein Werkzeug gewesen? Wo hätte es ihn, den Unsteten, ohne diesen wohl herumgeweht?

Brausend setzte die Orgel an und jubelnd fiel der Chor ein: »Te deum, laudamus …«

Wenn nicht heute, wann dann war der Tag zum Loben und Danken? Danken nicht nur für das Vergangene, sondern auch für das Kommende. Auch Franzmichel und Nanni hatten sich erhoben und stimmten mit ein, ernst und aus übervollen Herzen.

»Franz Michael, willst du Anna Katharina zu deiner Frau nehmen, versprechen, ihr treu zu sein in guten und bösen Tagen, in Gesundheit und Krankheit, sie lieben, achten und ehren, bis dass der Tod euch scheidet?«

»Ja!«

»Anna Katharina, willst du Franz Michael zu deinem Mann nehmen, versprechen, ihm treu zu sein in guten und bösen Tagen, in Gesundheit und Krankheit, ihn lieben, achten und ehren, bis dass der Tod euch scheidet?«

»Ja!«, kam es von Nanni so laut und hell, dass es auch noch in der letzten Bankreihe zu hören war.

Der Pfarrer Stockmayr war sichtlich gerührt und machte auch kein Hehl aus seiner Freude über diesen Bund, als er ihre Hände wieder aus den seinen löste und sie sich gegenseitig die Ringe ansteckten.

In einem feierlichen Auszug mit dem Brautpaar voran leerte sich das Kirchenschiff, die geladenen Gäste zogen dem Oberdorf zu, wo im Adler das Hochzeitsmahl bestellt war, während die Übrigen auf dem Kirchplatz zurückblieben und ihre Eindrücke austauschten.

»So laut hätte sie das ›Ja‹ nun auch wieder nicht sagen müssen!«, meinte Stacklers Isabell missbilligend und Brosirgles Rosa stimmte ihr zu.

»Ein wenig leiser hätte es auch getan!«

»Keinen Tropfen hat sie geweint!«, war Söfflers Agathle aufgefallen und mit gerunzelter Stirne fügte sie noch hinzu, nur eine traurige Braut gebe auch ein fröhliches Weib.

»Grüß Gott dem Brautpaar!« stand auf der Tafel über der bekränzten Tür, unter der sie Adlerwirts Schwester in Empfang nahm. Die Ilga – war nicht auch sie ein Teil eines höheren Planes gewesen, als sie darauf bestanden hatte, ihn mit Essig abzureiben, anstatt den schon beinahe Toten auch noch auf den Kopf zu stellen, was sein endgültiges Ende bedeutet hätte, wie es dann auch der Doktor Walser bestätigt hatte?

Gerade wollte Franzmichel den Fuß über die Schwelle setzen, als er plötzlich stockte.

»Horch!«, sagte er zu Nanni an seiner Seite.

Aus dem oberen Stockwerk des kleinen Gasthauses erklang Musik. Immer noch stand er lauschend da, wusste nicht, ob er nun wachte oder träumte.

»Was hast du denn?«, stieß ihn Nanni an.

Erleichtert warf er ihr einen kurzen Blick zu. Sie war da, stand neben ihm in Fleisch und Blut.

»Kennst du es nicht?«, fragte er.

Sie schüttelte den Kopf.

»Es ist genau das Lied damals auf der Sattelalpe. Erinnerst du dich, wie sie deinen Bruder abgeholt haben hinüber in den Vorderwald? Genau mit diesem Lied bin ich aufgewacht, als ich träumte, wir beide würden zur Hochzeit gehen!«

»Wenn das kein gutes Vorzeichen ist!«, lächelte Nanni.

Gleich darauf füllte sich das Gasthaus mit Nannis vielköpfiger Familienschar und seinen Verwandten.

Keine stille Vermählung sollte es werden, sondern eine richtige Bauernhochzeit, so hatten es Nanni und Franzmichel beschlossen. Ein letztes, großes Gerumpel, wie er sagte, welches sie noch auf der Welt zu machen gedachten, um dann still und unbeachtet ihr gemeinsames Leben zu leben. Allein zum Essen waren es sechzig Personen und es war eine fröhliche Gesellschaft, an die der Lehrer Albrecht seine Abdankungsrede richtete. In ihr sprach er ähnliche Gedanken aus, wie sie Franzmichel schon den Tag über beschäftigt hatten: Die besten Medizinen enthielten immer ein wenig Gift und was oftmals wie ein Unglück oder Verderben aussehe, diene letztlich der geistigen Gesundung und Erstarkung.

Schon am frühen Abend machten sie sich auf den kurzen Heimweg. Stern an Stern stand an dem samtdunklen Firmament und ihre Herzen schlugen im Einklang. Vor ihnen lag das Haus, ihr Haus, unter einer Schlafmütze aus glitzerndem Schnee. Nanni und Franzmichel hielten inne, spürten nicht die Kälte, die eisig herabwehte von den Höhen. Beide hatten sich an den Händen gefasst und wiederholten ihr Versprechen und noch mehr. Nicht nur lieben und achten wollten sie sich, sondern ihre Liebe und ihre Achtung mehren, und jedes sollte dem anderen wert sein, immer mehr, von Tag zu Tag.

51

Draußen in Au ging das Gerücht um, Jaukos Franzmichel würde an einem Buch schreiben. Allerdings interessierte das kaum jemanden sonderlich, weil die Leute andere Sorgen plagten. Die Heuernte war so gering ausgefallen wie selten und Stickerei, mit der sich manche Familie gerade so noch über Wasser gehalten hatte, ging auch wieder einmal schlechter. Noch nie hatte es vor dem Katharinentag so viele Versteigerungen gegeben, noch nie waren die Grundstückspreise dermaßen angestiegen und noch nie waren die Lechtaler Geldverleiher so hart um Kredite angegangen worden. Aber als ob dies der himmlischen Strafe nicht genug gewesen wäre, hatte es im Jänner mitten im Winter so zu schütten angefangen, dass sich der Schnee vom Boden löste, an den Hängen abwärtsrutschte, sich bis hinauf zu den Hausdächern schob, Schöpfe, Immenhäuser und Ställe wegriss und die Ache füllte, was besonders die Bezauer zu spüren bekamen: Drei Schuh dicke Tannen hatte dort das Hochwasser ausgerissen und bis zur Kirche gespült und in Bizau war ein altes Weiblein noch mit dem Schrecken davongekommen, welches bei seiner einzigen Kuh beim Kalben saß, als die Stalltüre davonflog. Geistesgegenwärtig hatte sie dann die Kuh an einem Strick in die Stube geführt, wo diese dann ihr Junges zur Welt brachte. Das alles hatte Franzmichel seinem Schwager Kaspar Moosbrugger berichtet. Seit dem sommerlichen Aufenthalt daheim und im Hopfrebner Vorsäss weilte dieser nun in Innsbruck, um dort eine Fortbildung zu absolvieren, durch die er hoffte, als Gerichtsadjunkt wieder in den Staatsdienst aufgenommen zu werden. Im Sommer hatte ihm der Kaspar die Verhältnisse in Ungarn geschildert und dann aus Innsbruck über die dortigen politischen Zustände geschrieben, die so ähnlich bald auch in Vorarlberg sein dürften, weil das Land nun nicht mehr zu Tirol gehörte, sondern einen eigenständigen Landtag zugesprochen bekommen hatte.

Noch in Hopfreben war in Franzmichel nach der Lektüre von James Fenimore Coopers »Wildtöter« das erst vage, dann mit Berthold Auerbachs »Dorfgeschichten« zunehmend drängendere Verlangen entstanden, in ähnlicher Form die hiesigen dörflichen Verhältnisse darzulegen. Bei Cooper war es der frische Waldduft, der ihn angeweht hatte und dass die Indianer nicht nur edle Wilde, sondern Menschen aus Fleisch und Blut, eben mit Fehlern und Schwächen waren. Anders als dann doch bei Auerbach, dessen Bauern ihm zunehmend zu fein herausgebürstet, zu gewichst und zu gekünstelt vorkamen. Auch Nanni und ihrem Bruder hatte das Ansinnen gefallen und Kaspar hatte noch gemeint, er solle dabei den Schatz der Bregenzerwälder Sprache nicht vergessen, dessen Ausdrücke oftmals dem deutschen Geistesleben viel besser entsprächen, als es das Hochdeutsche vermochte.

»Der Auerbach schreibt halt für die Salonmenschen«, war auch Nannis Ansicht gewesen, »und die sind es, die seine Bücher lesen. Die Leser bestimmen also, wofür sie Geld ausgeben, und so schreiben die Schriftsteller eben, was diese gerne lesen möchten.«

Waren das nicht fast genau dieselben Worte wie die des Tierarztes im Walsertal, dass Leute, die schon alles zu wissen glauben, nur noch in ihren Vorurteilen bestärkt werden wollten?

Genau so eine Geschichte über Vorurteile und wie diese überwunden werden, das war es, was ihm vorschwebte. Vorurteile – das war auch eines der Hauptthemen beim Rösslewirt in Au, wo sich die Musikanten um Greußing trafen zu ihrem Kreis der Aufmüpfigen, der immer mehr Zulauf erhielt und welcher zwar nicht der gesamten, so aber doch einem überwiegenden Teil der Geistlichkeit immer mehr ein Dorn im Auge war.

Am Leonharditag hatte der Reuthener Pfarrer in der Auer Kirche eine wütende Predigt gehalten, in der es hauptsächlich um die jetzt vielfach geforderte freie Religionsausübung ging. Die Väter, die damals diese Kirche erbauten, hätten noch nichts von den verdammten Ketzern und ihren verfluchten Irrlehren gewusst, weil auch damals noch nicht jeder Rotzbub ein G'studierter sein wollte. Damals habe noch keiner die vermaledeiten Schriften der Lutherischen gelesen, die aus der Hölle selbst stammten, und heilige Männer hätten es gesagt, dass der lutherische Glaube nicht der wahre sei und die Lutheraner immer schon nichts anderes getan hätten, als die Leute gegen die Obrigkeit und Kirche aufzuhetzen. In diesem Ton war es fortgegangen, irgendjemand hatte dann dem Pfarrer Stockmayr gesteckt, auch eines seiner Schäfchen sei regelmäßig hinter der geschlossenen Tür im Herrenstüble beim Rösslewirt in Au anzutreffen, wo ebenfalls darüber diskutiert würde, und Franzmichel wurde zu einer Aussprache ins Pfarrhaus bestellt. Aber der Hochwürden hatte zuerst eine wie meistens zu große Prise Schnupftabak genommen, der sich auf der Brust über den Talar verrieselte, und aus der Examination war denn eine gemütliche Unterhaltung geworden. Schließlich kannte der Pfarrer seine Herde und hielt von Zurechtweisungen ebenso wenig wie von gepfefferten Predigten. Lieber nahm er es in Kauf, dass er von der Kanzel auf das eine oder andere schlafende Haupt herniederblickte, und ihm war es wichtiger, die Leute zur Beachtung der grundlegenden Glaubensdinge anzuhalten, anstatt mit Schimpfereien gegen die da und dort auftauchenden Protestanten-Bibeln Unruhe in die Gemeinde zu bringen. Wenn er den dörflichen Frieden gefährdet sah, konnte es schon einmal vorkommen, dass der gute Stockmayr selbst das Verlesen eines bischöflichen Hirtenbriefes einfach vergaß, wenn ihn dieser zu scharf dünkte.

»Ich habe gehört, ein Buch schreibst du! Jedenfalls erzählt man das draußen in Au!«, hatte er dann irgendwann wie nebenher gesagt.

»Eine Dorfgeschichte!«

»So, so, eine Dorfgeschichte. Sind ja große Mode, diese Dorfgeschichten, so wie die vom Auerbach!«

»Nein, nicht wie der Auerbach mit seinen noblen Bauern. Ich habe es schon bereut, dass ich den überhaupt gelesen habe. Dann schon eher wie der Jeremias Gotthelf. Bei dem spürt man, dass die Leute echt sind.«

Der Hochwürden nahm nochmals eine Prise Schnupftabak. »Du weißt schon, was ich vom Lesen bei schlecht gebildeten Leuten halte. Zum Verstehen braucht es eine gewisse geistige Reife und moralische Festigung, was vielen einfach abgeht und sie glauben daher alles, wenn es nur gedruckt ist!«

»Der Gotthelf war ja selber Pfarrer ...«

»Aber ein lutherischer!«

»Wenn ein Lutheraner sieht, dass die Schule in Flammen steht – darf er es dann sagen oder muss er dazu auch noch zuerst gut katholisch werden? Wahrheit bleibt Wahrheit und was wahr ist, darf man auch aussprechen!«

»Hie und da ist es dem allgemeinen Wohl dienlicher, wenn man nicht alles, was man weiß, auch laut verkündet, und wo die Geschichte spielt, brauche ich wohl erst gar nicht zu fragen!«

Auf Franzmichels bestätigendes Nicken hatte der Hochwürden mit besorgtem Gesicht das Thema gewechselt und sich nach Nannis Zustand erkundigt, die guter Hoffnung war.

Vor dem Gehen erinnerte er den Pfarrer noch an die letzten beiden Ausgaben der »Allgemeinen Zeitung«, die sie miteinander hielten. Ein wenig verlegen druckste der Hochwürden herum, ehe er sich etwas Unverständliches murmelnd erhob. Wahrscheinlich war wieder etwas dringestanden, von dem er nicht wollte, dass darüber geredet wurde, und er hatte auf Franzmichels Vergesslichkeit gehofft. Aber in diesem Punkt hatte er sich bis jetzt noch jedes Mal getäuscht.

Als Franzmichel heimkam, fand er einen Brief von Nannis Bruder vor, dem eine Übersetzung eines französischen Gedichtes beilag, das ihm der Seppel aus Bordeaux geschickt hatte. Das Gedicht sei charakteristisch für die Strömung der Geister der dortigen Arbeiterschaft, wo sich ein großer Kampf gegen die Macht des Geldes vorbereite, so schrieb der Kaspar, und der Seppel schwimme offenbar mit erhobenem Kopf durch die Fluten.

52

Im Herrenstüble im Rössle zu Au saß eine feine Gesellschaft. Es war Sonntag, der Tisch war reich gedeckt, zu heimischem Wild trank man Gumpoldskirchner und lauschte einem der Herren, der davon redete, dass der Dialekt des hinteren Bregenzerwaldes eine Relikt-Mundart und das wohl älteste noch gesprochene Urdeutsch im gesamten Sprachraum sei.

»Durch die Abgeschlossenheit des Tales ist die zweite deutsche

Lautverschiebung am Wälderischen, wie sie hier sagen, fast spurlos vorübergegangen. In dieser Zeit hat sich aber auch ein ebenso großer Wortschatz und Formenreichtum gebildet, wie er kaum in einem anderen noch lebendigen Dialekt vorkommt. Es soll sogar einzelne Worte geben«, fuhr er fort und tunkte dabei ein Stück des Knödels sorgfältig in die Sauce, »die sogar in Holland geläufig sind und umgekehrt!«

Der Herr, der da redete, war Ende dreißig, hatte einen Vollbart, trug das dunkle Haar gescheitelt und in modischer Nackenlänge. Auffallend waren seine weichen Gesichtszüge, die in sonderbarem Kontrast zu seinen buschigen Augenbrauen und seiner kräftigen Nase standen.

»Auf dem Weiterweg hinauf auf den Tannberg kommen wir in Schoppernau an einem Haus vorbei, in dem wir zukehren werden. Auf den Mann bin ich gespannt!«

»Ich auch!«, sagte einer der Begleiter und schüttelte dabei leicht den Kopf. »Ein Bauer als Dichter! Wo hat man so etwas schon einmal gehört?«

»Na ja, das wird schon so ein Gestammel sein!«, meinte ein anderer ein wenig abschätzig. »Wie heißt der Gute noch einmal?«

»Felder, Franz Michael Felder.«

Die Wirtin, die gerade an der Kredenz die Tassen für den abschließend gewünschten Kaffee herrichtete, drehte sich um. »Den Felder suchen die Herrschaften? Dazu brauchen Sie nicht nach Schoppernau. Der sitzt nämlich nur ein paar Meter von hier entfernt!«

Ein wenig überrascht sahen die Männer auf. »Hier?«

»Ja, vorne in der Gaststube!«

»Könnten Sie ihn zu uns herein bitten?«, fragte der Herr, der vorhin seine Erläuterungen zum Dialekt expliziert hatte.

Franzmichel war zwar ebenfalls überrascht, hatte es aber trotzdem nicht eilig, dem Wunsch zu unverzüglich nachzukommen. »Die Wurst besteht darauf, mir Gesellschaft zu leisten, und zwar in meinem Bauch!«, erwiderte er gelassen.

Erst als er mit dem Essen fertig war, begab er sich zum Herrenstüble, wo er an der Schwelle stehen blieb. Fast scheu, sein Bierglas in der Hand, verharrte er dort, bis der vornehme Herr, der sich als Professor Rudolf Hildebrand aus Leipzig vorstellte, ihn bat, doch näher zu treten.

»Wir sind auf Sommerfrische im Allgäu, in Oberstdorf und unternehmen vom Bodensee her kommend eine Wanderung durch den Bregenzerwald. Wissen Sie, in welch gottbegnadetem Stück Land Sie das Glück haben, leben zu dürfen?«

Unauffällig musterte er dabei den ärmlich gekleideten jungen Mann mit dem gewellten Haar, die hohe Stirn und die festen, kantigen Züge. Das eine Auge stand weit offen und war mit einer weißen Narbenhaut überzogen, das andere war klein und zwinkerte schielend. »Sie sind also der Bauerndichter! Unglaublich!«, sagte er dann und bot ihm einen Stuhl an. »Einen Roman haben Sie also geschrieben – wann erscheint er denn?«

»Eigentlich sollte er schon lange fertig gedruckt sein. Da ich die meisten meiner Bücher von Lindau beziehe, habe ich das Manuskript auf Anraten meines Schwagers dem Inhaber der dortigen Buchhandlung, dem Herrn Stettner, zur Begutachtung zugeschickt. Dem hat es gefallen und er wollte es auch verlegen. Aber die Druckerei ist in Augsburg und so ist das eine ziemliche Fretterei mit dem Hin und Her der Druckbogen.«

»Einen für unsere Ohren ein wenig seltsamen Titel soll er haben, jedenfalls nach Ansicht des Doktor Greber in Bad Reute. Aber wie er genau lautet, konnte er uns leider auch nicht sagen.«

»Nümmamüllers und das Schwarzokaspale«, antwortete Franzmichel.

»Wie bitte?«, fragte der Professor.

Franzmichel fühlte sich unter diesen städtischen Herrschaften ziemlich unwohl, stand aber dann ein wenig verlegen auf, holte an der Kredenz ein Blatt Papier und einen Bleistift. Dann schrieb er es auf und schob den Zettel über den Tisch, was aber auch nicht viel zum Verständnis beizutragen schien.

»Nümma – das heißt: nicht mehr. Müllers sind eine Familie, die auf den Hund gekommen ist, nicht mehr Müller sind, Nümmamüllers eben.«

»Und Schwarzokaspale – der kleine Kaspar Schwarz?«, folgerte der Professor und wie der Herr das aussprach, dünkte ihn zumindest amüsant.

»Ziemlich genau. Das Kaspale ist der Sohn vom Schwarzhannes, der mit seiner Familie als Bettler in den Bregenzerwald gekommen ist. Den Schwarzhannes hat es wirklich gegeben und noch heute weiß fast jeder etwas von seinen Streichen zu erzählen. Als Mäusefänger ist er oben in Lech gestorben. Sein Bub, das Kaspale, hat gegen die Vorurteile zu kämpfen, die ihm als Sohn eines Bettlers in den Weg gelegt werden. Aber durch beharrlichen Fleiß und den Zusammenhalt des Bettlerbuben und den armen Nümmamüllers gelingt es diesen, sich aus der Armut zu befreien und sich die Achtung der Mitmenschen zu verschaffen. Das etwa ist die Rahmenhandlung.«

Franzmichel musste manchen Satz wiederholen, nach einem schriftdeutschen Wort suchen oder dieses umschreiben, da es dafür keines gab. Aber langsam wuchs seine Selbstsicherheit und er war über sich selber ein wenig erstaunt. Nun schämte er sich nicht mehr für seinen Dialekt wie damals in der Lindauer Buchhandlung und ein wenig vergnügt bemerkte er, dass er selber zwar von den Herrschaften jedes Wort verstand, diese aber – wenn *er* sich nicht anstrengte – umgekehrt kaum ein einziges von ihm.

»Mich würde interessieren«, hörte er jetzt den Herrn Professor sagen, »was bringt einen bäuerlichen Menschen dazu, selbst zur Feder zu greifen? Wo ist seine Motivation, nach der schweren körperlichen Arbeit noch die Kraft aufzubringen, um sich – und das darf ich ruhig sagen, nach alldem, was ich gestern über Sie gehört habe – auch noch intellektuell zu beschäftigen?«

Franzmichel spürte, wie es wieder über ihn kam und ihn erfüllte, dieses Gefühl und die auf ihn einstürzenden Gedanken an jenem Samstag im April, an dem ihm der Handlungsreisende der Rieger'schen Buchhandlung den ersten gedruckten Bogen der endgültigen Fassung des »Nümmamüllers« mitgebracht hatte. Die ganze Nacht hatte er kein Auge mehr zugetan, so übermächtig war es über ihn gekommen. Die griechischen Dichter stellten sich unter den Schutz der Musen und die Christen glaubten an den Heiligen Geist und wirklich, es gab etwas Göttliches oder Dämonisches, dessen Werkzeug er war. So stark war diese Kraft gewesen, dass er beten musste, demütig und andächtig, wie er es nur selten konnte. Er würde Volksschriftsteller werden, er musste schreiben und sich ausleeren! Nicht um des Lobes und Eigennutzes willen, sondern nützen wollte er, so hatte er es gelobt in jener Nacht. Das hatte er auch dem Kaspar geschrieben, der inzwischen eine Anstellung am Gericht in Bludenz gefunden hatte.

Erwartungsvoll blickten die Herren auf das magere Bäuerlein in der verschlissenen Joppe. Aber Franzmichel war nicht bereit, ihnen die Türe aufzutun zur Welt seines Herzens. Nur einen kleinen, winzigen Spalt breit würde er sie öffnen. »Ich weiß es nicht. Es ist etwas in mir, was mich drängt und mir keine Ruhe lässt!«, erwiderte er bescheiden.

»Wie ich annehme, haben Sie nur Grundschule? Sie schreiben doch auch Gedichte und Verse, sogar in Hexametern? Wie haben Sie sich Ihre Bildung angeeignet?«

Franzmichel beantwortete geduldig die Fragen, sah mit wachsender Genugtuung das zunehmend ungläubigere Staunen in ihren Gesichtern. Trotzdem kam er sich ein wenig sonderlich dabei vor, blickten ihn doch die Herren an wie ein ausgestopftes Murmeltier, das sie zum ersten Mal aus der Nähe sahen.

»Gibt es schon Reaktionen auf Ihre Geschichte?«

»Ich habe den ersten Druckbogen gelesen und auch den anderen von meinen Gästen gefällt es ausnehmend gut!«, meldete sich stolz die Wirtin. »Auch der Doktor Walser meint, dass das Buch gut ankommen müsse. Jedenfalls liegen schon allein von hier aus Au …«

Sie wandte sich an Franzmichel. »Hilf mir, wie viel?«

»An die fünfzig.«

»… also, an die fünfzig Bestellungen vor!«

»Was lesen Sie denn jetzt gerade?«, wollte einer der Herren neugierig wissen.

»Ach, ganz etwas anders«, antwortete Franzmichel, »Liebigs Geschichte des Feldbaus. Ziemlich trockene Kost, wie Rösslewirtins Würste.«

»Ich helf' dir gleich!«, protestierte diese mit scheinbarer Entrüstung.

»Es geht um die Entwicklung des Römischen Reiches und des alten Griechenlands im Vergleich mit der Entwicklung der Bodenfruchtbarkeit im heutigen Europa!«, fügte er dann noch fast entschuldigend hinzu.

Der Professor zog seine Taschenuhr aus der Gilet-Tasche und ließ den Deckel aufspringen. »Schade! Aber wir müssen weiter, wenn wir noch hinauf auf den Tannberg kommen wollen!«, sagte er bedauernd. »Ihr Buch ist sicher sehr interessant! Ich werde es mir kaufen, sobald es erschienen ist!« Er fasste in die Brusttasche seines Rockes.

»Hier ist meine Karte. Wären Sie bitte so liebenswürdig und würden mir das Erscheinen mitteilen?«

Franzmichel warf nur einen kurzen Blick darauf, bevor er sie einsteckte. »Gerne! Aber auch ich hätte noch eine Bitte. Hier im Bregenzerwald laufen die Germanistik-Professoren ja nicht gerade rudelweise herum. Wäre es unverschämt, wenn ich Sie um Ihr ehrliches Urteil über den ›Nümmamüller‹ bitten dürfte?«

»Es wird mir ein Vergnügen sein!«, antwortete der Professor.

Von der großen Gaststube her kam erregtes Stimmengewirr.

»Jetzt haben sie die Klauenseuche auch noch auf Annalp!«

»Scheint schlimm z'si mit dieser Krankheit?«, fragte ein hagerer, ernst dreinblickender Herr mit offensichtlichem Schweizer Zungenschlag, der bis jetzt kaum etwas gesagt hatte und ihm als Professor Kapf aus Sankt Gallen vorgestellt worden war.

Franzmichel nickte. »Mitte Mai ist sie eingeschleppt worden, von Lechtaler Kühen!«

»Schalzbach, Sennau, Schadona ...«, flogen draußen in der Stube die Namen der Alpen hin und her.

»Ich muss heimzu!«, sagte Franzmichel bedrückt und wollte sich verabschieden.

»Wenn Sie nach Schoppernau gehen, dürften wir uns Ihnen anschließen? Wir hätten dann noch Zeit, um ein wenig zu plauschen!«, schlug Professor Kapf vor.

»Gerne!«

War der Schweizer Professor bisher ziemlich ruhig gewesen, so blühte er geradezu auf, als sie unterwegs auf die Bregenzerwälder Barock-Baumeister zu sprechen kamen. Geradezu schwärmerisch schilderte er die Pracht der Sankt Gallener Stiftskirche und noch mehr die der dortigen Bibliothek.

»Im Grunde einfache Bauernbuben sind es gewesen, die von hierher ausgezogen sind ins Elsass, die Schweiz, nach Oberschwaben, dem Schwarzwald und nach Bayern. Beer, Thumb, Moosbrugger – Namen, die unsterblich verbunden sind mit monumentalen Klöstern, Kirchen und Residenzen wie Kempten, Weingarten, Obermarchtal, Zwiefalten, Birnau, Einsiedeln, Konstanz … ich sage nur: das Vorarlberger Münsterschema! Ihr Stil – wie soll ich sagen –, prachtvoll zwar, aber doch nicht so verspielt und überladen wie bei den Italienern, wo das Auge kaum noch Halt findet, sondern mehr dem deutschen Gefühl für eine klarere Ästhetik entsprechend!«

»Aber die Zünfte haben das alles erst ermöglicht!«, ließ sich Franzmichel vernehmen, dem die Begeisterung des Schweizers, der, wie dieser nebenher bemerkte, eigentlich Schwabe war, jetzt den Rest seiner Zurückhaltung genommen hatte. »Allein aus Au und Schoppernau waren bis zu sechshundert Männer vom Frühjahr bis zum Herbst als Maurer, Zimmerleute, Steinmetzen und Stuckateure mit ihren Baumeistern in der Fremde. Durch den Stand der Ausbildung und die Kunst der Meister waren die Wälder der Konkurrenz turmhoch überlegen. So sieht man, was mit Gemeinsinn alles erreicht werden kann!« Franzmichel blieb kurz stehen und deutete mit der Hand nach vorwärts auf die andere Seite der Ache.

»Da drüben liegt Gräsalp. Ein kleiner Weiler mit nur ein paar Häusern. Aber noch heute, so heißt es, könnten die Gräsalper eine Kirche bauen, ohne dazu auch nur einen einzigen Mann von außerhalb zu brauchen.«

»Wer hat denn die Höfe und Alpen bewirtschaftet, wenn die Männer fast alle nicht da waren?«

Franzmichel lächelte und stellte eine Gegenfrage. »Ist den Herren in der kurzen Zeit, in der sie jetzt im Bregenzerwald sind, an unseren Frauen etwas aufgefallen? Vielleicht an der Rösslewirtin eben?«

»Sie ist zumindest sehr selbstbewusst«, antwortete Professor Hildebrand.

Franzmichel lachte: »Wie die Rösslewirtin sind sie fast alle. Die Frauen waren weitgehend auf sich gestellt. Sie mussten selbst schalten und walten und zusehen, wie sie alleine zurechtkamen. Wenn der Ehegatte wieder zurückkam, war die Frau nicht plötzlich wieder das untertänige Eheweib, das sich von ihrem Mann anschaffen und herumkommandieren ließ. Das überträgt sich von der Mutter zur Tochter und hat sich vielfach bis heute erhalten. Ein schönes Beispiel dafür ist, dass bei uns nicht der Josef die Maria oder die Maria den Josef heiratet, sondern der Josef und die Maria heiraten einander oder miteinander.«

Brosirgles Rosas Hals wurde immer länger, als sie im Stubenfenster lehnend den feinen Herren mit ihren Rucksäcken nachsah, in deren Mitte Franzmichel durchs Dorf schritt und das große Wort zu führen schien. Aber auch ihre Nachbarin, die vom Oberdorf herabkam, konnte ihr später keine genauere Auskunft geben, wer die Männer waren.

Bei Jaukos wäre Nanni mit ihrem dicken Bauch herausgekommen und dann seien alle ins Haus gegangen.

53

Auch auf der Alpe Üntschen mit ihren an die hundert Kühen hatte die Klauenseuche Einzug gehalten. Nach einer Woche beinahe unerträglicher Augusthitze war in den Bergen Schnee gefallen und die Tiere, die nach dem Debakel vor neun Jahren jetzt im Freien verbleiben durften, mussten nun zwangsläufig zu dem bereits erkrankten Vieh in die Ställe gesperrt werden. Nach wenigen Tagen hatte sich auch die letzte Kuh angesteckt. Immer näher kroch die Seuche auf Schoppernau zu und auch Franzmichel und Nanni schlichen jeden Morgen und jeden Abend fast ängstlich um ihre vier Tiere herum.

Mit einem Teil des Erlöses aus dem Verkauf seiner Schiedlen-Anteile hatte Franzmichel im Auenfeld oberhalb von Schröcken ein kleines Grundstück erworben, im Tal noch ein paar Flecken dazu gepachtet und so blieben die Schulden drüben im Lechtal immer noch hoch genug. Zum Leben langte es bei größter Sparsamkeit gerade so, aber sie mussten weiter schauen, seit zum jetzt einjährigen Jakob noch ein Kaspar dazugekommen war. Aus Wien hatte ihn die Bitte des Hittisauers Josef Bergmann erreicht, der dort Kustos des k. k. Münzkabinetts war und sich auch als Historiker einen Namen gemacht hatte. Bergmann bat um die Mithilfe an einem umfangreichen Werk über die Geschichte, Sprache, Sitten und Gebräuche Vorarlbergs und Franzmichel hatte begonnen, Ausdrücke und mundartliche Redewendungen zu sammeln. Seit ihn die beiden Professoren nach Begutachtung des Druckbogens aus dem »Nümmamüller« geradezu begeistert ermuntert hatten, war er zudem noch mit einem neuen Werk zugange, das er mit »Der Dorffreimaurer« zu betiteln gedachte.

Inzwischen war die Kunde, Jaukos Franzmichel habe einen Roman verfasst, auch nach Schoppernau gedrungen, und obwohl außer Oberhausers noch kaum jemand eine Zeile gelesen hatte, schlugen die Wogen hoch. Noch sah es Franzmichel mit einer gewissen heiteren Belustigung, als er seinem Schwager Kaspar nach Bludenz schrieb:

Schoppernau, 22. 8. 1863

Geliebter Freund!

»Es ist dafür gesorgt, dass die Bäume nicht in den Himmel wachsen!«, sagt Goethe und ich will Dir als Beweis dafür die eigenen Erfahrungen mitteilen, aber Geduld! Mein gegenwärtiges Schaffen findet hie und da Beifall, und zwar von denen, deren Beifall ich mir auch wünsche.

Aber was tut die Menge?

1. Staunen, dass ich so etwas dürfe,

2. schimpfen, weil sie fürchten, dass auch ich über gewisse Personen und Verhältnisse schimpfen werde.

Durch den Umstand, dass ich ein Buch mache, habe ich sechs Todsünden und noch eine dazu begangen:

1. Ich schrieb es aus Hoffart (sagt der Pfarrer),

2. aus Geiz (weil ich dafür Geld bekomme),

3. aus Unkeuschheit (es sei eine Liebesgeschichte),

4. aus Zorn und Ärger (über die Schoppernauer),

5. aus Fraß (damit ich den Fresstabak bezahlen könne),

6. aus Trägheit (natürlich!),

7. sagt man, ich habe alles aus anderen Büchern zusammengeschrieben und Du habest mir dabei geholfen.

Du hast nun gehört, in welcher Tonart man orgelt und Kummer machen mir diese Redereien nicht im Mindesten. Der Greußing will das Gedicht vom Katharinentag vertonen und ich muss es noch ein wenig umschreiben.

Ich bin wie immer, so auch am Schluss dieses Briefes, Dein treuer Freund

Franz Michel Felder
In den Stallhosen Nr. 6

Willst wissen, Du mein
lieber Christ,
Wie einem dann zumute ist,
Wenn ihn verbrüllt ein jeder
Brüller,
So schreibe einen Nümmamüller!,

so begann dann das Schreiben an Kaspar Mitte November. Anfang des Monats war das Buch in den Bregenzerwald ausgeliefert worden und Franzmichel konnte nur noch erschrocken staunen, welche allgemeine Aufregung damit verbunden war.

Jeder, der genug Geld hatte, kaufte es aus Neugierde, was wohl darin stehen würde, wer es sich nicht leisten konnte, borgte es aus, und wer es nicht kaufte oder borgte, wollte auch mitreden, und am meisten redeten jetzt diejenigen, welche noch keinen Blick hineingeworfen hatten. Im ganzen Tal gab es kaum mehr einen anderen Gesprächsstoff als die Klauenseuche, das Unglück in Schröcken, wo der ganze Ort abgebrannt war, und den Nümmamüller und seinen Verfasser. Da wurde herausinterpretiert und hineingeheimnisst, und als sie merkten, dass sie alle gemeint waren, ging die Suche los, wer wer im wirklichen Leben war. Schellers Dyonis war stinksauer, weil eine Reihe Dörfler ihn in der Figur des roten Michel zu erkennen glaubten, obwohl Franzmichel beim Schreiben gar nicht an ihn gedacht hatte. Wie es der Zufall so wollte, schlief der Dyonis prompt wie auch der rote Michel im Buch während der Predigt ein und in der Schoppernauer Kirche schubsten sie sich an und kicherten.

Franzmichel war nach und nach sein eigentlich fast unverwüstlicher Humor vergangen und schmerzlich musste er erfahren, dass sein Werk nicht gelesen wurde, um in ihm einen gesellschaftlichen Spiegel oder eine Anregung zu sehen, was mit Gemeinsinn erreicht werden könnte, sondern nur, um die bestehenden Vorurteile bestätigt zu finden.

»Kümmere dich nicht um die Meinung der Dummköpfe, die Vernünftigen sind ja auf deiner Seite!«, hatte Kaspar bei seinem letzten Besuch daheim gemeint und auch Nanni hatte versucht, ihn aufzurichten. Einer der wenigen, der den »Nümmamüller« wirklich gelesen und auch verstanden hatte, was er bezwecken sollte, und der seine Schäflein eben kannte, war der Pfarrer Stockmayr: Das Buch gefiele ihm außerordentlich, gerade die Scherze über die Unterdörfler seien die besten, die Gemeinderäte und mehrere andere Personen fände er unübertrefflich gezeichnet.

Wo der Pfarrer einem Unterdörfler begegnete, der Gift und Galle spuckend hoffte, in ihm einen Verbündeten zu finden, lachte er ihm mitten ins Gesicht und riet ihm, ja möglichst recht viele »Nümmamüller« zu kaufen.

»Jedes Buch, das du kaufst, kauft schon kein anderer. Das ist euere einzige Rettung, wenn man draußen in der Welt nicht erfahren soll, wie es zugeht in Schoppernau!«, empfahl er ihm verschmitzt.

Franzmichel war dann wie jedes Jahr im November nochmals nach Hopfreben gezogen, diesmal aber mit seiner ganzen Familie. Mit jedem Tag länger in Schoppernau war der Riss in ihm tiefer und breiter geworden und dort in der herbstlichen Stille hoffte er, wieder zur Ruhe und mit sich ins Reine zu kommen. War es nicht besser, allein schon wegen Nanni und im Hinblick auf die Kinder, die Dichterei ein für alle Mal an den Nagel zu hängen? Zusammenbringen hatte er sie wollen, zum Nachdenken anregen wie mit dem Beispiel einer Dorfsennerei. Tagsüber hatte er sich mit seinem nicht gerade zum Holzfäller ausgestatteten Körper abgewürgt, nächtens war er bis zum Umfallen in seiner Kammer über seinem Buch gesessen. Nicht um der Eitelkeit willen oder um berühmt zu werden, sondern um seinen Mitmenschen Mut zu machen, ihnen die auf Vorurteilen begründeten Abhängigkeiten aufzuzeigen. Aber anstatt mit Dank hatten sie es ihm mit Wut und Verachtung heimgezahlt. Wie schön, harmonisch und zufrieden könnten sie doch alle leben ohne seinen unruhigen Kopf!

Während er Brennholz spaltete und vor seinem Hüttchen so vor sich hin haderte, drinnen Nanni mit der Mutter das Milchgeschirr auswusch und der kleine Jakob auf der Türschwelle selbstvergessen mit Tannenzapfen spielte, stieg ein übermütiger Juchzer in die Luft.

In einiger Entfernung stand groß und unschlächtig die massige Gestalt vom Brüschinger unter der Stalltür. Hundertzwanzig Kilo brachte dieser sicher auf die Waage, Kraft hatte er wie ein Gaul und sein Verstand stand in umgekehrtem Verhältnis zu seiner Körpermasse. Taglöhner war er, von draußen aus Rehmen, jetzt etwa dreißig und vor ein paar Jahren hatte er ein armes Mädchen gefunden, das zu ihm passte wie der Deckel auf den Topf. Überall mochte man ihn, er schuftete nicht für einen Mann, sondern für deren zwei, ohne jedes Widerwort tat er, was man ihm anschaffte, und jeder wollte ihn haben. Dass er dumm war er wie ein Esel, nicht viel weiter denken konnte als er sah – darüber waren sich alle einig, aber auch darin, dass es der Brüschinger in einigen Jahren zu einigem Wohlstand bringen würde, wenn er so weitermachte.

Warum kann auch ich nicht so sein wie der Brüschinger? Einfach nur so ein einfältiger, nichts denkender, mit sich und der Welt zufriedener, dumpfer Bauernklotz? Nicht nur lähmen, töten müsstest du ihn können, deinen unsteten Geist, und alles wäre gut!, dachte er und wusste im gleichen Augenblick, dass ihm das nie gelingen würde.

Irgendwie spornte ihn jetzt aber ausgerechnet der Brüschinger wieder an. Vielleicht würde er heute Abend, nachdem er mit Nanni noch am gemeinsamen Tagebuch geschrieben und sie aus Shakespeares »König Lear« vorgelesen hatte, doch noch wieder an seinem »Dorffreimaurer« weitermachen, der immer noch in seinem Rucksack steckte.

Aber am Abend blieb das Manuskript in der Dunkelheit des Schnerfers und auch in den folgenden Tagen zog er es kein einziges Mal heraus, obwohl er Zeit und Muße gehabt hätte.

Am 25. November machte er sich auf den Weg hinaus nach Au. Katharinentag, Zahltag. Diesmal war ihm um einiges froher zumute als in den letzten Jahren. Hundert Gulden hoffte Franzmichel in Au einzutreiben, die er an seine Verwandtschaft entlehnt hatte. Da waren es zehn, dort zwanzig und dort dreißig Gulden gewesen, die er im Sommer an sie verborgt hatte, und heute sollte er das Geld zurückbekommen. Zudem war vom Gallus die Auszahlung für die gelieferte Milch fällig, von der aber gleich wieder nicht nur der Dengel seinen Anteil fordern würde. Viel war es nicht, aber trotzdem müsste es wieder für einige Zeit zum Leben reichen.

In Au setzte sich Franzmichel auf die Bank unter der Dorflinde. Er hatte es nicht eilig, schließlich mussten seine Verwandten erst das Milchgeld ausbezahlt bekommen, ehe sie ihre Schulden auch bei ihm begleichen konnten, und sie warteten sicher ebenso schon in der Gaststube vor dem Nebenzimmer im »Adler«, wo der Gallus Hof hielt.

Überall, nicht nur im Adler, gibt es heute Audienzen, dachte er.

Im Rössle saßen der Scheller und der Walch, der Strobl thronte wie der Schwarz in der Krone und der Knittel hockte wie der Huber im Bräuhaus. Wer es sich einzurichten wusste wie der Dengel, hatte seinen Platz gleich in der Nähe der sprudelnden Geldquelle des Gallus.

Eine ganze Weile saß er jetzt schon da und beobachtete die Leute. Wer aus dem »Adler« kam, entfernte sich ein paar Schritte vom Gasthaus, blieb dann stehen und fing an, sein Geld zu zählen. Bei manch einem wanderte ein Bündel Banknoten in die Innentasche der Joppe und der Rest kam verteilt in die übrigen Säcke, ehe sie dann mit gesenkten Köpfen im Rössle, der Krone oder dem Bräuhaus verschwanden. Nicht nur einer zauderte allerdings und deutlich war ihm anzusehen, wie er überlegte, ob er doch heute nicht lieber die Wirtschaft meiden und stattdessen Au auf dem schnellsten Wege verlassen sollte. Aber jeder von ihnen wusste, dass dies höchstens einen Aufschub um ein paar

Stunden bedeutete und er den Lechtalern doch nicht entkommen würde.

Als Franzmichel den Sefftone aus der Sippschaft mütterlicherseits aus Rehmen erkannte, rutschte er von der Bank und ging ihm entgegen. »Servus, Sefftone, du Erzkapitalist!«

Der aber schien eine solche Begrüßung heute überhaupt nicht lustig zu finden und blickte drein wie einer, dem es das ganze Heu verhagelt hatte. »Schön wär's!«, antwortete er bedrückt. »Franzmichel, um es dir gleich zu sagen: Die dreißig Gulden – ich kann sie dir nicht zurückzahlen, beim besten Willen nicht. Jedenfalls nicht heuer, auch wenn du mich auf den Kopf stellst!«

»Aber ich brauche sie!«, entfuhr es diesem erschrocken.

»Ich verstehe dich ja. Doch du weißt selber, wie es mich erwischt hat mit der Klauenseuche oben auf Üntschen! Das Sauschmalz, mit dem man Hufe und Euter eingeschmiert hat, war genauso blödsinnig wie rote Pulver zum Eingeben! Nur einen Haufen Geld hat es gekostet!«

Kurz flammte sein Zorn auf, dann wurde er gleich wieder kleinlaut. »Wie ich es machen soll – ich weiß es nicht. Auf dem Schwarzenberger Viehmarkt haben wir neue Kühe kaufen müssen, die aber noch nicht bezahlt sind. Beim Gallus habe ich mir schon einen Vorschuss auf die Wintermilch geholt und jetzt muss ich mit dem Strobl reden, dass er mir wenigstens den Zins bis zum nächsten Jahr stundet.«

Franzmichel schluckte heftig. »Und? Was soll ich jetzt machen?«

Aber Sefftone sah ihn nur hilflos an. »Du hast doch ein Buch geschrieben! Viel Geld hättest du dafür bekommen, sagt man.«

Er lachte gequält auf. »Viel Geld ... ja, wenn hundert Gulden viel Geld sind! Davon habe ich mir ein paar Bücher gekauft, einen Teil zum Leben gebraucht und dir und ein paar anderen Geld gelehnt!«

Wie der Sefftone so mit hängenden Schultern vor ihm stand, war ihm dann klar, dass er von diesem heute nichts bekommen würde.

Wenn's halt nicht sein soll, soll es nicht sein!, dachte er und auch daran, dass es ihm seine Mutter nicht verziehen hätte, wenn er um des schnöden Geldes wegen einen Streit in die Verwandtschaft gebracht hätte. Musste er halt schauen, wenigstens noch die siebzig übrigen Gulden einzutreiben.

Aber auch der Hanspeter, der Dokus und der Pius baten ihn dann um Aufschub, auch sie habe die Seuche schwer getroffen und sie würden ihm das Geld geben, sobald sie könnten. Bis zum späten Vormittag hatte er mit allen geredet, die ihm ein paar Gulden schuldeten, und hatte dann trotzdem keinen gotzigen Kreuzer mehr in der Tasche, als er von Schoppernau hierher nach Au getragen hatte.

Niedergeschlagen begab sich auch Franzmichel in den Adler und beim Betreten der Gaststube bot sich ihm das gleiche Bild wie an jedem 25. November.

Wie arme Sünder saßen die Bauern in den Ecken, jeder bei seinem Lechtaler, zählten Geld auf den Tisch oder redeten flüsternd auf sie ein, als ob es um die ewige Seligkeit ginge. Auch der Dengel war da und Franzmichel wusste, dass sein Erscheinen von diesem nicht unbemerkt geblieben war, auch wenn er es nicht zu erkennen gab.

Ihm war nicht nach Gesellschaft zumute und er nahm allein an einem leeren Tisch Platz, von wo aus er das Nebenzimmer im Auge behalten konnte. Irgendwann blieb die Türe halb offen stehen zum Zeichen, dass der Gallus jetzt allein war. Kaum aber hatte Franzmichel den Fuß über die Schwelle gesetzt, so verfinsterte sich auch schon das Gesicht des Schnepfauer Käsehändlers.

»Da schau her, Jaukos Franzmichel! Du Seicher!« Breit und schwer saß der Gallus hinter dem Tisch und musterte ihn ungnädig. »Muss ich mir das von einem Verslemacher wie dir gefallen lassen?«, pfutzte er ihn an. Franzmichel brauchte nicht lange überlegen, was er damit meinte. »Scheint so!« Worauf der Gallus zornrot anlief.

»Welche Freude wird entstehen,
wenn wir Gallus kommen sehen,
dann mit ihm ins Gaden gehen …

… und der Greußing, dieser Rotzlöffel, hat noch die Frechheit, ein Lied daraus zu machen!«

Offensichtlich kostete es ihn ziemlich Mühe, sich halbwegs im Zaum zu halten.

»Deshalb haben wir es ja drucken lassen, damit die Leute auch mitsingen können«, erwiderte Franzmichel ungerührt.

Der Gallus wurde darauf noch roter und seine harten Lippen verzogen sich zu einem dünnen Strich, der nicht breiter war als die lange Zornesfalte über seiner Nasenwurzel. »Und du glaubst wirklich, ich lasse das mir von dir bieten?«

Franzmichel zuckte nur leicht die Schultern. »Wenn's dir nicht gefällt, können wir auch noch die letzte Strophe wieder dazunehmen, die wir weggelassen haben:

Alle, die da Mord und Zeter –
Schrien, hauchen Dankgebeter
Und das Volk lobt seinen Retter!«

Jetzt aber war es mit der Beherrschung vorbei. Jöckles Gallus wurde laut und lauter, warf ihm alle möglichen Grobheiten an den Kopf und erst als Franzmichel keine Anstalten machte, sich mit ihm auf einen Diskurs einzulassen, wurde er wieder versöhnlicher.

»Bist halt schon immer ein Querschädel gewesen!«, knurrte er dann und langte nach seinem Milchbuch. »Felder … Felder … Felder Franz Michael, da haben wir's.« Nun mit einem Mal ganz ruhig, hob er dann langsam den Blick. »Viel ist es nicht, was dir noch bleibt, eigentlich so gut wie nichts mehr!«

»So gut wie nichts mehr?« Franzmichels Auge fing heftig an zu zwinkern. Er wagte jetzt gar nicht zu fragen, wie viel ihm denn noch zustünde.

Als der Gallus dann den Betrag nannte, wich die Farbe aus seinem Gesicht. »Nur so viel?«, brachte er mühsam heraus.

Der Gallus nickte und Franzmichel kam sich vor wie die Maus vor der Katze.

»Wenn es dir hilft, kann ich dir ja auf die Wintermilch einen Vorschuss geben wie anderen auch!«, erbot er sich dann geradezu freundlich.

Morgen geht der Galli heuen …

Der Gallus hatte noch nicht ausgesprochen, da war dieser Satz schon in seinem Kopf.

Im Frühling bekäme er dann wieder kein eigenes Geld, aber dafür wieder einen weiteren Vorschuss, und wenn es mit dem Vorschuss nicht mehr langte, dann sogar noch einen Kredit.

Nein, er würde nicht heuen um Gotteslohn draußen in Schnepfau, wenn der Käshändler mit den Fingern schnalzte.

Immer noch wie benommen winkte Franzmichel ab. »Irgendwie wird's schon gehen!«, antwortete er dann.

»Solltest halt doch weniger Verslein machen!«

So als ob er die Bemerkung überhört hätte, schob Franzmichel die paar Banknoten und Kreuzer in die Tasche.

»Ach so, der Preis für die Wintermilch wird dich interessieren. Vierzehneinhalb Kreuzer!«

Franzmichel glaubte sich verhört zu haben. »Überall, in Bezau, in Schwarzenberg und auch im Vorderwald bezahlen sie fünfzehn! Mindestens!«, protestierte er heftig.

»Dann bring halt deine Milch dorthin!«, gab ihm der Gallus ungerührt zurück.

Niedergeschlagen trat er zurück in die Gaststube, wo ihm auch schon der Dengel freundlich zunickte, aber Gott sei Dank mit einem anderen Bauern beschäftigt war.

»Ich bin gleich wieder da!«, rief Franzmichel über die Tische hinweg und machte sich auf den Weg hinüber zur Krone. Dort blieb auch er wie die anderen kurz stehen und zählte nochmals sein Geld, ehe er die Wirtschaft betrat. Mit dem Dengel würde er leichter reden können als mit dem Schwarz, bei dem er für den Kuhkauf nach dem Debakel mit dem halb verhungerten Vieh einen Kredit bekommen hatte. Achthundert Gulden, das waren vierzig Gulden an Zinsen! Mit dem Schwarz gab es dann auch keinen langen Diskurs und schon nach nicht einmal einer Viertelstunde war er wieder zurück im Adler.

»Alle Jahre wieder!«, begrüßte ihn dort der Dengel und wollte dann wissen, ob er nicht nur die Zinsen zu bezahlen gedenke, sondern es auch noch möglicherweise zu einer kleinen Tilgung reichte. Aber als er dann dessen Miene sah, brauchte er nicht weiter zu fragen.

»Hm«, machte er und rückte seinen Hut ein wenig nach hinten, »heuer ist es wegen der Seuche überall eng.«

»Uns hat sie Gott sei Dank verschont, aber nicht meine Verwandtschaft!«

Nahezu teilnahmslos schilderte er dem Lechtaler seine Lage, wie er kurzfristig Geld verliehen hatte, das er nun nicht wieder fristgerecht zurückbekam und wie auch das Milchgeld erheblich geringer ausgefallen sei als erwartet. »Wenn alles recht tut, erwirtschaften wir mit unseren vier Kühen um die zweihundert Gulden im Jahr. Jetzt aber bleiben mir bis zum Frühling gerade noch ein paar Scheine, vorausgesetzt …«

»Vorausgesetzt, ich nehme sie dir nicht auch noch ab!«, lächelte der Dengel. »Obwohl, du hättest es ja verdient mit deinem Gedicht, wo du auch mich so herzlich bedacht hast! Also, wie machen wir es? Wir Lechtaler sind ja keine Halsabschneider und wenn wir auch vom Geldverleih leben wie ihr von Milch und Käs, so sind wir doch ebenso gute Christenmenschen. Wie viel könntest du denn abdrücken?«

»Eigentlich keinen gotzigen Kreuzer. Aber ich weiß, damit ist mir nicht geholfen, weil das dann ja wieder auf meine bisherigen Schulden draufkommt und womöglich drehst du mir dann irgendwann doch den Hahn zu. Zwanzig?«

Der Dengel wiegte den Kopf und überlegte kurz. »Fünfzehn. Fünfzehn Gulden!«, sagte er dann und rief nach der Wirtin.

»Zwei Schoppen Roten auf meine Rechnung!«

Auch das war nun wieder wie immer am Katharinentag. Sorgenschwer waren sie hierher gekommen, mancher hatte mit dem Gedanken gespielt, wie er seinem Lechtaler entkommen könnte, und dann saßen sie doch einträchtig beisammen, tranken miteinander und wie weggeblasen waren alle Ängste um die Zukunft. Zumindest für ein Jahr bis zum nächsten Katharinentag.

54

In der Schweiz hatte Professor Kapf einige Blätter auf den »Nümmamüller« aufmerksam gemacht und auch die »Vorarlberger Landeszeitung« brachte eine lobende Buchbesprechung, in welcher sich aber der Rezensent noch die Anmerkung, das Werk habe einen Stallgeruch, nicht hatte verkneifen können. Allein dieses abschätzige Wort »Stallgeruch« des gelehrten Herren aus seinem bequemen Lesezimmer, dessen empfindliches Näschen diesen strengen Duft wahrscheinlich keine halbe Minute ausgehalten hätte, empörte Franzmichel hellauf und immer mehr geriet er in Zorn, als er bei genauem Lesen noch andere feine, zwischen den Zeilen versteckte besserwisserische Kritteleien entdeckte. Von leider nicht erwähnten kirschblütenweißen Strümpfen wurde da gefaselt, die er aber als Einheimischer tatsächlich noch nie erspäht oder erschielt hatte, und zudem wurde das Fehlen von Alpensagen bemängelt. Selbst die gewiss nicht gerade kleine Üntschenspitze war dem Herrn nicht groß genug und so machte er sie halt einfach um ganze tausend Fuß höher.

In seinem Studierzimmer fiel jetzt sein Blick auf das in Packpapier eingeschlagene Buch und mit einem Mal plagten ihn wieder ganz alltägliche Sorgen. Die »Feldkircher Zeitung« hatte schon vor längerer Zeit einen »Nümmamüller« angefordert, um ihn der Leserschaft vorzustellen. Gerne hätte er das ja auch getan, aber jedes Mal, wenn er ihn zur Post bringen wollte, schreckte er dann doch zurück. Heute Vormittag hatte Nanni alles Geld zusammengezählt, das sie noch im Hause finden konnte, und war dann auf vierundzwanzig Kreuzer gekommen.

Vierundzwanzig Kreuzer – das waren gerade noch zweieinhalb Laib dunkles, billiges Roggenbrot!

In einer halben Stunde war nun Rechnungssitzung der Gemeinde über die Armenkasse und dort wurden üblicherweise die Umlagen gleich an Ort und Stelle einkassiert. Franzmichel beschloss, gar nicht erst hinzugehen und stattdessen den Vetter Weber aufzusuchen, der zugleich auch Armenvater war. Vor einem Jahr hatte er den Umstand angeprangert, dass die Gemeindelasten für die Armen pro Haus und Köpfe eingehoben wurden, ohne dabei das Einkommen zu berücksichtigen. Mit dem Rückhalt der Oberdörfler forderten er und der Webervetter eine gerechtere Regelung, was aber den reicheren Unterdörflern sauer aufgestoßen war. So wurde der Antrag ziemlich schnell abgeschmettert und Franzmichel wollte sich jetzt einfach nur die Blamage und den Spott ersparen, wenn sie erfahren hätten, wie es finanziell um ihn stand.

Der Webervater war grätig wie meistens und je älter er wurde, desto ärger schien auch seine Übellaunigkeit zu werden.

»Vetter Hansjakob, ich kann heute nicht mitkommen zur Sitzung …«

Viel weiter kam er nicht und der Vetter fing schon an zu schimpfen und räsonieren, zuerst habe er ihn dazu gebracht, zusammen mit ihm in das Wespennest hineinzuseichen, und wenn die Wespen über sie herfielen, würde er ihn stehen lassen und sich in Sicherheit bringen.

»Vielleicht ist es sogar besser, wenn ich nicht dabei bin!«, unterbrach ihn Franzmichel. »Wenn du nicht nachgibst, so werden sie nachgeben, du wirst schon sehen. Falls ich mitginge, so könnte das wie eine Erpressung aussehen.«

Der Webervater sah ihn verständnislos an. »Wieso Erpressung?«

Franzmichel lächelte hintersinnig. »Lass nur so nebenher eine Bemerkung fallen, ich würde an einem neuen Buch schreiben!«

Jetzt verstand auch der Webervater und sein Mund verzog sich zu einem schadenfrohen Grinsen. »Endlich gibt es auch für mich wieder etwas zum Lachen!«, sagte er dann noch, während er im Hausgang in seine Holzschuhe schlüpfte. »Ich komm dann nachher noch bei dir auf einen Sprung vorbei.«

Nanni hatte die Kinder schon zu Bett gebracht, als Franzmichel wieder nach Hause kam, und auch Marie hatte sich schon frühzeitig zur Ruhe begeben. Nun saß sie allein in der Stube und setzte noch einen Flicken auf eine von Franzmichels zerlöcherten Stallhosen.

»Aha, Numero vier«, bemerkte er und gab sich redlich Mühe, es möglichst humorig klingen zu lassen.

»Du mit deinen Hosen!«, erwiderte sie ein wenig ungehalten. »Keiner hat so große Löcher darin wie du, weil ich immer zusehen muss, dass ich sie in die Finger bekomme, bevor sie ganz auseinanderfallen!«

Er überhörte geflissentlich den Tadel und setzte sich zu ihr. »Wible, wie geht es weiter? Ich habe mir schon überlegt, ob ich nicht wieder anfangen soll mit dem Schindelmachen!«

Nanni machte schweigend noch ein paar Stiche, biss dann den

Faden ab und legte die Hose beiseite. »Wir brauchen das Geld jetzt und nicht erst in einigen Wochen oder gar Monaten.«

»Dein Bruder, der Kaspar ...«, sagte er darauf zögernd, »... nach dem Katharinentag hat er versprochen, uns notfalls zu helfen.«

»Ja, der Kaspar springt sicher ein!«

»Aber trotzdem möchte ich ihn nicht anbetteln, hat er doch gerade geheiratet und braucht sein Geld wahrscheinlich selber mit seiner Therese!«

Jetzt lachte sie hell auf. »Der Kaspar ist Beamter, verdient als Gerichtsadjunkt an die neunhundert Gulden im Jahr, kann sich eine Magd leisten und wir kommen momentan nicht einmal auf hundertfünfzig. Ein paar Gulden kann er uns bestimmt leihen, ohne deswegen am Hungertuch nagen zu müssen, und außerdem tut er es ja gern. Wahrscheinlich wäre er sogar noch beleidigt, wenn du ihm verheimlichst, wie es um uns steht!«

Er überlegte kurz und stand dann auf. »Am besten, ich schreib ihm gleich, solange es noch für ein einfaches Briefporto langt!«

Oben in seinem Stübchen kostete es ihn dennoch einige Überwindung, dem Freund und Schwager ihre fatale Lage zu schildern. Kaum hatte er nach mehreren Anläufen endlich den Brief fertig aufgesetzt, als er von unten die Stimme des Vetters Weber vernahm, der guter Dinge war.

»Das war eine kurze Sitzung!«, rief dieser laut, als Franzmichel die Stiege herunterkam.

»Pssst!«, machte Nanni und legte den Finger auf den Mund. »Die Buben schlafen schon!«

Immer noch lachte der Weber in sich hinein, während er aus den Hölzlern schlüpfte und in den Wollsocken in die Stube trat.

»Das hättet ihr erleben sollen!«, fing er an, kaum dass Nanni die Türe hinter ihm geschlossen hatte. »Nicht piep und nicht papp haben sie gesagt, sondern jeder hat nur ratlos den anderen angeschaut, nachdem ich den Antrag vom letzten Jahr gestellt habe, und zwar tupfengleich! Natürlich habe ich vorher so ganz beiläufig gesagt, dass du wieder an einem Buch schreibst, wieder so eine Dorfgeschichte wie den Nümmamüller. Die Gesichter ...«

Er musste jetzt so lachen, dass er nicht weiterreden konnte. »Die Gesichter ...«, fuhr er fort, als er sich wieder gefasst hatte,

»… das vom dicken Strölzler, geradeso, als ob er eine ganze Flasche Essig gesoffen hätte, und Zittlers Brose – ganz hilflos ist der dagehockt, weil er ja immer von vornherein gegen alles ist, wenn nur jemand da ist, der das auch laut sagt und er mitschreien kann. Jetzt aber war es so, dass dich die Herren Gemeinderäte einmütig über den Schellenkönig gelobt haben und dass du es schon immer mit den Armen gut gemeint hättest, und ohne eine einzige Gegenstimme haben sie jetzt den Antrag angenommen, den sie noch im letzten Jahr in Bausch und Bogen abgelehnt haben. Aber nicht, weil sie zur Überzeugung gelangt sind, dass diese Lösung gerechter sei, sondern weil sie Angst haben, in dein nächstes Buch zu kommen!«

Der Webervater machte eine Pause und sah ihn belustigt an. »Losgegangen ist es dann erst nach der Sitzung. Ja, ja, der Franzmichel hilft den Ärmeren, das stimmt schon, aber doch nur, weil im Dorf fast nur noch lauter Bettler sind, die er sich zu Freunden machen will, um nur ja recht bald Vorsteher zu werden. Der Strölzler hat gemeint, deinen Stolz sehe man schon daran, dass du dich nicht genierst, mit derartigen Löchern in den Stallhosen herumzulaufen wie kein Zweiter.«

Jetzt konnte auch Nanni nicht mehr an sich halten: »Siehst du, dasselbe habe ich dir vorher auch gesagt!«

»Selbst wenn es nur das ist, was Nümmamüllers und das Schwarzokaspale erreicht haben, so bin ich zufrieden«, antwortete Franzmichel vergnügt und deutete dann ein wenig geheimnisvoll an, dass er in nächster Zeit noch mit einem anderen zusammenrumpeln würde.

Der Vetter, der insgeheim immer noch nicht gut auf ihn zu sprechen war, legte ihm das als Hochmut aus und knurrte, er solle bloß aufpassen, dass er nicht wieder einmal zu gescheit werden würde.

Franzmichel ließ die Belehrung über sich ergehen, und zudem wollte er sich das schöne Gefühl, wie er es heute zum ersten Mal seit langer Zeit trotz aller Sorgen wieder hatte, nicht verderben lassen.

»Ich schreibe noch ein wenig am ›Dorffreimaurer‹«, sagte er dann, nachdem der Vetter nach Hause aufgebrochen war.

»Mach das!«, antwortete Nanni aufmunternd, der nicht entgangen war, dass er am Roman seit dem Spätherbst keine einzige Zeile mehr zu Papier gebracht hatte.

Von den vierundzwanzig Kreuzern war bald nichts mehr übrig und statt dem billigen Schwarzbrot gab es nun gebranntes Mus aus dem Mehl, von dem noch ein kleiner Vorrat da war, als endlich der ersehnte Brief von Kaspar eintraf, dem eine Fünfzig-Gulden-Banknote beigefügt war. Bissig war noch erwähnt, er freue sich zwar, auch seinem Freund einmal helfen zu können, aber in Zukunft wünsche er sich eine offenere Aussprache, schließlich sei er kein Hellseher und wenn er etwas geahnt hätte, so würde er schon früher etwas geschickt haben.

Nun aber war es auch möglich, den schon längst für die Post vorbereiteten »Nümmamüller« nach Feldkirch zu schicken. Überhaupt hatten die bisherigen Buchbesprechungen so etwas wie Respekt vor Franzmichels dichterischer Kunst mit sich gebracht und auch das Bekanntwerden des begeisterten Briefes von Josef Bergmann, dem berühmtesten Vorarlberger in Wien, der jetzt in den Adelsstand erhoben werden sollte, verfehlte seine Wirkung nicht. Nach den Anfeindungen, denen er sich bisher ausgesetzt sah, war es nun Franzmichel selbst, der über den Umschwung der öffentlichen Meinung am meisten überrascht war.

So war es auch allgemein draußen in Schnepfau, wo sich jedoch einer davon nicht im Geringsten beeindrucken ließ, als Franzmichel mit einigen anderen Schoppernauern das Geld für die Wintermilch abholen wollte. Breit und vierschrötig thronte der heimliche Beherrscher des Hinterwaldes hinter dem großen Tisch in der Wirtschaft, hatte für jeden der Bauern eine leutselige Bemerkung übrig, während er ihnen die mit ihren Namen beschrifteten Kuverts zuschob.

»Na, Franzmichel, was macht das Versleschmieden?«, fragte er mit vorgerecktem Kinn.

»Es geht!«, antwortete dieser knapp und nahm den Umschlag in Empfang.

Überrascht sah ihn dann Jöckles Gallus unter seinem modischen halbhohen Zylinder mit der nach oben geschwungenen

Krempe an, als Franzmichel sich nicht wie die anderen entfernte, sondern vor ihm stehen blieb.

»Es geht!«, wiederholte Franzmichel nochmals. »Aber es könnte besser sein, wenn auch der Milchpreis stimmen würde. Vierzehneinhalb Kreuzer sind eine Schande!«

Dem Gallus verschlug es ob so viel Dreistigkeit die Sprache. So hatte sich noch selten einer getraut, ihn vor anderen Leuten anzureden.

»Nicht ich mache den Preis, sondern der Markt!«, stieß er mühsam beherrscht hervor.

»Das stimmt nur zum Teil! Wieso kann denn nur als Beispiel das Rätzle in Bezau mehr bezahlen?«

»Das Rätzle? Was ist denn schon der Kästone?«, höhnte der Gallus dann. »Freilich kann er mehr bezahlen, dafür verkauft er halt weniger, so ist das eben!«

Die anderen Schoppernauer, die noch ihren Schoppen Roten vor dem Heimweg tranken, horchten auf.

»So klein ist der Ratz nun auch wieder nicht, wie du ihn gerne hättest. Schließlich liefert er genauso wie du nach Wien und nach Mailand. Der Unterschied ist der, dass der Ratz seine Mitmenschen nicht zu Untertanen macht wie ein gewisser Herr Gallus!«

»Was verstehst denn du schon von dem Geschäft? Das ist doch nur der blanke Neid darauf, dass ich es zu etwas gebracht habe!«, schrie ihn nun der Gallus an.

»Nicht der blanke Neid, sondern die blanke Not! Ich rede jetzt nicht für mich allein, sondern auch für eine Menge anderer. Was glaubst du, wie einem zumute ist, der das ganze Jahr buckelt, schindet, schafft und würgt und dabei weiß, dass er niemals auf einen grünen Zweig kommen wird? Und warum? Das frage ich dich …«

»Du Seicher, du unverschämter! Das wagst du mir so zu sagen?«, brüllte jetzt der Gallus mit knallrotem Schädel. »Du Verslemacher! Ein Lauser, der noch nicht trocken hinter den Ohren ist!«

»Hugh! Der Donnerer von Schnepfau hat gesprochen!«, erwiderte Franzmichel ungerührt und suchte kurz den Blick der anderen Schoppernauer, während der Gallus damit drohte, ihn eigenhändig aus der Stube zu werfen.

»So unrecht hat er nicht!«, ließen sich jetzt ein paar Stimmen vernehmen, die den Gallus dann veranlassten, einen versöhnlicheren Ton anzuschlagen, bevor sie noch alle vereint über ihn herfielen.

»Nichts als Unfrieden stiften kannst du!«, versuchte er nun bedauernd den mächtigen Kopf schüttelnd seine Milchbauern für sich einzunehmen.

Aber Franzmichel war nicht gewillt, den Mund zu halten. »Sicher, auch ich könnte mich auf meinen Misthaufen stellen und mich weder um Gott noch um die Welt kümmern. Jetzt ist Jaukos Franzmichel endlich vernünftig geworden, würden sie überall sagen. Das wäre dann die Stimme des Volkes und die öffentliche Meinung. Aber die Stimme des Volkes ist nicht die Stimme des Gewissens! Ich bin in diese Welt gesetzt worden, um das Meine zu tun, und ich werde nicht der Stimme des Volkes folgen, sondern der meines Gewissens!«

Der Gallus wusste darauf nichts mehr zu erwidern, schob seine Bücher zusammen und verließ dann unter einem Vorwand die Gaststube.

Auf dem Heimweg war später kaum einer, der ihm nicht beigepflichtet hätte, wie er es dem Käsgrafen gegeigt habe, und Franzmichel versuchte nun vorsichtig, ihnen den Gedanken von einer Dorfsennerei darzulegen, wie es ihm so ähnlich im »Nümmamüller« vorgeschwebt hatte. Aber die meisten wussten nicht, was sie davon halten sollten, und der Hansmelcher gab zu bedenken, so etwas sei nicht ganz ohne Risiko.

In Au fiel ihm dann plötzlich ein, dass bald Georgstag war, an dem der Doktor Walser Namenstag hatte und zu dem er für diesen noch ein Gedicht verfassen wollte, wozu er aber nach der vorangegangenen Auseinandersetzung mit dem Gallus heute nicht mehr in der entsprechenden Stimmung sein würde.

»Obwohl«, fing jetzt der Hansmelcher wieder an, »wenn wir einen eigenen Sennen hätten, … mehr verdienen könnten wir vielleicht. Aber trotzdem hat die Sache einen Haken, wer soll den Käs dann auch verkaufen?«

»Unsere Käsgrafen, wie bisher auch schon!«, antwortete Franzmichel.

»Meinst du, der Gallus würde das machen?«, fragte einer zweifelnd.

»Der Gallus ist ein Geschäftsmann und kein dummer dazu. Weniger Milch – weniger Käs. Also, was wird er tun? Er wird kaufen, wenn auch zähneknirschend, nur mit dem Unterschied, dass dann nicht mehr alleine er den Preis bestimmt!«

»Du hast leicht reden«, seufzte der Hansmelcher. »Ich meine, es ist ja kein Geheimnis, dass mein Vater beim Gallus bis über beide Ohren in Schulden steckt. So einfach würde er uns nicht gehen lassen und uns zwingen, ihm weiterhin unsere Milch zu liefern!«

Ein paar der Männer murmelten zustimmend und auch Franzmichel wusste darauf keine Antwort. Je näher sie Schoppernau kamen, desto mehr erlahmte das Interesse und die meisten meinten nun, das wäre zwar ein schöner Gedanke, aber mehr würde daraus auch nicht werden. Als er dem Ende des Oberdorfes zuschritt, sah er in der Stube seines Hauses trotz des fortgeschrittenen Abends noch Licht. Bei Nanni am Tisch saß der Josef Natter, ein siebzehnjähriges, verwaistes Bürschchen aus Schoppernau, der bei seinem Vormund lebte, mit dem er mehr schlecht als recht auskam. Der Josef war ein Ausbund an Wissbegierde und besaß ein empfindsames, aber nichtsdestotrotz hitziges Gemüt. Näher zusammengekommen waren sie in Au, wo er eine Schneiderlehre machte und auch im Gasthaus Rössle verkehrte, und an Franzmichel hatte er sich in einer Art gehängt, die diesem langsam lästig wurde. Jede freie Minute hockte er da und wollte ihm etwas vorlesen.

»Servus Josef!«, sagte er ein wenig ärgerlich. »Weißt du, wie spät es ist? Ich will mir heute nichts mehr vorlesen lassen, diskutieren mag ich auch nicht mehr, sondern will nach oben und noch ein wenig Italienisch lernen!«

Der Josef machte ein ganz trauriges Gesicht und sah ihn flehentlich an. Deutlich war ihm anzumerken, wie sehr es ihm davor grauste, nach Hause zu gehen. »Ich hätte halt gerne noch ein bisschen im Nibelungenlied gelesen!«

Franzmichel warf daraufhin Nanni einen kurzen Blick zu.

»Lass ihn ruhig!«, sagte sie, während sie den fertig gestopften Socken in den Weidenkorb auf der Bank legte und dann das Stopfei mit der Wolle im Nähkästchen verstaute.

»Morgen ist die Nacht um und ich geh jetzt ins Bett!«

Dann wandte sie sich an den Josef: »Lies nur noch ein wenig weiter. Aber mach das Licht aus, bevor du gehst!«

Am Georgstag, dem 23. April, einem Sonntag, war der Tanzsaal im Auer Rössle schon fast zur Hälfte voll, als Franzmichel mit Josef eintraf.

»Ist er schon da?«, fragte Franzmichel ein wenig besorgt die Wirtin, weil er schon ziemlich spät dran war und sie vereinbart hatten, den Ablauf der Feier erst vor Beginn an Ort und Stelle zu besprechen.

»Eben nicht!«, antwortete diese. »Geht aber derweil in die Stube, ich bring euch gleich ein Bier!«

Kaum hatten die beiden Platz genommen, als die Wirtstochter Isabell aufgeregt durch die Türe stürmte. »Daheim scheint er auch nicht zu sein!«, rief sie noch unter der Schwelle und ihre Mutter meinte beruhigend, der Doktor würde schon noch kommen und wahrscheinlich sei er halt noch bei einem Patienten.

»Dann bring mir noch eine Wurst! Nicht, dass sich der Doktor dann noch beschwert, seine Rechnung würde zu niedrig ausfallen«, lachte Franzmichel.

»Mir auch!«, schloss sich sofort der Josef an.

Zunehmend wurde nun doch auch die Wirtin unruhig und schickte die Isabell nochmals zum Doktorhaus, während sich Franzmichel mit seinem Gespanen nach oben begab. Dort wartete auch der junge Greußing schon ziemlich ungehalten auf das Namenstagskind und auch seine Musikanten sahen verdrossen drein. Schließlich hatte ihr Dirigent eigens für diesen Tag ein Stück komponiert und sie dazu gebracht, dieses abendelang in ihrer freien Zeit einzuüben.

»Er ist daheim, die Isabell hat ihn gesehen. Aber er macht nicht auf!«, ließ sich jetzt von der Tür her die Wirtin vernehmen.

»Hat er einen schlechten Humor oder was ist los mit ihm?«, fragte der Kurat Stöckler aus Rehmen, der auch gelegentlich zur Tischrunde im Rössle erschien und sich ebenfalls zur Schar der Gratulanten gesellt hatte.

»Gestern war er hier, aber er war nicht sonderlich gut aufgelegt.

Vielleicht ist er beleidigt und hat euch gestern schon erwartet!«, erwiderte die Wirtin.

Franzmichel besprach sich kurz mit Greußing und bat dann um Ruhe.

»Wenn also der Herr Doktor Walser nicht zu uns kommen will, dann gehen wir eben zu ihm!«

Der Vorschlag fand allgemeine Zustimmung.

Vor der Wirtschaft nahm Greußings Kapelle Aufstellung und unter den Klängen eines ebenfalls von ihm komponierten Marsches zog die Gesellschaft mit Franzmichel voran hinüber zum Doktorhaus. Nachdem die Musik geendet hatte, stellte er sich unter das Fenster des Arbeitszimmers und verlas mit lauter Stimme sein Gratulationsgedicht in Bregenzerwälder Mundart, wobei er sich ziemlich lächerlich vorkam, wie er so an der Hauswand hinaufschrie, ohne dass sich oben ein Fenster öffnete. Dann spielte wieder die Kapelle ein Stück, dann noch eins und noch eins und jedes noch lauter als das vorherige und zum Schluss in einer fast schon solch zorniger Heftigkeit, dass es sicher beinahe bis hinein nach Schoppernau zu hören sein musste. Inzwischen war das halbe Dorf zusammengeströmt, aber der Doktor Walser ließ sich immer noch nicht blicken.

»Liebe verhinderte Gratulanten!«, rief nun Franzmichel über die Köpfe hinweg. »Unser Herr Doktor will anscheinend nichts von uns wissen, sitzt da drinnen in der dunklen Stube und hält seinen Geldsack zu!« Dann machte Franzmichel eine Handbewegung, um anzudeuten, dass er einen Moment Ruhe brauchte. »Ich glaube, euch geht es jetzt auch nicht anders als mir:

Mit selbst bezahlten Bieren
stillt Felder seinen Durst,
verbeißt dabei den Ärger
an einer dürren Wurst!«

Der Unmut über das unerhörte Verhalten des Namenstagskindes schlug nun in allgemeine Heiterkeit um.

»Brauchen wir zum Feiern einen Georg Walser«, rief Franzmichel weiter, nachdem sich das Gelächter gelegt hatte, »wenn doch ein anderer, viel größerer Geist heute zwar nicht Namenstag, sondern Geburtstag hat? Und zwar nicht irgendeinen, sondern seinen dreihundertsten, und der nicht so geizig ist wie unser Doktor, sondern uns auch noch heute reich beschenkt! Aber nicht wie mancher vielleicht jetzt denken mag mit Bier und Würsten, die wir heute die Ehre haben, selber bezahlen zu dürfen, sondern mit seiner Poesie! Ich meine William Shakespeare!«

Franzmichel erklärte, dieser große Dichter, von dem bisher kaum einer gehört hatte, sei auch nur ein einfacher Mann aus dem Volk gewesen, kam immer mehr in Fahrt bei der farbigen Schilderung seiner Werke und plötzlich spürte er die Begeisterung der Leute, die ihn weitertrug und ihn die Worte finden ließ, die sie auch verstanden.

»Sein Geburtstag wird heute in ganz Europa festlich begangen, mit Theateraufführungen, Gedenkveranstaltungen an den Höfen, in den vornehmen Gesellschaften und gebildeten Kreisen. Brauchen wir Bregenzerwälder uns davor verstecken?«

Nun schlug er den Bogen zum Kunstsinn der Wälder mit ihren großen Baumeistern und ihren künstlerischen Handwerkern, zu Angelika Kaufmann aus Schwarzenberg, die eine der bedeutendsten Malerinnen ihrer Epoche und zeitlebens stolz auf ihre Herkunft gewesen sei.

»Wir brauchen keine Salons und vornehme Häuser und lange Vorausplanungen, um eines großen Geistes zu gedenken, wir können so etwas auf der Stelle und wenn es uns gerade einfällt!«

Beifall kam auf und Franzmichel wartete, bis er sich gelegt hatte. »Wo?«, fragte er dann nur.

»Auf der Wiese in Richtung Argental«, schlug Natters Josef vor und erhielt dafür allgemeine Zustimmung.

»Also gut!«, rief Franzmichel. »In einer Dreiviertelstunde ist Abmarsch beim Rössle!«

Um neun Uhr fand sich dann halb Au vor der Wirtschaft ein, Fackeln und Laternen wurden entzündet, der Festzug nahm Aufstellung und zog dann unter Begleitung getragener Musik von Greußings Mannen hinauf zum Argenfeld. Dort hatten die Burschen schon einen großen Haufen aus Ästen und Tannenreisig aus den umliegenden Wäldern aufgeschichtet.

Die Kapelle intonierte ein Lied, während die ersten Flammen knisternd emporzüngelten, und alle stimmten mit ein:

Wir haben gebauet
Ein stattliches Haus
Und drin auf Gott vertrauet
Trotz Wetter, Sturm und Graus!

Auch die Nachtbuben hielt es nun nicht mehr unter den Fenstern im Dorf und auch sie lauschten jetzt der Rede, die Franzmichel zum Gedenken an William Shakespeare hielt.

Um zehn Uhr bewegte sich die Gesellschaft unter feierlichen Klängen wieder zurück zum Gasthaus. Bis um Mitternacht saß man noch fröhlich beisammen und manch einer vertrat die Ansicht, der heutige Abend sei schöner gewesen, als es die Namenstagsfeier je hätte sein können, und eigentlich müsste man dem Doktor dankbar sein, dass er sich verleugnet habe.

So kam es am 23. April des Jahres 1864 in der Abgeschiedenheit des hinteren Bregenzerwaldes in einem nur über einen Karrenweg und Fußpfade erreichbaren Bauerndorf zwischen hohen, noch schneebedeckten Bergen zu einer Gedenkfeier für einen englischen Poeten. Alle Welt wäre erstaunt gewesen und alle Zeitungen hätten darüber berichtet, wenn sie etwas von dieser Begebenheit erfahren hätten. Das waren auch die vergnügten Gedanken des mageren Bäuerleins, das zu später Nachtstunde unter dem funkelnden Sternenhimmel mit einem Schneiderlehrling an seiner Seite auf Schoppernau zueilte.

55

Zuerst ging es nur als Gerücht um, das sich aber hartnäckig hielt. Am Sonntag wurde es zur Gewissheit, als Hochwürden mit kaum vernehmbarer Stimme oben auf der Kanzel stand: Nach Altenstadt würde er versetzt und nur noch zwei Wochen seien ihm hier vergönnt. Das Dorf war erschüttert und auch Franzmichels Freude über die ausgezeichneten Besprechungen des »Nümmamüllers« in Wien und in Norddeutschland sowie die Ankündigung Bergmanns, inzwischen Josef Ritter von Bergmann, ihn zu besuchen, sobald er wieder heimkäme, war getrübt. So manches Sträußchen hatte er mit dem Hochwürden ausgefochten, aber dieser war dabei immer bemüht gewesen, ihm mit klaren Worten seinen Standpunkt aus der Sicht der Lehre Christi darzulegen. Genauso wie ihm hatte sich der Pfarrer Stockmayr nie jemandem aufgedrängt, sondern die Leute hatten von sich aus seine Nähe gesucht und es gab wohl kaum einen Schoppernauer, dem er nicht tatkräftig beigestanden hätte. Wer würde wohl sein Nachfolger werden? Geredet wurde vom Pfarrer Kohler aus Lech, der früher einmal Grenzjäger gewesen sein sollte und der allein schon deswegen ein gewisses Misstrauen verdiente.

Der Abschied zwischen dem Pfarrer und seiner Gemeinde an seinem letzten Sonntag im Dorf war herzzerreißend. Schluchzend saßen sie in ihren Bänken, blickten hinauf zu dem kleinen Männchen mit dem großen Kopf, das sich aschfahl an die Kanzelbrüstung klammerte und kaum einen zusammenhängenden Satz herausbrachte.

»Siebzehn Jahre ...« Er kam nicht weiter und musste von vorne anfangen.

Es war eine Qual, ihm zuzusehen. Auch Franzmichel bangte um ihn, ob er wohl noch lebend herabkommen würde.

»Lebt wohl ... und auf ein Wiedersehen ... im Himmel!«

Selbst die verrohtesten Lackl und »moralischen Unkräuter«, wie sich nachher der Natter Josef ausdrückte, blieben nicht unberührt.

Am folgenden Montag war seit langer Zeit wieder Heuwetter und der Auszug des Pfarrers Stockmayr verlief ohne großes Aufsehen und in aller Stille. Bis hinaus nach Bezau habe er nur geweint und geweint und sich immer wieder umgedreht, erzählte man am Abend in der Sennerei.

Später stand doch nicht der Lecher Pfarrer vorne am Altar, sondern ein elendslanges, spindeldürres Stück Mann mit einer kränklichen Gesichtsfarbe und stechendem Blick. Pater Zeno sei er, von den Kapuzinern aus Bezau, achtundzwanzig Jahre alt, hatte er sich vorgestellt und dann gleich eine Predigt gehalten, dass den Schoppernauern Hören und Sehen verging. Franzmichel zog sich nach dem Gottesdienst erschüttert in sein Studierzimmer zurück, um das soeben Erlebte und seine Ansicht dazu seinem Schwager Kaspar mitzuteilen.

Der Pfarrer ist fort, das ist nicht gut. Ein Kapuziner ist da, das ist traurig. Pater Zeno ist da, das ist das Traurigste. Schade um Schoppernau. Stockmayr hatte den Ablassunfug etwas abgeschafft, hatte dem Aberglauben gewehrt und die Leute nicht mit verschimmelten Klosterbrocken und dünnem Weihwasser, sondern mit gesunder Kost genährt. Jetzt pfeift's anders! Pater Zeno hält die Sünder mit den Haaren über den Rachen der Hölle und überschüttet sie mit Weihwasser, bedeckt sie mit dem Skapulier und schlägt Kreuze, damit sie nicht verbrennen. Wer ist ein Sünder? Alle! Todsünde über Todsünde!

Über die Treppe herauf kam lärmend der kleine Jakob und mit der Ruhe würde es gleich vorbei sein. Übermütig stieß der Bub die Türe auf und kletterte jauchzend auf den Schoß seines Vaters. Franzmichel ließ es ergeben über sich ergehen und schob ihm ein Blatt Papier und einen Bleistift hin, das der Kleine im Nu mit Kreisen und Kringeln vollgeschmiert hatte. Als auch die Rückseite voll war und Jakob ein neues Blatt begehrte, fiel Franzmichels Blick auf das Gesicht seines Sohnes und auf seine Mundpartie.

»Um Gottes willen, wie schaust denn du wieder aus? Wie oft hat man dir schon gesagt, dass du das nicht machen darfst?« Mit einem Ruck klemmte er seinen Buben unter den Arm, trug ihn hinunter ins Freie zum Brunnentrog und griff sich das Stück Kernseife und die grobe Bürste vom Fenstersims. Gleich darauf erhob sich ein mordsmäßiges Geschrei. Aber Franzmichel hatte seinen Sohn fest zwischen die Knie geklemmt und ließ nicht locker.

»Jaköble, was schreist du denn so?«, ließ sich jetzt Nanni aus dem Hausgang vernehmen.

»Schnecken!«, antwortete Franzmichel an seiner Stelle, ohne die kreisenden Bewegungen mit der Bürste um Jakobs Mund herum zu unterbrechen.

»Pfui Teufel!«, schimpfte Nanni angewidert. »Wie oft habe ich dir jetzt schon gesagt, du sollst keine Schnecken in den Mund stecken! Komm, gib ihn mir. Mit warmem Wasser geht das leichter und nicht mit der Bürste, sondern einer Handvoll Sand!«

Während sie den sich heftig sträubenden Buben hinter sich her in die Küche schleppte, fing nun ob des Lärms auch noch der Kaspar in der Stube an zu plärren, wo er bisher friedlich auf seinem laubgefüllten Sack geschlummert hatte. Marie suchte ihn wieder zum Schlafen zu bringen und als ihr das nicht gelang, nahm sie ihn auf den Arm und kam ebenfalls in die Küche, wo nun beide Kinder aus vollem Halse brüllten.

Franzmichel hatte sich derweil draußen auf der Hausbank vor Nannis Blumengarten niedergelassen, sah, den Kopf schwer in die Hände gestützt, hinauf zum Himmel, an dem taleinwärts schon wieder dunkle Wolken trieben. War schon der erste Heuschnitt nicht sehr ergiebig ausgefallen, so stand das Gras jetzt wieder grau und nur halbhoch auf den Feldern und dass er im Herbst wieder einmal Futter zukaufen musste, war so sicher wie das Amen in der Kirche.

»Sinnierst du dem ewigen Umgang nach?«, riss ihn Greders Isidor aus seinen Gedanken.

»Wenn es nur das wäre!«, erwiderte Franzmichel. »Die Kühe – alle leer. Gestern hat auch noch die letzte verkälbert!«

»Arg ist es. Fast könnte man glauben, über Schoppernau läge ein Fluch!«, sagte der Isidor, während er ebenfalls auf der Bank Platz nahm. »Bei mir schaut es auch nicht anders aus. Fünf Kühe, kaum ein Tropfen Milch und nur tote Kälber!

»Allgemein ist es noch schlimmer als im letzten Jahr mit der Klauenseuche und niemand weiß, woher das kommt!«, antwortete Franzmichel. »Für mich schätze ich den Schaden auf etwa hundertzwanzig bis hundertfünfzig Gulden. Aber was nützt da Jammer und Lamento, man macht sich nur selber damit verrückt!«

»Fünftausend Gulden mindestens im ganzen Dorf, sagt man«, nickte der Greder.

Beide schwiegen eine Zeit lang vor sich hin.

»Was sagst du denn zu Musers Willi?«, fragte dann der Isidor. »Stimmt das wirklich?«

»Scheint so. Der Kleinseffler hat am Kirchplatz erzählt, man habe ihn dabei erwischt, wie er sein bisschen Milch auch noch mit Wasser gestreckt habt. Wie es ausschaut, ist er nicht der Einzige.«

»Zu verdenken ist es kaum einem, wenn er sich nicht mehr anders zu helfen weiß«, erwiderte Franzmichel. »Eine Viehversicherung könnte da einspringen, wenn wir eine hätten. Aber davon wollen sie ja nichts wissen.«

»Die könnte ich jetzt auch gebrauchen!«

Inzwischen hatte es zu tröpfeln begonnen und von der Kanisfluh her schob sich zunehmend dunkleres Gewölk.

»In Au draußen schüttet es schon«, bemerkte der Isidor, während er aufstand. »Eine Viehversicherung ...«, fügte er dann gedankenvoll hinzu, »... also, ich wäre dabei!«

Franzmichel erhob sich und zog sich ins Haus zurück. Kaum hatte er die Türe hinter sich geschlossen, als sich auch über Schoppernau der Himmel leerte.

Nach dem Mittagessen schrieb er weiter an dem Brief für Kaspar und zitierte die Zeitschrift »Europa« mit dem Urteil über den »Nümmamüller«, in dem es hieß, in diesem Buch sähe man noch Menschen, die von der Arbeit Schwielen an der Hand bekämen und deren Haut noch nass würde, wenn es regnete.

Marie war zum nachmittäglichen Gottesdienst, Nanni mit den beiden Buben unten in der Stube, wo auch noch ein Packen von Franzmichels Zeitungen lag.

»Zugehen tut's«, sagte Nanni vom Tisch her, »die Preußen und die Österreicher liegen schon seit Anfang des Jahres im Krieg mit den Dänen und streiten darum, wem Schleswig-Holstein gehört!«

»Wenn du mich fragst, geht es da um etwas anderes, nämlich wer das Sagen hat im Deutschen Bund hat und im gesamtdeutschen Parlament in Frankfurt, Österreich oder Preußen. Noch marschieren sie gemeinsam gegen den Zwergen Dänemark, aber du kannst warten, bis sich Deutsche und Deutsche mit Gewehren gegenüberstehen!«

Franzmichel sah zum kleinen Jakob hinüber, der selbstvergessen spielte und die bunt angemalten Kühe und Schafe, die ihnen Kaspar aus Bludenz mitgebracht hatte, auf der Stubenbank hin und her schob, während sein Brüderchen fest in der Wiege schlief.

»Der Krieg geht vorbei, dann kommt wieder der nächste. Aber sie können doch nicht nur einen Krieg nach dem anderen anfangen. Irgendwann werden sie sich den sozialen Fragen stellen müssen, ob sie wollen oder nicht. Marx und Engels fordern den Klassenkampf, die Diktatur des Proletariats. Gnade Gott, wenn Hass, Neid und blanker Materialismus zu höchsten Werten erklärt werden. Aber Armut, Ausbeutung und Ungerechtigkeit haben eine gemeinsame Wurzel, nämlich die mangelnde Bildung bei den einfachen Leuten. Der Mensch hätte einen Verstand, um sein Geschick selbst in die Hand zu nehmen. Aber er wird nur wirklich etwas zum Guten ändern, wenn er seine Eigensucht zurückstellt und dazu Gleichgesinnte findet.«

Nanni lachte. »Wahrscheinlich hatte Jesus darum auch zwölf Jünger, weil er wusste, dass er selbst als Sohn Gottes alleine nichts ausrichten würde!«

Franzmichel musste schmunzeln und fand den Vergleich gelungen. »In Preußen hat Ferdinand Lassalle einen Allgemeinen Deutschen Arbeiterverein gegründet. Die Arbeiter müssten sich, so sagt er, zu einer eigenen Partei zusammenschließen, ihre Interessen bündeln und Genossenschaften gründen, um so ihre Rechte durchsetzen zu können. Der Kaspar will mir demnächst die Schriften von Lassalle schicken. Von mir bekommt er dafür die Abhandlungen zur sozialen Frage aus katholischer Sicht von Edmund Jörg und, wenn ich fertig bin, auch noch die Arbeiten von Schulze-Delitzsch über genossenschaftliche Zusammenschlüsse in Konsum- und Sparvereinen. Mit der Bibel muss er noch warten, da komme ich auch nur langsam voran!«

»Kein Wunder, wenn es mit deinem Roman nicht vorwärtsgeht!«, erwiderte Nanni. »Mehr als jetzt kannst du kaum arbeiten und gesund ist es bestimmt nicht, wenn du nach der Arbeit noch halbe Nächte lang oben in deinem Studierzimmer sitzt!«

»Soll ich wie so mancher andere Trübsal blasen und mich verkopfen über unsere leeren Kühe oder die schlechte Heuernte, wenn wir es eh' nicht ändern können?«, versuchte er sich zu verteidigen. »Den ›Dorffreimaurer‹ habe ich in der Zwischenzeit ziemlich gestrafft und gekürzt. Aber du hast recht, irgendwann sollte ich wieder an ihm weitermachen. Nur, wenn du jedes Mal, wenn du in den Stall kommst, daran erinnert wirst, wie es ausschaut in unserem wirklichen Leben, kann dir schon auch die Lust auf Poesie vergehen.«

»S'Ähle kommt!«, rief der kleine Jakob und war schon draußen bei der Türe, wo Marie im Schopf den Regenschirm ausschüttelte.

»Es ist nicht der Pfarrer Kohler aus Lech, der zu uns kommen soll«, brachte sie die Neuigkeit vom Kirchgang heim, »sondern ein Geistlicher aus dem Montafon, Tscholl heißt er!«

»Hoffentlich kommt er bald!«, knurrte Franzmichel. »Von mir aus können die Bezauer Kapuziner ihren langen Trüller noch heute wiederhaben!«

»Wie redest du von einem geweihten Priester!«, wies ihn seine Mutter scharf zurecht.

»Ist doch wahr! Wenn einer solche Predigten hält wie dieser Pater Zeno und den Leuten nur Angst und Schrecken einjagt ...«

»Von wem hast du es gehört?«, unterbrach ihn Nanni, die ihren Mann genauso gut kannte wie die Ansichten ihrer Schwiegermutter, die jeden Geistlichen für einen lebenden Heiligen hielt, der nach seinem Tod pfeilgrad zum Himmel auffahren und seinen Platz direkt neben dem Herrgott selbst einnehmen würde.

»Von Brosirgles Rosa!«

»Dann wird es wohl stimmen!«

»Und von Stacklers Isabell!«, setzte Marie noch nach.

»Dann *muss* es ja stimmen!«

»Ja, ja, mach dich nur lustig!«, antwortete Marie verstimmt und ging in ihre Kammer, um sich umzuziehen.

Ein paar Tage später hieß es dann, nicht der Tscholl, sondern der Auer Kaplan Faisst würde kommen. Vier Wochen später war vom Schröckener Pfarrer Jenny die Rede, wo bei der Feuersbrunst im letzten Jahr auch die Kirche bis auf die Grundmauern abgebrannt war und dieser sich jetzt wegen des Wiederaufbaus mit der Gemeinde heftig in den Haaren lag.

Inzwischen aber hatte der Pater Zeno eine neue Bruderschaft ins Leben gerufen und mit seiner feuereifrigen Frömmigkeit halb Schoppernau gegeneinander aufgebracht. Überall machte er Hausbesuche, redete vom nahen Ende der Welt und auch Franzmichel prophezeite er, dass seine Kinder allesamt noch das Jüngste Gericht hier auf Erden erleben würden. Wie ein Gendarm überwachte er auch die dörfliche Nachtruhe und legte sich mit der Jugend an, die ihm zum Trotz nun besonders laut und ungestüm lärmte. Manch einer sehnte jetzt geradezu den strengen Pfarrer Kohler herbei, vor dem sie sich zwar fürchteten, der ihnen dennoch als das kleinere Übel als dieser nur von Hölle, Tod und Verdammnis predigende und sich überall einmischende Kapuziner erschien.

Franzmichel aber wusste es besser, nämlich dass weder der Kohler, noch der Jenny, noch der Tscholl oder der Faisst und auch nicht der Rehmer Kurat Stöckler, der ebenfalls ins Gespräch gebracht wurde, als Pfarrer nach Schoppernau kommen würde. Erfahren hatte er das von diesem selbst, als er ihn nach einer der Tischrunden im Auer Rössle unter vier Augen direkt angesprochen hatte. Der Herr Akkurat, wie er ihn gelegentlich zu nennen pflegte, hatte ihm widerstrebend den Namen genannt. Große Augen würden sie noch machen, die Schoppernauer, wenn sie erführen, dass dem Bittgesuch des Gemeinderates um die Entsendung des Pfarrers von Stuben doch noch stattgegeben wurde, woran aber niemand mehr hatte so recht glauben wollen. Deshalb staunten sie nicht schlecht, als es hieß, der Johann Georg Rüscher komme tatsächlich als neuer Seelenhirte zu ihnen.

Am 3. Oktober war es dann so weit und es war ein Fest, wie es das kleine Dörfchen noch kaum gesehen hatte. Der Himmel streute sein hellstes Blau herab auf Schoppernau, die Häuser und die Kirche waren festlich mit Girlanden und Kränzen geschmückt, Fahnen flatterten, Böller krachten, als ein Zug von zehn Kutschen den neuen Pfarrer hereinbegleitete aus seinem Heimatort. Am Dorfeingang standen die Gemeinderäte mit einer Abordnung der Jungfrauen in ihren weißen Juppen und sie alle zusammen überragte gut um Haupteslänge der Pater Zeno. Franzmichel war vom inzwischen zum Vorsteher gewählten Lehrer Albrecht gebeten worden, doch ein entsprechendes Gedicht zu verfassen, das dieser nach der Begrüßung durch die Honoratioren auch vortrug. Nach der Überreichung der Kirchenschlüssel auf einem weißen Kissen und unter weiteren Böllerschüssen bewegte sich der Festzug dem Gotteshaus zu, während der Hochwürden aus seiner Kutsche heraus nach allen Seiten freundlich grüßte. Während des Hochamtes hielt dann ein Dekan eine lange, lange Predigt, kam dabei vom Hundertsten ins Tausendste und verfranste sich dabei dermaßen, dass kaum noch jemand folgen konnte. Feierlich wurde der Zug nach dem Ende des Hochamtes hinübergeleitet zum Kronenwirt und nicht nur Jüngere, sondern auch die Alten sagten, das sei ihr bisher schönster Festtag gewesen. Auch Franzmichel war als Verfasser der Begrüßungsverse vom Gemeinderat zum Mahl geladen und wunderte sich ein wenig, warum sich der eine und andere der Geladenen schon vor dem Gasthaus unter einem Vorwand verabschiedete. Bald hätte er es diesen gerne gleichgetan, wenn er noch gekonnt hätte, nachdem sich auch der Kurat Stöckler gleich nach dem Essen ebenso entschuldigen ließ wie der Schnepfauer Pfarrer. Da saß nun die Familie Rüscher mit den Gemeinderäten so gut wie allein und keiner wusste etwas Vernünftiges zu reden. Auch der neue Hochwürden nicht, der dafür aber mit allergrößtem Interesse zu vernehmen schien, dass die ärgsten Löcher in der Dorfstraße ausgebessert werden müssten und man auf der Gemeindewiese doch einen neuen Zaun machen sollte. Franzmichel wurde es zunehmend peinlicher, wie sie alle nur verlegen dahockten, kaum wagten, an ihrem Wein zu nippen, und sich nur halb flüsternd zu unterhalten getrauten. Nach einiger Zeit hielt es ihn nicht mehr auf seinem Stuhl, er stand auf, fasste sein Glas und brachte beherzt einen Trinkspruch auf den neuen Pfarrer aus.

»Das hätten wir aber jetzt fast vergessen!«, sagte darauf einer der Gemeinderäte und Franzmichel schämte sich für seine Dorfvertreter in Grund und Boden.

»Wer ist denn eigentlich dieser Mann?«, fragte der Pfarrer Rüscher flüsternd den Vorsteher.

»Unser Dichter, der Franz Michael Felder!«

»Aha! Sie also sind der Felder! Gehört habe ich selbstverständlich schon von Ihnen, aber leider, leider noch nichts gelesen. Aber es ist ja noch nicht aller Tage Abend!«, wandte er sich dann mit gewinnendem Lächeln an Franzmichel und war sichtlich erleichtert, endlich jemanden gefunden zu haben, mit dem er sich über etwas anderes als Zäune und Schlaglöcher unterhalten konnte. Alles Mögliche wollte er über die Gemeinde wissen, über seine Familie, die Geschichte mit seinem Auge bedauerte er zutiefst und fragte dann, wie ihm die heutige Predigt gefallen habe.

»Ich weiß nicht, was ich dazu sagen soll.«

»Warum?«, kam die erstaunte Frage.

»Vielleicht war ich zu weit weg, um den Zusammenhang zu verstehen.«

»Also hat Ihnen der Zusammenhang gefehlt?«

»Ja, wenigstens mir ist es so ergangen!«

Franzmichel bemühte sich, seine Fragen offen zu beantworten, und dachte bei sich, dass es immer besser sei, einen offenen Gegner als einen falschen Freund zu haben. Aber der neue Pfarrer schien ihm seine Geradheit nicht krummzunehmen, sondern ihm auch noch aufrichtig dankbar zu sein. Als ihm Franzmichel dann auch noch erzählte, dass er sich momentan ausführlich mit dem Studium der Bibel beschäftige, die er wirklich für das Buch der Bücher halte und die er als unerschöpfliche Quelle der Poesie betrachte, blühte der Hochwürden richtig auf. Immer gemütlicher und freier wurde die Unterhaltung und beim Abschied meinte der neue Pfarrer, oft und gerne würde er ihn besuchen und mit ihm die Bibel studieren.

Wie es aussah, hatte Schoppernau mit dem Rüscher einen guten Seelenhirten bekommen, der einen frischen Wind hereinbrachte und sich von den Vorurteilen über ihn, die ihm bestimmt auch schon zu Ohren gekommen waren, nicht beirren ließ.

Als es dunkelte, brachte Nanni die Kinder ins Bett, Marie war in der Küche und Franzmichel in seiner Studierkammer in den Schulze-Delitzsch vertieft. Dieser ödete ihn nach seiner anfänglichen Begeisterung zunehmend an, da in ihm so grausig gescheite Sätze standen, die wahrscheinlich jedem, der sich mit der Kraft seiner Hände ernährte, als blanke Verhöhnung erscheinen mussten.

Denn Arbeit ist eben jede in Voraussicht künftiger Bedürfnisse auf deren Befriedigung gerichtete planmäßige Tätigkeit.

Das stand da tatsächlich schwarz auf weiß. Wie lange hatte wohl der gute Mann an diesem Satz sinniert, gegrübelt und gefeilt und wie viele verschlungene Gedankengänge hatte es von seiner tiefschürfenden Betrachtung bis hin zur logischen Erkenntnis gebraucht, jede andere Tätigkeit sei einfach nur *tierisch*? Welchen praktischen Nutzen sollte ein Arbeiter oder Taglöhner aus so etwas ziehen? Da erschien ihm der Wilhelm Heinrich Riehl schon eher mit den Füßen auf dem Boden.

Von unten her kamen über die Treppe hastige Schritte, die er schon an der Abfolge als die des Schneiderlehrlings erkannte.

»Weißt du, was ich da beim Riehl gefunden habe?«, fragte Franzmichel, ohne sich umzuwenden. »Die Parteien sind überhaupt nicht produktiv. Eine Genossenschaft zeugt kein Kind, eine Genossenschaft zeugt auch keinen Gedanken. Aber Kinder und Gedanken können großgezogen werden durch Genossenschaften.« Er machte eine kurze Pause. »Der Familiengedanke, die Familie als kleinste Einheit eines Gemeinwesens! Das hier dürfte dich auch interessieren: Eine große Masse des Volkes kommt überhaupt nicht dazu, über die Prinzipien des Staatslebens nachzudenken. Diese Masse steht unter den Parteien, im Grunde auch noch unter dem modernen Staat, weil ihre Bildung nicht hinaufreicht. Die Mehrzahl der Kleinbauern und die vieltausend bildungsarmen Männer in städtischen Berufen gehören auch dazu!«

Er erhielt keine Antwort. Normalerweise wäre dem Josef sogleich der Kamm geschwollen und er hätte in seiner hitzigen Art unverzüglich angefangen, über die denkfaulen Bauern zu schimpfen. Jetzt aber stand er wie ein Häufchen Elend vor ihm.

»Franzmichel, ich muss mit dir reden!«, sagte er und ließ sich auf einen Stuhl fallen.

»Wieso, was ist denn los?«

»Mein Vormund! Ich halte es nicht mehr aus! Ich bin noch nicht zur Haustür drin, schon geht der Krach wieder los, und das Tag für Tag! Ob mit der Verwaltung meines Erbes alles mit rechten Dingen zugeht – ich möchte es gar nicht wissen und das ist mir auch gleichgültig, wenn ich nur nicht mit ihm unter einem Dach sein muss!«, brach es aus ihm heraus.

»Und was soll ich da machen?«

»Du hast doch ein Haus und eine Kammer wirst du doch noch übrig haben! Natürlich zahle ich dir auch Kostgeld und alles, wenn ich nur wegkomme!«, klang es nun geradezu flehend.

»Selbst wenn du bei mir wohnen solltest«, antwortete er nach einigem Überlegen, »weißt du, was dann passiert? Der Felder und der Natter – da haben sich zwei gefunden, die zusammenpassen wie der Hafen und der Deckel! Jeder Unfug, den du anstellst – und das ist ja nicht wenig –, fällt dann doppelt zurück. Der Felder sei dem Natter sein endgültiger Untergang, werden sie sich die Mäuler zerreißen und jedes Wort, das ich gesagt habe, werden sie dir vorhalten!«

Der Josef widersprach hitzig, meinte, mit dem würde er schon fertig, aber nach einer halben Stunde sah er dann doch ein, dass er seinem Vormund nicht entkommen konnte. Bedrückt verließ er Franzmichels Studierzimmer, ging aber nicht gleich heimzu, sondern zum Bräuwirt, wo er sich einen Krug Bier bestellte.

56

Vom Schrecksbach her, südlich von Schoppernau hörte man den gleichmäßigen Gesang der Baumsägen und die hellen Töne der Axthiebe. Vor einigen Jahren hatte man dort den Gemeindewald aufgeforstet, der inzwischen zu neun bis zwölf Zoll dicken Tannen herangewachsen war. Es war Samstag, Ortsvorsteher Albrecht saß mit zwei Männern im oberen Stock des Schulhauses und wartete. Aber niemand kam.

»Bei dem Wetter haben die Leute eben etwas anderes zu tun!«, sagte Fetza Jodok und Bilgeris Dokus pflichtete ihm bei, indem er ein wenig ungehalten bemerkte, eigentlich sollte auch er daheim die Erdäpfel aus dem Boden bringen, anstatt hier die Zeit totzuschlagen.

Gerade wollte Albrecht den beiden sagen, dass die Schoppernauer wohl mit ihrem Gemeinderat sehr zufrieden sein müssten, wenn schon niemand zur Wahl erschien, als jemand aufgeregt seinen Namen rief.

»Sealmus! Sealmus!«

Als er nun das Fenster öffnete, stand vor der Schule ein vom Laufen erhitzter Bub. »Sealmus, du sollst sofort zum Schrecksbach kommen!«

»Wieso?«, fragte der Albrecht erschrocken. »Ist etwas passiert?«

»Ich weiß nicht!«, schüttelte der Bote den Kopf. »Aber der Förster Koderle ist am Bachwald und schreit wie ein Verrückter!«

Warum dieser so schrie, wusste der Bub auch nach nochmaliger Nachfrage nicht zu sagen und als sich die drei Männer dem Schrecksbach näherten, sahen sie schon von Weitem die Bescherung. Das halbe Wäldchen war weg.

Unwillkürlich wurde der Schritt des Vorstehers schneller.

»Wer hat das angeordnet?«, fuhr ihn der Koderle stirnszornig an, kaum dass er in Rufnähe gekommen war.

»Das würde ich auch gerne wissen!«

In gebührendem Abstand zum Förster standen die Männer mit ihren Sägen und Äxten und machten betroffene Gesichter.

»Ausholzen hat es geheißen, aber nicht abholzen!«, schrie nun auch der Albrecht fassungslos. »Welcher Holzkopf ist denn auf diese Idee verfallen?«

»Großkaspas Hans«, kam es zögernd.

Der aber verwahrte sich empört gegen eine ihm zugedachte Rolle als Sündenbock und schob die Schuld dem Weißgerber zu, der das aber auch nicht auf sich sitzen lassen wollte und wiederum Gassners Gabriel als Urheber benannte.

Nach und nach erst stellte sich heraus, irgendjemand habe gesagt, im Unterdorf bräuchte man ein paar neue Brunnen und die dazugehörenden Rohre, und so habe man, wenn man schon bei der Arbeit war, das eben gleich mit erledigt und eben vielleicht noch ein paar Bäume mehr gefällt, um nicht noch einmal von vorne anfangen zu müssen.

»Bei ein paar hätte ich ja noch ein Auge zugedrückt«, erwiderte der Koderle immer noch wütend, »aber gleich fast die ganze Schonung!«, und er machte dabei eine ausholende Handbewegung hinweg über die massenhaft am Boden liegenden Bäume.

»Jetzt ist es schon passiert und anwachsen tun sie auch nicht mehr!«, antwortete der Vorsteher besänftigend, während er überlegte, wer dahinterstecken könnte, um so vielleicht günstig an einen Brunnen und eine neue Wasserleitung zu kommen. Dazu fielen ihm mehrere Namen ein.

»Ich kann jetzt schauen, wie wir das mit der Behörde wieder

hinkriegen!«, schimpfte der Sealmus weiter, als sich der Förster immer noch aufgebracht entfernt hatte.

»Die Behörde!«, sagte einer verächtlich.

»Ja, die Behörde! Die Behörde schreibt auch Wahlen zum Gemeindeausschuss vor und ich wetze mir im Schulhaus die Hosen durch! Keine Menschenseele lässt sich dort blicken, stattdessen holzt ihr hier den Wald ab!«, fuhr ihn der Vorsteher an.

»Ich sag's dir grad, wie es ist: Mir gehen die Wahlen am Hintern vorbei!« Der Weißgerber sah sich herausfordernd um. »Warum soll ich überhaupt wählen? Jeder weiß, wer wen gewählt hat, und jeder wählt doch den oder den nur in den Wahlkörpern, weil er es sich mit dem oder dem gut stellen will!«

»Das sind eben so etwas wie Parteien!«, antwortete der Vorsteher.

»Hau mir bloß ab!«, rief Nazes Sepp. »Der Weißgerber hat recht und Jaukos Franzmichel hat diesen Wahlkörpern auch entsprechende Bezeichnungen gegeben: Die Großen, die das erste Drittel der Steuern aufbringen; dann die Dicken, der gemütliche Mittelstand, der das zweite Drittel bezahlt; und dann die Kleinen, die Spitzigen, die zusammen für das letzte Drittel aufkommen müssen!«

»Jaukos Franzmichel ... ausgerechnet!«, brummelte Großkaspas Hans abfällig.

»Wo er recht hat, hat er recht!«, pfutzte darauf der Bühlmännler.

»Leute, seid friedlich!«, ging der Vorsteher dazwischen. »Die Regelung hat schon auch ihre Vorteile. Die Wahlkörper sind sozusagen Interessensgruppen und so weiß jeder, auf welcher Seite derjenige ist, den er wählt!«

»Pah!«, machte der Weißgerber. »Das habe ich bisher auch so gewusst!«

Der Albrecht hatte als Vorsteher inzwischen genug Erfahrung, um sich nicht auf eine endlose Debatte einzulassen, die zu nichts führte. »So ist das Gesetz und die nicht stattgefundene Wahl wird für morgen Nachmittag neu angesetzt. Jetzt schaut lieber zu, dass ihr noch heute den Wald, oder was noch von ihm übrig ist, wenigstens halbwegs aufräumt!«

Am Sonntag stand der Pfarrer Rüscher auf der Kanzel. Gut hatte er sich inzwischen eingelebt. Überall war der Hochwürden gerne gesehen, auch scheute er sich nicht, in die Wirtschaften zu gehen und dort ruhig den Leuten zuzuhören. Von allen Seiten kam nur Lob über sein freundliches Wesen, und wie er jetzt ankündigte, in seiner Amtszeit an die Anschaffung neuer Kirchenglocken zu denken, schien ihm auch dieser Wunsch nicht versagt zu bleiben.

Ein wenig erstaunt horchte dann nicht nur Franzmichel auf, als sich der Pfarrer zur heute anstehenden Wahl äußerte. Auf Vorschlag der Oberhausers und einiger anderer hatte das Komitee Franzmichels Namen bei den Dicken auf die Liste gesetzt und jetzt war er schon deswegen gespannt, was da kommen würde.

»Meine lieben Pfarrkinder«, sagte der Hochwürden Rüscher nun, »die Wahl eines Gemeindeausschusses ist ein zu wichtiges Ereignis, um nicht daran teilzunehmen. In unserer Gemeinde – ich habe mich erkundigt – verfügen über einhundert Männer über Grund und Boden und sind somit wahlberechtigt. Diese Männer entscheiden über Wohl und Wehe unseres Ortes und unserer Heimat, bei ihnen liegt es zu entscheiden, in welche Hände die Zukunft gelegt wird. In unserem Dorf kennt noch jeder den anderen und das ist gut so, wenn es um die Bewahrung des Glaubens unserer Väter und um die Abwendung auch in unser Tal eindringenden und uns fremden Gedankengutes geht!«

Wer Ohren hatte und hören wollte, der verstand, an wen diese Worte gerichtet waren. Das waren eindeutig die Spitzigen, die Kleinen also, welche bisher noch kaum zur Wahl gegangen waren, jedoch die meisten der besonders eifrigen Frommen in der Gemeinde stellten. Einundachtzig Wahlberechtigten bei den Spitzigen standen achtzehn bei den Dicken gegenüber und bei den Großen waren es noch erheblich weniger.

Zwar erschienen nicht alle, aber immerhin einunddreißig der Spitzigen im Schulhaus und nach der Auszählung war Franzmichel mit sechzehn Stimmen in den Rat der Gemeinde gewählt, wovon wohl niemand überraschter war als er selbst. Als er dann die Ergebnisliste durchging, wusste er, was auf ihn zukommen würde. Acht Männer des alten und neuen Vorstandes konnte er getrost zu seinen Gegnern zählen, zwei konnte er auf seine Seite rechnen und der Rest waren Windfahnen. Gewählt oder nicht gewählt hatte man wie schon immer, aus Sympathie, aus Angst davor, es sich mit dem oder jenem zu verderben, aus Höflichkeit oder Abneigung, und so blieb auch der neue Ausschuss weitgehend der alte.

Eigentlich hätte es jetzt eine ruhigere Zeit werden können. Im Stall tat wieder alles recht, auch wenn sie für den Winter Heu zukaufen mussten, der Kaspar lief schon ganz wacker an der Stubenbank entlang, der Jakob fragte manchmal mehr, als er beantworten konnte, und Nannis Bäuchlein wuchs von Woche zu Woche. Zwischendurch hatte Franzmichel noch Zeit, Ferdinand Lassalle vollständig zu lesen, in dem er vieles fand, was nicht nur für die Arbeiterbewegung, sondern auch für den Bauernstand Gültigkeit hatte. Nach dem Vergleich mit den Ideen des Schulze-Delitzsch und dessen ihm abgehoben erscheinenden Theorien und dem andauernden Ruf nach Aufklärung jetzt gleich und sofort wurde ihm zunehmend bewusst, dass sein Wissen zum Verständnis der tiefer liegenden Zusammenhänge immer noch zu oberflächlich war. Der Kaspar hatte ihm den französischen Ökonomen Frédéric Bastiat ans Herz gelegt. Im »Bastiat« hatte er nicht ohne ein wenig Stolz einige Gedankengänge gefunden, wie er sie auch schon von sich aus im »Nümmamüller« eingebracht hatte.

Schon seit Tagen schneite es nun ununterbrochen und der Schnee lag bereits so hoch, dass auch das Wild in arge Bedrängnis kam. Der Gräsalp zu hatten einige Holzarbeiter mit bloßen Händen sechs erschöpfte Rehe gefangen, die in den Massen stecken geblieben waren, und nun ging der Streit hin und her, wem sie gehörten: den Fängern, dem Forst, dem Jagdpächter oder der Armenkasse, wie es der Vetter Weber forderte. Im Gemeinderat lagen sie sich zudem wegen dem Bachter aus Sibratsgfäll in den Haaren, der die mittellose Nümmaschmiedin heiraten wollte. Die Sibratsgfäller waren damit einverstanden, weil der Maurer Bachter ein ziemlich ordinäres Mannsbild war und sie ihn so loszuwerden hofften. Was dazwischenkam, war die etwas verfrühte Niederkunft der Nümmaschmiedin, worauf die Sibratsgfäller die Heiratserlaubnis wieder zurückzogen aus Angst, die Schoppernauer würden dasselbe tun und er könnte zurückkommen und ihnen nun nicht mehr allein, sondern mit der ganzen Bagage auf der Tasche liegen. Wie erwartet, wollten nun auch plötzlich die Schoppernauer den Bachter nicht mehr und verweigerten den beiden ebenfalls die Zustimmung zur Ehe, die in ihrer Not keinen Ausweg mehr wussten, als sich an Franzmichel zu wenden, der nun jedes Ausschussmitglied einzeln bearbeitete und den einen oder anderen auch daheim aufsuchte.

»Es ist doch besser, die beiden heiraten einander, als dass sie einen Hort der Unsittlichkeit und des fortdauernden Ärgernisses bilden!«, war er auch gerade wieder bei zweien der Gemeinderäte vorstellig geworden und schritt nun gedankenverloren, die Zipfelmütze fest über die Ohren gezogen, dem Oberdorf zu.

»Grüß Gott! Das trifft sich ja gut!«

Franzmichel erkannte den Pfarrer Rüscher, der ihm im Schneetreiben entgegenkam.

»Ich wollte mein Versprechen einlösen und Euch endlich einmal besuchen und habe schon geglaubt, ich hätte den Weg umsonst gemacht, da man mir gesagt hat, Ihr wäret nicht da!«

Wie selbstverständlich machte der Hochwürden kehrt, fragte im gemütlichen Plauderton dieses und jenes und Franzmichel schilderte ihm den Grund seines nachmittäglichen Ganges, wiederholte, es wäre doch besser, wenn die beiden nicht in wilder, sondern in ehelicher Gemeinschaft zusammenleben könnten, worauf sich aber der Pfarrer ziemlich bedeckt hielt und nur lapidar meinte, das sei auch Sache der Gemeinde und er wolle sich da nicht einmischen.

»Ich bin schon gespannt auf Euere Bücher!«, sagte er lächelnd, nachdem er Nanni und Marie in der Stube begrüßt hatte, wo auch nach anfänglichem schüchternen Schweigen die beiden Buben wieder zu lärmen anfingen.

»Dann kommen Sie mit nach oben!«, erwiderte Franzmichel und dachte verärgert, wenn er das geahnt hätte, so wäre einiges beim Besuch des Hochwürden verschwunden gewesen.

An der Türschwelle zum Studierzimmer blieb der Pfarrer stehen, wie um sich einen ersten Eindruck zu verschaffen. »Und das alles habt Ihr gelesen?«, fragte er im Nähertreten.

Sein Blick schweifte an den Regalen entlang und machte sich dann fest an einem Stapel Zeitungen auf dem alten Futtertrog.

»Das meiste jedenfalls schon!«

Obenauf lag eine »Gartenlaube«, »keine gute Zeitung«, wie der Hochwürden sogleich missbilligend bemerkte.

»Zwanzig Zeitungen werden in Schoppernau gehalten – aber keine einzige der ›Tiroler Stimmen‹«, sagte der Pfarrer dann ein wenig säuerlich, während er sich nun den Büchern zuwandte. Mit schräg gestelltem Kopf bewegte er sich an der Wand entlang, hielt da und dort einmal kurz inne und deutete dann auf einen der Buchrücken. »Wieland!« Allein schon die Nennung des Namens klang wie ein Vorwurf. »Das ist kein guter Dichter! Erst vor Kurzem war ein Artikel über ihn in den ›Tiroler Stimmen‹ und da wurde er aber nicht sonderlich gelobt!«

»Was gab es da an ihm auszusetzen?«

»Das weiß ich nicht mehr so genau. Aber wenn die Leute mehr die ›Tiroler Stimmen‹ lesen würden, so wüssten sie auch, was gut und was schlecht für sie ist!«

Obwohl er sich um ein fachkundiges Gesicht bemühte, war ihm aber deutlich anzumerken, dass ihm viele der Autoren nichts sagten. Nur zu Lassalle bemerkte er noch, was das für ein liederlicher Mensch gewesen sei, zeige schon, dass er beim Duell wegen einer Frauengeschichte erschossen worden sei.

»Aber er wollte doch zum katholischen Glauben übertreten!«

»So? Das ist mir neu!«, erwiderte der Pfarrer nun ein wenig verunsichert.

Vom gemeinsamen Studieren der Bibel, wie es der Hochwürden bei seinem Amtsantritt angekündigt hatte, war jetzt keine Rede mehr. Franzmichel wurde zunehmend wortkarger und als auch dem Pfarrer nichts mehr einfiel, verabschiedete sich dieser, nicht ohne aber Franzmichel noch in den Pfarrhof einzuladen, um dort das interessante heutige Gespräch fortzusetzen.

»Und?«, fragte Nanni, nachdem sich die Haustüre wieder geschlossen hatte.

Er zuckte die Schultern. »Zum Feind möchte ich ihn nicht haben und auf seine Freundschaft lege ich keinen Wert. Er ist mir einfach nur gleichgültig.« Plötzlich fasste er sich an den Bauch und sog die Luft scharf durch die Zähne.

»Was hast du?«, fragte Nanni erschrocken.

»Ach, nichts Ernstes. Aber schon seit ein paar Tagen ist mir nicht ganz wohl. Aber das vergeht schon wieder.«

Aber als er am nächsten Morgen aufstehen wollte, musste er sich sogleich wieder hinlegen und bis zum Nachmittag hatte sein Gesicht eine blassgelbe Färbung angenommen. Später versuchte er mit ein paar Anläufen nach oben in sein Zimmerchen zu kommen, musste aber jedes Mal auf der Treppe wieder umkehren und Nanni hörte nun nicht mehr auf seine Beschwichtigungen, sondern ließ nach dem Doktor Walser schicken. Dieser beugte sich dann am späten Nachmittag über ihn, machte eine bedenkliche Miene und sprach von einem sehr bedenklichen Zustand.

»Gelbsucht!«, sagte er dann ernst und als am nächsten Morgen die Gesichtsfärbung fast verschwunden war, konstatierte er eine Bauchfellentzündung, eine Woche später redete er von einer Darmentzündung und dann von einem möglichen Rheumatismus. Es folgten Tage, an denen Franzmichel glaubte, den nächsten nicht mehr zu erleben, was ihn aber hauptsächlich nur noch darum bekümmerte, wie seine Familie ohne Ernährer dastehen würde.

Dem Doktor Walser verübelte Franzmichel seine Diagnosen nicht, weil er selbst am besten wusste, wo die wirkliche Ursache lag, die er sogar vor seinem Wible verheimlichte. Einfach überarbeitet war er, und zwar sowohl körperlich, aber noch vielmehr geistig, und er stellte sich vor, wenn er das so manchem Bauern gesagt hätte. Geistige Überarbeitung? Hä, hä, hä … sich mit dem Kopf überarbeiten – wer hat so etwas schon einmal gehört?

57

Die gelbsüchtige Bauchfellentzündung mit dem darmentzündeten Rheumatismus hatte auch ihre gute Seite gehabt. In der Nähe des Todes sah man so manches scheinbar Gewichtige in seiner ganzen Belanglosigkeit und dünkte nachgerade lächerlich, wie beispielsweise der Streit um die Rehe. So lange hatte dieser gedauert, bis letztlich die entstandenen Futter- und Gerichtskosten höher als der Wert der Tiere lagen und keine der Streitparteien mehr etwas davon hatte. Nur langsam war die Genesung vorangegangen und seine größte Sorge war gewesen, bis zu Nannis Niederkunft wieder auf die Beine zu kommen. Diese erfolgte dann aber so überraschend, dass Franzmichel einige Mühe hatte, dem sich überschlagenden Geschehen noch zu folgen:

Während des Mittagessens hatte das Wible plötzlich große Augen gemacht und nur gesagt: »Jetzt geht's los!«, ohne ein weiteres Wort ihrem verdutzten Mann den kleinen Kaspar auf den Schoß gesetzt, war dann aufgestanden und zusammen mit Marie im Gaden verschwunden. Schon ein paar Minuten darauf rief seine Mutter aus dem Schlafzimmer, er sei Vater eines dort aus Leibeskräften schreienden Mikles. Der Hebamme blieb nichts mehr zu tun, als die Gesundheit des Kindes festzustellen und, damit der Weg herein von Au nicht ganz umsonst gewesen war, zum Ausgleich noch lang und breit über die Vorzüge und Nachteile von schnellen und langsamen Geburten zu dozieren. Am Abend nach dem Sennhaus suchte Franzmichel noch den Pfarrhof auf, um dort die Ankunft von Maria Katharina auf dieser Erde zu vermelden und einen Tauftermin zu vereinbaren. Der Pfarrer Rüscher schien sich über die neue Seele in seiner Gemeinde herzlich mitzufreuen und auch der Name gefiel ihm ausnehmend gut.

Nicht mit »Sunntig Nammitig um drü«, wie man im Wald sagte, sondern mit »Sunntog Nochmittog um drei!« tat er dann in kernigem Tirolerisch Bescheid, das er nicht mehr abgelegt hatte, seit er in Brixen zum Studium gewesen war. Danach kam er kurz auf die für Ende März ungewöhnlich hohe Schneelage zu sprechen und ließ durchblicken, er sähe die dadurch steigenden Heupreise als nicht ganz unverdiente Strafe des Himmels für so manch einen, der seiner Christenpflicht eher nur mürrisch nachkomme.

»Für jedes Übel muss doch nicht immer gleich der Herrgott verantwortlich sein!«, erwiderte Franzmichel unwirscher, als er eigentlich wollte, worauf der Hochwürden ihn scharf ansah. Eine Antwort verkniff er sich nach kurzem Überlegen und auch Franzmichel war, nachdem er die Gehirnnahrung des Pfarrers gesehen hatte, nicht an einer Fortsetzung der Unterhaltung gelegen: In einem Regal standen verloren ein paar Bücher als Anleitungen zu Predigten und auf einem Seitentischchen lag einsam ein Band mit Tiroler Gedichten. Ein Geschenk, wie es aussah. Die Banderole war noch unbeschädigt und so konnte der Hochwürden noch keinen Blick hineingeworfen haben. Das war alles – und mit diesem Rüstzeug gedachte der Pfarrer Rüscher der Gemeinde geistig voranzuschreiten!

Da er schon einmal da war, brachte er aber nochmals sein Anliegen wegen der immer noch in wilder Ehe lebenden Nümmaschmiedin und dem Bachter vor, jedoch auch heute wollte dazu der Hochwürden keine klare Stellung beziehen und riet ihm schließlich, sich in dieser Angelegenheit nicht noch weiter aus dem Fenster zu lehnen, da es darüber schon genug böses Blut geben würde.

»Aber ein Machtwort von Ihnen – und es wäre doch Ruhe! Es müsste ja nicht gleich von der Kanzel sein!«, gab er nicht nach.

»Die beiden sind nicht würdig für das Sakrament der Ehe. Ihr wisst selber, es sind gewöhnliche und vulgäre Leute!«

»Wer ohne Sünde ist, der werfe den ersten Stein!«, erwiderte Franzmichel.

»Dies ist eine Entscheidung, die auch noch andere Betrachtungsweisen zulässt, die Euch wohl bekannt sind und in die ich mich nicht einmischen möchte!«, versuchte der Pfarrer nun die Verantwortung wieder dem Gemeinderat zuzuschieben.

»Also gut!«, lenkte er ein. »Ich werde sehen, was in meiner bescheidenen Macht steht.«

Franzmichel war nicht beleidigt, dass es diesmal der Hochwürden war, der ihn loswerden wollte. Als er gleich darauf den Pfarrhof verließ, hatte es wieder leicht zu schneien begonnen, was ihn aber nicht davon abhielt, noch Oberhausers aufzusuchen, um diesen die Ankunft des Mikles mitzuteilen. Bald schon aber drehte sich das Gespräch um den Handwerkerverein, den sie gründen wollten und für den besonders der Kaspar Feuer und Flamme war. Angelehnt an die alte Auer Zunftordnung sollte dieser Zusammenschluss den Schoppernauer Handwerkern gemeinsam die Annahme und Ausführung von Aufträgen ermöglichen, die einen Einzelnen überfordert hätten.

»Die jungen Burschen, die in der Fremde ihr Geld verdienen müssen, ehe sie genug beisammen haben, um hier etwas anfangen zu können, ... für die sollten wir uns doch auch etwas einfallen lassen!«, regte der Josef an.

»Ein zinsloses Darlehen?«, schlug Kaspar vor.

»Das hängt von der Anzahl der Mitglieder und der Höhe der Beiträge ab«, antwortete Franzmichel und meinte dann, dass man diesen Punkt vorläufig nach hinten stellen sollte, bis abzuschätzen war, wie viele überhaupt gewonnen werden könnten. »Ich denke, zum Erstellen der Statuten können wir uns weitgehend an die alte Zunftordnung für die Steinmetze und Stuckateure halten!«

Spät war es geworden, als er sich wieder auf den Weg machte, und Schoppernau lag schon in tiefer Nachtruhe. Auch in seinem Haus waren schon alle Lichter gelöscht, als er sich behutsam mit einer brennenden Kerze über die knarrenden Dielen dem Gaden zu tastete und die Türe einen Spalt weit öffnete.

»Wible?«, flüsterte er leise.

Aber nur Nannis gleichmäßige Atemzüge waren zu hören und im flackernden Schein lag das winzige Mikle in ihrem Arm.

Ein heiße Woge der Dankbarkeit stieg in ihm hoch. Was waren bei all dem Glück um ihn herum dagegen doch die finanziellen Sorgen? Was war schon die tote Materie des Geldes gegen die lebendige Frucht einer Liebe? Irgendwann würden sie einen Löffel mehr auf den Tisch legen. Eine schon lange nicht mehr gekannte Leichtigkeit gepaart mit einem gleichzeitig beinahe wilden Tatendrang erfasste ihn. Langsam, bemüht, jeden störenden Laut zu vermeiden, bewegte er sich wieder zurück. Oben an seinem Futtertrog öffnete er nach langer Zeit wieder das Manuskript des »Dorffreimaurers« und ihm war, als ob ihm plötzlich all das von selbst zufiele, wonach er sich vergeblich den Kopf zermartert hatte. Erst als die Gedanken anfingen, ungeordnet herumzupurzeln, legte er den Bleistift beiseite und begab sich nach unten, wo er gleich darauf neben Nanni und dem Mikle in einen tiefen, friedlichen Schlaf fiel.

Durch seine Erkrankung bedingt hatte Franzmichel schon längere Zeit am Sonntag keine Messe mehr besucht und er musste feststellen, dass nichts übertrieben war von dem, was man ihm berichtete. Im Gegenteil! Den guten Stockmayr hatte es einige Mühe gekostet, die Gemeinde dazu zu bringen, die Gebete nicht gedankenlos herunterzuleiern. Vor ein paar Wochen aber hatte der neue Pfarrer begonnen, ihnen das wieder auszutreiben. Schneidig – jawoll, das war das richtige Wort, wie es jetzt zuging in der Schoppernauer Kirche. Da war kaum mehr Platz für Andacht und Besinnung und genauso markig wie Messe ging dann auch am Nachmittag die Taufe der kleinen Maria Katharina vonstatten.

»Mein lieber Freund, da weht jetzt wohl ein anderer Wind!«, meinte dann auch Nannis Bruder Kaspar, der es sich als Götte trotz des vielen Schnees und der vereisten Wege nicht hatte nehmen lassen, ins Tal hereinzukommen.

»Das darfst du glauben, mit dem werden wir noch was erleben!«, gab Franzmichel zur Antwort. »Nach außen hin ist er noch zahm, aber heimlich schärft er schon seine Krallen. Man muss nur auf die Zwischentöne bei seinen Predigten hören – ein Ultramontaner, der nichts anderes gelten lässt als die Weisungen der Kurie aus Rom.«

»Diese Ewiggestrigen, die glauben, die ganze Welt müsse nach ihrer konfessionellen Pfeife tanzen, und die sich anmaßen, jeden freien, selbstständigen Gedanken zu unterdrücken!«, ereiferte sich Kaspar. »Wir sind Deutsche, wir sind Österreicher und unser gemeinsames Haus ist der Deutsche Staatenbund. Während die Schlachtrufe von Schulze-Delitzsch und Lassalle im protestantisch-preußischen Parlament ihren Widerhall finden, scheint die soziale Frage in unserem katholischen Vaterland kaum zu existieren. Aber auch bei uns wird sie gestellt werden, und zwar laut und mächtig! Wir wollen ein starkes Vaterland, ein starkes Österreich. Aber dazu braucht das Volk auch Rechte, die es befähigen, den Staat zu heben und zu stützen! Aber die politischen Fuhrmänner Roms werden alles tun, sich auf dem Karren der staatlichen Macht zu halten, und weiterhin predigen, oben und unten, Arm und Reich, Knecht oder Herr, das sei eben Gotte Wille!«

Kaspar war jetzt in seinem Element, während er zusammen mit Franzmichel der kleinen Taufgesellschaft voran und das kleine, in dicke Kissen gebettete Mikle im Arm dem Oberdorf zustrebte.

»Die Ungarn sind keine besseren oder schlechteren Christen als wir. Aber jedes ultramontanistische Samenkorn fiel bei ihnen schon von jeher auf unfruchtbaren Boden. Die Ungarn lassen sich nicht wie Tanzbären an der Nase herumführen!« Seine Augen funkelten kampflustig hinter den Brillengläsern. »Wir Deutsche könnten von den Ungarn viel lernen«, fuhr er fort, »jedoch wir wollen es in unserer deutschen Blödigkeit und Überheblichkeit nicht wahrhaben. Ungarn ist entschieden das demokratischste Land, auch das freisinnigste, und ich danke Gott oft im Stillen dafür, das er es mich hat sehen lassen. Aber wir werden unsere Ignoranz noch schwer büßen, wenn wir nicht lernen frei zu sein, wie es der freie Ungar ist!«

»Du und deine Ungarn!«, lachte seine Schwester Marie und auch der Bruder Jok meinte schmunzelnd, vielleicht hätte er doch besser in Budapest anstatt in Au zur Welt kommen sollen.

Aber Kaspar reagierte nicht auf die gutmütigen Sticheleien seiner Geschwister. »Die Lösung der sozialen Frage wird nicht von ultramontanen Klerikern oder vom Papst jenseits der Alpen entschieden, sondern sie kann nur aus dem Volk selbst kommen! Nicht die kirchlichen Armenhäuser, Waisenhäuser und Suppenküchen können die wachsende Verelendung der Armen von der Wurzel her bekämpfen, sondern nur der gemeinschaftliche Wille von unten kann eine Änderung der Umstände erzwingen! Alles andere ist Augenwischerei!«

Der Schneider wollte darauf etwas entgegnen, aber inzwischen waren sie beim Haus angekommen. In der Stube war der Tisch mit den Tassen für den Kaffee gedeckt und die beiden Buben machten einen Heidenlärm. Marie schob sie in die Küche, während Nanni das quengelnde Mikle entgegennahm und mit ihm zum Stillen im Gaden verschwand.

»Armenhäuser, Waisenhäuser und Suppenküchen und was es sonst noch an kirchlichen Einrichtungen gibt, wie du vorher gesagt hast«, fing jetzt der Schneider wieder an, »ohne diese würde es ja noch trauriger ausschauen!«

»Bruder, du bist ein Einfaltspinsel!«, erwiderte Kaspar spöttisch. »Selbstverständlich sind diese bitter notwendig! Selbstverständlich lindern sie die ärgste Not. Aber das ist so, als ob du immer nur den Verband wechselst, ohne dich um die Wunde zu kümmern!«

»Und wie kümmert man sich um die Wunde?«

»Zum Beispiel mit Mitverantwortung und Wahlrecht für alle!«, antwortete jetzt Franzmichel, der bis jetzt noch kaum ein Wort gesagt hatte.

»Das ist doch wohl nicht euer Ernst!«, erwiderte jetzt Jok. »Ihr beide meint, auch ein Mittelloser ohne Besitz, ja womöglich sogar noch ein Bettler sollte wählen dürfen?«

»Wir alle glauben doch, dass hauptsächlich nur der Steuern zahlt und mit diesen den Staat erhält, der Vermögen und Grundbesitz hat! Aber das sind jedoch nur fünf bis sechs Prozent der gesamten Bevölkerung und auf dieser irrigen Annahme basiert doch unser Wahlrecht! Jetzt aber frage ich euch: Wer Brot, Mehl, Fleisch, Butter, Salz, Wein oder Bier konsumiert oder sich ein paar neue Schuhe machen lässt, zahlt der denn keine Steuern?«

»Jetzt setzt euch endlich, ihr steht hier nur im Weg herum!«, forderte Marie, die sich in der engen Stube mit der verbeulten blechernen Kaffeekanne durch Nannis Verwandtschaft zwängte.

Aber der Kaspar ließ sich nicht aus dem Konzept bringen.

»Selbstverständlich zahlt jeder Steuern. Indirekt und versteckt eben, aber kaum jemandem fällt das auf, weil kaum jemand darüber nachdenkt! Jedermann, der konsumiert, gibt also dem Staat, was des Staates ist – also ist es auch jedermanns Recht, vom Staat das zu einzufordern, was ihm dafür zusteht: nämlich Mitbestimmung über seine Zukunft in einem allgemeinen Wahlrecht!«

Kurz wandte er sich an Franzmichel. »Ich habe dir Lassalles Schrift über ›Die Lage der Arbeiter und die indirekten Steuern‹ mitgebracht. Du wirst einiges darin finden, das genauso für die ärmere Bevölkerung im Bregenzerwald gilt.«

Als Nanni wieder in der Stube erschien, lächelte sie. »Seid ihr immer noch am Politisieren?«

Den Brustlatz an ihrer Juppe noch zurechtrückend, setzte sie sich zu ihnen und schenkte sich auch eine Tasse Malzkaffee ein, den sie mit viel Milch verdünnte.

»Gut ein Jahr ist es jetzt her«, wechselte Kaspar nun das Thema, »dass wir unsere Mutter zu Grabe getragen haben. Wir sind neun Geschwister und in einer Großfamilie aufgewachsen, in der wir gegenseitige Rücksichtnahme gelernt haben und auch, in schweren Zeiten nicht den Eigennutz zu suchen, sondern zusammenzustehen. Nach der Aufteilung unseres Erbes wäre es jedem freigestanden, damit zu tun, was ihm beliebt. Aber dividiert durch neun – viel wäre jedem Einzelnen nicht geblieben. So haben fünf von unseren Geschwistern beschlossen, ihre Anteile zusammenzulegen und die bäuerliche Verlassenschaft unserer Eltern gemeinsam fortzuführen. Die übrigen vier, die nicht an der Bewirtschaftung teilhaben können, können sich wie ich mit einer Einlage beteiligen oder werden, wenn es die wirtschaftliche Lage erlaubt, ausbezahlt!«

Kaspar sah sich um und ein wenig Stolz schwang jetzt in seiner Stimme. »Alle Leistungen in der menschlichen Gesellschaft kommen zustande durch das Zusammenwirken und die Bündelung der Kräfte. Während sich andere Familien durch die Erbteilung zersplittern, isolieren und schwächen, indem jedes für sich dahinkrautert, werden wir durch unseren Zusammenschluss an wirtschaftlicher Kraft gewinnen. Wir können uns schon ein wenig darauf einbilden, dass Haghansomatis es geschafft haben, die erste Familien-Produktivgenossenschaft im ganzen Land auf die Füße zu stellen! Was also im Kleinen geht – warum soll es nicht auch im Großen gehen?«

Franzmichel hatte still zugehört und sein linkes, vernarbtes Auge starrte zur Decke. »Wisst ihr was?«, hob er dann an. »Vor einiger Zeit ist mir mehr durch Zufall der Brief eines Käshändlers in die Hände gekommen. Dabei ist mir noch deutlicher geworden, wie winzig der Unterschied zwischen einem Arbeiter und einem Kleinbauern ist. Der eine ist vollkommen abhängig von seinem Fabrikherren und der andere auf Gedeih und Verderb der Gnade seines Käshändlers ausgeliefert. Was aus euerem Familiensinn heraus möglich war, müsste doch in einer gewachsenen dörflichen Gemeinschaft weitaus leichter umsetzbar sein als in einer anonymen Stadt. So habe ich es jedenfalls geglaubt und mich schon heiser geredet für den Plan einer Genossenschaft. Gut wäre das schon, heißt es dann meistens. Aber sie selber? – jetzt noch nicht, vielleicht später. Dann sitzen sie wieder in den Wirtschaften, wo dann so lange wieder auf die vielleicht doch Willigen eingeredet wird, bis auch diese wieder der Mut verlässt.«

»Das musst du anders anpacken!«, antwortete Kaspar und strich mit den Fingern durch seinen gewaltigen Bart. »Du kannst nicht jedem nachlaufen und gleichzeitig auch noch in jeder Wirtschaft sein. Aber in der Sennerei, da hast du sie alle beieinander. Dort musst du ansetzen!«

»Stimmt! Dazu wollen die Leute auch wissen, auf was sie sich da einlassen sollen, und du wirst dir noch die Beine genug aus dem Hintern springen dürfen, bis du das selber weißt!«, warf der Jok ein.

»Meine Brüder haben recht!«, kam es nun bestimmt von Nanni. »Der Pfarrer predigt auch in der Kirche und nicht daheim in den Stuben! Nicht alle sind Idealisten, die den Horizont suchen, sondern viele wollen nur so weit vor ihre Füße sehen, um nicht zu verstolpern! Eine Mehrheit bekommst du nur im Sennhaus hinter dich, weil dort jeder eher bereit ist, den Kopf ein wenig zu heben, indem er schmerzlich sieht, was seine Arbeit wirklich wert ist!«

58

Langsam, beinahe widerwillig hatte sich der Winter aus dem Tal verabschiedet. Nur unter protestierendem Grollen und lautem Poltern war der Schnee gewichen von den steilen Hängen und Flanken, hatte da und dort, wie um noch ein letztes Mal die Menschen zu ärgern, die Wege unterbrochen und sich unten an der Ache meterhoch übereinandergeschoben. Später als in anderen Jahren konnten die Vorsässe bezogen werden, und erst nachdem auch die Gemeindewiese und die eigenen Bündten restlos abgeweidet waren, hatten auch Felders ihre Rucksäcke gepackt und ihre vier Kühe hineingetrieben nach Hopfreben.

Ein leiser Wind strich nun über die grünen Matten, der schon einen Hauch des bevorstehenden Sommers in sich trug, die Luft war erfüllt vom Bimmeln des Viehs und von der gegenüberliegenden Talseite kam das verwehte Tosen des Wasserfalls. Im Halbschatten des Hüttchens schlummerte das kleine Mikle in einer alten, ausgedienten Milchgepse, Nanni wusch am Brunnen das

Melkgeschirr, die beiden Buben spielten schreiend Fangen, während sich Franzmichel auf die Schwelle des winzigen Kapellchens zurückgezogen hatte, um endlich wieder ein Stück weit an seinem »Dorffreimaurer« voranzukommen. Einiges hatte er inzwischen wieder verworfen, gekürzt, ausgefeilt und umgeschrieben an seinem Roman über hoffnungslose Rückständigkeit und maßlosen Fortschrittsglauben mit den vier Hauptfiguren, dem Klausmelker, dem Barthle, dem Sennen, dem Franz, die in der Wirklichkeit angelehnt waren an den Seppel, den Webervater, Oberhausers Josef und ihn selbst.

Auf dem Karrenweg herab von Schröcken kam mit ausholenden Schritten eine breite, stämmige Gestalt. Als ein Schatten auf das Papier fiel, blickte er hoch und brauchte einen Moment, bis er den Mann erkannte. Gleichzeitig durchfuhr Franzmichel dabei ein heftiges Erschrecken.

»Du?«, sagte er dann und legte Heft und Bleistift beiseite.

»Ja, ich!«, antwortete dieser und sah ihn aus dunklen Augen beinahe mitleidig an, während er sich mit der Hand den Schweiß von der Stirne wischte.

Vor ihm stand der Schwarz, der Geldverleiher aus dem Lechtal, und sein Gefühl sagte ihm, dass das nichts Gutes zu bedeuten hatte.

Franzmichel erhob sich. »Was treibt dich herüber in den Wald?«, fragte er und spürte, wie sein Herz immer noch schneller wurde.

Vom Hüttchen her kamen lärmend die Buben und blieben dann schüchtern in sicherer Entfernung stehen.

»Sind das deine?« Der Schwarz winkte die beiden freundlich zu sich her. Der kleine Kaspar aber wollte nicht so recht, worauf der Jakob seine Hand packte und ihn hinter sich herzog. »Das mögt ihr sicher auch!«, lächelte er nun, während er zwei Zuckerbollen aus der Joppentasche zog.

Artig bedankte sich der Jakob und stupfte seinen Bruder so lange in die Seite, bis auch dieser ein undeutliches »Vergelt's Gott!« herausbrachte.

»Warum ich hier bin?«, griff der Lechtaler nun Franzmichels vorherige Frage auf. »Unsere Schwester, das Mariele, hat zum

Spinnen angefangen und besteht auf sofortiger Teilung der Erbschaft und unser raffgieriger Schwager ist aus dem gleichen Holz. Beide haben uns anderen jetzt das Messer auf die Brust gesetzt und wollen es notfalls gerichtsmäßig durchziehen, um bis spätestens zum Jahresende an ihre Anteile zu kommen. An mir bleibt es hängen, das Geld einzutreiben und die Kredite aufzukündigen.« Der Schwarz hielt kurz inne und deutete talauswärts. »Achtzigtausend Gulden!«

Franzmichel fühlte, wie das Blut aus seinem Kopf wich, und musste sich an die Kapellentüre lehnen. »Achtzigtausend?«, wiederholte er bleich, während der Jakob das Herumrollen des Bonbons in seinem Mund verlangsamte und den Vater anstarrte, der plötzlich so ganz anders war.

Der Lechtaler nickte. »Achtzigtausend! Und das alles nur wegen dieser Kuh mit ihrem Hornochsen!«

»Bei mir wären es achthundert! Aber das ist unmöglich! Durch den letzten schlechten Sommer und den langen Winter habe ich Heu zukaufen müssen, darüber hinaus haben zudem noch die Kühe nur Totgeburten auf die Welt gebracht und kaum noch Milch gegeben!«

»Vielleicht kannst du ja ein paar Flurstücke verkaufen?«, schlug der Schwarz vor, aber Franzmichel schüttelte nur den Kopf.

»Die Klauenseuche im vorletzten Jahr, ... fast niemand hat noch Geld und wer verkaufen muss, bekommt kaum noch etwas für ein Grundstück! Achthundert, das kann ich nicht – auch beim besten Willen!«

Der Lechtaler versuchte zu vertrösten, bis zum Katharinentag sei es ja noch einige Zeit und bis dahin würde ihm sicher noch etwas einfallen.

»Ich bin es gewohnt, mein Wort zu halten. Aber wenn ich jetzt ›Ja‹ sage, weißt du genauso wie ich, dass es eine Notlüge ist!«, entgegnete er und auch der Schwarz sah dann ein, dass es auch für ihn sicherer war, sich auf Franzmichels Wort zu verlassen, anstatt die ganze Summe auf einmal einfordern zu wollen.

»In Gottes Namen dann!«, antwortete der Lechtaler nach einigem Überlegen, »aber vierhundert sind das Mindeste, was ich brauche!«, und streckte ihm die Hand hin.

Erst nach einigem Zögern schlug dann Franzmichel ein. »Vierhundert! Abgemacht!«

Wie er allerdings die vierhundert Gulden auftreiben sollte, war ihm etwa so klar wie Isaac Newtons Beschreibungen der Gravitationsgesetze, von denen er zugegebenermaßen auch keine Ahnung hatte.

Lange sah er der stämmigen Gestalt nach, wie sie weiter nach oben stapfte und dann in Hansnazes Vorsässhütte verschwand. »Wieso ist der Mann zu uns gut und zu dir nicht?«, wollte Jakob wissen.

»Weil ihr noch Kinder seid!«, murmelte Franzmichel und bückte sich nach seinem Manuskript, an dem ihm die Freude für heute gründlich verdorben war.

Benommen hatte er sich auf das Bänkchen vor der Hütte gesetzt und Nanni nahm neben ihm Platz. Schweigend saßen sie beieinander.

»Du hast schon dein Gfrett mit so einem armen Schlucker wie mir!«, brach es plötzlich aus ihm heraus.

»Sag so etwas niemals wieder!«, fuhr sie ihn beinahe schroff an und warf in der ihr eigenen Art den Kopf zurück. Gleich darauf aber ging ein weiches Lächeln über ihr Gesicht und sie fasste nach seiner Hand. »Ich möchte mit dir durchs Leben gehen, durch Lenz und Winter, jede Zeit! Weißt du noch?«, sagte sie leise. »Was ist schon Geld, wenn wir beide uns haben. Wir werden es schon wieder richten!«

Franzmichel wurde es heiß und kalt wie damals hinauf auf dem Weg zur Sattelalpe, wo sich ihre Hände das erste Mal berührt hatten.

»Der Kaspar hat mir erzählt, sie hätten sich im Kaffeehaus unterhalten, wie viel ich für den ›Dorffreimaurer‹ bekommen könnte. Zwischen vierhundert und tausend Gulden gingen die Schätzungen auseinander, vorausgesetzt, nicht der Stettner in Lindau bringt das Buch heraus, sondern ich finde einen renommierten Verlag!«

Es könnte nicht schaden, deswegen einmal dem Professor Hildebrand nach Leipzig zu schreiben, fügte er hinzu.

»Meinst du nicht, das könnte ein wenig zu aufdringlich erscheinen?«

»Das glaube ich nicht. Schließlich sind von ihm einige Passagen aus dem ›Nümmamüller‹ in Grimm's mundartliches Wörterbuch aufgenommen worden, die direkt neben Schiller stehen, und sonst könnte ich mich ja auch noch an den Bergmann in Wien wenden, für den ich auch schon eine Reihe von Redewendungen und Beschreibungen unserer heimatlichen Bräuche gesammelt habe.«

»Hm!«, machte nun Nanni. »Ich denke, das Vernünftigste wäre vorab, sich erst einmal mit meinen Geschwistern wegen meines Erbteiles zu unterhalten. Ich schätze, das wären so um die sechshundert Gulden.«

»Aber der Jok hat doch erst oben am Tannberg eine Heimat gekauft und will zudem im Winter heiraten!«, wandte Franzmichel ein.

»Wenn der Jok nicht kann, stehen notfalls sicher die anderen Geschwister vorerst für ihn mit ein«, lachte nun Nanni, »und zudem – miteinander reden kostet schließlich nichts!«

Nannis heitere und zuversichtliche Unbesorgtheit sprang nun auch auf Franzmichel über.

»Am Sonntag gehe ich hinaus nach Au zum Schneider, der sitzt am härtesten auf dem Geldsack!«

Eigentlich hatte er am folgenden Sonntag früher loskommen und die heilige Messe in Au besuchen wollen. Aber eine der Kühe hatte sich am Morgen nach dem Austreiben bei einer Rauferei eine Fleischwunde zugezogen, die zuerst versorgt werden musste. Obwohl er sich beeilte, langte es nur bis Schoppernau, wo er gerade noch rechtzeitig beim Zusammenläuten der Glocken in der Kirche ankam. Neben Oberhausers Kaspar rutschte er in eine Bank, während das letzte Gesätzchen des freudenreichen Rosenkranzes schneidig wie vom Hochwürden Rüscher eingeführt zu Ende ging. Schneidig wie der Rosenkranz begann dann auch die Messe und schneidig stieg der Pfarrer dann auch hinauf auf die Kanzel.

»Meine lieben Pfarrkinder«, fing er an und ließ dabei den Blick durch seine Brille über die Köpfe funkeln, »vor nunmehr genau zweihundert Jahren, so steht es in den Aufzeichnungen, wurde hier in Schoppernau die Bruderschaft vom heiligen Rosenkranz ins Leben gerufen. Viele von euch sind als Mitglieder eingetragen und beten hoffentlich täglich ihre fünf Gesätzchen.«

Der Pfarrer Rüscher machte eine bedeutungsschwere Pause. »Zweihundert Jahre sind unsere Vorfahren in der Rosenkranz-Bruderschaft fest zu ihrem Glauben gestanden, mit ihm durch die Höhen und Tiefen des Lebens geschritten! Betrüblicherweise kommen gerade in unserer Zeit Gedanken und Anschauungen in unsere Heimat, die mit dem wahren, demütigen Glauben unserer Väter unvereinbar sind! Vielleicht brauchte es genau diese zweihundert Jahre, um uns wieder zu besinnen und diesen Gottvergessenen ein entschiedenes ›Halt‹ entgegenzustellen. Lange habe ich überlegt, wie wir, meine lieben Pfarrkinder, diesen zweihundert Jahren der Treue zu unserem Glauben ein neues Zeichen setzen können. Was aber wäre dazu mehr geeignet als die Einführung einer neuen Kongregation in unserer Gemeinde?«

Er richtete sich beinahe stolz auf. »Ich selbst bin schon seit meiner Studentenzeit Mitglied in der Herz-Jesu-Bruderschaft und möchte sie euch ebenfalls nun innig ans Herz legen! In ihr muss nur wenig gebetet werden und dennoch können ihre Mitglieder viele Ablässe gewinnen!«

»Der arme Stockmayr, wenn er das hören müsste!«, flüsterte Franzmichel hinüber zu Kaspar, der daraufhin beistimmend nickte.

Von der von ihm soeben mehr oder weniger verordneten Bruderschaft kam der Pfarrer auf den auch in Schoppernau immer stärker werdenden schlechten und verderblichen Einfluss gewisser Zeitungen und mancher Bücher, die nun zunehmend im Umlauf seien. »Viele von euch können nicht von guten, erbauenden Schriften und schlechten Büchern unterscheiden! Um euch da zu helfen, dazu bin ich auch als euer Pfarrer da! Lest nur gute Bücher und Zeitschriften, und wenn ihr nicht sicher seid oder etwas nicht beurteilen könnt, so kommt zu mir in den Pfarrhof und fragt mich!«

Franzmichel hätte am liebsten laut aufgelacht. Aber dem Hochwürden war tatsächlich ernst damit, sich mit den einseitigen Buchempfehlungen aus den »Tiroler Stimmen« ein Urteil erlauben zu können. Auch der Kaspar neben ihm schüttelte unwillig leicht den Kopf.

Nach dem Ende des Gottesdienstes ging es nun auf dem Kirchplatz nicht mehr wie sonst um Vieh und Heu, sondern nur noch um die heutige Predigt. Franzmichel kommentierte lediglich, wer von ihm Bücher wolle, der könne auch weiterhin zu ihm kommen, ohne vorher den Hochwürden zu fragen.

»Langsam kriegt der Rüscher den Größenwahn!«, sagte Kreuzenmännlers Bartle respektlos. »Letzte Woche hat er angefangen, genau aufzuschreiben, wer bei ihm zur Beichte war und wer nicht! Eigentlich müsste er selber einmal nötig in den Beichtstuhl, aber auf die andere Seite und selbst um Vergebung bitten, so wie er draußen in Dornbirn den Weibern nachschauen soll!«

»Na, na! Woher willst du das wissen?«, beschwichtigte Franzsefas Hansas Raphael.

»Gehört hab' ich's halt! Ich sage ja nicht, dass er ihnen gleich an die Wäsche geht. Aber gern sehen tut er sie schon!«, beharrte der Bartle.

»Er ist eben auch nur ein Mann!«, erwiderte darauf der Raphael.

»Jedenfalls mit seiner neuen Bruderschaft – da kann er mich! Vier Bruderschaften – in zweien bin ich schon und das muss langen!«, stieß der Bartle heraus. »Oder, was meinst du, Franzmichel?«

Schlagartig wurde es um diesen herum still.

»Unser Herrgott rechnet dir einmal ganz bestimmt nicht vor, wie viele Rosenkränze du in deinem Leben gedankenlos heruntergerasselt hast, damit du ja auch sicher in den Himmel kommst. Jetzt soll auch er eine Krämerseele sein, genauso elend, wie sie selber sind, und sie können es sich darum nicht anders vorstellen, als dass er fragen würde, was sie denn als Eintrittspreis zur ewigen Seligkeit mitbringen würden! Gnade gibt es wie beim Hausierer: Weniger beten als bei anderen Kongregationen, dafür aber mehr Ablässe! Jetzt muss der Bauer und Handwerker nicht nur in seinem Beruf rechnen, sondern noch mehr mit seiner Gebetszeit, um sich mit irdischer Gesinnung einen Platz im Himmel zu erlisten. Wenn er aber mit dem Beten nicht mehr hinterherkommt, zahlt er eben einem Vaterunsermännchen achtundvierzig Kreuzer, welches an seiner Stelle für ein Jahr lang die versprochenen

Rosenkränze herableiert. Dagegen hatte sich der gute Stockmayr gewehrt!«

Einige wenige nickten verstohlen, die meisten schwiegen betreten.

Die letzten Sätze hatte auch der Vetter Weber mitbekommen. »Du warst doch dein Leben lang noch nie eine Bohne wert! Nur über die Kirche herziehen, das kannst du, sonst nichts!«, schimpfte er.

»Nicht über die Lehre der Kirche, darüber hast du von mir noch nie auch nur ein ungerades Wort gehört! Aber gegen einen ausgehöhlten, verknöcherten Glauben, der sich aus Gewohnheit auf das andachtslose Herabschnurren von Gebeten beschränkt, und eine Geistlichkeit, die das noch befördert!«, entgegnete ihm Franzmichel ruhig.

»Die Wahrheit kommt von der Kanzel, woher denn soll sie sonst kommen? Vom neuen Landtag in Bregenz vielleicht oder aus deinen verdorbenen Zeitungen und Büchern?«, polterte der Weber, dem es aber jetzt sichtlich unangenehm war, auf dem Kirchplatz plötzlich mit im Mittelpunkt zu stehen. Unerwartet aber bekam er Unterstützung vom Ochsenwirt, der den Pfarrer Rüscher nicht hoch genug loben konnte.

»Wahrscheinlich habt ihr beide sogar recht!«, pflichtete nun Franzmichel höhnisch bei. »Vermutlich stammt seine Familie in pfeilgerader Folge vom Urvater Abraham ab, der ja Gottes Wort noch direkt empfangen hat! Den Beweis dafür zu erbringen, dürfte nicht allzu schwer sein!«

In dem aufkommenen Gelächter war der Vetter Weber mit einem Mal verschwunden und auch dem Ochsenwirt war nicht mehr viel an einer Fortsetzung des Diskurses hier auf dem Kirchplatz gelegen. Franzmichel erging es nicht viel anders und als er sich auf den Weiterweg hinaus nach Au machte, warf er noch einen schnellen Blick hinüber zum Pfarrhaus. Die Reihe derer, die dort zur Aufnahme in die neue Bruderschaft anstanden, war um einiges geringer, als er noch vor wenigen Minuten vermutet hätte.

Draußen in Au traf er dann auf einen gut gelaunten Schneider, dem der Humor auch nicht verging, als ihm Franzmichel seine finanzielle Bedrängnis schilderte.

»Die schönste Fähigkeit für einen Lechtaler ist halt doch die Zahlungsfähigkeit seiner Schuldner!«, lachte er dann und meinte, zu fünft müssten sie doch gemeinsam das Geld zusammenbringen, um wenigstens Nannis Erbteil ausbezahlen zu können.

»Und ich habe gedacht, du wärest der zäheste Brocken!«, antwortete Franzmichel unverblümt, worauf sein Schwager verschmitzt grinste.

»Kommt drauf an, für wen. Aber ihr beide seid uns auch nicht gleich in den Schuhen gestanden, als wir das Geld zur Gründung unserer Genossenschaft gebraucht haben!«

Damit war für ihn das Thema erledigt und auch Franzmichel, der sich auf ein längeres Hin und Her eingestellt hatte, war nun eine gewaltige Last von der Seele genommen. Verstohlen tastete er in seiner rechten Joppentasche, zog die Hand dann aber gleich wieder zurück. Der Schneider aber tat, als ob er nichts bemerkt hätte.

»Komm, gehen wir auf eine Wurst und einen Schoppen ins Rössle. Zur Feier des Tages lädt dich der Geizkragen von Schwager ein!«

Mit ein wenig Wehmut blickte Franzmichel dann hinüber zur Stübletüre und die Erinnerungen stiegen in ihm hoch an die Gesellschaften mit dem Doktor Walser, dem Kurat Stöckler, der Wirtstochter Isabell und dem Greußing, den er auch schon eine Ewigkeit nicht gesehen hatte.

»Übrigens«, riss ihn der Schneider aus seinen Gedanken, »unseren geistlichen Auer Herren scheinst du auch ein wenig Bauchweh zu machen. Jedenfalls schießen sie ihre Pfeile ab in Richtung Schoppernau. Zwar sagen sie nicht, wen sie treffen sollen, aber wer Ohren hat zu hören, der höre, und wer denken kann, der denke!«

»Wieso? Was passt denen wieder nicht?«

»Ach, natürlich die Leserei und ein paar Leute, die sich gescheiter als andere dünkten und dabei wären, den dörflichen Frieden durcheinanderzubringen.«

»Ein bisschen Unruhe schadet nicht. Auf den Friedhof kommen wir alle noch früh genug!«, ließ sich nun eine Stimme mit deutlichem Tiroler Einschlag hinter Franzmichels Rücken vernehmen. Beim Betreten der Gaststube hatten sie den ihnen unbekannten Geistlichen nur kurz gegrüßt und auch dieser hatte den Gruß nur knapp erwidert. Der Priester mochte so um die dreißig sein, trug langes gewelltes Haar, das über seine auffallend großen Ohren zurückgekämmt war. Aus seinem gleichmäßigen Gesicht blickten zwei sanfte, aber dennoch neugierige Augen. »Friedrich Herzog!«, stellte er sich mit einem knappen Lächeln vor. »Ich bin der Nachfolger von Kurat Stöckler in Rehmen.«

Franzmichel beschloss, erst einmal vorsichtshalber auf Distanz zu gehen, und nickte nur freundlich.

»Ihr seid also, wie ich dem unfreiwillig belauschten Gespräch entnommen habe, dieser Franz Michael Felder!«, schmunzelte der Geistliche dann und schob den Stuhl zurück. »Gestatten Sie, dass ich mich zu Ihnen setze?«

»Gerne«, antwortete der Schneider und machte dabei eine einladende Handbewegung.

»Einen Liter Roten auf meine Rechnung!«, wandte sich der Kurat zur Wirtin, nachdem diese die beiden Teller mit den Würsten auf den Tisch gestellt hatte. »Verzeihen Sie, wenn ich so aufdringlich bin. Aber vor einem Geistlichen haben die meisten Leute eine gewisse Scheu und Befangenheit. Deshalb lade ich mich auch meistens selber ein.«

Franzmichel musterte sein Gegenüber.

»Mich kennen Sie in dem Fall ja schon. Das ist mein Schwager Pius Moosbrugger. Aber unter diesem Namen kennt ihn kaum jemand außer vielleicht gerade noch der Gemeindediener, aber auch nur, weil der die Post bringt. Sonst ist er einfach überall der Schneider.« Er wartete, bis der Kurat Platz genommen hatte. »Haben Sie sich schon eingelebt bei uns sanftmütigen und liebreizenden Wäldern?«

»Eine Beschreibung, die vermutlich haarscharf auch auf Sie zutrifft!«, kam auflachend die Antwort. »Ich bin Südtiroler, aus Meran. Was den Sturschädel angeht, stehen wir euch Wäldern bestimmt nicht nach! Ja, mir gefällt es ganz gut hier. Sicher mache auch ich meine Fehler, aber man hat mir bisher verziehen!«, erwiderte der Kurat und sah dann Franzmichel offen und gerade an.

»Ich habe mir vorgenommen, Ihnen das zu sagen, sobald wir uns kennenlernen würden, was ja jetzt so weit ist: Ihre Ideen – sie gefallen mir nicht schlecht! Jedenfalls vom Ansatz her!«, fügte er dann noch einschränkend hinzu.

»Wenn Sie wüssten, wo ein Teil der gedanklichen Wurzeln liegt, würden Sie aber vermutlich anders darüber denken! Ferdinand Lassalle, Charles Henry Carey, Richard Cobden, Prince-Smith, Pierre Joseph Proudhon – als Uranarchist wahrscheinlich der verdammungswürdigste – ich zitiere nur: Eigentum ist Diebstahl –, Möhler, um nur einige zu nennen …«

»Fehlen wahrscheinlich nur noch Marx und Engels!«

Franzmichel schüttelte entschieden den Kopf. »Nein! Der Sozialismus ist nicht aus dem Volk gewachsen, sondern nur eine Theorie über die Unterdrückung durch das Kapital, mit der alle Leiden der armen Klassen erklärt werden sollen. Die Sozialisten behaupten, sie hätten das Mittel, alle diese Übel zu beseitigen, und appellieren an die besten und edelsten Instinkte und Gefühle im Menschen und verführen damit besonders die nach Idealen suchende Jugend. Ihr angebliches Heilmittel aber ist die dumpfe Gleichmachung aller Menschen, in der es keine Aufklärung, keine Tugenden und keine höheren geistigen Werte mehr gibt! Dazu sollten Sie vielleicht die Ausführungen von Frédéric Bastiat lesen!«

»Eigentum ist Diebstahl – das läuft doch ebenfalls auf Gleichmacherei hinaus!«

»Proudhon? Er meint damit Eigentum, das nicht selber oder zusammen erarbeitet, sondern nur ererbt, durch Ausbeutung und die Ausnutzung der Not von anderen zustande kam. Stattdessen fordert er zinsfreie Darlehen und, um eine Machtkonzentration des Geldes zu verhindern, den freiwilligen Zusammenschluss dezentraler und überschaubarer Einheiten in einem herrschaftsfreien System ohne Einmischung des Staates!«

»Das kann doch ebenso niemals funktionieren!«

»Aber es hat funktioniert!«, erklärte der Schneider. »Und zwar über Jahrhunderte lang! Jedenfalls so ähnlich!«

»Wo denn? Bei den Hottentotten vielleicht«, erwiderte der Kurat.

»Nein! Hier bei uns, bis vor nicht einmal sechzig Jahren!«, entgegnete Franzmichel und erzählte seinem staunenden Gegenüber von der alten Wälderrepublik ohne Fürsten, ohne Behörden, ohne Beamte, ohne Polizei und ohne Bezirksgericht.

»Wo Licht ist, ist auch Schatten!«, nahm er den Einwurf, der jetzt kommen musste, vorweg. »Aber das Licht für den Einzelnen schien heller und die Schatten waren kürzer. Sicher, auch damals gab es Streit und Neid, gab es Ärmere und Reichere, aber die sozialen Unterschiede waren nicht so ausgeprägt. Noch der Großvater von Jöckles Gallus, von dem wir hier nun fast alle abhängig sind, war nichts anderes als ein kleiner Bauer. Aber nach der Zerschlagung unserer Demokratie trat an Stelle des Gemeinsinns verstärkt der Eigennutz, indem nun jeder versucht, sich auf Kosten der anderen zu bereichern, und die soziale Frage stellt sich nicht nur für die Arbeiter in den Städten, sondern auch für uns kleine und inzwischen meist bis über die Ohren verschuldeten Bauern! Was Lassalle für die Arbeiter fordert, hat auch für uns Gültigkeit!«

Der Kurat Herzog hatte aufmerksam zugehört und Franzmichel erwartete nun heftigen Widerspruch, vor allem, was den Lassalle anging. Stattdessen kam aber nur eine unaufgeregte Gegenfrage: »Kennen Sie dazu auch die Schrift ›Die Arbeiterfrage und das Christentum‹ des Mainzer Bischofs Immanuel Ketteler?«

Franzmichel nickte. »Was würde es bewirken, wenn man in diesen modernen Sklavenbezirken der weißen Sklaverei, wo das arme Volk von unchristlichen Fabrikherren missbraucht wird, auf christlicher Basis eingerichtete Produktivgemeinschaften gründete?«, antwortete er aus dem Gedächtnis. »Sie sehen also, Lassalle und der Bischof liegen gar nicht so weit auseinander! Nur scheint man seine Stimme innerhalb der Kirche kaum zu hören!«

»Ich muss Ihnen recht geben, aber es ist leider so!«, antwortete der Kurat. »Der Liberalismus redet zwar von Wohlstand und Aufklärung, ist aber in der Praxis nichts als ein Deckmäntelchen für rücksichtslose Ausbeutung, Kapitalismus und pharisäisch empörte Kirchenfeindlichkeit. Ein großer Teil des Klerus sieht in ihm deshalb den erklärten Gegner, den es mit allen Mitteln zu bekämpfen gilt. Jedoch durchschaut er nicht die Zusammenhänge und arbeitet ihm so noch in die Hände. Das ist auch hier im Bregenzerwald nicht anders!«

Franzmichel sah ihn überrascht an. »Das getrauen Sie sich so offen auszusprechen?«

Der Kurat Herzog lachte leise. »Als Kurat bin ich nur Hilfspriester und somit nicht der Hierarchie der hiesigen Geistlichkeit unterstellt. Rechenschaft bin ich nur dem Bischof schuldig.«

»Jöckles Gallus hat auch eine Zeit lang mit den Liberalen sympathisiert, sich dann aber doch wieder auf die Seite der Ultramontanen geschlagen. So hat er auch die Pfarrer hinter sich, die das Ihre tun, um seinen Besitz ungestört auch auf unsere Kosten zu mehren.«

»Sehen Sie?«, erwiderte der Kurat.

Franzmichel deutete mit einer leichten Kopfbewegung auf seinen Schwager. »Fünf der Moosbrugger-Geschwister haben sich auf Anregung ihres Bruders Kaspar zusammengetan und haben als hoffentlich nachahmenswertes Beispiel die erste Familiengenossenschaft im Land gegründet.«

»Ich habe davon reden gehört. Der Bruder – der ist doch dieser Gerichtsadjunkt?«

»In Bludenz. Dazu überzeugter Lassallianer und Verfechter des Freiheitskampfes der Ungarn gegen die Bevormundung durch die staatliche Bürokratie!«

»Als Beamter?«, fragte der Kurat nun doch ein wenig erstaunt.

»Ja! Er hofft fast schon inbrünstig, dass das Beamtentum auch bei uns zusammengestutzt und, wenn es nach ihm ginge, gleich so gut wie ganz hinweggefegt würde!«

»Und er selber?«

Der Schneider lachte. »Dann würde er halt Käshändler oder sonst etwas, sagt er, und hätte dann genug Zeit, um für die Rechte des Volkes zu streiten.«

59

Am Katharinentag hatte Franzmichel den Schwarz ausbezahlt und beim Dengel die aufgelaufenen Zinsen mitsamt den noch übrigen vom vergangenen Jahr beglichen. Der Stadel auf der Bergwiese drinnen im Auenfeld stand kurz vor dem Zusammenfallen und sollte dringend durch einen neuen ersetzt werden. Aber ob dazu noch das restliche Geld aus Nannis Erbschaft reichen würde, würde sich erst noch zeigen müssen. Wie es aussah, musste auch heuer wie schon im letzen Winter wieder Heu zugekauft werden: Auf einen heißen Vorsommer war ein ungewöhnlich kalter und rauer August gefolgt, den selbst der warme September nicht mehr wettmachen konnte. Auch der Verkauf von einer oder gar zweien der Kühe wäre kein Ausweg gewesen, da durch den bevorstehenden Futtermangel besonders die kleineren Bauern versuchten, einen Teil ihrer Tiere noch rechtzeitig aus den Ställen zu bringen. Folglich waren die Viehpreise auf dem Schwarzenberger Markt bis auf die Hälfte gefallen. Zudem hatte der Schrannenbach im Frühjahr einen Teil des Ortes vermurt, aber auch die Wehranlagen an der Ache und am Bettlerbach waren in einem desolaten Zustand. Diesmal jedoch sollten die Kosten nicht wie vor fünfzig Jahren die jeweiligen Ortsteile tragen, sondern alle gemeinsam. Der Streit wogte schon seit geraumer Zeit hin und her und Franzmichel, der um einen Ausgleich bemüht war, kam gerade vom Vorsteher, als er in der Stube daheim den Natter antraf, der sich trotz der beiden lärmenden Buben in »Don Quichotte« vertieft hatte.

»Ich ertrage es nicht mehr!«, brach es unvermittelt aus dem Jüngeren heraus. »Ich bin doch nicht dem Vormund sein Fußabstreifer. Behandelt werde ich wie der letzte Dreck, mein bisschen Verdienst fordert er mir fast bis zum letzten Kreuzer ab und hält mir von Morgen bis Abend vor, was für ein Nichtsnutz ich sei und froh sein dürfte ob seiner Gutmütigkeit. Jedes Stückchen Brot missgönnt er mir!«

»Und, was willst du jetzt tun?«

»Verschwinden!«, antwortete der Josef hitzig. »Am liebsten jetzt und sofort auf der Stelle! Nur weg und hinaus in die Fremde, wo die Luft nicht so giftig ist wie daheim!«

Franzmichel gab ihm keine Antwort, sondern trat zum Spiegel, hinter dem er ein Kuvert hervorzog. »Ein Brief vom Uhrenmacher, dem Seppel. Aus Arcachon, ist gestern gekommen. Lies!«

Unsicher nahm der Natter den Umschlag entgegen und öffnete ihn. Es war ein nur kurzes Schreiben. Aber aus den Zeilen sprang so viel Bitternis, Verzweiflung und Heimweh, dass der Josef heftig schlucken musste.

»Der Seppel hat es da draußen zu nichts gebracht. Jetzt würde er gerne zurückkommen, aber der Gedanke, das seinen Angehörigen einzugestehen, von denen er seit zwei Jahren kein gotziges Wort mehr gehört hat, erscheint ihm so fürchterlich, dass er lieber bereit ist, einsam und verloren seinem Untergang entgegenzublicken. Der Seppel hat viel gesehen und erlebt, hat mehr Lebenserfahrung als du, ist trotzdem nicht auf die Füße gekommen und sitzt gottverlassen und mit leerem Magen in einer winzigen Uhrenmacherwerkstatt in Frankreich am Meer!«

»Wer nichts wagt, der nichts gewinnt!«, erwiderte der Josef trotzig und es bedurfte mühseligen Zuredens, um ihn von seinem Vorhaben abzubringen.

Franzmichel begab sich nach oben in sein Studierzimmer, um den Brief zu beantworten, ehe er wieder in den Stall musste.

Nach dem Melken schulterte Franzmichel seine Milchbutte und trug sie zur Sennerei. Wer dort seine Milch bereits schon abgeliefert hatte, sah nicht wie früher gleich wieder zu, möglichst schnell nach Hause zu kommen, sondern suchte sich rechtzeitig einen Platz zu sichern, auf dem es sich für ein, zwei oder gar drei Stunden halbwegs kommod aushalten ließ. Wer keinen mehr auf einer der Abstellbänke oder Stiege ergatterte, setzte sich auf einen umgedrehten Kübel oder fand eine andere Sitzgelegenheit wie der Berlinger, der einfach ein Brett ins Feuerloch spannte und sich daraufhockte. Nicht nur die Bauern blieben fast jeden Abend in der Sennhütte, während daheim zum Leidwesen der Ehefrauen auf dem Tisch die Kartoffeln kalt und schrumpelig wurden, sondern auch eine Reihe Handwerker kamen und sie alle wollten hören, was Jaukos Franzmichel zu sagen hatte. Der hatte sich den Sommer über eingehend mit dem Genossenschaftsgedanken befasst, alles gelesen, was er nur bekommen konnte, und sich eingehend mit seinem Freund und Schwager Kaspar beraten, was die rechtlichen Seiten anbetraf. Jeden Abend flogen nun die Fragen hin und her, Einwände und Bedenken wurden vorgetragen, die aber Franzmichel in seinen weitum berühmten zerlöcherten Hosen oftmals mit wenigen Sätzen entkräftete. Selbst diejenigen, die ihm nicht gerade wohlgesonnen waren, lärmten nicht nur einfach dagegen, sondern ließen ihn respektvoll ausreden. Sogar Musers Willi, der sonst überall dabei war, wenn es etwas gab, das gegen Franzmichel ging, fand nur selten Vordenker und war dazu verurteilt, stumm und mit zerknittertem Gesicht auf einem Milchkübel zu sitzen.

Mit jedem Abend aber wurde Franzmichel stolzer auf seine Landsleute, die doch nicht alle eigensüchtige und nichts denkende Bauern waren, sondern durchaus begeisterungsfähige, jeden Satz auch in Bezug auf das Gemeinwohl überlegende Mitmenschen, deren Antworten und Fragen oft so verblüffende Perspektiven eröffneten, an die weder er noch der Kaspar jemals gedacht hatten. Wie in einer großen Familie kam er sich vor und er genoss die Wärme, zu der sie alle allein ein gemeinsamer Gedanke befähigte.

Auch dem Hochwürden Rüscher blieben die Zusammenkünfte im Sennhaus nicht lange verborgen und sie gefielen ihm ganz und gar nicht, was er im »Ochsen«, der inzwischen seine bevorzugte Wirtschaft geworden war und mit dessen Besitzer er sich ausnehmend gut verstand, in kleinem Kreis auch zum Ausdruck brachte.

»Fast in alle Häuser, wo ich am Abend hinkomme, heißt es, der Mann hocke in der Sennerei, wo der Felder von Völkern und Fürsten, von Not und Mitteln dagegen, von Zünften, Handelsgesellschaften, Genossenschaften, Vereinen und weiß Gott noch was alles predigt!«

Zwei Sonntage darauf aber stand er auf der Kanzel und verkündete seiner überraschten Kirchengemeinde die Einführung einer neuen Kongregation, nämlich der Franziskus-Seraficus-Schwestern vom dritten Orden des heiligen Franziskus, der sich besonders um die häusliche Krankenpflege kümmern sollte. Als er jedoch in die Gesichter schaute, sah er in die unwilligen Mienen einer großen Anzahl seiner Pfarrkinder.

»Das geht zwar nur die Weiber an, aber jetzt langt's trotzdem!«, knurrte der Kleinseffler unwillig. Auch auf der Frauenseite begann es unruhig zu werden und dem Hochwürden wurde augenscheinlich erst jetzt bewusst, dass zwei Kongregationen in nur einem Jahr auch die Gutwilligsten überforderten. Aber er hatte nun damit angefangen und ein Zurück gab es nicht mehr.

»Meine lieben frommen Schwestern«, hob er an, »die Einführung dieses löblichen Ordens geht auf eine Anregung der Bezauer Kapuziner zurück. Ich sage dies nicht gerne, aber ich habe euch zuliebe die Sache übernommen, sonst hätten es die Kapuziner selber gemacht. Außerdem hätte es mich in ein schlechtes Licht gestellt, wenn man dazu auswärtige Geistliche braucht, weil es der eigene Pfarrer nicht zuwege bringt!« Nach einer kurzen Pause ließ der Pfarrer seine wahren Beweggründe durchblicken. »Es wäre mir nicht recht, meine herzlieben Pfarrkinder, wenn man von da draußen die Gemeinde in den Sack bekommen und sie beherrschen täte!«

Aber die Mienen unter ihm blickten nicht freundlicher, im Gegenteil. Auch diesem dämmerte jetzt, was er da gerade dem versammelten Kirchenvolk preisgegeben hatte, und er versuchte krampfhaft, dem Ganzen noch eine andere Wendung zu geben, machte damit aber alles nur noch schlimmer. »Als Priester muss ich in der Gesinnung natürlich dafür sein, obwohl ich tatsächlich dagegen bin!«

»Was nun?«, fragte sich mehr als nur eine der Frauen. »Soll ich jetzt diesem Orden beitreten oder doch nicht?«

Auf dem Heimweg meinte Nanni, so viel Einfalt hätte sie dem Rüscher nicht zugetraut, offen zu verkünden, der eigentliche Zweck des Ordens sei der, die Gemeinde in seinen Sack zu bringen. »Ein Orden eigens für die Krankenpflege ist so überflüssig wie ein Kropf. Dafür haben wir die Familien, die Verwandtschaft und die Nachbarn!«

»Aber so lässt es sich natürlich gut in den Häusern herumschnüffeln!«, erwiderte Franzmichel. »Ich bin nur gespannt, wie viele nach dieser Einführung dem Seraficus-Orden beitreten!«

»Brosirgles Rosa, Stacklers Isabell, Nagelschmieds Theresle, Müllers Mariele, Jägers Mariann ...«, zählte Nanni auf.

»Die springen auch vom Kirchturm, wenn es der Pfarrer befiehlt.«

Am 5. Februar 1866 heirateten Baltassos Sepp und Willams Mariekathrin. Der Sepp war mit Franzmichel zur Schule gegangen und galt als einer der eifrigsten Befürworter und Verfechter der geplanten Genossenschaft. Dieser hatte Franzmichel gebeten, doch beim Mahl den Abdanker zu machen, und auch fast die ganzen Sennhäusler zu ihrer Hochzeit eingeladen. Franzmichel wollte diesem

Umstand Rechnung tragen, gedachte, die Rede nicht wie inzwischen oft frei, sondern in wohlgesetzten Worten und durchaus mit Bezug auf ihr gemeinsames Vorhaben zu halten. Abendelang hatte er an ihr herumgefeilt, war damit aber nie zufrieden und schrieb selbst noch an ihr herum, während die Gesellschaft schon längst fröhlich beisammen in der Wirtschaft vor vollen Tellern und gefüllten Gläsern saß. Erst als Nanni ihn immer drängender ermahnte, es würde langsam Zeit, machte er sich auf den Weg und kam gerade noch rechtzeitig, bevor das Geschirr wieder abgeräumt wurde.

»Was will denn der Felder hier?«, fragte der Hochwürden überrascht, als Franzmichel die Gaststube betrat.

»Er ist unser Abdanker!«, gab der Sepp zur Antwort, worauf der Pfarrer nur »Meinentwegen!« brummte, ohne ein weiteres Wort aufstand und mit geraffter Soutane aus der Stube verschwand.

»Was soll das bedeuten?«, fragte die Braut, die aus Au stammte und dachte, das sei vielleicht so ein ihr unbekannter Schoppernauer Brauch. Aber der Bräutigam zuckte nur die Schultern und maß wie auch fast alle der Gesellschaft dem plötzlichen Aufbruch des Hochwürden keine besondere Bedeutung bei. Einer der Trauzeugen schlug mit dem Messer an sein Weinglas, worauf beinahe augenblicklich die Gespräche verstummten und sich alle Augen auf Franzmichel richteten. Dieser sprach von der Weisheit Gottes schon im Anfang, der Mann und Frau geschaffen hatte, weil es nicht gut sei, dass der Mensch alleine sei, kam auf die Familie als Grundlage der Gesittung und Vorbild des Staates, leitete über zur Familie und der Bestimmung einer Gesellschaft, die da wie dort füreinander einstünde, die Mühen des Lebens erleichterte und versüßte, sich gemeinsam frohe Tage machte, indem sie durch ihre vereinten Kräfte das erreichte, was dem Einzelnen unmöglich war, und wie aus der Geselligkeit eine neue Schöpfung empor blühte. Lang anhaltender Beifall kam auf und immer wieder wurde Franzmichel versichert, das sei die schönste und erhebendste Abdankungsrede gewesen, die sie bisher gehört hätten.

»Dann legt nur auch genug Geld in den Korb!«, entgegnete dieser, als der Hochwürden unerwartet wieder im Türrahmen erschien.

Missbilligend blickte er um sich und seine Mundwinkel hingen abschätzig nach unten.

»Das war jetzt eine Rede, die kein Bauer versteht und auch verstehen kann. Viel zu hoch und verkompliziert ...«

Hinter seinem Rücken erschien nun der Wirt, hielt die flache Hand an sein Ohr und deutete auf die Wand zum Nebenzimmer. Demnach hatte der Hochwürden sich in das dunkle Stübchen geschlichen und dort gelauscht.

Mit zunehmender Erregung sprach nun der Pfarrer Rüscher auf die Anwesenden ein, die jedoch nicht mit ihm übereinstimmen wollten und starrhalsig behaupteten, sie hätten Franzmichels Rede sehr wohl verstanden und sie sei nicht zu hoch, sondern mitreißend und einfach zu verstehen gewesen.

So unauffällig es eben ging, verdrückten sich die Gäste nach oben auf den Tanzboden, und der Berlinger war dabei, einen humorigen Trinkspruch auf das Paar anzubringen, als auf der Treppe das laute Poltern von genagelten Schuhen zu vernehmen war. Mit einem Ruck flog die Türe auf und mit schweißnass verklebten Haaren stürmte Jochums Franz herein. Keuchend stand dieser im Raum, bekam kaum noch Luft, der Berlinger unterbrach seine Rede und starrte erschrocken wie alle anderen auf den nach Atem ringenden Burschen.

»Auf der Üntsche ... am Häfner Joch ... der Stieg Adam ... und Peters Sattlers Dokus ...«, stieß er dann hervor und alle wussten auch ohne Erklärung, was das scheinbar unzusammenhängende Gestammel zu bedeuten hatte.

»Leben sie noch?«, »Wo genau?«, Wie ist das passiert?«, Wer ist noch oben?«, ging es nun wirr durcheinander.

»Lasst den Franz erst einmal ausschnaufen!«, rief der Sealmus dazwischen.

»Am Häfner Joch ... die große Wechte ist abgebrochen ...«, keuchte dieser.

Dem Franz stand der Schrecken immer noch im Gesicht, während er schilderte, wie er seinen Heuschlitten den anderen voraus über den etwa zehn Fuß breiten Grat gezogen hatte, als er einen dumpfen Knall hörte und noch im Umwenden hinter sich in einiger Entfernung nur noch Muxels Anton sah. Die weit ausladende

Wechte zwischen ihnen war weg, in der Luft lag ein gewaltiges Rauschen und Poltern, unter ihnen verschwanden die beiden Schlitten und Franz glaubte noch einen lauten Schrei von einem der beiden Männer gehört zu haben.

»Der Anton und ich haben alles liegen und stehen lassen und sind gleich hinunter. Aber weder den Adam noch den Dokus haben wir gefunden. Der Anton ist noch oben und sucht weiter, aber der Lawinenkegel ist ziemlich hoch. Wir brauchen Stangen, Schaufeln, Decken und zwei Schlitten!«

Bald darauf zogen über zwanzig Männer schweigend über die steilen Abhänge des Üntschen dem Häfnerjoch zu. Auf der gegenüberliegenden Talseite knallte es, worauf alle stehen blieben und der Lawine zusahen, die sich wie ein Schleier hinab in einen der Tobel verrieselte. Am Fuß des hoch aufgeschütteten Lawinenkegels erblickten sie dann den Anton, der immer wieder seine umgedrehte Heugabel in den verpressten Schnee zu rammen versuchte.

»Hier irgendwo müssten sie liegen!«, rief dieser dann.

Kaum aber waren sie bei ihm angekommen, hörte es sich wieder an wie ein Gewehrschuss und schräg über ihnen, wenn auch in einiger Entfernung, setzte sich eine weiße Fläche erst noch langsam, dann immer schneller werdend in Bewegung.

»Verschwinden wir hier! Es ist heute zu gefährlich und lebendig holen wir sie sowieso nicht mehr heraus!«, sagte der Greber und blickte misstrauisch hinauf zum Rest der Wechte, der immer noch wie die ausgezackten Ränder eines zerbrochenen Tellers bedrohlich über ihren Köpfen oben am Grat hing.

Am nächsten Tag war es wieder kälter geworden und fünfunddreißig Männer aus Schoppernau und Au suchten wieder unterhalb des Häfner Joches nach den Verschütteten. Am Morgen darauf verkündete der Pfarrer zum Schluss des Gottesdienstes, die beiden Jünglinge Jodok Moosbrugger und Adam Kohler aus Au seien tot geborgen worden und hätten wahrscheinlich noch einige Zeit gelebt, da auch der Doktor keine äußeren Verletzungen habe feststellen können.

»Das Ausländisch-Lernen zum Auswandern nach Amerika hätte sich der Dokus in dem Fall sparen können!«, meinte nachher auf dem Kirchplatz der alte Lorinsler in der ihm eigenen trockenen Art.

Selbstverständlich gingen auch Franzmichel und Nanni am folgenden Abend hinaus nach Au zum Seelenrosenkranz für die beiden Vettern und am übernächsten Tag zu deren Beerdigung.

Auch dort wurde er dann während des Totenmahles immer wieder auf Käshandels-Genossenschaften angesprochen und der Jok, der inzwischen mit einer Tannbergerin verheiratet war, wusste zu berichten, dass ebenso bei ihnen oben darüber geredet würde.

Am nächsten Sonntag war dann aber nach der Messe nicht, wie es zu erwarten gewesen wäre, das Lawinenunglück das Hauptgespräch, sondern die Predigt des Pfarrers. Vom Blinden am Wege hatte er gesprochen, jedoch nicht nach dem Lukas-Evangelium, da stand etwas ganz anderes, sondern nach seiner eigenen Auslegung, und jeder hatte gewusst, dass mit dem Blinden der Franzmichel gemeint war. Wer das immer noch nicht begriffen haben sollte, dem hielt er dann einen hochmütigen und durch und durch gottlosen Dichter unter die Nase, der Voltaire geheißen habe und welcher seinen Worten nach ein ziemlich übler Falott gewesen sein musste.

Schon beim Verlassen der Kirche sahen Franzmichel einige Frauen fast ängstlich, aber dennoch mit böse funkelnden Augen an und er wäre nicht sonderlich verwundert gewesen, wenn sie auch noch das Kreuzzeichen vor ihm geschlagen hätten. Die einzige Erleichterung für ihn bestand darin, heute mit Nanni zur Messe gegangen zu sein und nicht mit der Mutter, die bei den Kindern geblieben war. Den ganzen Sonntag wäre sie ihm in den Ohren gelegen, welche Schande es sei, den eigenen Buben so von der Kanzel verkündet hören zu müssen.

Nanni und er trachteten nach dem Grabbesuch möglichst schnell nach Hause zu kommen.

»Wie kann ein Priester so abgrundtief erbärmlich sein?«, sagte sie niedergedrückt.

»Das Rüscherle ist nicht nur dumm, sondern auch eitel und machtgierig. Seine Person geht ihm über alles. In mir sieht er einen Rivalen, der ihm auf dem Weg zu seinem Ziel, die Gemeinde in den Sack zu stecken, in die Quere kommen könnte.«

Schweigend schritten sie nebeneinander her und Franzmichels Blick ging hinüber zu Nannis Bauch, der sich kugelig über ihrer gefälteten schwarzen Juppe bauschte.

»Dem Kaspar werde ich heute Nachmittag schreiben, dass wir ihn bald wieder als Götte brauchen!«

»Tu das!«, lächelte sie. »So kommt man wieder auf andere Gedanken. Dann kannst du ihm aber auch gleich schreiben, dass bei Haghansomatis bald wieder eine Hochzeit ins Haus stehen dürfte!«

Franzmichel hielt verwundert kurz inne. »Wer denn?«

Nanni warf den Kopf zurück und kicherte. »Männer! Ist dir draußen in Au nicht aufgefallen, wie wild der Schneider mit Schreiners Marie karessiert?«

»Jetzt, wo du es sagst!« Manchmal hat sogar ein Rüscher nicht ganz unrecht, wenn er vom Blinden am Weg predigt!«

Am Nachmittag, Franzmichel war gerade dabei, wieder an seinem »Dorffreimaurer« ein Stückchen weiter zu kommen, dröhnte über die Stiege herauf das laute Poltern von Holzschuhen. Ohne anzuklopfen kam der Natter hereingestürmt und ließ sich in einen Sessel plumpsen. »Der Rüscher hat wieder eine Predigt gehalten! Seit er bei uns Pfarrer ist, gibt es ja jetzt nicht nur am Sonntagvormittag eine, sondern noch eine zusätzliche am Nachmittag. Die am Vormittag hast du ja selber gehört, aber am Nachmittag hat er wieder in die gleiche Kerbe gehauen. Diesmal ist er aber noch weiter gegangen!«

Franzmichel sah ihn gespannt an. »Erzähle!«

»Das hat sich gewaschen gehabt! Die Sozialisten und die Kommunisten seien es gewesen während der Französischen Revolution, denen nichts mehr heilig war, die Kirchen hätten sie ausgeraubt und geplündert und anstatt dem Herrgott ein verkommenes Weib auf den Altar gesetzt. Jetzt träten auch in Schoppernau besonders in der Oberdorfer Sennhütte wieder solche Gesellschäftler auf, aber man wisse schon, was diese wollten, und am Beispiel der Französischen Revolution könne man sehen, was man von ihnen zu erwarten habe.«

»Er schadet sich nur selbst!«, kam die gelassene Antwort nach einer Weile. »Die Leute, die auf seiner Seite stehen, gönne ich ihm jeden Einzelnen von ganzem Herzen!«

»Willst du dir denn das gefallen lassen?«, fuhr der Natter heißblütig auf.

»Oft kann er mich nicht mehr auf die Kanzel bringen, sonst macht er sich lächerlich. Zudem werden wir in der Sennerei immer mehr und die Unterdörfler wissen jetzt auch, woher der Wind weht!«

Langsam beruhigte sich der Josef wieder. »Ich bräuchte etwas zum Lesen. Lessing – ›Der Freigeist‹. Kann ich den haben?«

»Er steht da drüben!«, deutete Franzmichel zum Bücherregal an der Stirnseite. »Nimm ihn mit!«

Unter der Türe blieb Josef kurz stehen. »Ich habe es mir gründlich überlegt!«, sagte er dann. »Mir wird es zu eng. Sobald es wieder ein wenig wärmer ist, bin ich über alle Berge!«

Als Franzmichel seinen Blick sah, wusste er, dass es sinnlos war, ihn noch einmal umstimmen zu wollen.

60

Mitte April hatte der Natter Ernst gemacht und war aus dem Tal verschwunden. Franzmichels »Dorffreimaurer« näherte sich dem letzten Kapitel, jedoch erschien ihm der Titel dann doch als ein wenig zu provokant und er benannte sein Werk um in »Sonderlinge«. Im Mai hatte er dem Professor Hildebrand in Leipzig das Manuskript auf dessen Wunsch hin zugesandt und dieser war davon so begeistert, dass er sich unverzüglich erbot, nach einem guten Verleger Ausschau zu halten.

Aber wieder einmal rasselten draußen in der Welt die Säbel, in Bezau mussten wieder die Spielbuben ihr Los ziehen und es kam beinahe so, wie es Franzmichel vorhergesehen hatte: Der Zankapfel hieß tatsächlich Schleswig-Holstein. Im Grunde ging es schon lange her und hin um die Vorherrschaft der im Deutschen Bund zusammengeschlossenen Länder, deren mächtigste Österreich und Preußen waren. Nach dem gemeinsamen Sieg über Dänemark hatte Preußen die Verwaltung von Schleswig und Österreich die von Holstein zugesprochen bekommen. Die Österreicher aber wollten die Eigenständigkeit der Herzogtümer aufrechterhalten, Preußen jedoch bestand auf einer Eingliederung als Provinz in die eigenen Staatsgebiete. Um einen Bruderkrieg zu vermeiden, verwiesen die Österreicher die Streitfrage an das gesamtdeutsche Parlament in Frankfurt, was wiederum Bismarck als Vertragsbruch auslegte und mit dem Einmarsch der preußischen Truppen in Holstein drohte. In der Folge des schwelenden Streites wurde auch der Postverkehr zunehmend stockender und die Ankunft des letzten Briefes aus Leipzig lag schon einige Zeit zurück. Auch Professor Hildebrand äußerte darin seine Besorgnis um Deutschland. Die Leute, schrieb er, dächten nur noch von Tag zu Tag, die Geschäfte stünden still, überall würden Arbeiter entlassen und das Vertrauen in den Handel sei rapide am Schwinden, wodurch er in der derzeitigen Lage auch für die »Sonderlinge« keine große Chance sähe. Aufmunternd hatte er noch hinzugefügt, er habe dem berühmten Gustav Freytag von ihm erzählt und diesem seine Briefe vorgelesen, der seinen Werdegang eines vom so gut wie von jeder Bildungsmöglichkeit abgeschnittenen Bauernjungen in einem abgeschiedenen Gebirgstal für kaum glaublich halte, und gab dann noch der Hoffnung Ausdruck, dass letztendlich doch die Vernunft siegen und nicht Deutsche gegen Deutsche in den Krieg ziehen würden.

In Franzmichels Studierzimmerchen war an den meisten Abenden kaum noch ein Platz zu bekommen. Dicht gedrängt saßen und standen die Bauern um ihn herum, um die neuesten Nachrichten aus seinen Zeitungen zu erfahren, aber auch, um sich nach dem Stand der Käsereigesellschaft zu erkundigen. Zur Verlesung des Statutenentwurfes im »Löwen« waren dann am Donnerstag an die vierzig Männer erschienen, die ihn unverzüglich nach Bezau zum Anton Ratz, dem Kästone, schicken wollten, nachdem bei den Verhandlungen mit dem Gallus außer Beschimpfungen und Drohungen nichts herausgekommen war.

Langsam, um dem Ratz genügend Zeit zum Nachdenken zu lassen, las ihm Franzmichel die vorläufigen Statuten vor, während der Kästone bestätigend nickte, leicht den Kopf schüttelte und sich mit einem Bleistift Notizen machte. Am Ende hatte er nur weniges auszusetzen, meinte nur, seine Entlohnung müsste vorher festgelegt werden und querulante Mitglieder sollten mit einer Dreiviertelmehrheit ausgeschlossen werden können.

»Geld für die Genossenschaft ist leicht aufzutreiben. Ich selbst könnte zwanzig- oder dreißigtausend Gulden vorstrecken!«, bot er dann an.

»Ich muss vorher mit ein paar anderen Leuten reden!«, antwortete Franzmichel ausweichend, obwohl es verlockend schien, und suchte dann den Bezauer Vorsteher auf. Vom Feuerstein Josef hieß es, er sei ein ziemlich fähiger Kopf, der sich auch in komplizierteren Sachverhalten durchfände, und der Kaspar hatte ihm empfohlen, ihr vorläufiges Regelwerk nochmals von einer unabhängigen Person begutachten zu lassen.

Auch dieser hatte nichts zu bemängeln. »Das gefällt mir alles sehr gut!«, meinte er. »Was Bezau anbelangt, so könnt ihr mit mir rechnen und ich werde noch heute mit ein paar Leuten reden.« Der Feuerstein stand auf und trat ans Fenster. »Der Ratz übernimmt den Vertrieb. Gut! Er hat viele Verbindungen, auch wenn er in letzter Zeit hat Federn lassen müssen. Was mir aber nicht gefällt, ist seine Rolle als Kreditgeber, damit macht ihr euch schon wieder abhängig! Besser wäre es, wenn ihr ganz auf eigenen Füßen stündet!«

»Das macht das Vorhaben natürlich um einiges schwieriger. Du weißt ja selber, wie es mit dem Geld ausschaut im Tal!«, erwiderte Franzmichel und lachte dann. »Der Verlust am Papiergeld durch die Inflation ist wenigstens bei uns gering, weil man eh keines hat.«

Der Feuerstein hatte recht, aber die Leute wollten sehen, dass etwas vorwärtsging. Wie sollte eine Gemeinschaft von hauptsächlichen Habenichtsen das Gründungskapital zusammenbekommen? Den ganzen langen Heimweg nach Schoppernau zermarterte er sich das Gehirn, doch eine Lösung wollte ihm nicht einfallen.

Im Unterdorf begegnete ihm der Ortsvorsteher Albrecht. Franzmichel erzählte ihm sogleich, dass nun auch der Ratz mit dabei sei, worauf sich der Anselm an seinem markanten Kopf kratzte.

»Eine Reihe von den Unterdörflern waren ja auch schon oben bei euch in der Sennerei. Vielleicht wäre ein Vortrag ganz sinnvoll, bei dem auch die Frauen dabei sein könnten. Wäre das zu machen? Ich will zusehen, auch alle Gemeinderäte hinzubekommen!«

»Selbstverständlich!«

»Montag am Abend, in der ›Krone‹?«

Am Montagabend war die Gaststube bis auf den letzten Platz besetzt, auch der Pfarrer Rüscher hatte sich eingefunden. Seit den beiden Predigten hatte er von der Kanzel aus kein Wort mehr gegen Franzmichel verlauten lassen, dafür aber war er mit seinen Betschwestern vom dritten Orden im Gefolge durch die Häuser gezogen. Mit dem Ochsenwirt saß er ganz hinten in der Ecke und diskutierte eifrig, ob Österreich vielleicht aus Deutschland austreten sollte.

Fast mit einem Schlag wurde es ruhig, als der Vorsteher in die Hände klatschte und ohne lange Einleitung Franzmichel das Wort erteilte. Dieser sprach wieder vom alten Wälder Gemeinsinn, vom Zusammenstehen, von Abhängigkeiten und Freiheit, vom Nutzen für alle und nicht nur für einige wenige, und seine Begeisterung trug bald auch die Unterdörfler und die nach Schoppernau gekommenen Auer. Der Einzige, der immer wieder dazwischenschrie, war der Ochsenwirt, was selbst denen, die nicht auf Franzmichels Seite waren, zunehmend zuwider wurde.

»Wahrscheinlich hat ihn der Gallus zum Stören angestiftet. Schließlich ist er ein Vetter von ihm«, brummte Hopas Lebold unwillig seinem Nachbarn zu.

Franzmichel hob die Hand und bat nochmals um Ruhe. »Ein Punkt ist da noch – und zwar ein wesentlicher, nämlich das Gründungskapital. Ich habe mir den Kopf zerbrochen und ein gangbarer Weg scheint mir, wenn sich einige Kapitalgeber zusammentun würden!«

Aber dieser Vorschlag stieß auf den Widerstand vom Vorsteher, der dafür plädierte, die benötigte Summe eben anzusparen, und der Anton Willam von Au, wegen seiner krausen Haare »Krusobub« genannt, schlug eine festverzinsliche Einlage vor, mit der für jedes Mitglied gleichzeitig ein Grundstock zur Eigenkapitalbildung geschaffen würde. Wie zu erwarten, drehte sich die Diskussion im Kreis, bis die Ehefrau eines Unterdörflers auf eine geradezu geniale Idee verfiel. »Die Käsgesellschaft wäre gut und man sollte sie möglichst bald gründen. Viel zu lange haben wir schon auf so etwas gewartet, das stimmt schon!« Dann hob sie mahnend den Zeigefinger. »Aber«, sagte sie dann, »gewiss ist nichts! Vielleicht sollten wir alle abwarten, wie sich die Genossenschaft überhaupt entwickelt, bevor wir ihr beitreten!«

»Ja! Genau das machen wir!«, lachte der Sealmus. »Wir wollen eine Eisenbahn nach Bregenz. Aber bevor wir sie bauen, würden wir schon gerne wenigstens einmal vorher mit ihr fahren!«

Obwohl sie schlussendlich zu keiner Lösung kamen, konnte Franzmichel mit dem Ergebnis zufrieden sein. Vor allem der Vorschlag vom Krusobuben mit der Eigenkapitalbildung war eine Überlegung wert. Späte Nacht war es geworden, als er nach Hause kam, und Nanni war schon längst zu Bett gegangen. Auf dem Tisch in der Stube lag in ihrer fein geschwungenen Schrift eine Kopie zu seiner Sammlung für das Bregenzerwälder Wörterbuch, die sie noch für ihn abgeschrieben hatte. Seit fünf Uhr früh war er nun auf den Beinen und eigentlich zum Umfallen müde. Trotzdem konnte er sich nicht entschließen, ins Gaden zu gehen, ohne nicht vorher noch einen wenigstens kurzen Blick in die Zeitung zu werfen.

Der Einmarsch der Preußen in Holstein sei so geschickt verlaufen, dass ein Zusammenstoß habe vermieden werden können, und die Österreicher hätten friedlich die Garnison geräumt, während die preußischen Brüder zum Abschied feierlich die österreichische Hymne angestimmt hätten, stand da. Vielleicht würden sich die Wolken doch noch verziehen und der gemeinsame Himmel über den deutschen Völkern wieder aufklaren.

Franzmichel löschte das Licht, schlich auf Zehenspitzen ins Gaden und lauschte mit warmem Herzen Nannis gleichmäßigen Atemzügen, ehe auch ihm die Augen zufielen.

Es war ein grauer, nebelverhangener Tag, als sich Franzmichel mit seiner mit Brettern und ein paar Balken beladenen Buckelkraxe aufmachte hinein ins Auenfeld.

Steil und eng zog sich der miserable Karrenweg hinauf nach Schröcken und trotz des frischen Windes lief der Schweiß in Bächen und brannte in den Augen. Aufatmend setzte er endlich seine schwere Last auf der Treppe zum Wirtshaus ab und rieb sich die Schultern, in die sich die Lederriemen trotz der untergelegten alten Hemden schmerzhaft eingegraben hatten. Da und dort lagen noch Haufen verkohlter Balken und geborstene, rußversengte Steine. Aber fast der ganze Ort war inzwischen wieder neu aufgebaut. Der »Ochsen« war das einzige Wirtshaus im stundenlangen Umkreis und der wohlhabende Fiedler hatte es seiner Bedeutung gemäß sowohl für die Einheimischen als auch die Durchreisenden wieder errichtet. Noch frisch nach Zirbenholz roch es schon im Hausgang, die Decke der Gaststube war höher und auch die Fenster größer als früher. Der Fiedler war ein stattlicher Mann um die vierzig, trug einen großen Vollbart, dem es allerdings noch um einiges zur Mächtigkeit der Barttracht eines Gerichtsadjunkten Kaspar Moosbrugger in Bludenz fehlte. Als alleiniger Wirt weitum erfuhr der Fiedler mehr als die übrigen Dörfler zusammengenommen, zudem war er so ziemlich der Einzige am ganzen Tannberg, der sich auch eine Zeitung hielt und darüber hinaus noch eine Anzahl von nicht unbedingt nur vom Pfarrer empfohlenen Büchern besaß.

»Hansanton, ich muss mit dir reden!«, sagte Franzmichel am großen Tisch in der Stube. »Mein Schwager, der Jok, will in diesem Sommer nicht mehr nur für sich allein, sondern gleichzeitig mit für andere Bauern auf eigene Rechnung sennen. Auf die Dauer ist das keine Lösung, dass einer alleine das Risiko trägt. Wir brauchen Kapital zu einer Gesellschaftsgründung!«

Nun schilderte Franzmichel die verschiedenen Lösungsvorschläge und dass der Feuerstein aus Bezau noch einen anderen Gedanken eingebracht habe, nämlich die Gründung eines Konsum- oder eines Sparvereines, gedacht als Vorstufe für eine Genossenschaft.

»Aber ich bin ehrlich gesagt dagegen. Dem Arbeiter wie dem Bauern muss in den für seine Existenz wichtigen Grundlagen geholfen werden und nicht als Konsumenten! Ein Konsument kann zwar über einen Verein vielleicht seinen Kaffee billiger kaufen, aber dabei gibt er nur Geld aus. Eine Stickerin bekäme über einen Konsum-Verein vielleicht billigere Nadeln. Aber wäre es nicht besser, ihr stattdessen für ihre Arbeit einen Lohn zu geben, von dem sie sich auch ernähren kann?«

Der Fiedler nickte nachdenklich, während Franzmichel sein Achtel Roten austrank.

»Zudem erziehen nur billigere Lebensmittel und Waren die Leute zu eigensüchtigen Schacherern und sind kein Ansporn, selber etwas in die eigenen Hände zu nehmen!«, sagte er abschließend.

»Der Feuerstein kommt bis zum Nachmittag ebenfalls herauf nach Schröcken. Vielleicht machst du dir, bis ich wieder aus dem Auenfeld zurück bin, auch noch ein paar Gedanken!«

Inzwischen hatte auch der Nebel der Sonne Platz gemacht und nur noch vereinzelte Fetzen trieben dem Tannberg zu.

»Da hast du aber ganz schön aufgeladen!«, meinte der Wirt und half ihm vor dem Haus, die Kraxe wieder auf den Rücken zu wuchten.

Schon die ersten Schritte mit der schweren Last gingen wieder schmerzhaft ziehend in die Waden und Oberschenkel, zumal der Weg gleich wieder steil bergauf führte. Aber Franzmichel war in seinem Kopf dabei, weitere Argumente gegen Feuersteins Konsumverein zusammenzutragen.

»Schulze-Delitzsch mit seinen Konsum- und Sparvereinen«, würde er dem Feuerstein entgegenhalten, »wird und kann das Übel nicht an der Wurzel packen. Wie soll jemand sparen und konsumieren, der mit seiner Familie um einen Teller Suppe bei den Armenküchen ansteht oder als Bauer fast nur für die Zinsen arbeitet?«

Hatte nicht schon Lassalle geschrieben: Kaum werden die Zeiten unruhiger, sind es doch die Arbeiter, die als Erste auf der Straße stehen! Den Bericht vom Professor Hildebrand würde er anführen, wo sie in Leipzig als Erstes die Arbeiter reihenweise entlassen haben. Aber nicht nur in Leipzig war das so, sondern inzwischen überall. Das Kapital, so behaupteten seine Besitzer, trüge das Risiko und daher gehöre ihm auch der Profit! Kaum aber zogen dunkle Wolken auf, wurden sogleich die Türen und Fenster der Fabriken verrammelt, die Maschinen abgeschaltet, die Menschen hinausgejagt in das aufziehende Unwetter und vertröstet, sobald die Sonne wieder schiene, so dürften sie auch wieder herein. Auch der Gallus redete nur von seinem Risiko, sein Wohlstand vermehrte sich trotzdem auch in schlechten Zeiten. Nein, das Kapital ging kein Risiko ein, das Risiko trug dort in der Stadt der Arbeiter und hier im Tal der Bauer!

Hoch oben auf dem steinernen Rücken der Juppenspitze lag der Schnee auf der zu den Felsschrofen herabziehenden Schneide immer noch meterhoch. Von überall her gluckste, murmelte und rieselte das Wasser der hier noch jungen Bregenzerache zu, die sich durch den weiten Kessel des Auenfeldes schlängelte. Franzmichel hatte manchmal Mühe, auf dem stellenweise morastigen Pfad das Gleichgewicht zu halten, und wich des Öfteren aus in das bereits handhohe Gras seitlich des Weges. Trotz der schweren Last auf seinen Schultern wurde ihm inmitten der erwachenden Natur mit jedem Schritt leichter und fröhlicher zumute. Er blieb stehen, lauschte dem Gurgeln und Plätschern, dem Säuseln des Windes und dem Zwitschern der Vögel. Alles in ihm weitete sich und mit einem Mal konnte er nicht anders. Ein heller Juchzer stieg in die klare Luft, wurde hinaufgetragen zu den Bergen rundum und kam dann wieder zurück. Franzmichel wartete, bis das Echo verhallt war, ehe er weiter über die großen Steine in dem schmalen Bächlein balancierte, hinter dem sein kleiner Stadel inzwischen mehr lehnte als stand. Mit einem erlösten Schnaufer setzte er seine Kraxe auf dem verwitterten Brett ab, das auch als Bänkchen diente, ließ sich dann ebenfalls darauf nieder und nahm das Hüttchen in Augenschein. Der letzte strenge Winter hatte auch diesem nochmals zugesetzt und der hangwärts herabdrängende Schnee die Bretterwände nochmals ein Stück weiter talwärts gedrückt. Schief hing das Türchen in den Angeln und ließ sich nur noch unter Aufbietung seiner ganzen Kraft öffnen. Im Halbdunkel lag noch ein wenig Bergheu, dessen Duft aber schon längst verflogen war. In Franzmichel stieg wieder die Erinnerung auf. Im Herbst vor etwa einem Dreivierteljahr, Nanni und er hier heroben. Die letzten Gabeln Heu und der gleich darauf einsetzende heftige Wolkenbruch. Eng aneinander geschmiegt waren sie damals da herinnen gelegen und erst einige Wochen später hatten sie nachgerechnet, dass sie danach nicht mehr zu zweit, sondern zu dritt ins enge Vorsäss nach Hopfreben zurückgekehrt waren. Nun würde unter dem Schoppernauer Himmel in den nächsten Tagen die Frucht dieser Liebe das Licht der Welt erblicken und Franzmichels Gedanken wanderten ein wenig besorgt hinaus zu seinem Wible. Dann aber sagte er sich, dass sich sein Anteil an der

Geburtshilfe lediglich auf das rechtzeitige Holen der Auer Hebamme beschränken würde, was sich aber schon beim Kaspar und besonders nachdrücklich beim Mikle als in der Praxis undurchführbar erwiesen hatte. Vielleicht aber war, wenn es in seiner Abwesenheit so weit sein sollte, doch einer der Nachbarbuben schneller.

Als Franzmichel mit seiner Arbeit fertig war, stand die Sonne schon westwärts der Braunarlspitze. Ein, zwei Jahre müsste der Stadel nun wieder halten und dann würde er weitersehen. Zufrieden saß er nun auf dem Bänkchen, sog den Rauch aus seiner langen Pfeife und sah diesem zu, wie er kurz unter dem Vordach des Hüttches hängen blieb, ehe er sich über die Kante verflüchtigte. Wie weit weg, wie ruhig und friedlich war hier doch alles im Auenfeld. Die Welt war verstummt und dennoch hörte er ihren Herzschlag.

Unten in Schröcken wartete sicher schon der Feuerstein. Nachdem er das Werkzeug verräumt und das Türchen geschlossen hatte, schulterte er seine Kraxe und machte sich an den Abstieg.

61

Manch einem wäre nur ungläubiges Staunen geblieben, hätte er das Gespräch in der Wirtsstube des aus lediglich ein paar Häusern bestehenden, von hohen Bergen umstellten Dörfchens Schröcken belauschen können. Drei Männer saßen dort am Tisch, alle einfach, ja ärmlich gekleidet wie der kleine in der Mitte, dessen blauer Stallfiesel von Flicken übersät und dessen linkes Auge sonderbar starr nach oben gerichtet war, während das andere gelegentlich heftig zwinkerte. Von günstiger und ungünstiger Konjunktur war da die Rede, von Lassalle, Schulze-Delitzsch, von durch Spekulantengier herbeigeführten Überproduktionen und entlassenen Arbeitern. Um die Ökonomie eines Henry Charles Carey ging es, über Arbeiter-Assoziationen im nordwestenglischen Rochdale, um Freihandel, Richard Cobdens Forderung nach Aufhebung der Kornzölle und ihre Folgen und immer wieder fielen dazwischen die Worte Käse und Gallus. Was den zufällig anwesenden Zuhörer – wenn es ihn denn auch gegeben hätte – ebenfalls verblüfft hätte, wäre die Leidenschaft gewesen, die diese drei Männer wie mit unsichtbaren Fäden miteinander zu verbinden schien.

»Eine Kaffeehandelsgesellschaft für den Bregenzerwald, gut und schön!«, sagte der kleine Hagere im Stallfiesel. »Damit ließen sich bestimmt ein paar Gulden verdienen, jedoch nicht lange. Die angeblich so risikobereiten Geldmenschen würden da nicht gerne abseits stehen wollen, wenn sie sehen, dass hier etwas zu holen ist. Am Ende hätten wir so viele Anbieter, die sich gegenseitig die Preise verderben, dass uns nichts mehr bleibt, als mit dem Ofenrohr ins Gebirge zu schauen!«

Der Mann gegenüber, offensichtlich der Wirt, nickte. »Wie Franzmichel es sieht, so wird es wahrscheinlich sein. Aber Kaffee ist eine Importware und wird so dem Tal nicht gefährlich, mein lieber Feuerstein! Kaffee wird immer hereinkommen. Wenn es der eine nicht macht, macht es der andere!«

»Richtig!«, stimmte ihm Franzmichel zu. »Gefährlich aber wird es für den Käshandel! Wie die Arbeiter von ihren Fabrikherren sind wir abhängig von unseren Händlern. Der Ratz hat auch schon seine Höhen und Tiefen gehabt. Was wäre aber, wenn er Bankrott gemacht hätte oder ihm die Lust vergangen wäre? Also, entweder fällt der Händler, so reißt er viele mit sich. Oder aber er bleibt stehen, so wird er noch größer und mächtiger und mästet sich zu einer für uns arme Bienen gefährlichen Hummel heran. Wer es nicht glaubt, der gehe nach Schnepfau und frage dort!«

Nun gingen auch dem Feuerstein, der nicht so leicht klein beigeben wollte, zunehmend die Argumente aus. »Also gut!«, antwortete er nach einer Weile. »Aber trotzdem sind wir, was die Anfangsfinanzierung der Genossenschaft betrifft, noch keinen Schritt weiter gekommen!«

»Diese Frage werden wir auch heute nicht lösen!«, erwiderte Franzmichel und warf dabei einen besorgten Blick auf die Stubenuhr. »Ich muss los!«, sagte er dann und auch der Feuerstein schob seinen Stuhl zurück.

Mit Handschlag verabschiedeten sie sich vom Fiedler, der sie noch bis zur Haustreppe begleitete. Schon wollte dieser wieder durch die Türe zurück, als ihm noch etwas einfiel.

»He, wartet einmal!«, rief er im Umdrehen. »Auf welcher ehernen Gesetzestafel steht eigentlich geschrieben, dass nur Bauern der Genossenschaft beitreten dürfen?«

»Wie meinst du das?«, fragte Franzmichel verdutzt.

»Keine Ahnung. Es ist mir nur gerade eben eingefallen!«

Franzmichel ließ die letzte Bemerkung des Schröckener Wirtes nicht mehr los. Nicht nur Bauern als Mitglieder? Krusobubs Vorschlag mit der festverzinslichen Einlage zur Eigenkapitalbildung? Das war vielleicht ein brauchbarer Ansatz.

»Ich glaube, ich hab's!«, sagte er dann laut und blieb stehen.

»Was?«, schnaufte neben ihm der Feuerstein.

»Jeder, der will, kann der Genossenschaft beitreten – und zwar kostenlos!«

Der Feuerstein sah ihn ungläubig an. »Und woher soll dann das Betriebskapital kommen?«

»Meinetwegen sowohl vom Müller, dem Krämer, dem Schreiner als auch von dir! Wer mitmachen oder nur sein Geld anlegen möchte, wird Mitglied und macht eine Einlage, die fest verzinst wird. Diejenigen von den Bauern, die sich keine solche Einlage leisten können, zahlen später, sagen wir mit einem Prozent ihres jährlichen Umsatzes! Dieses Kapital wiederum wird angespart und ebenfalls verzinst. Das ist nun einfach nur einmal ins Blaue gedacht. Aber so hätten wir nicht nur eine Genossenschaft, sondern auch noch einen Spar- und Versorgungsverein!«

Der Josef stand einen Moment wortlos da. »Warum ist da noch niemand drauf gekommen?«

Franzmichel lachte. »Das ist auch nicht alles auf meinem Mist gewachsen. So viele Köpfe, so viele Meinungen, heißt es bei Cicero. Das meiste ist als Einzelnes unbrauchbar, aber doch sind auch Gedankensplitter dabei, die zusammengefügt ein sinnvolles Ganzes ergeben! Und noch etwas«, brachte er dann das Gespräch auf ein anderes Thema. »Es geht um unsere Postverbindung. Sie ist ein Elend. Oft liegt die Post für Au eine geschlagene Woche bei euch draußen in Bezau. Kommt der Bote, so kommt er. Kommt er nicht, so kommt er eben nicht! Schon jahreweis' springe ich mir deswegen die Füße aus dem Hintern, bisher jedoch erfolglos!« Er warf seinem Begleiter einen kurzen Blick zu. »Eine Genossenschaft braucht auch eine schnellere Beförderung der anfallenden Korrespondenz«, fuhr er eindringlich fort, »aber nicht nur diese. Alle Menschen haben das Bedürfnis, sich miteinander zu verbinden, ihre Gedanken, Dienste und Waren auszutauschen. Das gilt auch für die Auer und uns Schoppernauer!«

»Bis jetzt macht das Gröbste halt der Gerichtsbote!«, antwortete der Feuerstein.

»Ein Brief von Wien nach Bregenz dauert zwei Tage und kostet fünf Kreuzer, ein Brief aber von Bregenz nach Au kostet neun und braucht sechs, sieben Tage! Abgesehen davon, wenn ich selber einen dringenden Brief abschicken will, muss ich womöglich selber ein paar Stunden nach Bezau laufen oder mir einen Boten besorgen!«

»Rede doch einmal mit dem Schnepfauer Vorsteher!«, entgegnete der Josef ein wenig hintersinnig.

»Dem Gallus? Ich weiß schon, dass der sich mit Händen und Füßen sperrt. Der ist auch nicht darauf angewiesen. Seine Fuhrleute kommen jeden Tag durch Bezau. Wenn aber unsere Genossenschaft steht, wäre ein regelmäßiger Postverkehr für sein Geschäft bald das pure Gift, und das weiß er auch!«

»Wir sollten das vielleicht schon vorher geregelt haben«, antwortete nachdenklich der Feuerstein. »Bis spätestens zum Herbst sollte eine Lösung da sein!«

Als die beiden in Schoppernau eintrafen, lärmten oben die beiden Buben und im Stall war Nanni bereits mit der zweiten Kuh beschäftigt. Demnach schien alles in bester Ordnung zu sein.

»Und?«, fragte sie erwartungsvoll.

»Das Hüttchen müsste noch zwei Jahre halten und mit der Genossenschaft haben wir auch einen Weg gefunden!«, antwortete Franzmichel, während er seinen Melkschemel vom Tromen langte.

Zwei Tage später glitt Franzmichels Sense gleichmäßig durch das noch taufrische Gras in der Nähe ihres Hauses.

Nanni hinter ihm hielt plötzlich mit dem Ausbreiten der Mahd inne und stützte sich schwer atmend auf ihre Heugabel. »Mindle!«, sagte sie und stieß die Luft scharf durch die Zähne. »Du musst hinaus nach Au!«

Franzmichel hielt mitten im Schwung inne und wandte sich um. »Schaffst du es noch alleine heimzu?«, fragte er.

Als sie stumm nickte, hängte er die Sense an den Zaun, fing sogleich an zu laufen, rief noch hinüber zu seiner Mutter, die an der Bündt das Vieh hütete, sie solle die Kühe eintreiben und sich um Nanni kümmern.

Bei der Ankunft der Hebamme lag Nanni bleich und schwitzend im Gaden und von der Küche her kam das Klappern der eisernen Herdringe, wo Marie heißes Wasser vorbereitete. Neben ihr am Boden saß das Mikle und lutschte an einem getrockneten Birnenschnitz.

»Ich gehe gleich wieder zum Heuen!«, gab er kurz Bescheid und lud sich im Tenn noch ein Bündel der Heinzen auf, die er unter einem Baum ablegte und wieder mit dem Mähen fortfuhr. Inzwischen war jedoch der Tau abgetrocknet und das Sensenblatt schnitt nur noch mühsam durch die Halme. Franzmichel begann stattdessen die mitgebrachten Holzgestelle im Boden einzuschlagen, an denen er am Nachmittag das halbtrockene Gras aufhängen würde. Mit dem Kopf aber war er immerzu bei Nanni im Gaden. Jeder Moment kam ihm zunehmend länger und länger und dann wie eine halbe Ewigkeit vor. Warum rief denn niemand nach ihm? Bei den Geburten mit den anderen Kindern war es doch so schnell gegangen, und jetzt zog es sich schon Stunden dahin!

Franzmichel hatte keine Ruhe mehr. Während er das Haus betrat, setzte von der Kirche her das mittägliche Glockengeläute ein, und gerade schlüpfte er aus seinen Holzschuhen, als aus dem Gaden das Geschrei des neuen Familienmitgliedes ertönte. Beim Öffnen der Stubentüre kam ihm auch schon seine Mutter entgegen.

»Ein Bub!«, sagte sie und lächelte. »Gesund und munter! Aber warte noch ein bisschen, bevor du hineingehst!«

Wenig später stand er am Bett bei Nanni und zeichnete ergriffen und mit feuchten Augen seinem Sohn das Kreuzzeichen auf die Stirne.

»Wie soll er denn heißen?«, fragte die Hebamme nach einer Weile, während sie ihre Tasche wieder einräumte.

»Hermann!«, antwortete Franzmichel mit seinem ganzen Vaterstolz.

»Das ist aber im Wald kein häufiger Name!«

»Mag sein. Aber er ist deutsch!«

Beinahe trotzig klang es und die Hebamme sah ihn ein wenig sonderbar an. Fast denselben Blick, jedoch um einiges missmutiger, bekam dann am Nachmittag auch der Pfarrer Rüscher, als ihm Marie die Ankunft der neuen Seele in Schoppernau meldete und um einen Tauftermin nachfragte.

»Hermann? Ist das überhaupt ein Heiliger?«, fragte er ziemlich abweisend. »Antonius! Das wäre ein richtiger und auf alle Fälle größer als ein Hermann, wenn es einen solchen denn überhaupt gibt!«

Marie wusste nicht, was sie darauf sagen sollte, und dem Hochwürden zu widersprechen getraute sie sich nicht.

»Oder einen Johann Georg!«, fuhr er dann fort. »Das wären gleich zwei und zudem verbürgte Heilige!«

Jetzt wurde es aber selbst Marie zu viel.

»Es ist nicht selten«, schlug er sanfter vor, »dass die Eltern einem ihrer Buben den Namen ihres Pfarrherrn geben!«

»Da müssen Sie mit denen reden und nicht mit mir!«, brachte sie nur verdattert heraus und fügte hinzu: »Ich bin doch nur s'Ähle!«

Als sie dann Franzmichel die Ansichten des Pfarrers über einen Hermann und dessen Vorschläge überbrachte, konnte dieser ein lautes Auflachen nicht verheben. »Rüscherle, Rüscherle! Du glaubst doch nicht im Ernst, dass ich dir um den Bart gehe!«

Hermanns trotzige Namensgebung hatte den Deutschen Bund auch nicht mehr zu retten vermocht. Genau an dessen Geburtstag am 12. Juni 1866 waren die diplomatischen Beziehungen zwischen Wien und Berlin abgebrochen worden und der Bundestag in Frankfurt hatte mit großer Mehrheit beschlossen, die Streitkräfte unter der Führung Österreichs gegen Preußen zu mobilisieren. Noch am gleichen Tag war Preußen aus dem Deutschen Bund ausgetreten. Mit ihm hatte sich noch Italien verbündet, während in Deutschland nur ein paar militärisch unbedeutende Kleinstaaten verblieben, die noch zu Bismarck standen.

Aus war der Traum, dass mit dem Abzug der österreichischen Brigade in Holstein ein Krieg doch noch vermeidbar gewesen wäre. Die Nachricht vom Erlass der Kriegsmanifeste drang wie ein Lauffeuer in die noch so abgelegenen Winkel der Gebirgstäler und erreichte auch die Hütten in Hopfreben, noch ehe etwas davon in den Zeitungen zu lesen stand. Bedrückt waren die Gesichter und über nichts anderes wurde mehr geredet als über die bevorstehende Schlächterei unter den deutschen Völkern. Jeden Abend versammelten sich alle ohne Ausnahme beim kleinen Kapellchen, um für die Söhne, Freunde und Verwandten zu beten, die bei den Kaiserjägern in Italien stationiert waren. Gebetet wurde aber nicht um den Sieg und um die Vernichtung der Feinde, sondern, wie auch in den Kirchen draußen im Tal, dass das Beste für alle geschehen möge.

»Wahrhaftig!«, sagte Franzmichel zu Nazes Sepp. »Der Krieg erforscht Herzen und Stimmen!«

Trotz des Rumorens draußen in der Welt aber musste der Alltag weitergehen. Das dumme Vieh verstand nichts von Politik, wollte nur auf die Weide und rechtzeitig gemolken werden. Auch was mit der Milch geschehen und ob der Käse verkauft würde oder nicht, war diesem gleichgültig, weniger jedoch den Bauern. Kaum einer, der sich nicht sorgenvoll zurückerinnerte an den Krieg mit den Italienern vor sieben Jahren und dessen fatale Auswirkungen, als sie dem Gallus den Käse zu einem Preis hatten überlassen müssen, der kaum oder nicht einmal die Entstehungskosten deckte. Auch Franzmichel erging es nicht anders und obwohl er jetzt mehr Zeit gehabt hätte seiner schriftstellerischen Leidenschaft nachzugehen, brachte er außer einem Gedicht kaum eine Zeile zu Papier. Dafür lief er jeden zweiten, dritten Tag hinaus nach Schoppernau, um nach den vielleicht doch eingetroffenen Zeitungen zu sehen, oder war oben auf Hochkrumbach bei Jok auf der Alpe zu finden, wo auch sein Freund und Schwager Kaspar abseits des Weltengetöses mit seiner Therese und den Kindern ein paar ruhige Wochen verbrachte.

»Hoch lebe Krusobub!«, hatte der Kaspar nach Hermanns Taufe ausgerufen, als ihm Franzmichel dessen Vorschlag mit der Einlage zur Eigenkapitalbildung der Genossenschaftsmitglieder erläuterte, und hinzugefügt, der Zinssatz sollte etwa gleich hoch sein, wie ihn auch die Lechtaler verlangten, also fünf Prozent.

»Zudem sollten wir auch an einen Passus denken, mit dem sich alle Mitglieder verpflichten, eventuelle Streitigkeiten innerhalb der Gemeinschaft auszutragen und, anstatt auf's Gericht zu laufen, sich unabdingbar dem Spruch einer Kommission zu unterwerfen!«, sagte er jetzt, während er das Butterfass drehte, aus dem das gleichmäßige Platschen des noch nicht verfestigten Rahms drang.

Franzmichel nickte. »Wie in der alten Wälderrepublik!«, antwortete er und lachte dann. »Wenn das alle so machen würden, Herr Gerichtsadjunkt, so wären auch Sie bald arbeitslos!«

»Dann werde ich eben Bauer! Meine politischen Ansichten sind einigen Herrschaften in der Beamtenhierarchie sowieso suspekt. Hast du dir schon einmal überlegt, weshalb ich noch kein einziges Mal befördert wurde, obwohl mir fachlich niemand etwas vormacht?« Seine Augen funkelten. »Erbärmlichkeit und Kleingeisterei! Jetzt zittern sie um ihre Posten, diese Herren! Aber darum habe ich keine Sorge, denn nach einer gewonnenen Schlacht kommt immer die moralische Eroberung und dazu braucht man wieder uns Federfuchser!«

Wie er so dasaß mit seinem gewaltigen, bis zur Brustmitte herabwallenden Bart dünkte ihn der Kaspar jetzt wie Moses, kurz bevor dieser den Israeliten das goldene Kalb zertrümmerte.

»Nur – an mir werden sie sich da die Zähne ausbeißen! Aus Unrecht kann niemals Recht entstehen, und solange der gemeine Mann nichts mitzubestimmen hat, werde ich den Mund nicht halten. Wie soll ein Volk den aufrechten Gang lernen, das zwar seine Söhne auf die Schlachtfelder schicken muss, aber ansonsten nur schweigen soll, und das auf der einen Seite von den Liberalen ausgebeutet und auf der anderen von den Ultramontanen bevormundet wird?«

»Auch wenn du hundertmal recht hast – aber momentan haben die Leute andere Sorgen!«, erwiderte Franzmichel. »Gleichgültig, wie der Krieg ausgeht: Die Italiener werden unseren Käse nicht mehr wollen und auch in Wien, Prag oder Frankfurt wird man sich ihn kaum mehr leisten können! Wie man hört, hat auch der Gallus schon ernsthafte Schwierigkeiten mit dem Absatz!«

Kaspar hielt kurz mit dem Drehen inne.

»Wir müssen einen Plan entwerfen wie bei einem Feldzug! Die Zölle müssen weg, um billiger werden zu können. Die Industriellen sind auch über die Zölle reich geworden, weil ihnen diese die Konkurrenz vom Hals halten. Was aber ist die Käserzeugung anderes als auch eine Industrie, wenn auch eine kleine? Der Wälderkäse jedoch ist konkurrenzlos, weil er nicht in beliebigen Mengen erzeugt werden kann. Da müssen wir ansetzen. Die größeren Händler müssen sich zusammentun und rechtzeitig beim Handelsministerium eine Eingabe machen! Dein Freund Feuerstein kann da sicher auch etwas bewegen! Zudem muss den Italienern klargemacht werden, dass mit der Einfuhr keines ihrer eigenen Produkte gefährdet wird!«

Kaspar versprach, sich sofort nach seiner Rückkehr nach Bludenz ans Studium der Handels- und Zollverträge zu machen.

Fast von einem Augenblick zum anderen wurden die Geräusche aus dem Butterfass dumpfer und der Widerstand an der Kurbel unregelmäßiger. Ein kräftiger Handschlag und der Holzpfropfen flog aus dem Fass, woraufhin Kaspar das Spundloch über dem untergeschobenen Kübel zum Stehen brachte. Säuerlich stieg dabei der Geruch der Milch, in der winzige Butterstückchen schwammen, in ihre Nasen. Von draußen aus der Sennküche kam erst die aufgeregte Stimme von Kaspars Frau, der Therese, dann das herzhafte Lachen vom Jok und gleich darauf das Plärren des zweijährigen Julius.

»Schau, wie der Bub aussieht!«, schimpfte die Therese mit dem Kleinen an der Hand. »Kaum bin ich eine Stunde in den Pilzen und komme zurück, sehe ich schon von Weitem den Julius, wie er wieder und wieder über den Misthaufen herabrutscht!«

»Auf den Bergen wohnt halt die Freiheit!«, lachte jetzt der Jok schallend und wollte sich kaum beruhigen. Kaum einen sauberen Fleck gab es, an dem kein Kuhdreck klebte, aber die Therese fand daran überhaupt nichts komisch.

»Männer!«, sagte sie abschätzig und zog Julius in Freie, wo sie den heftig schreienden Buben der Einfachheit halber gleich mitsamt seinem Gewand in den Brunnentrog steckte.

Jok zog das Thermometer aus der geronnenen Milch, warf

einen kurzen Blick darauf und drehte dann den Galgen mit dem Sennkessel ein Stückchen weiter über das Feuerloch.

»So, jetzt habe ich auch ein bisschen Zeit!«, sagte er in die Stube tretend. »Letzten Sonntag haben ein paar Bauern aus dem Kleinen Walsertal bei mir zugekehrt. Irgendwann sind wir auf die Genossenschaft zu sprechen gekommen, von der sie auch drüben schon gehört haben. Als ich ihnen gesagt habe, du seiest mein Schwager, wollten sie gleich wissen, ob sie die Vereinsregeln einmal anschauen könnten!«

»Gerne! Wenn sie nur schon fertig wären!«, antwortete Franzmichel.

»Was gibt es Neues vom Krieg?«, wollte der Jok dann wissen.

»Das hat der Kaspar auch schon gefragt. Morgen will ich hinaus nach Schoppernau und schauen, ob neue Zeitungen da sind!«

Nun machte der Schwager Kaspar plötzlich ein sonderliches Gesicht. »Kehr zu in Schröcken und staune!«, war alles, was auch aus ihm herauszubekommen war, während er seinem Bruder Jok einen sonderbaren Blick zuwarf.

»Jaja, die Luft im Norden!«, setzte er noch kryptisch hinzu.

Unten in Schröcken saß der Wirt auf der Dengelbank unter dem Vordach und ließ mit gleichmäßig ziehenden Schlägen den Hammer auf das Sensenblatt niederfahren. »Welche Ehre für mein bescheidenes Haus!«, grüßte er Franzmichel.

»Spinnt ihr jetzt langsam alle?«, fragte dieser nun leicht verärgert zurück.

Der Fiedler gab ihm darauf keine Antwort, sondern forderte ihn auf, ihm in die Gaststube zu folgen. Wie erwartet, machte sich Franzmichel dort sogleich über die Zeitungen her und als er zuerst zur »Neuen Presse« griff, nahm sie ihm der Wirt weg und legte dafür die »Norddeutsche Zeitung« auf den Tisch.

»Die ist für den Anfang besser!«, schmunzelte der Fiedler mit erwartungsvollem Blick.

Franzmichel überflog gespannt eine Seite nach der anderen. Plötzlich blieb er hängen. *Aus Vorarlberg*, stand da. Das war in der Tat inmitten dieser unruhigen Zeit ein wenig ungewöhnlich.

Um Fremdler ging es da, die als Saisonarbeiter den Bregenzerwald verließen und mit neuem Gedankengut zurückkämen, und dass hier nicht wie anderswo die Reichen, sondern die mit nur kümmerlichen Schulkenntnissen gerüsteten Armen die Pioniere der Bildung seien. Plötzlich aber hielt er beinahe erschrocken inne, als er seinen Namen las.

Einer dieser Wälder ist Franz Michael Felder aus Schoppernau ..., sprang es ihn an, seine Augen wurden nun immer größer und als er fertig war, blickte er konsterniert hinüber zum Wirt und begann noch einmal von vorne.

»Ja, so ein Schmarren!«, murmelte er kopfschüttelnd. »Noch keine Minute habe ich als Fremdler im Ausland gearbeitet und viel weiter als nach Lindau bin ich mein Lebtag noch nie gekommen!«

Mit Erstaunen nahm er zur Kenntnis, er sei zudem ein großer Verehrer von Schulze-Delitzsch und das Genossenschaftswesen sei im Wald dank seines Einsatzes mehr oder weniger schon fast eine Selbstverständlichkeit.

»Ja, sapperdie!«, fuhr er dann auf, »... und wenn man ihn von Blücher, vom alten Fritz sprechen hört, steht da, ... was habe ich denn mit den beiden am Hut? Goethe, Schiller, Klopstock, Wieland, Lassalle – ja, und auch der Bismarck und die Übrigen in Deutschland, welche die Sprengkraft der sozialen Frage erkannt haben, ... jawohl, ich bin für ein einiges, starkes Deutschland, das stimmt, und hätte auch nichts gegen einen Einheitsstaat, meinetwegen sogar unter preußischer Führung ...«

Immer wieder kopfschüttelnd las er noch zweimal den Beitrag und überlegte, wer ihn wohl verfasst haben könnte. Von Hildebrand konnte er jedenfalls nicht sein. Aber trotzdem musste es eine Verbindung zu ihm geben, da auch die noch nicht erschienenen »Sonderlinge« angekündigt waren und eine Reihe von Vorkommnissen erwähnt wurden, die nur diesem bekannt waren.

»Euer Rüscher sollte das besser nicht erfahren«, lächelte der Fiedler, »wenn da steht, wie dich der Pfarrer wegen deiner Freigeisterei verfolgt!«

Verärgert schob Franzmichel die Zeitung über den Tisch.

»Der Verfasser hat es ja gut gemeint und die Ankündigung deines neuen Buches ist sicher auch kein Schaden!«, besänftigte ihn der Wirt.

»Wissen möchte ich nur, woher meine beiden Schwager davon gewusst haben!«, sagte Franzmichel, während er das Blatt zusammenfaltete.

»Am Sonntag waren beide zur Kirche herunten.« Der Wirt zögerte einen Augenblick. »Der Kaspar war der Ansicht, dieser Professor aus Leipzig habe ihn verfasst. Auf den scheint der Adjunkt aber gar nicht gut zu sprechen zu sein!«

Nicht gut zu sprechen – das war milde ausgedrückt. Erst jetzt verstand er, was der Kaspar mit der »Luft im Norden« gemeint hatte. Der Professor Hildebrand war für ihn der Inbegriff der Bourgeoisie schlechthin, herablassend und der Hochmut in Person.

»Wir, die Studierten, brauchen Sie, die Leute aus dem Volke, zur Erneuerung des Seelenblutes und zur nationalen Wiedergeburt!«, »Ihr ganzes Ländchen ist für uns deutsche Altertumsfreunde eine Fundgrube …«, »Das lange entfremdete Süddeutschland, das wir alle so lieb haben, für das Deutschland der Zukunft wiederzugewinnen …«, und geendet hatte der Brief aus Leipzig mit »Liebes tapferes Bregenzerwälder Bäuerlein«!

Ganz erbost war der Kaspar darüber. »Euch Bauern brauchen sie zur Wiedergeburt Deutschlands, er und die anderen Studierten! Indem die Bildungsbürger die Ungebildeten benutzen, soll Deutschlands Seelenblut erneuert werden! Na, habe die Ehre! Mehr Hochmut und Dünkel als von diesem Hildebrand ist kaum noch vorstellbar! Aber wie herrlich ist doch die Wiedergeburt eines deutschen Professors durch ein Wälder Bäuerlein!«

Der Beitrag in der »Norddeutschen Zeitung« musste wie Wasser auf Kaspars Mühle gewesen sein. Bestätigte er doch in vielfacher Hinsicht seine Ansichten über Hildebrand und dessen Umkreis.

Am nächsten Tag waren in Schoppernau zwar keine Zeitungen da, aber wenigstens zwei Briefe hatten den Weg ins Tal gefunden. Der eine war vom Natter Josef, der nach einer langen Odyssee endlich bei einem aus Au stammenden Baumeister Beer in Besançon eine Arbeit als Pflastersteinträger gefunden hatte, was natürlich etwas anderes war als der Umgang mit Nadel und Faden. Nach acht Tagen war ihm die Knochenarbeit gründlich verleidet und der Meister Beer teilte ihn auf seine Bitte hin als Handlanger drei Gipsern zu, die allerdings Franzosen waren und deren Sprache er nicht verstand. Zwar habe er auch einen Auer hier getroffen, der aber trotz seines schon jahrelangen Aufenthaltes in der Fremde so ungebildet sei, dass er mit ihm nichts anzufangen wüsste. Was den Josef aber stark zu beschäftigen schien, waren die Lebensbedingungen der Arbeiter der Papierfabrik, für deren Besitzer dort der Beer einen pompösen Palast erbaute, für den das Beste gerade gut genug war, während die Arbeiterinnen und Arbeiter völlig demoralisiert in Unterkünften hausten, in denen man im Bregenzerwald sich schämen würde, Schweine oder Ziegen hineinzustecken. Erst jetzt, nach eigenem Augenschein habe er eine Vorstellung von der Dringlichkeit der sozialen Frage und es freue ihn, dass seine Landsleute rechtzeitig anfingen, diesem Problem gegenzusteuern.

Der andere Brief kam vom Seppel und war nicht direkt an ihn, sondern eigentlich mehr an Seppels Schwester und den Webervater gerichtet. Der Seppel war bankrott und wäre gerne, wie er schrieb, nach Hause gekommen, aber nur unter der Voraussetzung, dass der Vater ihm verzeihen würde. Zu einem ehrenhaften Verlassen von Arcachon brauche er Geld, da er schon seit längerer Zeit mehr Unkosten gehabt, als er verdient habe. Der Webervater war jetzt siebzig, tattrig, kam kaum noch aus dem Haus und redete manchmal ziemlich wirr. Aber auf dem Geldsack saß er immer noch wie eh und je. Wahrscheinlich konnte nur Franzmichel erahnen, welche Überwindung es seinen Freund gekostet hatte, diese Zeilen zu Papier zu bringen, wenn ihm schon von vorneherein klar sein musste, dass er von daheim keinen gotzigen Kreuzer bekommen würde, obwohl Seppels Erbteil immer noch auf dem Hof lag. Unverzüglich suchte er Marianne auf und es tat ihm weh, seine einst so lebenslustige und inzwischen vollständig erblindete Cousine so hilflos anzutreffen.

»Wer ist das?«, fragte sie dann bei seinem Eintreten in die Küche und wandte ihren Kopf zur Türe.

»Jaukos Franzmichel!«, antwortete vom Herd her Boldos Maiki, welche Marianne und ihre inzwischen auch schon bresthafte Stiefmutter, das Theresle, vor einigen Monaten als Magd gegen den anfänglich erbitterten Widerstand des Webervaters in Dienst genommen hatten.

»Ein Brief ist für euch gekommen, vom Seppel!«

»Vom Seppel?«, fuhr sie überrascht auf. »Wie geht es ihm denn?«

»Schlecht!«

»Hol' den Vater!«, wies sie aufgeregt die Magd an.

Es dauerte einige Zeit, bis dieser auf seinen Stock gestützt in der Küche erschien. Kurz nickte er wortlos und blieb dann stehen. Während Franzmichel das Schreiben vorlas, war in seinem Gesicht keine Regung zu erkennen. Sein Blick ging ins Leere, und als Franzmichel geendet hatte, antwortete er nichts darauf.

»Wäre doch schön, wenn der Seppel wieder heimkäme, nicht wahr, Däta!«

Der alte Mann aber starrte nur ausdruckslos vor sich hin und wandte sich wortlos zum Gehen.

In Mariannes Augen standen Tränen, als sie ihm nachlauschte.

»Im Alter wachsen nur noch der Geiz und die Fingernägel!«, sagte Franzmichel bitter.

62

Die Nachricht von der verheerenden Niederlage der Österreicher und Sachsen gegen Preußen bei Königgrätz war auch in Windeseile selbst in das abgelegene Hopfreben getragen worden. Von Verrat wurde geredet und die Aufregung stieg auch im Bregenzerwald, nachdem noch bekannt wurde, drei Generäle seien verhaftet und würden vor ein Kriegsgericht gestellt. Genaueres aber gab es erst draußen in Bezau zu erfahren, mit der Post nach Schoppernau war es immer noch ein unverändertes Trauerspiel.

Inzwischen aber erging es Franzmichel nicht viel anders als dem Feuerstein, der gemeint hatte, die Zeitungslektüre ekle ihn regelrecht an. Nur Berichte vom diplomatischen Parkett, von Frontverläufen, kein Wort von den Soldaten und ihren Schicksalen hinter den Kriegsmeldungen. Nur wer tot war, verdiente eine Erwähnung, wie der Josef Anton Kohler aus Au, der schon zwölf

Schlachten überlebt und in seinem Leben schon in vier Kriegen gegen die Italiener gekämpft hatte. Nach seiner tödlichen Verwundung bei Custozza stand ein knapper Namensvermerk unter »Heldenhaft gefallen für Gott, Kaiser und Vaterland!«. Keine Zeile dagegen war einer von Franzmichels Vettern wert, dem eine Kugel ebenfalls für Gott, Kaiser und Vaterland das halbe Kinn weggerissen hatte.

Die Nichtleser jedoch ließen keine Ruhe; im Vorsäss kamen sie ins Hüttchen und in Schoppernau drängten sie sich in seinem engen Studierzimmerchen. Krieg und Käse, Käse und Krieg, um nichts anderes ging es immer noch.

Manchmal stellte er sich vor, wie schön es doch wäre oben in der Bergeinsamkeit der Alpe Schiedlen, wo er nichts mehr sehen und hören musste von diesem ganzen Dreck.

Der Kaspar in Bludenz hatte herausgefunden, dass Käse und Butter nach dem letzten Zollvertrag zu den »Verzehrungsgegenständen« zählten und nicht zu den handwerklichen Erzeugnissen gerechnet wurden. Seiner Ansicht nach würde das auch so bleiben und er hatte auf die Vorbereitung einer unverzüglich nach Waffenstillstand einzureichenden Petition nach einer vollständigen Zollbefreiung gedrungen. Aber die Entscheidung darüber würde auch nicht von heute auf morgen fallen und was sollten derweil die Bauern tun? Sie konnten nur abwarten. Auch Franzmichel hatte seine Milch wie fast alle anderen dem Gallus verdungen und ihm blieb nur die Hoffnung, dass dieser sie auch weiterhin abnehmen würde. Anders sah es beim Schwager Jok aus, der nun auf einem Berg von Käse saß, den niemand mehr wollte und den er dem Ratz auf Gedeih und Verderb überlassen hatte, ohne zu wissen, wie viel er dafür bekommen und ob ihn dieser überhaupt loswerden würde.

Die Genossenschaft. Aber mit ihr ging es nicht so voran, wie es sich Franzmichel gewünscht und vorgestellt hatte. Zwar stießen immer mehr Interessenten dazu, aber mit ihnen mehrten sich auch die Vorschläge und Ablehnungen. Einige Bezauer wollten nun zwar keine Kaffeehandelsgesellschaft mehr, sondern lieber die Gründung eines Salzhandelsvereines, andere wiederum protestierten gegen eine kostenlose Mitgliedschaft und wieder andere waren gegen die Aufnahme von Nichtbauern. Gleichzeitig sollte er sich mit dem Feuerstein um Leute kümmern, die vom Kaufmännischen eine Ahnung hatten, sich alleine auf den Ratz zu verlassen, war, wie es die gegenwärtige Lage deutlich zeigte, zu gefährlich. Deshalb brauchte die zukünftige Genossenschaft dringend noch andere Abnehmer als nur den Kästone und auch über neue Absatzgebiete wie beispielsweise Ungarn oder Frankreich musste nicht nur nachgedacht, sondern auch die Fühler dorthin ausgestreckt werden. Für dieses Jahr würde es jedoch nichts mehr werden. Zu viele offene Fragen gab es noch und auch die weitere politische Entwicklung war nicht abzusehen. Dazu die Ausarbeitung der endgültigen Statuten! Franzmichel hatte so etwas noch nie gemacht und jetzt kam ihm sein und Oberhausers Kaspars Handwerkerverein gerade wie gerufen, um mit diesem vorab weitere praktische Erfahrungen zu sammeln. Dass Nanni dazu auch noch einen Vorschlag mit einbrachte, machte die Sache jedoch nicht einfacher.

»Wenn ihr schon einen solchen Verein gründet, dann sollte dieser auch etwas für den geistigen Fortschritt, etwas für die allgemeine Hebung der Bildung tun! Das Interesse ist ja da, das siehst du selber, wie viele inzwischen von dir Bücher entleihen!«, hatte sie eines Abends eingeworfen und, als sie Oberhausers Kaspars zweifelndes Gesicht sah, noch hinzugefügt: »Du würdest dich wundern, von wie weit her die Leute kommen und was sie lesen wollen. Letzthin hat ein Mellauer die ›Moralischen Schriften‹ von Plutarch ausgeliehen!«

»Über mehr als fünf Seiten hinaus hat's mir bei dem nicht gelangt«, antwortete daraufhin Kaspar.

»Langsam, langsam!«, beendete Franzmichel den Diskurs. »Die Leute wollen einen Handwerkerverein, also kommt zuerst der Bauch und danach der Kopf! Wie viele hast du denn beieinander, die mitmachen würden?«

Der Kaspar wiegte bedächtig sein Haupt und zählte einige Namen auf.

»Das wären diejenigen, die spontan dabei wären. Aber ich denke, wenn sie einen klaren Nutzen sehen, treten alle bei. Schließlich ist es ja nichts vollkommen Neues.«

Mit einem Mal aber schienen dem Kaspar plötzlich Zweifel zu kommen. »Meinst du nicht, wir sollten noch ein paar andere zur Festlegung der Regeln mit einbeziehen?«

»Nein!«, lehnte Franzmichel entschieden ab und schilderte das Hin und Her und Drunter und Drüber bei den Vorschlägen und Ablehnungen zur Käserei-Genossenschaft.

»Jetzt wollen ein paar Bezauer auf einmal wieder einen Salzhandels-Konsumverein und der Feuerstein hat mich gebeten, dafür die Statuten auszuarbeiten. Das ist zwar für die Katz, weil der Verein nie zustande kommen wird, aber ich werde es machen müssen, um die Leute für die Käserei-Genossenschaft bei der Stange zu halten!«

Franzmichel warf dem Kaspar einen fast zornigen Blick zu.

»Als ob ich nichts Besseres zu tun hätte! Aber wenn wir schon beim Vereinegründen sind: Wann kommt die nächste Seuche? Kommen wird sie, das ist so sicher wie das Amen in der Kirche. Dann aber geht wieder das große Heulen und Wehklagen durch das Volk Israel!« Hart klopfte er nun mit dem Bleistift auf den Tisch. »Vielen Bauern steht jetzt das Wasser nicht nur bis zum Hals, sondern bereits am Kinn. Bei manch einem braucht es nur noch eine Kleinigkeit, um ihn ganz untergehen zu lassen wie Maxwirts Anton, der sich vor zwei Wochen den Strick gegeben hat. Vor einigen Jahren schon habe ich den Vorschlag wegen einer Viehversicherung gemacht, bin aber dafür ausgelacht worden. Jetzt, glaube ich, lacht niemand mehr!« Wieder fuhr der Bleistift auf den Tisch. »Bis zum Spätherbst, wenn alle wieder von den Alpen und Vorsässen zurück im Dorf sind, möchte ich so weit sein, und zwar mit unserem Handwerkerverein und auch mit der Viehversicherung. Wenn alles gutgeht, haben wir bis zum Frühjahr auch noch die Käserei-Genossenschaft!«

»Pass nur auf, dass du mit den Vereinen nicht noch dem Rüscher Konkurrenz machst mit seinen Kongregationen!«, lachte der Kaspar.

Franzmichel sah ihn kurz belustigt an und überlegte, ob er einem seiner besten Freunde etwas davon sagen sollte. Dann aber hielt er doch den Mund. Schließlich hatte er dem anderen Kaspar, Nannis Bruder, versprochen, niemandem gegenüber ein Wort verlauten zu lassen. »Machen wir weiter!«, sagte er stattdessen.

Es war schon kurz vor Mitternacht, als Oberhausers Kaspar sich auf den Heimweg machte. Franzmichel jedoch begab sich nicht ins Gaden, sondern nach oben in sein Studierstübchen und las noch eine Zeit lang in der deutschen Übersetzung von John Stuart Mills »On Liberty«.

63

Der Krieg war vorbei und das gemeinsame Deutschland Geschichte. Auf Druck der Siegermacht Preußen wurde Venetien von Österreich abgetrennt und Italien zugeschlagen. In Ungarn rumorte es weiter, aber den meisten waren die Ungarn zu weit weg, um sich ernsthaft mit deren politischen Anliegen auseinanderzusetzen. Bedeutend mehr Interesse dagegen fanden in Schoppernau ein paar Blätter aus blauem Briefpapier, die im dortigen Kaufhaus ausgehängt waren. »Kaufhaus« war eigentlich zu hochtrabend, nicht einmal die Bezeichnung »Kaufhäuschen« wäre ihm gerecht geworden. Ein einziger, nicht einmal sonderlich großer, ebenerdiger Raum, in dessen Innern sich auch bei weit geöffnetem Eingang dieses bei jedem Dorfkrämer ähnliche und dennoch von Laden zu Laden unterschiedliche Gemisch aus Gerüchen von Schuhwichse, Geräuchertem, Ölfarbe, Gewürzen und Kernseife hielt. In einfachen Holzregalen stapelten sich Töpfe und Pfannen neben anderem Küchengeschirr, blauen und grünen Stallfieseln sowie Arbeitshosen, von der Decke hingen Stickrahmen neben Kuhschwanzhaltern und Hosenträgern und direkt neben der Türe befand sich zwischen alldem ein mit ein paar Reißnägeln an die Wand gehefteter Anschlag. Zuerst hatte Franzmichel überlegt, die von ihm ohne fremde Hilfe ausgearbeiteten und in knappe, verständliche Worte gefassten Statuten zur Viehversicherung in der Sennerei auszuhängen, war aber wieder davon abgekommen, da er auch gerne die Armen mit einbeziehen wollte, die sich nur ein oder zwei Ziegen leisten konnten. Diese aber kamen nicht ins Sennhaus, aber um's Kaufhaus kam auch der Allerärmste nicht herum.

Kaum jemand hätte es für möglich gehalten, aber beinahe alle noch nicht versicherten Schoppernauer waren ohne Wenn und

Aber für seinen Plan, und als am Sonntag nach acht Tagen in einer Bürgerversammlung darüber abgestimmt wurde, fand sich auch eine fast einstimmige Mehrheit. Was Franzmichel ärgerte, war die mehrheitliche Ablehnung der armen Geißbauern. Da konnte er reden, so viel er wollte, aber damit hatte er die überwiegende Mehrzahl gegen sich.

Kurz vor Weihnachten war auch der Natter wieder heimgekehrt. In seiner weitgehend einsamen Zeit in Frankreich hatte er sich überwiegend auf Beobachtungen beschränkt und in seiner Art war er immer noch der alte Hitzkopf, wenn jetzt doch eine Spur besonnener und überlegter. Die Bekanntschaft mit noch einigen anderen seiner Vorarlberger Landsleute in Besançon hatte ihn angewidert, da diese keinen höheren Lebensgenuss als das Saufen und den Besuch der Hurenhäuser zu kennen schienen und deren ordinäre Sprache ihm zunehmend auf den Geist gegangen war. Den Umgang hatte er deshalb auf die gelegentliche Gesellschaft eines Vorderwälders beschränkt, der dort verheiratet war. Mit diesem hatte er eine Gemäldegalerie besucht und schwärmte immer noch von den riesigen Sälen und den großen und schönen Bildern, die dort ausgestellt waren. Aber auch Franzmichel konnte von einem für ihn großen Erlebnis berichten. Zusammen mit dem Buchhändler Stettner war er in Lindau in einem Theater gewesen und hatte dort die Erfahrung gemacht, dass das Sehen noch ein ganz anderer, mindestens ebenso intensiver Genuss sein konnte wie das Lesen.

Am ersten Weihnachtsfeiertag stand er nun mit dem Natter Josef und den Oberhausern auf dem Kirchplatz. Kalt war es und frostig, auf den Hausdächern lag der Schnee klafterhoch. Das Gespräch drehte sich um den Handwerkerverein, dessen Regeln ebenfalls allgemeine Zustimmung gefunden und ohne größere Diskussionen angenommen worden waren.

»Wir könnten doch zu dir gehen. Dort wäre es wärmer und gemütlicher!«, wandte sich der Natter an Franzmichel. Nebeneinander bogen sie auf dem Weg zum Oberdorf ein, als sich ihnen mit langen Schritten eine Gestalt in einem langen Mantel und mit einem großen Schlapphut näherte. Auf dem Rücken trug sie einen unförmigen Rucksack, was an einem so hohen Feiertag doch ein wenig Aufsehen erregte. Tuschelnd blieben die Leute stehen und sahen dem Mann nach, der nur knapp nach links und rechts grüßend zielstrebig auf sie zuhielt.

»Wer ist das?«, fragte Oberhausers Josef.

»Wahrscheinlich ein Bettler!«, erwiderte sein Bruder und zuckte gleichgültig die Achseln.

»Dazu ist er aber zu gut gekleidet!«, meinte der Natter.

Beim Näherkommen sahen sie, als der Fremde kurz den Kopf hob, ein feines, geschwungenes Bärtchen, das sich unter der Nase bis knapp über die Mundwinkel hinabzog.

»Bonjour miteinand!«, sagte der Mann und hielt an.

»Grüß Gott!«, kam es mehrstimmig und ein wenig abweisend zurück.

»Ja, mon dieu, was glotzt ihr so?«

»Der Seppel!«, rief jetzt Franzmichel.

»Ja, dein Cousin, der Seppel! Wieder retour in der Heimat!«

Es sollte fröhlich und unbeschwert klingen, hörte sich aber eher bedrückt an. Darüber täuschte auch Seppels Geste nicht hinweg, als dieser, wie es zwischen ihnen immer Brauch gewesen war, die Rechte hob und sie Franzmichel zum Einschlagen anbot. Auch die Oberhausers reichten ihm die Hand.

»Das ist der Natter Josef, seines Zeichens Herr über Nadel und Zwirn, auch ein Fremdler. Er ist ebenfalls erst seit ein paar Tagen wieder im Land!«, stellte er dann den Josef vor.

»Du bist also der Uhrenmacher! Gehört habe ich schon viel von dir!«

Es hatte Franzmichel einiges an Überredungskunst gebraucht, den Vetter wieder zur Heimkehr zu bewegen. Lieber würde er seine Seele in einer Gefängniszelle aushauchen, als seinen Vater nochmals auch nur um einen Kreuzer anzubetteln, hatte dieser geschrieben und angefügt, er habe sich damit abgefunden, von zu Hause nicht den mindesten Groschen zu bekommen. Erst nach dem Ableben des Webervaters im Oktober und nachdem Franzmichel für ihn beim Feuerstein die benötigten fünfhundert Franken entlehnt und die Bürgschaft übernommen hatte, war der Seppel widerstrebend bereit gewesen, wieder heimzukehren.

»Wie geht es meiner Schwester?«, war seine erste Frage.

»So weit schon. Sie ist halt blind und da wird sich auch nichts mehr ändern!«

»Das ist zwar sehr *regrettable*, bedauerlich. Aber sie hat wenigstens den Trost, dass sie in ihrem Leben nie an etwas anderem leiden muss als an ihrer Gesundheit!«, antwortete er bitter.

Tief sog er die kalte Luft ein und stieß sie mit einer heftigen Atemwolke wieder aus. »Ich rieche immer noch den alten Mief und überfrommen Katholikeneifer. Gespannt bin ich schon, wie das gehen soll – der Seppel und die braven Schoppernauer!«

»Du wirst dich wundern, was aus deinen Kaffeesatzhelden geworden ist! Es rührt sich was bei uns! Es gibt hier mehr tüchtige Leute, als du annimmst, und mit denen zu leben es eine wahre Lust ist!«, lächelte Franzmichel.

»Deine Nachricht über den Tod meines Vaters hat mich schwer getroffen, trotz aller Streiterei. Das kannst du mir jetzt glauben oder auch nicht. Bevor ich nach Hause gehe, will ich noch zuerst auf den Friedhof an sein Grab!«

»Das also ist der Seppel!«, sagte der Natter nachdenklich und sah der hohen Gestalt mit dem Rucksack nach.

»Wieso? Wie meinst du das?«

Der Josef druckste ein wenig herum. »Ich sag's geradeheraus: Das ist einer von der Sorte, wie ich sie in der Fremde zu beurteilen und zu meiden gelernt habe!«

»Er ist mein Freund!«, erwiderte Franzmichel scharf.

»Dann wird er vielleicht ja doch auch noch meiner werden!«

In Felders Stube stand in der Ecke ein kleiner, nur mit ein paar farbigen Wollfäden geschmückter Christbaum, unter dem sich in einem mit Baumrinde gedeckten Stall Maria und Josef über das Kind in der Krippe beugten, während auf dem grünen Moos die Hirten mit ihren Schafen lagerten, von denen einer mit einer Laterne in der Hand neugierig näher zu treten schien. Die Kinder machten einen fürchterlichen Rabatz, Nanni war bereits mit der Mutter in der Küche zugange und Franzmichel flüchtete mit seinen Begleitern unverzüglich nach oben in sein Studierstübchen.

Auf der Truhe lag eine Broschüre. »Ruf aus Vorarlberg um Gleichberechtigung« stand dort als Kopfzeile.

Oberhausers Josef nahm sie kurz in die Hand und blätterte darin. »Ich hab's beim Vorsteher gelesen«, bemerkte er dann, »aber ehrlich gesagt nicht alles verstanden.«

»Dann frag doch den Franzmichel, der hat es doch verfasst. Man sagt es jedenfalls!«, forderte der Kaspar seinen Bruder auf.

»Sapperlott! Der Rüscher, heißt es, habe mich im Verdacht, und der Vorsteher hat mich auch schon darauf angesprochen!« Franzmichel sah den Kaspar verärgert an. »Aber wie kommst denn ausgerechnet du auf so eine Idee?«

»Gleichberechtigung aller Völker, die Ungarn als Vorbild für ein freies Kulturvolk, ein geheimes Wahlrecht für alle, eine allgemeine Militärpflicht anstatt einer Entscheidung durch Lose, von der sich die Reichen wieder freikaufen können; zinsfreie Darlehen vom Staat ...«, antwortete der Kaspar, »... wer sonst soll das geschrieben haben?«

»Darf ich es einmal haben?«, fragte der Natter und ließ sich mit der Schrift beinahe ungeduldig auf einen Stuhl fallen.

»Wenn du es nicht warst, wer dann?«

»Von Lindau aus ist es nur mit einem Poststempel versehen ohne Absender verschickt worden. An so gut wie alle Ortsvorsteher, an die Pfarrer und an Buchhandlungen! Weißt du, was das kostet, und glaubst du wirklich, dass ich mir so etwas leisten kann?«

»Lassalle und die soziale Frage und Preußen als Vorbild!«, ließ sich nun der Natter vernehmen und suchte jetzt wie wahrscheinlich auch schon Hunderte vor ihm nach einem Hinweis auf den Verfasser.

»Ist keiner angegeben! Nur dass es in Augsburg gedruckt wurde!«, sagte Franzmichel.

»Du bist erst ein paar Tage da«, fuhr er fort, »aber der Ruf aus Vorarlberg hat im Land für einigen Wirbel gesorgt. Hier!«, er langte nach einem Zeitungsausschnitt. »Aus Berlin: *Eine Stimme aus Österreich dringt zu uns herüber* ..., aber bei uns fühlen sich sowohl die Liberalen, aber noch mehr die Konservativen auf die Zehen getreten!«

»Kein Wunder, wenn da steht, diese neue Partei werde die stärkste des Landes werden!«, grinste der Natter. »Wer das geschrieben hat, wird schon wissen, warum er anonym bleiben will!«

Einige Zeit gingen die Mutmaßungen noch hin und her, wobei sich aber Franzmichel augenscheinlich zurückhielt und nur bemerkte, in Bregenz würden aufgrund der Art und des Stils der Broschüre Mitglieder des Landesausschusses als Verfasser vermutet.

»Nach dem Mittagessen muss ich noch hinaus nach Bezau!«, bog er dann das Gespräch ab, worauf sich der Natter sofort als Begleitung anbot.

»Ich weiß nicht, wann ich wieder zurückkomme. Es wird sicher spät!«

Aber der Josef ließ sich nicht abbringen und erwiderte, auf ihn würde sowieso niemand warten.

Ruhe gab er erst, als Franzmichel ihm ziemlich brüsk zu verstehen gab, er könne ihn dabei nicht gebrauchen.

In Bezau saß der Feuerstein in der Stube mit einem großen Halswickel, vor sich eine Kanne mit Thymiantee und trotz der Hitze des Kachelofens in eine Decke gehüllt.

»Wegen der Druckerei für die Parteizeitung habe ich mit meiner Margret noch nicht geredet. Aber ich denke schon, dass sie sich rentieren könnte, wenn auch nicht gleich von Anfang an. Wenn du natürlich die Redaktion übernehmen würdest, wäre für den Anfang viel geholfen!«

»Ich? Mit meiner Schulbildung? Romane und Gedichte schreiben ist etwas anders als eine ganze Zeitung!«, wehrte Franzmichel ab.

»So etwas wie das stockkonservative ›Volksblatt‹, diese Pfarrerzeitung, machst du doch mit Links und um einiges besser!«

»Da gehört nicht viel dazu. Außer schimpfen und ermahnen können die doch kaum etwas!«

»Eben! Du sagst es selbst. Da wären wir haushoch überlegen!«

»Trotzdem – wie soll das gehen mit der elenden Schneckenpost nach Schoppernau?«

Der Feuerstein rührte einen Löffel Honig in den Tee und überlegte.

»Wir müssten die Redaktion in Bezau machen. Hier bei mir! Ein wenig könnte ich dann auch mithelfen!«

»Nachdem der Kaspar auch schon abgelehnt hat, wird mir wohl nichts anderes übrig bleiben!«, gab sich Franzmichel geschlagen und dachte dabei ein wenig zornig an den Schwager in der Stadt, der sich dort das alles so leicht vorstellte.

»Wie schaut es in Bludenz aus?«

»Der Kaspar schreibt, die Millionäre von den Liberalen würden sich gehörig bei ihm anbiedern und hätten ihn schon zu einem gemeinsamen Ausflug eingeladen, was noch nie vorgekommen sei. Genaues wüssten aber auch sie nicht, aber sie vermuten in ihm zumindest einen Mitverfasser der Schrift. Er will behutsam sondieren und denkt, er könne aus den aufgeschlosseneren liberalen Kreisen eine Reihe maßgeblicher Leute auf unsere Seite ziehen.«

Franzmichel nannte einige Namen, mit denen sein Gegenüber zufrieden zu sein schien.

»Der ›Ruf um Gleichberechtigung‹ ist für die Leute viel zu akademisch abgefasst!«, fuhr er dann fort. »Nach der Kirche waren heute noch Oberhausers bei mir und der Josef hat das auch bestätigt, obwohl er sogar der Ansicht war, ich wäre der Urheber. Den Oberhausers habe ich erklärt, dass selbst ich habe im Brockhaus nachschlagen müssen, aber das Gerede um mich wird immer lauter. Damit das Getätsch endlich aufhört, wäre ich froh, wenn du die ›Gespräche mit dem Lehrer Magerhuber‹ zu Ende bringen würdest. Wie weit bist du denn mit dem Abzug?«

»Lithografie ist leider um einiges aufwendiger als ein Druck mit Bleibuchstaben!«, seufzte der Feuerstein. »Wenn die Schrift einmal in die Steinplatte geätzt ist, lassen sich kaum mehr Korrekturen vornehmen. Zudem müssen wir eine andere Schriftgröße verwenden und kommen jetzt auf überschlagsmäßig etwa sechsunddreißig Seiten. Das geht also nicht von heute auf morgen und bisher sehe ich das Ganze eher noch als einen Versuch an.«

Dem Josef war es jetzt sichtlich unangenehm und er versuchte, dem Gespräch eine andere Wendung zu geben.

»Was machen deine ›Sonderlinge‹ und dein Professor in Leipzig?«

»Der Verlag ist sehr renommiert, Salomon Hirzel, wenn dir das etwas sagt!«, ließ sich Franzmichel auch tatsächlich, wenn auch noch etwas zögernd, abbringen.

»Durch den Krieg ist der Buchhandel fast vollkommen zum Erliegen gekommen, aber auch der Hirzel selber scheint ein ziemlich wetterwendischer Patron zu sein. Der Professor Hildebrand meint, er sei halt eine ziemlich aristokratische Natur, dem das Bäuerliche an und für sich fremd sei. Fast habe ich gemeint, ein ›zuwider‹ herauslesen zu können. Jetzt hat er sich aber doch überwunden, und nachdem er endlich das Manuskript gelesen hat, kann er es plötzlich kaum mehr erwarten, in Druck zu gehen. Was den Hildebrand anbelangt, hat sich seit dem Frühjahr abgesehen von der Unterbrechung durch den Krieg ein reger Gedankenaustausch entwickelt. Was ich für den Bergmann in Wien angefangen habe, setze ich jetzt über ihn für das Grimm'sche Wörterbuch fort und sammle Wälder-Ausdrücke wie die Sommerfrischler bei uns Blumen oder Schmetterlinge. An die dreihundert habe ich schon beisammen!«

»Lass dich nur nicht wieder von einem dieser gelehrten Herren übers Ohr hauen wie vom lieben Professor Elsensohn, für den du Bregenzerwälder Sagen zusammengetragen hast und der das jetzt als sein alleiniges Werk ausgibt!«, antwortete der Josef ein wenig misstrauisch.

Dem Feuerstein hatte er noch eine gute Besserung gewünscht und versprochen, sich wieder einmal über das Faschinajoch hinüberzubegeben nach Bludenz, sobald es die Wegverhältnisse und der Schnee zuließen. Wie er es vorausgesehen hatte, blieb heute wieder einmal Nanni das Melken alleine überlassen und es war schon dunkel, als Franzmichel noch beim Seppel vorbeischaute. Ein paar Flaschen Bordeaux-Wein hatte dieser mitgebracht und ließ es sich nicht nehmen, mit seinem Vetter mindestens eine von ihnen auf seine Wiederkehr hin zu köpfen.

»Acht Jahre sind es jetzt her, mon cher, dass wir uns nicht mehr gesehen haben!«, stellte er fest, während er die Gläser einschenkte.

Am Anfang lief die Unterhaltung noch zögernd und es war, als ob jeder den anderen unsicher beschnupperte. Der Seppel erzählte von seinen Erlebnissen in der Fremde und wie er es tat, war ihm anzumerken, dass er mit dem Kopf immer noch da draußen und noch nicht in der Heimat angekommen war. Seine Sprache war wie immer schon derb, aber immer noch lag in ihr sein Sinn für Witz und Ironie. Nein, der Jugendfreund hatte sich zwar verändert, war aber im Grunde seines Herzens immer noch der alte, laute, wilde und doch empfindsame Seppel. Was aber zunehmend an ihm störte, war sein Kauderwelsch, indem er kaum einen ganzen Satz zu Ende brachte, ohne nicht mindestens einen französischen Brocken unterzubringen. Als dann Franzmichel begeistert schilderte, was sich in den letzten paar Monaten alles zugetragen hatte und dass die vorherrschende Eigensucht dabei war, sich wieder in ein Gefühl der Zusammengehörigkeit und des alten Gemeinsinns zu wandeln, antwortete Seppel, dann sei er wohl genau zur rechten Zeit wieder heimgekommen.

Als er schließlich nach gut zwei Flaschen den Vetter verließ, hatte der künftige Handwerkerverein ein Mitglied mehr und er selbst wohl ein paar Gläschen zu viel.

64

Am 7. Jänner 1867 konnte die Schoppernauer Kirche die Menschenmenge gar nicht mehr fassen. Zwei auswärtige Geistliche assistierten dem Pfarrer Rüscher beim feierlichen Hochamt, das als Totenmesse für die verstorbenen Zunftmitglieder gehalten wurde. Vierundsechzig Handwerker waren dem Verein beigetreten, auf dem Kirchplatz verlas Franzmichel anschließend nochmals für die Allgemeinheit die Statuten und wurde selber noch an Ort und Stelle und in aller Öffentlichkeit zum Ehrenvorsitzenden ernannt. Ihm selbst war das eigentlich nebensächlich, weitaus mehr Freude fand er an der Einvernehmlichkeit und dem spürbaren Geist der Zusammengehörigkeit. Greußing war mit ein paar seiner Leute von Au hereingekommen und begleitete sie unter Marschmusik bis zur Wirtschaft, in der auch ein Tisch für die Geistlichkeit gedeckt war, deren Bewirtung dem Verein oblag. Der Sealmus machte als Ortsvorsteher den Anfang in der Reihe der Redner, danach wurde das Festmahl mit einem inzwischen gewohnt schneidigen Vaterunser, angestimmt durch den Hochwürden Rüscher, eröffnet. Bis zum späten Nachmittag saß man gemütlich beisammen. Diejenigen, die auch noch eine Landwirtschaft betrieben, brachen dann auf, um die Stallarbeit zu erledigen und danach wiederzukommen. So auch Franzmichel und Nanni, die sich schon tagelang auf diesen Abend gefreut hatte. Endlich wieder einmal nach Herzenslust auf den Tanzboden – Jahre lag das nun schon zurück. Endlich wieder einmal etwas anderes als Kinder, Kühe und Küche! Rasch zogen sie sich daheim um, versorgten das Vieh, und als Franzmichel wieder von der Sennerei zurückkam, saß Marie mit den Kindern auf der Ofenbank und erzählte die Sage von den Bützen auf der Alpe Ostergunten, wie diese mitten in der Nacht, während die Knechte im Heu lagen, ein Mordsgerumpel gemacht hätten.

»Im Stall ging es zu wie am Jüngsten Tag vor der Himmelstür, weil die Bütze das Vieh eingetrieben haben. Mindestens dreißig waren am Melken, in der Sennküche flogen die Milchgepsen nur so hin und her, viere drehten das Butterfass …«

»Letzte Woche hast du gesagt, sechs seien es gewesen!«, unterbrach sie der Jakob.

»Das war letzte Woche, da gab's mehr Milch!«, lächelte Nanni, die in ihrer guten Juppe aus dem Gaden kam. »So, und jetzt seid ihr dann schön brav und folgt dem Ähle, wenn sie euch ins Bett schickt!«

Der Tanzsaal war schon ziemlich voll, da auch das Jungvolk aus den umliegenden Weilern sich die Unterhaltung nicht entgehen lassen wollte. An einem der langen Tische kauderwelschte der Seppel in seinem eigentümlichen, mit französischen Brocken gespickten Wälderisch über seine Erlebnisse mit einer brünetten, nach seiner Schilderung mit einer üppigen Oberweite ausgestatteten Jaqueline und beendete dann rasch seine ausführliche Beschreibung, als Nanni und Franzmichel in seiner Nähe Platz nahmen.

Schon beim ersten übermütigen Hopper waren die beiden auf der Tanzfläche und Nanni drehte sich und wirbelte und hüpfte, wie sie es seit ihrer Hochzeit kaum noch getan hatte. Zunehmend ausgelassener wurde die Stimmung, selbst Oberhausers sonst meist so ernste Schwestern hatten rote Backen.

»Vierundsechzig Mitglieder! Hättest du das geglaubt?«, sagte der Kaspar, während die Musik eine Pause einlegte.

»Ehrlich gestanden, nein!«, erwiderte Franzmichel. »Aber jetzt ist mehr Geld in der Kasse, als wir gerechnet haben. Damit sollten wir auch etwas anfangen. Kannst du dich noch an Nannis Vorschlag erinnern, mit dem Verein auch die Bildung zu heben?«

Kaspar nickte.

»Was würdest du davon halten, wenn wir eine vom Verein finanzierte Leihbücherei gründen würden, die für jedermann offen ist?«

Der Kaspar war keiner, der vor jeder Entscheidung lange und vorsichtig abwägende Überlegungen anstellte, und seine Antwort bestand auch jetzt nur aus zwei Worten. »Und wo?«

Dass die erste für die Allgemeinheit offen stehende Bücherei in der gesamten k.k. Monarchie ausgerechnet hier im abgeschiedenen Schoppernau gegründet werden sollte, war selbstverständlich auch flugs dem Rüscher zugetragen worden und besonders heftig wurde vom Ochsenwirt dagegen gewettert, der inzwischen fast so etwas wie das Sprachrohr des Pfarrers geworden war. Auch die Mitglieder vom dritten Orden zogen durch die Häuser und missbilligten das Ansinnen auf das Entschiedenste. Der Hochwürden selbst dagegen nahm sich beinahe auffällig zurück, hatte sich stattdessen vor den Landtagswahlen auf die Liberalen eingeschossen, zu deren offenen Unterstützern in Ermangelung einer Alternative die Bürgermeister von Bezau, Au und Schoppernau, der Wirt in Schröcken und auch Franzmichel zählten. Den Redakteur der liberalen »Feldkircher Zeitung«, deren freier Mitarbeiter auch Franzmichel war, nannte er sonntags einen erstickten Studenten und den bekanntermaßen religiösen Herausgeber dessen gottlosen Brotherrn. Erst als es auch in Schoppernau durch weitere dann schon geradezu hirnrissige Predigten nach einer Abwendung von den Ultramontanen und einem Sieg der Liberalen aussah, richtete der Rüscher endlich seine Kanonen auch von der Kanzel aus auf die Bibliothek und damit auf Franzmichel.

»Was das Lesen angeht!«, rief er eindringlich. »Ihr seid Bauern und Handwerker, die den ganzen Tag und die ganze Woche über arbeiten und schinden! Trotzdem gibt es einige unter euch, meine geliebten Pfarrkinder, die sich ihre wenigen, hart verdienten Ruhestunden selbst verderben, indem sie glauben, ihren Kopf auch noch in Bücher und Zeitungen stecken zu müssen! Ich weiß, wovon ich rede, denn ich bin selbst ein Studierter und muss es von Berufs wegen tun. Aber obwohl ich ein Studierter bin, so ziehe ich doch ein Gespräch oder einen Spaziergang dem Lesen bei Weitem vor. Napoleon war ein großer Feldherr und Sankt Augustin ein großer Heiliger! Beide aber sind nicht durch das Lesen von Romanen und Zeitungen groß geworden!«

Franzmichel unten in der Bank dachte wehmütig zurück an den Pfarrer Stockmayr, während von oben her in kernigem Tirolerisch Rüschers Stimme durch das Kirchenschiff dröhnte.

»In dieser sogenannten Bibliothek, welcher der traurige Ruhm zukommt, die erste dieser Art in unserem Vaterland zu sein, befinden sich auch Schriften, vor denen ausdrücklich gewarnt werden muss! Vielleicht ist das der Grund und vielleicht ist man in anderen Gemeinden gescheiter als hier, weil man dort um solche Gefahren weiß und mit so einem Unfug gar nicht erst anfängt! Eines dieser verderblichen Bücher ist das ›Leben Jesu‹ von einem gewissen Renan! Dieser Renan ist nichts anderes als ein erstickter Theolog', der mit ketzerischem Gedankengut die Leute vom Glauben abbringen will! Wer dieses Buch liest, kann kein katholischer Christ mehr sein!«

»Was machen wir jetzt mit dem Renan, den wir gar nicht haben, Herr Bibliothekar?«, fragte Franzmichel nach der Kirche Oberhausers Kaspar, der die Verwaltung der Bücher übernommen und für diese im Haus ein Zimmer zur Verfügung gestellt hatte.

»Du könntest ja dein Exemplar überlassen, wenn der Rüscher schon so viel Reklame dafür macht!«, entgegnete dieser halb zornig, halb belustigt.

»Das liest gerade der Fiedler in Schröcken. Wahrscheinlich hat es dort jemand entdeckt und dem Rüscherle zugetragen, der natürlich gleich seine eigenen Schlüsse daraus zieht!«

Auch Oberhausers Schwestern waren jetzt dazugetreten und fragten besorgt, ob das denn mit dem Renan stimme, worauf sie Franzmichel beschwichtigte, so dumm würden sie nicht sein, dem Pfarrer selber noch die Munition zu liefern.

Immer mehr Leute kamen hinzu und wollten wissen, was es denn mit diesem Renan auf sich habe.

»Es beschreibt das Leben Jesu aus wissenschaftlicher Sicht, wie er als Mensch unter Menschen gelebt hat, und versucht, sein Leben, die Gestalt und seinen Weg aus den Verhältnissen seiner Zeit heraus zu erklären. Vor ein paar Jahren hat es für einigen Wirbel gesorgt, inzwischen hat sich das aber wieder ziemlich gelegt!«

»Dann ist es mir wahrscheinlich sowieso zu hoch!«, meinte der Kleinseffler ein wenig enttäuscht.

»Wir hätten es auch gar nicht in der Bibliothek!«, antwortete Kaspar und fügte noch hinzu, hie und da ginge dem Pfarrer eben die Fantasie durch.

Franzmichel dachte, dass jetzt, um den Rüscher zu ärgern, ein wenig Gegenpropaganda auch nicht schaden könnte, und erwähnte dann noch, dass er, sobald der Schnee weniger würde, hinüberginge nach Bludenz, wo der Kaspar in seinem Bekanntenkreis auch noch ein paar Bücher aufgetrieben habe, die man ihnen schenken wollte.

Aber mit der Reise wurde es dann doch nichts, weil zum Ersten der Schnee mehr anstatt weniger wurde, zweitens Franzmichels Lederstiefel wahrscheinlich nicht einmal mehr hinauf bis zum Faschinajoch durchgehalten hätten, und als der Übergang ins Große Walsertal halbwegs passierbar war, hielten ihn dann tagelange Magenkrämpfe daheim. Der junge Doktor Dünser, der Nachfolger des nach Lingenau verzogenen Doktor Walser, verordnete ihm strikte Bettruhe, da damit nicht zu spaßen sei. Das jedoch war mit vier kleinen Kindern im Haus, die man der Kälte wegen nicht lange ins Freie schicken konnte, leichter gesagt als getan. Außerdem waren die ersten Korrekturbogen der »Sonderlinge« eingetroffen, die ihm der Natter oder Nanni vorlasen, und der Verleger Hirzel in Leipzig drängte auf schnelle Bearbeitung. Aus Bezau kam ein Brief vom Feuerstein, der in den Landtag gewählt worden war und jetzt mit der »Partei der Gleichberechtigung« nichts mehr zu tun haben wollte, der Kaspar wartete immer noch auf die genaueren Verleihbedingungen und die Register für die Bibliothek, der Druck der »Gespräche des Lehrers Magerhuber« kam auch nicht voran und das Heu von der kleinen Bergwiese an der Üntsche sollte auch ins Tal gebracht werden. Josef Ritter von Bergmann, dessen Besuch im letzten Sommer in seiner Heimat für nicht geringes Aufsehen gesorgt hatte, wünschte aus Wien eine Charakter-Zeichnung der heutigen Bregenzerwälder und eine nochmalige Biografie seiner Person, da er die verfertigte Aufzeichnung unauffindbar verlegt habe. Am meisten aber ging ihm doch der Feuerstein im Kopf um, den er unbedingt persönlich sprechen musste, und zwar möglichst bald. An einem Tag, der sonnig zu werden versprach, hielt es Franzmichel auch gegen den heftigen Protest von Nanni und dem Einspruch seiner Mutter nicht mehr daheim. Mehrfach musste er auf dem Weg nach Bezau anhalten und sich eine Sitzgelegenheit suchen, da ihn plötzlicher Schwindel erfasste und er kurz davor war, sich zu übergeben.

Der Feuerstein empfing ihn in seiner Werkstatt mit sichtlicher Verlegenheit und deutlich war ihm der Zwiespalt anzusehen, in dem er steckte.

»Gerade vor einer Viertelstunde hatte ich eine Auseinandersetzung mit meiner Frau wegen des Druckes deiner ›Gespräche des Lehrers Magerhuber‹ und wir haben uns entschieden, sie nicht fertigzustellen!«

Franzmichel war wie vor den Kopf geschlagen und brachte kein Wort heraus.

»In meinem ganzen Leben bin ich noch niemals wortbrüchig geworden. Jedoch unter den gegebenen Umständen wirst du verstehen, dass ich mein Wort nicht halten kann. Ich hoffe auf dein Verständnis, dass ich nicht bereit sein kann, mich in eine Verbindung einzulassen, durch die ich in die Lage kommen könnte, meine eigenen Erkenntnisse opfern zu müssen zugunsten von Überzeugungen, mit denen ich womöglich nicht übereinstimme!«

»Wieso?«

»Ich habe nicht angenommen und war auch nicht darauf gefasst, dass und vor allem auf welche Art ihr die kirchliche Frage in Angriff zu nehmen gedenkt!«

»Aber wir wollen doch nur das eine: eine demokratische Partei auf Grundlage der christlichen Lehre, die sich um die sozialen Fragen kümmert! Aber christlich ist nicht nur katholisch und katholisch ist nicht nur das, was der ultramontane Klerus von der Kanzel verkündet!«

»Man kommt aber auch nicht immer am schnellsten auf einen steilen Berg, indem man schnurgerade auf den Gipfel zuhält!«, entgegnete der Josef. »Genau das aber macht dein Freund und Schwager und heftet seine Augen so fest auf die Fahne Lassalles, dass er in seinem Eifer nicht bemerkt, wie er selber zunehmend in dichteres Gestrüpp gerät, und du stolperst ihm hinterher. Den Bischof Ketteler und den Domkapitular Moufang, um nur zwei zu nennen, die sich ebenfalls mit der sozialen Frage auseinandersetzen, lobt er zwar in den höchsten Tönen, aber nur dann, wenn diese auch den Lassalle loben, und zum Schluss gibt es nur einen, der unantastbar über allen steht, nämlich den Lassalle! Das gleichzeitige Eindreschen auf die romtreuen Ultramontanen, die Liberalen und die Bourgeoisie wird manchen Gutwilligen abschrecken und mehr Verwirrung stiften als Erkenntnisse bieten! Wie ihr beide auf diese Art das Volk zum Fortschritt bewegen wollt, ist mir schleierhaft!«

»Deshalb habe ich ja auch die ›Gespräche des Lehrers Magerhuber‹ in Dialogform verfasst. Ein praktisches Beispiel, sozusagen als Geschichte aus dem wirklichen Leben weitergesponnen, verstehen die Leute besser als Kaspars akademische Theorien!«, versuchte Franzmichel zu erklären, aber der Josef ging nicht darauf ein.

Sein Gehilfe war währenddessen mit dem Auftragen fetthaltiger Lithotusche auf eine Steinplatte beschäftigt und Franzmichel und der Feuerstein waren zu angespannt, um ihm Beachtung zu schenken. Daher bemerkten sie auch nicht, wie sich der Mann immer wieder anstrengte, um ein paar Worte von ihrer Unterhaltung aufzuschnappen. Kaum aber hatten er und der Josef die Werkstatt in Richtung Wohnung verlassen, erhob er sich hastig und öffnete einen der Schränke, in denen die fertigen Drucke aufbewahrt wurden, entnahm dort einen Bogen und ließ diesen im Spalt zwischen Druckstock und der Wand verschwinden.

»Für die Verbreitung des Demokratie-Gedankens kann ich als Abgeordneter im Stillen vielleicht mehr tun, als wenn ich öffentlich Ansichten vertrete, zu denen ich nicht stehe!«, sagte der Feuerstein mit verhaltener Stimme beim Zurückkommen. »Dass es mit der Zeitung und der Druckerei nichts werden wird, tut mir leid. Aber das Geld gehört einmal meiner Margret, und wenn sie nicht will, kann ich mich auf den Kopf stellen, … ihre Meinung hast du ja selber soeben gehört. Vielleicht bringt ihr eine eigene zusammen, mit tausend Gulden ist da viel getan!«

»Dem Lithografen Feuerstein sei inbrünstiger Dank für die tröstenden Worte!« Franzmichels rechtes Auge zwinkerte heftig, als er diesen mit einem zornigen Blick bedachte.

»Ich hoffe nicht, dass du mir jetzt die Freundschaft kündigst!«, erwiderte der Josef ein wenig betroffen. »Dass du mit ehrlichem Herzen hinter der Sache stehst, genauso wie der Kaspar – daran habe ich noch keine Sekunde gezweifelt, aber mit einigen eueren Forderungen seid ihr eben um Jahre zu früh dran, wie beispielsweise mit dem Wahlrecht auch für die Frau!«

Franzmichel verwies auf John Stuart Mills Schrift »On Liberty«, die auch der Josef gelesen und sich zustimmend darüber geäußert hatte.

»Frauenwahlrecht?«, beharrte dieser dennoch. »In zehn, zwanzig Jahren – und selbst dann nur: vielleicht!«

Aber jeder Versuch, den Feuerstein wieder zurück zur Fahne zu holen, war vergeblich. Der Josef würde sie unterstützen, wo er es für gut befand, aber als offener Mitstreiter für die Partei der Gleichberechtigung war er endgültig verloren.

»Ich bringe dir noch das Manuskript und die Abzüge von den ›Gesprächen des Lehrers Magerhuber‹, soweit sie fertig sind!«, sagte er dann.

Der Gehilfe sah ihm mit sonderbarem Blick nach, wie er zum Schrank ging und diesen öffnete.

Erleichtert atmete er auf, als er sah, wie sein Meister ohne lange nachzusehen die Blätter in eine Mappe steckte und sie Franzmichel überreichte, der sie in seinem Rucksack verschwinden ließ und sich dann draußen vor der Türe vom Feuerstein verabschiedete.

In Bezau ging er noch zur Post, wo er nicht vergaß, auf die elende Verbindung nach Au und Schoppernau hinzuweisen, worauf aber der Postmeister nur resigniert die Hände hob und erwiderte, an ihm würde es ja nicht liegen.

Heimzu gedachte er noch auf einen Sprung im Rehmener Pfarrhaus vorbeizschauen. Wenn Franzmichel die Rüscher'schen Predigten ob ihrer gnadenlosen Einfalt und der heftigen Sticheleien und Verdächtigungen gegen ihn wieder einmal unerträglich wurden, machte er an so manchem Sonntag den Weg zum Gottesdienst hier heraus.

»Der Hochwürden ist am Brevierlesen!«, sagte die Haushälterin und deutete zum Arbeitszimmer.

Dort drinnen ging der Kurat auf und ab, deutlich war durch die geschlossene Tür das Knarzen des Parkettbodens zu vernehmen.

»Klopfen Sie einfach! Aber es kann ein bisschen dauern!«

Doch schon nach kurzer Zeit kam dann ein lautes »Herein!« und der Kurat Herzog schien sich bei seinem Eintreten offensichtlich über den unerwarteten Besuch zu freuen. »Um den Doktor Dünser würde ich an Ihrer Stelle in den nächsten Tagen einen weiten Bogen machen!«, begrüßte er ihn schmunzelnd. »Er wollte nach Ihnen sehen, aber da war der Käfig leer und der Vogel ausgeflogen.«

Erst jetzt wurde Franzmichel bewusst, dass er schon seit Bezau keine Schmerzen mehr hatte und sich wieder pudelwohl fühlte. »Frische Luft und Bewegung«, erwiderte er, »sind auch keine schlechten Ärzte und kosten weniger als das Dökterle.«

»Trinken Sie einen Kaffee mit mir?«

»Ich weiß nicht, ob ich den schon vertrage. Aber den weitum gerühmten Kamillentee Ihrer Köchin würde ich nicht ablehnen!«

»Der Humor scheint jedenfalls nicht gelitten zu haben«, lächelte der Geistliche.

»Den braucht es auch in Schoppernau!«

»Das ist Gespräch in der ganzen Talschaft. Mein Amtsbruder hat schon einige herbe Niederlagen hinnehmen müssen mit seiner etwas stürmischen Art …«

»Stürmische Art? Der Mann ist ein Choleriker wie aus dem Buch, der inzwischen die halbe Gemeinde gegen sich hat!«, unterbrach ihn Franzmichel.

»Auch wir Seelsorger sind nur Menschen mit Fehlern und Schwächen. Ich gebe ja zu, seine Methoden wären nie die meinen. Aber vielleicht habe ich da leichter reden, weil ich als Kurat ja nicht der Hierarchie der hiesigen Geistlichkeit unterstellt bin.

Da herrscht natürlich innerhalb des Klerus auch ein gewisser Druck, weniger von oben her als untereinander. Das führt eben manchmal zu einem gewissen Übereifer.«

Aber Franzmichel wollte das so nicht gelten lassen und hielt den Pfarrer Stockmayr entgegen, der wie überhaupt die meisten älteren Geistlichen auch einmal fünf gerade sein ließ.

»Das war noch die alte Konstanzer Schule mit Lehrern wie einem Ignaz Heinrich von Wessenberg, dem die Aus- und Weiterbildung aufgeklärter, weltoffener Priester am Herzen lag. Pressefreiheit, Gewerbefreiheit, Bildung für die unteren Schichten mit Bürgerschulen waren früher am Brixener Priesterseminar keine verpönten Themen und aus diese Schule stammt auch noch der Pfarrer Stockmayr!«

»Und jetzt haben wir die Neu-Brixner!«

»Seit der Auflösung der Diözese Konstanz, ja!«, antwortete der Kurat. »Neue Schule, neue Lehrer, neues Denken!«

»Verknöchert und in Äußerlichkeiten erstarrt! Mehr Brimborium als Inhalt, und als geistige Nahrung – lateinische Gesänge und Gebete, die keiner versteht, dazu noch Predigten mit Blitz und Donner! Dumpfe Geistfeindlichkeit, jeder fortschrittliche Gedanke ist Sünde, und wer etwas liest, ohne vorher den Pfarrer zu fragen, wird über dem Feuer der Hölle geröstet!«, erwiderte Franzmichel und nahm einen kurzen Schluck aus der Tasse. »Ich habe den Renan gelesen und daraus auch noch nie ein Hehl gemacht!«, fuhr er fort. »Jetzt pfeifen es die Spatzen von den Dächern, dem Pfarrer seine Weiber vom dritten Orden hecheln durchs Dorf und das gelbe Ochsenwirtle kann stundenlang davon erzählen, ich sei ein Renianer, der keinen Herrgott mehr kenne, und nicht nur er, sondern auch der Hochwürden vermute, ich sei ein Ketzer, der die Leute gegen den wahren Glauben aufwiegeln wolle. Ja, Himmel noch einmal! Wenn ich den Marx lese, so bin ich doch noch kein Kommunist, und wenn ich den Katechismus lese, noch lange kein Katholik!«

»Aber etwas bleibt doch hängen!«

»Sie enttäuschen mich!«, entgegnete Franzmichel spöttisch. »Kennen Sie das Versepos ›Königin Mab‹ des englischen Dichters Percy Shelley? Nein? Ich leihe es Ihnen bei Gelegenheit! Shelley wäre ein ganz Großer der neuen Zeit, vielleicht sogar der Größte! Was Kraft und Feuer seiner Dichtung anbelangt, steht er Shakespeare kaum nach. Aber dennoch steht er weit, unendlich weit unter seinem Landsmann. Warum? Shelley ist zu sehr Atheist, um an etwas Großes glauben zu können. Er gehört zu den Leuten, die nur verneinen und niederreißen können und deshalb zu einem großen Gedanken unfähig sind. Selbst in seinem besten Gedicht bekämpft er vehement schon die grundsätzliche Vorstellung von einem Gott, wie auch immer dieser aussehen mag, und er hinterlässt in der Seele nur trostlose Leere. Aber genau dieser Shelley mit seiner alles in Abrede stellenden wortgewaltigen Armseligkeit war es, der mich in meinem christlichen Glauben bestärkt hat, wenn auch nicht in der läppischen Form, wie ihn der Pfarrer Rüscher verkündet!«

»Dafür, dass Sie dem Doktor aus dem Bett entwischt sind, sind Sie aber schon wieder ganz schön streitlustig!«, lächelte der Kurat.

»Deshalb kehre ich auch gerne bei Ihnen zu, um ein wenig zu plauschen. Hie und da braucht auch ein lesendes, verketzertes, schreibwütiges und zudem noch vereinsgründungssüchtiges Bäuerlein jemanden, mit dem es offen reden kann, auch wenn ich Sie heute nicht viel zu Wort habe kommen lassen!«

»Ich werde mir Gedanken machen, welche Möglichkeiten ich habe, auf meinen Amtsbruder einzuwirken, ohne dass dies dieser als Einmischung empfindet!«

»Vielleicht ist an dem Gerücht doch etwas dran, der Rüscher habe sich um eine Pfarrstelle in Dornbirn beworben?«, fragte Franzmichel nach kurzem Überlegen.

»Das ist ein Gerücht und wird auch eines bleiben. Wenn er schon mit euch gottlosen Schoppernauer Bauern seine liebe Not hat, so wird man ihn nicht auf die noch gottloseren Dornbirner loslassen!«

In Schoppernau kehrte er dann noch kurz beim Bierer zu, wo er wie erwartet um diese Zeit den Natter antraf, der auch sofort mit einer Neuigkeit aufwarten konnte.

»Du Krösus kannst mir ruhig eine Halbe bezahlen!«, grinste dieser, aber nur einen Augenblick lang.

»Wie kommst du darauf?«

»Lange Finger hättest du bekommen und beim Handwerkerverein in die Kasse gelangt!«

»Wer erzählt so etwas?«, fragte Franzmichel aufgebracht.

»Phh«, machte der Josef, »es wird halt herumgeratscht. Ausgehen tut es, wie es scheint, vom Ochsenwirt. Der behauptet jedenfalls felsenfest, du hättest fünfundvierzig Gulden aus der Kasse genommen, um Bücher für die Bibliothek anzuschaffen, obwohl nur siebzehn bewilligt worden seien, und die Bücher würdest du dir dann selbstverständlich selber unter den Nagel reißen.«

Franzmichel war wie heute Vormittag schon beim Feuerstein nun schon zum zweiten Mal wie vor den Kopf geschlagen. »Für heute langt's!«, murmelte er dann, und als er daheim ankam, hatte auch Nanni schon davon gehört.

»Sie schießen sich auf dich ein!«, schloss sie ihren Bericht besorgt.

»Man wird sehen! So einfach steckt mich das Rüscherle und sein Anhang nicht in den Sack!«

Es klang niedergeschlagen. »Gehst du heute für mich nochmals in die Sennerei? Ich will um des lieben Friedens der Fragerei aus dem Weg gehen.«

Nanni nickte stumm und warf ihm einen mitfühlenden Blick zu.

65

Während am Sonntag Franzmichel und Nanni zur Messe in Rehmen weilten, stand in Schoppernau der Pfarrer Rüscher mit hochrotem Kopf auf der Kanzel.

»Vor ein paar Tagen ist mir das da in den Pfarrhof geflattert!«, rief er und hob dabei etwas mit spitzen Fingern in die Höhe, das von unten aussah wie ein Heftchen. »Von Lindau aus wurde mir das zugeschickt, ohne Absender, und auch der Verfasser scheint das Licht zu scheuen wie der Teufel das Weihwasser!« Noch höher, mit ausgestreckter Hand, damit es ja auch alle sehen konnten, riss er das Heft in die Höhe. »›Klarstellung der vorarlbergischen Partei der Gleichberechtigung. Zweite Parteischrift‹ steht da auf dem

Umschlag! Es scheint nicht nur, sondern stammt ganz bestimmt aus der gleichen Feder wie schon dieser Pestgestank des Rufes aus Vorarlberg um Gleichberechtigung! Wer der Urheber war, konnte bisher nur vermutet werden und wir haben bisher den Verdacht nur vorsichtig ausgesprochen, dass er mitten unter uns im Dorf weilen könnte. Diese Schrift aber bestätigt mehr als nur die Vermutung! Viele seiner ketzerischen Gedanken, die er bisher nur anzudeuten wagte, getraut er sich jetzt im Dunkel der Anonymität offenzulegen und noch weiter zu gehen. Es ist derselbe Mann, der sagt, wissenschaftliche Erkenntnisse ließen vermuten, die Alpen seien möglicherweise über die Berge her und nicht über die Täler besiedelt worden! Das widerspricht der Schöpfungsgeschichte und es sind die Freimaurer, die so etwas behaupten!«

»Das hat er schon einmal gepredigt und ob unsere Vorfahren nun von oben über die Berge oder unten durchs Tal hereingetappt sind, ist mir eigentlich wurst!«, flüsterte der Kleinseffler seinem Banknachbarn zu.

»Der Verfasser schwätzt von vergangener germanischer Kultur, von uraltem Recht, das vom römischen Recht verdrängt worden und von den Päpsten eingeführt worden sei! Um noch mehr Verwirrung zu stiften, wirft er mit lateinischen Ausdrücken nur so um sich. Eigentum sei Diebstahl – heißt es weiter!«

Dabei riss er wieder das Heftchen in die Höhe.

»Ho, ho! Seid ihr Bauern also Diebe? Waren unsere Väter Diebe und Falotten? Aber es kommt noch ärger und lässt sich an Verderbtheit kaum mehr überbieten: Unser christlicher Glaube sei von den Aposteln auf heidnischen Grundlagen aufgebaut und mithilfe des römischen Heidentums verbreitet worden. Zwischen die Priesterschaft versucht er einen Keil zu treiben, fordert uns, euere Seelsorger, aber im gleichen Atemzug auf, seine Forderungen zu unterstützen. Dazu schiebt er den Glauben vor, um gleich darauf wieder auf die heilige Kirche einzuschlagen! Eine dritte Partei brauche das Land! Eine dritte Partei, frage ich? Will er wirklich nur eine dritte Partei? Stiften die gottlosen Liberalen und ihre Hetzzeitungen nicht schon genug Unfrieden? Nein! Nicht nur um eine neue Partei geht es offenbar, sondern gleich um die Einführung einer neuen Religion!«

Der Natter Josef saß unten und glaubte, seinen Ohren nicht zu trauen. Schließlich ging er bei Felders fast täglich ein und aus und der Franzmichel war ohne Frage ein glühender Anhänger der Partei der Gleichberechtigung, von der aber auch er selber, der Natter, nicht wusste, wer eigentlich dahintersteckte. Aber keine der beiden Schriften konnte von ihm stammen, schon aus dem einfachen Grund, weil dieser zwar ein wenig Italienisch, aber deswegen noch lange kein Latein beherrschte, ein paar Redewendungen vielleicht ausgenommen.

Der Pfarrer beugte sich nach vorne.

»Meine geliebten Pfarrkinder«, fuhr er scheinbar betrübt fort, »ich hätte dies alles in meiner Predigt nicht zur Sprache gebracht, wenn nicht freimaurerisches und gottloses, gegen jede Sitte und Anstand, gegen unsere Kirche, unseren Glauben und damit auch gegen uns Schoppernauer Katholiken gerichtetes Gedankengut auch in unserer Gemeinde anfinge, sich auszubreiten wie eine Eiterbeule! Haltet euch von solchen verdorbenen Menschen fern, die so einfältig sind anzunehmen, wenn sie ihren Namen nicht nennen, wüsste man auch nicht, wer dahintersteckt!«

So ging es noch eine Zeit lang und endete damit, dass keiner, der mit einem solchen Mann Umgang pflege, noch als Christenmensch gelten könne.

Als Nanni und Franzmichel vom Kirchgang aus Rehmen zurückkamen, erschien ihnen das Dorf wie verwandelt. Zwar war der Ort noch derselbe, wie sie ihn verlassen hatten; die Häuser waren noch dieselben und auch die Kirche stand noch an ihrem Platz. Dafür aber schienen manche der Menschen wie ausgewechselt zu sein, geradeso, als ob Schoppernau innerhalb der wenigen Stunden ihrer Abwesenheit neu besiedelt worden wäre. Leute, die bisher noch immer ein paar Worte gewechselt hatten, sahen durch sie hindurch, versuchten sich unauffällig abzuwenden oder bedachten sie mit feindseligen Blicken.

Nanni zog unwillkürlich den breiten, schwarzen Wollschal über die Schultern.

»Was geht hier vor?«, flüsterte sie, nachdem auch zwei Frauen ihren Gruß nicht zu beachten schienen.

»Der Rüscher!«, antwortete Franzmichel. »Komm, schauen wir zu, dass wir in die eigenen Wände kommen!«

Dort warteten Oberhausers Josef und Kaspar, auch der Natter war schon da.

Alle drei berichteten von der Aufregung ob der Predigt nach dem Gottesdienst auf dem Kirchplatz. Nanni und Franzmichel hörten schweigend zu, und als der Natter meinte, er würde jetzt gerne Mäuschen spielen in der Gaststube beim Ochsenwirt, schüttelte Franzmichel den Kopf.

»Das wäre nicht gut! Dort sitzen die ganzen Rüscher-Zeloten und wenn ausgerechnet du dort auftauchst, wäre das wie Öl ins Feuer!«

»Aber in den Adler oder zum Bierer könnten wir! Dort sind bestimmt einige der Unsrigen!«, schlug Oberhausers Josef nun vor.

»Das würde ich jetzt genauso wenig machen, damit würde alles nur noch ärger. Die wissen im Grunde auch nicht viel mehr, als der Rüscher erzählt hat!«, mischte sich nun Nanni ein.

»Dein Wible hat recht!«, wandte sich Kaspar an Franzmichel. »Wir kennen zwar den ›Ruf um Gleichberechtigung‹, haben aber keine Ahnung, was wirklich in der ›Klarstellung‹ steht. Wahrscheinlich ist sie auch so kompliziert, dass du sie uns zuerst erklären musst! Wer aber steckt dahinter? Wer ist der Urheber?«

Franzmichel sah kurz hinüber zu Nanni, die dann aufmunternd nickte. »Also gut! Ich erwarte von euch jedoch absolutes Stillschweigen!«

Die Männer nickten ebenfalls.

»Die Partei der Gleichberechtigung besteht bisher aus nur lediglich zwei Personen!«

Seine drei Freunde sahen ihn ungläubig an und es dauerte eine Weile, bis der Natter als Erster die Sprache wiederfand. »Das gibt es doch nicht! Zwei Leute allein können doch nicht einen solchen Wirbel im ganzen Land auslösen!«

Nun nickte auch Franzmichel. »Eigentlich waren wir zu dritt, aber einer ist abgesprungen. Jetzt sind nur mehr mein Schwager Kaspar und ich übrig!«

»Geahnt habe ich schon lange, dass du irgendwie da mit drinsteckst!« Der Natter schien tief getroffen zu sein. »Und ich habe gedacht, wir seien Freunde!«

Auch die Gesichter der beiden Oberhauser verschlossen sich.

»Manchmal ist es besser, wenn auch Freunde nicht alles wissen. Der Kaspar ist Beamter und noch ein recht störrischer dazu. Ein Wort davon ins Ohr der falschen Leute – und er ist seinen Posten los! Versteht ihr das?«

»Trotzdem …«, beharrte der Natter.

»Josef, du hast dein Herz zwar auf dem rechten Fleck, nur hie und da trägst du es auch auf der Zunge daher, wenn wieder einmal dein Hitzkopf durchgeht!«

»Also stammen die Schriften vom Gerichtsadjunkten!«, sagte Oberhausers Josef und schlug sich mit der flachen Hand an die Stirne. »Warum bin ich da nicht von selbst darauf gekommen?«

»Weil ich der Einzige bin, dem das der Rüscher in seiner kleinen Welt zutraut, und gewisse Kreise über Gerüchte den Verdacht auf mich gelenkt haben!«

Aus der Wiege am Kachelofen meldete sich lautstark der halbjährige Hermann.

»Er hat die Windel voll!«, stellte Nanni fest und ging mit dem Kleinen hinaus.

»Wie geht es jetzt weiter mit euerer Zwei-Mann-Partei?«, wollte der Natter wissen.

»Wir brauchen eine Zeitung, die auf unserer Seite ist. Mit einer eigenen wird es nichts. Der Kaspar wollte sich deswegen mit den Liberalen zusammentun, aber die haben kalte Füße bekommen. Jetzt versucht er es bei den Konservativen …«

»Lassalle, euere Ideen und die Ultramontanen?«, unterbrach ihn erregt der Natter. »Das ist doch wie Feuer und Wasser!«

»Nicht alle Konservativen leben auch zwangsläufig hinter dem Mond. Das ist etwas, was du auch noch lernen musst: Es gibt auch Farben, nicht nur Schwarz und Weiß!«

Der Josef zog ein wenig beleidigt den Kopf ein.

»Diese Bedenken habe ich zwar auch, besonders nach der ›Klarstellung‹, wo er doch unnötig scharf die Romhörigen angreift«, räumte Franzmichel ein, »aber wer nichts tut, macht zwar keine Fehler, wird aber auch nichts bewegen!« Nachdenklich zog er die Stirn in Falten. »Du wolltest doch einen Freund im Montafon besuchen, oder?«, wandte er sich an den Natter.

»Den Burtscher Hannes, ja!«

»Also gut! Du hilfst mir morgen noch das Bergheu herabzubringen und dann könnten wir ja beide zusammen bis nach Bludenz und du von dort weiter! Ist vielleicht besser, wenn ich für ein paar Tage aus Schoppernau verschwinde, und zu zweit ist der immer noch nicht ganz ungefährliche Weg sicherer und auch unterhaltsamer.«

»Gilt!«, antwortete der Josef.

Die drei machten sich gerade zum Aufbruch fertig, als dumpf und fast gleichzeitig ein paar Schneebälle gegen eine der wegseitigen Fensterläden flogen. Mit einem Satz war Oberhausers Josef durch die Tür, rannte noch in Socken auf die Gasse und kam dann schnaufend zurück.

»Die feigen Krüppel, wenn ich die erwische!«, knurrte er, während er im Hausgang in seine Schuhe schlüpfte.

Das Mittagessen bei Felders verlief dann ziemlich wortkarg, was auch der Nachbarin, dem Vevele, zuzuschreiben war. Diese hatte nichts Besseres zu tun gehabt, als, anstatt schnurstracks nach der Kirche nach Hause zu gehen, noch bei Marie zuzukehren und ihr die heutige Predigt haargenau zu explizieren, jedenfalls soweit sie den Inhalt verstanden und noch im Kopf hatte.

Diese saß nun niedergedrückt am Tisch und seufzte nur: »Ahne, ahne!«, was Franzmichel nach und nach fuchsteufelswild machte und er auffuhr, sie solle endlich mit ihrer Stöhnerei aufhören, worauf aber seine Mutter in Tränen ausbrach und schluchzend immer wieder stammelte, es sei eine Schande, wenn man den eigenen Buben so von der Kanzel verkünde.

»Mama, jetzt hör' auf, was der Rüscher predigt, ist doch nur verdrehtes Zeug und zusammengelogen!«, versuchte er sie zu beruhigen.

»Aber gar alles kann er doch nicht nur erfinden!«

Auch Nannis Zureden half nicht viel. Um ihre Schwiegermutter auf andere Gedanken zu bringen, drückte sie Marie den kleinen Hermann in die Hände.

»Kannst du ihn weiterfüttern?«, fragte sie, während sie ihr den Grießbreiteller zuschob und dann anfing, den Tisch abzuräumen.

»In manchen Häusern wird es heute auch nicht viel anders

zugehen als bei uns!«, bemerkte Franzmichel und stimmte entschlossen das Dankgebet an, was normalerweise der Mutter oblag.

Gleich darauf zog er sich in die Stille seiner Studierkammer zurück und ihn dünkte es geradezu wie eine Flucht vor dem Rüscher und dessen Anhang. Bis in seine eigene Familie hatte dieser es geschafft, einen Keil zu treiben.

Franzmichel war gerade dabei, seinen Ärger mit der überfälligen Beantwortung eines Briefes an Hildebrand in Leipzig zu verdrängen, mit dem dieser seinen Besuch für den Sommer angekündigt hatte, als von unten eine Männerstimme zu vernehmen war.

»Komm herauf!«, rief er nach unten über die Stiege und steckte unmutig die Feder zurück ins Tintenfass.

Gleich danach stand der Sealmus neben ihm im Kämmerchen. »Servus!«, grüßte der Ortsvorsteher knapp und über seiner Nasenwurzel stand senkrecht eine tiefe Falte, die seinen gewaltigen Zorn verriet. »Wer die ›Feldkircher Zeitung‹ liest, ist gottlos. Wer die Liberalen wählt – also demnach die Mehrheit der Schoppernauer Wahlberechtigten – ist gottlos. Wer nicht für die Ultramontanen ist, ist gottlos. Wer bestimmte Bücher liest, hat sein Seelenheil verspielt, und wer mit dir Umgang hat, ist so gut wie verdammt!«

So aufgebracht hatte Franzmichel den Sealmus eigentlich noch nie erlebt.

»Das kann so nicht weitergehen! Die ganze Gemeinde hetzt er gegeneinander, in jeder zweiten Familie ist inzwischen schon Streit und Unfrieden. Das geht nicht nur den Rüscher etwas an, sondern auch uns!« Der Vorsteher zog einen Stuhl heran und setzte sich. »Weißt du, was Jägers Mariann nach der heutigen Predigt zu meinem Buben gesagt hat?«, fragte er. »Dein Vater ist ein liederlicher, verkommener Mann! Wenn er noch länger mit Jaukos Franzmichel umgeht, werden wir schon dafür sorgen, dass er die längste Zeit Vorsteher war, und ihn absetzen lassen!«

»Jägers Mariann? Die Ober-Betnockel vom dritten Orden?«, lachte Franzmichel.

»Das ist alles andere als lustig!«, erwiderte der Sealmus schroff. »Was glaubst du, was heute im Ochsen los war und noch immer ist?«

»Ich will es gar nicht wissen!«

»Ist vielleicht auch besser so!«, entgegnete der Vorsteher. »Also, was machen wir?«

»Vielleicht sollte man doch einmal mit dem Rüscherle reden!«

Der Sealmus dachte kurz nach. »Wie wäre es, wenn wir beide zusammen ins Pfarrhaus gingen!«, antwortete er.

Franzmichel schüttelte den Kopf. »Das würde er nur als einen Sieg für sich verbuchen. Schau, schau, wird er händereibend verkünden, jetzt kommt der Felder angekrochen und hisst die weiße Fahne! Selbst wenn ich diese Kröte schlucken würde, geht es spätestens im Mai weiter, wenn mein neues Buch erscheint!«

»Du hast recht!«, antwortete der Vorsteher nach einer Weile. »Wahrscheinlich ist ein Gespräch unter vier Augen besser!«

Der Sealmus war noch kaum richtig draußen durch die Haustüre und Franzmichel gerade wieder auf der Treppe nach oben, als der nächste Besucher hereinschneite. Es war Nannis Bruder, der Schneider, der noch im Hausgang berichtete, der Auer Kaplan habe letzte Woche eine Zeitung gesehen, in der eine Besprechung von Renans »Leben Jesu« abgedruckt gewesen sei, und heute eine scharfe Predigt dagegen gehalten, wobei er nicht vergessen habe, auch »einige Leute in Schoppernau« zu erwähnen.

»Der macht das Kraut auch nicht mehr fett!«, erwiderte Franzmichel.

»Nimm das nicht so leicht!«, warnte der Schneider. »Auf dem Herweg habe ich zwischen Au und Schoppernau niemanden getroffen, der nicht über dich geredet hätte. Die Predigt vom Rüscher muss auch ganz schön gesalzen gewesen sein!«

»Ich habe sie nicht selber gehört. Nanni und ich waren zur Kirche in Rehmen, wo ich mit dem Erath Michel geredet habe, der heute auch noch mit dem Auer Lehrer bei mir vorbeikommen will!«

»Auf den und auch den Lehrer brauchst du nicht zu warten, die beiden werden nicht kommen!«

»Wieso?«, fragte Franzmichel.

»Dem Erath hat es der Vater verboten und dem Lehrer seine Frau!«

Nanni hatte die letzten Worte mitbekommen und stand erschrocken im Türrahmen. »Sind wir jetzt schon so weit?« Betroffen wechselte ihr Blick hin und her zwischen Franzmichel und ihrem Bruder. »Sind wir schon so verrufen, dass man sich nicht mehr zu uns ins Haus getraut?«

»Jetzt werdet ihr sehen, wer eure Freunde sind!«, knurrte der Schneider.

Als Marie von der Nachmittagsandacht heimkam, hatte Nanni Kaffee aufgebrüht und die drei saßen beisammen in der Stube. Die Wiege mit dem kleinen Hermann hatte Franzmichel ins Gaden gestellt und die anderen Kinder in die Küche geschickt. Die Mutter machte einen niedergeschlagenen Eindruck.

»Und? Hat der Hochwürden nochmals über den Kummer mit seinen verdorbenen Schäflein geklagt?«, wollte Franzmichel wissen.

»Spotte nur!«, antwortete Marie. »Das wird dir schon noch vergehen! Nein, gesagt hat er nichts, dafür aber umso mehr die Leute! Wie die größte Sünderin bin ich mir vorgekommen und habe nur noch zugeschaut, dass ich wieder heimzu komme. ›Ahne, Marie, was musst du mit deinem Buben mitmachen‹, ist gleich Brosirgles Rosa auf mich zu und Jägers Mariann hat gesagt, wie Jesus im Tempel müsste man auch in Schoppernau mit der Peitsche dreinfahren, und mich dabei so angeschaut, dass ich schon gewusst habe, wer damit gemeint war. Als auch dann noch Nagelschmieds Theresle und Müllers Mariele dazugekommen sind, habe ich sie alle miteinander stehen lassen und bin gegangen.«

»Es ist vielleicht wirklich nicht verkehrt, wenn ich für ein paar Tage nach Bludenz verschwinde!«

»Mit deinen Stiefeln?«, gab Nanni zu bedenken.

»Auf die kann ich jetzt keine Rücksicht mehr nehmen! Ich muss mit dem Kaspar reden!«

Eine gefährliche Schinderei wie jedes Jahr war es gewesen, das Bergheu herabzubringen. Allein schon das Hochtragen des Schlittens erforderte einen ganzen Mann und das Dirigieren der Fuhre über die bocksteilen Hänge hinab ins Tal brauchte neben Kraft zudem die volle Aufmerksamkeit. Spätnachmittags hatten Franzmichel und der Natter die beiden letzten Burden ins Tenn gezogen. Am Dienstag waren sie schon beim ersten Dämmerlicht von Schoppernau aufgebrochen zum langen Marsch über das noch im Winter liegende Faschinajoch. Schon vor Erreichen des kleinen Dörfchens Ragall hatten Franzmichels durchweichte und vom Heuziehen zusätzlich malträtierte Stiefel ihren Dienst wie vorhergesehen fast vollkommen aufgekündigt und für den Weiterweg waren nur noch die auch nicht mehr im besten Zustand befindlichen knöchelhohen Sonntagsschuhe geblieben. Nach drei Tagen mit vielen Gesprächen mit allen möglichen Leuten in Bludenz und Feldkirch hatte Franzmichel mit dem Natter und einem neuen, von seinem Schwager spendierten Paar Stiefel sowie einem Rucksack voller Bücher wieder die Rückreise angetreten. Hungrig und durstig saßen sie nun spätabends in Au im Rössle und wollten gerade aufbrechen, als der junge Doktor Dünser hereinplatzte.

»Gut, dass ich dich treffe!«, rief der noch unter der Türe und setzte sich ohne lange Umstände zu ihnen an den Tisch. »Kennst du den Pater Beda vom Bezauer Kloster?«

»Nur vom Sehen her!«, antwortete Franzmichel müde.

»Vorgestern habe ich ihn in Bezau getroffen. Die ganze Zeit über habe ich bemerkt, wie ihn etwas zwickt, das er nicht für sich behalten wollte. Der Beda trinkt den Wein lieber, als dass er ihn nur anschaut, und ich habe ihm dann einen gehörigen Rausch aufgehängt. Nach ein paar Viertel Rotem war er dann so weit und wurde ziemlich gesprächig, indem er sich nicht abbringen ließ, die ›Klarstellung‹ stamme eindeutig von dir. Als Atheisten hat er dich bezeichnet, und als ich ihn fragte, wie er denn auf so was käme, kam die Antwort, er habe den Beweis dafür schwarz auf weiß, weil ihm eine Schrift von dir in die Hände gekommen sei.«

»Gespräche des Lehrers Magerhuber mit seinem Vetter Michel!« Franzmichel musste dazu nicht lange nachdenken.

»Richtig!«, bestätigte der Doktor. »Aber weißt du auch, wie?«

»Keine Ahnung. Vom Feuerstein hat er sie sicher nicht!«

»Vom Feuerstein nicht, aber von seinem Gehilfen. Der sei nämlich zu den Kapuzinern und dort wiederum zu ihm gekommen und mit ein bisschen Überredung habe ihm dieser dann einen Abzug besorgt. Stimmt es denn, dass sie jetzt in Augsburg gedruckt werden soll?«

»Schmarrn. Wer sagt denn so was?«

»Der Pater Beda. Der ›Ruf‹ und die ›Klarstellung‹ seien ja auch in Augsburg gedruckt worden und er ist fest davon überzeugt, dass deine ›Gespräche‹ spätestens in den nächsten Tagen in Umlauf kommen müssten. Das hat ihm anscheinend auch Feuersteins Gehilfe bestätigt!«

»Sauber!«, antwortete Franzmichel daraufhin nur.

»Jedenfalls wird es nicht langweilig!«, meinte der Natter.

Dafür, dass der Natter Josef recht behalten sollte, hatte inzwischen der Hochwürden Rüscher gesorgt.

Wie abgesprochen war der Sealmus bei diesem vorstellig geworden, aber der Pfarrer hatte entschieden jede Schuld an der Entzweiung des Dorfes weit von sich gewiesen und stattdessen wie er annahm den unwiderlegbaren Beweis schlechthin für die seiner Ansicht nach gottlosen Umtriebe Franzmichels vorgelegt. Auf dem Deckblatt der Broschüre »Klarstellung der vorarlbergischen Partei der Gleichberechtigung« war handschriftlich hinzugefügt: »von Franz Michael Felder«.

Dem Vorsteher wäre normalerweise ob so viel kindsköpfiger Plumpheit schallend zum Lachen gewesen, hätte es sich nicht um den eigenen Pfarrer gehandelt. Auch seinem Vorgänger, dem Altvorsteher Moosbrugger, hatte es der Hochwürden stolz gezeigt, wie dessen Sohn, das Peterle, seinem Schulfreund unverzüglich berichtete. Natürlich zogen auch die Hecheln vom dritten Orden durchs Dorf, von denen einige den erschlagenden Beweis ebenfalls eigenäugig gesehen haben wollten, aber die naheliegende Vermutung, der Pfarrer selbst habe vielleicht mit eigener Hand Felders Namen darunter gesetzt, mit geradezu schäumender Empörung von sich wiesen.

»Ein Pfarrer tut so etwas gar nie nicht und unser Hochwürden gar schon gleich zweimal!«, hatten Jägers Mariann und auch Nagelschmieds Theres bebend vor Entrüstung ob einer solch ungeheuerlichen Unterstellung beschieden.

Von Ernst Keil, dem Herausgeber der »Gartenlaube«, die trotz ihres betulichen Titels zur meistgelesenen Zeitung Deutschlands zählte, war aus Leipzig ein Angebot zur Mitarbeit gekommen. Einhundert Gulden war dieser bereit, pro Bogen für Erzählungen und Schilderungen von Land und Leuten zu bezahlen. Franzmichel dünkte diese Summe geradezu horrend, wenn er sie mit dem Honorar von den dreihundert Gulden verglich, die ihm Hirzel für den ganzen Roman »Sonderlinge« in Aussicht gestellt hatte. Um sich jetzt ein wenig mehr Zeit für seine schriftstellerische Arbeit, das Sammeln von Redewendungen und Dialektwörtern, die Beantwortung der sich zunehmend anhäufenden Korrespondenz, die Ausarbeitung der Statuten für den Käshandelsverein und als zwischenzeitlich gefragter Agitator für denselben zu nehmen, hatte er für die ärgsten Feldarbeiten einen Knecht eingestellt. Der Sprenger Xaver war ein armer Taglöhner aus der Nachbarschaft und froh, gelegentlich ein paar Kreuzer verdienen zu können, ohne dazu jedes Mal weiß Gott wo herumrennen zu müssen. Kaum aber war der Xaver für ein paar Tage im Dienst, hieß es gleich, der Felder müsse nicht mehr arbeiten, weil er von den Freimaurern bezahlt würde. Warum? Auch das ließ sich natürlich einfach erklären! Einzig und allein deswegen, damit er sich mehr der neuen Religion widmen könne, die er einzuführen gedenke!

66

Pater Beda war außer sich. »Wie einer ist, so ist sein Gott!«, schrie er. »So hat er es zusammengeschmiert!«

Wahrscheinlich wäre Pater Bedas Ansatz zu seiner heutigen Predigt anders ausgefallen, hätte er gewusst, dass er einen Goethe zugeschriebenen Spruch zitierte, und auch die Fortsetzung »Darum ward Gott auch oft zum Spott!« gekannt. Aber da er davon nichts wusste, zog er seine eigenen Schlüsse.

»Wie einer ist, so ist sein Gott!«, wiederholte er wütend. »Einer ist also ein Hurer, folglich wäre Gott auch ein …, einer ist also ein Dieb, folglich wäre Gott auch ein …, ein anderer ist ein Lügner, folglich wäre Gott auch ein … Haben die ärgsten Heiden in ihrem Sündenleben je diesen Schriftsteller an Frechheit erreicht?! Hat jemand in diesem Tal schon jemals schon so Gott gelästert als dieser Freimaurer und Verderber der Jugend?!«

Kaum jemand der versammelten Gemeinde hätte genau erklären können, was er sich eigentlich genau unter einem Freimaurer vorzustellen hatte. Ein grundverdorbener Mensch halt, hätten sie gesagt, ein Reformierter, einer, der es mit dem Glauben nicht so genau nimmt, ein Geheimbündler, ein Rot-Republikaner vielleicht, ein Umstürzler …

Jetzt aber wussten sie ein wenig mehr, ein Freimaurer war also auch noch ein Gotteslästerer und Jugendverderber.

»Wie einer ist, so ist sein Gott!«, fing der Pater Beda wieder an. »So steht es in einer von diesem Dichter verfassten Schrift, die in Augsburg erschienen ist und auch bei uns in den nächsten Tagen auftauchen wird! ›Gespräche des Lehrers Magerhuber mit seinem Vetter Michel‹, so heißt sie und durch einen frommen Diebstahl ist es mir gelungen, einen Vorabdruck in die Hände zu bekommen. Franz Michael Felder, der auch schon unter dem Deckmäntelchen der Anonymität zwei Schriften verfasst hat, wird diesmal nun nicht mehr leugnen können, dass auch diese von ihm stammt!«

Dann kam er auf die Schoppernauer Bibliothek zu sprechen, deren Ziel es sei, die Leute vom Glauben abzubringen, und für deren Buchbestand eben auch der von den Freimaurern vom Bauern zum Dichter aufgeblasene Felder verantwortlich sei.

»Wen nimmt es da noch wunder, dass es dort bereits auch schon ein Hurenbuch zum Ausleihen gibt?«, fragte er dann empört.

Noch am gleichen Nachmittag wurde die Auer Sonntagspredigt vornehmlich von Mitgliedern des dritten Ordens durchs Dorf getragen und dazu gleichzeitig das draußen bereits kursierende Urteil verbreitet, in ganz Schoppernau gebe es kaum noch ein Dutzend guter Christen.

Einige Tage später, abends in der Sennerei, erzählte das Peterle, nicht nur in Schoppernau würden Stimmen laut, die sagten, es wäre besser gewesen, Oberhausers Josef hätte ihn damals nicht aus der Bregenzerache herausgezogen, sondern ihn ersaufen lassen.

Der Seppel riet Franzmichel nach alldem, was in der Luft liege, an der Türe zu seinem Arbeitszimmer ein besseres Schloss anbringen zu lassen und das Kämmerchen nicht unversperrt zu verlassen.

Die ärgste Hetzerei kam aber weder aus Schoppernau noch aus Au, sondern aus Reuthe und dort wiederum von Rüschers Vater.

»Bei uns in Reuthe würde man mit einem solchen Männchen nicht so viel Aufheben machen!«, wusste der Feuerstein. »Den täte man packen, das andere Auge auch noch ausstechen und ihn dann erschlagen!«

Franzmichel versuchte, das zunehmend aufgeregtere Geschwätz von sich und seiner Familie fernzuhalten und die verbalen Drohungen als wichtigtuerisches Imponiergehabe einiger vernagelter Fanatiker abzutun.

»Mit Fanatikern kannst du aber nicht reden!«, erwiderte Nanni.

»Nachts solltest du besser nicht mehr alleine aus dem Haus gehen!«, hatte ihn in der Sennerei besorgt der Kleinseffler gewarnt, und sowohl dem Seppel als auch dem Natter war ernsthaft zu Ohren gekommen, es wäre ein durchaus gottgefälliges Werk, wenn man ihn unauffällig auf die Seite bringen könnte.

Der Sealmus und Peterles Vater, der Altvorsteher, war mit dem halben Gemeinderat schon beim Pfarrer vorstellig geworden, doch endlich in der Kirche ein beruhigendes Wort an die Gemeinde zu richten.

»Der Streit um den Felder geht mitten durch die Häuser, entzweit Eltern, Kinder und Geschwister! Herr Pfarrer, bitte tun Sie etwas, damit endlich wieder Ruhe ist nicht nur in Schoppernau, sondern auch in den anderen Gemeinden. Schließlich geht der Unfrieden inzwischen durch die ganze Talschaft!«

Der Rüscher aber hatte den Sealmus nur durch seine Brillengläser angefunkelt und die Räte kühl gemustert.

»Wegen so einem wie dem Felder tut man gar nichts!«, beschied er dann eisig und mit vor Wut hochrotem Kopf. Dafür hielt er am Sonntag wieder eine Predigt gegen das Lesen und insbesondere den verderblichen Einfluss der Bibliothek.

Was aber kaum jemand mitbekommen hatte, war ein abendlicher Besuch Rüschers draußen in Schnepfau. Dort wohnte in einem abgelegenen Weiler ein Bäuerlein namens Franz Xaver Moosmann, das den Übernamen »der lateinische Bauer« trug. Aber der Moosmann beherrschte nicht nur Latein, sondern ebenso Griechisch und war dabei, sich wie schon die beiden antiken Sprachen jetzt auch noch selber das Hebräische beizubringen. Neben Homer, Xenophon, Sophokles und Strabo kannte er auch die Bibel sowohl in der griechischen Septuaginta als auch in der lateinischen Vulgata, beschäftigte sich eingehend mit Rechtswissenschaften, Theologie, Geografie und Geschichte. Moosmann besaß neben seinen drei Kühen eine große Sammlung an Büchern und setzte sich für eine allgemein bessere Volksbildung, insbesondere der Lehrer ein.

»Und Ihr seid Euch sicher, dass sich der Felder und der Moosmann tatsächlich nicht kennen?«, fragte der Rüscher seinen Schnepfauer Amtsbruder, während sie zusammen mit dem Ortsvorsteher und Käsehändler Gallus Moosbrugger auf dem schmalen Fußpfad dem nur aus zwei Häusern bestehenden Weiler Gschwend zustiegen.

»Absolut!«, erwiderte der Pfarrer Feßler, was auch nochmals vom Gallus bestätigt wurde.

Der Pfarrer Rüscher hatte allen Grund, daran zu zweifeln, weil es eigentlich beinahe unglaublich klang. Wie oft schon war der Felder in Bizau oder Bezau gewesen, war dabei jedes Mal fast an seinem Haus vorbeigelaufen und sollte noch nie zugekehrt haben? Ihm kam es vor wie ein seltener Glücksfall, den es zu nutzen galt. Auch jeder seiner beiden Begleiter hatte seine eigenen Gründe, dafür zu sorgen, dass dieser Zustand möglichst so blieb, wie er war. Den Gallus hatte der Moosmann schon des Öfteren wegen seiner selbstherrlichen Amtsführung kritisiert und seinem Schnepfauer Amtsbruder waren so manche seiner Ansichten zumindest suspekt, auch wenn sie ansonsten versuchten, miteinander auszukommen.

»Die beiden Weltverbesserer!«, schnaufte der Gallus verächtlich, dem seine Körperfülle auf dem steilen Anstieg etwas zu schaffen machte.

Oben auf einer Hangstufe tauchte das kleine, geschindelte Häuschen auf, neben dem ein Birnbaum seine ersten Knospen trieb und vor dem ein kleiner, eingezäunter Garten auf seine Bepflanzung wartete.

»Erwähnt den Felder am besten gar nicht, der Moosmann kann

Nachreden nicht ausstehen!«, sagte der Pfarrer Feßler noch ermahnend, bevor er die Türe öffnete, die direkt vom Freien in eine große Küche führte, von wo aus sie sich bemerkbar machten.

»Herein, ich habe Sie schon kommen sehen!«, kam es aus der Stube.

Alle drei Besucher zogen beim Eintreten in die niedere Stube unwillkürlich die Köpfe, und ein wenig misstrauisch beäugte der Pfarrer Rüscher die Stapel Bücher auf dem Tisch, während sich der Bauer erhob.

Der Moosmann war eine hagere, knochige Gestalt, die dadurch vielleicht etwas größer erschien, als sie in Wirklichkeit war, und erst beim zweiten Blick bemerkte man die ungleichen Schultern, von denen die eine leicht höher stand.

Vorsichtig brachte der Pfarrer Feßler ihr Anliegen vor, nämlich ob er als ausgewiesener Bücherkenner nicht doch einmal die Schoppernauer Leihbibliothek näher besehen könnte.

Das sei der Wunsch auch der Auer Geistlichkeit, fügte er dann noch hinzu und der Moosmann schmunzelte innerlich, weil er jetzt wusste, weshalb auch der Gallus dabei war. Den brauchten sie als Feigenblatt und es hätte schon für Gerede gesorgt, wenn der Schnepfauer, Auer und Schoppernauer Pfarrer gemeinsam wie in einem Prozessionszug zu ihm heraufgezogen wären. Zudem gab die Begleitung des Vorstehers auch noch den Anstrich eines gewissen öffentlichen Interesses.

Der Moosmann aber wollte von diesem Ansinnen durchaus nichts wissen und es brauchte viel guten Zuredens, um ihn endlich umzustimmen.

»Also gut!«, gab er dann nach. »Aber alleine mache ich das nicht! Ich nehme dazu den Schnepfauer Lehrer mit!«

»Das können Sie selbstverständlich halten, wie Sie möchten!«, antwortete der Rüscher erleichtert. »Wichtig ist nur, dass die Durchsicht überraschend erfolgt, ohne dass noch möglicherweise Bücher beiseitegeschafft werden können!«

Eines Nachmittags tauchte dann auch prompt der lateinische Bauer in Begleitung des Schnepfauer Lehrers bei Oberhausers auf, bei denen nur die Schwestern zu Hause waren.

Dem Moosmann war das Ganze sichtlich unangenehm, aber die Frauen meinten, das brauche ihm nicht peinlich zu sein und es gäbe auch nichts zu verbergen.

»Davon bin ich auch überzeugt. Aber ihr versteht, dass es besser ist, wenn ich das mache, als vielleicht jemand, der keine Ahnung hat!«

Nach nicht einmal einer halben Stunde verabschiedeten sich die beiden und der Moosmann sagte, es sei wirklich nichts dabei, was auch nur zur geringsten Beanstandung Anlass geben würde. Das besagte Buch habe er nach einigem Suchen auch gefunden und was darin stünde, sei mehr als harmlos. Unverzüglich suchten sie dann den Pfarrhof auf, wo sie aber nur die Haushälterin antrafen und diese baten, dem Hochwürden auszurichten, mit der Bibliothek sei alles in Ordnung und »Die Bestimmung der Jungfrau« enthalte nichts Unanständiges. Am folgenden Sonntag aber wetterte der Rüscher trotzdem weiter gegen das Lesen im Allgemeinen und besonders gegen die Bibliothek, wobei er aber das »Hurenbuch« nicht mehr ausdrücklich erwähnte. Dafür aber kam von Schnepfau herein das Gerücht, der lateinische Bauer habe das Hurenbuch doch entdeckt, und der Feuerstein berichtete aus Bezau, dasselbe habe ihm auch der dortige Pfarrer erzählt. Oberhausers Schwestern schämten sich in Grund und Boden und Franzmichel überkam ein gewaltiger Zorn auf diesen Moosmann, der sich für so etwas hergegeben hatte und offensichtlich mit den Hetzern gemeinsame Sache machte. Dem Moosmann wiederum wurde zugetragen, der Felder ließe kein gutes Haar an ihm, weil er die Bibliothek überprüft habe. Diejenigen jedoch, denen daran gelegen war, dass sich die beiden sonderbaren Bauern nicht näher kennenlernten, konnten nun sicher sein, dass die zwei auch in Zukunft keinen Wert darauf legen und sich eher meiden als suchen würden.

Franzmichel glaubte ernsthaft wegen all des Irrsinns um ihn herum, langsam auch selber den Verstand zu verlieren. Überall wurde nur noch vom Hurenbuch, der Bibliothek und dem neuen Glauben geredet. Kaum noch einen unbeobachteten Schritt konnte er tun, und als er sich mitten unter der Woche aufmachte, um den Feuerstein aufzusuchen, wusste bei seiner Rückkehr dank des Ochsenwirtes und des dritten Ordens am Abend schon fast ganz Schoppernau, in Bezau sei er nur gewesen, um dort den Pfarrer anzuzeigen. Dessen Vater meldete sich zudem flugs aus Reuthe zu Wort, seinem Buben würde es nicht einmal im Traum einfallen, aus Schoppernau wegzugehen, da ja jedermann wisse, wer an allem schuld sei.

Auch in den Augen einzelner Männer, die vornehmlich im Ochsen verkehrten, stand der von Tag zu Tag anwachsende Hass zu lesen wie in einem offenen Buch.

Die eindringlichen Bemühungen vom Sealmus und dem Altvorsteher, Moosbruggers Peteranton, um Frieden und die Bitte um eine beruhigende Erklärung von der Kanzel waren vergeblich. Diese beiden standen nun an einem hellen Mainachmittag in Franzmichels Studierzimmerchen und schilderten ihre ziemlich einseitige Unterredung mit dem Hochwürden.

»Abgestritten hat er eigentlich gar nichts, aber auch nichts zugegeben. Stattdessen hat er alles nur hauptsächlich auf den Pater Beda abgeschoben. Von diesem habe er das gehört mit dem Hurenbuch und den diversen Schriften«, berichtete der Altvorsteher.

»Noch niemals habe er gegen dich gepredigt, sondern das seien nur private Äußerungen gewesen. Im Übrigen sei es dann ja nur recht, wenn das alles nicht wahr sei, und am schnellsten würde wieder Ruhe einkehren, wenn man einfach nicht mehr davon reden würde. Gegen dich persönlich habe er auch gar nichts, sondern nur gegen deine Grundsätze«, ergänzte der Sealmus.

Schweigend hatte Franzmichel zugehört.

»Würdet ihr mich als Zeugen begleiten?«, fragte er dann.

Die beiden nickten, ohne zu zögern.

»Aber sicher!«, sagte der Altvorsteher.

67

Der Hochwürden stand etwa drei Schritte hinter der geöffneten Türe in seinem Arbeitszimmer. Der Kopf war, wie immer, wenn er sich erregte, feuerrot und sein breiter Mund zu einem einzigen schmalen Strich verpresst.

»Ich habe schon gesagt, was dazu zu sagen ist!«, fuhr er die beiden Vorsteher an, ohne Franzmichel auch nur eines Blickes zu würdigen.

»Ich habe die beiden gebeten, mich als Zeugen zu begleiten!«, sagte dieser ruhig.

»Als Zeugen?« Rüschers Kopf wurde noch röter und seine Augen funkelten heftig hinter der schmalen randlosen Brille. »Als Zeugen? Was glauben Sie, wer Sie sind? Packen Sie sich hinaus! Aber auf der Stelle!«, schrie er dann plötzlich die beiden verdutzten Vorsteher an.

Diese brauchten einen Moment, bis sie die Überraschung über den unverschämten Ton überwunden hatten und Franzmichel einen fragenden Blick zuwarfen, worauf dieser nickte.

Kaum hatte sich die Türe hinter ihnen wieder geschlossen, ging der Rüscher mit auf dem Rücken verschränkten Armen im Zimmer auf und ab. »So?«

»Ich habe Sie nicht angezeigt, genauso wenig habe ich den Uhrenmacher überredet, für den Jahres-Gedenktag für seinen Vater nur zwei anstatt vier Messen lesen zu lassen! Genauso wenig bin ich der Verfasser der ›Klarstellung‹ und genauso wenig gibt es in der Bibliothek ein Hurenbuch!«

»Das hat mir der Pater Beda gesagt!«, knurrte der Rüscher.

»Der Kurat Herzog von Rehmen hat es gelesen – und das wissen Sie auch. Durchaus empfehlenswert und erbaulich, das war sein Urteil. Aber von keiner Kanzel zwischen Alberschwende und Schröcken hat man davon auch nur ein Sterbenswörtchen gehört!«, entgegnete Franzmichel.

»Und was ist mit der Bettlerei draußen in Bezau für die Bibliothek, weil in Schoppernau wahrscheinlich niemand mehr Geld für diesen Schund hergibt?«, fuhr er ihn an.

»Ehrabschneidung vom Ochsenwirt. Erstens weiß niemand in Bezau etwas von einer Geldsammlung und zweitens müsste entweder der Förster Koderle, der sie angeblich durchgeführt hat, ein Dieb sein oder aber ich, wenn ich sage, dass ich von ihm keinen Kreuzer bekommen habe!«

»Warum verklagen Sie dann den Ochsenwirt nicht?«, kam es höhnisch zurück.

»Sie sind Bregenzerwälder wie ich und als solcher rennt man eben nicht sofort auf's Gericht«, entgegnete Franzmichel, »und deswegen bin ich ja auch bei Ihnen. Ich verlange ja nicht gerade einen Widerruf, aber eine beruhigende Erklärung …«

»Verschwinden Sie! Aber sofort!«, bellte der Rüscher heiser.

»Und?«, fragte der Sealmus, der mit dem Altvorsteher vor dem Pfarrhaus gewartet hatte.

Franzmichel schüttelte nur den Kopf.

Mit Nanni war er zum Auer Kirchweihmarkt herausgekommen. Nebeneinander schlenderten sie über den Platz, der wie jedes Jahr mit Buden und Ständen vollgestellt war. Da und dort blieben sie stehen, begutachteten dies und das und Nanni probierte gerade einen porzellanenen Fingerhut, als Franzmichel so heftig angerempelt wurde, dass er in das mit Fingerhüten und Nadelkissen belegte Setzbrett geflogen wäre, wenn ihn nicht noch seine Frau am Arm erwischt hätte. Der Schubser war schon in der Menge untergetaucht. Franzmichel wusste, was es geschlagen hatte, als er ein paar Burschen erblickte, die immer wieder ungut zu ihm herübersahen. Immer näher kamen sie und je näher sie kamen, desto mehr Leute blieben stehen und fingen an zu tuscheln.

»Der Felder ist das, … der Irrlehrer …, stehlen tut er auch …«, hörte Nanni eine Frau neben sich in ungeniert allgemein verständlicher Lautstärke.

Plötzlich waren die beiden umringt und einer der Burschen stieß Franzmichel scharf mit den Fingern von hinten in den Rücken.

»Du bist also unser neuer Messias!«, zischte er, während ein anderer hart zu ihm herantrat und wissen wollte, ob es stimme, dass er von den Freimaurern bezahlt würde.

»Erzähl' uns etwas von den Freimaurern!«, »Zahlen die gut?«, »Stimmt es, dass du mit Blut unterschrieben hast?«, »Hast du noch andere Hurenbücher?«

Das aber war erst der Auftakt. Als sie auf ihre Fragen keine Antwort bekamen, wurden sie zunehmend wilder.

»Umbringen sollte man so einen!«

»Einen Stein um den Hals und in die Ache werfen!«, wurde ein anderer konkreter.

Immer bedrohlicher wurde ihre Lage und Franzmichel konnte den unbändigen Hass beinahe körperlich fühlen, der ihm aus ihren Augen und ihren Gebärden entgegenschlug.

»Jetzt vergeht dir dein großes Maul!«, rückte schon wieder einer näher und tippte ihm scharf mit zwei Fingern auf den Oberarm.

Eigentlich erwartete er, dass sie jeden Moment wie eine Horde Wölfe über ihn herfallen würden, und er fand keine Erklärung dafür, weshalb jeder davor zurückzuscheuen schien, den Anfang zu machen. Es war ein winziger, beinahe schon hilfloser Blick hinüber zu Nanni, der ihm dann Klarheit verschaffte. In ihrem runden Gesichtchen stand die Verachtung mit einer solchen Eindringlichkeit, die selbst dem verrohtesten Kerl seine Erbärmlichkeit wie einen Spiegel vorzuhalten schien.

Trotzdem blieben sie drohend stehen, wichen erst langsam und unwillig zurück, als der Greußing Josef mit einer Truppe eilig zusammengetrommelter Freunde heranrückte.

»Pass nur auf! Du entkommst uns nicht!«, flüsterte einer noch, bevor auch er unter den Leuten verschwand, und Franzmichel wusste, dass das nicht nur so dahingesagt war.

Unheimlich war ihm zumute, als er an Nannis Seite den Markt verließ. Wie das Rote Meer beim Auszug des Volkes Israel aus Ägypten schienen nun die Leute zurückzuweichen und ihnen eine Gasse zu bahnen. Von beiden Seiten her jedoch wurde er feindselig angeglotzt und der Greußing meinte, einige seien schon so fanatisiert, dass es besser wäre, vorerst im Rössle Zuflucht zu suchen und nicht alleine nach Schoppernau zurückzukehren.

Erst als es für die meisten der Marktbesucher Zeit für den Stall war und die Händler nach und nach ihre Stände abgeräumt hatten, brachen auch die beiden Felder in Begleitung einiger stämmiger Auer Burschen mit einem Fuhrwerk nach Hause auf.

Noch bis spät in die Nacht saßen sie in der Stube beisammen und beratschlagten, was zu tun sei.

»Luft, Luft, Freiheit!«, rief Franzmichel plötzlich und sprang auf.

Nanni sah ihn an und nickte. »Du musst weg von hier!«, sagte sie dann. »Ich fange gleich an zu packen!«

Wie oft war er diesen langen Weg schon gegangen! Nicht für sich selber, nicht zu seinem Vergnügen, sondern für andere. Nun ging er ihn wieder. Diesmal aber war er auf der Flucht vor denen, für die er sich eingesetzt hatte. Schwer war ihnen der Abschied von den Kindern gefallen und noch härter als ihn war er Nanni angekommen. Tief hatten sie noch geschlafen, als er vor ihren Bettchen den feierlichen Schwur getan hatte, sie sollten solche Erbärmlichkeiten nicht mehr erleben müssen, auch wenn sie dafür Haus und Hof, Heimat und Vermögen verlieren sollten. Selbst seine Mutter wusste er nun zum ersten Mal wirklich auf seiner Seite, als diese noch unter der Haustüre mit tränenfeuchten Augen gemeint hatte, sie sehe seinen guten Willen und dass nicht in jedem heiligen Rock auch zwangsläufig ein heiligmäßiger Mensch stecken müsse.

Ein wunderschöner Maimorgen dämmerte im Osten herauf, in den Bäumen und Büschen erwachten die Vögel, begrüßten den neuen Tag und von Au herauf trug ein sanfter Wind den hellen Klang des Morgenglöckchens. Je höher die beiden mit ihren prall gepackten Rucksäcken kamen, desto höher wurden auch die weißen Hauben auf den Alphütten und die ersten Strahlen der Sonne lösten bereits vereinzelte Schneerutsche an den umliegenden Hängen, die mit lautem Getöse hinab in die Tobel rauschten.

Franzmichel war stehen geblieben und warf einen Blick auf das in stillem Frieden daliegende Tal, und dort, wo Schoppernau lag, wichen bereits die dunklen Schatten dem hellen Grün des Frühlings.

»Vielleicht werden mich die Leute da unten noch in Jahrzehnten als ruheloses Gespenst in meinen Stübchen umgehen sehen!«, sagte er bitter zu Nanni. »Mit einem gottlosen Buch oder einer Schreibfeder in der Hand, und wie vor dem Leibhaftigen werden sie sich bei der Erwähnung meines Namens bekreuzigen!«

»Nicht in deinem Zimmer, sondern unter dem Volk wirst du umgehen. Aber nicht als Gespenst, sondern als Geist!«, erwiderte sie und warf ihr Köpfchen zurück. »Da, schau doch! Da unten ist schon Frühling«, Nanni wandte sich um und sah in die Höhe, »und da oben ist noch Winter mit Massen von Schnee, welche die Wege versperren. Genauso kommen auch Gedanken, die draußen die Welt bewegen, nur mühsam zu uns herein!«

Hintereinander stiegen sie später über Lawinenkegel, die seit dem letzten Mal, als er mit dem Natter den Weg gemacht hatte, schon erheblich kleiner geworden waren und deren Oberfläche in der Wärme bereits auffirnte. An einem trockenen Plätzchen, kurz bevor sich der Pfad steil hinauf wand zum Faschinajoch, machten sie Rast und auf ihren Rucksäcken sitzend verzehrten sie ihre Brote mit Heidelbeermus.

»Es war immer schon meine Meinung«, sagte Franzmichel in die Stille, »wie die Zehn Gebote oder die Bergpredigt müsse auch die wahre Freiheit von den Bergen kommen. Aber hat einer einen neuen Gedanken, benutzt er diesen nur noch, um andere auszubeuten. Wenn jedoch auch der einfache Mann, der Arbeiter, das Bäuerlein, an diesem Gedanken teilhaben könnte, so würde er für ihn einstehen und ihn mit Begeisterung weitertragen und er würde fruchtbar für das ganze Volk! Nichts anderes als die gelebte Freiheit des Evangeliums war mein Sinnen und Trachten, und nun sitze ich mit dir vom Volk ausgestoßen auch auf einem Berg! Niemals hätte ich geglaubt, dass sich so etwas wie mit den Auer Federbläsern wiederholen könnte!«

Beim letzten Satz deutete Franzmichel mit dem Kopf hinüber zur anderen Talseite, wo das Starzeljoch bereits im hellen Sonnenlicht lag. Vor dreihundert Jahren waren dort oben die zum Verlassen der Heimat gezwungenen Wiedertäufer gestanden und hatten Federn in die Luft geblasen. Nach Osten hatte sie der Wind getrieben und nach Osten waren sie dann gezogen, bis hinein nach Mähren.

Grimmig lachte er auf. »Weißt du noch, die Aufregung um den Nümmamüller? Mit Oberhausers bin ich damals beim Bierer gesessen und ich hätte glatt verloren, wenn der Josef eingeschlagen hätte! Die irrsinnige Summe von hundert Gulden wollte ich mit ihm wetten, dass so etwas wie mit den Federbläsern in der heutigen Zeit nicht mehr möglich wäre, und jetzt erfahre ich es am eigenen Leib!«

»Du bist ungerecht!«, entgegnete Nanni bestimmt. »Die Wackeren und Geraden stehen immer noch aufrecht!«

»Du hast recht!«, räumte er dann ein. »Aber es beißt und nagt halt arg, wenn ich daran denke, wie und wofür ich mir die Füße aus dem Hintern gesprungen habe!«

Oben auf der Jochhöhe gingen die beiden so weit, dass sie gerade noch die letzten Berge der Heimat sehen konnten, hielten inne, fassten sich an den Händen und schickten noch ihre Grüße an Marie und ihre Kinder.

Mit einem Satz riss sich Franzmichel plötzlich los, sprang hinein ins Große Walsertal und als er sich umwandte, war auch der letzte vertraute Berg verschwunden.

Im ersten Dorf Fontanella hielten sie dann auf das geduckte, von der Sonne verbrannte Haus zu, vor dem ein frisches Tannenbäumchen aufgerichtet war, welches nach Landessitte anzeigte, dass es dem neuen Bürgermeister gehörte.

»Hast du eine Zeitung?«, fragte Franzmichel den kräftigen, braun gebrannten Mann in der niederen, dunklen Stube, der, wie er sagte, nur zufällig daheim war.

»Eine Zeitung?«, kam es verächtlich zurück. »Bei uns ist man gescheiter als bei euch drüben im Wald. Unsere Leute werfen ihr Geld nicht für so verlogenes und unchristliches Zeug beim Fenster hinaus. Bei mir hat in der ganzen Gemeinde kein Mensch eine Zeitung!«

Franzmichel überkam nun mit einem Mal so etwas wie Stolz auf das kleine Schoppernau, in dem allein über zwanzig Zeitungen gehalten wurden. »Dann habt ihr ja noch euren seligen Frieden!«

Der Vorsteher wusste nicht, wie er das auffassen sollte, und nickte. »Ja, den haben wir noch!«

Wieder im Freien, meinte Franzmichel dann, ganz so unrecht habe der Bürgermeister vielleicht doch nicht und ohne Zeitungen stünden sie jetzt auch nicht hier.

»Möchtest du wirklich eine solche Grabesruhe um dich herum?«, entgegnete Nanni.

»Nein! Du hast recht. Dann doch lieber Kampf! Mit dem Frieden geht es ja doch nicht, meinetwegen, wie der Pfarrer behauptet!«

In der Gemeinde Sonntag kehrten sie beim dortigen Wirt zu, der aus dem Wald stammte und hier herüber geheiratet hatte. Eine

Zeitung hatte dieser zwar, aber Franzmichel kam nicht zum Lesen, weil sich der Wirt sofort zu ihnen setzte. »So, so. Bis zu uns herüber hört man, dass du ein Mährenländer geworden seiest.«

»Gar nichts bin ich geworden, sondern nur geblieben, was ich schon war. Nämlich ein guter Christ, der das Gute liebt und das Böse hasst!«, antwortete er daraufhin aufbrausend.

Aber der andere gab keine Ruhe, wollte dann ganz genau wissen, was in seiner Heimat los und weshalb er auf der Flucht sei. Franzmichel und Nanni verließen das Gasthaus nicht unwissender, jedoch aber auch nicht viel gescheiter, als sie es betreten hatten.

Endlos ging es weiter durch Tannenwälder und schroffe, schattige Tobel und Franzmichel meinte an einem schönen Plätzchen, es wäre an der Zeit, sich endlich ein Pfeifchen zu stopfen.

Während er in der Tasche nach Streichhölzern suchte, kam ihm etwas in die Finger, an das er gar nicht mehr gedacht hatte. Kurz vor ihrem Aufbruch in Schoppernau hatte er den auf dem Tisch liegenden Brief einfach noch eingesteckt und ihn dann vergessen. Aus Straßburg kam er, wie er mit einem kurzen Blick auf den Absender feststellte.

»Kannst du ihn mir vorlesen?«, bat er Nanni und reichte ihr das Kuvert.

»Gedicht einer Einsamen an das Bregenzerwälder Bäuerlein!« Sie stutzte. »Woher weiß denn die Frau aus dem Elsass von dir?«

Schnell überflog sie die Zeilen.

»Aus der ›Gartenlaube‹!«, sagte sie dann. »Von Professor Hildebrand ist dort anscheinend ein großer Artikel über dich erschienen mit der Überschrift: Ein Bauer als Dichter!«

»Unsere elende Post! Hildebrand hat ihn sicher geschickt und wahrscheinlich verstaubt er wieder in Bezau!«, antwortete Franzmichel verärgert.

Nanni begann nun mit dem Vortrag des Gedichtes und hielt plötzlich inne.

»Hör, was sie schreibt, die letzte Strophe:

Naht auch ein betrübter Tag,
Der viel Sorgen haben mag,

Heran im Pilgerleben.
Kämpfe dennoch rüstig fort,
Vertrau stets auf Gottes Wort.
Nur er wird dich erheben.

Ist das nicht beinahe unglaublich?«, lächelte sie dann. »Geradeso, als ob an unserem trübsten Tag eine höhere Macht uns Flüchtlinge in der Einsamkeit der Berge trösten und uns Mut zusprechen wollte!«

Auch Franzmichel wurde mit einem Mal wieder ganz zuversichtlich. Diese paar einfachen Zeilen hatten genügt. Alles erschien ihnen mit einem Mal so belanglos, klein und lächerlich. Mehr war es doch nicht, wenn man wieder Unverzagtheit in sich trug! Ein heller Juchzer stieg auf, mischte sich unter den Gesang der Vögel und auch der erste Kuckuck des Jahres schien ihm recht zu geben. Wie sorglose Kinder lagen sie dann nebeneinander im Gras, sahen den ziehenden Wolken nach, hörten das Rauschen der Wasser, genossen die Wärme der Sonne und die Düfte des Frühlings.

Abends um sechs klopften sie endlich müde und erschöpft an Kaspars Haustür in Bludenz, woraufhin ihnen eine völlig überraschte Therese öffnete. Nein, der Kaspar sei nicht da, müsse aber bald kommen, sagte sie und wies die Magd an, sofort das Gästezimmer im oberen Stock herzurichten.

Natürlich wollte die Schwägerin auch gleich den Grund für den unerwarteten Besuch erfahren, den ihr Franzmichel dann auch in der Stube mit wenigen knappen Sätzen zu schildern versuchte, wobei aber nicht nur ihm, sondern auch Nanni beinahe die Augen zufielen. »Theres, sei uns bitte nicht böse, wenn wir uns gleich hinlegen. Seit sechsunddreißig Stunden sind wir auf den Füßen!«

Schwer schoben sich die beiden über die Bank, nahmen im Hausflur ihre Rucksäcke auf und begaben sich nach oben. Nanni war so zerschlagen, dass sie sich in ihrer Juppe aufs Bett fallen ließ, und auch Franzmichel entledigte sich nur der Hose und der Joppe, die er achtlos auf einen Stuhl warf.

Wie lange sie geschlafen hatten, wussten sie nicht, als sie durch ein lautes Pumpern geweckt wurden. Um sie herum war es jedenfalls bereits stockdunkel, aber Kaspars unverkennbare energische Stimme gab keine Ruhe, bis sich Nanni an dem schmalen einfallenden Lichtstreifen am Boden orientierte und die Türe öffnete.

»Na, Schwesterchen! Willkommen in Bludenz!«, dröhnte ihr Bruder. »Ich habe es soeben gehört!«

Auch Franzmichel schlüpfte wieder in seine Hose, und als sie dann unten in der Stube beisammensaßen, war er mit einem Mal wieder hellwach.

»Diese Hornochsen!« Der Kaspar war wie nicht anders zu erwarten nach der Schilderung, wie es zuging in seiner Heimat, sichtlich aufgebracht. »Jetzt fackelst du aber nicht mehr lange herum! Sofort morgen reichen wir eine Klage gegen den Rüscher wegen Verleumdung ein, die sich gewaschen hat!«

»Genau das haben wir uns beide auf dem Herweg auch schon überlegt!«, stimmte Franzmichel zu. »Was aber machen wir mit der ›Klarstellung‹, mit der sie ja mich als Urheber verdächtigen?«

Die gesunde Hand des Schwagers fuhr erst langsam durch den gewaltigen Bart und rückte dann entschlossen die Brille zurecht. »Ich veröffentliche in allen Zeitungen eine Gegendarstellung!«

Erschrocken fuhr seine Frau auf. »Du bist Beamter! Wenn du das tust, werfen sie dich hinaus!«

»Das sollen sie dann auch!«, antwortete ihr Mann grimmig. »In einem Staat, der eine offene Sprache nicht verträgt, will ich nicht auch noch länger dessen Handlanger sein! Bei uns kannst du bleiben, bis daheim wieder ein anderer Wind weht, und wenn es Jahre dauern sollte!«, wandte er sich an Franzmichel. »Aber so lange braucht es nicht und auch im Bregenzerwald wird Wahrheit und Recht über Lüge und Pharisäertum siegen!«

Zum ersten Mal in einer Stadt, hätte es Nanni in Bludenz schon gefallen, wenn die Sorge um die Kinder nicht gewesen wäre. Nur ganz selten kam der sonst so Lebenslustigen noch ein Lächeln auf die Lippen. Nachts lag sie halbwach in ihrem Bett, und wenn sie am Morgen aufstand, fühlte sie sich wie gerädert. Jede Faser ihres Herzens zog sie heim und schon nach wenigen Tagen hielt sie es einfach nicht mehr aus. Noch am Abend hatte sie ihren Rucksack gepackt und zeitig in der Frühe waren sie aufgebrochen aus dem noch im Schlaf liegenden Bludenz. Bis hinauf unterhalb von Sonntag hatte Franzmichel sie entgegen seines ursprünglichen Vorsatzes begleitet, immer noch ein Stück und noch ein Stück und dann noch eines war er an ihrer Seite einfach weitergegangen, weil er es nicht über sich brachte, von Nanni Abschied zu nehmen.

»Du musst umkehren!«

Mit dem Versprechen, einander so oft wie nur möglich zu schreiben, und einem beinahe hastigen Kuss hatte er sich endlich losgerissen und seinem Wible dann aus einiger Entfernung nachgesehen, wie ihre Gestalt in der Juppe und mit dem Schnerfer auf dem Rücken zunehmend kleiner wurde. Noch einen letzten, freudlosen Juchzer schickte er ihr als Gruß hinterher und nach dessen Erwiderung machte er sich entschlossen auf den Rückweg. Einsam, verlassen und leer kam er sich vor und ein schlechtes Gewissen plagte ihn.

In dem Kaffeehaus, in welchem der Schwager nach der Arbeit noch gelegentlich einen Schoppen einzunehmen pflegte, kehrte er zu. Sonderbar lächelnd sah ihm dieser entgegen, während sich am Nebentisch ein paar Kartenspieler in die Haare gerieten.

»Was ist los?«, fragte Franzmichel, der Kaspars seltsamen Gesichtsausdruck nicht zu deuten wusste.

»Da!«, sagte dieser und schob ihm eine Zeitung entgegen.

Franzmichel fing an zu lesen und wurde zunehmend heiterer gestimmt.

Ich erkläre hienach allen Eiferern gegen die Broschüre »Klarstellung der vorarlbergischen Partei der Gleichberechtigung«, dass ich der Verfasser und des ihr vorangegangenen Rufes bin und nicht der Dichter Franz Michael Felder. Ich ersuche sie daher, wenn sie wirklich glauben, dass es da etwas zu verfolgen oder zu verketzern gibt, mich zu packen und, falls sie das Kleid des Friedens und der Liebe nicht bloß zum Ärgernis jedes Christen tragen wollen, dem bisher wild verfolgten Dichter Satisfaktion zu leisten … Ich bemerke nur, dass der Dichter Franz Michael Felder, der eben im Begriffe ist, glänzend in die deutsche Literatur eingeführt und eine Zierde unseres Landes zu werden, wegen Gefährdung seiner Person durch fanatisierte Leute aus dem Bregenzerwald sich zu entfernen für gut befand.

Kaspar Moosbrugger, k. k. Bezirksadjunkt

»Zufrieden?«, fragte der Schwager, worauf Franzmichel nur stumm nickte. »Diese Stellungnahme ist in allen Landeszeitungen erschienen. Aber das ist noch nicht alles. Baron Seyffertitz von den Liberalen hat unsere Forderung nach geheimer Abstimmung bei den Wahlen im Landtag aufgegriffen und zur Debatte gebracht!«

Kaspars Augen funkelten triumphierend. »Mit zehn gegen sechs Stimmen wurde der Antrag angenommen. Auch im Wald werden die nächsten Gemeindewahlen geheim sein, auch wenn die Ultramontanen Gift und Galle spucken werden!«

In der Ecke an einem kleinen Tisch saß ein magerer Herr, der in die Lektüre eines Journales vertieft zu sein schien und der sich gelegentlich in einem ledergebundenen Mäppchen Notizen machte.

»Isabell, zwei Schoppen vom rötesten Roten!«, drehte sich Kaspar zur Bedienung um. Der Herr in der Ecke bestellte sich ebenfalls noch einen Kaffee und schrieb dann etwas in sein Büchlein.

»Wie geht es weiter?«, fragte Franzmichel.

»Die Anzeige gegen den Rüscher und Pater Beda läuft. In den nächsten Tagen wirst du zum Verhör geladen. Wie es dann daheim weitergeht, müssen wir abwarten und vielleicht wäre es dabei nicht verkehrt, einmal den schlimmstmöglichen Fall durchzuspielen. Könntest du dir vorstellen, nicht mehr im Wald, sondern hier in der Nähe Bauer zu sein? Ich wüsste da einen Hof, der stünde zum Verkauf.«

»Warum nicht? Wenn die Feindseligkeiten nicht aufhören, wird mir über kurz oder lang sowieso nichts anderes übrig bleiben, als von Schoppernau wegzuziehen!«

Der Herr schlürfte an seinem Kaffee und warf gelegentlich einen Blick zu ihnen herüber.

»Der Hammer!«, lächelte Kaspar, dem dies nicht entgangen war. »Das ist aber schnell gegangen! Der Herr Kommissär Hammer aus Bregenz persönlich kümmert sich um mich!«

Franzmichel sah ihn erschrocken an.

»Meinem Vorgesetzten habe ich vor der Veröffentlichung der Stellungnahme Bescheid gesagt und dieser hat, wie es seine Pflicht ist, eine Untersuchung gegen mich beantragt. Aber keine Sorge, er steht auf meiner Seite! Einen gehörigen Rüffel werde ich bekommen und die Linie meiner beruflichen Laufbahn wird wie schon bisher nicht nach oben zeigen, sondern weiterhin ziemlich waagrecht verlaufen!«

Als die beiden das Kaffeehaus verließen, wartete der Herr Hammer noch kurz, ehe auch er aufstand und ihnen bis kurz vor Kaspars Haus folgte.

69

Die Flucht des dichtenden Bauern hatte nicht nur in Vorarlberg für Aufregung gesorgt, sondern ebenso in Wien, aber auch von Süd- bis Norddeutschland stand es in den Zeitungen. Für Franzmichel bedeutete dies zwar eine gewisse Genugtuung, dennoch drückte ihn zunehmend die Sorge um sein Wible und die Seinen. Erst nach einigen langen Tagen hatte ihn endlich die ersehnte Nachricht von Nannis glücklicher Rückkehr erreicht, aber wie die weitere Zukunft aussah, stand völlig offen.

Professor Hildebrand bot ihm seine Hilfe an, falls er mit der Familie nach Leipzig übersiedeln wollte, und vom Verleger Hirzel waren die dreihundert Gulden Honorar für die »Sonderlinge« eingetroffen, womit er wenigstens vorerst die dringlichsten finanziellen Sorgen los war.

Im Schoppernau schien es seit seinem Fortgang ziemlich ruhig geworden zu sein und der Rüscher sich als Sieger zu fühlen. Jedenfalls stolzierte er anscheinend wie ein Gockel durchs Dorf und ließ diejenigen, die es gewagt hatten, sich nicht auf seine Seite zu stellen, das durchaus unverhohlen spüren. Für den Sealmus, der ihm über den Weg lief, hatte er nur ein kaltes, unfreundliches »Guten Abend!« übrig gehabt, was diesen jedoch mehr erheiterte als erzürnte. Dem Seppel hatte er schriftlich mit öffentlicher Exkommunikation gedroht, falls er nicht innerhalb von acht Tagen bei ihm zur Beichte erschien oder eine Bestätigung von einem anderen Geistlichen beibrachte. In seinem Hochmut entging es ihm jedoch, wie selbst einige seiner eifrigsten Anhänger nachdenklich wurden, wie das Tirolerhannesle, das überall sein

»Mea culpa« verkündete und versprach, wenn der Felder jemals wieder heimkäme, sei er der Erste, der ihm Abbitte leisten würde. Das hatte ihm der Vorsteher geschrieben und beinahe flehentlich angefügt, es würde mit ihm auch viele andere sehr schmerzen, wenn das Gerücht stimmte und er wirklich fortziehen würde.

Am 31. Mai aber holperte eine Kutsche über den Schotterweg, der Schoppernau mit der Welt verband. Neben dem Kutscher saß ein Mann aus Greußings Kapelle und schmetterte laut und weithin hörbar lustige Weisen auf einer Trompete. Der Kaspar hatte darauf bestanden, aus der Rückkehr seines Schwagers keine stille Angelegenheit zu machen, sondern diese im Gegenteil laut zu verkünden, um zu zeigen, dass dieser nicht als Geschlagener heimkehrte. Im Pfarrhaus rührte sich nichts, kein Vorhang ging zur Seite und dennoch wussten die Heimkehrer den Pfarrer hinter einem der Fenster. Als sie im Oberdorf ankamen, waren auch schon die Nachbarn zusammengelaufen und Nanni blickte ihnen mit den Kindern erwartungsvoll entgegen. Wie die Orgelpfeifen standen diese da, selbst der kleine Hermann hielt sich an Maries Hand wacker auf seinen noch wackeligen Beinchen und in Nannis Gesicht stand freudige Erleichterung, als sie sich kurz gegenseitig in den Arm nahmen. Mit den Freunden kam auch der Seppel, der sogleich lärmte, nun wären sie wieder beinahe komplett und würden den Schwarzen jetzt so richtig Feuer unter dem Hintern machen.

»Wo ist denn der Natter?«, wollte Franzmichel wissen.

»Der ist mit dem Lehrer Aberer fort in die Schweiz!«, antwortete Nanni. »Gestern ist ein Brief von ihm eingetroffen.«

Seine nächste Frage galt den »Sonderlingen«. »Zerreißen sie sich die Mäuler?«

»Merkwürdig ruhig ist es hier darum. Aber sicher liegt es auch daran, dass die Vorankündigungen in den Zeitungen nur erwartungsvolles Lob übrig hatten. Wenn sie dagegenhalten wollten, würden sie sich bis auf die Knochen blamieren!«, vermutete Oberhausers Josef und das Peterle ergänzte: »Wir haben schon dafür gesorgt, dass es auch dem Pfarrer zu Ohren gekommen ist, du seiest eines der wunderbarsten Phänomene unserer Zeit, wie es in der Zeitschrift ›Europa‹ gestanden hat!«

»Verlasst euch nicht darauf, dass es so friedlich bleiben wird! Wir müssen ihnen zuvorkommen, dürfen ihnen keine Ruhe mehr gönnen und müssen ihnen Schläge versetzen, dass es nur so kracht!«, erwiderte der Kaspar kampflustig.

»Lasst mich erst einmal daheim ankommen!« Wie Franzmichel das sagte, klang es bedrückt und er nahm das Mikle auf den Arm, während der Schwager zwei hölzerne, braun bemalte Rösser aus einer Tasche kramte und in die Höhe hielt, worauf sich die beiden größeren Buben lauthals auf ihren Götte stürzten.

Unter dem Haufen Post, die in seiner Abwesenheit eingegangen war, fiel ihm in der Stube als einer der ersten der vielen Briefe der vom Natter Josef in die Hände. Mit dem Lehrer Aberer hatte dieser den Hochwürden Stockmayr besucht und ihm von den Vorgängen in seiner alten Pfarrgemeinde berichtet. Der gute Stockmayr habe nur gemeint, das sei noch leicht im Gegensatz zu dem, was er selber in Altenstadt durchstehen müsse. Auch er würde jetzt als Freimaurer bekämpft, seit er die ganznächtlichen Gebetsstunden an Karfreitag und Karsamstag abgeschafft und einer der ganz Frommen deshalb öffentlich in der Kirche ein Vaterunser für den vom Glauben abgefallenen Pfarrer angestimmt habe. Er, der Natter, sei nun als Gipser in der Nähe von Zug, wo es auch eine Zeichenschule gebe.

Vom Verleger Hirzel war ein Schreiben schon älteren Datums dabei, worin dieser bedauerte, dass eine Übersetzung der »Sonderlinge« ins Englische leider an den derzeitigen politischen Umständen gescheitert sei, und von Hildebrand kam eine Meldung, Hirzel habe ihm mitgeteilt, der Roman müsse in Bälde nachgedruckt werden. Vom Feuerstein lagen einige Vorschläge zur Käshandelsgesellschaft vor, die er noch mit dem Kaspar durchsprach, ehe dieser sich aufmachte hinauf nach Warth zu seinem Bruder Jok.

Gleich nach Kaspars Abschied suchte Franzmichel den Sealmus auf, und wie er dem Unterdorf zuschritt, kam er sich vor wie ein Fremder in der eigenen Heimat. Selbst die Bäume und Felsen dünkten ihn freundlicher als manche seiner Mitmenschen, und als ihm auf dem Rückweg noch jemand »Atheist« hinterherrief, wurde ihm alles dermaßen zuwider, dass er nur noch sogleich wieder fort wollte. Unverzüglich würde er mit Nanni und der Mutter wegen des Kaufes des Anwesens bei Bludenz sprechen.

Wie nicht anders erwartet, sperrte sich Marie heftig gegen dieses Ansinnen und Nanni meinte besänftigend, in den nächsten Tagen würden sie ja nach Hopfreben ziehen, wo das Leben wieder freier und ruhiger würde.

Auch abends im Sennhaus fühlte Franzmichel schmerzlich den Riss, der immer noch durch die Gemeinde ging.

»Wisst ihr, wer beim Ochsenwirt sitzt?«, kam der Kleinseffler auf die Gruppe zu, die sich um Franzmichel gebildet hatte.

»Der Doktor Dünser, der Kurat Herzog, der Rüscher und der Wirt!«

»Was soll das wieder bedeuten?«, fragte der Raphael. »Was spricht gegen einen Dämmerschoppen im Ochsen?«, schlug er dann nach kurzem Überlegen vor.

Sie sahen Franzmichel an, der nach einigem Zögern nickte.

Während sie zusammen die Gaststube betraten, saßen die vier tatsächlich am Stammtisch und der Rüscher schien das große Wort zu führen. Worum es ging, konnten sie nicht mehr erfahren, da er bei ihrem und vor allem Franzmichels Anblick mitten im Satz abbrach.

Sichtlich erfreut erhob sich der Kurat, kam auf ihn zu und auch das Dökterle blieb nicht sitzen. »Da kommt ja ganz ein Fremder!«, begrüßte ihn dieser.

Auf dem Herweg hatte sich Franzmichel ausbedungen, nur über Unverfängliches zu reden und kein Thema anzuschneiden, das den Rüscher irgendwie reizen könnte. Nach ein paar Anstandsminuten noch am Stammtisch entschuldigten sich die beiden und wechselten die Plätze, wobei sich der Kurat direkt neben Franzmichel setzte, was dem Pfarrer die Zornesröte ins Gesicht trieb.

Kaum standen die vollen Gläser auf dem Tisch, stimmte der Raphael ein Lied an und der Dokus meinte dann, eigentlich sei es schade, dass Franzmichel nicht noch daheim seine Ziehharmonika geholt habe. Zunehmend lustiger ging es zu und je mehr an ihrem Tisch geplauscht und gelacht wurde, desto mehr versteinerte sich das Gesicht des Pfarrers. Niemand schien ihn und den Wirt zu beachten, wie verloren saßen die beiden nebeneinander, bis es schließlich dem Rüscher zu viel wurde und er grußlos die Gaststube verließ.

Schon wenige Tage nach Franzmichels Heimkehr schlossen er und Nanni Fenster und Türen des Hauses in Schoppernau und zogen mit den Kindern, der Großmutter und ihren vier Kühen hinein ins friedliche Hopfreben.

Dorthin brachte der Jok aus Au auch die Nachricht, der Pfarrer Rüscher und der Pater Beda seien zum Verhör nach Bezau geladen worden. Obwohl dies eine Amtssache war und niemand auch nur ein Wörtchen hätte davon erfahren dürfen, würde bereits in der halben Talschaft schon darüber getratscht und gemutmaßt. Der Gallus, hieß es, habe das alles ganz genau und aus zuverlässiger Quelle erfahren. Im Gegenzug wiederum habe der Hittisauer Pfarrer nicht nur Franzmichel, sondern auch gleich die Schoppernauer pauschal beim Bischof verklagt mit der Anschuldigung, sie wollten eine neue Sekte gründen. Das Letztere habe ihm der Sealmus gesagt, der es wiederum vertraulich vom Pfarrer Stockmayr habe.

Franzmichel war nun heilfroh, nicht draußen im Tal leben zu müssen, obwohl es auch mit der Ruhe in Hopfreben zu Ende ging, da die Zahl der Leute von Tag zu Tag größer wurde, die bis aus Bregenz hereinpilgerten und ihm die Zeit stahlen. Von diversen Zeitungen und Journalen lagen Anfragen nach Beiträgen über die Lebensumstände im abgeschiedenen Bregenzerwald vor, mit seinem dritten Roman, in dem es um die Klassentrennung auch in der bäuerlichen Gesellschaft gehen sollte und den er entsprechend »Reich und Arm« zu betiteln gedachte, kam er so kaum einen Schritt weiter. Nach ein paar Wochen waren dann aber die Bergwiesen im Vorsäss abgeweidet und schweren Herzens zogen sie wieder heimzu, wo auch sogleich eine Vorladung des Bezirksvorstehers aus Bezau ins Haus flatterte. Sonderbarerweise wurde ihm diese jedoch nicht vom Gerichtsboten, sondern von einem Nachbarskind überbracht. Anfangs dachte er sich noch nichts dabei und stutzig wurde er erst wegen der knappen Terminsetzung, nach der er schon übermorgen in der Früh erscheinen sollte, und als ihm dann auch noch beim zweiten Durchlesen der knappen drei Zeilen die falsche Adressierung an »Johann Michael Felder« auffiel, verstärkte sich sein Gefühl, dass da offenbar jemandem etwas ziemlich auf der Seele zu liegen schien.

Nanni meinte, es könne nicht schaden, wenn er auf dem Hinausweg im Rehmener Pfarrhaus vorbeischauen würde.

»Wenn Sie mich fragen – die Sache setzt dem Rüscher mehr zu, als er zugeben will. Ungesund schaut er aus, fast so, als ob er krank wäre. Ich denke, er gäbe einiges, das alles hinter sich zu haben, und wäre dazu auch bereit, ein Opfer zu bringen und über den eigenen Schatten zu springen!«

Die Einladung des Kuraten Herzog noch auf einen Kaffee schlug Franzmichel mit der Begründung aus, er wolle beim Feuerstein übernachten und vorher in der »Gams« noch einige Leute treffen, die dort verkehrten. Dort erfuhr er, dass in Wien ein Komitee geplant sei mit dem Ziel, ihn wenigstens von der Bauernarbeit so weit zu befreien, dass er sein Auge mehr tagsüber und nicht nur beim Kerzenlicht zum Lesen und Schreiben benutzen konnte. Franzmichel war allerdings von der Art, wie dies geschehen sollte, nicht sonderlich angetan, auch wenn er und die Seinen jeden Kreuzer notwendig brauchen konnten.

Der Bezirksvorsteher Müller am nächsten Morgen war Franzmichel schon auf den ersten Blick nicht besonders sympathisch. Die Klage wegen Bedrohung sei in Feldkirch abgewiesen worden, beschied dieser kühl, bleibe also nur noch die wegen Ehrenbeleidigung. Er solle diese doch zurückziehen, man könne sich doch mit dem Hochwürden Rüscher einigen und er selber würde alles in seiner Macht Stehende tun, um die aufgebrachten Gemüter wieder zu beruhigen.

»Von mir aus jederzeit!«, erwiderte Franzmichel. »Aber nur, wenn der Pfarrer eine öffentliche Erklärung unterschreibt!«

Der Bezirksvorsteher wiegte den Kopf und meinte dann, das würde der Hochwürden niemals tun.

»Aber ich soll ihm stillschweigend recht geben!«

Dann blätterte der Müller eine Zeit lang in seinen Papieren.

»Der Pfarrer Rüscher hat ausgesagt, was Sie vorbrächten, habe er nur im privaten Kreis verlauten lassen!«

»Wenn der private Kreis die Kanzel und der Wirtshaustisch ist, dann stimmt es!«

So ging es hin und her bis kurz vor Mittag und was auch der Bezirksvorsteher vorbrachte, war nur dazu angetan, sein Misstrauen nur noch zu erhöhen. Franzmichel war um nichts in der Welt bereit, vor dem Rüscher zu Kreuze zu kriechen und auch noch dem Pater Beda zuzugestehen, dass dessen »frommer Diebstahl«, wie dieser es genannt hatte, auch noch rechtmäßig gewesen sein sollte.

Aber der Bezirksvorsteher ließ nicht locker und beraumte für den Nachmittag nochmals eine Zusammenkunft an. Über die Mittagszeit hatte dieser offensichtlich von Franzmichels Beitrag »Zwei Geburtstage eines Bäuerleins« in dem von Gustav Freytag in Leipzig herausgegebenen »Grenzboten« erfahren, der von der Aufregung um den »Nümmamüller« und seiner und Nannis Flucht nach Bludenz handelte. Müllers Stimmung war nun geradezu in Feindseligkeit umgeschlagen und bestärkte Franzmichel nur darin, auf keinen Fall nachzugeben.

Sechs Uhr war schon vorbei, als er endlich Bezau verließ. Die letzte Nacht war kurz gewesen, er hatte schlecht geschlafen, war nun hundemüde und zudem wurde es schon finster, als er in Schnepfau ankam. Die Abholung des noch ausstehenden Geldes beim Gallus für die Wintermilch scheiterte daran, dass dieser nicht zu Hause war, und so ging er noch in die Wirtschaft, wo er sich noch einen Schoppen gönnen wollte.

Die Türe der Gaststube zum Nebenzimmer stand offen, an dem großen, runden Tisch saßen dort offenbar noch einige verspätete Tagwerker und Bauern. Die Männer unterhielten sich halblaut über die Heuarbeit und einer meinte aufgebracht, daheim in Rehmen stünde das eigene Gras auf den Feldern, während er hier in Schnepfau für den Gallus die Fuder um Gotteslohn laden durfte. Obwohl die Heuer verdeckt hinter der Wand saßen, war dennoch jedes Wort deutlich zu verstehen.

»Hoffentlich hält das Wetter noch ein paar Tage!«, sagte einer besorgt.

Franzmichel streckte derweil seine Beine unter dem Tisch aus und hörte mit halbem Ohr zu, während er vor sich hin überlegte. Sollte er nun oder nicht? Entschlossen sah er dann doch auf, während die Wirtin den Wein auf den Tisch stellte. »Mir tun die Füße weh und zudem gehe ich auch nicht mehr gerne alleine hinein durch langweiligen Wald! Habt ihr vielleicht noch ein Ross und ein Fuhrwerk?«

Die Margret schüttelte bedauernd den Kopf. »Das geht leider nicht! Die Rösser sind müde und müssen gleich morgen früh wieder zur Feldarbeit hinaus. Zudem haben wir auch keinen gescheiten Wagen!«

Doch sie lächelte Franzmichel zu und beugte sich durch den Türrahmen hin zu einem der für Franzmichel Unsichtbaren im Nebenzimmer. »Du musst ja auch noch heimwärts! Da heraußen sitzt Jaukos Franzmichel und zusammen mit ihm wäre es ja auch für dich kurzweiliger!«

Drinnen verstummten schlagartig die Gespräche.

»Mit dem Felder?«, fragte der Angesprochene offenbar wild auffahrend.

Ein verhaltenes Tuscheln kam auf, das aber gleich wieder verstummte.

»Der Felder kann schon mit mir mitgehen!«, ließ sich die Stimme wieder vernehmen. »Aber weit kommen tät' er nicht, weil dem würde ich mein Messer in die Brust stecken!«

Franzmichel überlief es eiskalt. Auch die Wirtin fuhr zusammen und brauchte einige Zeit, bis sie sich wieder ein wenig gefasst hatte. »Du dummer Lapp!«, schimpfte sie dann durch die Türe. »Was redest du für einfältiges Zeug!«

Niemand gab daraufhin eine Antwort und hinter der Wand blieb es still.

»Es tut dir niemand etwas!«, versicherte sie immer wieder, aber Franzmichel wollte sich lieber nicht darauf verlassen. Hastig trank er sein Glas leer und sah zu, Schnepfau möglichst rasch hinter sich zu bringen.

Obwohl ihm auf dem langen Heimweg vor Müdigkeit immer wieder die Augen zufielen, steckte ihm der Vorfall noch so sehr in den Knochen, dass er zu Hause keinen Schlaf fand. Mitten in der Nacht stand er wieder auf und begab sich auf Zehenspitzen nach oben in sein Studierzimmer, um eine Klageschrift gegen Unbekannt wegen Bedrohung aufzusetzen. Noch vor der morgendlichen Stallarbeit suchte er das Peterle auf, von dem er wusste, dass dieser nach Bezau musste, und bat diesen, den Brief dort abzugeben.

Wenige Tage später schon bekam jedoch, nicht wie eigentlich zu erwarten gewesen wäre, die Schnepfauer Wirtin eine Vorladung zur Zeugenvernehmung, sondern stattdessen wurden Sealmus' Frau Mariekathrin, Moosbruggers Peteranton als Altvorsteher und Oberhausers Kaspar nach Bezau bestellt. Woher der Wind wehte und worum es ging, wurde allen dreien bald klar, nämlich um die schon seit einer halben Ewigkeit in Müllers Schublade ruhende Beleidigungsklage von Franzmichel gegen den Pfarrer Rüscher.

»Sie haben sich also als Zeugin zur Verfügung gestellt. Hätten Sie doch das Maul gehalten!«, fuhr der Bezirksvorsteher gleich bei ihrem Eintreten die Mariekathrin an, die sich aber nicht einschüchtern ließ und schlagfertig entgegnete: »Zuerst hätt's aber doch der Pfarrer halten sollen!«

Immer missmutiger hörte der Müller zu, was Sealmus' Frau über die Aussprüche, Reden und Predigten des Schoppernauer Seelsorgers über Franzmichel zu bezeugen hatte, konnte dann aber, wie er abweisend bemerkte, in all dem keine Beleidigung finden. Dabei blieb er dann auch beim Kaspar, und als der Altvorsteher die Auffassung vertrat, der Felder würde nicht nachgeben, knurrte er, das würde man ja noch sehen. Dann versuchte er es auf die gütliche Art, man müsse die Sache im Stillen aus der Welt schaffen, um dann aber gleich wieder aufzubrausen, es sei eine Schande, wie der Felder den eigenen Pfarrer in den Zeitungen herumreiße.

»Der Kaspar in Bludenz vermutet dahinter den Gallus, weil ein Triumph Rüschers genauso der seine wäre und ihm kann es nur gelegen kommen, wenn Franzmichel und seine Freunde noch mehr verhetzt werden. Auch den Feuerstein versucht er überall lächerlich machen und hofft so, den Käsverein doch noch zu verhindern!«, sagte der Altvorsteher, während sie neben der rauschenden Ache wieder taleinwärts schritten.

Im Oberdorf waren Franzmichel und Nanni auf ihrer Bündt beim Heuen, und der Kaspar berichtete den beiden von der Bezauer Einvernahme und wie der Bezirksvorsteher ganz offen und unverstellt zum Rüscher halten würde.

»Auch ich habe eine Nachricht vom Bezirksamt!«, antwortete Franzmichel dann. »Der Müller hat mir amtlich und in ungewöhnlicher Eile mitgeteilt, der Vorfall in Schnepfau könne gar keine Bedrohung gewesen sein, weil ich ja alleine nach Hause gegangen sei! Aber so schnell kriegen sie mich nicht unter! Wenn Amt und Klerus versuchen, die Vorgänge hier zu vertuschen, so werde ich die Schleusen öffnen und das ganze in mir gesammelte Gift in ihre Galgengesichter spritzen!«

70

Am 16. Juli 1867 war Professor Dr. Rudolf Hildebrand in Schoppernau eingetroffen. Der Greußing mit seiner Kapelle hatte ihm zu Ehren ein Ständchen gespielt und der ergriffene Professor sich mit einer Rede bedankt. Allerdings haperte es dann gelegentlich bei der sich anschließenden Konversation: Die Einheimischen verstanden zwar den Herrn aus Leipzig, dieser jedoch hatte umgekehrt erheblichere Schwierigkeiten mit dem seltsamen Dialekt des Tales, obwohl er sich durch Franzmichels Sammlung von Wörtern und Ausdrücken für das Grimm'sche Wörterbuch eigentlich ganz gut gewappnet geglaubt hatte. Geschrieben war halt doch etwas anderes als gesprochen. Auch Franzmichel verfiel bei aller Mühe, die er sich gab, immer wieder in die heimatliche Mundart.

Daher war er doppelt froh, dass Hildebrand unter seinem Dach wohnte und versprochen hatte, ihm ein akzeptables Schriftdeutsch beizubringen.

Drei heitere, abwechslungsreiche Wochen waren es geworden zwischen dem Heuen im Auenfeld und Kaspars hitzig geführten Debatten in den Bludenzer Kaffeehäusern, den Vortragsreisen für den Käseverein in den Vorderwald, Besuchen mit Nanni oben auf der Alpe, bei ihrem Bruder am Tannberg, Zukehr beim Fiedler im Gasthaus in Schröcken, Gesprächen über Literatur, soziale Fragen,

Sitten und Gebräuche, abendlichen Diskursen mit Franzmichels Freunden, und von Tag zu Tag hatte der Professor mehr gestaunt über die Bildung dieser einfachen Bauern und Handwerker. Geradezu fasziniert aber war er von Nanni in ihrer abgetragenen Arbeitsjuppe, ihrer ansteckenden Fröhlichkeit, ihrem Witz und Esprit, mit dem diese auch in jeder gehobeneren Gesellschaft einen nachhaltigen Eindruck hinterlassen hätte.

Während Hildebrand auf der harten Holzbank sich mit halb geschlossenen Augen zurückdachte in den Bregenzerwald, blickte Franzmichel nun auf den sich in der Dunkelheit hell am Horizont abzeichnenden Streifen über der mit Gaslampen beleuchteten Stadt Leipzig und mit jedem Schwellenschlag der eisernen Räder wuchs seine Beklommenheit. Würde er sich mit seinem Schriftdeutsch nicht doch blamieren bis in die Zehenspitzen? Würden seine Manieren bei all den vornehmen Herrschaften, mit denen ihn Rudolf bekannt machen wollte, möglicherweise nur Anlass zu verächtlicher Häme geben? Zwar steckte er in einem neuen Anzug und in städtischen Schuhen und um der lästigen Anstarrerei zu entgehen, hatte er sich in Augsburg eine schwarze Augenbinde gekauft, woraufhin ihm sein Spiegelbild dann vorgekommen war wie das eines Piraten. Wie würden die Leute auf seine Erscheinung reagieren?

Mit einem schrillen Pfiff kündigte die Lokomotive die Einfahrt in den Bahnhof an und mit lautem, lang anhaltendem Quietschen kam der Zug zum Stehen. Über achtzehn Stunden seit München! Steif und ungelenk kam sich Franzmichel am Ende der ersten Bahnfahrt seines Lebens vor, als er seine Tasche und den Rucksack von der Gepäckablage herablupfte und Hildebrands Regenschirm nahm, bevor er ihm den Vortritt zum Ausgang überließ. Wenige Schritte weit waren sie nur auf dem Bahnsteig gekommen, als eine Mädchenstimme »Papa« rief und einen regelrechten Ansturm auf die beiden auslöste.

»Das also ist mein Freund Franz Michael Felder, Bauer, Dichter und Rebell!«, stellte ihn dann Hildebrand vor.

»Wir freuen uns aufrichtig und sind stolz darauf, Sie in Leipzig begrüßen zu dürfen!«, kam die Frau Professor mit gewinnender Herzlichkeit auf ihn zu und drückte ihm die Hand. Nach dem Schwager Karl folgten noch die Kinder, jedes von ihnen mit einem artigen Knicks und der Nennung des Namens. Der Schwager bestand dann darauf, seine Tasche zu tragen, und plaudernd ging es durch die erleuchteten Straßen in die nur wenige Minuten entfernte Wohnung, wo schon ein kleiner, einfacher Imbiss vorbereitet war. So ungezwungen sich auch alle zu geben versuchten, so entgingen Franzmichel aber die Blicke dennoch nicht, wie sie ihn verstohlen musterten und immer an seiner Augenbinde hängen blieben. Zunehmend kam er sich vor wie ein seltenes Alpentier, das sich in die Stadt verirrt hatte, und war dann erleichtert, endlich die Türe seines Zimmers hinter sich schließen zu dürfen. Aber trotz der Müdigkeit fand er keinen Schlaf und immer wieder kam ihm die Szene vom Bahnhof in den Sinn. Undenkbar wäre es daheim gewesen, sich in aller Öffentlichkeit abzubusseln! Das machten dort nur die Bettler und Landstreicher und ein paar Jahre lag es schon zurück, als im Rössle ein einheimisches Pärchen miteinander poussiert hatte, was noch wochenlang für Gesprächsstoff gesorgt hatte. Hier aber schien es das Normalste auf der Welt zu sein. Das wäre doch eine Geschichte ... ein Kuss ... noch besser: ein geraubter Kuss im Bregenzerwald und seine Folgen ...

Irgendwann fielen ihm dann doch die Augen zu, und als er erwachte, war es schon taghell. Aber darüber empfand Franzmichel nur kurz ein schlechtes Gewissen, nachdem der Rudolf erst nach ihm im Esszimmer erschien. Gleich nach dem Frühstück musste er alle Hausbewohner kennenlernen, nach dem Mittagessen – natürlich mit »Leipziger Allerlei«, worauf die Hausfrau nicht ohne Stolz hinwies – stand ein Stadtrundgang an und am Abend war ein Theaterbesuch vorgesehen. Ausgerechnet »König Lear« von ihrem gemeinsamen Lieblingsdichter Shakespeare! Während fast der ganzen Vorstellung musste Franzmichel an Nanni denken und er stellte sich vor, wie es wäre, wenn sein Wible mit leuchtenden Augen in all dieser Pracht hier neben ihm sitzen würde. Am Montag las er in der Frühe seinen Namen in gesperrter Schrift in der »Sächsischen Zeitung«, welche die Ankunft des bekannten Bauerndichters Franz Michael Felder vermeldete, und am Nachmittag kam dessen Bewährungsprobe mit einer Fahrt über die

Pleiße in Begleitung einer Reihe von gelehrten Herren. Je mehr diese fragten und wissen wollten, desto selbstsicherer wurde auch Franzmichels Schriftdeutsch, wie es ihm sein Freund Rudolf beigebracht hatte, und wie oft er noch in den heimischen Dialekt verfiel, ließ sich an den Fingern einer Hand abzählen. Am nächsten Tag ging es zu seinem Verleger Salomon Hirzel, der ihm ziemlich kühl erschien und von dem er für den nächsten Abend zum Essen eingeladen wurde, worauf er aber nach dem persönlichen Kennenlernen nicht mehr sonderlich erpicht war. Mit Freunden Hildebrands besuchte er danach den Botanischen Garten, einer der Herren kaufte ihm bei einem Optiker noch ein Opernglas und am späten Nachmittag fand er endlich ein wenig Zeit, um sich in Hildebrands großem Arbeitszimmer seiner Kussgeschichte zu widmen. Am nächsten Vormittag waren sie beim Herausgeber der »Gartenlaube«, Ernst Keil, gewesen, am Nachmittag bei dessen Kollegen, dem berühmten Gustav Freytag, in der Redaktion des »Grenzboten« und am Abend entpuppte sich dann der kühle Salomon Hirzel als überaus liebenswürdiger und geistreicher Zeitgenosse. Franzmichel genoss es zunehmend, wie alle seine Gesellschaft suchten und ihm ihre Vorschläge unterbreiteten, um ihn irgendwohin begleiten zu können. Ein paar Tage später, nach einem Besuch einer Vorlesung an der Universität über Nationalökonomie bei Wilhelm Roscher und einer Museumsbesichtigung hatte er die Auswahl zwischen einem Konzert, Hirzel wollte mit ihm in Goethes »Götz von Berlichingen« und die Lassalleaner hielten eine Arbeiterversammlung ab, für die er sich dann letztendlich entschied.

Der Germanistenklub veranstaltete ihm zu Ehren eine Ausfahrt, auf der sie ihn zum Ehrenmitglied ernannten, mit Rudolf besichtigte er die Wartburg und mit dessen Familie ging er am Sonntag in einen protestantischen Gottesdienst, wo er sich dann vorstellte, was wohl dem Rüscher dazu eingefallen wäre.

Hildebrand war sichtlich stolz auf den Eindruck, den sein Freund überall machte, und dass dies durchaus nicht geheuchelt war, zeigte sich, als dieser an Hirzels großem Verlagshaus vorbeikam, worauf der Verleger höchstpersönlich auf die Straße trat und ihn heftig tadelnd zu sich hereinbat. Auch bei Keil, den er gleich darauf noch an einer Hirzel'schen Zigarre dampfend in seinem Palast aufsuchte und dessen Bürotüre ein Schild mit der Aufschrift »Zeit ist Geld: 5 Minuten!« zierte, blieb er mehr als eine Stunde, und als er sich verabschiedete, hatte er die Option auf eine fürstliche Entlohnung für zwei Novellen in dessen »Gartenlaube« in der Tasche.

Eigentlich war es Franzmichels Vorsatz gewesen, über seine Reise ein Tagebuch zu führen, aber er kam beim besten Willen nicht dazu. Lediglich zu einigen gerafften Notizen reichte es und er musste froh sein, genügend Zeit zu finden für gelegentliche Berichte an die Daheimgebliebenen.

Vor seiner Abreise nach Leipzig war nach jahrelangem Nachbohren und Insistieren endlich eine tägliche Fußverbindung der Post, wenn auch nur bis nach Au, genehmigt worden, sein Ansuchen um Erweiterung bis nach Schoppernau jedoch heftig abgelehnt worden. Wie Nanni schrieb, sollte nun auch ihr letzter Brief hoffentlich schon von Au aus befördert werden und aus der bisherigen Schneckenpost immerhin eine Hasenpost werden. Vom Seppel erfuhr er, in Bizau seien zwanzig Häuser bis auf die Grundmauern abgebrannt und von Nanni bald darauf, der Rüscher habe eine persönliche Predigt des Bischofs gegen das Lesen und den Zeitgeist angekündigt, dieser aber sei gar nicht erschienen und Oberhausers Kaspar gönne dem Pfarrer und seinem Anhang das misslungene Vorhaben mit herzlicher Schadenfreude.

Der Feuerstein Josef war aus Paris heimgekehrt, wohin er in der Sache des künftigen Käsehandels seine Fühler ausgestreckt hatte, und teilte mit, dass der Verein nun in Bezau gegründet worden sei und er, wenn auch nur widerstrebend, habe den Vorsitz übernehmen müssen. Hirzel wollte unbedingt die Kussgeschichte, die er mit »Liebeszeichen« betitelt hatte, noch vor seiner Abreise lesen und ihn auch noch mit dem Übersetzer der »Sonderlinge« ins Holländische bekannt machen.

Aufregende Tage in Leipzig lagen hinter ihm, hatten in ihrer Hektik dennoch unauslöschbare Eindrücke hinterlassen und ihm eine ganze Reihe neuer Bekanntschaften und Freunde geschenkt. Nun aber neigten sie sich dem Ende zu, er sehnte sich nach den Seinen, aber gleichzeitig packte ihn der Widerwillen, wenn er an

Kühe, Streue, Jauche und Mist denken musste. Warum durfte er nicht in und von seiner Kunst leben, in einem Berufe, zu dem er sich auch berufen fühlte? Zusammen mit Rudolf nagelte er die Kiste mit den geschenkten Büchern zu, die er morgen nach Lindau schicken wollte, und jeder Hammerschlag dünkte ihn wie die Zerschmetterung des Traumes, in dem er fast drei Wochen gelebt hatte.

Dann aber schalt er sich einen undankbaren Gesellen. Wo stünde er ohne ihre zufällige Bekanntschaft vor vier Jahren? Was wäre er ohne den Einfluss und die Beziehungen Hildebrands, ohne dessen unermüdlichen Einsatz für ihn? Nein, durch ihn war er in eineinhalb Jahren weiter gekommen, als er es sich für sein ganzes Leben je zu erträumen gewagt hätte!

Zur Verabschiedung am letzten Abend hatte sich auch einer der Stadträte eingefunden, der sich für die Bereitstellung von Geldmitteln einsetzen wollte, um ihm jedes Jahr einen Aufenthalt in der deutschen Literaturhauptstadt zu ermöglichen. Auch machte eine vornehme Dame den Vorschlag, für ein Stipendium zu sammeln, mit dem er für wenigstens ein Jahr lang Lesungen an einer Universität besuchen könnte, und Hirzel überraschte ihn noch mit einem Päckchen gesammelter Buchbesprechungen der »Sonderlinge«.

Dampfend stand die große Lokomotive im Bahnhof und Franzmichel mitten unter den vielen neuen Freunden und Bekannten, die ihn hierher begleitet hatten. Ihm war schwer ums Herz, während er einem nach dem anderen die Hand reichte, und als ihn Rudolfs Frau Luise an sich zog, erwiderte auch er die Umarmung und hauchte zwei angedeutete Küsse auf ihre Wangen.

»Vielleicht sehen wir uns nächstes Jahr in Schoppernau!«, sagte sie dann, worauf Franzmichel nur stumm nicken konnte.

Verlegen stand er da, wusste nicht, was er sagen sollte. »Wie kann ich euch das alles danken?«, fragte er dann beinahe beschämt.

»Du uns?«, erwiderte Hildebrand. »Dank? Wofür? Wir alle sind es doch, die ungleich mehr von dir beschenkt worden sind!«

Ein heiserer Pfiff mahnte zur Abfahrt. Franzmichel schulterte seinen Rucksack und nahm die Reisetasche auf. Bald darauf setzte sich der Zug in Bewegung, die vertrauten Menschen auf dem Bahnsteig wurden kleiner und kleiner und verschwanden dann ganz. Trotzdem blieb er noch so lange am geöffneten Fenster stehen, bis die Stadt Leipzig sich mit dem grauen Dunst vermengte und schließlich vollends verschluckt wurde. Erst jetzt setzte er sich auf eine der Holzbänke und riss sich seine Augenbinde vom Kopf, die er achtlos in seine Jackentasche stopfte. Das schon etwas ältere Paar gegenüber starrte ihn an und die Frau vermied verlegen seinen Blick.

»Kriegsverletzung?«, fragte dann der Mann mitfühlend.

Franzmichel schüttelte nur den Kopf.

71

Im dunklen Hausgang rumorte es. Irgendetwas fiel dumpf auf den Boden, etwas Schweres schabte über die Bank und jemand schien dann auf ihr Platz zu nehmen. Langsam öffnete sich die Stubentüre einen Spalt weit und im zitternden Schein einer Kerze erschien Nannis Gesicht.

»Wer ist da?«, fragte sie und es klang ein wenig unsicher.

»Ich!«, kam es zurück, während ein Schuh auf die Dielen polterte.

»Du?«, antwortete sie völlig überrascht und riss nun die Tür ganz auf. »Hast du mich gerade erschreckt!«

»Wieso? Ich habe dir doch geschrieben, dass ich zuerst noch nach Feldkirch zum Kaspar muss, bevor ich heute heimkomme!«

»Geschrieben? Was?«, erwiderte Nanni verwirrt. »Seit einer Ewigkeit haben wir von dir nichts mehr gehört und haben uns schon ernsthafte Sorgen gemacht!«

Auch Franzmichel erging es jetzt nicht viel anders. Er war sprachlos und blieb es auch noch, als Nanni die Kerze abstellte und sie sich in die Arme nahmen.

»Von Bregenz aus habe ich dir noch ein paar Zeilen geschickt!«, sagte er dann, aber Nanni schüttelte beharrlich den Kopf. »Nein! Nichts! Keine gotzige Zeile ist gekommen!«

»Wer hat da wieder seine Finger im Spiel?«

»Für heute ist das gleichgültig, Hauptsache, du bist wieder da! Komm in die Stube, ich will alles wissen, was du gesehen, gehört und erlebt hast!« Nanni war nun aufgeregt wie als kleines Mädchen beim Warten auf das Christkind, während sie hinter dem Tisch Platz nahm. »Wie gerne hätte ich einmal als kleines Vöglein dem Bauerndichter unter all den grundstudierten Leuten gelauscht und wie oft habe ich mich zu dir gedacht, in deinen Freundeskreis der Bildung und Intelligenz!«

Franzmichel erzählte und erzählte, von den »Sonderling«-Abenden, König Lear, den vielen berühmten Persönlichkeiten, die er kennengelernt hatte, den imposanten Bauwerken, und Nanni konnte nicht genug bekommen von seinen Schilderungen und auf dem Stadtplan mit den kleinen Randbildern zeigte er ihr, wo er überall gewesen war.

»Weißt du, was für mich während deiner Abwesenheit das Ärgste war?«, sagte sie leise. »Der Knecht, der Xaver. Ich versuche ja auch etwas zu sein. Er aber ist ein Mensch, dem alles gleich ist und mit dem ich nichts reden konnte als nur über die Arbeit und das Wetter!« Sie schwieg einen Moment. »Richtig verleidet ist er mir!«

»Armes Wible«, erwiderte Franzmichel und strich ihr über die Wange, »ich kann es dir nachfühlen!«

Am nächsten Vormittag schaute der Seppel vorbei und war ebenfalls erstaunt, Franzmichel daheim anzutreffen. Auch er bestätigte, von ihm schon länger keine Post bekommen zu haben, und vermutete, der Gallus und der Postbote könnten dabei unter einer Decke stecken.

»Der Gallus heißt nicht umsonst Gallus. Gegen dich und eueren Verein jedenfalls spuckt er Gift und Galle und hat ihn aus »Landwirtschaftliche Käshandlung« in »Lumpen-Kompanie« umgetauft. Sonst geht's auch drunter und drüber, jetzt hauptsächlich wegen der bevorstehenden Gemeindewahlen. Ganz Schoppernau liegt miteinander im Krieg und die Bataillone stehen sich gegenüber: auf der einen Seite die Rüscher-Partei und auf der anderen deine Anhänger. Der Rüscher hat schon verkündet, Schoppernau habe zwar gut vierhundert Einwohner, aber nur noch zweihundert Seelen, weil die anderen seien alle Freimaurer, die an keine Seele glaubten und deshalb auch keine mehr hätten! Außerdem will er jetzt selber auch zur Feder greifen und die ›Causa Felder‹ gedruckt als Broschüre herausbringen!« Der Seppel lachte. »Mich scheint er ebenfalls besonders in sein Herz geschlossen zu haben, seit ich zu Mühles Miann auf den Strich gehe und er erfahren hat, dass wir heiraten wollen. Sie wissen schon, dass Sie dann vorher beichten müssen, hat er zu mir gesagt und ich habe ihm geantwortet, wenn ich ja eh' schon keine Seele habe, so bräuchte ich auch keine Sakramente. Da hättest du ihn sehen sollen! Das Kinn ist ihm herabgefallen, aber Antwort hat er keine darauf gefunden!« Die Mundwinkel des Vetters verzogen sich verächtlich nach unten. »Scheiß auf die Pfaffen und die Kirche!«

Franzmichel sah ihn ernst an. »Lass da die Kirche heraußen! Die Kirche ist eine viel größere und höhere Institution, als ihre Gegner und manche Zeitungsschmierer auch nur ahnen können! Sie ist die Heimat vieler Seelen! Wo wäre unsere Kultur, Sprache, Wissenschaft oder Kunst ohne Verbindung mit Religion und Religiosität? Aber das ist es nicht alleine. Fehlt der religiöse Bezug, sind auch alle anderen Bereiche davon betroffen und alles wird beliebig. Der Rüscher und die anderen Konsorten mit ihm aber sind weder die Kirche Christi noch die wahren Repräsentanten des Evangeliums, sondern nichts anderes als gewöhnliche Parteimänner!«

Der Seppel tat jetzt etwas, was er schon lange nicht mehr gemacht hatte: Er hielt den Mund. Der Vetter selber war nicht davor zurückgeschreckt, eine geradezu pamphletistische Abhandlung über fromme »Heilsgeschäfte« mit dem Herrgott als Krämer, wallfahrenden Bäsles und mühlenartig leiernden Vaterunsermännchen für die österreichische »Gartenlaube« zu verfassen. Aber über die Kirche als eine trotz vieler Widersprüche die Menschen verbindende universelle Gemeinschaft ließ er ebenso wenig kommen wie über grundsätzliche Glaubensdinge.

»Ich muss jetzt los, ins Bergheu!«, sagte Franzmichel. »Der Xaver ist schon seit in der Früh oben. Wir sehen uns heute Abend auf einen Schoppen beim Bierer!«

Am abschüssigen Berghang nickte ihm der Knecht nur wortlos

einen kurzen Gruß zu, setzte behutsam von einem Fuß auf den anderen, trat den eisenbeschlagenen Schuh kräftig in den Boden und versicherte sich dann, dass er auch festen Stand hatte, ehe er mit der Sense zu den nächsten Schwüngen ausholte. Franzmichel tat es ihm gleich und schweigend mähten sie nebeneinander, bis der Wind den Ton der Mittagsglocke vom Tal herauftrug. Sie setzten sich auf einen halbwegs ebenen Fleck, wischten sich den Schweiß aus den Gesichtern und Franzmichel holte die mitgebrachte Vesper aus seinem inzwischen weitgereisten Rucksack.

»Bist also wieder da!«, stellte der Xaver nur einsilbig fest und riss ein Stück Brot ab.

Wenn ihn jetzt so der vornehme Professor Zarncke sehen könnte, mit dem er sich noch vor ein paar Tagen angeregt über die Nibelungen und den Stand der Forschung unterhalten hatte! Er in seinem blauen, verflickten Fiesel neben diesem maulfaulen Trüller! Sein Zorn verstärkte sich bei dem Gedanken an Nanni und wie diese es wochenlang neben diesem Holzklotz hatte aushalten müssen. Vielleicht würde sich eine Möglichkeit finden lassen, damit das Wible nächstes Jahr doch mitkonnte zu den Hildebrands!

Auch Oberhausers hatten von der Rückkehr ihres Freundes erfahren. Dass man sich beim Bierer treffen würde, war selbstverständlich und der Kaspar war vorher noch hinab ins Unterdorf ins Kaufhaus, um einen Packen Nägel zu holen. Neugierig blieb er neben der Türe stehen und las den dort angebrachten Anschlag. Gerade war er fertig und damit beschäftigt, das Blatt abzulösen, um es mitzunehmen, als sich im Eilschritt der Pfarrer näherte.

»Geben Sie das her, aber sofort!«, herrschte er ohne Gruß den verdutzten Kaspar an.

Als dieser der Aufforderung nicht unverzüglich nachkam, riss er ihm das Papier einfach aus der Hand, zerknüllte den Anschlag und steckte ihn in die Tasche.

»Ich will Frieden im Dorf!«, schnaufte er dabei aufgebracht. »Eines dieser Gedichte habe ich soeben von der Kirchentüre entfernt und eines von einem Baum! Haben Sie noch irgendwo eines gesehen?«

Kaspar verneinte, worauf er ihn nach einem knappen Kopfnicken stehen ließ und aufgeregt dem Dorfende zulief, wobei sein Blick die Häuserwände und die Bäume absuchte.

Es war ein noch lauer Abend und zu schade, um ihn in der Gaststube zu verbringen. Die Bänke um den Tisch beim Bierer waren schon alle belegt. Ein paar der Männer hatten sich noch Stühle aus der Wirtschaft geholt und saßen eng gedrängt hinter den anderen, um ja keine Silbe von Franzmichels Erlebnissen zu verpassen.

»Schoppernau, das Dorf der Dichter und Poeten!«, grinste der Kaspar, während er dazutrat und dann von dem Vorfall mit dem Rüscher soeben berichtete. »Leider weiß ich nur noch den Anfang von dem Gedicht:

Dem Mariele und seinem Limmel / Ist verschlossen der Himmel! Du schreibst Bücher und für Zeitungen, der Rüscher droht mit einer Broschüre und jetzt kommt noch so ein unentdecktes Talent …«

»Wahrscheinlich stammt es vom Krämer selber!«, mutmaßte Baltassos Sepp. »Einverstanden war er damit auf alle Fälle, wenn es schon an seinem Laden hängt!«

»Vielleicht ziehe ich doch noch fort nach Leipzig!«, antwortete Franzmichel verstimmt. »Es gibt dort genügend Leute, denen ich willkommen wäre. Stattdessen schlage ich mich hier mit dem Rüscher und seinem Anhang herum und streite um Dinge, die selbstverständlich sein sollten!«

»Spiel' jetzt nur nicht den Beleidigten!« Seppels dünnes Oberlippenbärtchen zuckte. »Mon dieu! Das wirst du wohl noch vertragen! Oder hat dich der Umgang mit den feinen Herrschaften schon so empfindlich gemacht?«

»Dem Rüscher und den Klerikalen geht der Hintern auf Grundeis!«, brummte Jochums Ambros. »Wegen der geheimen Wahlen, wo sie jetzt keine Kontrolle mehr haben, wer wen wählt. Deshalb will er jetzt plötzlich Frieden und sich mit allen gut stellen!« Der Ambros warf einen kurzen Blick in die Runde, ehe er fortfuhr: »Gestern habe ich mit einen Bezauer Kapuziner geredet. Es soll eine Unterschriftensammlung kommen, mit der wir alle bestätigen sollen, dass wir gut katholisch seien …«

»In Feldkirch predigen sie schon davon, dass es pfeift!«, unterbrach ihn Franzmichel. »Wer nicht unterschreibe, der gehöre ins Narrenhaus, und wer offen dagegen sei, solle gleich ins Gefängnis gesteckt werden!«

»Damit wollen sie uns also verpflichten, die Stimmen ja auch den Ultramontanen zu geben!«, empörte sich nun Muxels Pius.

»Richtig!«

Franzmichels Erlebnisse in Leipzig interessierten plötzlich niemanden mehr. Jetzt ging es wieder einmal nur noch darum, wie weit sich die Geistlichkeit in alles einmischen durfte und zu bestimmen hatte.

Ein direkt Betroffener hielt mit seiner Ablehnung nicht zurück: »Mich will le Rüscher zur Beichte zwingen, sonst will er die Miann und mich nicht heiraten lassen! Aber gezwungene Katzen mausen schlecht! Sacre bleu! Ich bin jetzt zweiunddreißig und alt genug, um selber Entscheidungen zu treffen! Es ist Zeit, dass sich die Schwarzkittel endlich eine blutige Nase holen!« Der Seppel wurde immer wilder. »Aber den Gefallen werde ich ihm nicht tun, da kann er warten, bis er verfault! Wenn er glaubt, er kann mich sekkieren, trete ich aus der Kirche aus und werde Protestant!«

72

Der Pfarrer Rüscher hatte sich in vollem Ornat ablichten lassen. Es sollte freundlich aussehen, wie er aus seinem mit einer Häkeldecke bezogenen Lehnstuhl dreinblickte, das Brevier im Schoß, als ob er gerade im Moment beim Lesen unterbrochen worden wäre. Die Mitglieder vom dritten Orden führten immer genug Abzüge mit sich und so war bald kaum mehr ein Haus in Schoppernau, in dem es keine Fotografie ihres Seelenhirten gab. Gedacht war sie wohl zur Erinnerung, vielleicht auch noch für die Unentschiedenen und Zweifler zur Ermahnung, welcher Seite sie bei der Wahl die Stimme zu geben hatten. Das wurde natürlich bestritten, aber wäre denkbar gewesen, nachdem sich die Unterschriftenaktion als Schlag ins Wasser erwiesen hatte und zudem in der »Feldkircher Zeitung« ein von Franzmichel lancierter Artikel erschienen war, wonach von den 113 abgegebenen Schoppernauer Unterschriften lediglich etwa fünfzig verschiedene Handschriften gezählt worden seien. Aber auch noch andere Ungeschicklichkeiten wie das Aufstellen ausgerechnet des Ochsenwirtes als Kandidaten für den Posten des Vorstehers und die teilweise fanatische Agitation stießen viele ab, die vielleicht doch noch für die Ultramontanen votiert hätten.

Dennoch sah es am Wahlsonntag gar nicht so schlecht aus für die Rüscher-Partei. Jedenfalls so lange, bis dem Altvorsteher beim Zusammenzählen der Stimmen eine auffällige Häufung auf »Josef Moosbrugger« auffiel. Nur – welcher Josef Moosbrugger war gemeint? In der Gemeinde gab es um die zehn Josef Moosbrugger, auf keinem einzigen Stimmzettel aber war ein Hausname angegeben. Das Durcheinander wurde zunehmend größer, als nun auch noch andere Namen auftauchten, die es im Ort mehrfach gab und bei denen ebenfalls eine genauere Zuordnung fehlte.

»Das kann man so auch beim besten Willen nicht mehr gelten lassen!«, sagte Franzmichel entschieden zum ebenfalls zum Wahlkomitee zählenden Ochsenwirt, der aber antwortete, sie wüssten schon, wer damit gemeint sei, nämlich ausschließlich Anhänger der Pfarrer-Partei.

»Woher willst du das wissen?«, fragte der Sealmus plötzlich hellwach.

»Wir können es beweisen!«, antwortete der Ochsenwirt überheblich und blickte mit siegesgewissem Grinsen zum Ergham Michel, der wie er selber für die Frommen im Ausschuss saß.

»Ich kann beeiden, wer mit welchem Namen gemeint ist!«, antwortete dieser. »Wir haben uns nämlich zusammengetan, um Männer zu wählen, die noch gut katholisch sind!«

»Aha! Und wie viele seid ihr denn?«, erwiderte der Sealmus.

Der Ergham wollte jetzt nicht mit der Sprache heraus und sah Hilfe suchend hinüber zum Ochsenwirt, der darauf nickte.

»Um die zwanzig.«

»Sag ihnen ruhig, welcher Josef Moosbrugger gemeint ist!«

»Du, der Ochsenwirt!«

»Das war eigentlich anzunehmen!«, antwortete Franzmichel und der Ergham wollte sogleich los, um die zwanzig oder noch mehr Zeugen zu holen, die das auch bestätigen könnten.

»Das geht nicht!«, hielt ihn der Altvorsteher zurück.

»Und warum soll das nicht gehen?«, fragte der Ochsenwirt überrascht.

»Wir haben ab heute keine öffentlichen Abstimmungen mehr wie bisher, wo jeder wusste, wer wen gewählt hat, sondern geheime Wahlen. Daran hättet ihr denken sollen!«

Die Gesichter der beiden wurden zunehmend lang und länger.

»Was machen wir jetzt?«

Der Ergham sah nun ziemlich ratlos drein.

»Alle nicht eindeutig zuordenbaren Stimmen werden nicht gezählt und als ungültig behandelt!«, schlug der Altvorsteher vor.

»Dann bin ich ja draußen!«, erschrak das Ochsenwirtle.

Aber so schnell wollten sie sich nicht geschlagen geben. Betreten zogen sie sich in eine Ecke zurück und unterhielten sich eine Weile lang im Flüsterton, ehe sich der Wirt wieder zu Wort meldete. »Es sind zwei Stimmzettel abgegeben worden, und zwar von Minderjährigen, die unter Vormundschaft stehen! Die Vorschrift aber besagt, dass jeder Bevollmächtigte persönlich zu erscheinen hat!«

Das stimmte auch. Einer davon war der Natter Josef gewesen, der seit einigen Tagen wieder im Land umging und den sein Vormund geschickt hatte, weil er selber zu faul war. Allerdings hatte daran niemand von der Pfarrer-Partei Anstoß genommen, solange sie sich ihres Sieges gewiss gewesen waren.

»Wir werden wahrscheinlich eine Klage einreichen«, sagte darauf der Ochsenwirt unsicher.

»Fragt aber vorher noch den Pfarrer!«, erwiderte Franzmichel nicht ohne Häme.

So geschah es dann auch und sechs Personen legten Protest ein. Nur – wer diese waren, ließ sich wiederum nicht feststellen, da alle sechs Unterschriften aus unleserlichen Kritzeleien bestanden.

Franzmichel saß derweil in seinem Kämmerlein, das Manuskript seines neuen Romans wuchs von Tag zu Tag und seine Freunde sagten ihm, so heiter und vergnügt hätten sie ihn schon lange nicht mehr erlebt. Auch der Rüscher verhielt sich auffallend kleinlaut, seit sogar auch er den »Grenzboten« mit der Novelle »Zwei

Geburtstage eines Bäuerleins« gekauft hatte und ihm noch zu Ohren gekommen war, dass inzwischen selbst im fernen Amerika im Staatsanzeiger von Minnesota über die Flucht ein Bericht gestanden hatte: Kein ungerades Wort mehr über den Felder, kein Ton über die »Sonderlinge«, keine Silbe über den Uhrenmacher. Diesen und Mühles Miann hatte er am Sonntag ohne weiteres Aufheben zur Ehe verkündet und dem Seppel nur beinahe freundlich abverlangt, dass dieser irgendwann einen Beichtzettel vorbeibringen sollte. Jetzt redete er nur noch mehr allgemein von einem Religionskrieg, in dem man am Ende den letzten Christen an den Därmen des letzten Geistlichen aufhängen würde. Zwar war es an der Oberfläche ruhig, desto mehr brodelte es darunter, was aber jetzt weniger dem Pfarrer, sondern mehr seinem Freund, dem Ochsenwirt, zuzuschreiben war, welcher seine Niederlage immer noch nicht verdaut hatte. Das bekamen auch die beiden Vettern hautnah mit, als sie an einem kalten Sonntag nach Dreikönig von Au her kommend, wo sie den maladen Schneider besucht hatten, noch in dessen Gasthaus zukehrten. Franzmichel war nur widerstrebend der Aufforderung gefolgt, weil er den Seppel in seinem schon leicht angeheiterten Zustand nicht alleine mit seiner Schwägerin ausgerechnet in den »Ochsen« lassen wollte, und saß nun mit den beiden in der ansonsten beinahe leeren Gaststube. Nur an einem Nebentisch hockten noch ein Verwandter des Wirtes und ein Schnäpsler. Vor einigen Tagen hatte Franzmichel erfahren, er solle zum Ehrenmitglied des Hofer-Vereins, dem Zusammenschluss der Tiroler und Vorarlberger in Wien, ernannt werden, und erzählte gerade davon, als sich der Wirt spöttisch vom Tresen her vernehmen ließ.

»Die nehmen ja auch jeden!«, rief er, und als niemand darauf reagierte, fügte er noch an Franzmichel gewandt hinzu: »Sogar gerichtsbekannte Lügner wie dich!«

Der Seppel wollte aufspringen, aber Franzmichel und die Schwägerin hielten ihn zurück.

»Du verkehrst ja nur mit Lügnern und die Zeitungen lügen dir nach dem Maul, was aber auch kein Wunder ist, wenn man weiß, dass die ›Neue freie Presse‹ in Wien ein Judenblatt und der Redakteur selber ein Jude ist!«

»Der Lecher Zacharias aus Andelsbuch – ein Jud'? Wer sagt das?«, schrie der Seppel wütend quer durch die Stube.

»Der Pfarrer und der Bischof selber, und wenn es der Bischof nicht weiß, wer dann sonst, hähähä!«

In diesem Augenblick öffnete sich die Türe und herein kam der Knecht. An seinen eisenbeschlagenen Stiefeln war der Schnee festgefroren, der sich in Brocken auf den Dielen verlor, während er zur Wandbank hinüberstapfte und dort die Schuhschnürung löste. Der Seppel war jetzt so in Rage, dass er ihn gar nicht beachtete.

»Dann sind der Pfarrer und der Bischof eben Lügner wie so manche andere auch, die, anstatt Wahrheit und Liebe zu predigen, nur Lüge und Hass unter die Leute bringen!«

»Was? Was getraust du dich zu sagen?«, fuhr nun der Schnäpsler auf.

»Ist es keine Lüge, wenn jemand die Unwahrheit sagt?«

Franzmichel und die Schwägerin versuchten den Seppel zu beruhigen, aber dieser wurde nur noch wilder.

»Wenn die Kapuziner in Bezau den Feuerstein verleumden, wenn man meinem Freund Franzmichel jede Stunde verbittert und uns jeden Atemzug vergiftet – was ist das? Hat die Erbärmlichkeit ein Recht, nur weil sie in einem Kleid steckt, das sie selber entweiht?«

Der Ochsenwirt schoss hinter der Theke hervor, sein Verwandter stürzte sich auf den Seppel und riss ihn vom Stuhl, auch der Schnäpsler war aufgesprungen und der Knecht stand noch abwartend drüben an der Bank. Im Nu wälzten sich drei Männer keuchend auf dem Boden. Jetzt hielt es auch den Knecht nicht mehr tatenlos im Abseits. Mit beiden Händen hatte er den Schaft seines Stiefels gefasst und drosch nun mit dem eisenbeschlagenen Absatz so heftig auf den Uhrenmacher ein, dass Franzmichel, der dazwischengehen wollte, das Blut ins Gesicht spritzte. Mit einem Aufbrüllen verschaffte sich der Seppel Luft, warf den Schnäpsler rückwärts über den Tisch, der daraufhin humpelnd das Weite suchte. Dann rammte er den Verwandten gegen den Knecht, die beide zusammen hart an die Wand flogen, packte den Ochsenwirt am Hals und schleuderte das kleine Männchen hinter die

Theke. Gleich aber gingen die anderen beiden wieder zum Angriff über. Mit vor Wut beinahe überquellenden Augen fetzte der Seppel nun dem Knecht den Stiefel aus den Händen, prügelte erst diesen, dann den Verwandten durch die Stube, worauf auch der Knecht es vorzog, die Flucht zu ergreifen. Franzmichel hatte Seppels Schwägerin in den hinteren Teil des Raumes gezogen und sah die Sinnlosigkeit ein, sich da noch als Halbblinder schlichtend einmischen zu wollen. So hatte er seinen Vetter noch niemals erlebt, so voller Zorn und Hass, und es hätten noch ein paar kommen können und er wäre auch mit diesen fertig geworden. Der Wirt wollte nochmals auf ihn losgehen, kam aber nicht weit, weil er voll in des Uhrenmachers Faust landete. Aus der folgenden halben Drehung riss ihn der Seppel vollends herum, kurz hielt er den Ochsenwirt noch an den Schultern fest und beförderte diesen dann mit einem kräftigen Tritt in den Hintern durch die Tür, worauf auch der Verwandte zusah, noch halbwegs unbeschadet aus der Stube zu verschwinden. Aber der Seppel war mit ihnen noch nicht fertig. Obwohl ihm das Blut aus mehreren Wunden vom Kopf lief, wollte er ihnen nach und die beiden hatten größte Mühe, ihn davon abzuhalten. Aus einer Schublade holte er das längste Messer, das er finden konnte, was wiederum Franzmichel einen gehörigen Schrecken einjagte.

»Nur für den Fall, dass sie mich abpassen!«, beruhigte ihn der Vetter. Immer noch wutrasend und mit blutüberströmtem Kopf spähte draußen der Seppel um die Hausecken, aber keiner seiner Widersacher ließ sich mehr blicken.

»Die Löcher sehen bös aus!«, bemerkte seine Schwägerin besorgt, woraufhin der Seppel aber nur einen französischen Fluch knurrte und das Messer im Ärmel der Joppe verschwinden ließ.

»Fast auf den Tag genau ein Jahr ist es her, da gab es auch eine Schlägerei beim Gründungsfest des Handwerkervereins. Morgen ist wieder Vereinsfest und wir können nur hoffen, dass die Erregung nicht allzu hoch geht. Sonst kracht es wieder!«, sagte Franzmichel bedrückt auf dem Heimweg, worauf der Seppel gleich nochmals auf der Stelle umdrehen wollte, um dem Ochsenwirt, den er wieder im Haus vermutete, vorsorglich nochmals eine Abreibung zu verpassen.

»Vielleicht gehe ich, um keinen Anlass zu geben, doch hinaus nach Au!«, überlegte Franzmichel dann, nachdem er den Vetter wieder besänftigt hatte. »Dort ist morgen auch Gründungsfest!«

Plötzlich blieb der Seppel stehen und fasste sich an den blutverschmierten Kopf. »Es brennt wie Feuer!«, stieß er scharf zwischen den Zähnen hervor.

»Du solltest zum Doktor! So wie der Knecht zugeschlagen hat, da könnte durchaus etwas gebrochen sein!«

Aber der Seppel wollte davon nichts hören. »Und was soll der denn machen? Vielleicht den Schädel eingipsen?«

Auch die Schwägerin versuchte ihn umzustimmen. Allerdings ebenfalls vergeblich.

Der Seppel hatte beim Auseinandergehen immer noch eine mordsmäßige Wut im Bauch und seine Miann erschrak nicht wenig, als sie ihres lädierten Mannes ansichtig wurde. Der aber meinte nur, das sei kaum der Rede wert, wusch sich mit kaltem Wasser das Blut aus dem Gesicht und den Haaren und ließ sich widerstrebend von seiner Frau einen Verband anlegen.

Am Montag hatte ein friedliches Vereinsfest stattgefunden, am Mittwoch kam der amtliche Bescheid, dass die Wahlen wiederholt werden müssten, am Donnerstag blieb der Uhrenmacher im Bett liegen, worauf der Doktor Dünser eine ziemlich schwere Verletzung konstatierte und beim Gericht Anzeige gegen den Ochsenwirt und den Knecht erstattete. Am Freitag kam Rüschers Vater nach Schoppernau, hetzte und schimpfte, bauschte Seppels Worte ins Unendliche auf und am Samstag bezeichneten die Frommen alle als Freimaurer, die sich nicht ausdrücklich auf die Seite des Pfarrers und dessen Schatten, des Ochsenwirts, stellten. Einige bedauerten laut, dass der Knecht den Uhrenmacher nicht gleich ganz totgeschlagen habe, dann gäbe es wenigstens einen weniger von diesem gottverlorenen Gesindel. Der Sonntag war ein rauer, stürmischer Tag und so wie das Wetter fiel auch die Predigt aus. Wer gehofft hatte, dass der Pfarrer endlich ein beruhigendes Wort sagen würde – und das erwarteten eigentlich inzwischen fast alle, gleichgültig auf welcher Seite sie standen –, der sah sich gründlich getäuscht. Krebsrot vor Erregung stürmte der Rüscher auf die Kanzel und hielt eine Predigt, dass der Überzahl der Kirchenbesucher Hören und Sehen verging. Dröhnend schlug er mit den Fäusten auf die Brüstung, wetterte gegen gottlose Dichter und teuflische Freimaurer, stampfte begleitend mit den Füßen, schilderte den Ochsenwirt, dieses bösartige und händelsüchtige Männchen, als aufrechten Verteidiger der Kirche und als einen der letzten wahren Christen in Schoppernau, der bereit gewesen wäre, wie ein Märtyrer sein Leben hinzugeben, während er den Uhrenmacher als feigen und hinterlistigen Gotteslästerer darzustellen versuchte, der nur dank des starken Glaubens des ebenfalls todesverachtenden Knechtes vom Schlimmsten abgehalten werden konnte und jetzt nur simulierend daheim im Bett läge.

So ging es eine geschlagene Dreiviertelstunde und es war damit die längste jemals in Schoppernau gehaltene Predigt. »Wenn mir auch aus dem Heutigen keine Süßigkeit kommt, sondern nur Bitterkeit, wenn man mich wieder in Wort und Schrift herumzieht, dann weiß ich, dass ich ein wahrer, wenn auch unwerter Diener und Priester Jesu bin, der mich würdigt, für ihn zu leiden!«

Dieser letzte Satz hatte gesessen. Manch einer der Frauen stand das helle Wasser in den Augen und ein paar fingen prompt noch an zu schluchzen. Aber auch bei einer Reihe von Männern stieg die blanke Wut hoch über diese beiden gottlosen, streitsüchtigen und verfluchten Felder, von denen der Herrgott den einen schon zu Lebzeiten an seinen Augen gestraft und gebrandmarkt hatte und der einmal im heißesten Winkel der Hölle schmoren würde. Vollkommen verstört und mit verweintem Gesicht kam ebenfalls Marie nach Hause und war keinem von Nannis Einwänden zugänglich.

»Ahne, diese Schande auf meine alten Tage!«, wiederholte sie nur immer wieder.

Franzmichel war während der Messe beim Vetter am Bett gesessen, als der Natter über die Treppe heraufgestürmt kam und sogleich Bericht erstattete.

Kaum hatte er geendet, nahm der Seppel nur den furchtbar schmerzenden Kopf in die Hand und drehte sich den beiden zu.

»Schweigen wäre Gold gewesen!«, antwortete er nur.

Zu Mittag gab es kaum noch Schoppernauer, sondern nur noch Fromme oder Freimaurer, und bis zum Abend wurde die Stimmung im Dorf selbst dem Ochsenwirt so unheimlich, dass er seinen Knecht um Amtshilfe für den nächsten Tag nach Bezau schickte.

Es kam der Montag. Im »Ochsen« sollte eine Hochzeitsfeier stattfinden, zu der aber nicht nur die geladenen Gäste, sondern auch Uniformierte erschienen. Seit sieben Jahren war kein Gendarm mehr in Schoppernau gewesen, aber jetzt standen derer zwei vor der Wirtschaft, um etwaige Übergriffe schon im Keim zu ersticken. Am Dienstag wurde Franzmichel mit sieben von zehn Stimmen wieder ins Wahlgremium gewählt, worauf dieser aber liebend gerne verzichtet hätte. Ab dem Mittwoch wurden die Wahlzettel verteilt, wozu sich auch der Pfarrer erboten hatte und der nun mit der eindringlichen Ermahnung, dies sei der Anfang vom Kampf um das Christentum, die Schäfchen auf seine Seite zu zwingen suchte. Ebenso wenig blieb aber auch die Felder-Partei untätig und warb ihrerseits um Stimmen, indem sie ebenfalls bestimmte Namen vorschlug.

Am Donnerstag erstattete der Doktor Dünser Anzeige gegen den Pfarrer und den Ochsenwirt wegen Verleumdung; am Freitag verschlechterte sich Seppels Zustand, da ein abgeschlagener Knochensplitter eines Nackenwirbels zu eitern begann. Bis zum Samstag waren die Gemüter gegen Franzmichel und seinen Vetter dermaßen aufgeheizt, dass er sich darauf gefasst machte, notfalls nochmals zum Kaspar nach Bludenz fliehen zu müssen. Mit gemischten Gefühlen und pochendem Herzen begab sich Franzmichel am Sonntag in den oberen Raum des Schulhauses, wo auch gleich nach dem nachmittäglichen Gottesdienst die ersten Wähler erschienen. Schon seit Tagen hielt sich das Gerücht, wenn die Frommen unterlägen, ginge der Pfarrer weg aus Schoppernau und seine Anhänger wären bereit, notfalls aufs Äußerste zu gehen, um das zu verhindern.

»Macht euch gleich auf etwas gefasst und behaltet Ruhe!«, sagte der Sealmus, als er einen kurzen Blick zum Fenster hinaus warf.

Gleich darauf polterte es auf der Treppe und eine wild aufgeregte Horde stürmte herein. Offensichtlich hatten sich Anhänger Rüschers noch auf dem Kirchplatz gesammelt und waren gemeinsam hierher gezogen. Einige der Männer bauten sich tabakkauend mit feindseligen Mienen vor den angeblich gottlosen Mitgliedern der Kommission auf, die sich davon jedoch nicht beeindrucken ließ. Trotz der aufgeladenen Stimmung schritt dann einer nach dem anderen zur Urne und warf seinen Wahlzettel ein. Das ging so lange, bis Musers Willi an der Reihe war. Dieser legte nun umständlich eine angebliche Vollmacht eines betagten Onkels vor, der schon seit Jahrzehnten auswärts verheiratet war, aber im Schoppernauer Gemeindegebiet noch Teilhaber einer Alpe war und somit wahlberechtigt gewesen wäre.

»Das können wir nicht gelten lassen!«, sagte dann Franzmichel entschieden, nachdem auch er das Papier begutachtet hatte.

»Und warum nicht?«

»Das ist nichts als ein einfacher Wisch, wie ihn jeder schreiben kann!«, entgegnete er ruhig.

»Ich soll das geschrieben haben?«, rief Willi heiser. »Ich wäre demnach also ein Schwindler?«

»Eine Vollmacht muss beglaubigt sein!«, gab ihm der Altvorsteher zur Antwort, was aber den Muser scheinbar nur noch mehr aufbrachte.

»Der Bezirksvorsteher Müller selbst hat es diktiert!«, log er dann frech, während es um ihn herum immer lauter und lauter wurde.

»Wo sind denn dann seine Unterschrift und der Stempel?«, fragte der Sealmus.

»Hier!«, sagte einer, riss seine Joppe auf und stand plötzlich mit einem Prügel vor dem Vorsteher.

Wie auf Kommando hatten nun mit einem Mal auch andere Holzscheite oder Steine in den Händen.

»Hoppla!«, bemerkte Franzmichel nur zum dicken Strölzler, der zwar unbewaffnet war, dafür aber jetzt am lautesten schrie.

Obwohl ihm ziemlich mulmig war, sprang er auf einen Stuhl. »Ruhe! Ruhe!«, rief er wieder und wieder. Aber erst nachdem auch die anderen Kommissäre zur Besonnenheit mahnten, legte sich der Tumult.

»Unter solchen Umständen muss die Wahl abgebrochen werden!«, erklärte der Sealmus. »Die Urne mit den bereits abgegebenen Stimmen wird versiegelt …«

»Damit ihr Freimaurer in aller Stille die Wahl fälschen könnt! Scheiß auf euer Siegel!«, schrie jemand und plötzlich stieg aus dem Holzkasten Rauch auf.

Auf behördliche Anordnung hin wurde einige Wochen später der dritte Anlauf unternommen. Diesmal fanden die Wahlen unter der Aufsicht des Bezirksvorstehers Müller statt und die Felder-Partei siegte glorios mit einer Zweidrittelmehrheit. Dieser hatte vorher noch eine empfindliche Schlappe hinnehmen müssen, indem er sich auf Druck anderer Geistlicher beim Dökterle entschuldigen musste, nachdem auch der hinzugezogene Bezirksarzt Seppels Verletzung als außerordentlich schwer, wenn nicht gar lebensgefährlich bezeichnet hatte.

Die Nachricht über die Vorgänge in Schoppernau waren wiederum nicht nur in Österreich, sondern genauso in Deutschland in den Zeitungen gestanden und dem Bezirksvorsteher war schon um seiner selbst willen daran gelegen, den Ort endlich aus den Blättern herauszubringen.

Auch der Sealmus hatte die Nase längst gestrichen voll. Nur nach langem Zureden war er dann doch noch zu bewegen gewesen, das Amt als Vorsteher nochmals anzunehmen, und als er endlich »Ja« gesagt hatte, kam der Müller mit dem Vorschlag, als Geste des Friedens und des guten Willens doch einen von den vier Ultramontanen als Stellvertreter einzusetzen.

Alle Gemeinderäte jedoch mit Ausnahme natürlich der Pfarrer-Anhänger lehnten dessen Ansinnen entschieden ab. Vom Müller wusste inzwischen jeder, dass der Bezirksvorsteher sich um jeden Preis mit dem Klerus gut zu stellen versuchte und Franzmichels in Feldkirch eingereichte Klage gegen den Rüscher immer noch bei ihm auf dem Schreibtisch lag.

Fast verzweifelt hob der Müller die Hände. »Es muss doch hier endlich einmal Ruhe geben!« Dabei sah er Franzmichel flehentlich an, so lange, bis dieser sich schließlich einen Ruck gab. »Wenn es zum Frieden beiträgt, bin ich bereit, mit Ihnen ins Pfarrhaus zu gehen und zu versuchen, mit dem Pfarrer über eine einvernehmliche Lösung zu reden!« Zusammen mit dem Bezirksvorsteher verließ er gleich darauf den Schulraum, während die anderen zurückblieben.

Der Rüscher aber ließ die beiden nicht weiter als bis in den

Hausgang kommen und blickte dem Müller und Franzmichel feindselig entgegen. Der Bezirksvorsteher hatte kaum den ersten Satz herausgebracht, als ihn der Pfarrer auch schon gleich unterbrach: »Mit so einem wie dem Felder rede ich nicht! Der ist ein Freimaurer!«

»Das sagt man doch nur so!«, versuchte der Müller einzulenken, aber der Rüscher blieb stur.

»Glauben Sie denn, ich habe den Herrn nicht bemerkt, der im Sommer bei ihm zu Besuch war? Das war ein Freimaurer!«

»Professor Hildebrand aus Leipzig ...«, wollte Franzmichel erklären.

»Gerade in Leipzig wimmelt es so von Freimaurern! Das ist allgemein bekannt!«

»Haben Sie sich denn mit ihm unterhalten?«, fragte der Müller, bemüht, das begonnene Gespräch nicht abreißen zu lassen und ihm eine andere Wendung zu geben.

»Wozu?«, bellte jetzt der Rüscher. »Fragen Sie die Leute! Jeder weiß das!«

Es war sinnlos. Das musste auch der Bezirksvorsteher einsehen, der dann mit Franzmichel den Rückzug antrat. »Unglaublich!«, entfuhr es ihm, kaum dass sie den Pfarrhof verlassen hatten. »Das ist wohl – bei allem Respekt – der einfältigste Geistliche, der mir bis heute über den Weg gelaufen ist!«

Das dann aber am Abend abgehaltene Fest war vielleicht das größte, das Schoppernau jemals erlebt hatte. Das Krachen der Böller hallte zurück von den weißen Bergen, Greußings Kapelle spielte auf, in der »Krone« wurden Reden gehalten auf das neue Wahlrecht, das gemeinsam Erreichte und der Geist der alten Wälderrepublik wurde aufs Neue beschworen.

Während die Burschen unter übermütigem Jauchzen den Vorsteherbaum vor dem Haus des alten und neuen Bürgermeisters errichteten, saß der Pfarrer mit einer Handvoll seiner Getreuen trübselig beim Ochsenwirt.

Schon in den folgenden Tagen schien es, als ob ein reinigendes Gewitter durch das Dorf gefahren wäre. Kaum jemand sprach mehr von den Auseinandersetzungen; Nachbarn, die sich befehdet hatten, vertrugen sich wieder, als ob es nur kleine Meinungsverschiedenheiten gegeben hätte, und auch in den Familien zog der Friede ein. Selbst der Pfarrer hielt sich auffallend zurück, ließ kein ungerades Wort verlauten und der Bezirksvorsteher Müller warf sich bei seinen Vorgesetzten in die Brust, das alles sei einzig und allein seiner umsichtigen und geschickten Vermittlung zu verdanken.

Nach all den Turbulenzen kam Franzmichel jetzt endlich dazu, sich wieder in sein Studierstübchen zurückzuziehen. Vor dem Fenster hingen mächtige Eiszapfen, aus dem Ofen im Gang drang das Knacken der Holzscheite, unten in der Stube lärmten die Kinder, dazwischen Nannis helle Stimme und ihr Lachen, bei dem ihm immer so warm wurde, und vom Brunnen vor dem Haus her kam das Klappern des Tränkekübels, mit dem Marie den Kühen Wasser in den Stall brachte. Es war wieder die stille, ruhige Zeit des Winters, wie sie früher gewesen war, in der man sich zurückzog in die heimeligen vier Wände, die Verwandtschaft und Freunde besuchte, Hochzeiten feierte oder sich einfach dem Müßiggang hingab. Auch Franzmichel sah gelegentlich beim Seppel vorbei, der nun nach über vier Wochen immer noch im Bett lag und noch immer über starke Schmerzen klagte. Die meisten Stunden aber widmete er seinem Manuskript für »Reich und Arm« mit den Gegensätzen einer dörflichen Klassengesellschaft, der Spaltung zwischen Traditionen und Fortschritt und deren Überwindung. Hatten nicht die vergangenen Ereignisse eindringlich genug gezeigt, dass es mehr Verbindendes als Trennendes gab, und war nicht auch letztendlich der Gemeinsinn stärker gewesen als die Niedertracht?

Ja, es war wieder eine rechte Freude zu leben im kleinen Schoppernau! Was hatten sie in geschlossenem Zusammenstehen gegen die erbitterten Widerstände einer Minderheit nicht alles erreicht? Einen Handwerkerverein hatten sie gegründet, eine nach einem Jahr eigentlich schon zu kleine Bibliothek, eine Viehversicherung, eine gegen vielfältige Bedenken inzwischen von Begeisterung getragene Käshandels-Genossenschaft, eine erste eigene Vereins-Sennerei würde demnächst eröffnet und über Pläne für eine eigene

Holzvermarktung und den Vertrieb der Stickereien wurde bereits gesprochen! Nicht zu vergessen: Eine tägliche Postverbindung nicht nur bis Au, sondern sogar bis nach Schoppernau hatten sie ebenfalls durchgesetzt!

Auch der Kaspar in Bludenz war nicht untätig gewesen und manchem Leser der ultramontanen Leib- und Magenzeitung, dem »Vorarlberger Volksblatt«, dürften die Augen übergelaufen sein: Da stand plötzlich nichts mehr von Glaubenskampf und einer schon bis zum Gähnen ausgewalzten Verteufelung Lassalles, sondern das genaue Gegenteil: Von christlicher Sozialpolitik im Sinne einer Verbindung der Ideen des Bischofs Kettelers und Lassalles war die Rede, vom Christentum als Ideenträger der Gleichberechtigung und Demokratie, von der Arbeiterfrage, der Steuerfrage und der Militärfrage. Berichtet wurde auch von einer neuen »Demokratischen Sozialen Partei der Gleichberechtigung auf christlicher Grundlage«, zu der auch eine Reihe bekannter Geistlicher des Landes zählten und deren Gründungsmitglieder namentlich aufgeführt waren.

Franzmichel war dabei nicht sonderlich wohl gewesen, wenn er an die Mehrzahl der Geistlichen – den Kurat Herzog ausgenommen – im Bregenzerwald dachte, hatte dann aber dennoch mit unterschrieben. Würden diese eine solche Kehrtwendung um hundertachtzig Grad mitmachen?

Aber wider Erwarten gab es darüber keine Aufregung im Tal und es war auch nicht der Rüscher, der dann die Brandfackel wieder ins Dorf warf, sondern sein Amtsbruder in Bizau.

»Wir sollen uns fest an den katholischen Glauben halten, dieser Feuersäule durch die dunkle Wüste des Lebens, und uns hüten vor falschen Lehren, die schriftlich und mündlich verbreitet werden von unberufenen Afterphilosophen, die man nicht bloß in Städten findet, sondern auch in Dörfern wie Schoppernau, wo man nicht einmal mehr an die Unsterblichkeit der Seele glaubt!«

Nur wer um die tiefe Religiosität der Bregenzerwälder wusste, konnte erahnen, dass ein solcher Satz zudem noch von der Kanzel zu den denkbar gröbsten Ehrenbeleidigungen zählte.

Noch am gleichen Nachmittag gab es keinen Schoppernauer, der nicht von dieser Predigt gehört hätte, und jetzt kochte nicht nur die Entrüstung der angeblichen Freimaurer hoch, sondern auch die der Ultramontanen, die sich mit diesen in einen Topf geworfen fühlten. Aber in dem Topf brodelte es nur, noch lief er nicht über.

Dank der nun täglichen Postverbindung kam auch schon ein paar Tage später von Kaspar aus Bludenz die Antwort, was zu tun sei, und er riet zu einer öffentlichen Stellungsnahme in den Zeitungen. Auch der Gemeinderat erklärte sich damit einverstanden und Nanni war gerade in der Stube dabei, eine der Fassungen von Franzmichels beiden Entwürfen abzuschreiben, als sie plötzlich den Kopf hob.

»Mindle!«, sagte sie. »Ich glaube, es ist Zeit, dass du wieder hinausgehst nach Au!«

»Warte aber auch, bis wir wieder da sind!«, antwortete Franzmichel, während er sich erhob, im Gang seine genagelten Schuhe anzog und in seine gefütterte Jacke schlüpfte. Rasch gab er noch seiner Mutter Bescheid und taleinwärts blies ein schneidender Wind, als er gleich darauf ums Hauseck trat.

»Ist es wieder einmal so weit?«, fragte in Au Elmenreichs Christine, ehe sie wie immer ihre Schürze hinter die Küchentüre hängte und dann ihr Köfferchen holte.

Als Franzmichel mit der Hebamme wieder daheim erschien, lag Nanni schon im Gaden und die Wehen durchfuhren sie bereits in immer heftiger werdenden Schüben. Kurz trat er noch an ihr Bett, drückte ihre verkrampfte Hand und strich ihr noch zaghaft über die schweißfeuchte Wange, ehe er die Frauen allein ließ. Oben saß er unruhig in seinem Stübchen, wollte einen Brief an Hildebrand schreiben, der ihm aber nicht gelang, weil er immerzu nach unten lauschte. Eine Stunde mochte um sein, als Franzmichel auffuhr, hinab über die Treppe und von dort in die Stube stürzte. Hinter der Tür zum Schlafzimmer tat lautstark das neue Mitglied der Familie seine Ankunft kund, und als er bald darauf seinen neuen Buben mit einem Kreuzzeichen auf die Stirne auf dieser Erde begrüßte, überkam ihn wieder jene Rührung und tiefe Dankbarkeit, wie er sie noch nach der Geburt jedes seiner Kinder empfunden hatte.

»Wie soll er denn heißen?«, fragte die Hebamme.

»Martin, nach Nannis Vater. Da wird auch unser Pfarrer nichts dagegen haben!«, antwortete er mit verschmitztem Lächeln.

Der bisher nur vor sich hin brodelnde Topf explodierte nach der im »Volksblatt« erschienenen und von Franzmichel, dem Sealmus und dem Altvorsteher namentlich unterzeichneten Erklärung, in welcher mehr oder weniger unverblümt zu lesen stand, der langjährige Pfarrer Stockmayr habe seine Gemeinde nur zu gut in Glaubensdingen unterwiesen, als dass diese von einzelnen Verkündern des Wortes vom rechten Weg abgebracht werden könne. Schoppernau bekenne sich dadurch zum katholischen Glauben, indem sie den Bizauer Pfarrer öffentlich zu einem Verleumder erklärten.

Wutschnaubend, die Zeitung in der Hand, war der Rüscher am Sonntag auf die Kanzel gestiegen, hatte dann auf die Brüstung einhämmernd und auf den Boden stampfend losgelegt, diese drei angeblichen Ehrenmänner beleidigten die gesamte Priesterschaft und nicht sein Bizauer Amtsbruder und er, sondern der Felder, der Vorsteher Albrecht und der Altvorsteher Peter Anton Moosbrugger seien jene einzelnen Verkünder, welche nicht nur Schoppernau, sondern das ganze Tal vom rechten Weg des Glaubens abbrächten.

»Ich werde für einige Zeit von hier fortgehen und Gott täglich um einen gnädigen Tod oder eine Versetzung bitten!«, schloss er dann in einem von tiefem Schmerz erfüllten Ton, der nicht nur bei einem Teil seiner weiblichen Anhängerschaft die beabsichtigte Wirkung zeigte.

Noch in der Kirche wurde geflüstert, man sollte die drei abstechen, und später wurde es auf dem Kirchplatz auch laut ausgesprochen. Dort gerieten sich auch noch die Frauen der Frommen und der Freimaurer in die Wolle. Nur gut wäre es, ginge der Pfarrer endlich fort, und zwar für immer, schrien die einen, und das würden sie schon verhindern, die anderen.

»Wenn dein Haus so stände, allein auf einem Feld, sodass man es ungefährdet für andere anzünden könnte«, hatte der Natter erfahren, »so würde es wohl bereits in Flammen stehen. Zudem sollte man den Felder mit seiner ganzen Brut umbringen, weil er sei es doch nur, der die Gemeinde dermaßen ins Gerede und den Hochwürden womöglich doch noch aus der Gemeinde brächte!«

Ein paar Tage danach hielt der Rüscher noch die Morgenmesse und verkündete, er ginge fort nach Bregenz, aber er würde wiederkommen, und fügte noch besorgt hinzu, in der Zwischenzeit hoffe er nur, dass bis dahin kein größeres Unglück geschähe. Das verhinderte jedoch nur ein furchtbarer Sturm, der am nächsten Abend mit Urgewalt jaulend und brausend durch das Tal jagte. Ein paar Männer von den Frommen hatten sich mit Äxten zusammengerottet, um den Tannenbaum vor dem Haus des Vorstehers umzuhauen. Davon wiederum erfuhren einige der angeblichen Freimaurer, die sich ebenfalls zusammentaten, jedoch wegen des orkanartigen Windes ebenso wie die Frommen wieder umkehren mussten. Dafür erzählte am nächsten Morgen die Pfarrersköchin überall herum, nachdem sich das Unwetter gelegt und sie endlich habe einschlafen können, sei ihr im Traum die vor Kurzem verstorbene Stacklers Isabell erschienen.

»Die Isabell ist fromm und brav gewesen wie weitum selten eine und ist bestimmt gleich in den Himmel gekommen. Unsagbar traurig hat sie dreingeschaut, wie sie vor mir gestanden ist, und in den Augen hatte sie das helle Wasser. Solange der Felder hier ist, hat sie dann gesagt, so lange wird es keinen Frieden geben. Gleich darauf war sie wieder verschwunden!«

Das erfuhr im Kaufhaus auch das Vevele, die daraufhin schnurstracks bei ihrer Nachbarin erschien und Marie davon berichtete, welche daraufhin in Tränen ausbrach.

»Welche Sünden habe ich denn in meinen alten Tagen noch auf mich geladen?«, schluchzte sie und auch Nannis Zuspruch half da wieder einmal nicht viel.

Am Sonntag stand der Rüscher wieder am Altar. Zur Predigt aber schien ein ganz anderer Pfarrer die Kanzel zu betreten als der, welcher von Schoppernau nach Bregenz gegangen war. Geradezu kleinlaut und demütig schien er geworden zu sein und bald ging das Gerücht um, er habe dort Beistand gesucht, stattdessen aber einen Rüffel bekommen, was aber von seinen Anhängern scharf abgestritten wurde. Die unter der Asche schwelende Glut bekam nun wieder neue Nahrung und am Abend kam, wie immer mehrere Stufen auf einmal nehmend, der Natter Josef in Franzmichels Stübchen gestürmt.

»Dir und ein paar anderen wollen sie eine Lektion erteilen und die Fensterscheiben einwerfen!«, stieß er atemlos hervor. »Noch wissen sie anscheinend aber noch nicht genau, ob sie es wirklich tun sollen, und fragen deshalb noch beim Pfarrer nach!«

»Du gehst sofort zu den beiden Vorstehern und warnst sie ebenfalls!«, antwortete darauf Franzmichel ohne langes Überlegen. »Ich gehe derweil zum Seppel und sage ihm Bescheid!«

Der Seppel lag noch immer mit verbundenem Kopf im Bett, legte mit einem Aufstöhnen das Buch beiseite und fing dann an zu grinsen. »Sie sollen nur kommen!« Seine Augen glitzerten jetzt vor Kampflust. »Ich werde ihnen schon einen würdigen Empfang bereiten, an den sie noch ihr Lebtag lang denken!«

Langsam schlug er die Bettdecke zurück. »Ist schon seit ein paar Tagen scharf!«, sagte er und deutete dabei auf das neben ihm liegende Gewehr. »Du bist leichtsinnig, mon ami!«, tadelte er dann, als er Franzmichels ablehnenden Blick bemerkte. »Aber es ist deine Haut. Meine Opferbereitschaft jedenfalls geht nicht so weit!«

Als Franzmichel Seppels Haus verließ, kam auch schon der Natter wieder angerannt.

»Abgeblasen!«, rief er. »Anscheinend hat sie der Rüscher doch noch von ihrem Vorhaben zurückgepfiffen!«

»Was war denn mit euch beiden vorhin los?«, fragte dann daheim Nanni, worauf ihr Franzmichel eine beschwichtigende Antwort geben wollte. Aber der Natter kam ihm zuvor und bemerkte noch nebenher, auch er würde sich wie schon andere auch ebenfalls eine Waffe zulegen.

»Du musst weg – und wenn es nur hinaus nach Au ist!«

»Nach Au … zum Feuerstein … nach Leipzig … nach Berlin … nach Wien … von dort überall her habe ich Angebote, mich aufzunehmen. Aber ich kann euch und dich doch nicht mit einem auch noch erst ein paar Wochen alten Kind hier alleine lassen!«

»Wir kommen schon zurecht! Mach dir darum keine Gedanken!«, erwiderte sie bestimmt.

Franzmichel aber schüttelte nur den Kopf und ließ sich auch nicht vom Josef umstimmen, der ihm vorhielt, er sähe das Ausmaß der Gefahr nicht, in der er schweben würde.

Dass der Josef damit nicht unrecht hatte, zeigte die vom Bizauer Pfarrer veröffentlichte Gegenerklärung: Die Schoppernauer habe er nicht pauschal gemeint, sondern eigentlich nur einen und er verzeihe großmütig denen, die seine Predigt falsch ausgelegt hätten.

Eigentlich mehr zufällig erschien dazu auch ausgerechnet am nächsten Tag ein Abdruck eines von Franzmichel verfassten Artikels, wovon er selbst überrascht war, da er diesen ursprünglich für eine Zeitung im fernen Graz geschrieben hatte. »Ein Schattenbild aus dem Bregenzerwald« stand als Überschrift und geschildert wurden darin die Schlägerei im Ochsen und der Zwischenfall bei der Gemeindewahl mit der anschließenden Verbrennung der Stimmzettel. Auch die Rolle des Pfarrers mit dem zum Märtyrer hochstilisierten Ochsenwirt und dessen Knecht kam nicht zu kurz, und wie zu erwarten war, würde der Rüscher am Sonntag wieder auf die Brüstung eindreschend und vor Wut aufstampfend auf der Kanzel stehen. Franzmichel überlegte wieder einmal, diesmal jedoch ernsthaft, den Feuerstein um einen Kredit zu bitten, um nach Leipzig zu ziehen, wo er seine Mitarbeit am Grimm'schen Wörterbuch ausweiten und den Roman fertig schreiben könnte. Später bliebe noch die Möglichkeit, für einige Zeit nach Wien zu gehen, von wo aus ihm der Arbeiterverein eine Zuflucht angeboten hatte.

Aber es kam ganz anders. Miteinander waren die beiden Vorsteher bei ihm erschienen, hatten ihn geradezu angefleht, es doch ebenso zu machen wie sie soeben, nämlich ins Pfarrhaus zu gehen und sich beim Rüscher zu entschuldigen, um eine weitere Eskalation der Feindseligkeiten zu verhindern.

Franzmichel hatte sie daraufhin mit einer Mischung aus Empörung, Abscheu und Enttäuschung angesehen. »Nein!«, erwiderte er hart. »Ich werde mich nicht beugen!«

Je mehr die beiden auf ihn einredeten, desto unzugänglicher wurde er.

»Dann nimm doch wenigstens deine Beleidigungsklage gegen

den Rüscher zurück!«, versuchte ihm der Sealmus wenigstens noch ein Zugeständnis abzutrotzen.

»Die liegt schon ein Jahr beim Bezirksvorsteher in der Schublade und modert dort vor sich hin! Ich habe schon eine Beschwerde eingereicht, auch wegen der Klage gegen das Ochsenwirtle und seinen Knecht, die vom Müller ebenso verschleppt werden soll!«, blieb Franzmichel unnachgiebig.

Auch der Altvorsteher flehte ihn an, doch nicht so stur zu sein, aber er ließ sich nicht erweichen.

»Ein vereintes Deutschland gibt es nicht mehr. Wie aber soll ein neuverjüngtes Österreich erstarken, wenn wir vor einem Rüscher kriechen müssen und ein Müller tun und lassen kann, was ihm beliebt? Nein! Ich will der Wahrheitsgeiger sein und bleiben, auch wenn sie die Geige an meinem eigenen Kopf zerschlagen, wonach es ja auch aussieht!« Franzmichel stand auf, ging eine Weile auf und ab und wurde dann ruhiger.

»Also gut!«, sagte er. »Entschuldigen werde ich mich beim Rüscherle auf gar keinen Fall. Aber ihr könnt dem Pfarrer ausrichten, dass ich meine Klage gegen ihn zurückziehe!«

74

Der Rüscher betrachtete die Entschuldigungen und die Rücknahme der Klage als seinen persönlichen Triumph, an dem er seine ganze Pfarrgemeinde teilhaben lassen wollte. Dementsprechend fiel auch die sonntägliche Predigt aus und in Franzmichel, der sich diese nicht entgehen lassen wollte, stieg Ekel hoch, wie der Pfarrer da oben mit honigsüßen Worten den großen Frieden verkündete. Auch die beiden Vorsteher saßen mit hochroten Köpfen in ihren Bänken, hörten von den durch von angesehenen Männern ausgelösten Verirrungen, die aber jetzt den lieben und verführten Pfarrkindern sanftmütig nachgesehen würden. Dann kam er auf die Verfolgungen, denen er selbst ausgesetzt gewesen sei, und je mehr er davon sprach, desto wütender und zorniger wurde er nun wieder.

Fast dunkelrot lief er an, schlug anfangs noch verhalten, dann immer heftiger werdend auf die Brüstung ein, schien sich dann aber wieder zu besinnen. Von einem Augenblick auf den anderen schallte es nun geradezu versöhnlich durch die Kirche. Die »Demokratische Soziale Partei der Gleichberechtigung auf christlicher Grundlage« sei im Grunde gar nicht so schlecht, da selbst bekannte Geistliche ihr schon beigetreten seien, aber man sollte dennoch keine voreiligen Schlüsse ziehen, obwohl …

Der Pfarrer ruderte hin und her und her und hin, und als er endlich geendet hatte, machten selbst eine Reihe seiner Anhänger ratlose und betroffene Gesichter. Was nun? Waren jetzt die verdammten und gottlosen Freimaurer plötzlich wieder Christen, womöglich noch bessere als sie selber? Oder waren sie nur Wölfe im Schafspelz?

Auch Oberhausers Kaspar und Josef meinten nachher auf dem Kirchplatz, dass der Rüscher diese Predigt besser nicht gehalten hätte, weil er sich jetzt damit vollends lächerlich gemacht und auch noch den letzten Rest an Glaubwürdigkeit verspielt habe.

Obwohl sich das Vergangene tief in Franzmichel eingefressen hatte, so war er doch nicht verbittert, sondern er sagte sich, das sei eben ein Stück Zeitgeschichte, welche man besser mit Humor hinter sich lassen müsse. Es menschelte halt überall. Vielleicht würde er diese Miniaturbilder einmal in Form eines Lustspiels als Spiegelung zu einer sich im Fortschritt wähnenden Welt verarbeiten.

Mit Hildebrand hatte er ursprünglich abgemacht, seine Reise zu Beginn des Frühjahrs anzutreten, während Schoppernau noch unter dem Schnee lag. Aber bei den im Dorf herrschenden Umständen wollte er sich dann doch nicht davonstehlen und so hatte Franzmichel »Reich und Arm« fertig geschrieben und das Manuskript nach Leipzig geschickt. Mit dem Einzug des Frühlings aber kam wieder die Feldarbeit, Jauche und Mist mussten ausgebracht und die Zäune repariert oder neu gezogen werden. War zwar wieder Friede eingekehrt, so geriet die Gewinnung neuer Mitglieder für den Käsverein ins Stocken: Der Gallus zahlte nun plötzlich mehr für die Milch, aber einige der dummen Tröpfe schielten nur auf das Geld und wollten die Absicht dahinter nicht sehen. Was aber sollte ein Käseverein ohne Käse? So waren wieder seine und Feuersteins Agitation gefragt, um die Angefrorenen zu einem Beitritt zu bewegen.

Ende Mai hatte Franzmichel noch mitgeholfen, das Vieh nach Hopfreben zu treiben, und war dann an einem sonnigen Morgen nach Leipzig aufgebrochen. Kurz nach München hatte es zu regnen begonnen und das Wetter sollte sich nicht mehr ändern, bis der Zug im Leipziger Bahnhof einfuhr, wo ihn neben Hildebrands Familie ein regelrechtes Komitee erwartete. Franzmichels Bekanntheitsgrad war seit seinem letzten Besuch inzwischen schon so weit angewachsen, dass er bei der Polizei am nächsten Tag eine Aufenthaltskarte ohne Vorzeigen irgendeines Papiers, sondern allein auf die Nennung seines Namens hin erhielt. Als er mit dieser zurückkam, erwartete ihn Hildebrand mit dem ersten Druckbogen von »Reich und Arm«, den er in der Zwischenzeit als Überraschung für ihn bei Hirzel geholt hatte. Es las sich gut und er war zufrieden. Wer nur einen Roman lesen wollte, würde eben nur eine gemütliche Dorfgeschichte finden, und wer etwas über die sozialen Verflechtungen in einem kleinen vergessenen Bergdorf zu erfahren trachtete, konnte sich seine eigenen Gedanken machen über reiche Bauern und arme Taglöhner, den gütigen Pfarrer und den fanatischen Kaplan, Leben zwischen Dulden und Aufbegehren, zwischen Gottvertrauen und Verzweiflung.

Franzmichel hatte gehofft, seinen Verleger anzutreffen, aber Hirzel weilte auf einer Kur und die Verhandlungen mit dessen Stellvertreter wegen einer Erhöhung der Tantiemen scheiterten an dessen Ängstlichkeit vor einer eigenständigen Entscheidung. Trotzdem ließ er sich seine Laune nicht verderben. Inzwischen kam er sich nun schon fast heimisch vor in Leipzig, er genoss die Einladungen und täglichen neuen Bekanntschaften, liebte es, in der Stadt herumzuschlendern, besuchte die Universität, und das Einzige, was ihm den Aufenthalt ein wenig verleidete, war die extreme Hitze. Er hätte etwas schreiben können, aber Franzmichel fehlte dazu inmitten des Gewusels um ihn herum die nötige Inspiration. Dann überkam ihn trotz aller Freuden, die ihm die Stadt zu bieten hatte, noch ein anderes Gefühl. In diesen Momenten hätte er alles darum gegeben, wieder in dem kleinen Hüttchen in Hopfreben zu sein, bei Nanni, seinen lärmenden Kleinen und muhenden Kühen.

Je länger er in Leipzig lebte und herumkam, desto deutlicher wurde ihm bewusst, wie sehr er sich in seiner Begeisterung im letzten Jahr hatte blenden lassen. Sein Umgang hatte sich hier ausschließlich auf den mit gebildeten Menschen beschränkt, mit den einfachen Leuten, den Handwerkern und Arbeitern, war er kaum näher in Berührung gekommen. Wie gewaltig die Kluft zwischen Gebildet und Ungebildet, zwischen Arm und Reich tatsächlich war, erfuhr Franzmichel erst jetzt auf seinen Streifzügen in die Viertel, wo die Menschen oftmals nicht wohnten, sondern in Behausungen vegetierten, wie sie im gewiss auch nicht gerade reichen Bregenzerwald undenkbar gewesen wären. Wie hoffnungsvoll und vorwärtsgerichtet lebte es sich dagegen doch zwischen den Bergen trotz oder gerade wegen der ganzen Streitereien und Händel! Hier aber sank jede Zuversicht und wurde jede Hoffnung auf eine Änderung schon beinahe im Keim erstickt. Zunehmend erschien ihm Leipzig wie ein glatter Parkettboden, auf dem die Menge sorglos dahintanzte, ohne auch nur einen Blick in den gähnenden Abgrund zu werfen, in dem die Verlorenen schon zuhauf lagen.

Um wie viel anders war es da doch daheim, wo jetzt auch die Ultramontanen die Volksbildung für sich entdeckt hatten und in allen Dörfern Lesevereine zu gründen versuchten! Gesellige und bildende Unterhaltung, wissenschaftliche Vorträge, das Halten gemeinsamer Zeitungen und eine gemeinsame Bibliothek solle das Ziel sein. So jedenfalls habe es der Auer Pfarrer in einer langen Ansprache dargelegt, hatte Oberhausers Kaspar geschrieben. Die Absicht war klar und auch Franzmichel war darüber verstimmt, dass hier ein Instrument geschaffen werden sollte, um die Leute weiterhin an der Leine zu halten. Aber dennoch – selbst die schärfsten Bekämpfer der Volksbildung hatten einsehen müssen, dass sie sich nicht länger dagegen sperren konnten, wenn sie ihren Einfluss nicht noch weiter verlieren wollten.

Aber das war es nicht, was ihm Anlass zu seiner Unruhe gab. Sowohl in Feuersteins als auch in Nannis Briefen hieß es besorgt, das Wetter daheim sei ein einziger Graus: Kaum habe man das Heu zum Trocknen ausgebreitet, müsste man es schon gleich wieder zusammenrechen, da vom Losepass her schon wieder kohlrabenschwarze Wolken heranzögen. Er aber saß derweil hier satt und zufrieden in der Universität oder Theatern, besuchte Weimar, diskutierte über Literatur und hielt in Klubs Vorlesungen. Franzmichel war daher geradezu erleichtert, als ihn ein Schreiben zu einer Gerichtsvorladung in Bregenz wegen der verbrannten Wahlzettel erreichte und er einige Tage früher als geplant nach Hause fahren musste.

Sein Freund Hildebrand hatte sich auch erboten, die noch ausstehenden Vorabkorrekturen an »Arm und Reich« vorzunehmen und sich dann mit ihm darüber abzustimmen. Am Tag von Franzmichels Abreise ließ sich auch wieder eine fast unerträglich stechende Sonne blicken und die zum Abschied am Bahnhof erschienenen Herrschaften kamen gehörig ins Schwitzen. Noch heftiger aber trieb es Franzmichel trotz des geöffneten Fensters den Schweiß aus den Poren, während er unter dem schwarzen Blechdach des in der prallen Glut stehenden Waggons auf die Abfahrt wartete. Ruckelnd fuhr der Zug an und kaum waren die Hildebrands und seine Freunde aus seinem Blick entschwunden, nahm er die Brille mit dem Milchglas ab, das während seines Aufenthaltes in Leipzig sein entstelltes Auge bedeckt hatte, und steckte sie in die Tasche.

75

Mit finsteren Gesichtern waren ihm die wegen der verbrannten Wahlzettel angeklagten Anhänger der Pfarrer-Partei im Bregenzer Bezirksgericht gegenübergestanden, hatten dermaßen gelogen, dass es selbst dem besonnenen Richter mehrmals zu viel wurde, und am Nachmittag war dann das Urteil verkündet worden. Erheblich milder als erwartet war es ausgefallen. Kleine Geld- und Gefängnisstrafen, aber dennoch wollten es einige nicht so hinnehmen und in Berufung gehen. Als sie sich jedoch darüber nicht einigen konnten, baten sie ausgerechnet ihren Gegner Franzmichel um Rat, der ihnen aber mit dem Hinweis auf die höhere Instanz in Innsbruck und die dort zu erwartenden härteren Strafen davon abgeraten hatte. Ohne Widerspruch wurde seine Empfehlung angenommen und um sechs Uhr abends hatten sie sich die Hände zur Versöhnung gereicht.

Noch mit der ersten Kutsche war Franzmichel im frühen Licht des Morgens in Bregenz aufgebrochen und stand nun mit dem Rucksack auf dem Rücken und der abgestellten Reisetasche beim Seppel vor dessen Garten, der ihm gerade erzählte, der Ochsenwirt und sein Verwandter seien freigesprochen, der Knecht aber wegen der Stiefelattacke zu sechs Wochen Kerker verurteilt worden, als sich auf dem Fahrweg von Schröcken her eine Gestalt mit einem Handkarren näherte, die schon von Weitem aufgeregt schrie, man solle gleich nach dem Doktor schicken.

»Ritterles Peter!«, sagte der Seppel.

»Scheint was Ärgeres zu sein!«, meinte Franzmichel und erschrak dann heftig, als der Peter mit dem Karren vor seinem Haus anhielt und gleich darauf Nanni herausgestürzt kam. Ohne sich weiter um die auf dem Boden stehende Tasche zu kümmern, rannte er heimwärts und sah gerade noch, wie die beiden einen kleinen Körper mit seitlich herabhängenden Armen vom Karren hoben und nach innen trugen. Franzmichels Herz klopfte nun bis zum Hals, noch im Laufen entledigte er sich seines Rucksackes, den er achtlos in den Hausgang warf, und stürzte ohne auf seine verdreckten Schuhe zu achten in die Stube. Rund um das Kanapee standen der Peter mit Nanni mit seiner Mutter. Der Kaspar, das Mikle und der Hermann waren ganz still und starrten betroffen auf ihren reglos daliegenden Bruder.

»Um Gottes willen!«, entfuhr es Franzmichel entsetzt, als er den blutüberströmten Kopf seines Buben erblickte. »Was ist denn mit dem Jakob passiert?«

»In die Ache ist er geflogen!«, antwortete der Peter kleinlaut und mit schuldbewusster Miene. »Vom Schalzbachsteg!«

Nanni war inzwischen im Gaden verschwunden und kam mit einem alten Hemd zurück, das sie mit bebenden Fingern hastig in Streifen riss und dann anfing, die zahlreichen Wunden zu säubern und zu verbinden.

»Vom Steg? Aber dort ist doch ein Geländer!«, erwiderte sie fassungslos. Der Peter schilderte verlegen, wie ihn der Jakob angebettelt habe, ihn mit einer Fuhre Bettzeug ins Schalzbach-Vorsäss begleiten zu dürfen, was ihm Nanni ja auch erlaubt habe.

»Er ist vorausgelaufen und dann aber nicht über den Steg gegangen, sondern an der Außenseite entlanggeklettert, wo er auf dem feuchten Holz abgerutscht und ins Wasser geflogen ist!«

Marie scheuchte die Kinder aus der Stube und fing an, den bewusstlosen Buben auszuziehen, als auch schon die ersten Nachbarn erschienen und ihre Hilfe anboten, wobei natürlich jeder wissen wollte, wie das Unglück geschehen war. Manch einer fragte sich insgeheim mit ein wenig Schaudern, ob das möglicherweise etwas zu bedeuten hatte, dass der Jakob genau an der gleichen Stelle in die Ache gestürzt war wie schon damals sein Vater.

»Ein Stück weit ist er dann abgetrieben und ein paar Mal mit dem Kopf an den Felsen angeschlagen. Ich habe natürlich gleich alles liegen und stehen lassen und zum Glück hatte ich den Karren dabei!«

Der Brustkorb des kleinen Jakob hob und senkte sich gleichmäßig und Franzmichel erinnerte sich an Adlerwirts Schwester.

»Hol' die Essigflasche!«, sagte er zu Marie.

»Er war noch kurz bei Bewusstsein und ist erst dann ohnmächtig geworden«, fuhr der Peter fort und meinte dann noch, Gott sei Dank führe die Ache derzeit kein Hochwasser wie vor Jahren damals bei Franzmichel, sonst hätte er ihn womöglich nicht mehr erwischt.

Scharf und stechend erfüllte der Geruch des Essigs die niedere Stube. Plötzlich stöhnte der Kleine auf, öffnete kurz die Augen und fing dann herzzerreißend an zu weinen, verstummte aber gleich wieder.

Nach zwei Stunden erschien dann endlich das Dökterle, der sich eingehend die Löcher in Jakobs Kopf besah, welcher nun unzusammenhängend vor sich hin brabbelte.

»Die Verletzungen sind nur Fleischwunden und Prellungen, aber er hat eine schwere Gehirnerschütterung. Was er braucht, ist unbedingte Bettruhe!«

Das war allerdings leichter befohlen als eingehalten. Die erste Nacht und auch am folgenden Tag ging es noch. Dann war der Kleine kaum mehr im Bett zu halten, stand immer wieder auf und tapste wirr daherredend die Treppe herunter, woraufhin Marie den Jakob nach unten in die Stube und aufs Kanapee verbannte. Aber auch dort konnte sie ihn kaum eine Minute aus den Augen lassen und letztendlich half nur noch, dass ihm der Doktor Dünser ein Schlafmittel verschrieb.

Marie oblag Jakobs Pflege und die Beaufsichtigung der Kinder, während Franzmichel und Nanni zusammen mit dem Knecht mit der verspäteten Heuernte zugange waren, wobei sie und insbesondere Franzmichel aber immer wieder von Vergnügungsreisenden von der Arbeit abgehalten wurde. Aber nicht nur unter der Woche suchten sie ihn auf, selbst am Sonntag konnten sie in der Stube stehen, ihm Löcher in den Bauch fragen. Franzmichel entschloss sich, um dem zu entgehen, zu einem Besuch in Au, wo das Gründungsfest des Auer Kasinos mit einem Leseverein und einer Bibliothek unter klerikalen Gesichtspunkten stattfinden sollte. Dieses Schauspiel mochte er nicht versäumen, zumal aus ganz Schoppernau trotz mehrfacher Aufrufe des Pfarrers lediglich drei Personen dem Verein beigetreten waren, nämlich neben dem Rüscher selbst und einem seiner Anhänger nur noch das Ochsenwirtle. Die Leitung des Kasinos hatte nach einigen Winkelzügen der Auer Pfarrer höchstpersönlich an sich gerissen und zur Eröffnungsfeier waren ausschließlich hochgelehrte Festredner geladen. In hochtrabenden Vorträgen verhöhnten diese dann geradezu die Arbeiter, Handwerker und Bauern, indem sie es als lachhaft darstellten, wenn solche Leute plötzlich über Dinge mitreden möchten, von denen diese naturgemäß keine Ahnung haben könnten. Selbstgefällig warfen sich die Herrschaften in die Brust, betonten, die Inhalte der Schulbildung beispielsweise wären doch beim Klerus in besten Händen, wie dieser auch sonst wüsste, was gut und was schlecht für sie sei.

»Jetzt haben sie plötzlich das Bildungswesen für sich entdeckt, kommen groß und herrlich daher auf gebahnten Pfaden, wollen es zu ihren Zwecken verpolitisieren …«

Der Kurat Herzog spürte Franzmichels Bitterkeit und war auch selber richtiggehend erzürnt über so viel hochmütige Borniertheit. »Sie und Ihr Schwager machen sich stark für eine demokratische Gesellschaft mit christlichen Grundwerten. Inzwischen haben Sie viele der Nachdenklichen hinter sich und die Ultramontanen haben dem immer noch nichts anderes entgegenzusetzen, als den Leuten in die Köpfe zu hämmern, nur was von der Kanzel komme, das sei recht und wahr!«

»Der Kaspar hat den Bettel hingeworfen!«, entgegnete daraufhin Franzmichel. »Ein paar einflussreiche Geistliche hat er noch dafür gewinnen können, aber einige sind schon wieder zurückgewechselt ins schwarze Lager!«

Selbstverständlich war auch der Rüscher mit dem Ochsenwirt in Au, vermied es aber, den beiden über den Weg zu laufen. Nach einem Blick in die Bibliothek hatten sie genug gesehen, und als Franzmichel am späten Nachmittag wieder heimkam, fand er Nanni aschfahl und am ganzen Körper zitternd im Bett liegend. Schon seit einigen Tagen hatte sie über leichtes Unwohlsein geklagt, nun aber schien es doch mehr zu sein als eine nur harmlose Malaise.

»Bis morgen bin ich wieder auf den Füßen!«, versuchte sie tapfer zu lächeln, als ihr Franzmichel die Hand auf die fieberheiße Stirn legte.

»Soll ich nicht den Doktor Dünser holen?« Sie aber schüttelte heftig den Kopf.

»Nein! Das ist nicht nötig, aber ich habe furchtbaren Durst!«

Der Tee schien Nanni wirklich gutzutun und nach einiger Zeit bat sie ihn, sie doch alleine zu lassen, da sie erschöpft sei und schlafen möchte. Franzmichel holte noch einen Stapel unbeantworteter Briefe und sein Schreibzeug von oben, bat seine Mutter mit den Kindern in die Küche und setzte sich dann an den Stubentisch. Immer wieder lauschte er hinüber ins Gaden, stand gelegentlich auf, warf einen kurzen Blick hinein und schickte dann den sich mit dem Mikle zankenden Kaspar ins Bett. Als er sich dann kurz vor Mitternacht selber zur Ruhe begab, schien Nanni wenn auch unruhig, so aber doch tief und fest zu schlafen.

Draußen begann es bereits zu dämmern, als Franzmichel von ihrem Aufstöhnen wach wurde und sie sich gleich darauf vor Schmerzen neben ihm krümmte. Im noch dunklen Schlafzimmer tastete er besorgt zu ihr hinüber, fühlte erschrocken ihre vollkommen durchgeschwitzte Zudecke und als ihm Nanni auf seine Frage nur mit einem weiteren Stöhnen antwortete, sprang er aus dem Bett und kleidete sich hastig an.

In Au öffnete der Doktor Dünser mit noch verschlafenen Augen das Fenster, war dann aber gleich zur Stelle, holte sein Pferd aus dem Stall und schirrte den Rappen vor die vor dem Haus bereitstehende Kutsche. Trotz des Fuhrwerks erschien Franzmichel die Heimfahrt unendlich langsam vonstatten zu gehen und auch das Geplaudere vom Dökterle über die gestrige Kasinogründung brachte keine Ablenkung.

Im Gaden hatte Marie bereits die Fenster geöffnet, jedoch vorsorglich die Vorhänge zugezogen, die nun beim Eintreten der beiden Männer der Morgenwind ins Zimmer blähte. Bleich und mit geschlossenen Augen lag Nanni im Bett, ihr Atem ging schwer und auf ihrer Stirn stand kalter Schweiß, den ihr Franzmichel mit einem Tuch abtupfte, während der Doktor die Decke zurückschlug und begann, ihren Körper abzutasten. Nannis Bauch war geschwollen und gespannt wie eine Trommel. Nur leicht berührte er sie nun mit der Hand, ein Zucken fuhr durch ihren Leib und ein leiser, gequälter Laut kam aus ihrem Mund.

»Bauchfellentzündung!«, sagte der Doktor, während er sich wieder aufrichtete.

Franzmichel wurde stuchenweiß. Bauchfellentzündung! Nanni jedoch schien es nicht gehört zu haben, jedenfalls deutete nichts darauf hin. Aber wahrscheinlich war sie in dieselbe Apathie verfallen wie auch er damals. Langsam, als ob es sie große Anstrengung kostete, schlug sie nach einer Weile die Augen auf.

»Durst!«, sagte sie nur und gleich darauf fielen auch die Lider wieder schwer nach unten.

Das Dökterle nickte.

Franzmichel goss etwas von dem gestrigen kalten Kamillentee in eine Tasse, schob vorsichtig die Hand unter Nannis Kopf und gab ihr dann zu trinken.

»Kalte Umschläge, so viele wie möglich. Kein Essen in den nächsten Tagen!«, wies ihn der Doktor dann an. »Ich bringe heute Nachmittag Medizin vorbei!«

Oben in der Kammer sah er noch nach dem kleinen Jakob, dessen Kopfwunden bereits wieder abzuheilen begannen, der aber immer noch wirr redete. Während er wieder über die Treppe herabkam, drang aus der Küche das Geschrei der Kinder und in der Haustüre begegnete ihm Marie, die gerade im Schopf ein paar Windeln zum Trocknen aufgehängt hatte. Ihm tat die betagte Frau leid, wie sie niedergebeugt durch den Gang schlurfte, und er versuchte ihr auf die Frage nach dem Zustand ihrer Schwiegertochter eine eher beschönigende Auskunft zu geben. Als sie jedoch wissen wollte, ob die Krankheit denn länger dauern würde, und der Doktor dies eher bejahte als verneinte, wurde sie dennoch ganz verzagt.

»Ein Patient ist mir schon fast zu viel. Jetzt aber habe ich gleich zwei, dazu noch die Kinder und der Franzmichel kann die Arbeit auch nicht liegen lassen!«, sagte sie kleinlaut.

»Ihr bräuchtet eine Magd!«, erwiderte das Dökterle bestimmt.

»Die können wir uns aber nicht leisten!«, antwortete Marie seufzend und wandte sich der Küche zu, wo nun auch der kleine Martin in seiner Wiege begonnen hatte, die Stimme zu erheben.

Die Sonne stand schon hoch am Himmel, als Franzmichel bei seinem halb verfallenen Hüttchen im Auenfeld ankam. Auch diese Arbeit hier blieb an ihm hängen, da auch der Knecht schon seit einigen Tagen ebenfalls marod im Bett lag. Der Kopf war sorgenschwer und das Mähen ging nicht von der Hand wie sonst. Immer wieder fuhr die Sense ob seiner Unachtsamkeit in den Boden. Die Nachbarn daheim würden sicher helfen, keine Frage. Das alte Vevele war sicher schon drüben und auch Adlerwirts Schwester würde gelegentlich vorbeischauen. Seine Mutter aber brauchte dringend jemanden, der den ganzen Tag über dablieb und ihr wenigstens einen Teil der Arbeit abnahm. Am späten Nachmittag war ihm immer noch keine Lösung eingefallen und kurz kehrte er noch auf ein Bier beim Fiedler in Schröcken zu, der nun dort ebenfalls im Gemeinderat saß und ihm gleich darüber Bericht erstatten wollte. Franzmichel hörte ihm eine Weile lang mehr höflichkeitshalber und nur mit halbem Ohr zu.

»Hansanton, ich brauche eine Magd, und zwar eigentlich von heute auf morgen!«, unterbrach er ihn dann und schilderte dem Wirt seine Lage.

Diesem fiel so aus dem Sprung auch niemand ein, er machte nur »Hm« und kratzte sich ein paar Mal mit dem Zeigefinger an der Nase. »Die Isabell!«, antwortete er plötzlich. »Genau! Die Isabell!«

»An die habe ich auch schon gedacht! Aber die muss morgen oder übermorgen wieder nach Bludenz!«

»Dann muss Bludenz eben warten! Das geht jetzt vor!«, erwiderte der Fiedler bestimmt.

Am Abend kam Franzmichel in Begleitung von Kaspars Magd zurück, welche ein paar Tage zu Hause verbracht hatte.

Nannis Zustand war noch immer unverändert. Ihr Atem ging schwer und ihre gequälten Antworten bestanden nur aus Ja oder Nein. Leise schloss er die Gadentüre und schrieb Kaspars Frau, der Therese, gleich noch vor der Stallarbeit einen Brief, in dem er dieser mitteilte, dass sie für einige Zeit auf Isabells Hilfe verzichten müsse und er hoffe, dass sie dafür Verständnis habe.

Am nächsten Morgen war die steinharte Schwellung des Bauches verschwunden und das Dökterle konstatierte nun eine trockene Bauchfellentzündung, die in ein Nervenfieber übergegangen sei, wie das des Öfteren vorkomme. Kaum aber war er wieder gegangen, verschlechterte sich Nannis Zustand beinahe von Stunde zu Stunde und Franzmichel getraute sich kaum mehr außerhalb Rufweite vom Haus weg. An einem seiner Lieblingsplätze unter einer Tanne auf einem Stein sitzend, versuchte er geradezu verzweifelt zu beten. Aber er konnte es wieder einmal nicht. Worte hätte er schon gehabt, aber eben nur Worte. Was ihm fehlte, war die Wärme des Herzens und beinahe schämte er sich für seine innere Kälte. Wieder einmal blieb ihm nur das ergebene Vertrauen in den großen Allgeist, der sie beide füreinander bestimmt und so wunderbar zusammengeführt hatte und in dem sie lebten und existierten, wie es sein Wille war. Schwer erhob er sich, machte sich wieder an die Arbeit und zerschlug mit der flach gehaltenen Mistgabel wieder ein paar angetrocknete Kuhfladen, als ihm aufgeregt die Isabell entgegenkam.

»Du sollst zu Nanni kommen!«, rief sie nur und machte gleich wieder kehrt.

Im Gaden standen die Kinder mit Ausnahme des Ältesten am Bett. Marie hatte den kleinen Martin auf dem Arm und während die Tränen über ihr Gesicht liefen, hielt sie ihn seiner Mutter entgegen, die mit bebender Hand ein Kreuzzeichen auf seine Stirne zeichnete.

»Mit mir geht es zu Ende!«, flüsterte sie kaum vernehmbar bei seinem Eintreten. »Bring mir auch das Jaköble!«

Franzmichel war keines Wortes fähig, taumelte wie ein Betrunkener über die Treppe nach oben und trug seinen nun aus dem Halbschlaf gerissenen und laut plärrenden Ältesten nach unten.

»Ihr habt noch ... eueren Vater«, kam es stoßweise, »wenn ich ... heimgehe ...«

Der Kaspar, das Mikle und der Hermann waren aber noch zu klein, um das zu verstehen, und sahen ihre Mutter mit scheuer Befremdung an.

Nanni wollte weitersprechen, aber ihre Stimme versagte. Leise bedeutete Marie den Kindern, das Gaden zu verlassen, drückte dem Kaspar seinen kleinen Bruder Martin in die Hände und nahm Franzmichel dafür den immer noch weinenden Jakob ab.

Erst als sie beide allein waren, trieb es auch Franzmichel die Tränen in die Augen. »Wible!«, schluchzte er. »Wible, du wirst doch wieder gesund werden!«

Sie aber schüttelte nur leicht den Kopf. »Ich möchte ...«, flüsterte sie dann kaum hörbar, »... die Sterbesakramente. Aber nicht ... vom Rüscher!«

Er konnte nur stumm nicken.

Der heiße Sommertag verschmolz die Berge erst in glühenden Farben, die erst zu einem hellen, dann immer dunkler werdenden Grau wechselten, am Firmament blinkten die ersten Sterne, aber Franzmichel hatte keinen Blick dafür. Wie in einem Körper, der nicht ihm zu gehören schien, lief er auf Hopfreben zu, ließ aber die unbeleuchteten Hüttchen links liegen und keuchte weiter den wieder steiler werdenden Weg hinauf in Richtung Schröcken. Ein Stück weit innerhalb des nun wieder enger werdenden Tales schimmerten, aus den Fenstern des großen, an einem Hang gelegenen Hauses noch Licht, auf das er zuhielt und dort nach dem Pfarrer Stockmayr verlangte. Seit etwa einer Woche weilte dieser zu einer Kur mit dem schwefelhaltigen Wasser im Bad Hopfreben, was allerdings von seinem Nachfolger Rüscher mit Argwohn beobachtet wurde, da die Pfarrkinder seinem Vorgänger mehr Anhänglichkeit und Zuneigung entgegenbrachten als ihm selbst. Der Pfarrer Stockmayr war daher nicht sonderlich überrascht, wenn auch Franzmichel ihm einen Besuch abstatten wollte, ein wenig verwundert war er nur über die ungewöhnliche Tageszeit.

Dann aber erschrak er, wie er seines ehemaligen Ministranten und Pfarrkindes ansichtig wurde, der immer noch schwer atmete und dem die Haare verklebt ins Gesicht hingen.

»Ja, Franzmichel, was ist passiert?«

»Die Nanni, sie liegt im Sterben!«, stieß er hervor. »Sie möchte von Ihnen versehen werden!«

Der Pfarrer Stockmayr nickte nur wortlos, bald darauf erschien er wieder, in Hinblick auf den langen noch vor ihm liegenden Weg nicht im Ornat, sondern nur mit umgehängter Stola und einem vor der Brust getragenen Täschchen mit der Kommunion und dem geweihten Öl. Anfangs hielt er noch mit Franzmichel mit, dann aber wurde er zunehmend langsamer und so brauchten sie an die zwei Stunden, ehe sie in Schoppernau ankamen.

Ihr Zustand habe sich noch weiter verschlechtert, flüsterte ihm die Isabell beim Eintreten noch zu, ehe sie die Stubentüre öffnete. Das kleine Tischchen im Gaden war mit einer weißen Decke überzogen, darauf stand ein Kruzifix, neben dem zwei Kerzen brannten, und davor befand sich ein Schälchen mit Weihwasser.

Nannis Gesichtchen schien wachsbleich, ihre Augen waren nun halb offen und in ihnen stand trotz ihrer Mattigkeit offensichtliche Erleichterung über den Anblick des Geistlichen. Leise bewegten sich dann ihre Lippen bei den Gebeten und vom Kirchturm her schlug es Mitternacht, als der Pfarrer Stockmayr das Haus verließ und sich alleine auf den langen Rückweg machte.

76

Waren die Tage schon schlimm genug, so waren die Nächte furchtbar gewesen. Neben Nanni liegend, fühlte er geradezu, wie die Fieberschauer ihren Körper durchliefen. Dann fing sie an zu fantasieren, bäumte sich auf, um gleich darauf so ruhig zu werden, dass Franzmichel nur noch am Heben und Senken der Bettdecke erkannte, dass sie noch am Leben war. In lichten Momenten sprach sie weinend von den Kindern, gab dann wieder Anweisungen, bis sie wieder erschöpft für kurze Zeit einschlief. Franzmichel hatte den Gedanken nicht zugelassen, ihn fast mit Gewalt aus seinem Kopf gesperrt, wie es sein würde ohne Nanni. Nun aber begann er es sich vorzustellen und ihn schauderte vor der düsteren Schwärze, die sich wie ein tiefer Schlund vor ihm auftat. Was sollte werden aus den fünf Würmern, das Älteste erst sechs und das Jüngste gerade ein halbes Jahr alt? Dazu seine siebzigjährige, halbblinde Mutter und ein bis unter den Dachgiebel verschuldeter Hof? Wie sollte er diesen halten können ohne ihre Arbeitskraft? Was sollte aus ihm selbst werden, dem verfolgten Sonderling, dem sie ein warmes Heim, Zuflucht und Trost gegeben hatte? Schon jetzt dünkte ihm trotz des Kindergeschreis das Haus leer und tot ohne ihre weiche, melodische Stimme und ihr fröhliches Lachen.

Die Hoffnung kam wieder wie ein heller Strahl mit dem Sonnenlicht an einem klaren Morgen nach dem Melken. Nanni begrüßte ihn im Gaden mit einer Freude, die ihm bei ihrem Anblick das Herz abschnürte. Hoch standen die Backenknochen über ihren eingefallenen Wangen und dennoch war in ihren Augen ein Leuchten, wie er es noch nie an ihr gesehen hatte. War es eine fiebrige Fantasie, die sie in einer schmerzfreien Phase euphorisch werden ließ? Aber nichts deutete darauf hin. Sie sprach klar und deutlich, fragte, welcher Tag heute sei, erkundigte sich nach der Arbeit und wollte den Martin sehen. Zunehmend aber wurde ihre Rede wieder verworrener, was Franzmichel auf ihre Entkräftung zurückführte, die eben auch eine längere geistige Konzentration beeinträchtigte. Dann aber schloss sie, noch ohne den Jüngsten zu sehen, wieder ermattet die Augen und schlief gleich wieder ein.

Später vertrat auch das Dökterle die Ansicht, Nanni ginge es erheblich besser als noch gestern, sagte, dies sei nun der Beginn einer kritischen Phase, die sie aber aller Erfahrung nach überstehen würde, auch wenn sie natürlich noch nicht vollends über den Berg sei.

In Franzmichel wuchs wieder Zuversicht, er spürte, wie seine innere Kraft wieder zurückkam. Die Nachbarin, das Vevele, erbot sich, Marie bei der Beaufsichtigung der Kinder behilflich zu sein, damit Franzmichel die Isabell mitnehmen könne nach Hopfreben, wo noch das inzwischen wieder herangewachsene Gras für das Novemberheu eingebracht werden musste. Auf dem Rückweg begegnete ihnen der Pfarrer Stockmayr, der den weiten Marsch nicht gescheut hatte, um Nanni die Krankensakramente zu spenden.

»Sie hat den ganzen Tag über ruhig geschlafen und ihr Zustand scheint sich tatsächlich zu bessern!«, konnte dieser berichten, woraufhin es Franzmichel wieder nochmals ein ganzes Stück leichter ums Herz wurde. Daheim bestätigten Marie und das Vevele, mit Nanni ginge es offensichtlich wieder aufwärts und auch der Doktor habe am Nachmittag vorbeigeschaut und sei mit ihrem Zustand ganz zufrieden.

Leise öffnete er dann die Gadentüre. Still lag Nanni im Bett, gleichmäßig hob und senkte sich die Bettdecke und auch ihr Gesicht schien wieder etwas Farbe bekommen zu haben. Draußen in der Stube hatte nun das Vevele scheinbar ihre Mühe, den Jakob auf dem Kanapee zu halten, und als ihr Franzmichel zu Hilfe kam, war dieser dabei zu versuchen, sich den Verband vom Kopf zu reißen. Die ebenfalls herbeigeeilte Isabell trug dann den laut schreienden und strampelnden Buben nach oben, wo es dann aber auch erst nach einiger Zeit ruhiger wurde.

Das Haus lag in nächtlichem Frieden, nur das gleichmäßige Ticken der Stubenuhr war zu hören, als Franzmichel noch zu später Stunde den von Hildebrand bereits vorkorrigierten letzten Druckbogen von »Reich und Arm« nochmals durchsah, ehe auch er sich ins Gaden begab. Möglichst geräuschlos schlüpfte er dort aus seinen Kleidern, blieb kurz stehen und lauschte beruhigt Nannis gleichmäßigem Atem. Gerade war er dabei, unter die Decke zu schlüpfen, als er ihre Stimme vernahm.

»Gar nicht so schlecht!«, sagte sie, und gleich darauf ermahnend: »Mikle, Finger weg!«

Erschrocken tastete seine Hand zu ihr hinüber und er hoffte inständig, dass sie nur laut träumte.

Aber ihre Stirne schien nun zu glühen und ihre Haare waren schweißnass.

»Wible!«, flüsterte er, während ein Schauer über seinen Rücken lief. »Wible!«, wiederholte er lauter und schüttelte sie nun an der Schulter.

Aber Nanni schien es nicht zu bemerken, redete weiter ohne Sinn und Zusammenhang und ihre Sprache wurde immer verworrener und undeutlicher. Franzmichel wusste nicht, was er tun sollte, er ließ sie los, um eine Kerze anzuzünden, und als er sich wieder zu ihr legte, bebte ihr Körper geradezu.

»Vielleicht ist das die Krisis, von der das Dökterle gesprochen hat!«, versuchte er sich zu beruhigen.

Nun murmelte sie nur noch, verstummte dann ganz und ihr Atem wurde so flach, dass er ihn kaum noch hören konnte. Plötzlich entstieg ihrer Brust ein lautes, zitterndes Aufseufzen, das jedoch schlagartig endete. Heftig lauschte er in die Stille. Jedoch das einzige Geräusch, das er vernehmen konnte, war nur noch das leise Ticken der Uhr von der Stube her.

»Nanni!«, schrie er nun und rüttelte sie heftig. »Nanni, bleib da!«

Aber aus ihrem Körper war jede Anspannung gewichen. Eine Zeit lang blieb Franzmichel noch neben ihr liegen und hielt ihre leblose Hand. Alles in ihm war leer, wie abgestorben und das Einzige, was er noch fühlen konnte, war ein brennendes, alles versengendes Ziehen.

Wie er in die Küche gekommen war, wo ihn Marie am Morgen mit in die Hände gestütztem Kopf und auf den Tisch geheftetem Blick antraf, wusste er nicht. »Nanni ist tot!«, sagte er nur mit tonloser Stimme.

77

Ein paar kleine Wölkchen schwebten an einem heiteren Sommerhimmel, unter dem sich der Leichenzug der Kirche zu bewegte. Tränenlos, mit einer Miene wie aus Stein gehauen schritt Franzmichel mit dem Kaspar, dem Mikle und dem Hermann hinter dem mit schwarzen Tüchern ausgeschlagenen Heuwagen her, auf dem der Sarg mit Nannis entseeltem Körper durchgerüttelt wurde. Der Jakob, der es als einziges der Kinder verstanden hätte, war immer noch nicht wiederhergestellt und den Martin hatte er ebenfalls in Isabells Obhut daheim gelassen. Entsetzliche Tage lagen hinter ihm mit Totenwachen und den nach der Mutter weinenden Kleinen, die ihn kaum einen Augenblick hatten zur Besinnung kommen lassen. Hart war er geworden in seinem Leben, niemals aber hätte er gedacht, dass ihn Häme noch so tief treffen könnte. Dagegen hatte er sich gewappnet geglaubt wie der hörnerne Siegfried seiner Kindheit. Gleich nach Verstillen des Sterbeglöckchens zu Nannis Ableben waren Mitglieder vom dritten Orden mit der schadenfrohen Verkündung durchs Dorf gezogen, normalerweise müsste man zu diesem Anlass eher die Festtagsglocken läuten, und hatten mit frommem Augenaufschlag hinzugefügt, das sei eben die gerecht verdiente Strafe für den Gotteslästerer.

Unterhalb des Kirchenportals kamen die Pferde zum Stehen. Vier Männer hoben den Sarg vom Wagen und trugen ihn ins Innere, wo sie ihn im Mittelgang vor dem Hochaltar abstellten.

»Bis dass der Tod uns scheidet!«, hatten sie sich versprochen dort oben vor siebeneinhalb Jahren und ihm war, als ob es erst vor ein paar Wochen gewesen wäre. Ein winziges Gefühl erleichterter Genugtuung stieg in ihm hoch, als der Pfarrer zusammen mit den zwei anderen auswärtigen Geistlichen aus der Sakristei trat. Jedoch kein Groll, kein Hass über Nannis Leichnam hinweg war in ihm. Aber der Mann, der so viel Leid über sie gebracht hatte, würde seine Frau nicht alleine zu ihrer letzten Ruhe betten.

Franzmichel saß nun mit der Mutter und den Kindern auf der einen und seinem Freund und Schwager Kaspar auf der anderen Seite in der Leidbank und hatte während der ganzen Messe über den Blick auf den Sarg vor ihm geheftet. Er fragte nicht hadernd nach dem *Warum,* ließ die Frage nicht an sich heran, weil er darauf keine Antwort finden würde. Alles kam aus derselben Quelle, zu der sie nun zurückgekehrt war und zu der auch er ihr folgen würde. Irgendwann. Trotzdem zerriss ihn der Schmerz, machte ihn taub und blind.

»Nur knappe dreißig Jahre auf dieser Erde waren Maria Katharina vergönnt …«, sagte der Pfarrer. Doch er hörte es nicht. Stattdessen sah er sein Wible vor sich mit ihrer kleinen, runden Gestalt und dem ihr eigenen Schalk in den Augen und ihm war, als ob sein Herz bei lebendigem Leibe aus der Brust geschnitten würde.

Viel zu kurz kam ihm die Messe vor, noch stundenlang hätte er sitzen können zu ihren Füßen, um von ihr Abschied zu nehmen. Nach dem Verklingen des Schlussliedes aber hoben die vier Männer den Sarg wieder auf und trugen ihn hinaus auf den Friedhof zum frisch ausgeschaufelten Grab.

»Ach wie flüchtig, ach wie nichtig …«, hob feierlich der Kirchenchor an, während Nannis Leichnam dann langsam hinabgesenkt wurde. Schreien hätte er jetzt können, nur noch schreien, schreien. Stattdessen stand er stumm neben dem Kaspar, aufrecht, das Gesicht reglos.

»Erde zu Erde, Staub zu Staub …«

Ein paar Erdklumpen polterten dumpf auf den Sarg. Plötzlich riss Franzmichel seine rechte Hand in die Höhe und sein Blick richtete sich starr geradeaus, verlor sich im Nirgendwo.

»Iz ischt as us und mit mir ou!«, sagte er halblaut mit zerbrochener Stimme.

Den Kaspar fröstelte es trotz der Sommerhitze. *Jetzt ist es aus und mit mir auch.* In diesen paar Worten lag die Verlassenheit, der ganze Schmerz seines Freundes und dieser war hart, herb und unzugänglich. Keine Träne schimmerte in seinen Augen, auch nicht, als sie als Letzte das Grab verließen. Franzmichel dünkte dem Kaspar, als ob auch dieser mit Nanni gegangen wäre, fort in eine andere Welt.

Vom anschließenden Totenmahl verabschiedete er sich rasch, ging mit den Kindern noch einmal zurück zum inzwischen zugeschaufelten Grab, auf dessen Hügel ein paar Kränze und Feldblumen lagen, und erst jetzt konnte er wieder leise weinen, wobei er sich bemühte, es vor den Kleinen zu verbergen. Stumm hielt er Zwiesprache und erinnerte Nanni an ihr in einem der klaren Augenblicke ausgesprochenes Gelübde, als Schutzengel über die Familie zu wachen. Erst als der Hermann und das Mikle zunehmend unruhiger wurden, konnte er sich losreißen.

Verlassen wie seine Seele dünkte ihn daheim das Haus. Alles erinnerte ihn an Nanni. Die Türklinke – wie oft hatte sie diese berührt, die Bank im Herrgottswinkel – wie oft war sie dort gesessen und hatte ihm vorgelesen, der Wasserkübel in der Küche – wie oft hatte sie ihn in der Hand gehabt ...

Aber sie war nicht mehr da. Fort. Nie mehr würde er den Silberklang ihrer vollen Stimme hören, nie mehr würde warme Mutterliebe die Kinder betten ...

Er versuchte nicht, den Schmerz zu verdrängen, holte ihr einst gemeinsam geführtes Tagebuch hervor, und wie er darin las, erstand sie wieder vor ihm in ihrer sanften und doch so festen Bestimmtheit, ihrer bedingungslosen Liebe und Aufopferung, ihrer Art, das Schlechte und Böse nicht an sich heranzulassen. Ihre empfindsame, reine Seele lag wieder offen vor ihm, vertiefte noch die Qual, und doch war diese tröstlich. Nanni war da, bei ihm in seinem Zimmer, sie umschwebte ihn und sah ihm zu. Dennoch kam er sich vor wie ein beschriebenes Blatt Papier, auseinandergerissen, und die eine Hälfte fehlte.

Aber seine Freunde ließen ihn nicht alleine. Am späten Nachmittag saßen sie mit ihm in der Stube, beratschlagten, wie es weitergehen sollte.

»Du brauchst jemanden, der den Kindern die Mutter ersetzt!«, sagte dann der Schwager Kaspar resolut, wie es seine Art war.

»Und zwar schnell!«, fügte der Seppel hinzu.

»Die Marianne!«, schlug der Schneider daraufhin spontan vor und sein Bruder stimmte ihm zu.

Die Marianne kam aus Haghansomatis' Sippe. Ihre leibliche Mutter war schon vor Jahren gestorben, der Vater hatte wieder geheiratet und das etwa zwanzigjährige Mädchen litt unter ihrer despotischen und kalten Stiefmutter. Diese hatte dann wie erwartet nichts dagegen einzuwenden, nur der Vater zögerte und gab erst nach einigem Abwägen seine Zustimmung. Die Marianne selbst brachte dabei kein Wort heraus, saß nur scheu und mit gesenkten Augen am Tisch, und als Franzmichel sie fragte, ob sie sich das vorstellen könne mit fünf kleinen Kindern, nickte sie nur stumm.

»Also, abgemacht!«, sagte er dann und streckte dem Mädchen die Hand hin. Als diese sie ergriff, spürte er, wie sie zitterte, tat aber so, als ob er es nicht bemerkte, und versuchte, ihr trotz seines Schmerzes aufmunternd zuzulächeln.

Zwar war besonders der Kaspar voll des Lobes über seine Verwandte gewesen, aber Franzmichel beschlichen nun doch leise Zweifel, ob so ein schüchternes, in sich gekehrtes und zudem auch körperlich zartes Wesen nicht nur mit einem Haufen Kinder, sondern auch mit den anderen anfallenden Arbeiten fertig würde. Schließlich jedoch blieb ihm kaum eine andere Wahl und er sah nun mit einiger Beklemmung dem kommenden Tag entgegen, an dem die Marianne den Dienst antreten sollte.

Nahezu verängstigt erschien sie ihm dann, wieder spürte er ihr Zittern und seinen kräftigen Händedruck erwiderte sie nur zaghaft. Offener und gesprächiger wurde sie erst bei Marie, die sie sogleich durch das Haus führte, ihr ihre Kammer zeigte und sich mit Marianne über dies und das unterhielt. Neugierig folgten den beiden die Kinder, besonders das zutrauliche Mikle wich kaum von ihrer Seite, nachdem das Ähle ihnen erklärt hatte, die Marianne würde nun bei ihnen bleiben.

»Bist du auch so streng wie die Isabell?«, wollte dann der Kaspar wissen.

»Noch viel strenger!«, antwortete sie und lächelte zum ersten Mal. Trotzdem verzog der Kleine erschrocken das Gesicht.

Franzmichel bat sie anschließend in sein Studierzimmer, wo die Marianne unter der Schwelle stehen blieb.

»So viele Bücher!«, staunte sie scheu und trat dann näher.

Franzmichel berührte es warm, dass ihnen ihr erstes Interesse galt.

»Liest du auch?«, fragte er sie, worauf die Marianne aber gleich wieder in ihre Schüchternheit verfiel und nur nickte.

»Das trifft sich gut!«, antwortete er. »Dann kannst du mir ja abends vorlesen!«

Wieder nickte sie nur, aber er glaubte, in ihren Augen überraschte Freude zu sehen.

»Nimm doch Platz!«, forderte er sie dann auf und zögernd kam sie der Aufforderung nach.

Es wurde dann ein längeres Gespräch, und als Marianne sein Zimmer verließ, kam sie ihm vor wie eine verschlossene Blume, die sich soeben, wenn auch nur kurz, ein wenig geöffnet hatte.

Franzmichel hatte während Nannis kurzer Krankheit seinen Briefkontakt nur noch auf zwei Menschen beschränkt, nämlich seinen Schwager Kaspar in Bludenz und den Freund Rudolf Hildebrand in Leipzig. Nun aber kamen von überall her Beileidsbekundungen. Nur auf eine einzige schrieb er dann, wenn auch erst nach Tagen, zurück. Hildebrand hatte erfasst, in welch furchtbares Loch sein Freund gestürzt war, und hatte ihm geraten, sich seinen Kummer mit der Geschichte seines Lebens von der Seele zu schreiben.

Dein Vorschlag kommt mir wie eine höhere Eingebung, weil mir zu künstlichen Geweben die nötige Spannkraft fehlt, hatte er geantwortet. Vorerst versuchte er sich jedoch noch mit der unaufschiebbaren Feldarbeit zu betäuben. Aber Nanni war überall. Was er auch tat, sie war bei ihm. Auf der Bündt half sie beim Heuen, schritt neben ihm hinaus nach Au, hörte mit ihm das Trommeln der Tropfen auf dem Regenschirm und das Rauschen des Windes in den Wipfeln der Bäume. Dachte er nur an Lessing oder Shakespeare, so war sie gegenwärtig, und beim Gesang der Vögel lagen sie schweigend nebeneinander im Gras wie damals oben auf der Sattelalpe.

Der Sommer war nun vorüber und damit wurde auch die Anzahl der Vergnügungsreisenden weniger, die das dichtende Bäuerlein kennenlernen wollten.

Erst jetzt aber fühlte er so viel Kraft in sich, um mit seiner Autobiografie zu beginnen. Jedoch nur langsam kam er voran. Zu viele Erinnerungen stürmten auf ihn ein, hundert Gestalten standen vor ihm und vergessene Freunde besuchten ihn in der Einsamkeit seines kleinen Zimmerchens. Bilder stiegen auf aus der Vergangenheit, lose und ungeordnet und dabei immer wieder Nanni.

Im Oktober erschien »Reich und Arm«, fast gleichzeitig kam aus Leipzig die Ankündigung, die »Sonderlinge« sollten nun auch ins Französische übersetzt werden. Aber beides ließ ihn sonderbar unberührt. Mehr als das bewegte ihn dagegen der angekündigte Fortgang Seppels, der mit seiner Familie nach Alberschwende ziehen wollte, da im Winter in Schoppernau als Uhrenmacher so gut wie nichts zu verdienen war. Auch der Natter wollte den Winter über in der Fremde bleiben und, anstatt hier die Zeit totzuschlagen, sich dort lieber weiterbilden und eine Zeichenschule besuchen. Neben dem Verlust dieser beiden Freunde und Mitstreiter drückten ihn auch noch schwere finanzielle Sorgen. Acht hungrige Mäuler saßen am Tisch, Knecht und Magd wollten bezahlt sein und der Katharinentag, an dem die Lechtaler ihre fünf Prozente wollten, rückte immer näher. Aus Wien kam ein Angebot, für das landwirtschaftliche Ministerium Bauernromane zu verfassen, und es war ihm zunächst verlockend erschienen, sein künftiges Dasein als ein auf Staatskosten bezahlter Lohnschreiber zu fristen. Aber letztlich hätte er damit seine Seele verkaufen und womöglich seinen Namen hergeben müssen für Geschichten, wie sich vielleicht die blümchenromantisch angehauchte Frau eines Ministerialdirektors ihr zur ländlichen Idylle zurechtgemaltes Bild des Bauernlebens vorstellte. In seiner Not wandte er sich an seinen Landsmann Josef Ritter von Bergmann, der ihm riet, sich an die Schillerstiftung zu wenden, bei der auch schon Hildebrand und eine Reihe seiner Freunde in Deutschland Petitionen eingereicht hatten. Fürs Erste aber kam ihm unerwartet Hilfe zu durch einen Spendenaufruf im eigenen Land und seinen Verleger Hirzel, der ihm zum Unterhalt der Familie dreihundert Gulden zukommen ließ.

Franzmichel hatte es anfangs ein wenig wehgetan, wie schnell die Kinder außer Jakob ihre Mutter vergaßen, sah es dann aber doch zunehmend mit Freude, wie sie nun an Marianne hingen. Umgekehrt schien in deren Erinnerung die eigene lieblose Kindheit ein wenig zu verblassen und die ihr entgegengebrachte Zuneigung ihr Wesen zu öffnen wie die warmen Sonnenstrahlen eine noch verschlossene Silberdistel am Morgen. Auch in Franzmichels düstere Welt brachte Marianne ein wenig Licht mit ihrer stillen, zurückhaltenden Art und ihr Hunger nach Bildung war Balsam auf seine Seele an den dunklen Abenden, an denen sie es kaum erwarten konnte, ihm aus Viktor von Scheffels Prosaepos »Ekkehart« vorzulesen. Verständlicherweise las sie längst nicht so sicher, wie Nanni es getan hatte, aber die Freude, mit der sie es tat, überwog diesen Makel bei Weitem. Franzmichel richtete es auf zu erleben, welche Macht die Gedanken der großen Dichter auch auf ihr reines und reiches Gemüt hatten.

Die letzte Vorsäss-Zeit des Jahres war herangerückt. Oben in den Bergen lag wieder der erste frühe Schnee, die Bündten und Wiesen waren schon gelb und der Herbstwind rupfte das Laub von den Bäumen. Wie gerne wäre auch er hineingezogen ins kleine Hüttchen nach Hopfreben. Aber er brachte es nicht übers Herz. So viele Erinnerungen hingen daran; jeder Schritt da drinnen, jeder Stein, auf dem sie gemeinsam gesessen hatten, hätte ihn an sie gemahnt und jedem Baum, der ihnen einmal Schatten gespendet hatte, hätte er zurufen müssen, dass sie nicht mehr unter den Lebenden weile und ihn nur noch in seinen Gedanken begleite. So hatten die betagte Mutter und Marianne die Bündel gepackt und mit den Kindern die Kühe hineingetrieben durch das enge Tal, während er selber in Schoppernau die Fensterläden verschloss, die Haustüre verriegelte und dann ebenfalls seinen Rucksack schulterte. Franzmichel verließ das Dorf in entgegengesetzter Richtung, ging hinaus nach Bezau, wo ihm der Freund Feuerstein eine Unterkunft angeboten hatte, um in einer Umgebung, in der ihn nicht alles an Nanni erinnerte, wieder neue Kräfte zu schöpfen. Dort kam er sich in dem hellen Zimmerchen tatsächlich bald vor wie in einer neuen, lichteren Welt, obwohl er sich doch nicht weit von daheim entfernt hatte. Sein Leben bekam wieder Farbe, sein Tatendrang wuchs wieder von Tag zu Tag, das Schreiben seiner Biografie ging ihm nun beinahe leicht vonstatten und die Erinnerungen flossen beinahe von selber vom Kopf direkt in die Feder. Zur Hebung seiner Stimmung trug auch die Hauptversammlung des Käshandelsvereins bei, auf welcher der Josef stolz vermeldete, nicht vierundzwanzig Bauern zählten zum Verein, wie es fälschlich in einer Zeitung gestanden sei, sondern vierundzwanzig vereinseigene Sennereien gäbe es bereits im Bregenzerwald. Für 120 000 Gulden sei bereits Käse exportiert worden und sie könnten das Vierfache verkaufen, wenn sie nur genug Milch bekämen!

»Und das alles haben wir in nur einem Jahr erreicht!«, rief er unter anhaltendem Applaus. »Auch der Gallus muss jetzt nicht mehr vierzehneinhalb wie früher, sondern achtzehn Kreuzer bezahlen!« Der Feuerstein wartete, bis es wieder ruhiger wurde. »Damit aber nicht genug. Für die Maß Milch verbleibt zudem ein

Reingewinn von siebeneinhalb Kreuzern. Damit bleibt so viel Spielraum, dass wir die Wintermilch auf achtzehneinhalb festlegen können! Nicht mehr der Gallus diktiert also den Preis, sondern wir bestimmen ihn!«

Der Kassier verlas Einnahmen und Ausgaben, bat um Entlastung, die auch einstimmig gewährt wurde. Franzmichel hielt noch eine Rede über die wärmende Erhabenheit des Gemeinsinns, der aus diesem Sinn entstehenden Freude an gemeinsamem Tun und Schaffen, der Entfaltung der Menschen, die sich an hohen Zielen aufrichteten, ohne nur nach dem Geldsack zu schielen, und als er geendet hatte, ergriff nochmals der Feuerstein das Wort.

»Ohne Franz Michael Felder gäbe es unsere Genossenschaft nicht!«, erinnerte er die Zuhörer. »Er ist der Kopf und ich war lediglich seine Hand!«

Franzmichel wollte protestieren, aber der Josef ließ sich nicht unterbrechen.

»Inzwischen kommen sogar Anfragen nach unseren Statuten und um Hilfestellung bis aus Ungarn und die Regierung in Wien hat bereits als Ansporn zur Gründung ähnlicher Vereine Prämien ausgesetzt!« Dann kam er noch auf die Bibliothek des Handwerkervereins zu sprechen, die aus dem kleinen Schoppernau ins größere und zentraler gelegene Bezau verlegt und nach und nach zu einer stattlichen Landesbücherei ausgebaut werden sollte.

»Mit Hurenbüchern!«, rief einer dazwischen.

»Keine Hurenbücher!«, entgegnete der Josef ruhig. »Aber durchaus Lektüre, die vorher nicht von den Geistlichen zensiert und nach kirchlichen Gesichtspunkten ausgesucht wird wie bei den Kasino-Vereinen!«

Ein paar der Männer murrten, das sei politisch und solche Reklame gehöre nicht in den Käsverein.

»Ist denn der Käsverein nicht auch politisch?«, entgegnete Hopas Lebold.

Die meisten stellten sich nun geradezu demonstrativ auf die Seite Feuersteins, der wegen seines Ansinnens und der unverhohlenen Gegnerschaft zu den Kasinos letzte Woche vom Bezauer Pfarrer öffentlich und wörtlich als »Verdammter« bezeichnet worden war.

»Wer die Freiheit des selbstständigen Gedankens, des lebendigen Wortes fürchtet«, meldete sich nun Franzmichel, »fördert eine Moral, welche aus Menschen eine Herde kleinmütiger Schafe macht, die sich in ihrer Furcht so eng um ihren Leithammel drängen, bis sich der Einzelne nicht mehr rühren kann. Lasst doch jedem Menschen wenigstens so viel Platz, damit er noch einen Purzelbaum schlagen kann!«

»Du willst doch wohl nur vorsorgen, dass sich niemand getraut, über dein neues Buch etwas Schlechtes zu sagen, weil du Angst davor hast!«, fiel ihm einer der Murrer ins Wort.

»Wenn ich davor Angst hätte, so hätte ich es gar nicht erst geschrieben!«, entgegnete ihm Franzmichel gelassen.

78

Vier Wochen war er nun schon in Bezau und obwohl selbst zum Hauptort des Bregenzerwaldes nur ein schlechter Fahrweg führte, war es ihm im Vergleich zum engen Schoppernau immer mehr wie eine kleine Stadt erschienen. Aber vielleicht lag das auch daran, dass im Haus des Landtagsabgeordneten Feuerstein in der Überzahl aufgeschlossene Leute verkehrten und man ihm hier in Bezau vielfach offener begegnete als daheim.

Vom Käsverein hatte er noch als Anerkennung seiner Verdienste eine Taschenuhr bekommen und aus Schnepfau wurde berichtet, der Gallus sei nur noch am Räsonieren und Poltern, da die Schar seiner Milchlieferanten von Tag zu Tag kleiner würde.

Morgen geht der Galli heuen. Bald würde dieser Satz für so manchen seinen Schrecken verloren haben. In Schoppernau, so hatte er erfahren, gab es zwar ein paar einzelne Stimmen, die den Gallus nach den vielen Jahren nicht so einfach hängen lassen und nochmals mit ihm reden wollten, was dann aber letztendlich abgelehnt worden war, da schon bei den bisherigen Gesprächen außer Beschimpfungen nichts herausgekommen sei.

Vor dem Fenster trieb der Wind große Schneeflocken vor sich her. Schon seit gestern schneite es ohne Unterbrechung und Franzmichel dachte sich in seinem gemütlichen warmen Zimmer hinein nach Hopfreben, wo der Schnee nun schon bestimmt anderthalb Fuß hoch liegen musste. Eng würde es dort jetzt hergehen mit den Kindern, die nicht hinaus ins Freie konnten und den ganzen lieben langen Tag in dem winzigen Stübchen verbringen mussten. Er bedauerte Marianne und die Mutter, denen nur die Möglichkeit verblieb, vor dem Heidenspektakel der Kleinen abwechselnd gelegentlich zu einem der Nachbarn die Flucht zu ergreifen. Dabei würde es aber mehr die Mutter sein und er stellte sich vor, wie das stille Mädchen eher versuchte, trotz des Lärms sich in einem der mitgenommenen Bücher zu versenken. Zusammen mit Nanni wären es bestimmt wundervolle Tage geworden und sie beide hätten trotz aller Beengtheit des Hüttchens ihren Zustand geradezu als paradiesisch empfunden.

Am Abend kam der Feuerstein Josef erschöpft, aber dennoch froh gelaunt heim. In nur wenigen Tagen waren aus dem ganzen Bregenzerwald über sechstausend Gulden als Einlagen bei der Genossenschaft eingezahlt worden und von überall her wurden die Gründungen neuer Vereins-Sennereien gemeldet. Die Fundamente der alten Wälderrepublik mochten zwar verschüttet sein, aber sie waren noch nicht vollends zerstört. Man musste nur den Schutt und das Gerümpel wegräumen, um auf ihnen wieder neu zu bauen! Franzmichel gab dies alles neuen Antrieb auch für seine Bemühungen um den Stickereiverein, obwohl die Nachrichten aus Leipzig, Berlin und Wien nicht besonders aufmunternd waren. Dort schien die anfängliche Begeisterung nachzulassen. Aber er würde deswegen die Kontakte weiter halten, um bei seinem nächsten Besuch bei Freund Hildebrand in Leipzig die Fäden wieder aufnehmen zu können. Derweil bliebe auch hier noch genügend zu tun wie mit dem Holzhandelsverein, für den sich zunehmend mehr Waldbesitzer erwärmen konnten.

»Wir haben Holz, wir haben Wasser, wir haben Handwerker! Warum liefern wir nur die Baumstämme, also nur das Rohmaterial, wenn wir die Ware als fertige Erzeugnisse verkaufen könnten?«

Das Hauptargument dagegen war immer dasselbe: Eine genossenschaftliche Säge würde erheblich mehr kosten als eine Sennküche.

»Wenn du dich mit deinen Beziehungen als Vorstand zur Verfügung stellen würdest, wäre das sehr hilfreich!«

Wie oft schon hatte Franzmichel den Feuerstein zu überreden versucht, der aber wollte davon nichts wissen, und so war es auch heute. »Wenigstens für das erste Jahr!«, nahm er einen neuen Anlauf.

Aber auch dazu ließ sich der Josef nicht erweichen. »Was soll ich mir noch alles an den Hals laden? Ich bin Abgeordneter im Landtag, Gemeinderat in Bezau, Käsvereinsvorsitzender, Bauer und Lithograf. Ich habe mich schon einmal breitschlagen lassen. Mir reicht das vollkommen und etwas nur halb zu machen ist nicht meine Sache!«

Dabei blieb er auch und Franzmichel gelang es nicht, ihn umzustimmen, bis er sich an einem unfreundlichen Tag wieder auf den Heimweg nach Schoppernau machte. In Rehmen kehrte er noch beim Kurat Herzog zu, der trotz aller Anfeindungen immer noch offen zu ihm stand und deshalb auch selber inmitten seiner Mitbrüder zunehmend einsamer wurde. Dennoch hatte es sich dieser nicht nehmen lassen, am letzten Sonntag das Auer Kasino zu besuchen, wo die schon mehrfach angekündigte und immer wieder verschobene Besprechung von »Reich und Arm« endlich abgehalten worden war – und zwar vom Auer Hochwürden persönlich. Franzmichel hatte man dazu natürlich nicht eingeladen und dieser war nun begierig, mehr darüber zu erfahren.

»Er habe das Buch einfach mehrmals lesen müssen, bevor er sich ein Urteil habe erlauben können!«, schmunzelte der Kurat, »›Reich und Arm‹ sei gegenüber den ›Sonderlingen‹ ein großer Fortschritt und die Gedanken zur sozialen Frage seien wahre Perlen, wo man doch eigentlich vom Felder hätte Hiebe erwarten müssen. Das Buch stehe auf gut katholischem Boden …« Jetzt machte er eine Pause und sah Franzmichel mit einem breiten Lächeln an. »Was glauben Sie, wie dann das abschließende Urteil ausgefallen ist?«

»Trotzdem vernichtend, nehme ich an!«

Der Kurat schüttelte den Kopf. »Nein, wachsweich. Ausdrücklich zu empfehlen sei es zwar nicht gerade, aber doch auch nicht ganz zu verwerfen!«

»Ja, da schau her!«, erwiderte Franzmichel überrascht.

»Nur mit der Rechtschreibung scheinen Sie ein wenig auf Kriegsfuß zu stehen, mein lieber Felder. Jedenfalls war mein Mitbruder dieser Ansicht und hat gemeint, das müsste man Ihnen halt verzeihen, wenn Sie ›Not‹ ohne ›h‹ schrieben!«

Franzmichel wusste nicht, wie lange es her war, dass er so von Herzen gelacht hatte. »Das wird den Professor Hildebrand aber freuen, der das Manuskript lektoriert hat!«

Er brauchte eine Weile, ehe er sich wieder beruhigte. »Sauber! Der Auer Hochwürden berichtigt also einen Professor der Philologie und den Herausgeber des Grimm'schen Wörterbuches!«

Beim Verlassen des Rehmener Pfarrhauses blinzelte kurz die Sonne durch das bleigraue Gewölk und dunkel und ernst stand bald darauf das vertraute Bild der Üntschenspitze über dem Tal. Mit jedem Schritt heimzu wurde ihm trotz der Vorfreude auf die Seinen zunehmend beklommener zumute und er zweigte noch hinauf zur Kirche ab, um Nanni zu besuchen.

Auf dem sich allmählich senkenden Grabhügel lagen ein paar frische Tannenäste, in denen getrocknete Astern steckten, der Trauerflor am schlichten Holzkreuz war bereits vom Wetter ausgebleicht und vom Wind an den Enden ausgefranst. Franzmichel nahm ihn ab, faltete ihn zusammen und steckte das verwitterte Tuch in seine Tasche. Zu einem geordneten Gedanken war er nicht fähig und er bemühte sich auch nicht darum. Einfach nur stehen und seine Seele schweben lassen – und er fühlte nach und nach, wie ihm ganz leicht wurde. Seine Sorgen und Ängste erschienen ihm auf einmal geradezu unbedeutend und eine seit ihrem Fortgang aus seinem Leben nie mehr gekannte stille, tröstliche Heiterkeit erfüllte ihn. Ein Windstoß ließ kurz die Astern erzittern und Franzmichel dünkte es, als ob sie ihm damit zuwinken wollte.

»Grüß mir die Kinder!«, glaubte er ihre helle Stimme zu vernehmen, und in ihr lag keine Spur von Bedrücktheit, sondern jene aufmunternde Fröhlichkeit, wie sie eben seinem Wible zu Eigen gewesen war. Unwillkürlich nickte er.

Die Erste, die ihn dann vom Stubenfenster aus erblickte, war das Mikle.

»Der Däta! Der Däta kommt!«, rief sie ganz aufgeregt und rannte nur in ihren braunen Wollstrümpfen in den kalten Schopf, wo sie ihn dann mit ihren Brüdern, den kleinen Hermann an der Hand, vor der Haustüre erwartete.

Franzmichel hob sie lächelnd auf den Arm und wuschelte den Buben durch die Haare. »Seid ihr auch schön brav gewesen?«

»Und wie!«, beeilte sich gleich der Kaspar zu versichern, worauf der Vater ein geheimnisvolles Gesicht machte, während die Kinder erwartungsvoll zu ihm hochsahen.

»Hast du uns etwas mitgebracht?«, wollte dann der Kaspar wissen und trat dabei von einem Fuß auf den anderen.

»Hm! Da muss ich zuerst nachsehen!«, erwiderte er und stellte das Mikle wieder auf den Boden. Dabei fiel sein Blick auf seinen Ältesten, den Jakob, der nur still daneben stand. Scheinbar umständlich kramte er dann in seinen Rocktaschen, aus denen er dann vier Zuckerbollen hervorholte. Den letzten bekam der Jakob, wobei Franzmichel den Buben fest an sich heranzog und ihm über den Kopf strich.

»Fehlt dir die Mama?«, fragte er dabei leise, worauf dieser nur stumm nickte.

»Brauchst nicht traurig sein. Ich komme gerade von ihrem Grab und habe mit ihr geredet. Sie lässt dich grüßen!«, sagte er und in Jakobs kleinem Bubengesicht glitzerte es feucht.

Im Hausgang begrüßten dann auch die beiden Frauen den Heimkehrer, wobei die immer so ernste Marianne ihre Erleichterung darüber nicht verbergen konnte und meinte, vielleicht hörten jetzt auch wieder die Hetzereien auf, mit denen gewisse Leute ihre Verwandtschaft aufzustacheln versuchten, um sie aus dem verrufenen Haus zu bringen.

»Die Gespräche mit dir haben mir arg gefehlt!«, fügte sie dann noch fast verlegen hinzu, während Franzmichel seinen Rucksack abstellte, um gleich darauf im Stall nach dem Vieh zu sehen.

79

In Schoppernau schien wirklich der Friedensengel wieder sesshaft geworden zu sein. Den Pfarrer Rüscher nahm kaum mehr jemand ernst, eine Handvoll Fanatiker und die Hecheln vom dritten Orden vielleicht ausgenommen sowie der klägliche Rest, der sich um den Ochsenwirt scharte. Dass diese Gleichgültigkeit im Hochwürden nagen musste wie der Holzwurm im Dachbalken, war allen klar, die um seinen Ehrgeiz und verletzten Stolz wussten. Daher verwunderte es auch kaum niemanden mehr wirklich, als der Pfarrer den neuen weltlichen Vereinen einen eigenen kirchlichen Verein entgegensetzen wollte und eines Sonntags die bevorstehende Einführung einer weiteren Kongregation verkündete. Aber vielleicht war auch tatsächliche Sorge um die in seinen Augen verlotterte und gottlos gewordene Gemeinde dabei, die ihn leitete und weshalb er mit einer Herz-Mariä-Bruderschaft zur Bekehrung der Sünder die ihm anvertrauten Seelen wieder auf den rechten Weg zu bringen gedachte.

Franzmichel aber hielt sich da aus den allgemeinen Mutmaßungen heraus, vergrub sich in seinem Stübchen, schrieb mit wachsender Leichtigkeit weiter an seinen Lebenserinnerungen und war seinem Freund Hildebrand für dessen aufmunternden Ratschlag von Herzen dankbar, der ihm von Tag zu Tag mehr als Geschenk des Himmels erschien. Seine ganze Kindheit und Jugend erstand nochmals vor seinem geistigen Auge und auch die Beschäftigung mit Nanni in der frohen, aber auch betrüblichen gemeinsamen Zeit ihres Kennenlernens und Zueinanderfindens brachte keine Bitternis mehr wie damals, sondern spendete nun Trost. Geradezu behaglich erschien ihm wieder das Leben zwischen seinen Büchern, Kindern und Kühen und auch sein Wible hätte eine närrische Freude gehabt, wenn sie das gedeihliche Aufgehen seiner – nein, auch ihrer – Saat gesehen hätte. Aus dem Landwirtschaftsministerium kamen geradezu Lobeshymnen auf die Käsereigenossenschaft, aus der Handwerkerbücherei war allen Widerständen zum Trotz eine richtige Volksbibliothek mit zentraler Lage in Bezau geworden, wobei zur Anschaffung von weiteren Büchern bereits stolze zweihundert Gulden gesammelt werden konnten.

Aus Wien schrieb Bergmann, dass »Reich und Arm« selbst am Kaiserhof diskutiert würde, und von Leipzig berichtete Hildebrand, dort sei in der ganzen Stadt kein einziges seiner Bücher mehr kurzfristig zu entlehnen.

Trotz aller nach außen hin scheinbaren Erfolge aber war er selber noch immer arm wie eine Kirchenmaus, und wie es finanziell weitergehen sollte, davon hatte er wieder einmal keine Ahnung. Sein ganzes Leben lang hatte er noch nie gefragt, was ihm das Schreiben und der Einsatz für andere einbringen würden an Ruhm, Ehre oder gar Geld. Zusammen mit Nanni hatte es immer gerade so gereicht, jetzt aber musste er auch noch eine Magd halten. Auch wenn ihm Marianne inzwischen längst zur geistigen Freundin geworden war, so musste er sie dennoch bezahlen. Selbst wenn ihr Lohn nicht sonderlich hoch war, so verschlang er immerhin fast ein Drittel des kargen Einkommens und auf die Hilfe des Knechtes konnte und wollte er nicht verzichten, weil er sich dem Xaver gegenüber moralisch verpflichtet fühlte. Dieser hatte schließlich auch dann geholfen, wenn im Haus kaum noch eine Münze zu finden gewesen war. Zudem wuchsen die Kinder aus dem Gewand, was bei den Buben weniger ein Problem war, da dies nur für den Jakob angeschafft werden musste und von den Jüngeren dann weiter aufgetragen werden konnte. Anders war es jedoch beim Mikle, deren Kleidung in etwa beinahe mit demselben Betrag zu Buche schlug wie die ihrer Brüder zusammen.

Niemals aber hätte Franzmichel geglaubt, dass er einmal Bettelbriefe schreiben würde, wie er das auf Bergmanns Drängen und dessen Zusage hin, sich mit einflussreichen Freunden in Wien für ihn beim österreichischen Zweig des Schillervereins zu verwenden, getan hatte. Seine ganze Hoffnung ruhte nun darauf, jedoch außer Bergmanns Versicherung, die Sache stünde gut, kam nichts.

Dann aber scheuchte er wieder seine trüben Gedanken aus dem Kopf, verbiss sich wieder in seine Biografie, mit der er Nanni ein Denkmal zu setzen gedachte, wie es noch kaum einer Wälderin gesetzt worden war. Wenn ihn dabei die Erinnerung übermannte, seine Nerven wie Glas und seine Gebeine wie Scherben wurden, wie er es seinem Schwager nach Bludenz geschrieben hatte, so ging er hinaus nach Au oder Bezau, wo er Zerstreuung fand und sich sein Gemüt wieder aufheiterte. Mit dem Feuerstein schmiedete er dort Pläne über einen landwirtschaftlichen Verein zur gegenseitigen Hilfe, gemeinsam verspöttelten sie die schon beinahe kindischen Ereiferungen wegen der Volksbibliothek, deren Zulauf den Befürwortern der Kasinos schwer im Magen lag. Daheim in Schoppernau tat es weh, wenn ihm Oberhausers erzählten, es gingen Gerüchte um, er wolle sich schon wieder verheiraten und habe auf eine belesene Schwarzenbergerin sein Auge geworfen, hier aber gelang es ihm sogar, darüber zu lachen. Ein wenig von dieser Heiterkeit rettete Franzmichel nach Hause und trotzdem bedurfte es in seinem Stübchen bei so manchem Satz der Anstrengung aller seiner Kraft, um ihn auch niederzuschreiben. Niemanden wollte er schonen, aber auch niemanden ungerecht verurteilen, sondern sich streng an die Wahrheit halten. Dennoch erschien es ihm wie eine Art Befreiung und ausgerechnet die Passagen über Nanni, die ihn am meisten Herzblut gekostet hatten und bei denen er sich oftmals der Tränen nicht erwehren konnte, dünkten ihn dann die fröhlichsten. Bis zu ihrer Hochzeit war er nun gekommen, wie sie beide unter dem weiten Nachthimmel vor ihrer nun gemeinsamen Heimstatt gestanden und ihr vor dem Altar gegebenes Gelübde wiederholt und sich versprochen hatten, einander glücklich zu machen.

Und wir sind es auch geworden durch einander. Glücklich und gut. Jedes achtete das andere. Es suchte seiner wert zu werden, und die immer noch wachsende Liebe machte es uns leicht.

Wieder und wieder las Franzmichel die letzten Zeilen, bis sie verschwammen. Er wollte weiterschreiben, aber er konnte es nicht. Alles in ihm sträubte sich dagegen und seine Hand krampfte sich um den Kiel der Feder. Von Schluchzen geschüttelt, barg er den Kopf in seinen schwieligen Händen und gab sich ungehemmt seinem Schmerz hin. Nochmals unternahm er einen Anlauf, um mit dem nächsten Kapitel zu beginnen, aber er brachte es nicht über sich.

Vielleicht erzähle ich später einmal, wie eins im anderen lebte, wie sie mir Auge und Hand war und wie sie mein Haus zu einem Tempel machte, in welchem der Verfolgte eine sichere Zuflucht fand, wo er wieder frei und froh aufatmen konnte, schrieb er stattdessen und rang dann lange nach einen tröstlichen Abschluss. Schließlich fand er ihn und drückte ihn so aus, wie es auch Nanni getan hätte:

Auch da wird sich wieder zeigen, dass das Schicksal den Menschen nur darum zuweilen zu verfolgen scheint, damit er etwas von dem ihn belastenden Gepäck abwerfe und umso schneller und sicherer einem seiner würdigen Ziele entgegenkomme.

Ende des ersten Teiles

5. März 1869

80

Es war ein sonderlicher Winter gewesen, wie es schon lange keinen mehr gegeben hatte. Mehr Regen als Schnee, und das Herabbringen des Bergheus war mit den Schlitten über die ausgeaperten Hänge manchmal zu einer Würgerei geworden, von der noch in Jahren gesprochen werden würde. Franzmichel wollte diese Arbeit ursprünglich dem Xaver überlassen, war aber dann doch nicht umhingekommen, selbst mit anzupacken, und war so des Öfteren erst spätabends hundemüde und zerschlagen dazu gekommen, zusammen mit Marianne seine Korrespondenz zu erledigen. Erdrückte ihn die Einsamkeit seines Studierzimmers und wurden die Gedanken an Nanni zu schmerzlich und übermächtig, so ging er den langen Weg nach Bezau, hielt dort Vorträge für den der Bibliothek angeschlossenen Leseverein oder stand dem Komitee bei der Neuanschaffung von Büchern beratend zur Seite. Wenigstens aber hatte sich inzwischen seine finanzielle Situation ein wenig gebessert, da ihm nach langem Hin und Her die Schillerstiftung hundertfünfzig Taler zugesprochen hatte mit der hoffnungsfüllenden Anfügung, man würde sein Talent auch weiterhin nach Möglichkeit unterstützen. Aber schon beim Eintreffen der Nachricht Ende März hatte sich Franzmichel zu manchen Tätigkeiten geradezu zwingen müssen und das anfangs noch leichte Unwohlsein verstärkte sich nun von Tag zu Tag.

»Ich kenne das schon!«, beruhigte er die Mutter und Marianne. »Fast jedes zweite Jahr habe ich um diese Zeit solche Malaisen!«

Trotzdem wurde seine Gesichtsfarbe zunehmend bleicher und zugleich der Husten stärker, wobei zwar sein Körper, aber nicht sein streitbarer Geist zu leiden schien. Dem Freund und Schwager Kaspar hatte er das Manuskript »Aus meinem Leben« nach Bludenz geschickt. Aus dessen Antwort klang zwar tiefe Ergriffenheit, dennoch aber war sie zugleich gespickt gewesen mit einer längeren Ausführung zu seiner Auffassung von Ideen, Gedanken und Gefühlswelten und der Kaspar setzte die »Idee« über den »Gedanken«, was wiederum Franzmichel heftig aufbrachte.

Im Anfang stand *Logos*, das Wort, der Gedanke – und erst aus Gedanken, Gefühlen und Eindrücken konnte eine Idee entstehen. Oder wie hatte sich Nanni ausgedrückt?

»Ich hab' schwer daran kopfen müssen und hab' lang mit aller Mühe kein Gedänklein gefunden!«

Obwohl er sich wie erschlagen fühlte und seine Hand zitterte, schrieb er das dem Kaspar und fügte noch hinzu, wenn dieser das nicht zugeben würde, so käme er, sobald er wieder einigermaßen bei Kräften sei, nach Bludenz und würde mit ihm darüber streiten, bis dass es klepfte.

Nachdem er den Brief zu Ende gebracht hatte, war er dann allerdings so erschöpft, dass er sich hinlegen musste, und ein paar Tage später bat er Marianne, die Korrespondenz für ihn nach Diktat zu schreiben.

Hustend, frierend und schwitzend lag er dann im dunklen Gaden und das herbeigerufene Dökterle meinte, nachdem er seine Brust abgehört hatte, es sei etwas an der Lunge, aber er solle sich keine Sorgen machen. Zwar würde es noch ein wenig dauern, aber in Bälde sei er wieder auf den Beinen. Zur Lösung des Hustens empfahl er das Hochlagern des Oberkörpers und Franzmichel kam sich in seiner verbogenen Haltung durch die vielen Kissen im Rücken vor wie »Der arme Poet« auf dem Gemälde von Carl Spitzweg. Tatsächlich wurde es nach und nach mit der Husterei wieder besser und auch der Appetit stellte sich wieder ein. Der Doktor Dünser versicherte vergnügt, er sei eindeutig auf dem Wege der Besserung, jedoch würde er bei einem Rückfall keinen

Augenblick zögern, noch den Reuthener Kurarzt hinzuzuziehen. Aber auch Franzmichel hielt dies für unnötig, schließlich fühlte er sich zunehmend wieder wohl und behaglich.

Zwei Morgen später jedoch fand ihn Marianne apathisch in seinem Bett, den rechten Arm konnte er nicht bewegen und auch seine Sprache hatte er verloren. Die beiden Ärzte verordneten absolute Ruhe und beide kamen übereinstimmend zum Ergebnis, der Schlaganfall sei die direkte Folge übermäßiger geistiger Anstrengung und die Tuberkelbildung in der Lunge habe wohl schon vor Jahr und Tag begonnen.

Kaspar hatte in Bludenz unverzüglich um Urlaub eingereicht und war über das noch schneebedeckte Faschinajoch ans Krankenbett geeilt, von dem aus er dem Professor Hildebrand in Leipzig regelmäßig genauen Bericht erstattete. Nach und nach keimte wieder Hoffnung auf. Die Tuberkel seien in der Rückbildung, waren sich die Ärzte einig und auch das Ziegenfleisch schmeckte ihm wieder zunehmend. Franzmichel ließ sich alle eingehenden Briefe vorlesen, sein Gehirn schien wieder zu funktionieren und auch seine Sprache fand er wenn auch nur langsam zurück.

Nach einigen Tagen war Franzmichel so weit wiederhergestellt, dass er die Beichte ablegen wollte, dabei aber ausdrücklich als Beichtvater auf den Kurat Herzog bestand. Auch der Pfarrer Rüscher sah regelmäßig bei ihm vorbei, wie es seine seelsorgerische Pflicht war, die dieser auch amtsmäßig erfüllte. Beim Krankensegen fasste dann Franzmichel mit der linken Hand seine gelähmte Rechte und zeichnete sich mit ihr das Kreuzzeichen auf Stirne, Mund und Brust.

Bald darauf aber wurde Franzmichel wieder von Tag zu Tag weniger, aber kein Murren und Klagen kam über seine Lippen.

Am 26. April 1869 umstanden Marie und Marianne mit den fünf kleinen Kindern das Bett in dem dunklen Gaden. Nur acht Monate nach Nanni verließ auch Franz Michael Felder um zehn Uhr vormittags ruhig und still diese Welt. Er war nicht ganz dreißig Jahre alt geworden.

Post mortem

Die Beerdigung Franz Michael Felders war wohl der größte Leichenzug, den das kleine Schoppernau bis dahin gesehen hatte, wobei das Zeremoniell vom Pfarrer Rüscher in trockener, nahezu handwerklicher Weise abgehalten wurde. Sein Freund und Schwager Kaspar erbat sich eine Auszeit, um den Nachlass zu ordnen: Gegen den Widerstand der Stiefmutter setzte er auch Mariannes Willen durch, bei den Kindern zu verbleiben und zusammen mit Marie für deren Erziehung zu sorgen. Die Vormundschaft übernahm einer der Vettern, der junge Franz Michael Moosbrugger, die Güter wurden zu einem anständigen Zins verpachtet und die Kühe versteigert. Rudolf Hildebrand erbot sich, einen der Buben bei sich in Leipzig aufzunehmen, um diesem später ein Studium zu ermöglichen, was aber von Kaspar mit Hinweis auf die große Verwandtschaft abgelehnt wurde. Zwischen den beiden Männern, die sich nur einmal anlässlich des Besuches Hildebrands mit Franzmichel in Bludenz persönlich begegnet waren und dem Kaspar anfänglich mit größter Skepsis und herzlicher Abneigung gegenübergestanden hatte, entwickelte sich nach und nach eine tiefe, fruchtbare und lebenslange Freundschaft. Beide kümmerten sich auch noch nach vielen Jahren um Nannis und Franzmichels Nachkommenschaft.

Jakob wurde Priester und Religionslehrer, der Kaspar erlernte das Schreinerhandwerk, das Mikle verehelichte sich mit dem Schuhmacher Josef Willam in Schoppernau, der Hermann studierte Medizin, war langjähriger Gemeindearzt in Bezau und der kleine Martin verstarb im Alter von fünf Jahren nach kurzer Krankheit im Oktober 1874. Einen Monat später folgte Franzmichels Mutter Marie ihrem Enkel nach eintägigem Unwohlsein.

Nachwort

Franz Michael Felder war der erste Vollerwerbsbauer im deutschsprachigen Raum, der sich auch schriftstellerisch betätigte, aber ebenso war er auch ein Mann der sozialen Tat. Hineingeboren in eine böse Zeit voller Kriege, politischer Wirren, gesellschaftlicher Verwerfungen, Konfessions- und Kulturkämpfe und zunehmender wirtschaftlicher Abhängigkeiten, wurde er als Autodidakt zum genauen Beobachter und scharfen Analytiker, der in der untergegangenen Wälderrepublik eine Vision sah, die Selbstsucht der Menschen zu überwinden und sie wieder näher zusammen zu bringen.

Seine Pläne mit einem Stickereiverein und der Holzhandelsgesellschaft wurden allerdings nach seinem Tod nicht mehr aufgegriffen. Mit ihrer gescheiterten Gründung einer Partei der Gleichberechtigung zwischen Konservativen und Liberalen als Vertretung der arbeitenden Bevölkerung waren Kaspar Moosbrugger und er der Zeit weit voraus und es sollte noch Jahrzehnte dauern, bis sich der Begriff »Sozialdemokratie« etablieren würde.

Nahezu prophetisch sollten sich auch Nannis Worte erfüllen, er würde dereinst als Geist im Volk umgehen: Die Aufstellung eines Denkmales auf dem Friedhof führte 1874 nach heftigen Anfeindungen durch Pfarrer Rüscher zu beinahe bürgerkriegsähnlichen Tumulten, die Feier zu seinem 50. Geburtstag musste nach einer Hetzpredigt durch dessen Nachfolger noch zwanzig Jahre nach seinem Ableben nach Au verlegt werden. Einer der Mitinitiatoren dieses Festes war der »lateinische Bauer« Franz Xaver Moosmann aus Schnepfau, welcher Felder niemals persönlich begegnet und der nach dessen Tod zu einem leidenschaftlichen Verehrer dieses in der Geschichte der deutschsprachigen Geisteslandschaft wohl einzigartigen Mannes geworden war.

Noch Anfang des 20. Jahrhunderts stand der Name Franz Michael Felder in vielen bedeutenden europäischen Lexika und die Herausgabe seiner »Sämtlichen Werke« in den Jahren 1913–1918 wurde im gesamten deutschen Sprachraum als literarisches Ereignis begrüßt. Felders Traum, seine Mitmenschen zu einen und sie heranzuführen zu Selbstbestimmung, zu höheren geistigen Werten, und ihnen dahin Wege aufzuzeigen, wurde jedoch vielfach missbraucht: Alle Parteien und politischen Bewegungen von rechts bis links bedienten sich bei ihm wie in einem Gemischtwarenladen, holten sich das, was in ihr Weltbild passte oder ihnen gerade opportun erschien. Selbstverständlich durften da auch die Nationalsozialisten nicht fehlen, die ihn 1939 anlässlich seines 100. Geburtstags umgehend zu einem Vorkämpfer ihrer »Blut und Boden«-Ideologie vereinnahmten.

Wieder bedurfte es eines Jubiläums, diesmal seines 100. Todestages 1969, und nach dem bereits 1909 ins Leben gerufenen Felder-Verein kam es zu einer erneuten Vereinsgründung. Diesmal aber saßen einmütig die Repräsentanten aller Großparteien nebeneinander und auch die Kirche machte ihren Frieden mit ihrem unbequemen Sohn. Franzmichel hätte sich neben all den Reden vielleicht am meisten über die Festpredigt eben von jener Kanzel in Schoppernau gefreut, von der aus er so oft angegriffen, geschmäht und verleumdet worden war:

»Es war schon immer das Schicksal der Menschen, die ihrer Zeit vorauseilten und Vorschläge zur Lösung bestehender Probleme unterbreiten, dass sie von den konservativen Kräften missverstanden wurden. Franz Michael Felder ging es um echtes, wahres Menschentum, um lebendiges Christentum!«

Und Felder heute? Heute steht Felder über alle Weltanschauungen und politischen Parteien hinweg für das, was er zu Lebzeiten sein wollte und das ihm durch Ignoranz und Kleingeisterei verwehrt geblieben war: ein Brückenbauer über die Risse in der Gesellschaft, der nicht in der Selbstsucht des Einzelnen, sondern im gemeinsamen, freien Miteinander die menschliche Bestimmung sah.

Auch Felders Werke sind wieder erhältlich. Uns heutigen, scheinbar so modernen Menschen hat er immer noch etwas zu sagen und viele Probleme seiner Zeit erscheinen uns, die wir diese alle schon längst überwunden geglaubt hatten, plötzlich – wenn auch unter anderen Vorzeichen – wieder aktuell wie damals.

Elmar Bereuter

Glossar

Ähle	Großmutter
Bapp	Ton, Wort
Bäsle	wie Vetter: Tante oder Cousine
Beatzger	kleines, im Wachstum zurückgebliebenes Kind
blangern	Sehnsucht haben
bresthaft	gebrechlich
Brüge	oberes Tenn
Bub	im Bregenzerwald unabhängig vom Alter
Bütze	gutmütige, hilfsbereite Alpgeister
Butte	Rückentragegefäß für Flüssigkeiten, oben oval, mit Deckel
Däta	Vater
Falott	Gauner, Lump
Fasnacht	Fasching
Fiesel	einfacher Arbeitskittel
Gaden	eheliches Schlafzimmer, meist neben der Stube
Galtvieh	Jungvieh; Kühe, die keine Milch geben
Gespane	Kamerad, (Spiel-)Gefährte
Getätsch	Gerede, Tratscherei
glaren	starr schauen
gotzig, gotzige	einzig, einzige
großgoschig	großmäulig
grüselig	grausig, arg; aber auch z. B. grüselig schön
hähl	schmeichlerisch, glatt
Häs	Gewand
Hölzler	Holzschuhe
Juppe	Bregenzerwälder Frauentracht

karessieren	heftig flirten
Klafter	Maßeinheit; 1 Klafter = 1,8965 m
Krotten	Kröten
Landjäger	kleine geräucherte, viereckige Hartwurst
Maul anhängen	frech widersprechen
Milchgepse	rundes, niedriges Holzgefäß zur Aufbewahrung der Milch
Nachtstubat	Nachtstuben: nächtliche Zusammenkünfte, vornehmlich in Privathäusern
Nussjäger	Eichelhäher
Pfister	kindlicher Hilfsknecht
Schellenkönig	Trumpf beim Kartenspiel
schlenzen	schleudern
Schnerfer	einfacher Rucksack
Schopf	(meist) offener Vorraum vor der Haustüre bei Bregenzerwälder Bauernhäusern
Skapulier	geweihtes Amulett
Stallfiesel	einfacher, meist schon aufgebrauchter Kittel zur Stallarbeit
Stopfer	aufgekochtes, in einer Eisenpfanne geröstetes Grießmehl
stuchenweiß	von Stuchat, dem weißen Kopftuch der Tracht (hauptsächl. bei Beerdigungen)
Trüller	weltfremder Träumer; unbeholfener, sonderbarer Mensch
Ultramontanismus	von lat. *ultra montes*, jenseits der Berge (Rom); Schlagwort für die politische Position des konservativen Katholizismus
vergalten	Versiegen der Milchleistung
verhöttelt	zerlumpt, verschlampt
verkälbern	Totgeburt eines Kalbes
Vetter	naher Verwandter; kann sowohl Cousin als auch Onkel sein
Wible	Ehefrau, Verkleinerung von »Weib«
Zelot	fanatischer Glaubenseiferer

Quellen (Auszug)

Franz Michael Felder, Sämtliche Werke in 12 Bänden, hrsg. vom Franz-Michael-Felder-Verein, Bregenz, 1970–1995, Kommissionsverlag H. Lingenhöle & Co., Bregenz

Ulrike Längle, Ich will der Wahrheitsgeiger sein. Ein Leben in Briefen. Salzburg–Wien 1994

Walter Methlagl / Walter Fink, Der Traum des Bauern Franz Michael Felder. Finks Verlag 1984

Maria Katharina Strolz, Franz Michael Felder-Bibliographie: Versuch einer ganzheitlichen Darstellung seines Lebens und Werkes. Band 1 und 2, hrsg. von der internationalen Gemeinschaft »Das Werk«, Bregenz 1989

Jürgen Thaler (Hrsg.), Kaspar Moosbrugger – Rudolf Hildebrand: Briefe. Lengwil 1999

Felder. Katalog zur Ausstellung im Felder-Museum Schoppernau. Lengwil 2005

Weitere Informationen

Franz-Michael-Felder-Verein (www. felderverein.at)
Franz-Michael-Felder-Archiv (www.vorarlberg.at/vlb/felder)